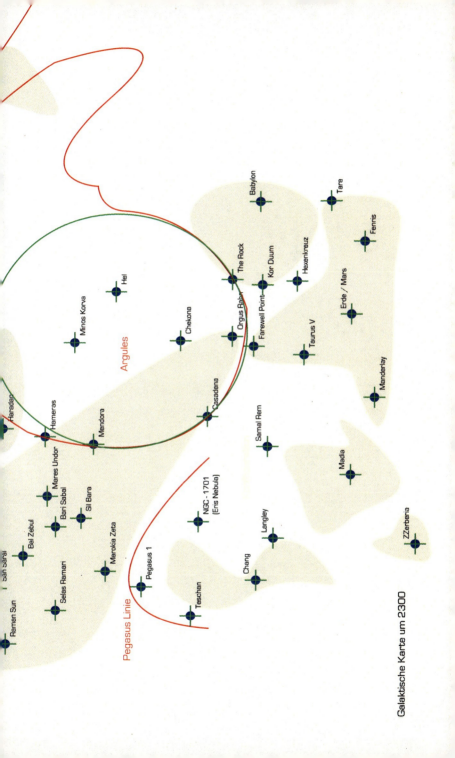

Galaktische Karte um 2300

AGONIE

Erster Teil

Michael Vogt

Ein Buch aus dem WAGNER VERLAG

Autor: www.michael-vogt.com
Lektorat: www.marianne-glasser.de

1. Auflage

ISBN: 978-3-86279-014-2

Bibliografische Information der Deutschen Nationalbibliothek:
Die Deutsche Nationalbibliothek verzeichnet diese Publikation in der Deutschen Nationalbibliografie; detaillierte bibliografische Daten sind im Internet über http://dnb.d-nb.de abrufbar.

Die Rechte für die deutsche Ausgabe liegen beim
Wagner Verlag GmbH,
Zum Wartturm 1, 63571 Gelnhausen.
© 2011, by Wagner Verlag GmbH, Gelnhausen
Schreiben Sie? Wir suchen Autoren, die gelesen werden wollen.

Über dieses Buch können Sie auf unserer Seite www.wagner-verlag.de
mehr erfahren!
www.podbuch.de
www.buecher.tv
www.buch-bestellen.de
www.wagner-verlag.de/presse.php
www.facebook.com/WagnerVerlag
Wir twittern ... www.twitter.com/wagnerverlag

Das Werk ist einschließlich aller seiner Teile urheberrechtlich geschützt. Jede Verwertung und Vervielfältigung des Werkes ist ohne Zustimmung des Verlages unzulässig und strafbar. Alle Rechte, auch die des auszugsweisen Nachdrucks und der Übersetzung, sind vorbehalten! Ohne ausdrückliche schriftliche Erlaubnis des Verlages darf das Werk, auch nicht Teile daraus, weder reproduziert, übertragen noch kopiert werden, wie zum Beispiel manuell oder mithilfe elektronisch und mechanischer Systeme inklusive Fotokopieren, Bandaufzeichnung und Datenspeicherung. Zuwiderhandlung verpflichtet zu Schadenersatz. Wagner Verlag ist eine eingetragene Marke.

Alle im Buch enthaltenen Angaben, Ergebnisse usw. wurden vom Autor nach bestem Wissen erstellt. Sie erfolgen ohne jegliche Verpflichtung oder Garantie des Verlages. Er übernimmt deshalb keinerlei Verantwortung und Haftung für etwa vorhandene Unrichtigkeiten.

Druck: DIP *...angenehm anders* , Stockumer Str. 28, 58453 Witten

Agonie (griechisch *agonia* – die Qual, der Kampf) bezeichnet einen länger andauernden Todeskampf. Eine Reihe von Erscheinungen, welche das allmähliche Erlöschen der Nerventätigkeiten anzeigen und dem Eintritt des Todes unmittelbar vorhergehen.

Sie ist inzwischen ein unwissenschaftlicher, unklar abzugrenzender, unpräziser Begriff.

Erst wenn man begriffen hat, dass es keine Hoffnung mehr gibt, und alle Hemmungen fallen, ist man fähig, das zu tun, was wir getan haben.
Ich will es nicht entschuldigen oder verteidigen. Jedem von uns war klar, dass wir uralte Prinzipen nicht nur verletzten, sondern sie brachen.
Doch seien Sie gewiss. Hätten wir es nicht getan, würde keiner von uns heute hier sein. Wir alle wären geopfert worden auf dem Altar eines vermeintlich sauberen Krieges. Und glauben Sie mir, lieber lasse ich mir vorwerfen, grausam und maßlos gewesen zu sein, als dass ich sterbe als ein Mann, der sein Volk hätte retten können und es dennoch nicht tat. Nur weil die nötigen Mittel zu dreckig waren.

Admiral Thomas Ethan Hawkins.

Es waren die Morgenstunden des neuen Jahrhunderts. Zehn Jahre nach dem letzten Krieg und wenige Wochen vor dem nächsten.
Zehn Jahre unermüdliches Wettrüsten hatten eine Dekade des brüchigen Friedens mühsam erhalten. Doch die alte Feindschaft konnte nie begraben werden und auf beiden Seiten mehrten sich die Stimmen, die eine Entscheidung auf dem Schlachtfeld fordern.
Mit den konföderierten Völkern auf der einen und dem marokianischen Imperium auf der anderen Seite standen sich zwei hochgerüstete und zu allem entschlossene Armeen gegenüber. Beide hatten den Finger am Abzug und beide warteten auf den Tropfen, der das Fass zum Überlaufen bringt.

Jeffries

Admiral Michael Jeffries öffnete die Augen und blickte an die graue, schmucklose Decke seiner Kabine an Bord der Agamemnon.
Nach zwei Wochen an Bord dieses Schiffes hatte er diesen Anblick satt. Genauso satt wie das harte Bett, auf dem er lag, und das schlechte Essen aus der Kombüse oder das ewige Sumsen der Triebwerke, deren Schwingungen von den Schottplatten durch das ganze Schiff getragen wurden.
Es war lange her, dass Michael Jeffries sich an Bord eines Kriegsschiffes befunden hatte. Die Jahre im Oberkommando hatten ihn wohl verweichlicht, wie er sich selbst eingestehen musste. Der karge Alltag eines Schlachtschiffes war ihm in früheren Jahren niemals so bewusst gewesen.
Doch Menschen änderten sich ... sie wurden älter.
Mit müden, steifen Bewegungen rollte er sich aus dem Bett und ging hinüber zum kleinen Badezimmer des spartanischen Quartiers.
Die Agamemnon war ein Schiff der Atlantia-Klasse und somit nicht für den Transport von Admiralen vorgesehen. Sie war ein graues, kaltes Kriegsschiff. Ein zigarrenförmiger Zweckbau ohne den geringsten Spielraum für Annehmlichkeiten oder Luxus.
Eigentlich war ihm das ganz recht! Jeffries war nie ein Mann gewesen, der auf weiche Betten oder edle Stoffe Wert legte. Zumindest hatte er sich das immer eingeredet.
Doch nach zwei Wochen in dieser Kabine schrie sein Rücken förmlich nach einem weichen Bett und es war nur ein geringer Trost, dass er heute Abend bereits sein Admiralsquartier an Bord der Pegasus 1 bezogen haben würde.
Jeffries wusch sich, blickte einige Momente in das älter werdende Gesicht, das ihm da aus dem Spiegel entgegenschaute, und griff dann nach seinem Rasierzeug, um sich die dunkelgrauen Stoppeln aus dem Gesicht zu entfernen.
Anschließend trat er zu seinem improvisierten Nachttisch, einer Feldkiste, die eigentlich unter dem Bett verstaut sein sollte, und packte seine Sachen zusammen.

Unter anderem eine kleine Mappe mit Fotos, die er immer bei sich trug. Fast täglich blätterte er darin, um nicht zu vergessen, woher er kam.

Geboren 2245 in Montana, war er als Sohn einer klassischen Mittelstandsfamilie mit achtzehn auf die Militärakademie gegangen. Danach zum militärischen Abwehrdienst und später als Gefechtsoffizier auf ein Schlachtschiff.

Als der Krieg kam, stieg er zum hoch dekorierten Geschwaderchef auf, wo er unter Admiral Elisabeth Armstrong diente, die ihn nach Kriegsende mit ins Oberkommando nahm, wo sie gemeinsam in der Einsatzplanung dienten, ehe sie zur Oberkommandierenden der konföderierten Streitkräfte aufstieg.

Heute galt Michael Jeffries als einer der einflussreichsten Offiziere in den Streitkräften und als großer Hoffnungsträger für die Zukunft.

Das Pegasus-Korps war seine Erfindung, sein Kind.

Mit wohligem Schaudern erinnerte sich an die langen, harten Kämpfe, die er und Elizabeth mit den Regierungschefs austragen mussten, ehe sie die Bewilligung für diese Armee der Zukunft erhielten.

Die Konföderation sollte ein gemeinsames Schutzkorps bekommen. Eine multiethnische Streitmacht, welche die Grenzen der fünf Völker nach außen verteidigte.

Nach langen Jahren der Diskussion und Planung war nun der Zeitpunkt gekommen. Das Korps war aus der Taufe gehoben und hier, an der Pegasus-Linie, wo die Konföderation und das marokianische Imperium aneinandergrenzten, sollte es seine Bewährungsprobe bekommen.

Jeffries blätterte durch die kleine Mappe mit Kindheitsfotos, verweilte wenige Sekunden beim Foto seiner Eltern und klappte die Mappe dann zu, ehe er seine neue Uniform anzog. Das Blau der Flotte hatte er gegen das neue Grün des Korps eingetauscht.

Im Umschlag der Mappe steckte auch ein kleines Foto von Beth Armstrong. Es war einige Jahre alt und abgegriffen, doch er hatte es immer bei sich.

Für die Unterstützung, die Beth ihm während der letzten Jahre zukommen ließ, würde er ihr ewig dankbar sein.

>> *Zehn Stationen. Eine Station für jeden Sektor entlang der Pegasus-Linie. Was ich von Ihnen verlange, ist nicht die Erlaubnis zum Erstschlag ... es ist die Erlaubnis zur Verteidigung der Freiheit. Das Imperium rüstet sich zum Krieg und wir sehen tatenlos zu. Das Aufrüsten der Flotte reicht nicht. Was wir brauchen, ist ein Bollwerk. Ein Schutzwall, der die einfallenden Truppen des Feindes lange genug aufhält, bis eine Flotte geschickt werden kann. Bedenken Sie nur, wie nahe der Planet Chang der Front ist. Wollen Sie, dass die Marokianer eine der Heimatwelten erreichen, ehe wir die Flotte auch nur in Marsch gesetzt haben?* << Die Worte, die er an die Regierungschefs der fünf Völker gerichtet hatte, hallten noch heute in seinen Ohren.

Es war kurz nach Kriegsende gewesen, als er und Elizabeth das erste Mal mit ihrer Idee an die Öffentlichkeit gegangen waren.

Fünf Jahre später bekamen sie die Geldmittel und weitere fünf Jahre später war der große Tag nun gekommen.

Eine neue Epoche würde beginnen; der offizielle Startschuss für das Pegasus-Projekt war der erste Januar 2300. Der erste Tag des neuen Jahrhunderts war genau das richtige Datum, um ein neues Zeitalter einzuläuten.

Mit steifen, militärischen Schritten machte er sich auf den Weg zur Brücke der Agamemnon, ging durch graue Korridore, in denen Kabelstränge an nackten Stahlträgern verliefen, und über Gitterböden, durch die man in das darunter liegende Deck sehen konnte.

Die Brücke selbst war ein langer, schmaler Raum mit seitlichen Erkern. Blaues Licht dominierte die Konsolen und der Geruch von Kaffee und kaltem Zigarrenrauch lag in der Luft.

>> ADMIRAL AN DECK! <<, rief die Wache rechts des Schotts, als er die Brücke betrat, und sofort salutierten mehrere Offiziere auf altmodische Art und Weise, indem sie die Handkante an die Stirn schnellen ließen.

Jeffries erwiderte den Gruß, wohl wissend, dass es diese Geste im Korps nicht mehr geben würde.

>> Wir erhalten jetzt die ersten Bilder <<, meldete eine gesichtslose Stimme von einer der Dutzenden Stationen auf der Brücke.

>> Auf den Schirm <<, befahl der Captain des Schiffes mit rauer Stimme und wandte sich an den Admiral an seiner Seite. >> Unglaublich, dass Menschen so was bauen können. <<

Jeffries kommentierte es mit einem dünnen Lächeln. >> Wir waren es nicht alleine, Captain <<, erwiderte er und lehnte sich an das runde Geländer, welches den Gefechtsstand im Zentrum der Brücke umschloss.
>> Zeit bis zur Ankunft? <<, fragte der Captain und zog an seinem Zigarrenstummel, auf dem er schon den ganzen Tag über herumkaute.
>> Zwei Stunden, siebzehn Minuten <<, antwortete der Steuermann, während sein Blick auf die Instrumente seiner Station fokussiert blieb.
>> Glauben Sie wirklich, dass wir damit den Krieg verhindern können? <<
>> Ich hoffe es inständig. Garantieren aber kann ich es nicht <<, sagte Jeffries und richtete seinen Blick auf die weiß-silbern schimmernde Untertasse, welche sich im Projektionsfeld des Hauptschirms gemächlich in der Umlaufbahn des Planeten NC5 drehte.
Eine Konstruktion mit zehn Meilen Durchmesser und einer Besatzung von fast fünfzigtausend Mann. Ein Flottenstützpunkt, ein Beobachtungsposten, ein Grenzfort. Eine von zehn Stationen, die den Frieden erhalten sollten.
Dieses war die Pegasus 1. Von hier aus würde Jeffries sein neues Korps kommandieren.
Je näher sie der Station kamen, desto deutlicher wurde, dass sie noch nicht fertig war. Überall klafften Löcher in der Hülle und man konnte durch das nackte Stahlskelett ins Innere der Station blicken. Männer in Raumanzügen wanderten auf der Hülle herum und montierten an Hunderten verschiedenen Stellen Hunderte verschiedener Dinge.
Sonden und Montageroboter schwebten um die Station und über allem wachte eines der größten je gebauten irdischen Schlachtschiffe, die Sacramento. Ein neunhundert Meter langer Koloss, der als Schutz für die Montageteams hier stationiert war, bis die Station so weit fertig war, dass sie sich selbst verteidigen konnte.
Als die Agamemnon die Station erreichte, bedankte sich Jeffries beim Captain des Schiffes für die Überfahrt und bestieg dann ein Shuttle, welches ihn zur Station hinüber brachte. Das Raumdock der P1 war noch nicht fertig. Später einmal würden auch Schiffe wie die Agamemnon oder gar die Sacramento hier einen sicheren Hafen fin-

den, in dem sie Reparaturen durchführen und ihre Vorräte auffüllen konnten.

Eine Gänsehaut jagte über den Rücken des Admirals, als die Raumschotten „seiner" Station sich zum ersten Mal öffneten und er endlich einen Fuß auf das Deck der Pegasus 1 setzen konnte. Niemanden schien seine Ankunft zu stören, überall wurde geschweißt und geschraubt und überall fühlte man die Hektik einer Baustelle, die längst fertig sein sollte und es dennoch immer noch nicht war.

Jeffries hatte seine Ankunft absichtlich nicht angekündigt; er wollte auf jegliches Zeremoniell verzichten und die Arbeiten ungestört begutachten.

Ohne dass jemand größere Notiz von ihm nahm, machte sich Jeffries auf den Weg durch die Station. Er folgte einem der großen Korridore, inspizierte unauffällig die eine oder andere Sektion und fuhr dann mit einer der Transportkapseln hinauf zum CIC, dem Combat Information Center, dem Nervenzentrum der Station.

Auch hier dasselbe Bild wie überall sonst auf der P1. Ein halb fertiger Raum mit tausenden Monitoren und Stationen, angefüllt mit Technikern, die mit Hochdruck daran arbeiteten, endlich fertig zu werden.

Jeffries kannte jeden Zentimeter dieser Station auswendig. Er hatte die Konstruktionspläne ein Dutzend Mal studiert, hatte sich jeden Millimeter eingeprägt, hatte alles über seine Station wissen wollen und nun stand er hier und alles war viel größer und beeindruckender und weitläufiger, als er sich hatte vorstellen können.

Rechts vom Haupteingang der Kommandozentrale befand sich eine Treppe, die der Rundung der Wand folgend hinaufführte zum Büro des Kommandanten, welches hoch über der Kommandozentrale lag und von wo aus er durch eine Glasfront jederzeit das Geschehen im CIC beobachten konnte.

Mit langen Schritten ging er hinauf, wieder das Gefühl einer Gänsehaut im Rücken, und öffnete die Türe zu seinem Büro. Es war vermutlich der einzige Raum an Bord, der bereits fertig war. Auf dem Schreibtisch aus rotbraunem, poliertem Holz lag ein Zettel mit einer handgeschriebenen Nachricht:

Viel Glück für dich und deinen Traum. Wir alle glauben daran.
  Beth.

Jeffries erkannte die Handschrift sofort, sie gehörte Elisabeth Armstrong.

Hawkins

Seine Ankunft auf Pegasus 1 erfolgte fast einen Monat nach der von Admiral Jeffries, zu einem Zeitpunkt, als die Station fast fertig war und die Einsatzbereitschaft bereits gegeben.
Müde von der langen Reise, seinen Seesack geschultert und inmitten einer Gruppe von Soldaten betrat Captain Thomas Ethan Hawkins am 31. Dezember 2299 das Deck der Pegasus 1.
Das war sie also. Beeindruckt sah er sich im Ankunftsbereich um, wo Dutzende Gruppen aus unzähligen Schleusen traten. Tom Hawkins kam zusammen mit dem großen Tross der Truppen, die in Zukunft auf dieser Station Dienst tun sollten. Ein gewaltiger Konvoi kreiste um die Station und in einem ständigen Pendelverkehr transportierten die Shuttles der Station die fünfzigtausend Besatzungsmitglieder von den Transportschiffen herüber auf die P1.
Tom Hawkins war kein Mann, der es mochte, Zeit zu verschwenden, und so ging er zum nächsten Stationsplan, fand heraus, wo die Offiziersquartiere lagen, und machte sich auf den Weg durch die verstopften Korridore der Station.
Ganze Kompanien waren hier unten angetreten; mit vollem Gepäck und in Reih und Glied standen sie in den Korridoren und erhielten ihre Befehle. Tom umging sie, so schnell er konnte, und fuhr in einer der vielen Transportkapseln hinauf zur Unterkunftsebene.
Sein Quartier lag weit hinten und war eines der luxuriösesten auf der Station. Als einer der wenigen hatte er die Freiheit, sich das Quartier mit niemandem teilen zu müssen, was auf einem Stützpunkt wie diesem eine große Ehre darstellte.
Kaum in seiner Kabine angekommen, warf er den Seesack aufs Bett, sah für einen kurzen Moment durch das große Fenster hinaus ins All, wo der Strom der Truppentransporter einfach nicht enden wollte, und zog dann seine Uniform zurecht, ehe er durch die Türe ging und sofort das CIC ansteuerte.
Als er das Büro von Admiral Jeffries betrat, um sich auf seinem neuen Posten zu melden, war er noch keine dreißig Minuten auf der Station.

>> Captain Thomas Hawkins meldet sich zum Dienst, Sir <<, sagte Tom in militärischer Haltung und fester Stimme, nachdem er sich vor dem Schreibtisch des Admirals aufgebaut hatte.

>> Rühren, Captain, und willkommen an Bord <<, sagte Jeffries, erhob sich aus seinem Sessel und reichte Tom die Hand zur Begrüßung.

Tom trug noch die alte blau-schwarze Uniform der Raumflotte, Jeffries bereits das neue, viel robustere Grün des Korps.

Die Uniform der Raumflotte war ein schlicht geschnittener Anzug, mit Insignien und Abzeichen versehen.

Die Korpsuniform war an Ellenbogen und Schultern mit dunkleren grünen Ledereinsätzen verstärkt. Auch entlang des Rückgrats zog sich ein dunklerer Lederstreifen. Die Jacke hatte deutlich mehr Taschen als die alten Flottenuniformen und war auch schwerer. In den Stoff waren Protektoren eingearbeitet, die den Träger in der Schlacht schützen sollten.

Eigentlich war die Korpsuniform eine abgespeckte Variante jener Kampfmontur, die im Bodenkampf getragen wurde.

Auch die schwarze Hose hatte große Beintaschen, die den alten Uniformen fehlten. Außerdem war der Waffengurt ein fester Bestandteil der Uniform. Auch in Friedenszeiten.

>> Freut mich, dass Sie endlich da sind, Captain <<, sagte Jeffries und kam um den Schreibtisch herum. >> Setzen Sie sich <<, bat er und deutete auf die Couchgarnitur in der Ecke des Büros. >> Wollen Sie einen Drink, Captain? <<

>> Nein danke, Sir. <<

>> Nicht im Dienst? <<

>> Genau. <<

Jeffries nickte und goss sich ein Glas feinsten irdischen Whiskeys ein.

>> Das ist das erste Mal, dass wir beide uns begegnen. Ich habe allerdings Ihre Akte sehr genau studiert, ehe ich mich dazu entschloss, Ihnen diese Position zu übertragen. Ich habe somit gewisse Erwartungen an Sie. <<

>> Das ist mir klar, Admiral. <<

>> Sie werden mein Erster Offizier sein, Tom. Meine rechte Hand und engster Vertrauter. Als XO sind Sie das Triebwerk, das diese Station und ihre Crew in Bewegung hält. <<

\>\> Ja, Sir. <<
Jeffries setzte sich Tom gegenüber, nahm einen Schluck und stellte das Glas dann ab.
\>\> Ich halte nicht viel von Ja, Sir … Nein, Sir … Darf ich offen sprechen, Sir … ich würde gerne Ihren Arsch lecken, Sir … Ich bin ein Freund klarer Worte und Sie haben diesen Job bekommen, weil ich das Gefühl habe, dass Sie derselbe Typ Mann sind. <<
\>\> Ja, Sir <<, antwortete Tom mit angedeutetem Grinsen. Ihm wurde klar, dass er sich mit diesem Kommandanten sehr gut verstehen würde.
\>\> Glauben Sie, dass es Krieg geben wird? <<, fragte Jeffries seinen XO unumwunden.
\>\> Ja <<, antwortete Tom knapp.
\>\> Wann? <<
\>\> In weniger als sechs Monaten. <<
Jeffries nickte und nahm einen Schluck aus seinem Glas.
\>\> Denken Sie, dass wir diesen Krieg gewinnen können? <<
\>\> Man kann jeden Krieg gewinnen. Die Frage ist nur, wie man es angeht. <<
Das war eine Einstellung, die Jeffries gefiel, und auch genau das, was er nach dem Studium von Toms Akte erwartet hatte.
Seine Abstammung lag wie ein Schatten über seiner ganzen Karriere. Als Sohn der reichsten Familie auf Erden hatten viele seinen Entschluss nicht verstanden, dem Reichtum den Rücken zu kehren und Soldat zu werden.
Obwohl seine Familie eine sehr lange, sehr erfolgreiche militärische Tradition besaß, war die Entscheidung des erstgeborenen Hawkins-Sohnes mit großem Kopfschütteln aufgenommen worden.
Nicht innerhalb der Familie, aber sehr wohl von außen.
\>\> Halten Sie sich für einen Propheten, Tom? <<
\>\> Nein. Aber es braucht auch keine Propheten, um die Zeichen der Zeit zu erkennen. Das Imperium rüstet sich zu einem Krieg, und das schon seit drei Jahren. Sie bauen immer größere und schwerere Schiffe, sie wollen uns dieses Mal endgültig mit der Wucht ihrer Flotte erschlagen. <<
\>\> Wird es ihnen gelingen? <<

>> Den letzten Krieg haben wir gewonnen, weil wir uns ihnen nicht mit denselben Waffen stellten. Die Marokianer herrschen seit dreitausend Jahren über den größten Teil des bekannten Alls. Dreitausend Jahre, in denen sie jedes Volk, das sich mit ihnen gemessen hat, durch die Wucht ihrer Flotte erschlugen. Wir waren die Ersten, die etwas dagegenhalten konnten. Die Strategie der tausend Bienenstiche war etwas, das die Marokianer nicht kannten, genauso wenig wie die Rudeltaktik oder das Prinzip der Kesselschlacht. Wir haben den letzten Krieg gewonnen, weil wir den festen Schlachtabläufen der Marokianer nicht folgten, sondern sie immer wieder überrumpeln konnten. Das Problem wird sein, dass sie unsere Tricks dieses Mal kennen. Sie beobachten uns jetzt seit zehn Jahren und in dieser Zeit haben sie sehr viel gelernt. Dieses Mal werden wir mehr brauchen als gute Strategen und alte Tricks. <<
>> Ich halte Sie für einen klugen Kopf, Tom. Und ich stimme Ihnen auf ganzer Linie zu. Ich bin froh, dass ich Sie hier habe. <<
>> Warten Sie mit Lob, bis ich es mir verdient habe <<, sagte Tom, erhob sich aus seinem Sessel und sah auf die Uhr.
>> Wann ist an Bord dieser Station Dienstschluss der Hauptschicht? <<
>> Um achtzehn Uhr <<, antwortete Jeffries.
>> Nun. In diesem Fall würde ich nun einen Drink nehmen, *Sir*. <<
Es war zwei Minuten nach sechs. Und somit war der Dienst für heute zu Ende.

Anderson

Der Morgen nach der großen Party, der Morgen nach dem Jahrhundertwechsel, der Morgen des großen Katers.
Als Will Anderson an diesem Morgen aufwachte, wusste er nicht, wo er war, wie er hieß oder ob er am Boden lag oder an der Decke hing.
Sein Kopf hatte die Ausmaße des Jupiters und die Tatsache, dass er nackt am Boden einer Toilette lag, wurde ihm erst nach langen Minuten des langsamen Erwachens klar.
Langsam und bemüht darum, sich bloß nicht zu schnell zu bewegen, setzte er sich gegen die Wand und sah sich um.
Er war an Bord der Station, so viel war sicher. Das kleine Badezimmer gehörte zu einem Offiziersquartier. Aber nicht zu seinem eigenen.
Will erhob sich langsam vom Boden und wankte hinüber zur Toilette. Unzählige Liter Bier wollten abgelassen werden. Minutenlang entleerte er seine Blase, legte dabei seinen Kopf in den Nacken und versuchte sich zu erinnern. Was war gestern Abend passiert?
Der Nebel der Erinnerung lichtete sich für Sekunden. Er sah Männer und Frauen, die auf den Tischen tanzten. Er sah die MP, die mehrere Soldaten abführte, er sah sich selbst, wie er von einem Sessel stürzte ... dann verschwand die Erinnerung wieder und Will fragte sich, während er abschüttelte, was wohl hinter der Türe auf ihn wartete.
Vorsichtig schob er die Schiebetüre auf und spähte in das dahinter liegende Quartier. Es war ein kleines Doppelquartier für niederrangige Offiziere. Auf einem der Betten sah er eine junge Frau liegen. Sie schlief tief und fest, im Arm hielt sie ein Kissen, die Decke hatte sie um ihre Beine geschlungen. Das Bett auf der anderen Seite des Zimmers war leer.
>> Wer bist du? <<, fragte Will leise und schlich näher in der Hoffnung, er würde die Frau erkennen, wenn er ihr Gesicht sah und nicht nur ihren Hintern.
Will blickte sie minutenlang an, ehe er einsah, dass es nichts nützte. Das Gesicht sagte ihm nichts, also versuchte er es noch mal mit ihrem Hintern.

Will sah ein, dass die Erinnerung wohl erst kommen würde, wenn der Kater abklang, und so suchte er seine Uniform zusammen, zog sich an und verließ das Quartier.

Das Licht draußen im Korridor blendete grausam und so verzog er sich schnellstmöglich in sein eigenes Quartier, das zu seinem Erstaunen nur wenige hundert Meter den Gang hinunter lag. Was um alles in der Welt hatte er letzte Nacht nur angestellt?

Will Anderson hatte schon immer einen sehr zwiespältigen Ruf besessen. Einerseits galt er als der beste Pilot der Streitkräfte. Was daran lag, dass er den einsamen Rekord in Feindabschüssen hielt.

Andererseits hatte aber auch kein anderer Pilot so viele Maschinen zu Schrott geflogen wie er selbst.

Außerdem galt er als notorischer Frauenheld und übermäßiger Trinker.

Beides hatte niemals Auswirkungen auf seinen Dienst, doch trug es außerordentlich dazu bei, dass ihm sein Ruf vorauseilte.

An Bord der P1 bekleidete den Posten des CAG, den er zuvor schon auf zwei Kriegsschiffen versehen hatte.

Will betätigte den Türöffner, taumelte in sein Quartier und stolperte sofort über etwas, das quer am Boden lag.

\>> Scheiße. << Fluchend und nur schwer das Gleichgewicht haltend erwischte er am Tisch rettenden Halt. >> Computer. Reduziertes Licht. <<

Der Raum erhellte sich von stockdunkel auf dämmrig.

\>> Oh ... Oh. <<

Will sah sich im Quartier um und erkannte sofort, dass er auch hiervon beim besten Willen nichts mehr wusste. Überall lagen leere Flaschen herum und die meisten Möbel waren verrückt oder gleich auf den Kopf gestellt. Auf dem Bett lag Wills jüngerer Bruder und schnarchte herzhaft. >> Harry <<, Will rüttelte seinen Bruder, >> Harry. <<

Das Schnarchen setzte aus, aber er machte keine Anstalten aufzuwachen. Kurz entschlossen sah Will sich um, nahm eine halb leere Flasche und schüttete sie seinem Bruder über den Kopf.

\>> Wwooooaaaahhhhhhh! << Wie vom Blitz getroffen schoss Harry aus seinem friedlichen Schlaf hoch. >> BIST DU IRRE???? <<

\>> Nein, müde. Verschwinde in dein eigenes Quartier. <<

>> Lass mich in Ruhe. << Harry drehte sich zur Seite und wollte weiterschlafen. Will zog ihn am Bein aus dem Bett, schleifte ihn hinüber zur Türe und warf ihn auf den Boden vor dem Quartier.
>> Gute Nacht, Commander <<, sagte Will und schloss die Türe.
>> Will ... WILL. Du kannst mich hier nicht so sitzen lassen ... Gib mir wenigstens meine Hose. <<
Die Türe öffnete sich für zwei Sekunden, gerade lange genug, um eine Hose und ein Hemd durchzuwerfen.
>> Danke. <<
Irgendwie klang es nicht überzeugend.
Harry raffte sich hoch und zog die Hose an, als ihm klarwurde, dass ein Offizier direkt neben ihm stand und vermutlich alles mit angesehen hatte.
>> SIR! << Sofort wechselte er in Habacht-Stellung, was recht lächerlich aussah, wenn man die Hose in den Knien hatte.
>> Verschwinden Sie in Ihr Quartier, Soldat <<, sagte Tom Hawkins mit rauer Stimme und betätigte den Türmelder, während Harry auf schnellstem Wege verschwand.
Tom wartete etwa dreißig Sekunden, ehe er den Melder ein zweites Mal betätigte und die Türe sich endlich öffnete.
>> Verdammt, hau endlich ab, Har... Ach du Schande, TOM! << Will blieben die Worte im Halse stecken, als er seinen alten Waffenbruder vor sich stehen sah.
>> Du hast dich kein bisschen verändert, Will <<, sagte Tom trocken und trat in das verwüstete Quartier.
>> Verdammt, wie lang ist das her? <<
>> Vier Jahre <<, antwortete Tom. >> Als wir uns das letzte Mal sahen, wurde ich Atlantias XO und du wechseltest gerade als CAG auf die Montreal. Wir feierten damals in dieser Bar auf Deneb. <<
>> Bar? Das war eher ein Bordell als eine Bar. <<
>> Wie auch immer. Als ich ging, hast du gerade angefangen, dich mit den Stripperinnen zu verbrüdern. <<
>> Oh ja ... jetzt dämmert es. << Will lachte, als ihm jener Abend in den Sinn kam. >> War 'ne heiße Nacht. Warum bist du damals so früh abgehauen? <<
>> Es war fünf Uhr morgens und mein Schiff legte eine Stunde später ab. <<

\>> Genau … Genau. Weiß ich wieder. << Will nickte, taumelte hinüber zum Tisch und suchte eine ungeöffnete Flasche. Er fand zwei.
\>> Willst du? <<
\>> Ich trinke kein warmes Bier <<, antwortete Tom.
\>> Ah … stimmt ja. <<
Will öffnete eine der Flaschen, nahm einen kräftigen Schluck und verzog das Gesicht. >> Ich auch nicht <<, keuchte er und kippte es in den Abguss. Es war noch zu früh.
\>> War 'ne Mordsfeier gestern Abend, was? <<, sagte Tom und sah sich in dem kleinen Quartier um.
\>> Glaub mir, ich weiß nicht mal mehr die Hälfte. <<
Tom lachte schallend.
\>> Bist du Harry begegnet? <<
\>> Harry? <<
\>> Ja, Harry. Mein kleiner Bruder, du kennst ihn doch noch? <<
\>> Ist er hier? <<
\>> Ja. Er gehört zum Ingenieursstab. Ich hab ihn rausgeschmissen, kurz bevor du gekommen bist. <<
\>> Das war Harry? << Tom lachte und deutete mit dem Daumen auf die geschlossene Türe. >> Der Kerl, der da draußen am Boden saß? <<
\>> Genau der <<, bestätigte Will seinem alten Freund.
\>> Mann, hat der sich verändert. Ich hab ihn nicht mehr erkannt. <<
\>> Die Zeit vergeht <<, sagte Will und suchte irgendetwas unter einem Berg von Partymüll.
\>> Du bist mir nicht böse, wenn ich jetzt ein wenig schlafen will, oder? <<
\>> Nein, natürlich nicht. Ich wollte nur Hallo sagen. Wir sehen uns später. <<
\>> Klar, Kompadre. << Will salutierte ansatzweise und ließ sich dann seitwärts ins Bett fallen. Tom fand alleine hinaus. Als die Türe sich hinter ihm schloss, war Will schon eingeschlafen.

Scott

Ihre Ankunft auf der Station lag nun sechs Monate zurück und somit war sie eine der Ersten gewesen, die das eben erst bewohnbare Stationsskelett betraten.

Die meisten Mitglieder des Kommandostabes waren erst viel später gekommen und so war sie die Einzige gewesen, die mit ansehen konnte, wie der Koloss aus Stahl langsam zu einer Station wurde.

Christine war auf Taurus V geboren, einer kleinen Kolonie am Rande des irdischen Hoheitsgebiets, und ihr Weg in die Armee war alles andere als Berufung gewesen.

Ihr Vater hatte in der Heimat eine kleine Praxis in einem verschlafenen Nest namens St. Albas, wo ihre Mutter seit ewigen Zeiten im Gemeindevorstand saß und ihre Großeltern zu den Gründungsmitgliedern der Siedlung zählten.

Ihre Kindheit war ruhig gewesen, ihre Jugend geprägt von Rebellion gegen die Konventionen und Streit mit der Mutter.

Schon früh war ihr klar geworden, dass sie ihrem Vater in den Arztberuf folgen wollte, nur erstickte sie an der Vorstellung, dies in der kleinen Kolonie zu tun, und so packte sie ihre Koffer und ging zur Erde, um dort zu studieren und auf eigenen Beinen zu stehen.

Aus Mangel an finanziellen Möglichkeiten meldete sie sich zur Armee, ließ sich das Studium finanzieren und verpflichtete sich im Gegenzug für einen fünfjährigen Dienst im All, gefolgt von weiteren fünf Jahren auf der Erde.

Allerdings kam der Krieg und veränderte Christines Einstellung zum Militär grundlegend. Was sie eigentlich nur als Mittel zum Zweck betrachtet hatte, wurde mit einem Mal ihr Lebensinhalt und so blieb sie der Uniform treu, als ihre eigentliche Verpflichtung auslief. Sie kehrte für einige Jahre auf die Erde zurück, arbeitete am Jebediah Crane in Los Angeles und bekam dann den Posten als Chefärztin der neu erbauten P1.

Ihre Eltern, beides überzeugte Pazifisten, hatte sie seit Jahren nicht gesprochen. Zwar schrieb man sich Briefe zu den Feiertagen und knappe Telegramme zum Geburtstag, doch von echtem Kontakt konnte man nicht reden.

Manchmal machte sie das traurig, doch meistens versuchte sie nicht daran zu denken.

\>> Wie haben Sie das denn angestellt? <<, fragte sie den Lieutenant Commander, der gerade eben durch die Türe der Medizinischen Station gekommen war und nun auf einer der vielen Behandlungsliegen saß.

\>> Die Techniker haben auf der Sicherheitsstation die Computer in Betrieb genommen. Eine der Konsolen ist explodiert. Dummerweise stand ich gerade einen Meter daneben. <<

\>> Dann hatten Sie ja noch Glück, was, Mark? <<, sagte Christine trocken und untersuchte die Wunde mit einem Scanner. >> Das sind nur leichte Verbrennungen. <<

Lieutenant Commander Mark Masters war der Sicherheitchef der Station und befand sich seit drei Monaten hier. In dieser Zeit hatten er und Christine sich recht gut angefreundet.

\>> Ist der Sachschaden groß? <<, fragte sie ihn nun, während sie mit einem Hautregenerator die Wunden verschloss.

\>> Sie meinen, abgesehen von meinem Arm? <<

\>> Ihr Arm wird in ein paar Minuten wieder wie neu sein <<, versicherte sie ihm.

\>> Nein. Der Sachschaden ist nicht groß. Ein paar Displays sind gesprungen, ein paar Kabel durchgebrannt. Heute Abend wird die Abteilung fertig sein. Das hat mir Harry jedenfalls versichert. <<

\>> Harry Anderson? <<, fragte Christine nach.

\>> Ja. <<

\>> Haben Sie schon unseren neuen XO kennengelernt? <<, fragte Masters.

\>> Nein. Aber ich hörte, er soll ein sehr verschlossener Typ sein. So eine Art Streber. <<

\>> Ach ja? <<

\>> Angeblich war er noch keine dreißig Minuten auf der Station, da hat er sich schon zum Dienst gemeldet. <<

\>> Hab ich auch gehört. Ich würde allerdings nicht zu viel auf die Gerüchte geben. <<

\>> Ach nein? <<

\>> Ich hab ihn mal kennengelernt. Muss jetzt zwölf, dreizehn Jahre her sein. Er war damals Pilot auf der Atlantia, zusammen mit unse-

rem CAG. Hat ein paar Leuten das Leben gerettet, als die Marokianer Kamikaze-Angriffe auf das Schiff flogen. Ich hab gesehen, wie er drei Piloten aus der brennenden Landebucht geschleppt hat. Soll sich dabei ein paar ziemlich üble Verbrennungen zugezogen haben. <<
>> Dann ist der Mann ja ein echter Held? <<, sagte sie erstaunt. An den Sohn aus reichem Hause hatte sie grundsätzlich keine allzu großen Erwartungen gestellt.
>> Kann man so sagen. Der Einzige an Bord der Atlantia, der mehr Abschüsse hatte als er, war Will Anderson. <<
>> Sie haben mir nie erzählt, dass Sie Will von früher kennen. <<
>> Tue ich auch nicht. Ich war damals noch ein junger Lieutenant und diente in einem der Aufklärungstrupps. Wann immer die Piloten einen feindlichen Stützpunkt plattgemacht haben, sind wir anschließend gelandet und haben uns da unten umgesehen. Ich habe Anderson erst kennengelernt, als er hier ankam. Mit Hawkins aber hab ich einmal gesprochen. Wir sind damals in einen Hinterhalt geraten. War ziemlich schlimm, viele von unseren Jungs sind in diesem Sumpfloch draufgegangen. Wir forderten Luftunterstützung an und Hawkins kam mit einer Staffel Nighthawks und hat uns rausgeboxt. Ich war damals ziemlich schwer verletzt, ein Marokianer hatte mir eines dieser dreißig Zentimeter langen Hakenmesser in die Gedärme gerammt. War überzeugt, dass ich sterben würde. Hawkins packte mich in den kleinen Stauraum hinter dem Pilotensitz und flog mich rauf zur Atlantia. Das Sanitätsshuttle brauchte dreißig Minuten, bis es auf der Oberfläche ankam. Zu dem Zeitpunkt lag ich bereits auf dem Operationstisch und wurde wieder zusammengeflickt. Vermutlich verdanke ich ihm mein Leben. <<
>> Haben Sie ihn schon getroffen? <<
>> Noch nicht. Ich denke nicht, dass er sich daran erinnern wird. Immerhin war Krieg und ich nur ein namenloser Soldat. <<
>> So, fertig. Die Rötung wird noch zwei, drei Tage etwas jucken, tun Sie diese Salbe drauf. <<
>> Danke, Doc. <<
>> War mir ein Vergnügen. <<
Christine verräumte ihre Instrumente und machte sich auf den Weg zum Kaffeeautomaten, als ihr Will Anderson in die Arme lief.

>> Morgen, Doc <<, sagte er mit der rauen Stimme einer durchsoffenen Nacht.
>> Gutes neues Jahr wünsche ich <<, sagte sie breit grinsend. Man musste kein Arzt sein, um zu erkennen, dass es Will recht dreckig ging. Außerdem war sie letzte Nacht dabei gewesen, als er in stockbesoffenem Zustand angefangen hatte, mit Flaschen zu jonglieren, und dabei alte Seemannslieder sang.
>> Ich brauche was gegen meine Kopfschmerzen. <<
>> Zu viel gefeiert? <<
>> Fragen Sie nicht. <<
>> Kommen Sie mit, Captain. Ich denke, ich hab da was für Sie. Wissen Sie eigentlich, dass Ihre Flugtauglichkeitsuntersuchung ansteht? <<
>> Ahhhh. Lassen Sie mich mit so was in Ruhe. <<
>> Sie wissen, dass wir das machen müssen. <<
>> Ja. Schon klar. <<
>> Morgen? <<
>> Von mir aus, Doc ... Ich hasse so was. <<
>> Was? Den Kater? <<, grinste Christine mit funkelnden Augen.
>> Nein. Diese Untersuchungen. Ich fühle mich dann immer wie ein Versuchskaninchen. <<
>> Ich würde Sie eher als Laborratte bezeichnen, CAG. <<
>> Sehr charmant, wirklich. <<
Christine nahm einen Injektor aus dem Schrank, lud ihn mit einem Medikament und injizierte es Will in den Hals. >> In etwa dreißig Minuten haben Sie es überstanden. <<
>> Danke, Doc. <<
Will verabschiedete sich durch einen lässigen Wink und taumelte nach draußen auf der Suche nach ein wenig Schlaf und nach der Erinnerung an letzte Nacht.

Darson

Etwa zwei Jahre nachdem die Menschen von Marokia angegriffen wurden und die Schlachten dem Territorium der Chang immer näher kamen, rief Regent Dakan sein Volk zu den Waffen. Wie Millionen andere auch folgte Darson dem Ruf und meldete sich zum Heer.
Schon damals war abzusehen, dass die Chang auf Seiten der Erde in den Krieg eintreten würden. Es dauerte aber noch ein volles Erdenjahr bis zum Kriegseintritt seines Volkes. Erst nachdem die Großoffensive der Marokianer von den Menschen zurückgeschlagen wurde und man langsam zu hoffen wagte, dass die Erde als Sieger aus diesem Konflikt hervorgehen würde, wagte es seine Regierung, die Menschen offen zu unterstützen.
Nach Kriegsende, als der instabile Frieden durch die Gründung der Konföderation gesichert werden sollte, stellte sich ihm die Frage nach seiner Zukunft. Die einfache Antwort war, dass er nie etwas anderes gelernt hatte als zu kämpfen. Er war von der Schule abgegangen und hatte sich zu den Truppen gemeldet. Jetzt in ein normales, kleinbürgerliches Leben zurückzukehren war ihm als die schlechtere der beiden Varianten erschienen und so entschloss er sich, auch weiterhin die Uniform zu tragen.
Als Sohn eines Bauern war er in kleinen Verhältnissen aufgewachsen, hatte niemals andere Welten besucht und fremde Spezies kannte er nur aus Büchern oder Filmen. So war es nur verständlich, dass es lange gedauert hatte, bis er sich an den Anblick fremder Wesen gewöhnt hatte.
Die Chang waren den Menschen recht ähnlich, wenn man bedachte, wie unterschiedlich ihre Evolution verlaufen war.
Der Körperbau war mit dem der Menschen identisch. Zwei Arme, zwei Beine, ein Kopf mit zwei Augen und die meisten wichtigen Organe unterschieden sich nur marginal. Optisch unterschieden sich die beiden Völker jedoch sehr.
Die Wangen eines Chang waren vom Mundwinkel bis zu den kleinen Ohren aufgeschlitzt. Was auf den ersten Blick wie eine Verletzung wirkte, entpuppte sich auf den zweiten als ein ausgeklügeltes Filtersystem. Dieses Volk hatte sich in einer sehr staubigen und heißen Welt

entwickelt. Die Evolution hatte Wege gesucht, die staubige Luft zu filtern, und erfand diese kiemenhaften Schlitze in den Wangen.
>> Funktioniert es jetzt? <<
>> Ich sehe nur blinkende Lichter. <<
>> Und jetzt? <<
>> Jetzt sehe ich andere blinkende Lichter. <<
>> Welche Farbe haben sie? <
>> Blau. <<
>> Und jetzt? <<
>> Grün. <<
>> Ach, verdammt ... Was ist jetzt? <<
>> Jetzt ist alles dunkel. <<
>> Die Konsole? <<
>> Nein. Der ganze Raum. <<
Harry kam unter der Konsole hervorgekrochen und sah sich in der Sicherheitszentrale um. Alle Kontrollen, Stationen und Lichter waren ausgefallen. Nur die dämmrig rote Notbeleuchtung lief noch.
>> Herrgott, was ist denn hier los? << Harry kletterte über eine Konsole und dann an einer Leiter hoch zur zweiten Ebene, wo die Computersysteme, Sicherungskästen und alle anderen für die Techniker wichtigen Dinge untergebracht waren.
>> Was ist hier los? <<, fragte Masters, als er in die Zentrale zurückkehrte.
>> Die Techniker haben gerade einen Kurzschluss fabriziert <<, erklärte Darson seinem CO.
>> Sie sagten, dass ich meine Zentrale heute Abend fix und fertig in Betrieb nehmen kann, Harry. Stehen Sie noch dazu? <<
>> Ja, tue ich. Aber nur wenn Sie mich jetzt arbeiten lassen und sich Ihre Bemerkungen sparen. << Harrys Stimme war gereizt.
>> Wir haben unsere Crew beisammen <<, sagte Darson und überreichte Masters einen Datenblock. >> Die letzte Abteilung hat sich heute Morgen zum Dienst gemeldet. Ich beginne morgen früh mit dem Training. <<
>> Wo? <<
>> Da gibt es eine Wüstenebene auf der Südhalbkugel von NC5, ich denke, dass sie für ein paar Tage Überlebenstraining perfekt ist. <<

>> Nehmen Sie die Männer am ersten Tag nicht zu hart ran. Ich will sie nicht von Anfang an überfordern <<, sagte Masters, während er die Zeilen des kleinen Displays überflog.
>> Das wird kein Kindergartenausflug. Wir brauchen eine kampfbereite Truppe <<, sagte Darson energisch und voller Tatendrang. So als könnte er es kaum erwarten, seine Leute durch den heißen Wüstensand zu treiben.
>> Wir brauchen eine Einheit, die fit ist und sich zu verteidigen weiß. Wir sind kein Stoßtrupp, sondern eine Sicherheitseinheit. Unsere Aufgabe beschränkt sich darauf, die Ordnung auf dieser Station aufrechtzuerhalten. Also übertreiben Sie's nicht gleich. <<
>> Sir <<, Darson nickte und akzeptierte den Befehl seines Lieutenant Commanders, auch wenn er anderer Meinung war.
>> Ah ja ... Captain Hawkins war vorhin hier. <<
>> Was wollte er? <<
>> Inspektion. Er sieht sich wohl alle Sektionen an, die kurz davor stehen, fertig zu werden. Außerdem versucht er nach und nach mit den Offizieren der Kommandocrew zusammenzutreffen. Ich habe ihn auf die Krankenstation geschickt. <<
>> Gut <<, sagte Masters und verließ den Raum, in dem gerade wieder die Lichter angingen. Darson kniff die Augen zusammen und wandte sich von den hellen Neonröhren ab. Die Chang waren ein nachtaktives Volk. Bewegten sie sich im Tageslicht, trugen sie Kontaktlinsen, die ihre Facettenaugen vor dem schmerzhaft grellen Licht schützten. Eine Anpassung, die nötig war, um mit anderen Völkern einen normalen, unkomplizierten Kontakt zu pflegen.
>> Ich glaube, jetzt haben wir's <<, sagte Harry und endlich aktivierten sich Monitore und Konsolen und erlaubten den Sicherheitsleuten Einblick in alle Sektoren der riesigen Station.
>> Gratuliere, Harry <<, sagte Darson anerkennend und baute sich mit verschränkten Armen vor den Monitoren auf.

Silver

Die weißen, sterilen Räume des Flottenhauptquartiers hatten Alexandra schon immer mit Unbehagen erfüllt.
Es war die kalte Aura der Macht, die diesem Gebäude anhaftete, dieses Elitäre und Sterile, das über ganz Brüssel und seinen Institutionen lag.
Die Hauptstadt und ihr raues, kühles Wetter hatten Alexandra nie sonderlich gefallen.
Sie war auf dem Mars geboren, in trockenem, warmem Klima. Nicht zu vergleichen mit der atlantischen Wettersituation hier im politischen Machtzentrum der vereinten Erde, wo ein Jahrhundert zuvor der letzte innerplanetare Konflikt durch einen Vertrag beendet wurde, der als „Brüssler Abkommen" in die Geschichte einging.
Doch all der Prunk war nichts für Alexandra. Sie wusste um die historische Dimension dieser Stadt, um ihre entscheidende Rolle beim Weltfrieden und dennoch misstraute sie ihr.
Sie war ein Kind des Mars, geboren unter rotem Himmel, aufgewachsen in staubigen Straßen.
Allem Terraforming zum Trotz war Mars noch immer der Rote Planet. Es gab Meere, Seen, grüne Wiesen, Wälder, aber alles hatte man dem Planeten abringen müssen. Generationen hatten einen harten Kampf gegen die Wüste geführt, ehe der Planet zu dem wurde, was er heute war, und Mars hatte seine Kolonisten ebenso geprägt wie die Kolonisten den Mars.
Wer dort geboren wurde, war ein besonderer Menschenschlag. Härter, rauer, starrsinniger als die Brüder und Schwestern vom blauen Planeten.
Die Erde des vierundzwanzigsten Jahrhunderts und ihre Bewohner unterschieden sich kaum von vergangenen Epochen. Die Städte waren noch größer, die Politik noch schmutziger und die Gewalt auf den Straßen noch brutaler.
So zumindest sah es Alexandra, die zwar einen Eid auf die Erde geschworen hatte, diese Welt jedoch nie als ihre Heimat empfand.
Die alten Nationalstaaten waren nach und nach verschwunden und unter dem Banner der Europäischen Union hatte sich über die Jahrhunderte der alte Traum von globalem Frieden verwirklicht.

Doch eine alte Weisheit besagt, dass Friede mehr ist als die bloße Abwesenheit von Krieg. Der letzte innerplanetare Konflikt lag mehr als ein Jahrhundert zurück. Doch Armut, Kriminalität und Extremismus konnten bis heute nicht endgültig besiegt werden.
Was über Jahrhunderte der Traum der Menschheit war, wurde erst möglich durch den blutigsten Krieg der Geschichte.
Erst im Angesicht des Unterganges, als die marokianischen Heere über die Menschheit herfielen und Millionen starben im Feuer dieses grausamsten aller Kriege, da schaffte es die Menschheit, sich zu einen und als ein Volk, als eine Nation in den Kampf zu ziehen und das Überleben der Spezies zu sichern.
Als die letzte Schlacht geschlagen, der letzte Marokianer vertrieben und das letzte Feuer gelöscht war, hatte sich alles verändert. Die alten Probleme schienen nicht mehr zu existieren. Die Menschheit war haarscharf der endgültigen Vernichtung entgangen und in der Glut dieser Erkenntnis schmiedete sich der kollektive Wille zu überleben.
Und in einem Universum voller Feinde gab es nur eine einzige Möglichkeit, um dieses Ziel zu erreichen.
Stärker sein als alle anderen.
Also tat die Menschheit das, was sie am besten konnte. Sie begann aufzurüsten. Innerhalb von wenigen Jahren bauten sie eine Flotte, die stärker war als alle Flotten ihrer Nachbarn zusammen. Ein Heer wurde aufgestellt und Allianzen wurden geschlossen.
Und dann, zwei Jahre nach Kriegsende, wurde die Konföderation der Vereinten Planeten proklamiert.
Eine Allianz, ein Bündnis, um sich gegen neue Angriffe von Seiten des Imperiums zu schützen.
Fünf Völker geeint unter einem Banner, fünf Flotten geeint unter einem Kommando. Eine Streitkraft, die selbst der Macht Marokias trotzen konnte.
In den galaktischen Geschichtsbüchern gibt es inzwischen viele Seiten über die Kriege, die Marokia führte, aber es gibt nur sehr wenige Seiten über die friedlichen Epochen dieses Reiches.
Noch nie zuvor hatte sich Marokia so lange ruhig verhalten. Die Gründung der Konföderation führte zum längsten interstellaren Frieden seit Völkergedenken.
Doch alle Epochen enden einmal.

Im Oberkommando der Streitkräfte war es ein offenes Geheimnis, dass die Zeichen auf Krieg standen, und allen Beteuerungen der politischen Führung zum Trotz dämmerte diese Erkenntnis langsam, aber sicher auch dem Großteil der Bevölkerung.

>> Entschuldigung! Wo finde ich das Büro von Admiral Armstrong? <<, fragte Alexandra einen Petty Officer, der ihr auf der Treppe begegnete, und folgte dann seiner Wegbeschreibung hinauf in den neunten Stock des schmucklosen Betonbaus im Herzen der Stadt.

Alexandra war heute zum ersten Mal hier. Zwar kannte sie Admiral Armstrong bereits seit Längerem, doch hatten sie sich stets in Werften und an Bord von Schiffen getroffen. Nie hier im irdischen Flottenkommando.

Ohne zu wissen, warum, hatte sie ein flaues Gefühl im Magen.

Alexandra Silver war eine Frau, die von sich selbst überzeugt war. Eine Frau, die einen sehr weiten, sehr harten und sehr wechselvollen Weg hinter sich hatte.

Sie hatte weder ein Geburtsdatum noch eine Geburtsurkunde. Es gab keine Bilder ihrer Eltern, keine Erinnerungen an eine fröhliche Kindheit.

Das Einzige, das es gab, war ein kleines, dreijähriges Mädchen, das in den Straßen von Utopia Planicia herumirrte und von einem Polizisten in ein Waisenhaus gebracht wurde. Ein Waisenhaus, aus dem sie im Alter von etwa zwölf Jahren einfach verschwand.

Alexandra hatte mehr als die Hälfte ihrer Kindheit alleine auf der Straße verbracht, hatte sich irgendwie durchgeschlagen und hatte versucht, sich aus Problemen herauszuhalten. Mal hatte das funktioniert, mal nicht.

Sie hatte gelebt wie tausende anderer Kinder auf dem Mars. Alleine.

Mit sechzehn ging sie unter Angabe eines falschen Alters zu den Streitkräften und diente im Krieg an vorderster Front. Sie erhielt drei Feldbeförderungen. Nach Kriegsende ging sie auf einen Offizierslehrgang und bestand ihn mit Auszeichnung. Seitdem zeigte ihre Karriere immer nach oben. Aus dem kleinen Straßenmädchen war ein Offizier geworden. Alexandra Sigorney Silver, ein Name, den ihr die Schwestern im Waisenhaus gegeben hatten, war heute Commander und Teil eines gut gehüteten Geheimprogramms.

>> Commander Silver für Admiral Armstrong <<, sagte die schlanke, rothaarige Frau mit der blassen Haut im Vorzimmer der Admiralin.
>> Augenblick bitte <<, antwortete der PO hinter seinem Schreibtisch, griff nach dem Komlink und kündigte Alexandras Ankunft an.
>> Sie können reingehen. <<
>> Danke. <<
Alexandra ging durch die schmucklosen weißen Flügeltüren und betrat das Büro der Oberkommandierenden.
>> Commander, es freut mich, dass ich Sie noch einmal sehe, ehe Sie uns verlassen <<, sagte Beth Armstrong, die hinter ihrem Schreibtisch saß und sofort aufstand, um Alexandra die Hand zu schütteln.
>> Es freut mich auch, Admiral. <<
>> Wie ich höre, geht es schon bald los? <<
>> Ja. Das Schiff ist fertig. Die Testläufe sind beendet und das Schiff samt seiner Crew will endlich ins All. Wir denken, dass es Zeit ist, die Raumerprobung aufzunehmen. <<
>> Sie haben da ein gutes Schiff, Commander. Es ist eine Schande, dass Sie es nicht kommandieren dürfen. <<
>> Nur wenige haben die Ehre, als XO auf dem modernsten Schiff der Flotte zu dienen. Ich bin ganz zufrieden mit meiner Position. <<
>> Dennoch. Sie haben mehr Zeit auf diesem Schiff verbracht als die Ingenieure, die es gebaut haben. <<
Elizabeth Armstrong nahm Alexandra am Arm und führte sie hinüber zur kleinen Sitzecke neben dem monströsen Bücherregal, welches die gesamte Westseite des Büros vereinnahmte.
>> Von dem Tag an, als ich es zum ersten Mal sah, als ich meinen Fuß auf das Deck des halb fertigen Rumpfes stellte, wusste ich, dass ich meinen Platz gefunden hatte. Es fühlte sich an wie nach Hause kommen. Glauben Sie mir. Ich hege keinen Groll. <<
Die Flügeltüren öffneten sich und der PO brachte ein Tablett mit frischem Kaffee.
>> Setzen Sie sich <<, bat Armstrong und ließ sich auf einem der Polstersessel nieder.
>> Das ist gut. Leider hat das Flottenkommando noch immer keine Entscheidung bezüglich des Kommandanten getroffen. <<

\>\> Wie ich höre, soll es aber einen Favoriten geben. <<
\>\> Den gibt es. Admiral Jeffries hat seine Entscheidung getroffen und kämpft nun um die Zustimmung der diversen Ausschüsse und Kommissionen. <<
\>\> Es wird also noch dauern, bis wir einen CO bekommen? <<
\>\> Für die Dauer der Raumerprobung gehört die Victory noch Ihnen. Danach wird es eine Entscheidung geben müssen. <<
\>\> Ist es wirklich so schwer, einen geeigneten Offizier zu finden? <<
\>\> Das Problem ist, dass es ein Geheimprojekt ist. Wir können den Posten nicht offiziell ausschreiben und in den Gremien gibt es sehr unterschiedliche Ansichten, was Qualifikation betrifft. Jeffries will einen jungen, unverbrauchten Captain. Andere plädieren für einen erfahrenen Mann. <<
\>\> Sollte man ein solches Schiff einem unerfahrenen Captain anvertrauen? <<, fragte Alexandra und nippte an ihrem Kaffee.
\>\> Die Victory ist etwas Neues. Jeffries denkt, dass ein junger Captain mit dem Schiff und seinen Möglichkeiten ganz anders umgehen wird als ein alter, den Regeln des Raumkrieges verschriebener Kommandant. <<
\>\> Ein Dilemma. <<
\>\> Was würden Sie bevorzugen, Alexandra? Erfahrung oder Innovation? <<
Sie musste grinsen. \>\> Interessante Fragestellung. <<
Armstrong erwiderte das Lächeln und schlug die Beine übereinander.
\>\> Sie sind Jeffries' Meinung? <<
\>\> Michael Jeffries und ich sind alte Freunde und die Victory ist unser gemeinsames Projekt <<, sie machte eine kurze Pause. \>\> ... Wir sind gleicher Meinung. <<
\>\> Wer ist Ihr Kandidat? <<
\>\> Kann ich Ihnen leider nicht sagen. Erst wenn er von der Kommission abgesegnet wurde. <<
\>\> Man hört Gerüchte. <<
\>\> Höre alles, glaube nichts. <<
Alexandra nickte, nahm einen weiteren Schluck von ihrem Kaffee und blickte über Armstrongs Schultern zum Panoramafenster hinter

dem Schreibtisch, wo dicke Regentropfen gegen die Scheibe schlugen.
>> Morgen ist der Start? <<, wechselte Armstrong das Thema.
>> Ja. Der Start zu drei Monaten Testflug im Tiefenraum. <<
>> Je weiter weg vom Rest der Welt, desto besser <<, sagte Beth Armstrong und Alexandra bestätigte mit einem Nicken.
>> Ich werde Sie und Ihr Schiff im Auge behalten, Alexandra. Vor Ihnen liegen noch große Dinge. <<
>> Ich fürchte, Sie haben recht, Admiral. <<
>> Manche glauben, dass es bald Krieg geben wird. <<
>> Zu denen gehöre ich auch. <<
>> Es gibt Stimmen, die meinen, wir sollten die Victory der Öffentlichkeit präsentieren und damit ein Zeichen setzen. <<
>> Das wäre Irrsinn <<, erwiderte Alexandra rasch. >> Die Victory kann keinen Krieg verhindern, aber sie könnte einen gewinnen. Sie ist unser Trumpf im Ärmel, so was gibt man nicht preis. <<
Der Admiralin gefiel Alexandras Einstellung.
Von ihrer ersten Begegnung an hatte Beth Armstrong Alexandra ins Herz geschlossen. Sie hatte dieses Gefühl, das Mentoren oft haben, wenn sie einen neuen Protégé kennenlernen.
Die Karriere dieser Frau war noch lange nicht am Zenit angekommen und Beth Armstrong würde weiterhin eine wohlwollende Beobachterin eben dieser Karriere sein.
Das Komlink zirpte und der PO im Vorzimmer erinnerte die Admiralin an ihren nächsten Termin.
>> Es tut mir leid, Alexandra <<, sagte sie, >> aber ich muss Sie jetzt verabschieden. <<
Die beiden trennten sich und Alexandra ging durch die Flügeltüren ins Vorzimmer.
Sie musste zurück zu den Werften draußen im All, wo ein Schiff lag, das noch niemand außerhalb des Stützpunktes erblickt hatte und das, so Gott will, noch lange ein Geheimnis bleiben sollte. Ein Geheimnis für die Völker der Konföderation und vor allem für die Feinde jenseits der Grenze.
>> Sie ist noch sehr jung <<, sagte Admiral Lee, ein alter, weißhaariger Mann, der durch einen Seiteneingang das Büro von Beth Armstrong betrat, unmittelbar nachdem Alexandra es verlassen hatte.

>> Jugend ist doch kein Fehler. <<
>> Sollte man einer so jungen Frau die mächtigste Waffe im Arsenal unserer Flotte anvertrauen? <<
>> Alte Männer kämpfen nach alten Regeln und mit alten Methoden. Sie und ich werden nicht die Helden des kommenden Krieges sein. Der Jugend gehört die Zukunft und die Jungen werden es auch sein, die den Krieg gewinnen oder alles verlieren werden. Finden Sie sich damit ab, Graham. Wir gehören zu einer aussterbenden Art. Diese Frau und die anderen ihrer Generation werden es sein, denen wir das alles hier hinterlassen. <<

Iman

Der Geruch von Räucherwerk lag in der Luft und leise Flötenklänge wehten durch die olivfarbenen Vorhänge.

Draußen über der Wüste war die Sonne aufgegangen und warf ihr goldenes Licht in den halbmondförmigen Talkessel, der die Hauptstadt des Reiches wie eine Wehrmauer an drei Seiten umschloss.

Noch war es verhältnismäßig kühl und die Schatten in den engen Gassen waren lang, doch die Sonne würde schon bald ihre ganze Kraft entfalten und die Stadt zu dem wohligen Glutofen machen, den die Marokianer so sehr liebten.

Das leise beginnende und stetig ansteigende Wecksignal begann zu summen und Iman erwachte aus tiefem, erholsamem Schlaf.

Müde grunzend drehte er sich im Alkoven, gefüllt mit Sand, der seinem Volk traditionell als Schlafstätte diente.

Auch wenn seine Spezies einen langen evolutionären Weg hinter sich hatte, so war sie in dieser Hinsicht ihrer Herkunft treu geblieben.

Der kunstvoll geschlagene steinerne Sarkophag stand unter einem großen Fenster mit Blick auf die Vorstadt, das Licht brach sich in den kristallenen Fensterscheiben und zauberte Regenbogen, die geisterhaft im Raum schwebten.

Iman erhob sich aus seinem Bett, wischte sich den Sand von den grünen Schuppen und ging einige Schritte, um seine müden Glieder zu wecken.

Einst hatte sein Volk in dunklen Höhlen gelebt und war auf allen Vieren durch den Dreck gekrochen, dann lernten sie den aufrechten Gang und ihre Pfoten wurden zu Händen mit fünf Fingern.

Von da an ging es rapide bergauf.

Die Geschichte der Evolution war eines von Imans Lieblingsthemen. Neben der Militärgeschichte sein absolutes Steckenpferd.

Der Weg von der einfachen Sandechse zur dominierenden Spezies des Planeten und anschließend zur interstellaren Supermacht war derart unglaublich und von so vielen Zufällen begleitet, dass ihn dieses Thema schon in frühester Kindheit gefesselt und seine Faszination bis zum heutigen Tag niemals verloren hatte.

Der Reichsadmiral schlang sich ein weißes Tuch um die nackten Hüften und ging ins Esszimmer, wo seine Ordonnanz bereits das

Frühstück bereitet hatte.

\>> Was gibt es heute? <<, fragte er den jungen Unteroffizier und setzte sich auf die steinerne Bank.

\>> Mensch <<, erwiderte dieser und reichte seinem Vorgesetzten einen Teller mit kleingeschnittenem gebratenem Fleisch.

\>> Köstlich. <<

Zehn Jahre nach dem Krieg war Menschenfleisch zu einer echten Rarität geworden, die sich nur noch ein kleiner Kreis von Privilegierten leisten konnte.

Eigentlich dürfte es im ganzen Reich keinen einzigen Menschensklaven mehr geben. Teil des Friedensvertrags war der Komplettaustausch aller Gefangenen und der Verzicht auf menschliche Sklaven.

Glücklicherweise gab es in den Weiten des Reiches noch einige unentdeckte Lager, wo Menschensklaven gehalten wurden, um mit deren Fleisch den Gaumen der Adligen zu verwöhnen.

\>> Wein, Ulaf? <<, fragte er und Iman nickte bestätigend.

\>> Gerne. <<

An die Bezeichnung Ulaf hatte er sich noch nicht richtig gewöhnt. Seine Beförderung in den Admiralsrang lag erst wenige Wochen zurück und er glaubte noch immer, jemand anderes sei gemeint, wenn einer seiner Leute ihn *Ulaf* nannte.

Iman hörte sich nähernde Schritte und das Rauschen von Stoff.

\>> Guten Morgen, Ituka <<, sagte er, ohne seinen Kopf zu drehen. Er erkannte seinen engen Vertrauten an der Art seiner hastigen Schritte.

\>> Ulaf Garkans Stab bittet uns in den Palast. Die Audienz beim Imperator wurde vorverlegt. <<

\>> Auf wann? <<

\>> Kurz vor Mittag. <<

Iman nickte, es war noch genügend Zeit.

\>> Wein? <<, bot er dem Offizier und Ituka nahm dankend an.

\>> Setz dich. Es ist genug für uns beide da. <<

\>> Gestern Abend kamen die neuen Geheimdienstberichte. <<

\>> Ich hab sie gelesen. <<

\>> Die Stationen sind fast fertig. <<

\>> Mir musst du das nicht sagen. Der alte Mann auf dem Thron ist das Problem. <<

\>\> Garkan hat weitere Heere ins Feld beordert. Sie sollen unsere Garnisonen rund um Marokia Zeta stärken. <<
\>\> Gut. Wenigstens einer, der noch etwas Rückgrat besitzt. <<
Nach dem Frühstück ging Iman in sein Ankleidezimmer und stieg in seine beste, prächtigste Rüstung.
Braun und rot mit silbernen Beschlägen und kunstvoll verziertem Brustpanzer.
Gerade gut genug für eine Audienz beim Imperator.
\>\> Euer Wappen <<, sagte die Ordonnanz und reichte ihm das Adelswappen von Raman Sun, dem Sitz seiner Familie.
Dass er es als Bastard überhaupt tragen durfte, war ein großer gesellschaftspolitischer Fortschritt für das starr gewordene alte Reich. Noch vor zwei Generationen hätte einer wie er nicht einmal die Hauptstadt betreten dürfen.
Seinem Vater hatte er zu verdanken, dass er heute hier war, seinem unermüdlichen Einsatz für ein modernes, für die Zukunft gewappnetes Reich war es zu verdanken, dass auch die unehelichen Kinder der Fürsten Offiziere werden konnten.
Immer wenn er dieses Wappen an der Brust befestigte, durchfuhr ihn melancholische Dankbarkeit.
Auch wenn er niemals über Raman Sun herrschen konnte, so war er doch zu einem der höchstrangigen Offiziere im Heer geworden und diese Tatsache allein erfüllte ihn mit großem Stolz und mit ebenso großer Hoffnung für die Zukunft des Reiches.
\>\> Gehen wir <<, sagte er, als er zu Ituka zurückkehrte, und gemeinsam machten sie sich auf den Weg.
Imans Wohnung lag in einem vornehmen, wenn auch nicht elitären Teil der Stadt, auf halbem Weg zwischen dem Palast und dem Sitz des Oberkommandos, welches sich wie ein Dorn aus der wirren Masse der Häuser erhob.
Die Marokianer waren schon immer ein bodenständiges Volk gewesen. Die meisten ihrer Städte lagen unter der Erde, die Hauptstadt war eine der wenigen Ausnahmen, ebenso Imans Heimat Raman Sun, welche als modernste Stadt des Reiches galt.
Während die Städte auf Erden immer weiter in den Himmel wuchsen, gab es auf Marokia kaum ein Haus, das mehr als drei Stockwerke hatte. Das Oberkommando war eine glänzende Ausnahme; wie

ein Speer ragte der Prachtbau in den Himmel und wurde nur noch vom Palast überragt.
Über Pflasterstraßen gingen die beiden Offiziere zur nächsten Hochbahnstation und fuhren zum Palast.
Trotz der frühen Morgenstunden platzte die Stadt bereits aus allen Nähten, das Volk schien heute besonders geschäftig.
Am Sitz des Imperators angekommen, trafen sie sich mit General Garkan und einigen seiner Vertrauten, um ihr Vorgehen zu besprechen.
Jeder von ihnen entstammte altem Adel, jeder von ihnen war ein Fürst oder würde diesen Titel eines Tages erben.
So gesehen war Iman der Geringste unter ihnen.
Immer wieder spürte er ihre Abneigung, ihre abfälligen Blicke, ihre missbilligenden Gesten.
Doch Garkan, ein alter Freund seines Vaters, hatte Iman von frühster Jugend an protegiert und ihm über Jahre immer wieder den Rücken gestärkt.
Er entstammte einer antiken Adelslinie, die in den frühen Tagen des Reiches mehrere Imperatoren hervorgebracht hatte, ehe die Familie des jetzigen Herrschers an die Macht kam und nun seit zweitausend Jahren in direkter Linie regierte.
Als die Tore des Saales sich öffneten und die Generäle den Raum betraten, richtete Kurgan, der alte Imperator des Echsenvolkes, seinen Blick in die schuppigen Gesichter dieser Männer. Er wusste, was sie ihm sagen würden. Dasselbe, das sie ihm immer sagten.
>> Imperator <<, Garkan verneigte sich und grüßte den alten Mann förmlich.
>> Wir kommen mit schlechten Nachrichten <<, verkündete er. >> Die Raumstationen der Konföderation nähern sich ihrer Fertigstellung. Schon in wenigen Wochen werden sie ihre volle Leistungsfähigkeit erreichen. Wenn wir zuschlagen wollen, dann müssen wir es jetzt tun. <<
>> General Garkan <<, Kurgan erhob sich und ging zu einem der beiden Fenster links und rechts des Saales. >> Die Menschen bauen diese Stationen, um einen Angriff zu verhindern. Nicht um ihn zu provozieren. <<

>> Wollen wir wirklich zusehen, wie unser größter Feind immer stärker wird? Man sollte einen Bären erlegen, solange er noch klein ist. << Garkans Worte hallten durch den Thronsaal.
>> Es liegt keine Ehre darin, ein Bärenjunges zu töten, General. <<
>> Es ist keine Frage der Ehre, sondern eine Frage des Überlebens. <<
>> Habt Ihr solche Angst vor der Flotte der Menschen, General? Ist das Imperium so schwach geworden, dass wir zittern müssen bei der Erwähnung dieses Volkes? <<
>> Marokia ist immer noch die unangefochten größte Macht in der Galaxis. Aber das rechtfertigt nicht, dass wir tatenlos zusehen, wie unsere Feinde immer stärker werden. Sie bauen Stationen an unserer Grenze, sie bauen Schiffe, die in ihrer Größe und Feuerkraft den unseren ebenbürtig sind. Sie bauen Raumtore überall in ihrem Gebiet. <<
>> So wie wir auch ... Ist es dem Militär langweilig geworden? Ist die Verteidigung unserer Heimat eine so unbefriedigende Aufgabe, dass ihr einen Krieg braucht, um euch nützlich zu fühlen? <<
>> Der Angriff auf die Konföderation ist die Verteidigung unserer Heimat. Führen wir den Erstschlag, ehe die Menschen es tun. <<
>> NEIN. << Die Stimme Kurgans war so stark und entschlossen wie seit Jahren nicht.
>> Wir sind einmal gegen die Menschen in den Krieg gezogen und haben verloren. Das Ergebnis eurer damaligen, wie nanntet ihr es, „Strafaktion" war ein Jahre dauernder, blutiger Krieg, der auf beiden Seiten das Opfer einer ganzen Generation gefordert hat. Und am Ende waren die Menschen gestärkt und wir geschwächt. Der Krieg hat nur eines gebracht: dass unsere Feinde enger zusammenstanden und sich verbündeten gegen uns. Vorher standen uns Dutzende kleine Völker gegenüber, die unorganisiert und ungefährlich waren. Dank unserem Angriff auf die Erde schlossen sich die fünf mächtigsten unter diesen Feinden zu einer Allianz zusammen. Ein Bund, geschmiedet durch die diplomatischen Hunde auf ZZerberia, die seit Jahrhunderten versuchen, eine Allianz gegen uns zu bilden. Ich werde nicht noch mal in den Krieg ziehen. << Die Stimme des Imperators verlor sich im Wind und durch einen Wink ließ er die Generäle

entfernen und richtete seinen Blick auf das kunstvolle Mosaik am Boden.

Es zeigte eine prachtvoll detaillierte Raumkarte des Imperiums zur Zeit der Großväter.

In der Jugend hatte dieser Anblick den Imperator noch mit Tatendrang erfüllt. Wann immer er über das Mosaik schritt, träumte er von Feldzügen und neuen Eroberungen, doch die Jahrzehnte auf dem Dornenthron hatten seine Sicht der Dinge zunehmend geändert.

Je älter er wurde, desto öfter saß er hier oben und verbrachte seine Zeit damit, diese alte Karte zu studieren und sich zu fragen, ob seine Zeit auf diesem Thron der seiner Vorgänger ebenbürtig war.

>> Wir werden uns an seinen Sohn halten müssen <<, sagte Iman zu seinem Mentor, nachdem sie den Thronsaal verlassen hatten.

>> Der alte Imperator konzentriert sich nur noch auf seinen eigenen Tod. Der Sohn hingegen könnte empfänglicher sein. <<

>> Kogan ist ein dummer Schwächling. Unter seiner Führung wird das Imperium nicht lange überleben <<, erwiderte der Großgeneral.

>> Je dümmer und schwächer ein Mann ist, desto leichter kann man ihn sich zunutze machen. Lasst mich versuchen, ihn auf unsere Seite zu ziehen. <<

>> Von mir aus. Aber es muss schnell geschehen. Uns läuft die Zeit davon. <<

>> Ich beginne noch heute Abend damit <<, versprach Iman und sein Blick fiel auf eine Gestalt im Dunkel. Sie war in letzter Zeit immer öfter zu sehen. Wie ein Schatten lag dieses namenlose Wesen über dem Palast. Seit Monaten schon genoss es das Vertrauen des Großgenerals, und wo immer er war, war auch dieser Schatten.

Iman hatte nie das Gesicht dieses Unbekannten gesehen. Er kannte weder den Namen noch die Spezies, zu der er oder sie gehörte. Nur eines schien ihm sicher. Wer auch immer ES war, es war kein Marokianer. Seine Gestalt war dazu zu klein und schmal. Womöglich ein Humanoider? Ein Mensch?

Iman verwarf den Gedanken noch im selben Moment. Die einzigen Menschen, die es auf Marokia gab, waren Sklaven, die es eigentlich gar nicht geben durfte, und die Vorstellung, dass ein Mensch diese heiligen Hallen entweihte, war mehr als lächerlich.

Dennoch verharrte sein Blick für Augenblicke an der verhüllten Gestalt, die sogleich im Schatten verschwand und sich auf den Weg zum Thronsaal machte.

>> War *Es* das? <<, fragte Ituka, der das Wesen ebenfalls gesehen hatte, und Iman nickte zustimmend.

>> Ich habe Geschichten gehört <<, begann Ituka, doch der Ulaf fiel ihm ins Wort. >> Das Geschwätz von Waschweibern interessiert mich nicht <<, grollte er und folgte dem Tross der Generäle.

Ein Krieg beginnt.

Pegasus 1.

Tom stand, den Pilotenhelm unter den Arm geklemmt, am Heck seines Jägers und inspizierte nach alter Pilotentradition ein letztes Mal seine Maschine, ehe er ins Cockpit kletterte und sich für den Start bereit machte.

>> Wir fliegen in loser Formation nach Teelon. Das ist ein kleiner, uninteressanter Felsbrocken auf halbem Weg zwischen hier und Pegasus 2. Dort treffen wir uns mit einer zweiten Patrouille, fliegen gemeinsam an die Grenzen und sehen uns dort ein wenig um. Übernachtet wird auf Argos 2, das ist ein kleiner Infanteriestützpunkt etwa eine Flugstunde von der Grenze entfernt. Morgen früh geht es dann hierher zurück. Noch Fragen? <<

Will Anderson hatte den Text beim Piloten-Briefing recht unmotiviert heruntergeleiert. Es war das hundertste Mal, dass er diese Route flog, und außer Tom waren alle anderen, die dieses Mal mitflogen, die neunundneunzig anderen Male auch dabei gewesen.

>> Weißt du noch, wie's geht? <<, hatte Will gefragt, als sie gemeinsam über das Flugdeck gegangen waren.

>> Ich warte auf Teelon auf dich <<, antwortete Tom und begann die Inspektion seines Jägers.

Das war vor zehn Minuten gewesen.

Nun hatte er das Cockpit geschlossen, die Instrumente aktiviert und die Turbinen im Heck heulten auf.

>> Start freigegeben <<, kam die neutrale Stimme eines Fluglotsen über Interkom und Tom beschleunigte seinen Jäger.

Es war fast acht Monate her, seit er das letzte Mal in einer Nighthawk gesessen hatte. Je besser seine Karriere sich entwickelte, desto seltener kam er dazu, sich in ein Cockpit zu setzen. Zweimal im Jahr musste er aber laut Vorschrift eine Tiefenraum-Patrouille mitfliegen, um seine Pilotenlizenz nicht zu verlieren.

Heute war wieder so ein Tag.

Tom schwebte über das Flugdeck und hielt auf die Hangartore zu, die sich automatisch öffneten, als die langsam fliegenden Jäger sich ihnen näherten.

Durch einen geräumigen Schleusenkanal flogen sie auf ein weiteres Tor zu, das sie ins eigentliche Raumdock führte. Einen überdimensionalen Raum, der genug Platz für eine kleine Flotte bot.

Das Geschwader formierte sich noch im Inneren der Station und hielt auf die Raumschotten zu, die groß genug waren, um ein Schlachtschiff passieren zu lassen. Die im Vergleich winzigen Jäger verschwammen vor dem Hintergrund der Sterne.

Gemeinsam mit Will und seinem Geschwader entfernte er sich von der Station und steuerte ins All. Die Displays wiesen ihnen den Weg, und als sie weit genug entfernt waren, zündeten sie die Turbos und verschwanden in der Dunkelheit.

\>> Hotrod an Hard Man. <<

\>> Hier Hard Man <<, antwortete Hawkins. Bei der Kommunikation zwischen Kampfpiloten wurden normalerweise keine richtigen Namen verwendet, sondern die Rufnamen, die den Piloten von den Kameraden ihrer ersten Staffel verliehen wurden.

\>> Schalten Sie doch bitte auf den gesicherten Kanal, Captain. <<

Tom griff nach der kleinen Kommunikationskonsole und drehte den Schalter von Interkom auf gesichert.

\>> Was ist, Will? <<, fragte Tom. Auf den gesicherten Kanälen galt diese Regelung nicht. Sie konnten ohnehin nicht mitgehört werden.

\>> Hast du alles gefunden? <<, fragte Will lachend.

Seit zwei Tagen zog er Tom damit auf, wie selten er Zeit hatte, in ein Cockpit zu steigen, und diverse Male hatte er bereits seine fliegerischen Fähigkeiten in Frage gestellt.

\>> Ja, Will. Alles gefunden. Sogar den Steuerknüppel. <<

\>> Gut <<, Will lachte nochmals ins Interkom, ehe er ernst wurde.

\>> Darf ich dich mal was fragen? <<

\>> Wenn es ernst gemeint ist, immer. <<

\>> Was hältst du von Jeffries? <<

\>> Er ist ein guter Offizier. <<

\>> Oh, Tom. Ich bitte dich, keine Lehrbuch-Antwort. Was hältst du von ihm? <<

\>> Er ist ehrlich. Als ich mich zum Dienst gemeldet habe, sprach er sofort Klartext. <<

\>> Du vertraust ihm also? <<

\>> Natürlich. <<

>> Trotz der Geschichten? <<
>> Was für Geschichten? <<
>> Dass er mit der SSA zu tun hatte. <<
>> Davon weiß ich nichts. <<
>> Ist schon klar, die SSA ist auch ein Geheimdienst und keine Sportveranstaltung. Davon soll keiner etwas wissen. <<
>> Aber du weißt etwas? <<, fragte Tom skeptisch. Wills alte Leidenschaft war es, unbestätigte Geschichten zu verbreiten. Er war ein Meister im Erzählen von Geschehnissen, die er nie erlebt hatte und deren Quellen oftmals sehr dubios waren.
>> Sagen wir, ich habe etwas gehört. <<
>> Interessiert dich, dass es mich nicht interessiert? <<, erwiderte Tom und fragte sich, was für Geschichten der alte Verschwörungstheoretiker wieder ausgegraben hatte.
>> Nein <<, konterte Will knapp und legte los. >> Er soll während des Krieges zur SSA gegangen sein. Angeblich war er in ein paar Geheimoperationen verwickelt. Soll fast ein Jahr hinter den Linien spioniert haben. Es hieß, er wäre militärischer Berater gewesen beim Bau eines neuen Schiffes ... <<
>> Will <<, unterbrach ihn Tom. >> Glaubst du wirklich, dass so etwas durchsickern würde, wenn es wahr wäre? <<
>> Keine Ahnung. Ich fand die Geschichte jedenfalls interessant. <<
>> Glaub ich gerne, aber du weißt genau, dass ich nichts auf so ein Gerede gebe. <<
>> Ja. Aber ich bin skeptisch. Und solange du mir nicht das Gegenteil beweist, betrachte ich ihn als ehemaligen SSA-Agenten und somit als eine nicht vertrauenswürdige Person. <<
>> Dir ist schon klar, dass die SSA unser eigener Geheimdienst ist, oder? Die arbeiten für uns. <<
>> Die SSA arbeitet für sich selbst und sonst für niemanden. Glaub mir, die würden die ganze Konföderation verraten, wenn es ihren Interessen dienen würde. <<
>> Du spinnst doch, Will. <<
>> Du wirst noch an mich denken, Tom. Das ist nicht nur so ein Gerede, das ist die Wahrheit. <<
>> Du solltest weniger Verschwörungsliteratur lesen. <<

\>\> Du bist ein Idiot, Tom. Und weißt du, warum? Weil du engstirnig bist. In deinem verdammten Offiziersdenken ist einfach kein Platz für Dinge, die nicht Uniform sind. \<\<
\>\> Jetzt hör auf, hier den Beleidigten zu spielen. Jeffries hat mir bisher keinen Grund gegeben, warum ich ihm misstrauen sollte. Außerdem ist er unser Vorgesetzter ... \<\<
\>\> Sag ich doch. Offiziersdenken. ... \<\<
\>\> Was soll das denn? Du bist selber Offizier. \<\<
\>\> Aber ich denke anders als du. \<\<
\>\> Das ist allerdings wahr. \<\<
Tom hatte eigentlich keine große Lust, dieses Gespräch fortzusetzen, da es sich ohnehin begann, im Kreis zu drehen, und weil er nicht schon nach weniger als dreißig Flugminuten mit seinem Kumpel einen Streit beginnen wollte.
\>\> Wie lange, sagtest du, dauert der Flug nach Teelon? \<\<, wechselte er das Thema.
\>\> Drei Stunden. \<\<
\>\> Aha. \<\< Tom veränderte einige Einstellungen an seinen Instrumenten. \>\> Ich werde die Formation verlassen und ein paar Flugmanöver durchführen. Ich will die Maschine im Griff haben, falls wir auf Marokianer stoßen. \<\<
\>\> Gut. Ich komme mit. \<\<
\>\> Muss nicht sein. \<\<
\>\> Doch. Keine Maschine verlässt ohne Flügelmann die Formation. \<\<
\>\> Na schön. \<\<
Tom zog die Maschine zur Seite und beschleunigte. Will gab an die Staffel durch, was sie vorhatten, und folgte ihm dann.

Pegasus 1, Besprechungsraum
\>\> Drei marokianische Flottenverbände haben ihre Operationsgebiete verlassen und steuern auf Marokia Zeta zu. Zusätzlich beobachten unsere Spähposten, wie ein zweites Sprungtor im Orbit des Planeten errichtet wird. \<\<
Jeffries stand neben Admiral Sharaf und betrachtete die Projektion auf der Tischplatte. Sharaf war vor einer Stunde mit einem Schiff des Nachrichtendienstes S3 hier angekommen und im Gepäck hatte er

die neuesten Geheimdienstberichte über alles, was die Marokianer entlang der Grenze trieben.

>> Damit haben sie fünf einsatzbereite Verbände im Hafen von Marokia Zeta <<, sagte Jeffries, wandte sich vom Tisch ab und ging zur Sternenkarte an der Wand.

>> Und das ist weniger als vier Stunden von dieser Station entfernt. <<

>> Die SSA hält es für eine turnusmäßige Verlegung. Marokia Zeta ist ihr größter Flottenstützpunkt. Warum sollten sie ihn unbewacht lassen? <<

>> Fünf Flottenverbände sind dennoch ein wenig viel. Selbst für Marokia Zeta. Das würde genügen, um durch die Pegasus-Linie zu brechen und mit etwas Glück sogar, um Chang zu erreichen. <<

>> Richtig. Die Stabschefs sehen das genauso und haben deshalb zwei Gefechtsgruppen in den Chang-Sektor verlegt. <<

>> Gegen den Rat der SSA. <<

>> Die SSA ist ein Geheimdienst. Strategische Entscheidungen liegen nach wie vor beim Militär. <<

Jeffries nickte.

>> Zwei Gefechtsgruppen <<, sagte er und tippte auf den Bildschirm. Sofort wurde der Planet Chang vergrößert. >> Das würde reichen. Zusammen mit den planetaren Verteidigungseinrichtungen und den Verstärkungen, die man von den Stationen aus hinter den Marokianern her schicken könnte, würde es reichen. << Jeffries kratzte sich am Kinn.

>> Wir sollten eine dritte Gefechtsgruppe in die Nähe der Pegasus-Linie verlegen. Idealerweise in den Dyson-Nebel. Den können ihre Sensorenphalanxen nicht einsehen. <<

>> Darüber wird nachgedacht. Allerdings wissen wir nicht, wo wir diese Gefechtsgruppe abziehen sollen. Die Grenze ist einfach zu lang. <<

>> Von ZZerberia. Es ist absolut nicht notwendig, dass der Planet von acht Gefechtsgruppen bewacht wird. <<

>> ZZerberia ist das Nervenzentrum der Konföderation. <<

>> Und er ist fast acht Wochen von dieser Grenze entfernt. Selbst im Hyperraum. <<

>> Das ist ein gutes Stichwort, Admiral. <<

\>> Hatten Sie schon Gelegenheit, den Nexus-Generator zu testen? <<

\>> Nein. Ich muss auf einen unbeobachteten Moment warten. In den nächsten Wochen wird ein Ionensturm durch diesen Sektor ziehen. Dann sind die marokianischen Sensoren gestört und wir können die Tests durchführen. <<

\>> Ich muss Ihnen nicht sagen ... <<

Jeffries erhob halb drohend, halb gebietend den Finger. >> Nein, müssen Sie mir nicht <<, sagte er. >> Ich weiß um den taktischen Vorteil, den uns diese Generatoren geben würden. Ich weiß aber auch, dass dieser Vorteil nur dann besteht, wenn die Marokianer nicht wissen, dass wir so etwas haben. Also bitte, überlassen Sie mir die Entscheidung darüber, wann ich die Generatoren teste. <<

\>> Ja, Sir. << Sharaf nickte und nahm Haltung an. Jeffries' Tonfall war schlagartig von freundschaftlich zu militärisch gewechselt.

\>> Ich denke, das war alles, Admiral. <<

\>> Ja, Sir. <<

Sharaf packte seine Unterlagen zusammen, verstaute sie in einer Aktentasche und verließ den Besprechungsraum.

Jeffries blieb noch für Minuten im Halbdunkel stehen und starrte auf die Sternenkarte.

Vier Stunden entfernt, ging es ihm immer wieder durch den Kopf, nur vier Stunden. Das war verdammt knapp.

Die Tatsache, dass die Marokianer ein zweites Sprungtor errichteten, konnte nur eines bedeuten. Sie wollten in kürzester Zeit eine Unmenge an Schiffen in den Hyperraum bringen. Eine Angriffsstreitmacht, die dann durch die sturmgepeitschte Hölle des Hyperraums direkt hierher zu dieser Station jagen würde.

Der Hyperraum. Im kommenden Konflikt würde er über Sieg und Niederlage entscheiden wie kein anderer Faktor.

Marokianische Schiffe brauchten Sprungtore, um das Reich der Sterne zu verlassen und in den unwirklichen Dauersturm des Hyperraums zu wechseln.

Konföderierte Schiffe hatten bis vor Kurzem dasselbe Problem.

Bei einem Angriff auf befestigte Ziele waren die Sprungtore immer das erste Ziel; waren sie vernichtet, konnte man den Feind von rettender Verstärkung abschneiden.

Diese Regel würde sich nun ändern.
Die Pegasus-Stationen waren auf solche Tore nicht mehr angewiesen. Zwar wurde in der Umgebung einer jeden Station eines errichtet, dieses diente aber nur zur Wahrung des Scheins.
Denn im Bauch einer jeden Station befand sich ein Nexus-Generator, der es ermöglichte, überall im Umkreis der Station Raumfenster zu öffnen. Somit war man auf die Sprungtore nicht mehr angewiesen und dies konnte einen enormen taktischen Vorteil bringen.
Schon die nächste Schiffgeneration, die sich momentan im Bau befand, würde keine Sprungtore mehr benötigen. Selbst die einfachen Jagdmaschinen konnten in naher Zukunft ihre eigenen Raumfenster erzeugen. Der Raumkrieg würde dadurch enorm beschleunigt werden.
Der Plan des Oberkommandos sah vor, dass bis in zwei Jahren alle großen Kriegsschiffe mit solchen Generatoren ausgestattet waren.

Irgendwo im All.
\>> Siehst du sie? <<
\>> Ja, sie folgen uns seit zehn Minuten. <<
Die Scanner von Wills Jäger schlugen Alarm, als sie auf ein marokianisches Geschwader aufmerksam wurden, das ihnen auf der anderen Seite der Grenze auf einem Parallelkurs folgte.
\>> So nahe an der Grenze haben die gar nichts verloren <<, sagte Tom und ließ den Computer den Abstand zu den Schiffen überprüfen.
\>> Du kannst sie ja anfunken und es ihnen sagen <<, schlug Will vor.
\>> Sehr witzig. <<
\>> Ich denke, wir sollten zur Staffel zurückkehren <<, sagte Will und Tom hatte nicht die geringste Intention, ihm zu widersprechen. Beide zündeten ihre Turbos und drehten ab.
Die Marokianer folgten ihnen und kamen der roten Linie nun verdammt nahe.
\>> Was machen wir, wenn sie über die Grenze kommen? <<, fragte Will seinen Flügelmann.
\>> Fragst du das mich? <<, gab Tom zurück.
\>> Hier ist sonst niemand, den ich fragen könnte. <<

>> Nun, ich würde sagen, das entscheiden wir, wenn es so weit ist. <<
>> Es könnte jeden Moment so weit sein, also fang an darüber nachzudenken. <<
>> Sie werden die Grenze nicht überschreiten <<, sagte Tom.
>> Ach nein? <<
>> Nein. Wenn wir sie nicht dazu provozieren, werden sie es nicht tun, und da wir uns gerade von ihnen entfernen, können sie sich auch nicht provoziert fühlen. <<
>> Dein Wort in Gottes Ohr. <<
Tom behielt Recht. Die Marokianer blieben auf ihrer Seite der Grenze, wenn auch nur um ein paar hundert Kilometer.
Den ganzen Flug nach Teelan über wurden sie ihre Verfolger nicht mehr los. Wie Jäger, die sich in aller Ruhe ihre Beute zurechtlegen, folgten die Rochenschiffe der Marokianer der konföderierten Staffel.

Marokia, Palast des Imperators.
Kogan, der Thronfolger, lag in seinem sandigen Bett und beugte sich über den schlafenden, nackten Körper seiner Konkubine.
Von draußen hörte er Schritte und dann das Klopfen an der hölzernen Türe seines Gemachs. >> Herein <<, fauchte er, rollte sich von seinem Bett und zog einen weißen Umhang über.
>> Wer stört mich um diese Zeit? <<
>> Dein bester Freund <<, sagte Iman, der mit einer Flasche in der Hand das Zimmer betrat. >> Ah, Ulaf <<, sagte Kogan und reichte dem vermeintlichen Freund die Faust zum Gruß. >> Was führt dich zu mir? <<
>> Der Durst. Und die Sorge um deinen Vater. <<
Kogan nickte, ergriff die Flasche und füllte den Inhalt in zwei große Kelche. Iman betrachtete währenddessen die schlafende Konkubine.
>> Neu? <<, fragte er und deutete auf sie.
>> Die Tochter eines Grafen. Ich werde sie wohl nicht lange behalten. Marokianische Frauen beginnen mich zu langweilen. Sie sind alle so unterwürfig. <<
>> Haradan. Ich schwöre auf sie. Schuppige Haut, kratzbürstig und auf jedem Sklavenmarkt billig zu bekommen. <<

>> Ah. Haradan schmecken mir zu gut. Ich würde sie wohl essen, ehe ich sie besteigen könnte. << Kogan lachte, stieß mit Iman an und gemeinsam nahmen sie einen kräftigen Schluck.
>> Dann bleiben dir nur Inori oder Odalisken <<, lachte Iman und schlug seinem Freund auf die Schulter.
>> Was bin ich? Ein Tier? <<, brummte Kogan zähnefletschend und sein Nackenkamm blähte sich auf. >> Ich ficke doch keinen Odalisken. Eher hole ich mir einen Menschen in mein Bett. <<
Die beiden lachten und tranken, prosteten sich zu und setzten sich schließlich ans prasselnde Kaminfeuer.
Kogan und Iman hatten sich auf der Akademie angefreundet. Sie waren im selben Jahrgang eingerückt, Iman wurde zum Aufpasser des Thronfolgers abkommandiert.
Während Iman sich als begnadeter Soldat entpuppte, waren die militärischen Fähigkeiten Kogans, vornehm ausgedrückt, überschaubar.
Ein abgeleisteter Militärdienst war für den nächsten Imperator aber unabdingbar und so oblag es Iman, dafür zu sorgen, dass er durch die Prüfungen kam und wenigstens so tat, als sei er Soldat.
>> Du sagtest, die Sorge um meinen Vater führe dich zu mir. Wie meinst du das? <<
>> Er ist alt geworden <<, sagte Iman voller Sorge. >> Die Generäle und ich waren wieder bei ihm. Er hat uns nicht mal mehr in den Thronsaal gelassen. <<
>> Wundert euch das? Ihr belästigt ihn jeden zweiten Tag mit neuen Horrorvisionen über die Konföderation. Er ist es leid. <<
>> Das sind keine Visionen, Kogan. Es sind Tatsachen. Die Menschen rüsten sich für einen Krieg, sie wollen uns angreifen. <<
>> Ich will wirklich nicht klingen wie mein Vater <<, sagte Kogan und nahm noch einen Schluck. >> Nur warum habt ihr solche Angst vor ihnen? Wir regieren in dieser Galaxis seit sieben Menoren. Wie lange spielen die Menschen nun im großen Spiel? Nicht mal ein halbes Menor. <<
>> Die Menschen haben sehr schnell sehr viel erreicht. Sie haben das Spiel schneller gelernt als die anderen kleinen Völker. Du und dein Vater seid keine Soldaten. Das braucht ihr auch nicht zu sein. Nur ich bitte euch, hört auf den Rat der Offiziere und rüstet euch zum Krieg. <<

>> Und wenn dieses Rüsten erst zum Krieg führt? Das Volk genießt den Frieden. <<
>> Das Volk lechzt nach neuen Eroberungen. Nach neuen Welten, neuen Völkern, neuen Sklaven. Wir stagnieren. Zum ersten Mal in der langen Geschichte des Reiches wachsen wir nicht weiter. Dies könnte zu unserem Untergang führen. <<
>> Ihr übertreibt. Du und deine Offiziersfreunde. Ihr übertreibt alle. <<
>> Du bist wie dein Vater <<, sagte Iman.
Kogan ging durch den Raum und trat hinaus auf den Balkon.
>> Siehst du, wie sie feiern? <<, fragte Kogan und sah hinunter in die von Fackeln erhellte Stadt. Musik und Gesang, gedämpft durch die steinernen Mauern des Palastes, erfüllten die Nacht. Die Geräusche einer feiernden Menge, vom Wind getragen und zerstreut.
>> Was ist, wenn ich es dir beweisen könnte? Wenn ich dir einen hieb- und stichfesten Beweis biete, dass sie uns angreifen wollen, was dann? <<
>> Hast du einen? <<
>> Wirst du dann mit deinem Vater reden? <<
>> Hast du einen Beweis? <<
Iman zog aus seiner Rüstung einen Datenblock und hielt ihn Kogan vor die Nase. >> Sie verlegen zwei Gefechtsgruppen nach Chang. Ihre Stationen an der Grenze melden eine nach der anderen Einsatzbereitschaft. Wir sind absolut überzeugt, dass sie von diesen Stationen aus in unseren Raum einfallen werden. Marokia Zeta ist nur vier Stunden von der Grenze entfernt. <<
>> Was können sie mit diesen zwei Gefechtsgruppen anrichten? <<
>> Mit diesen zweien allein nicht viel, Marokia Zeta ist zu stark befestigt. Aber mit den Marschflugkörpern, die sie von den Stationen aus abschießen können, und mit den Bombern und Jägern, die sie von den Stationen aus gegen uns ins Feld werfen können, haben sie eine Streitmacht, die in der Lage ist, Marokia Zeta zu überrennen. Hinzu kommt, dass sie im Schutze des Hyperraums leicht noch eine, vielleicht sogar zwei Gefechtsgruppen an die Grenze bringen könnten, ohne dass wir es merken. Und wenn das passiert, fällt unser größter Flottenhafen samt all seinen Schiffen, ehe du und dein Vater

auch nur über die Möglichkeit eines Erstschlages nachgedacht habt. <<
>> Habt ihr das meinem Vater erzählt? <<
>> Ja. Aber er wollte es nicht hören. Er verjagte uns. <<
Kogan leerte seinen Kelch und warf ihn vom Balkon aus in die Tiefe.
>> Schwöre mir, dass du die Wahrheit sagst. <<
>> Bei meinem Leben. Nazzan Morgul soll mich holen, wenn es gelogen ist. <<
Für einen Moment erwartete Iman, dass der mythische Drache sich aus der Dunkelheit auf ihn niederwarf. Doch er blieb verschont und Kogan glaubte ihm.
>> Ich spreche noch heute Nacht mit meinem Vater <<, versprach er.
>> Mehr verlange ich nicht. <<

Irgendwo im All.
Die Nighthawks hielten in enger Pfeilformation auf den kleinen braunen Planeten zu, der einsam zwischen den Sternen lag.
>> Hotrod an alle! Wir schwenken in einen hohen Orbit ein und warten. Die andere Staffel muss in Kürze hier sein. <<
Hawkins und die anderen Piloten bestätigten die Anweisung ihres Staffelführers und stellten ihre Triebwerke und Instrumente auf eine Ruhephase ein. Was hieß, dass die Leistung des Antriebs zurückgefahren wurde, um Energie und Treibstoff zu sparen.
>> Müssten die nicht vor uns hier sein? <<, fragte Tom seinen Freund über Interkom.
>> Warum? <<
>> Weil Pegasus 2 diesem Planeten näher ist als unsere Station. <<
Will antwortete nicht. Er hatte genau dasselbe gedacht.
Tom deutete das Schweigen seines Kameraden richtig und begann auf den Tasten der Scannerkontrolle einige Befehle einzugeben.
Mit Hilfe der Weitbereichssensoren scannte er den umliegenden Raum.
>> Hard Man an Hotrod. <<
>> Was ist? <<
>> Scan doch mal Sektor Quadrat 79. <<

Will tippte die entsprechenden Befehle in die Konsole neben dem Pilotensitz.
>> Was ist das? <<
>> Keine Ahnung, aber es scheint da nicht hinzugehören. Egal, zu welcher Seite es gehört, es ist zu nahe an der Grenze. <<
>> Sollen wir hinfliegen? <<, fragte Will.
>> Du bist der Staffelführer. Aber es kann sicher nicht schaden. <<
Zwei Minuten später jagte die Staffel mit glühenden Triebwerken dem unbekannten Schiff nach.
Was auch immer sich so nahe an die Grenze wagte, musste entweder etwas im Schilde führen oder sich völlig vernavigiert haben. Niemand wagte sich in den marokianischen Raum, wenn es nicht sein musste.
>> Noch zwei Minuten bis Ankunft. Ich erhalte jetzt erste Bilder <<, sagte Will über Interkom an die Staffel.
Das Schiff war eindeutig konföderierter Bauart. Ein langes Stahlgerüst, um drei runde Container herumgebaut. Ein großer, breiter Turm am Heck beherbergte die Brücke. Das Schiff war keine Schönheit, aber es war effektiv.
>> Das ist ein Forschungsschiff. Newton-Klasse. <<
>> Die haben hier draußen nichts verloren. <<
>> Ich rufe sie <<, sagte Will und griff nach der Kommunikationskonsole. >> Hotrod an Forschungsschiff, bitte kommen. Hotrod an Forschungsschiff, bitte kommen. Hier spricht die sich nähernde Nighthawk-Staffel. Bitte KOMMEN! <<
Der Computer empfing nur Rauschen.
>> Wenn sie den Kurs halten, sind sie in ein paar Minuten über der Grenze <<, sagte Tom, dann sah er die marokianischen Jäger. Siebzehn Einmannschiffe, kleine, überaus wendige Kampfmaschinen, die über das konföderierte Schiff hinwegflogen und das Feuer eröffneten.
>> Ausweichmanöver, Formation auflösen. <<
Will riss die Maschine nach oben und beschleunigte, während die anderen in alle Richtungen davonjagten.
>> Wo kommen die denn her? <<, rief Tom, während er versuchte, einen der Jäger abzuschütteln.

\>> Darüber können wir uns später den Kopf zerbrechen <<, antwortete Will und trickste einen der Marokianer durch einen engen Seitwärtslooping aus.
\>> Haben wir Feuererlaubnis? <<, fragte einer der Piloten über Interkom.
\>> Ich werd sicher nicht warten, bis man uns die gibt <<, antwortete Will und feuerte noch im selben Moment seine erste Salve auf das Heck eines der Angreifer ab.
Die Maschine zerbrach in tausend Stücke.
Tom flog nahe an das konföderierte Schiff hin und versuchte so die Marokianer loszuwerden. Vor ihm tauchte eines der Rochenschiffe auf, das seinerseits eine Nighthawk jagte. Ohne lange zu zögern, drückte Tom ab und die Gatlinggeschütze in den Tragflächen zerschlugen die Hüllenpanzerung des Marokianers. Wie Zweige in einem Häcksler zerjagte es die Metallplatten und sprengte sie in alle Richtungen davon.
Tom zog nach oben, flog eine weite Kurve und visierte den nächsten an. Aus dem Augenwinkel sah er, wie eine Nighthawk explodierte.
Er beschleunigte, kippte die Maschine zur Seite und holte sich den nächsten. Wieder drückte er den Auslöser und die Gatlings zerschlugen die Hülle eines Jägers. Der Antrieb wurde getroffen, explodierte und die Pilotenkanzel verglühte im Plasmafeuer.
Will holte sich derweil zwei weitere Tangos, wie Feinde im Pilotenjargon genannt wurden.
Noch eine Nighthawk wurde getroffen, der Pilot konnte sich jedoch samt seinem Cockpit absprengen, ehe der Jäger explodierte.
Tom und Will flogen nebeneinander auf das Forschungsschiff zu. Die Marokianer hatten in diesem Kampf eindeutig den Kürzeren gezogen, überall explodierten ihre Maschinen. Die ersten traten bereits den Rückzug an.
\>> Lassen wir sie davonkommen? <<, fragte Will.
\>> Machst du Witze? <<, antwortete Tom kühl, schaltete von Gatling auf Raketen um und feuerte.
Vier Geschosse jagten hinter den flüchtenden Schiffen her, drei gingen ins Ziel und Feuerbälle wuchsen ins All.
Will ging auf Abstand, schaltete ebenfalls auf Raketen und feuerte.
Vier Volltreffer.

>> Einer ist noch über <<, sagte Tom, war aber zu weit entfernt, um ihn sich zu holen.
>> Bulldog, kommst du ran? <<, brüllte Will über Interkom zu einem seiner Piloten.
>> Ich krieg ihn, Boss. <<
Eine der Maschinen brach aus dem Trümmerfeld aus und flog mit glühenden Turbinen hinter dem letzten Tango her.
Als sie schon außer Sichtweite waren, sah Tom auf seinem Scanner, wie einer der beiden Punkte verschwand.
Zwei Minuten später war Bulldog wieder zurück im Verband.
Drei Maschinen hatten sie verloren, zwei Piloten hatten sich rausgeschossen und trieben jetzt in ihren Rettungskapseln im All. Ein Mann war gefallen.
>> Konföderiertes Schiff. Hier spricht Captain Thomas Hawkins vom Nighthawk-Geschwader der Raumstation Pegasus 1. Bitte antworten Sie mir. <<
>> Hi...r ...ptn ... Mo...ban. << Die Verbindung flackerte und die Worte waren von statischen Spannungen überlagert. Tom hörte im Knacksen der Frequenz, dass sie dabei waren, etwas zu justieren. Beim dritten Versuch klappte es schließlich.
>> Hier spricht Captain Montalban. Ich danke Ihnen für Ihre Hilfe, Captain. <<
>> Freut mich, Sie zu hören. Haben Sie schwere Schäden? <<, fragte Tom, der von oben Dutzende Treffer an der Hülle ausmachen konnte.
>> Nicht durch den Kampf, aber unser Antrieb hatte eine Fehlfunktion. Ich bitte Sie darum, uns zu Ihrer Station zu eskortieren. <<
>> Natürlich. Können Sie unsere beiden Piloten an Bord nehmen? <<
>> Kein Problem, Captain. Ich schicke sofort ein Shuttle raus, um Sie rauszufischen. <<
>> Danke, Captain. << Tom wechselte auf Interkom. >> Hotrod. <<
>> Ja. <<
>> Hast du die zweite Staffel schon auf dem Scanner? <<
>> Noch nicht. Ich versuche die Pegasus 2 zu erreichen und informiere sie über den Vorfall. <<

\>\> Genau das wollte ich vorschlagen. Ich rufe die P1. <<
\>\> Alles klar. <<

Pegasus 1, CIC
Jeffries stand am großen runden Tisch in der Mitte der Kommandozentrale und starrte auf den Hauptschirm an der Wand. Angezeigt wurde eine Sternenkarte und die Position der Patrouille war rot hervorgehoben.
\>\> Wir sind nun auf dem Rückweg. Geschätzte Ankunftszeit heute Abend gegen 18.00 Uhr. <<
\>\> Verstanden, Captain <<, sagte Jeffries mit steinerner Miene.
\>\> Pegasus 1 Ende. <<
\>\> Lieutenant Commander Masters. <<
\>\> Sir. <<
\>\> Lassen Sie eine Gefechtsübung abhalten und ordnen Sie einen vollen Funktionstest der Waffensysteme an <<, befahl Jeffries.
\>\> Verstanden, Sir. << Masters eilte sofort hinüber zur taktischen Konsole an der rechten Seite der Kommandozentrale.
\>\> Lieutenant Monroe. Geben Sie mir das Oberkommando. <<
\>\> Sir. <<
Jeffries ging nach oben in sein Büro und warf sich in seinen Sessel. Für Augenblicke schloss er die Augen und dachte über all das nach, was nun kommen könnte. Er wollte es sich gar nicht vorstellen, kam aber nicht davon los. So begann es womöglich.
\>\> Monroe an Jeffries. Ihre Verbindung steht, Sir <<, kam es über Interkom.
\>\> Danke, Lieutenant. Stellen Sie durch. <<
\>\> Michael, was ist so dringend? <<, fragte Beth Armstrong, die sich besorgt über ihren Schreibtisch beugte. Ihr graumeliertes Haar war straff nach hinten gebunden, ein paar Stirnfransen hingen ihr aber widerspenstig ins Gesicht.
\>\> Eine meiner Patrouillen hat gerade ein konföderiertes Forschungsschiff an der Grenze abgefangen. Sie trieben mit beschädigtem Antrieb auf marokianisches Territorium zu und wurden bereits von einem feindlichen Geschwader umkreist. <<
\>\> Was ist passiert? <<, fragte Beth Armstrong kreidebleich.

>> Meine Jungs wurden angegriffen und haben sich verteidigt. Ein Toter, drei Jäger verloren. Alle Marokianer abgeschossen. <<
>> Eine ganze Staffel? <<
>> Sie hatten Glück. <<
>> Das würde ich nicht Glück nennen, Mike. Es könnte der Funke sein, der alles entzündet. <<
>> Ich weiß. Dennoch bin ich froh, dass wir nicht schlimmere Verluste haben. <<
>> Schon klar. <<
>> Beth. Das Schiff, das Sie gefunden haben. <<
>> Was ist damit? <<
>> Es ist die Odyssey. <<
Beth wurde noch bleicher. Sie sah aus, als wäre sie in diesem Moment dem Grab entstiegen.
>> Bist du dir sicher? <<
>> Mein Erster Offizier ist dort draußen und er hat mir die Kennnummer genannt. <<
>> Mein Gott <<, keuchte sie und legte sich eine Hand auf die Stirn.
>> Du siehst, wir hatten Glück. Die Marokianer haben keine Ahnung, was ihnen da beinahe in die Hände gefallen wäre. <<
>> Was zur Hölle macht die Odyssey so weit draußen? <<
>> Weiß ich noch nicht, aber sobald sie hier ist, werde ich es herausfinden, versprochen. <<
>> Melde dich, wenn du mehr weißt. Ich gehe jetzt zum Rat und sage ihm, was passiert ist. <<
>> Darum beneide ich dich nicht. <<
>> Melde dich, wenn sich was tut <<, sagte sie nochmals und schaltete dann ab. Jeffries hievte sich aus seinem Sessel und drehte sich zum großen Panoramafenster hinter seinem Schreibtisch. Die Station würde bald aus dem planetaren Schatten herauskommen und dann von der Sonne in gleißendes goldenes Licht getaucht werden.
Jeffries griff nach einer Flasche und füllte sich einen kräftigen Drink in das bereitstehende Glas. In einem Zug kippte er den Cognac hinunter und hielt das Glas für einen Moment in der Hand, ehe er es in einem Wutausbruch an die Wand schleuderte.
>> SCHEISSE! <<

Marokia.
Die prächtigen Häuser der Hauptstadt waren verschwunden, Ebenso wie die Halle der Krieger und die steinernen Gärten waren sie im Feuersturm der konföderierten Bomben eingeäschert worden. Feuer loderte in den Trümmern dessen, was einst das marokianische Imperium gewesen war. Der Palast des Imperators lag zerbombt und ausgebrannt inmitten eines Berges verkohlten Schuttes.
Asche, vom Wind aufgewirbelt, raubte einem die Luft zum Atmen, der Gestank der Leichen und das Wimmern der wenigen Überlebenden vereinte sich zu einem apokalyptischen Trauerspiel.
Das ganze Volk der Marokianer war zur Ader gelassen worden. Tausende konföderierter Schiffe kreisten am Himmel und im Orbit.
Millionen ihrer Infanteristen patrouillierten zwischen den Bombenruinen und jagten die wenigen Adligen, die ihnen noch nicht zum Opfer gefallen waren.
Aus des Planeten Venen quoll der Gefallenen Blut.
Nichts war mehr über von dem, was einst war. Keine Macht, kein Stolz, kein Leben.
Marokia war im finalen letzten Kampf unterlegen und hatte die biblische Götterdämmerung erfahren. Wie Heuschrecken waren die Menschen über die Heimatwelt ihrer Todfeinde hergefallen und hatten nichts übrig gelassen.
Das Imperium war am Ende.
Weinend kniete der alte Imperator in den Trümmern seiner Welt, die erschlagene Leiche seines Sohnes im Arm und von konföderierten Soldaten umstellt.
>> Mörder <<, brüllte er ihnen entgegen. Die letzten Worte des letzten Imperators. Im Feuerhagel seiner Feinde hauchte er sein Leben aus, so wie Dutzende gefallener Herrscher vor ihm.
Nach Luft ringend, schweißgebadet und vor Aufregung blechern hustend fuhr der Imperator in seinem Bett auf. Ohne sich klar zu sein, wo er war, taumelte er zum Balkon und sah hinaus in die Stadt.
Keine einzige Bombe war gefallen, kein Haus auch nur beschädigt. Die Morgensonne hob sich langsam über die Bergspitzen, die Hauptstadt lag in tiefem Schlaf.
Zitternd sank er am Geländer in die Knie, seine alten Beine hielten ihn nicht mehr. Das schwache Herz in seiner Brust raste und er fühl-

te das Pulsieren in seinen Adern. Kalter Schweiß klebte an seinen Schuppen und langsam wurde ihm klar, dass er nur geträumt hatte.
Den vielleicht schrecklichsten und realistischsten Traum seines Lebens.
Stunden zuvor, kurz bevor er sich schlafen gelegt hatte, war Kogan zu ihm gekommen und hatte ihn angefleht, in den Krieg zu ziehen.
Sie hatten sich gestritten, was darin gipfelte, dass der Imperator seinen Sohn ohrfeigte, als dieser in der Hitze des Gefechtes frech wurde und seinen alten Vater beschimpfte.
Kogan war wutentbrannt aus den Gemächern gestürmt und der Imperator war altersmüde in sein Bett gesackt.
Der hinter ihm liegende Traum hatte seine Einstellung verändert. Der alte Mann, der nichts sehnlicher gewünscht hatte, als die letzten Jahre, die ihm noch blieben, in Frieden leben zu können, fürchtete, nun viel zu lange den Rat seiner Offiziere ignoriert zu haben.
Es war mehr als ein Traum gewesen. Viel mehr eine Vision, eine Eingebung, etwas, das ihm zeigte, wie die Zukunft sein würde. Eine Zukunft, die bereits begonnen hatte.
Immer noch am ganzen Körper zitternd, saß Kurgan am Boden seines Balkons, sah in den Sternenhimmel und fragte sich, ob er blind gewesen war.
Zwei Dienerinnen fanden ihn später, als sie ihm sein Frühstück brachten. Er saß noch immer am Boden, starrte in den Himmel und seine Lippen formten unverständliches Flüstern.
Kogan und die Generäle wurden sofort darüber informiert, und so schnell sie konnten, eilten sie zu einer Krisensitzung in den Palast.
>> Der Imperator hat seinen Verstand verloren <<, hieß es überall hinter vorgehaltener Hand. Auch die Generäle zogen diese Eventualität in Betracht.
>> Es gibt keine Möglichkeit, einen Imperator seines Amtes zu entheben. Erst wenn Kurgan tot ist, kann sein Sohn den Thron besteigen <<, sagte Garkan heiser und man wusste nicht, ob es eine Mahnung oder ein versteckter Vorschlag war.
>> Wenn wir so lange warten, wird es keinen Thron mehr geben, den er besteigen könnte. << Die Diskussionen waren heftig und kontrovers und sie alle drehten sich um das Problem der Thronfolge. Nur der Tod würde den Weg bereiten.

>> In der Nacht gab es einen Zwischenfall an der Grenze. Ein ganzes Geschwader unserer modernsten Jäger ging verloren. <<
>> Eine ganzes Geschwader? <<, entfuhr es Iman, der den Bericht des Generals nicht glauben konnte. >> Wie ist das passiert? <<, fragte ein weiterer alter General.
>> Ein Schiff der Konföderierten wollte in unseren Raum eindringen, unsere Jäger wollten es abfangen und gerieten in einen Hinterhalt des Pegasus-Korps. Eine Staffel von Nighthawks erwartete sie bereits und fiel über sie her. <<
>> Haben wir keine Möglichkeit, meinen Vater abzulösen? Ich meine, er ist ganz offensichtlich nicht mehr handlungsfähig. <<
>> Es gibt keine Präzedenzfälle. Noch kein Imperator ist so alt geworden wie Kurgan. Die meisten starben deutlich früher durch Intrigen, Anschläge oder die Art, wie sie gelebt haben. <<
>> Frühere Imperatoren wurden ermordet, wenn die Zeit gekommen war, einen Thornwechsel herbeizuführen <<, sprach endlich einer aus, was alle anderen dachten.
Kogan verstand, doch reagierte er nicht im Geringsten. Wie festgewachsen saß er da und sah in die Runde der Generäle.
>> Ihr sprecht von Mord? <<, fragte er sie. >> In meiner Gegenwart sprecht ihr von der Möglichkeit, meinen Vater zu ermorden? <<
Keiner der Generäle antwortete etwas. Nur Iman wagte es aufzustehen und das Wort zu ergreifen. Garkan lächelte zufrieden. Er hatte sich in dem jungen, energischen Ulaf also nicht geirrt. Trotz seiner „niederen" Herkunft war er dazu bestimmt, ein großer Führer zu werden. Seine seit Kindertagen bestehende Freundschaft mit dem zukünftigen Imperator würde ihr Übriges tun und Imans Weg an die Spitze der Streitkräfte nur noch mehr beschleunigen.
>> Als du gestern aus dem Gemach deines Vaters gekommen bist <<, begann er, >> warst du so zornig auf ihn, dass du es am liebsten selbst getan hättest, aus reiner Selbstsucht. Diese Männer sprechen nicht aus Selbstsucht, sondern aus Sorge um unser Volk und um deinen Thron. Keiner von uns würde deinen Vater ermorden. Es war nur eine Feststellung. In früheren Zeiten wäre ein solches Problem nun mal durch Mord gelöst worden. <<

>> Mir graust es vor der Vorstellung, meinen Vater zu ermorden <<, sagte Kogan.
>> Es wäre ihm eine Gnade <<, sagte einer der Generäle. >> Ein großer Mann wie er hat es nicht verdient, in einem Krankenbett dahinzuvegetieren. <<
Ein Argument, das zog. Es gab der verschwörerischen Versammlung eine Rechtfertigung für die Tat. Nur der Mut fehlte ihnen jetzt noch.
>> Ich habe deinen Vater gesehen, Kogan. Er ist nur noch ein wimmernder Haufen. Was auch immer letzte Nacht mit ihm passiert ist, es hat ihn zu einem Häuflein Elend werden lassen. Er ist nicht mehr der Mann, den wir alle kannten und achteten. <<
Es war ausgesprochen und akzeptiert.
Selbst Kogan stimmte zögerlich zu. >> Wie wollen wir es tun? <<, fragte er.

Pegasus 1, Büro von Admiral Michael Jeffries.
Nachdem sie die Station erreicht hatten, brachte Tom Hawkins den Captain der Odyssey direkt zu Jeffries. Noch im Flugoverall stand Tom an Jeffries' Seite neben dem Schreibtisch und lauschte dem Gespräch zwischen dem Oberkommandierenden des Pegasus-Korps und Captain Montalban.
>> Was zur Hölle macht Ihr Schiff hier draußen an der Grenze? <<, fragte Jeffries unverhohlen.
>> Wir hatten einen technischen Defekt und ... << Jeffries hob die Hand und unterbrach ihn so. Er nahm einen Datenblock und begann vorzulesen.
>> Die Odyssey, vierhundert Meter lang, dreiundzwanzig Decks, zweihundertfünfzig Mann Besatzung. Experimentelles Schiff zur Hyperraumforschung. Ausgerüstet mit zwei Sprungtriebwerken der VX-Klasse ... Soll ich weiterlesen oder rücken Sie jetzt mit der Wahrheit heraus? <<
Montalban schluckte. >> Wie kommen Sie an solche Informationen? <<, fragte er. Jeffries deutete als Antwort auf die vier Sterne an den Schulterstücken seiner Uniform. >> Glauben Sie, die habe ich beim Pokern gewonnen? <<, fragte er.
>> Ich habe Sicherheitsstufe Kappa, und wenn ich will, kann ich Ihnen innerhalb von fünf Minuten sagen, wie viele Schrauben Ihr

Schiff zusammenhalten. Also sagen Sie mir jetzt, was Sie hier draußen wollen. Ich bin berechtigt, so etwas zu wissen. <<
>> Wir haben uns vernavigiert. Wir sind von unserem Heimathafen aus gestartet und sprangen in den Hyperraum. Ein Sturm zwang uns zur Kursänderung und wir mussten mehrere große Wirbel umfliegen. Irgendwann muss sich jemand verrechnet haben. Wir dachten, wir wären im System Korelia, und sprangen in den Normalraum zurück. Als uns klar wurde, wo wir uns befanden, war es zu spät, die Marokianer griffen uns bereits an. <<
Jeffries nickte mit dem Kopf und legte den Datenblock zur Seite.
>> Ihr Schiff wird ins Dock geschleppt und dort repariert, bis auf Weiteres sind Sie meine Gäste an Bord dieser Station. Allerdings erwarte ich mir einen detaillierten Bericht von Ihnen. Das Oberkommando ist alles andere als erfreut. <<
>> Ja, Sir. Ich mache mich mit Ihrer Erlaubnis sofort an die Arbeit. <<
>> Erlaubnis erteilt. Wegtreten. <<
Montalban sprang auf und eilte aus dem Büro. Tom blieb.
>> Habe ich das richtig verstanden? <<, fragte er und setzte sich in einen der beiden Sessel vor dem Schreibtisch.
>> Wie haben Sie es denn verstanden? <<
>> Dass dieses Schiff ohne Sprungtor in den Hyperraum wechseln kann. <<
Jeffries nickte erneut. >> Kann es. Die Odyssey ist ein Versuchsschiff <<, erklärte er.
>> Sie kennen die Funktionsweise des Nexus-Generators im Herzen dieser Station? <<, fragte Jeffries.
>> Nicht wirklich. Ich weiß nur, dass er ohne Sprungtor ein Raumfenster erzeugen kann. <<
>> Genau. Ich frage Sie jetzt, was hindert uns daran, einen solchen Generator anstatt in eine Station in ein Schiff einzubauen? Somit könnte jedes Schiff sein eigenes Raumfenster erzeugen. <<
>> Die Größe, der Energieaufwand ... <<
>> Dieser Generator ist nicht größer als dieses Büro und der Energieaufwand wird durch ein neues Reaktorsystem aufgebracht. <<
Toms Mundwinkel zuckten. >> Das wäre einfach unglaublich. Es würde die Raumfahrt revolutionieren. <<

>> Ja. Und auch die Kriegsführung. Wir wären plötzlich nicht mehr abhängig von Sprungtoren. <<
>> Wie viele Schiffe gibt es, die das können? <<
>> Zwei <<, antwortete Jeffries.
>> Eines ist die Odyssey. Ein Forschungsschiff und somit für uns beide uninteressant. Das zweite ist ein neues Kriegsschiff, das vor Kurzem vom Stapel lief und momentan im tiefen Raum seine finalen Testflüge absolviert. <<
>> Nur ein Schiff? <<
>> Ein Dutzend weitere werden folgen. Es ist das größte und schlagkräftigste Schiff, das je gebaut wurde. Glauben Sie mir, Tom. <<
>> Wissen die Marokianer davon? <<
>> Na, ich hoffe, nicht. Ansonsten würden sie wohl auf der Stelle über uns herfallen, um zu verhindern, dass wir diese Technik weiterentwickeln. <<
Tom stand auf. >> Ich brauche jetzt eine Dusche <<, sagte er und Jeffries gab ihm mit gerümpfter Nase recht. >> Stimmt <<, sagte er. Tom lachte und ging.
Jeffries griff nach dem Datenblock mit den Informationen der Odyssey und löschte ihn. Niemand durfte das erfahren. Absolut niemand.

Marokia.
Kogan hatte sich viel Mut angetrunken, ehe er an diesem Abend in die Gemächer seines Vaters ging.
Wie immer vor der Nachtruhe kniete er vor dem Schrein seiner Ahnen und betete. Nur wenige Marokianer taten das noch. Die meisten hatten sich schon vor langer Zeit dem Atheismus verschrieben. Die alten Religionen waren verschwunden.
Ungehalten über die Störung durch seinen Sohn donnerte er durch den Raum: >> WAS IST SO WICHTIG, DASS DU MICH IM GEBET STÖRST? <<
Kogan, der nie der Stärkste oder Mutigste gewesen war und ein Leben lang zwischen Hass und Liebe zu seinem Vater schwankte, musste all seine Kraft zusammennehmen, um zu sagen und zu tun, was ihm vom Schicksal und den Generälen auferlegt war.
>> Es ist Krieg, Vater <<, sagte er mit zitternder Stimme.

\>\> Die Menschen? Sie haben uns angegriffen? << Die Stimme Kurgans war heiser vor Schock. Seine Träume hatten ihn nicht belogen. Er hatte zu lange gezögert, hatte zu lange an das Gute im Menschen geglaubt.

\>\> Nein. Wir haben sie angegriffen <<, erklärte Kogan und im Herzen seines Vaters explodierte der Zorn. >> Auf wessen Befehl? <<, brüllte er und erhob sich bedrohlich von seinen Knien. Die Bilder des zerstörten Marokias blitzten durch seinen Verstand.

\>\> Auf meinen hin <<, sagte Kurgan und die Angst raubte ihm den Atem. >> In diesem Moment verlässt eine Flotte Marokia Zeta mit Kurs auf die Pegasus-Linie. Schon in wenigen Stunden werden sie die Schlacht eröffnen. <<

\>\> WARUM, DU WAHNSINNIGER? << Kurgan schlug nach seinem Sohn und prügelte den jungen Mann durch den ganzen Raum. >> Ich bin der Imperator und nicht du <<, schrie er und trat nach seinem Sohn.

\>\> Nein, Vater. Nicht mehr <<, sagte Kogan unter Schmerz und Prügeln.

\>\> Nicht mehr. <<

Er zog eine Waffe aus seinem Gewand und drückte ab. Die Ladung traf den alten Imperator in den Bauch. Von der Wucht überrascht, riss es ihn von den Beinen. Er schrie vor Zorn und Überraschung und versuchte sich wieder aufzurichten.

\>\> Ich tue das aus Liebe zu unserem Volk und aus Liebe zu dir <<, sagte Kogan und drückte nochmals ab.

Es erschreckte ihn, wie zäh dieser alte Mann doch war, auf dessen Tod sie schon seit so vielen Jahren warteten. >> Du vernichtest uns alle <<, sagte der Imperator und versuchte nach seinem Sohn zu greifen.

Kogan drückte nochmals ab und noch immer wollte der alte Mann nicht sterben.

\>\> Komm, gib das her. << Iman hatte lange genug von der Türe aus zugesehen und griff nun ein. Er nahm ihm die Waffe weg, zielte auf das Herz des alten Mannes und drückte ab.

\>\> Ihr vernichtet uns <<, keuchte der Imperator mit seinem letzten Atemzug und starb.

>> Was haben wir getan? <<, keuchte Kogan und sank auf den Boden.
>> Was getan werden musste. Du entschuldigst. Ich muss jetzt auf mein Schiff <<, sagte Iman und verließ den Raum.
Ein gekaufter Leibarzt würde später einen natürlichen Tod durch Herzversagen feststellen und dafür mit einem Schloss auf einer der abgelegenen Kolonien bedacht werden. Die Generäle und Grafen ernannten Kogan noch in derselben Nacht zum Imperator und erklärten der Konföderation den Krieg.

Pegasus 1, Admiralsquartier.
Das aufgeregte Summen des Komlinks riss Jeffries aus tiefem Schlaf. >> Was denn? <<, nuschelte er in sein Kopfkissen und griff blind zum Nachttisch, wo das flache silberne Gerät summte und vibrierte.
>> Jeffries <<, meldete er sich mit verschlafener Stimme.
>> Tut mir leid, Admiral <<, sagte sein XO mit einem Tonfall, der bei Jeffries bereits alle Alarmglocken schrillen ließ. Ein Blick auf die Uhr verriet ihm, dass es drei Uhr nachts war. >> Massive imperiale Verbände haben Marokia Zeta verlassen und sind im Hyperraum verschwunden. <<
Es dauerte einen Augenblick, bis Jeffries antworten konnte. Mit staubtrockenem Mund richtete er sich auf. >> Ich bin unterwegs. <<
Für einen kurzen Augenblick war ihm schwindlig, er kniff die Augen zusammen, zwang sich aufzustehen und zog seine Uniform an.
Der Weg von seinem Quartier zum CIC fühlte sich an wie der Weg zum Schafott, die halbdunklen Korridore der Station wirkten auf ihn wie düstere Kerkergänge und am Ende des Weges erwartete ihn Hawkins am Combat Information Table im Zentrum der Kommandozentrale.
>> Unsere Vorposten melden, dass Marokia Zeta komplett geräumt wurde. Eine Flotte von etwa siebzig Schiffen hat das Raumtor passiert und ist von unseren Schirmen verschwunden. << Toms Worte wurden von aufblinkenden grünen, roten und blauen Markierungen begleitet, die in die gläserne Tischplatte projiziert wurden. Jeffries' Finger strichen über die digitale Sternenkarte. >> Was ist mit den Verbänden im offenen Raum? <<

\>> Insgesamt kreuzen fünf imperiale Flotten in Schlagdistanz zur Grenze. Bisher verhalten sie sich ruhig, aber das kann sich schnell ändern. <<

\>> Warum sollten sie Marokia Zeta räumen? <<, fragte Jeffries seinen XO.

\>> Mir fällt da nur ein Grund ein <<, erwiderte dieser und Jeffries nickte zustimmend.

\>> Geben Sie mir das Oberkommando. Defcon zwei für die gesamten Grenztruppen. Anschließend will ich eine Konferenzschaltung mit den Stationskommandanten und den Admiralen der Gefechtsgruppen. <<

\>> Ja, Sir. <<

\>> Ich bin in meinem Büro. <<

Tom sah auf die Armbanduhr. >> Defcon ZWEI! <<, brüllte er und augenblicklich erschallten die Alarmsirenen überall auf der Station und holten die Crew unvermittelt aus ihrem Schlaf.

Während Jeffries die Treppe zu seinem Büro hochging, erwachte das CIC aus seinem Schockzustand und das Räderwerk des Krieges begann sich langsam zu drehen.

Im Büro angekommen, verschloss er die Tür und musste mehrmals trocken schlucken, ehe er sich an den Schreibtisch setzte und seinen Bildschirm aktivierte.

Auf der wenige Millimeter dicken gläsernen Scheibe erschien das Wappen der Konföderation und ein grüner Ladebalken.

\>> Büro von Admiral Armstrong! <<, meldete sich ein junger PO.

\>> Einen Augenblick bitte. Ich verbinde. <<

Wenige Sekunden später erschien Beth auf dem Schirm.

\>> Michael <<, sagte sie erstaunt und sah auf ihre Armbanduhr, >> ist es bei euch nicht mitten in der Nacht? <<

\>> Die Marokianer haben all ihre Schiffe aus Marokia Zeta abgezogen <<, sagte er und Beth' Oberkörper versteifte sich, >> sie sind im Hyperraum verschwunden, ich hab sie nicht mehr auf den Schirmen. <<

\>> Bewegung an der Grenze? <<

\>> Bisher nicht, aber es würde mich auch wundern, wenn sie das ankündigen. Ich habe Defcon zwei ausgerufen und bereite mich auf einen Angriff vor. <<

>> Ich informiere den Präsidenten und die Stabschefs <<, erklärte Beth. >> Wie viel Zeit haben wir? <<
>> Ich rechne mit einem Angriff in den frühen Morgenstunden. Meine Vorpostenlinien haben bisher nichts aufgefangen, aber der Hyperraum ist hier draußen sehr unruhig. Wenn sie hinter einem Sturm herfliegen ... <<
>> Ich versteh dich, Mike. Halt mich auf dem Laufenden. <<
>> Versprochen. Jeffries, Ende. <<

Pegasus 1, Besprechungsraum.
Als Jeffries den ovalen Raum betrat, waren die Kommandanten der Gefechtsgruppen und Stationen bereits auf die Wandschirme geschaltet.
>> Guten Morgen <<, sagte er, ohne dass irgendwer diesen Tagesanbruch wirklich als *gut* bezeichnen konnte.
In knappen Worten informierte er die Admirale und Captains über die aktuellen Entwicklungen und fühlte sich ein wenig einsam, während er alleine am Kopfende des großen Tisches stand, an dem eigentlich seine Offiziere hätten sitzen sollen.
Nur Hawkins war da. Mit verschränkten Armen stand er abseits des Aufzeichnungsbereichs und lauschte den Worten seines COs.
>> Wir rechnen mit einem massiven Angriff entlang der gesamten Pegasus-Linie. Jede Station hat mindestens eine Gefechtsgruppe als Verstärkung zur Verfügung und ich will, dass diese Schiffe mit Bedacht eingesetzt werden. Es ist zu diesem Zeitpunkt nicht absehbar, ob der Angriff den befestigten Anlagen an der Grenze gilt oder ob sie versuchen werden, direkt nach Chang durchzubrechen. Ich persönlich rechne mit Gefechten an der Pegasus-Linie, will die Möglichkeit eines Durchbruchs aber nicht ausschließen. << Jeffries räusperte sich kurz und sah auf den Datenblock vor sich auf dem Tisch.
>> Die Gefechtsgruppen halten ihre Position innerhalb der gelben Zone <<, erklärte er und meinte einen vordefinierten Verteidigungsring hinter den Stationen, welche sich in der roten Zone befanden. Der Planet Chang lag knapp jenseits der gelben Zone und wurde in diesem Moment ebenfalls in Alarmbereitschaft versetzt.
Der Plan war recht einfach. Die Gefechtsgruppen sollten ihre Position halten, bis absehbar wurde, was die imperialen Verbände vorhat-

ten, und sich dann sofort in die eine oder andere Richtung in Marsch setzen.
Wo auch immer der Schlag niederging, würden die Verteidiger sehr lange, blutige Stunden erleben, ehe die Verstärkung eintraf, doch Jeffries sah keine andere Möglichkeit.
Die Verbände mussten zurückbleiben, um einen maximalen Einsatzradius zu besitzen.
>> Wir haben das immer wieder geübt <<, sagte er zum Abschluss des Briefings. >> Wir haben Manöver abgehalten, Gefechtsübungen absolviert, immer und immer wieder Planspiele veranstaltet. Jetzt ist der Moment gekommen, das Erlernte anzuwenden. Viel Glück Ihnen allen. Jeffries, Ende. <<
Die Wandschirme erloschen und Jeffries verharrte für einen Moment in andächtiger Stille.
>> Das war gut <<, sagte Tom Hawkins, >> wir schaffen das. <<
>> Ich habe noch nicht mal einen Stab <<, sagte Jeffries, ohne seinen Blick zu heben. >> Das alles kommt sechs Monate zu früh. <<
Auf den leeren Plätzen dieses Tisches sollten eigentlich Operationsoffiziere sitzen. Ein Stabschef, Geheimdienstoffiziere, Verbindungsoffiziere zu den Teilstreitkräften.
Doch all das war noch nicht vorhanden. Das Korps war in kürzester Zeit aus dem Boden gestampft worden, die Kommandostrukturen waren noch neu und löchrig.
>> Wir sind noch keine sechs Monate alt <<, sagte Jeffries, als er an den leeren Stühlen vorbeiging.
>> Das ist ein gutes Zeichen <<, sagte Tom und Jeffries verharrte im Schritt.
>> Bitte? <<
>> Wir wussten beide, dass es Krieg geben würde <<, erklärte er mit dieser tiefen Stimme, die er von seinem Vater geerbt hatte. >> Die Tatsache, dass er so früh kommt, bedeutet, dass sie Angst vor uns haben. Sie wollten zuschlagen, ehe das Korps voll einsatzbereit ist. <<
>> Soll mich das in irgendeiner Form beruhigen? <<
>> Wir reißen ihnen den Arsch auf ... *Sir* <<, sagte Tom mit angriffslustigem Funkeln in den Augen und Jeffries musste für einen Augenblick lächeln.

>> Ich hoffe, dass Sie recht haben, Captain <<, erwiderte er, >> nur leider bin ich da nicht ganz so zuversichtlich wie Sie. Wir haben zu wenige Truppen an der Grenze, zu wenige Schiffe. <<
>> Die werden es nicht schaffen, Chang zu besetzen <<, sagte er. >> Nicht heute Nacht und auch nicht bis nächste Woche. <<
>> Ich kann Ihnen nicht ganz folgen. <<
>> In diesem Moment werden alle Gefechtsgruppen der Konföderation in Marsch gesetzt und nehmen Kurs auf die Pegasus-Linie. Manche werden in einigen Tagen hier eintreffen, andere erst in ein paar Wochen. Alles, was wir tun müssen, ist, den Kampf so lange offen halten, bis die Verstärkungen hier eintreffen. Solange Chang nicht besetzt ist, ist die Schlacht auch nicht verloren. Wir müssen nur den längeren Atem beweisen. <<
>> Den längeren Atem? <<
>> Ja, Sir. Einen Krieg gewinnt nicht der Stärkere oder Mutigere, nicht der Zahlreichste oder am modernsten Ausgerüstete. <<
>> Sondern? <<
>> Der Ausdauerndste, jener, der den längeren Atem hat. <<
>> Interessante Theorie. <<
>> Wir halten sie auf <<, versprach Tom, >> hier an dieser Linie. <<
Jeffries nickte bedächtig. >> Einverstanden. <<

Pegasus 1, Piloten-Briefing.
>> MORGEN! <<, bellte Will, als er den Briefingraum betrat und an seinen Geschwaderführern vorbei zum Pult ging. Auf dem Wandschirm flackerten bereits die taktischen Informationen und die Geschwaderführer machten sich erste Notizen in ihre Datenblöcke.
>> Heute Nacht hat eine imperiale Flotte Marokia Zeta mit unbestimmtem Ziel verlassen <<, begann er seine knappe Lageinformation. >> Wir rechnen damit, dass sie Kurs auf die Grenze gesetzt haben, und das bedeutet, ein Angriff auf die Konföderation steht unmittelbar bevor. <<
Auf dem Schirm erschien eine Karte der Pegasus-Linie mit den Positionen der Stationen, der Gefechtsgruppen und den dazugehörigen Einsatzradien. Ein dichtes Netz aus roten, gelben und blauen Linien und blinkenden ebensolchen Punkten.

>> Die gesamten Streitkräfte sind auf Defcon zwei, das bedeutet, ab sofort sitzen eure Jungs mit angewärmten Triebwerken in den Cockpits und warten darauf, dass die ersten Tangos auf den AVAX-Schirmen auftauchen. <<
>> Wann rechnen wir mit Feindkontakt? <<, fragte einer der Geschwaderführer.
>> Heute Nacht ... Morgen früh ... Theoretisch könnte es schon in zehn Minuten losgehen. <<
>> Was melden die Vorpostenlinien? <<
>> Unsere Vorposten sind ein ineffizientes Netz automatisierter Hyperraumsatelliten. Die melden *gar nichts*. Was mich aber nicht wirklich beruhigt, sondern noch misstrauischer macht. Die Marokianer sind nicht blöd! Auch wenn sie aussehen wie überdimensionierte Echsen aus schlechten Filmen, muss man ihnen doch eine gewisse Intelligenz zusprechen. <<
Verhaltenes Lachen ging durch die Reihen der Offiziere.
>> Die wissen, wo unsere Sensorennetze verlaufen, und werden sie so lange wie irgend möglich meiden. Macht eure Jungs für den Ernstfall bereit, haltet eure Ansprachen, motiviert sie ... Ihr kennt den Mist von früher, ich muss euch nichts erzählen. Jeder von euch ist Veteran, die meisten eurer Piloten auch. Bleibt ruhig, und wenn's losgeht, *treten wir ihnen in den Arsch!* So wie beim letzten Mal. HUURRAA! <<
>> HUUUUUURRRRRAAAAAA! <<, schallten ihm die Piloten entgegen und verließen den Briefingraum.
Will blieb am Pult stehen, bis alle draußen waren, dann griff er in seinen Overall und zog einen Flachmann aus der Innentasche.
Verstohlen nippte er daran und ließ ihn wieder verschwinden.
Für einen Augenblick war es unglaublich still geworden und Will richtete seinen Blick auf den Wandschirm. Das helle, blaue Gitter reflektierte sich auf seinem Gesicht und Will erinnerte sich an all die Freunde, die er im letzten Krieg verloren hatte.
An die Atlantia und an einen jungen, unerfahrenen Lieutenant, der zu seinem besten Freund wurde.
Draußen vor der Tür hörte er Stiefel, die über Gitterböden rannten, und Master Chiefs, die Befehle brüllten.

Unten auf dem Flugdeck umschwirrten die Techniker die Jagdmaschinen wie Ameisen ein Stück Zucker.
Treibstoff wurde getankt, Magazine gewechselt, Raketen unter die Tragflächen montiert.
Erste CAPs starteten und ein Geschwader nach dem anderen meldete sich gefechtsbereit.
Er wusste, dass es so passierte, denn er hatte es schon tausend Mal gesehen. Das Prozedere war immer dasselbe und doch niemals gleich.
Will gab sich noch zwei Minuten Stille, dann machte er sich auf den Weg zum Flugdeck.

Pegasus 1, CIC.
Die Nacht war dem Morgen gewichen, was im Inneren einer Raumstation vor allem durch die LUX-Werte signalisiert wurde.
Nachts war die Beleuchtung reduziert, morgens wurde sie langsam dem Tages-Normwert angeglichen.
>> AVAX-KONTAKT! <<, brüllte ein PO von der Sektorenüberwachung und alle Blicke richteten sich zum Hauptschirm.
Nahe der Grenze hatten die Marokianer vor Monaten ein Raumtor installiert, durch welches in diesem Moment erste Verbände in den Normalraum wechselten.
Für die Crew der Pegasus 1 waren es nur Sensorenechos, die auf einem Schirm erschienen, Punkte, die einer nach dem anderen plötzlich da waren und sich durch digitale Sternensysteme bewegten, doch Tom kannte den Sturm aus Licht, der dort draußen gerade entfacht wurde.
Raumtore waren riesige Ringe im All, deren Generatoren ein Portal zum Hyperraum aufstießen und den Transit ganzer Flotten von einer Dimension in die nächste erlaubten.
Das Licht und die Urgewalten, die bei solchen Transiten freigesetzt wurden, verglich Tom gerne mit dem Urknall.
So musste das damals gewesen sein am Anbeginn der Schöpfung, als in völliger Dunkelheit urplötzlich gleißendes Licht erschien und in pulsierenden Wellen durch die Unendlichkeit zog.
Ein atemberaubender Anblick, dem blinkende Punkte auf einer schwarzen Karte nicht im Geringsten gerecht wurden.

>> Da sind sie <<, sagte er heiser, >> ruft den Admiral. Gefechtsalarm! <<

Sirenen heulten auf, während die imperialen Schiffe sich der Grenze näherten und ihre Schlachtformation einnahmen.

>> Imperiale Verbände überschreiten die Grenze <<, meldete ein PO der Vollständigkeit halber, was ohnehin alle sehen konnten.

>> Was haben wir? <<, fragte Jeffries, als er das CIC erreichte.

>> Wir zählen dreiundsiebzig Schiffe <<, erklärte Hawkins. >> Zwanzig schwere Schlachtkreuzer plus Begleitschiffe und drei Trägerverbände. <<

>> Die gesamte Streitmacht aus Marokia Zeta. <<

>> Ja. <<

>> Pegasus drei und fünf melden ebenfalls Feindkontakt <<, erklärte der Kommunikationschef, der neben Tom am CIT stand. >> Alle Grenzverbände sind jetzt in Bewegung. <<

>> Und so beginnt es <<, sagte Tom leise, während die Marokianer ihre „Schlachtwall" genannte Standardformation einnahmen.

Leichte Kreuzer bildeten eine mobile, sich ständig bewegende erste Linie zum Schutz der großen Schlachtkreuzer, die dahinter behäbig Position bezogen. Die Trägerschiffe blieben zurück, im direkten Gefecht hatten sie kaum eine Chance gegen Angreifer gleicher Größe.

Während irdische Trägerschiffe schwer bewaffnete Schlachtschiffe waren, besaßen ihre imperialen Gegenstücke kaum Defensivbewaffnung. Sie waren reine Abflugbasen, für den Schiff-zu-Schiff-Kampf völlig ungeeignet, und mussten dementsprechend geschützt werden. Allerdings konnten sie deutlich mehr Jäger und Bomber tragen als ihre irdischen Pendants.

>> Gefechtsdistanz in dreißig Minuten. <<

>> Irgendwelche Anzeichen, dass sie versuchen, die Stationen zu umgehen? <<, fragte Jeffries und Hawkins verneinte.

>> Negativ, Sir. Sie bleiben sich treu und versuchen uns mit ihrer Masse zu erschlagen. <<

>> Pegasus acht und neun melden Feindkontakt. Erste Schusswechsel an Pegasus vier. <<

>> Ich habe gerade mit Admiral Armstrong gesprochen <<, erklärte Jeffries seinem XO, >> sie haben den imperialen Botschafter zum

Präsidenten gerufen und er schwört, dass er von der Sache nichts wusste. <<
>> Er lügt. <<
>> Die Stabschefs und der Diplomatische Dienst glauben ihm. Laut S3 gab es seit Tagen praktisch keine Kommunikation zwischen der Botschaft und dem Heimatplaneten. <<
>> Einem solchen Angriff muss erhöhte Kommunikation vorausgehen <<, knurrte Tom.
>> Richtig. Der S3 geht von einem Staatsstreich aus. <<
>> Ein Militärputsch? <<
>> Ja. Nach gegenwärtigem Wissensstand müssen wir davon ausgehen. <<
>> Zwanzig Minuten bis Gefechtsdistanz. <<
>> Sollen wir die Gefechtsgruppen in Marsch setzen? <<, fragte Tom.
>> Noch nicht. Ich will absolut sicher sein, dass nicht ein Flügel oder gar eine ganze Flotte an uns vorbeizieht. <<
>> Pegasus acht meldet Schusswechsel! <<
>> Pegasus sechs meldet Feindkontakt! <<
>> Vorpostenlinien registrieren fünf weitere Flottenverbände mit Kurs auf die Grenze. <<
>> Zehn Minuten bis Feindkontakt! <<
Marokianischer Tradition folgend würden sie mit Trommelfeuer beginnen. Massiver Raketen- und Geschützbeschuss, der den Verteidiger ermüden und Löcher in den Verteidigungsring reißen sollte.
Die zweite Welle würde von schweren Bomberangriffen geprägt sein, und sollten diese erfolgreich verlaufen, würde in einer dritten Welle die Infanterie eingesetzt.
Unter dem Schutz massiven Sperrfeuers würden Truppentransporter durch die zerschossenen Verteidigungsringe eindringen, sich an die Hülle der Station heften und sich mit Plasmaschweißgeräten einen Weg ins Innere brennen.
Idealerweise waren zu diesem Zeitpunkt bereits einige Landebuchten ausgebombt, was den Infanteristen ebenfalls einen Weg ins Innere der Station bieten würde.
Ziel eines solchen Angriffs war die Eroberung der Station, nicht ihre Vernichtung.

\>> Fünf Minuten bis Gefechtsdistanz! <<

Vor dem glühenden Ball der nahen Sonne bezogen die Schiffe Position. Jagdkreuzer ganz vorne, Schlachtkreuzer dahinter, Trägerschiffe weit ab der Gefechtsdistanz.

Es waren unförmige dunkle Kolosse mit groben Aufbauten und riesigen Waffenschächten. Kein Vergleich zur stromlinienförmigen Eleganz irdischer Kriegsschiffe, und doch raubten sie einem den Atem, als sie in die Wende drehten vor dem flammenden Licht der Sonne und ihre Waffen in Position brachten.

\>> Gefechtsdistanz! <<

\>> Abwehrfeuer <<, befahl Tom und die Gatlinggschütze der Station setzten sich in Bewegung.

Auch wenn SciFi-Filme diese seit Generationen prophezeit hatten, war es den Menschen nie gelungen, so etwas wie Schutzschilde zu entwickeln, die Schiffe oder Stationen gegen feindliches Feuer schützten.

Der Schutzschirm dieser Zeit war ein Ring aus Feuer, erzeugt von Geschützen, die tausend Schuss pro Sekunde abgaben und so eine Mauer erzeugten, an der Raketen und Torpedos zerschellten.

\>> ROF aufgebaut! <<, meldete die Waffenstation und im gleichen Moment ereigneten sich die ersten Explosionen.

Zwischen Schlachtwall und Station entbrannte ein erster Schlagabtausch. Die Gatlings der Station verschossen plasmagetriebene Projektile mit Wolfram-Keflon-Mantel, die beim Aufprall zerstoben und so einen dichten Schleier winziger Schrapnelle erzeugten.

Die Schlachtschiffe der Marokianer verwendeten mächtige, wenn auch in der Feuerrate deutlich schwächere Railguns, deren elektromagnetisch angetriebene Projektile völlig ohne Treibladung auskamen und mit einer Geschwindigkeit von Mach 12 auf ihr Ziel einhämmerten.

\>> Abfangrate der ersten Salve ... einhundert Prozent <<, meldete die Waffenstation. Keine Rakete und kein Railgun-Projektil war durch den ROF durchgekommen.

Während die Raketenwerfer der Schlachtschiffe im Sekundentakt neu aufgeladen wurden, brauchten die großen Kanonen deutlich länger, bis ihre elektromagnetischen Spulen wieder genügend Ladung für eine weitere Salve besaßen.

Erste Raketen schafften es durch den Ring of Fire und zerschellten an der Stationshülle. Die polarisierten Panzerplatten schluckten die Wucht der Explosion wie ein Jahrmarktboxer die Schläge seines Kontrahenten.
>> ROF hält! Keine Schäden an der Station. <<

Flaggschiff des zweiten Angriffsflügels der imperialen Leibstandarte.
Iman saß im Lageraum seines Schiffes und lauschte dem Gefechtsfunk, der sein Schiff zeitversetzt erreichte. Während die Menschen ein Kommunikationsnetz namens Ghostcom besaßen, welches Kommunikation in Echtzeit quer durch die Gesamte Konföderation erlaubte, waren die imperialen Streitkräfte noch immer auf konventionelle Kommunikation angewiesen. Trägersignale auf Laserbasis und Subraumwellen. Systeme, die über Jahrzehnte die fortschrittlichsten im bekannten Weltraum waren und nun völlig antiquiert wirkten.
Imperiale Kommunikation war über weite Strecken auf Audiosignale beschränkt, während die Menschen Audio und Video in hochauflösenden dreidimensionalen Paketen übertrugen.
Imans Flaggschiff hatte gerade das Raumtor des Heimatplaneten passiert und befand sich nun im Hyperraum mit Kurs auf die Front. Der Angriffsflügel, der ihm unterstand, war eigentlich Teil der Heimatverteidigung, war aber zusammen mit anderen Flügeln und Flotten zum Frontdienst abkommandiert worden.
Auf ausdrücklichen Wunsch Imans. Er wollte nicht eine unantastbare Heimatwelt verteidigen, während an der Front gestorben wurde.
Doch der Weg von Marokia zur Pegasus-Linie war lang und es würde Wochen dauern, ehe er sein erstes Gefecht bestreiten konnte.
Mit etwas Glück standen die imperialen Streitkräfte zu diesem Zeitpunkt bereits vor den Toren der Chang-Heimatwelt und bombardierten die Wüstenstädte mit endzeitlichem Feuer.
Es grämte den Admiral, dass er nicht Teil des ersten Angriffs sein konnte. Nicht, weil ihm so der Ruhm abhandenkam, sondern weil er dort draußen dringend gebraucht wurde.
Iman galt als größtes Talent im Stall der jungen Admirale. Ein taktisches Genie mit unglaublichem analytischem Verstand.

Im letzten Krieg war er noch ein junger Mann gewesen und hatte in Garkans Stab verschiedene Positionen bekleidet. Ein echtes Gefecht hatte er noch nie bestritten, war aber dennoch zum Flügelkommandanten ernannt worden.
Sehnsüchtig erwartete er den Tag seiner Feuertaufe.
Krächzende, verzerrte, immer wieder von Interferenzen unterbrochene Meldungen schallten aus den Lautsprechern und Iman nahm jede von ihnen auf wie ein Schwamm das Wasser.
Ein Dutzend verschiedene Schlachten wurden dort draußen geschlagen und er wollte über jede von ihnen informiert werden.
Endlich war Krieg, endlich konnte sich das ruhmreiche imperiale Militär für die schmachvolle Niederlage rächen, die es im letzten Krieg erlitten hatte.
Endlich war der Tag der Rache angebrochen.

Pegasus Center, Flugdeck.
Die Piloten saßen in ihren Maschinen, die Triebwerke liefen bereits und die Tore hinter den Startkatapulten waren längst geschlossen.
In völliger Dunkelheit, nur vom schwachen Licht des HUD begleitet, warteten sie auf ihren Einsatz.
>> Ramirez! Was zur Hölle ist los dort draußen? <<, fragte Will über Interkom, während sein Blick am Ende des Starttunnels haftete, wo die Außentore noch immer versiegelt waren.
>> Noch immer Sperrfeuer, die Trägerschiffe haben ihre Bomber zwar im All, aber noch keine Jäger im Anflug. ROF hält! Kaum Einschläge am Stationskörper! <<
>> Dann gehen wir in die Offensive! <<
>> Klar, CAG! Ich geh schnell zum Admiral und mach ihm den Vorschlag! <<, erwiderte der Chief am anderen Ende des Koms.
>> Verdammt, ich will da raus! <<, fluchte Will, wusste aber genau, dass er zu diesem Zeitpunkt nichts bewirken konnte. Erst wenn das Sperrfeuer beendet wurde und die Bomber und Jäger kamen, machte es Sinn, ihn und seine Kameraden loszulassen.
Doch das Warten in der dunklen Startröhre zehrte an seinen Nerven.
Die beiden Triebwerke im Heck der Nighthawk glühten startbereit, die Raketen unter den Tragflächen waren bereit, die Magazine der beiden Gatlingschütze waren geladen, es konnte losgehen.

>> Von mir aus kann's losgehen! <<, rief er ins Interkom, doch niemand antwortete ihm.

>> Komm schon <<, flüsterte er und legte den behelmten Kopf in den Nacken. >> Komm schon. <<

Es dauerte noch eine gefühlte Ewigkeit, bis endlich das erhoffte Signal aufschrillte.

>> STARTFREIGABE FÜR ALLE JÄGER! ICH WIEDERHOLE! STARTFREIGABE FÜR ALLE JÄGER! <<

Will zündete sein Katapult und schoss sich in die Dunkelheit.

Es war das Gefühl sekundenlangen freien Falls, bis er endlich den Schein der Sonne sehen konnte, die so hell war, dass sie die Sterne überstrahlte und das All zu einer dunklen, weit entfernten Wand degradierte.

Um ihn herum zerstoben Abertausende Raketen und Projektile, Projektilströme erhoben sich flammend ins All.

Die Salven der Gatlings zogen lange, schimmernde Spuren hinter sich her und die Explosionen waren aufgrund fehlenden Sauerstoffs kurz und umso heftiger. Trümmer stoben in alle Richtungen und an seiner Seite formierte sich ein Jäger nach dem anderen.

Zu Hunderten erhoben sie sich von der Station und hielten auf den Schlachtwall zu.

Das Feuer des ROF-Systems wurde reduziert, um nicht die eigenen Maschinen zu treffen, automatisch ihr Ziel suchende Flugabwehrgeschütze wurden aktiviert und suchten nach imperialen Maschinen.

Rochenjäger stürzten auf die Station nieder, gefolgt von riesigen Bombern mit Doppelrumpf und überdimensionierten Bombenschächten.

Will steuerte seine Maschine durch einen Parcours explodierender Maschinen, ließ seine Gatling rotieren und feuerte auf alles, was vor seinem Zielsucher erschien.

Trümmer zerschossener Maschinen trudelten ihm entgegen, sein Jäger rotierte immer wieder um die eigene Achse, um Bruchstücken und Salven zu entwischen.

Vor ihm erschein ein Rochenjäger, das HUD färbte sich rot und Will zündete seine Rakete.

Das Heck des Tangos explodierte, die Maschine schmierte ab und verschwand im Chaos des Dogfights.

Mehrere hundert Jäger beharkten sich hier draußen, kämpften mit dem Messer zwischen den Zähnen bis zum Äußersten und keine der beiden Seiten schien auch nur den geringsten Fortschritt zu erzielen.
Um ihn herum erhoben sich immer wieder Salven der Flugabwehrgeschütze, deren Leuchtspurmunition lautlos an ihm vorbeizog und eine hypnotische Wirkung auf ihn hatte.
Dort draußen war die Apokalypse losgebrochen, doch alles, was er hörte, war das Rauschen seiner eigenen Triebwerke, transportiert durch die Hülle seines Jägers. Ein Bombergeschwader schaffte den Weg durch die Reihen der Jäger, Will hängte sich an ihr Heck und konnte zusehen, wie mehrere von ihnen im Flugabwehrfeuer verendeten.
In Stücke geschossen, zerbrachen sie in ihre Einzelteile, noch ehe sie der Station nahe kamen.
Im Windschatten des Geschwaders stürzte Will auf die Station nieder. Rochenjäger erschienen an seinem Heck, die Sirene der Zielerfassung warnte ihn vor baldigem Abschuss.
Will riss den Steuerknüppel zurück, schob den Schubregler nach vorne und riss die Maschine in einen negativen Looping.
Drei Tangos schossen an ihm vorbei, er beschleunigte wieder, hängte sich an ihre Hecks und feuerte seine Geschütze.
Einen erwischte er am Flügel, den zweiten am Triebwerk, doch der dritte erwies sich als ausgezeichneter Pilot.
Während die Bomber damit begannen, ihre Ladung auf die Stationshülle zu werfen, jagten sich Will und sein Gegner unbarmherzig durch den Feuerradius des ROF.
Immer wieder entwischten sie sich gegenseitig und Will verschoss seine letzte Rakete.
Der Rochen zündete Täuschkörper, die den Hitzeausstoß seines Triebwerks simulierten, und lenkte die Rakete so von seinem Heck ab.
Will stürzte durch die Phosphorflammen der Explosion, ließ beide Geschütze rotieren, bis die Temperaturanzeige aufflammte und ein bevorstehendes Geschützversagen ankündigte.
Der Tango entkam ihm, verschwand irgendwo im Gewusel des Kampfes und Will musste zur Station zurückkehren, um neue Raketen und Munition zu holen. Durch eine der vielen Nebenbuchten

landete er seine Maschine, dockte an einen der Aufzüge und wurde von der Landebucht ins Hangardeck hinabtransportiert.
Techniker und Mechaniker rannten ihm entgegen, er öffnete sein Cockpit, um mit ihnen zu reden.
\>> TANKT MICH VOLL! <<, brüllte er dem ersten Chief ins Gesicht, der auf seine Maschine kletterte. >> BEWAFFNET MICH UND AB AUFS KATAPULT! <<
Will sah verkohlte Maschinen, die über die Aufzüge herunterkamen. Sanitäter rannten über das Deck, mehrere völlig zerschossene Jäger standen im hinteren Teil des Hangars, keiner von ihnen würde jemals wieder fliegen und die Piloten, die sie gesteuert hatten, vermutlich auch nicht.
Will bekam neue Magazine in die Tragflächen geschoben, Raketen wurden in die Halterungen gehängt und ein Schlepper brachte ihn zum Startkatapult.
Mit Hilfe eines Deckenkrans wurde seine Maschinen aufs Katapult gehoben und verankert.
Mehrere nahe Einschläge erschütterten das Deck.
\>> Wo war das? <<, brüllte er einem der Mechaniker entgegen.
\>> Sie nehmen die Landebuchten ins Visier! <<
\>> ICH MUSS WIEDER RAUS! <<
\>> Dreißig Sekunden, CAG! <<
Die Tore hinter Will schlossen sich und seine Maschine wurde wieder ins All geschossen.

Pegasus Center, CIC.
\>> Die Bomber kommen durch <<, meldete die Nahbereichsaufklärung.
\>> Leichte Hüllenschäden am Stationsäquator! Panzerung hält. <<
\>> VERLUSTMELDUNG, AIRBOSS! <<
\>> Ausfall bisher zehn Prozent! Unsere Jungs schlagen sich ganz gut! <<
\>> Kanonenbeschuss! <<, brüllte einer der Offiziere am Gefechtsstand.
\>> ROF aktivieren. <<
Sofort wurden die Abwehrgeschütze wieder aktiviert und die Nighthawk-Piloten suchten, so schnell sie konnten, das Weite.

\>> Die schießen auf ihre eigenen Piloten <<, sagte Masters geschockt und Tom schüttelte den Kopf. >> Das interessiert die nicht <<, erwiderte Tom.
Ein Jäger nach dem anderen kehrte zur Station zurück oder suchte Schutz nahe der Stationshülle im toten Winkel der Geschütztürme. Mehrere Salven kamen durch den Verteidigungsgürtel und rissen mächtige Löcher in die Panzerung der Station.
\>> Hüllenschäden. <<
Jeffries stand hemdsärmlig am CIT und studierte die Sternenkarte. Die anderen Stationen standen unter ähnlich schwerem Feuer, die Pegasus 1 schien sich aber der größten Streitmacht gegenüberzusehen.
\>> Wir sollten die Gefechtsgruppen heranziehen <<, schlug Tom vor, doch Jeffries zögerte.
\>> Weitere Bombergeschwader im All <<, meldete die Nahbereichsaufklärung.
\>> Sie bereiten die nächste Welle vor <<, knurrte Tom in Richtung Jeffries.
Wie Vogelschwärme stiegen Jäger und Bomber von den Trägerschiffen auf und näherten sich der Station.
\>> Unsere Jäger brauchen noch ein paar Minuten! <<, erklärte der Airboss, >> Bodenpersonal kommt kaum nach! <<
\>> So was will ich nicht hören, Master Chief <<, erwiderte Tom mit lauter Stimme. >> Unsere Vögel müssen wieder ins All. <<
Ein Treffer erschütterte die Station, der die Offiziere beinahe zu Boden riss.
\>> WAS WAR DAS? <<
\>> Treffer im oberen Quadranten, schwere Hüllenschäden. Wir verlieren Sauerstoff, Feuer aus mehreren Sektoren gemeldet. <<
\>> Wir sollten in die Offensive gehen, Admiral! <<, mahnte Tom und Jeffries nickte. >> Tun Sie's! <<
\>> KERNWAFFENEINSATZ! <<, brüllte Tom. >> Nehmt die vorderen Reihen ins Visier. <<
Langstreckenraketen mit atomaren Sprengköpfen wurden gezündet und in weit auseinandergezogenen Clustern auf den Schlachtwall geschossen.

Es war wichtig, diese Waffen erst dann einzusetzen, wenn die Geschütze des Feindes bereits warmliefen und sich ihre Feuerraten verlangsamten; außerdem waren Bomber und Jäger nun zwischen Station und Wall, was den Schaden von Offensiv- und Defensiv-Feuer verstärkte.

Die Raketen detonierten vor dem Wall und ein Teppich aus atomarem Feuer glühte für wenige Sekunden in der Dunkelheit.

Jäger, Bomber und Schiffe verglühten und erste Löcher im Schlachtwall wurden durch Restrukturierung geschlossen.

\>> Treffer!!! Schwere Verluste an den äußeren Flanken, Zentrum hält. <<

\>> Zweite Salve vorbereiten und auf mein Kommando warten. <<

\>> Bomber im Anflug, ROF unter schwerem Feuer! <<

\>> Jäger wieder EINSATZBEREIT! <<

\>> JÄGER LOS! <<

Auf dem Schlachtfeld.

Als Will ins All zurückkam, waren die meisten anderen gerade ins Innere der Station zurückgekehrt.

Die Railgun-Kanonen der Schlachtkreuzer eröffneten das Feuer auf die Station, Bomber und Jäger der Marokianer drehten jedoch nicht ab, sondern hielten Kurs auf die Station.

Einem Hindernislauf gleich wichen sie dem Feuer aus und kamen der Station näher.

Die ROF-Geschütze feuerten erbarmungslos, Trümmer regneten auf die Hülle und Will suchte Schutz im Tiefflug über der Hülle, wo er vor eigenem Feuer sicher war.

Bomber entluden ihre tödliche Fracht und schlugen tiefe Schrammen in die Panzerung der Station.

Die wenigen Nighthawks im All kämpften einen erbitterten, wenn auch hoffnungslosen Kampf gegen die zahlreichen Feinde.

Aus dem Augenwinkel sah Will riesige silberne Raketen, die sich, von hellem Feuer getrieben, aus ihren Silos erhoben und in die Dunkelheit flogen.

Sekunden später vernahm er den Blitz der Kernspaltung und dankte den Ingenieuren, die seinen Jäger gebaut hatten, denn das Glas der

Kanzel war verspiegelt und reflektierte den hellen Blitz, sodass die Piloten beim Anblick solcher Explosionen nicht erblindeten.
Vor ihm kam ein Bomber der Station bedrohlich nahe und Will feuerte ihm zwei Raketen ins Heck.
Die Maschine stürzte ab und zerschellte an der Station, ehe ihre Bomben scharf waren, was den Hüllenschaden minimal hielt.
Neue Geschwader erschienen auf seinem Schirm und über Interkom hörte er die Meldung, dass die eigenen Jäger wieder starteten.
Er riss die Maschine in den Steigflug und erhob sich von der Hülle.

Pegasus Center, CIC.
\>> Die Jagdkreuzer kommen näher <<, sagte Tom über den CIT gebeugt und Jeffries strich mit dem Finger über die Glasplatte, um durch die taktischen Daten zu blättern. >> Der ROF verliert an Feuerkraft, die Geschütze laufen heiß, ein paar haben keine Munition mehr. <<
\>> Darauf haben sie gewartet <<, stimmte Jeffries zu, >> wir müssen sie näher heranlocken. <<
\>> Das ROF zurückfahren? <<
\>> Simulieren wir ein paar Geschützausfälle und sorgen für Löcher im Schirm. Wenn sie den Köder schlucken und näherkommen ... <<
\>> ... blasen wir sie aus dem All. <<
\>> Richtig. <<
Tom gab die entsprechenden Befehle und mehrere Geschütztürme beendeten ihr Feuer.
Die Station kassierte schwere Bombenschäden, erwiderte mit weiterem Kernwaffenbeschuss und verlangsamte sukzessive die Feuerrate.
\>> Ein paar versuchen es <<, sagte Tom und deutete auf den Hauptschirm. Ein ganzer Angriffsflügel löste sich aus dem Schlachtwall und kam näher.
\>> Das ist ein Versuchsballon. Sie wollen testen, wie wir reagieren <<, erklärte Jeffries.
\>> Das bedeutet Kopf einziehen und abwarten. <<
Die Jäger näherten sich und eröffneten das Feuer mit den Kurzstreckenwaffen.

Die Station wehrte sich verhalten, die Geschütze hielten konstante Feuerrate, bis die Schäden zu diversen Ausfällen führten.

Erschütterungen gingen durch alle Decks, Hüllenschäden, Feuer, Explosionen.

\>\> Wir verlieren mehrere Decks. <<

\>\> SCHWERE SCHÄDEN AN DEN LANDEBUCHTEN! <<, meldete die Schadenskontrolle panisch.

\>\> Bomber und Jäger im Anflug <<, rief die AVAX-Station.

\>\> Sie erhöhen die Taktzahl <<, sagte Tom und Jeffries stimmte ihm zu.

\>\> Dann tun wir dasselbe, XO. Freigabe für die Sacramento! <<

\>\> RUFT DIE SACRAMENTO UND GEBT IHR GRÜNES LICHT FÜR KERNWAFFENEINSATZ! <<

Seit Beginn der Schlacht lag das Schiff der Atlantia-Klasse nahe der Korona der Sonne, hatte alle Systeme deaktiviert und wartete auf ihr Zeichen. Ein Manöver, das „Toter Mann" genannt wurde und sich oft als sehr effektiv erwies.

Als das vereinbarte Signal kam, fuhr sie ihre Systeme hoch und auf den Sensorenschirmen der Marokianer erschien ein Schlachtschiff, das hinter ihren Linien das Feuer eröffnete.

Aus allen Rohren feuernd und auf den schwächsten Punkt der Angreifer fixiert, näherte sich die Sacramento dem Wall und entlud ihre Kernwaffen auf die hilflosen Trägerschiffe im hintersten Teil der Flotte.

Explosionen hüllten die Schiffe ein und rissen sie in Stücke. Mit einem Schlag verloren die Jäger und Bomber ihr Mutterschiff und somit die sichere Basis, zu der sie immer wieder zurückkehren konnten. Kein Nachtanken, keine neue Munition, keine Ort, an den man sich retten konnte.

Mehrere Schlachtkreuzer verließen den Wall und folgten der Sacramento, die nach erfolgtem Schlag sofort vom Schlachtfeld abdrehte und ihr Heil in der Flucht suchte.

Selbst eine Atlantia war der Feuerkraft einer solchen Flotte hilflos ausgeliefert und ihr Rückzug bedeutete keine Schmach, denn ihre Mission war durch die Vernichtung der drei Trägerschiffe mehr als erfüllt.

>> AVAX meldet Gefechte überall an der Grenze, kein einziger Verband versucht auf Chang vorzurücken. Mehrere Stationen rufen ihre Gefechtsgruppen ins Feld <<, forderte Tom den Einsatz der in Reserve gehaltenen Schiffe und Jeffries ließ sich überreden.

Die Gefechtsgruppen wurden gerufen und in die Schlacht beordert. Sie passierten das Raumtor in ihrem Sektor und setzten Kurs auf die Station.

>> Werden sie darauf reagieren? <<, fragte Masters den XO und Tom schüttelte den Kopf. >> Sie wähnen sich in Sicherheit. <<

Eines der ersten Manöver der Schlacht war das Entsenden mehrerer Flügel in Richtung des Raumtores nahe der Station Pegasus 1.

Die Marokianer schickten ihre Jagdkreuzer in weitem Bogen um das Schlachtfeld herum, um das Tor sicher erreichen und vernichten zu können.

Ihre Geschütze vernichteten den Ring und hielten anschließend Position für den Fall, dass sie als Reserve in die Schlacht zurückgerufen wurden.

>> Fahrt den ROF weiter zurück. <<

Die Jagdkreuzer passierten den Feuerradius der Geschütze und wagten sich immer näher an die Hülle. Ihre Waffen feuerten unaufhörlich, Feuersäulen erhoben sich aus der Station, Schäden und Verluste wurden immer schwerer.

>> Wie lange halten wir das durch? <<, fragte Tom die Schadenskontrolle.

>> Nicht lange <<, war die unbefriedigende Antwort des Diensthabenden.

>> Jetzt kommt schon, wagt euch näher <<, bat Tom, doch die großen Schlachtschiffe verharrten auf ihrer Position.

>> Wir werden den Bluff aufgeben müssen <<, sagte Jeffries. >> Sie kommen nicht. <<

Tom gab ihm zerknirscht recht und wandte sich an die Gefechtsstation. >> ROF auf volle Leistung fahren. <<

Geschütze und Torpedowerfer wurden aktiviert und entluden sich in die Jagdkreuzerverbände.

>> Jetzt haben wir die Karten aufgedeckt <<, sagte Tom.

Die Schlachtkreuzer blieben auf Position und setzten ihr Sperrfeuer fort. Breitseite um Breitseite hämmerte in das Abwehrfeuer der Station.
>> Wie groß ist der Radius der Nexus-Generatoren? <<, fragte Tom einen der Ingenieure an der technischen Station.
>> Sir? <<
>> Können wir ein Raumfenster mitten in ihrem Wall öffnen? <<, präzisierte er seine Frage und der Ingenieur tippte einige Befehle in seine Konsole.
>> Ja. <<
>> Zeit bis Ankunft der Gefechtsgruppen? <<
>> Vierzig Minuten. <<
>> Verdammt! << Tom schritt durch das CIC. Die Kernwaffen zerschellten an ihrem Gegenfeuer, die Torpedos zeigten zu wenig Wirkung und seinen letzten Trumpf musste er aufsparen, bis die Verstärkung in Reichweite war.
>> Wir halten das durch, Tom <<, sagte Jeffries beruhigend, >> wir beweisen den längeren Atem. <<
Wut funkelte in den Augen des Captains, als er seinen Blick auf den Hauptschirm richtete. >> Kommt schon näher! <<
>> Abschuss von neun Jagdkreuzern bestätigt. Sie haben einen ganzen Flügel verloren. <<
Zum ersten Mal wurde Tom bewusst, wie schwer es war, ein unbewegliches Ziel zu verteidigen. Sein ganze Karriere über hatte er auf Schiffen gedient, auf beweglichen Zielen, die man in die Offensive bewegen konnte.
Die Station hingegen lag einfach nur da und schluckte Salve um Salve.
Einschläge erschütterten das CIC und ließen Funken von der Decke regnen. Sicherungskästen explodierten und von irgendwo her nahm er den Geruch von Feuer wahr.

Auf dem Schlachtfeld.
Will hatte einen Jäger quer über das Schlachtfeld gejagt und war ungewollt ins Abwehrfeuer des Walls geraten.
In steiler Kurve drehte er ab und suchte das Weite, doch ein ganzes Rudel Tangos hängte sich an sein Heck.

Die Schlacht breitete sich immer weiter aus, Jägergruppen versuchten in weitem Bogen den Wall zu umfliegen und die Bombergeschwader abzufangen, ehe sie der Station näher kamen.
Wie verfeindete Vögelschwärme, die vor dunklem Himmel aufeinander einhackten, tanzten sie vor dem Panorama völliger Finsternis.
Will hatte all seine Raketen verschossen und verbrauchte gerade seine letzten Täuschkörper auf dem Weg zurück zur Station.
Mehrmals schlug er enge Haken und schaffte es ein paar Mal, die Tangos auszubremsen.
Vier von ihnen holte er vom Himmel, doch die anderen blieben unbeeindruckt an ihm dran.
Der Weg zurück zur Station war lang und gefährlich und führte mitten durch das Abwehrfeuer.
Kernwaffen der Station kamen ihm entgegen und er erwischte sich dabei, wie er zu beten begann, sie mögen nicht in seiner Nähe detonieren.
Eine Salve erwischte seine rechte Tragfläche, die Maschine wurde instabil und er schaffte es mit Müh und Not durch den ROF. Noch immer mehrere Maschinen an seinem Heck, hielt er auf eine Landebucht zu.
Eine Salve traf sein Triebwerk und die Maschine verlor an Leistung.
Durch die Außentore der Landebucht sah er Flammen schlagen, die im Vakuum sofort erstickten.
>> Das war's für heute <<, sagte er, zog die Nase nach oben und fuhr das Fahrwerk aus.
Die Bucht war von Trümmern übersät, mehrere Wracks lagen quer auf der Landebahn, Nighthawks und Rochen gleichermaßen. Als Will versuchte aufzusetzen, brach seine vorderes Fahrwerk ein und seine Maschine überschlug sich.
Das Letzte, das er sah, waren Flammen, die nach seinem Cockpit griffen, und Rochenjäger, die an den Wänden zerschellten.
Männer in Raumanzügen knieten auf der Landebahn und feuerten mit geschulterten Boden-Luft-Raketen auf eindringende Feinde und von irgendwo hörte er metallisches Brechen und Knirschen.

Pegasus Center, CIC.
>> Gefechtsgruppe meldet Einsatzbereitschaft. <<

>> Öffnet das Raumfenster. <<
Mitten im Schlachtwall erhob sich ein Strahl aus weißem Licht, der sich ausdehnte, heller und heller wurde und einen Spalt in die Dunkelheit riss wie ein Schwert, das durch Zeltstoff schneidet.
Wogen aus reiner Energie warfen die Schlachtkreuzer durcheinander wie die Wellen eines atlantischen Wintersturms die Segelschiff früherer Jahrhunderte. Die Kreuzer kollidierten miteinander und nahmen schwere Schäden; manche wurden von der Wucht der energetischen Entladung in Trümmer geschlagen, andere traten sofort den Rückzug an.
Aus dem Herzen weißen Lichts erhob sich die erste Atlantia und eröffnete das Feuer in alle Richtungen, gefolgt von Begleitschiffen, leichten Kreuzern und Zerstörern sowie weiteren fünf Atlantias.
Die schwer angeschlagenen Schlachtkreuzer wurden zu leichten Opfern für die frisch hereinkommenden Schiffe und der Wall zerbrach in völligem Chaos. Die Schlachtordnung ging verloren, jedes Schiff flüchtete in eine andere Richtung und das Gegenfeuer brach völlig ein.
>> Befehl an das Flaggschiff <<, brüllte Tom, >> ich will, dass keiner von denen das System verlässt. <<
>> Ihnen ist klar, dass Sie da gerade einem Admiral einen Befehl erteilen, oder, Captain? <<, fragte Jeffries fast ein wenig amüsiert über seinen XO und klopfte ihm erleichtert auf die Schultern.
Die Last und Anspannung löste sich und allen war anzusehen, wie erleichtert sie waren, diesen Tag überlebt zu haben.
>> Das war gute Arbeit, Captain. <<
>> Danke, Sir <<, sagte Tom und fuhr sich durchs Haar. Schweiß perlte von seiner Stirn und für einen Augenblick lehnte er sich erschöpft an den CIT. Noch immer roch er brennende Leitungen und von der Decke regnete es immer wieder Funken, doch die Schlacht war geschlagen, der erste Ansturm überstanden.
>> Schadensmeldung! <<, befahl er und einer der Ingeniere begann mit einer Auflistung der schwersten Schäden.
Auf dem Schadensdisplay erschien eine rot gefärbte Sektion nach der anderen.

Flaggschiff des zweiten Angriffsflügels der imperialen Leibstandarte.

\>> Unsere Schiffe wurden zurückgeschlagen <<, sagte Dragus, Imans Erster Offizier, mit bedrückter Stimme und legte einen Stapel Berichte vor seinem Vorgesetzten auf den Tisch.

\>> Ich weiß <<, sagte Iman mit ruhiger Stimme, doch das Zittern seines Nackenkammes verriet seine Aufgeregtheit.

\>> Niemand hat erwartet, dass wir die Pegasus-Linie am ersten Tag überrennen <<, erklärte Ituka, der neben Iman am eckigen Tisch des Lageraums saß.

\>> Wir haben alle Raumtore entlang der Front zerstören können. Das ist ein guter Anfang, wie ich finde. <<

\>> Bei Pegasus 1 haben wir eine ganze Flotte verloren <<, sagte Dragus und Iman sah erschrocken auf.

\>> Unmöglich! <<

\>> Doch. Die Flotte des Fürsten von Kar Sedora. Über siebzig Schiffe gingen verloren. <<

Iman griff nach dem entsprechenden Bericht. An keiner der Stationen waren mehr als fünf oder sechs Großkampfschiffe zerstört worden. Die verlorenen Schiffe waren meist leichte Kreuzer oder Panzerschiffe gewesen.

\>> Das ist doch unmöglich <<, raunte Ituka. >> Keine Station hat genug Feuerkraft oder Reichweite ... <<

\>> Drei komplette Trägergruppen <<, las Iman vom Papier, >> sieben Schlachtkreuzer, neun Panzerschiffe ... *Nazzan Morgul, steh uns bei!* <<

\>> Ich glaube das nicht! <<

\>> Dann lies es selbst! << Iman warf Ituka das Papier vors Gesicht und erhob sich von seinem Sessel. Auf den Wandschirmen wurde der Frontverlauf angezeigt und Iman verharrte vor der Position der Pegasus 1. >> Dort ist der Sitz ihres Korpskommandos <<, erklärte er seinen Offizieren, >> *Pegasus-Korps* <<, versuchte er die Worte in menschlicher Sprache, was seiner marokianischen Zunge aber kaum gelingen wollte. Zu unterschiedlich waren die Sprachmuster, zu verschieden der Klang der Worte.

Ituka und Dragus sahen erstaunt auf, als sie die unvertrauten Worte hörten.

\>\> Pegasus-Korps <<, sagte er schließlich auf Marokianisch und nun verstanden sie ihn. >> Die Idee, dass sie nun eine gemeinsame Streitmacht aufstellen, hat mir nie gefallen <<, erklärte er, >> lieber kämpfe ich gegen fünf Armeen gleichzeitig als gegen eine Armee, die so stark ist wie fünf. <<

\>\> Das Pegasus-Korps ist gerade erst gegründet worden. Sie haben kein einziges Schiff, kaum Bodentruppen. Alles, was sie haben, sind diese Stationen an der Grenze und die werden wir früher oder später überrennen. <<

\>\> Nicht, wenn die anderen Stationen sich als ebenso effektiv erweisen. <<

Drei Tage später.
Der Geruch von verschmorten Kabeln und verglühtem Stahl lag noch immer in der Luft. Die Wände fast aller Sektionen waren rußgeschwärzt, Dutzende Korridore und Räume waren notdürftig stabilisiert worden, überall sah man Reparaturtrupps, die neue Verstrebungen einschweißten, um das Einbrechen der Räume zu verhindern.

Tom Hawkins hatte seit der Schlacht nicht mehr geschlafen. Einerseits weil ihm die Bilder der anstürmenden Marokianer nicht aus dem Kopf gingen, andererseits weil er zu viel damit zu tun hatte, die Station am Leben zu erhalten.

Stündlich trafen jetzt Situationsberichte ein. Die Front hatte entlang der gesamten Pegasus-Linie gehalten, war aber an deren Flanken eingebrochen, was zu schweren Verlusten geführt hatte. Drei befestigte Planeten wurden schwer umkämpft. Die Marokianer hatten Truppen abgesetzt, die sich jetzt mit den Verteidigern heftige Bodenschlachten lieferten. Zwei marokianische Flottenverbände waren beim Durchstoßen der Pegasus-Linie aufgerieben worden. Die Kritiker der Stationen waren verstummt, seit sie sich im Kampf bewährt hatten. Die Milliardenausgabe hatte sich gelohnt.

Der Korridor vor der Krankenstation war zum Warteraum für Leichtverletzte umfunktioniert worden. Trotz der überdimensionalen Ausmaße der medizinischen Station fiel es den Ärzten schwer, mit dem gewaltigen Strom an Verletzten fertig zu werden. Vor wenigen Stunden war ein Lazarettschiff eingelaufen und hatte neue Patienten gebracht. Kaum hatte man die eigenen Schlachtopfer versorgt, strömten neue Verletzte aus anderen Schlachten auf die Station.

Tom ging an den vielen wartenden Männern und Frauen vorbei, durchquerte den großen zentralen Aufnahmebereich und ging nach hinten in Richtung Intensivstation. Hier lagen auch die Zimmer der stationären Patienten.

Durch ein Sichtfenster sah er Will Anderson, der aufrecht in seinem Bett saß und mit einem Arzt lautstark diskutierte. Ohne anzuklopfen ging er hinein.

>> Störe ich? <<, fragte er.

>> Nein. Ich wollte gerade gehen <<, sagte Will angespannt und schwang die Beine aus dem Bett.

>> Wie schwer ist das eigentlich zu verstehen, Captain? Sie bleiben noch mindestens zwei weitere Tage unter Beobachtung <<, sagte der Arzt und stellte sich ihm in den Weg.

>> Beobachten Sie, so viel Sie wollen, aber aus der Ferne. << Will schob ihn zur Seite und suchte seine Uniform.

>> Sie haben einen Absturz hinter sich. Dockarbeiter haben Sie aus einem brennenden Wrack geradezu herausgeschnitten ... <<

>> Ich weiß, Doktor. Ich war dabei <<, brummte Will. >> Mir geht es gut. Ich habe keine gebrochenen Knochen und abgesehen von ein paar geröteten Stellen ist alles in Ordnung. <<

>> Diese geröteten Stellen sind Verbrennungen dritten Grades. <<

>> Die Sie schon vor zwei Tagen mit einem Hautregenerator behandelt haben. <<

>> Ich kann Sie unmöglich gehen lassen. <<

>> Halten Sie mich doch auf. << Will fand endlich seine Uniform, zog sich notdürftig an und verließ den Raum.

>> Ich regle das <<, versprach Tom dem Arzt und folgte Will, der mit offenem Hemd und unter den Arm geklemmter Jacke durch die Krankenstation marschierte. Vorbei an Dutzenden Soldaten mit verbundenen Köpfen, Händen und Schultern.

>> Will. Hältst du das für eine gute Idee? <<

>> Nicht du auch noch, Tom. <<

>> Hey. Ich will dich nicht aufhalten. <<

>> Gut. <<

>> Aber ich. << Christine Scott kam aus einem der Untersuchungsräume, packte Will am Kragen und hielt ihn fest. >> Hi, Doc <<, keuchte Will und riss sich los.
>> Was wird das? <<
>> Ich bin wieder fit. <<
>> Sagt wer? <<
>> Sagt Tom <<, behauptete Will und deutete auf den XO der Station.
>> WAS? << Tom blieb die Luft weg.
>> Wie kommen Sie zu dieser Diagnose, Captain? Sind Sie seit Neuestem Arzt? <<, fragte Christine Tom.
>> Er lügt. Das habe ich nie gesagt. <<
>> Oh bitte. Wir sind hier nicht auf dem Schulhof. Was Sie beide hier tun, ist unverantwortlich. <<
>> Doc. Hören Sie. Wenn ich mich hier umsehe, sehe ich hundert Leute, die das Bett da drinnen nötiger haben als ich. Sie haben hier Schussverletzungen, Verbrennungen, Stichwunden ... weiß der Teufel, was alles. Ich habe ein paar blaue Flecken. Was soll das? <<
>> Sie haben eine Gehirnerschütterung <<, erwiderte Scott.
>> Sind Sie sicher, dass er überhaupt ein Gehirn hat? <<, fragte Tom beiläufig und kassierte von beiden einen strafenden Blick.
>> Krieger, Arzt und auch noch Komiker? <<, fragte Christine.
>> Ich halt mich da raus <<, sagte Tom und ging sich einen Kaffee holen.
>> Ich bin fit. <<
>> Morgen früh stehen Sie hier und lassen sich noch mal von mir untersuchen. <<
>> Sie sind der Boss. <<
>> Verschwinden Sie. <<
>> Danke ... Ach, Doc. <<
>> Hm? <<
>> Heute Abend treffen sich die Senioroffiziere in der Messe. Ich hoffe, Sie kommen auch. <<
>> Wozu? <<
>> Ein Drink auf die Gefallenen. <<
>> Halten Sie das für angebracht? <<
>> Es ist Fliegertradition. <<

\>\> Es sterben in diesem Krieg nicht nur Piloten. <<
\>\> Es wird Ihnen gut tun. <<
\>\> Mal sehen. <<
\>\> Das werte ich als ja. << Will ging zu Tom, klopfte ihm auf die Schulter und verließ mit ihm die Krankenstation.
\>\> Die hat Feuer, die Kleine <<, sagte Will, während er auf einmal merklich langsamer ging. Die Schmerzen in seinen Rippen waren höllisch.
\>\> Tut's weh? <<
\>\> Frag nicht so dumm. Ich bin abgestürzt <<, fauchte Will. \>\> Sicher tut's weh. <<
Tom lachte, während er seinen Kaffee trank und neben Will herging.
\>\> Ich versteh dich nicht. Bleib doch auf der Krankenstation. <<
\>\> Sicher nicht. An solchen Orten stirbt man. <<
\>\> An jedem Ort kann man sterben. <<
\>\> Aber auf einer Krankenstation geht es schneller. Gevatter Tod wandelt durch diese Gänge. <<
\>\> Blödsinn. <<
\>\> Glaub's mir, Tom. <<
\>\> Wenn du's sagst ... Was hast du jetzt vor? <<
\>\> Ich gehe in mein Quartier, nehm 'ne heiße Dusche und leg mich schlafen. << Die beiden betraten eine Transportkapsel.
\>\> Kein Wasser. <<
\>\> Hä? <<
\>\> Kein Wasser. Die Station keucht sich mit letzter Kraft von einer Stunde in die nächste. Wir haben alles abgeschaltet, das nicht absolut notwendig ist. <<
\>\> Oh Mann. Und was funktioniert noch? <<
\>\> Du meinst, außer der Lebenserhaltung und den taktischen Systemen? <<
\>\> Ja. <<
\>\> Nichts. <<
\>\> Jeder, der dienstfähig ist, hilft dabei, die Startrampen freizuräumen, oder meldet sich im Maschinenraum zur Diensteinteilung. <<
\>\> Was für eine Diensteinteilung? <<

\>\> Das technische Personal kommt mit den Reparaturen nicht nach. Wir haben alles freie Personal den Ingenieuren zur freien Verfügung bereitgestellt. <<
\>\> Du meinst, wenn ich da runtergehe, lassen sie mich irgendwelche Stahlträger schweißen? <<
\>\> Zur freien Verfügung. Es gibt Millionen Dinge zu tun. Du glaubst gar nicht, was alles gebrannt hat. <<
\>\> Du meinst, außer meinem Arsch.<<
\>\> Idiot. Über so was macht man keine Witze. <<
\>\> Wenn man seinen Humor verliert, kann man sich gleich erschießen lassen <<, erklärte Will und betrat die nächste Transportkapsel.
\>\> Offiziersquartiere. <<
\>\> Und warum bist du nicht bei den Aufräumarbeiten? <<, fragte er Tom.
\>\> Weil ich seit der Schlacht kaum mehr aus dem CIC rausgekommen bin. Der Besuch bei dir unten war das erste Mal seit drei Tagen, dass ich mehr als zehn Schritte am Stück gegangen bin. <<
\>\> Wie sieht's aus da draußen? <<
\>\> Könnte schlimmer sein. Drei Planeten werden umkämpft, die Flanken sind eingebrochen, konnten aber wieder geschlossen werden. Alle Stationen waren schweren Angriffen ausgesetzt, konnten aber standhalten. Uns hat's mit Abstand am schlimmsten erwischt. <<
\>\> War klar <<
\>\> Warum? <<
\>\> Weil wir beide hier sind. Das war doch schon immer so <<, sagte Will, als die Türe der Kapsel sich öffnete und er in einen völlig zertrümmerten Korridor trat. Ein Geschoss war hier eingeschlagen und hatte sich Ebenen tief in die Station gebohrt. \>\> Gestern konnte man hier noch in den Weltraum hinaussehen <<, erklärte Tom mit Blick zur Decke. \>\> Wir arbeiten im Dreischichtbetrieb. Jeder Raumanzug ist in Verwendung, um die Hüllenlöcher zu stopfen. <<
\>\> Was war hier los? <<
\>\> Palnam <<, sagte Tom.
\>\> Sonnenfeuer? <<

>> Ja. Der Torpedo, der hier eingeschlagen ist, hatte einen Palnam-Kopf. Beim Einschlag hat es sich entzündet und hier alles in Brand gesetzt. <<
>> Herr Gott. Das kann keiner überlebt haben. <<
>> Hat auch keiner <<, sagte Tom so leise, als wären sie in der Kirche. >> Dreißig Leute sind hier drinnen verbrannt. <<
Will bekam das Bedürfnis sich zu übergeben. >> Scheiße <<, keuchte er und wankte über die Trümmer hinweg zu seinem Quartier, das erstaunlicherweise nicht viel abbekommen hatte. Abgesehen davon, dass praktisch alles irgendwo herumlag, war alles in Ordnung. Die Erschütterungen hatten ein paar Regale umgeworfen und den Tisch von der Mitte des Raumes an die Wand befördert. Aber eigentlich war nichts.
>> Sieht genau so aus, wie ich es verlassen habe <<, witzelte Will, wankte zu seinem Bett und ließ sich hineinfallen.
Tom ging zurück, rauf zum CIC

Pegasus 1, Offiziersmesse.
Alle waren sie gekommen.
Lieutenant Darson, Harry und Will Anderson, Mark Masters, Christine Scott und Tom Hawkins und ein halbes Dutzend anderer Offiziere, die sich der geselligen Runde angeschlossen hatten.
Man hatte versucht, nicht über den Krieg zu reden, doch schon bald war dieser gute Vorsatz im Kanonendonner der Gegenwart in Schall und Rauch aufgegangen.
Man sprach über fast nichts anderes.
Die Situation hatte sich im Laufe des Tages etwas beruhigt. Die Kämpfe flauten ab, die Marokianer bezogen ihre Stellungen und reorganisierten sich, während die Gefechtsgruppen der Konföderation sich im Raum sammelten und auf einen Gegenangriff vorbereiteten.
Die Pegasus-Stationen hatten ihre Feuerprobe hinter sich und sie hatten sich bewährt. MISSION ERFÜLLT in allen Punkten, und dennoch war keinem zum Feiern zu Mute.
Will hatte in der Datenbank des Computers einige Musikstücke gefunden, die ihm passend erschienen. Seltsamerweise waren sie es sogar.
Ruhige, traurige Musik aus längst vergangenen Jahrhunderten.

Zu Elvis' *You are always on my mind* saßen alle beisammen, erhoben ihre Gläser und tranken auf die Gefallenen dieses ersten großen Gefechts.
>> Auf all jene, die das Ende des Krieges gesehen haben <<, sagte Tom in Anlehnung an ein altes Zitat von Plato.
Nur die Toten haben das Ende des Krieges gesehen.
Die anderen prosteten ihm zu und tranken.
Der Abend wurde immer länger und die Gespräche mit zunehmendem Alkoholgehalt immer privater. Der Krieg wurde vergessen, wenn auch nur für ein paar Stunden.
Das Schweißen, das Heulen der Maschinen und das Knarren des Metalls verschwand in den Hintergrund, man hörte es nicht mehr, alle hatten sich daran gewöhnt.
Nach vier Tagen ununterbrochenem Dienst war dies die erste Gelegenheit für die Senioroffiziere, um auszuspannen. Eine Gelegenheit, die alle nutzten. Der nächste Morgen und die Realität des Krieges würden sie alle schon bald wieder einholen. Dieser Abend gehörte ihnen allein. Einer Gruppe von Soldaten, die am Anfang eines langen gemeinsamen Weges stand.
>> Hört mal alle zu <<, sagte Will irgendwann und stellte seine Flasche ab.
>> Ich sitze hier und hör mir an, was ihr hier redet, und mir fällt etwas auf, das mich stört und das ich euch sagen muss. << Wills Zunge war vom Alkohol schwer geworden, aber er hatte das unstillbare Bedürfnis, sich mitzuteilen.
>> Ihr sitzt hier zusammen, trinkt ein Bier und ihr redet euch mit SIE und SIR und Dienststrängen an. Ich frage euch, was soll das? Ich will mit niemandem trinken, der mich Sir oder Captain nennt. Ich bin Will, ein für alle Mal für jeden von euch. Ich bin Will und das ist Tom und die Süße hier ist Doc. << Will umarmte Christine von der Seite her und küsste sie auf die Wange.
Tom rechnete mit einer schallenden Ohrfeige, was aber nicht passierte. Christine lachte, erwiderte den Kuss und nahm es mit unerwarteter Gelassenheit.
Sie war wirklich süß, dachte sich Tom, während er da saß, Wills vom Bier beseelter Ansprache lauschte und still sein Bier trank.

Bisher hatte er nicht viel über sie nachgedacht. Der erste Eindruck war bei Tom in neunundneunzig Prozent aller Fälle der richtige. Bei Christine zweifelte er an dieser eisernen Hawkins-Regel.
Sie war weder kühl noch reserviert noch arrogant. Alles Eigenschaften, die er anfangs in die hübsche Frau mit den kurzen, blonden Haaren und dem schmalen Gesicht hineininterpretiert hatte. Tom beobachtete sie den ganzen Abend über, wie sie mit den anderen umging, wie sie redete, wie sich ihre Körpersprache immer mehr öffnete.
Als dann irgendwann alle müde gingen oder so wie Will anfingen, mit einem Wischmop zu tanzen, kamen die beiden ins Gespräch.
>> Wer sind Sie? <<, fragte sie ihn, auch deutlich geprägt vom Alkohol, aber nicht so schlimm, dass man sie als betrunken hätte bezeichnen können. Eine gelöste Zunge war jedoch deutlich erkennbar.
>> Was meinen Sie? <<
>> Ich werde aus Ihnen nicht schlau, Tom Hawkins <<, sagte sie.
>> Als Sie hier ankamen, machten Sie einen auf starken Mann ... <<
>> Hab ich nicht. <<
>> Haben Sie wohl. Sie bewegen sich wie ein harter Mann, Sie reden wie ein harter Mann, Sie sehen aus wie ein harter Mann. <<
>> Tue ich das? <<
>> Ja, tun Sie, und Sie wissen das auch. Ich hielt Sie erst für ein Arschloch, wissen Sie das? <<
>> Nein. <<
>> Nun wissen Sie's. Ich dachte, da ist wieder einer dieser Ordenssammler, der von morgens bis abends nichts anderes im Kopf hat als Dienst, Dienst, Dienst. Einer, der nach Vorschrift isst, nach Vorschrift schläft und nach Vorschrift scheißt, und wenn etwas nicht in der Vorschrift erwähnt ist, kennt er es nicht. <<
>> Das ist aber kein nettes Bild, das Sie da von mir zeichnen. <<
>> Hab ich auch nicht behauptet. Aber vor allem wollte ich Ihnen sagen, dass Sie ganz in Ordnung sind. <<
>> Ach. Wie kommen Sie zu dieser Meinungsänderung? << Tom beugte sich vor, verschränkte die Arme auf dem Tisch und hörte gespannt zu.

>> Ich habe gesehen, wie Sie heute Ihren Kumpel da in der Krankenstation abgeholt haben. Da war etwas in Ihren Augen, das mir vorher nicht aufgefallen war. <<
>> Und das wäre? <<
>> Schwer zu sagen. Ich würde sagen, Menschlichkeit. Das erste Mal, dass Sie etwas auftauten. Sie waren da ganz anders. Vorher habe ich Sie nie scherzen gehört. <<
>> Wie lange kennen Sie mich, Christine? <<
Sie zuckte mit den Schultern. >> Fünf Monate. <<
>> Richtig, und wie oft haben Sie in der Zeit mit mir geredet? <<
>> Keine Ahnung? <<
>> Nun, ich weiß es auch nicht, aber es war nicht wirklich oft. Und wenn wir mal geredet haben, dann nur über Dienstliches. Das hier ist das erste Mal, dass wir nicht über irgendwelche Dienstpläne oder Untersuchungslisten sprechen. <<
Christine kratzte sich an der Nase und nickte. >> Stimmt. <<
>> Eben. Will und ich kennen uns seit über zehn Jahren. Wir sind Freunde. Vielleicht sogar die besten Freunde. Dass mein Ton im Umgang mit ihm anders ist als der Ton im Umgang mit den anderen Offizieren, ist doch wohl klar. <<
>> Gutes Argument ... Wirklich. Trotzdem ... Ihr Blick war anders ... <<
>> Vielleicht weil mir zum ersten Mal klar wurde, dass mein Bild von dir auch nicht ganz richtig war. <<
>> Wie war denn dein Bild von mir? <<
>> Kalt, arrogant, karrieresüchtig, frigide ... <<
>> Sehr charmant. <<
>> Wie gesagt. Auch ich habe mich geirrt. Du bist ganz in Ordnung, Christine Scott. << Tom hob sein Bier, stieß mit ihr an und trank aus.
>> Wollen Sie schon gehen? <<
>> SIE? Was ist aus dem DU geworden. <<
>> Waren wir beim DU? <<
>> Ist mir so vorgekommen. <<
Christine überlegte, es war ihr nicht aufgefallen.
>> Willst du schon gehen? <<, fragte sie ihn.

>> Nein. Ich hol mir noch ein Bier. Kann ich dir was mitbringen? <<

Sie hob die rechte Hand und deutete mit zwei gestreckten Fingern, ihr auch eines mitzubringen. Tom verstand und ging hinüber zur Bar.

>> Na, hast du deinen Tanzpartner schon bald rum? <<, fragte er Will, der immer noch mit seinem Wischmop tanzte.

>> Die Frage sollte ich dir stellen <<, erwiderte er leise genug, dass Christine es nicht hören konnte. Vielleicht war er gar nicht so betrunken, wie es den Anschein hatte, er schien doch eine ganze Menge mitzubekommen.

Tom kehrte mit zwei Flaschen an den Tisch zurück und zu *Love me Tender* tranken sie zusammen und sahen sich tief in die Augen.

Irgendwo im All.

>> Ausweichen! << Will brüllte die Warnung über Interkom an einen seiner Piloten, ohne Aussicht auf Erfolg. Seine Maschine verschwand im Projektilregen der imperialen Waffen.

Vier Wochen waren seit Kriegsausbruch vergangen. Imperiale Verbände stürmten unaufhörlich gegen die Pegasus-Linie an und schafften es immer öfter, durch sie hindurchzubrechen.

Alle Stationen hatten schwere Schäden genommen, die Reparaturen gingen nicht schnell genug voran.

Die P1 bildete hier eine Ausnahme. Überraschend schnell war es gelungen, die schlimmsten Schäden der Schlacht zu beheben und die Station wieder abwehrbereit zu machen.

Vor wenigen Tagen waren neue Geschwader auf ihr stationiert worden, die nun ununterbrochen Kampfmissionen und Geleitschutz für Truppentransporter flogen.

Der Raum entlang der Pegasus-Linie war zum umkämpften Gebiet geworden, stündlich kam es zu Gefechten und Scharmützeln.

Der Krieg war in seine erste heiße Phase eingetreten. Versorgungstransporte kamen nur noch schwer durch, die Planeten, auf denen sich Bodenkämpfe abspielten, drohten verloren zu gehen. Den Gefechtsgruppen der Konföderation fehlte die nötige Ruhepause, um ihre Schäden zu reparieren und die Bestände und Arsenale aufzufüllen.

Der Krieg verlief schlecht.
Wills Geschwader war auf einer Patrouille überraschend angegriffen worden. Keiner hatte die Marokianer kommen sehen, keiner konnte sagen, woher sie so blitzartig ihren Angriff gestartet hatten.
Kalt erwischt, kämpften die Piloten verbissen gegen den überlegenen Feind an.
Jäger um Jäger wurde im Projektilhagel der Gatlinggeschütze in Trümmer geschossen. Explosionen und driftende Wrackteile erfüllten den Raum.
Anders, als man es aus Filmen kannte, waren Raumschlachten eine sehr farblose, kalte Angelegenheit.
Als Will das erste Mal in einen Dogfight geriet, war es die Dunkelheit, die ihm zu schaffen machte, nicht die Anwesenheit des Feindes.
Explosionen und Feuerbälle zerstoben innerhalb von Sekunden zu völligem Nichts. Der Sauerstoff in den Schiffen erlaubte eine kurzes Aufflammen, doch das Vakuum des Raums forderte sofort seinen Tribut und löschte jedes Feuer in Sekundenbruchteilen.
Will hängte sich an einen Jäger, visierte ihn an und zog den Abzug durch, als das Zielvisier rot aufleuchtete.
Im rotierenden Hagel der Geschütze explodierte der Antrieb des Feindes, der Jäger driftete ab und zerbrach.
Wills Jäger vibrierte beim Beschleunigen um einen Pulk kämpfender Maschinen herum. Er wendete in weitem Bogen und stürzte sich wie ein Habicht auf seine Beute hinunter. Zwei, drei, vier Treffer.
Drei Maschinen nahmen Reißaus und versuchten Abstand zwischen sich und die Feinde zu bekommen. Eine davon erwischte Will selbst, die beiden anderen konnte er nicht mehr finden, vermutlich wurden sie Opfer eines seiner Piloten.
Von einer Salve getroffen, trudelte Wills Jäger durchs All. Ein Marokianer hatte sich hinter ihn gehängt und eine seiner Tragflächen erwischt. Mit viel Mühe gelang es ihm, die Maschine zu halten, sie in die Wende zu drehen und den Jäger hinter ihm ins Visier zu bekommen. Es war reines Glück, dass Will den Abzug drückte, ehe der Marokianer seine zweite Salve startete. Fast zeitgleich drückten sie ab, doch die Millisekunde, die Will Vorsprung hatte, rettete ihm das Leben und beförderte eine Echse mehr in die Hölle.

Auf dem HUD seines Jägers sah er die getroffenen Sektionen rot aufleuchten. Der Antrieb überhitzte, er musste ihn abschalten, wenn er nicht explodieren wollte. Schweren Herzens griff er nach der Konsole und betätigte die entsprechenden Tasten. Er überließ sich dem Schicksal.

Um ihn herum tobte der Kampf weiter, während er hilflos mit ansah, was passierte, immer die Angst im Hinterkopf, dass er von einem Marokianer als gefundenes Fressen empfunden und umgebracht wurde.

Mehrere Explosionen hinter ihm erschütterten den Jäger, dann flaute der Kampf ab. Ein brennender Marokianer trieb an seinem Fenster vorbei, seine Tragflächen waren zerschmettert, sein Heck glühte.

Will sah aus dem Augenwinkel, wie die Nighthawks sich neu formierten und die letzten noch übrigen Feinde zur Strecke brachten.

>> Alles klar, Hotrod? <<, kam die verzerrte Stimme eines Piloten aus dem Interkom.

>> Könnte besser sein. Kann mich einer von euch abschleppen? <<, erwiderte Will in gewohnter Trockenheit und war froh, als er den Fanghaken fühlte, der sein Schiff einfing und mitschleppte.

Der Flug zurück zur Station war lange und einsam. Wenn man nicht selber fliegen konnte, blieb einem nichts, als die Sterne anzusehen, die man ohnehin schon auswendig kannte. Will begann damit, seine Systeme durchzusehen. Wenn man es genau nahm, hatte er Glück gehabt. Der Antrieb hatte sich abgekühlt, eigentlich könnte er ihn schon bald wieder starten. Doch die Station kam immer näher, und für diese letzten dreißig Minuten würde es sich nicht rentieren. Irgendwann sah er sie dann, die im Sonnenlicht silbern strahlende Raumfestung Pegasus 1. Wie ein Licht in dunkler Nacht leuchtete sie im Orbit von NC5 und wehrte sich verbissen gegen die Marokianer, die sie angriffen.

Pegasus 1.

>> Drei Schlachtschiffe, sieben Zerstörer <<, meldete Darson von der Waffenstation an Tom Hawkins und wischte sich den Schweiß vom frischgeschorenen Kopf.

>> Alle Mann auf Gefechtsstation, Hüllenpanzerung polarisieren, Waffen ausrichten und Feuer frei. <<

Tom ging um den CIT herum, betätigte einige Tasten und legte das Bild der angreifenden Schiffe auf den Hauptschirm.

Die Station wurde von den einschlagenden Torpedos schwer erschüttert.

>> Panzerschilde halten <<, rief Darson über das Heulen der Sirenen hinweg. Im selben Moment schlug eine Torpedosalve unweit des CIC in die Hülle ein und verbog die Panzerplatten.

>> Holt mir diese Schiffe vom Himmel <<, befahl Tom eisern und deutete auf die drei Schlachtschiffe.

>> Sir. <

Darson richtete die Raketenwerfer aus und begann ein Streufeuer. Die Schiffe waren trotz ihrer Größe recht beweglich und versuchten ein Ausweichmanöver.

>> Captain Hawkins. Unsere Foxtrott-Patrouille kommt zurück. <<

Tom wirbelte herum. >> WO SIND SIE? <<

>> Dreitausend Meter außerhalb des Waffenradius und sie werden beschossen. <<

>> Gebt ihnen Feuerschutz. Darson, schicken Sie zwei Geschwader raus. <<

Die Außentore einer Landebucht wurden geöffnet und die heimkehrenden Jäger retteten sich ins Innere der Station.

Auf dem Flugdeck herrschte Hochbetrieb. Die angeschlagenen Jäger der heimkehrenden Patrouille wurden zur Seite geschleppt, um die Bahn freizuhalten für die zurückkehrenden Verteidiger. Will kletterte aus seinem Cockpit. Aus dem Augenwinkel sah er, wie die Nighthawks auf ihren Startkatapulten lagen und ins All geschossen wurden. Es war ein Alarmstart.

>> Was haben die vor? <<, fragte er einen der Deckoffiziere.

>> Hawkins will, dass sie die Schlachtschiffe in einen Nahkampf verwickeln. <<

>> Ist der irre? <<, keuchte Will. Es glich einem Selbstmordkommando.

Der Deckoffizier zuckte mit den Schultern und rannte weiter. Seine Aufgabe wartete auf ihn.

Oben im CIC kehrte Ruhe ein. Drei Zerstörer gingen in Flammen auf, zwei weitere versuchten sich aus der Waffenreichweite zu retten. Die Schlachtschiffe waren so sehr damit beschäftigt, die Jägerangriffe

abzuwehren, dass sie nicht mehr auf die Station schießen konnten.
>> Darson <<, Tom stellte sich an die taktische Station. >> Die drei schießen wir jetzt ab <<, sagte er, so als wäre es das Einfachste auf der Welt. >> Sie sind beschäftigt, wir haben genug Zeit zu zielen, ich will einen sauberen Treffer mittschiffs, klar? <<
>> Aye, Sir. <<
Darson tippte die entsprechenden Befehle. Raketen und Torpedowerfer wurden ausgerichtet, Gatlings in Stellung gebracht.
>> Auf Ihr Kommando, Sir. <<
>> Feuer <<, sagte Tom mit einem gewissen Genuss in der Stimme und sah zu, wie das erste Schlachtschiff einen Hammerschlag in den Bauch kassierte. Wie ein vernichtend getroffener Boxer bäumte es sich auf.
>> Noch mal. <<
Die zweite Salve zerfetzte den Bug und ließ eine Kettenreaktion von Explosionen durch das Schiff jagen. Panzerplatten wurden ins All gesprengt, Feuersäulen jagten wie Blutfontänen in den Weltraum. Das Schiff explodierte.
Die anderen Marokianer zogen sich zurück. Unter schwerem Feuer suchten sie ihr Heil in der Flucht.
>> Holt unsere Jäger wieder rein <<, sagte Tom und verließ das CIC. Unmittelbar vor Beginn des Angriffes hatte Jeffries ihn gerufen und zu sich bestellt.
Als er nun das Büro betrat, fand er den Admiral hemdsärmlig an seinem Schreibtisch sitzend.
>> Die Marokianer ziehen sich zurück <<, sagte Tom, etwas verwundert darüber, dass er während des Angriffes das Büro nicht verlassen hatte.
>> Gute Arbeit, Captain <<, sagte Jeffries.
>> Ha ... << Tom wusste nicht, ob er die Frage stellen sollte.
>> Hatten Sie keine Sorge, dass ... << Jeffries unterbrach ihn durch heftiges Kopfschütteln.
>> Zehn Schiffe sind dieser Station nicht gewachsen <<, sagte er.
>> Das war schon der siebente Angriff in drei Tagen. Die Reparaturen stagnieren. Und angesichts unseres Zustandes ... <<
>> Wir kommen gut voran. In ein paar Wochen ist die Station wie neu. <<

>> Ihr Wort in Gottes Ohr. <<
>> Glauben Sie an Gott, Tom? <<, fragte Jeffries.
>> Bitte? <<
>> Glauben Sie an Gott? <<
>> Nein. Das ist nur eine Redewendung. <<
Jeffries nickte.
>> Ich will, dass Sie eine Geleitschutzmission anführen <<, wechselte er unvermittelt das Thema.
>> Ich? Glauben Sie nicht, dass ich hier gebraucht werde? <<
>> Doch. Aber es ist eine sehr heikle Mission und ich will Sie dabei haben. <<
>> Warum heikel? <<
>> Setzen Sie sich ... Morgen früh wird ein Konvoi diesen Sektor durchqueren. Er befördert Truppen, Verpflegung und Ausrüstung nach Teschan. <<
>> Nie gehört. <<
>> Das ist ein kleiner Wüstenplanet, etwa anderthalb Tage entfernt. Dort befindet sich eine archäologische Grabungsstätte, die als immens wichtig angesehen wird. <<
>> Das ist ein Scherz. <<
>> Nein, Tom. <<
>> Haben wir so viele Truppen übrig, dass wir einen Haufen Ruinen bewachen können? <<
>> Wir haben keine Truppen übrig und Teschan ist mehr als ein Haufen Ruinen. Der Planet wurde als kriegswichtig eingestuft und wird dementsprechend verteidigt. Die Marokianer haben bisher kein Interesse an ihm gezeigt. Wir hoffen, dass es so bleibt, wollen aber auf Nummer sicher gehen. <<
>> Ich bin verwirrt. <<
>> Glaube ich Ihnen gerne, Captain. Der Befehl kommt von ganz oben. <<
Tom nickte.
>> Was bedeutet heikel? <<
>> Heikel bedeutet, dass Sie dort nicht sehr willkommen sein werden. <<
>> Wir haben Krieg und ich bringe frische Truppen. Da wird man für gewöhnlich mit offenen Armen empfangen. <<

>> Nicht auf Teschan. Der Planet ist schon seit Langem Zankapfel zwischen Geheimdienst und Militär. Ich brauche dort jemanden mit gewisser Autorität. <<
>> Morgen früh? <<
>> Richtig. <<
>> Ich mache mich bereit. <<

Pegasus 1, Quartier von Christine Scott.
Tom Hawkins stand am Fenster und sah zu, wie die Sonne über dem Nordpol des Planeten aufging. Laut Stationszeit war es später Abend, er und Christine hatten sich zum Essen verabredet. Irgendwie hatte sie es geschafft, ein paar Steaks aus der Küche zu organisieren, und hatte ihm ein köstliches Mal gezaubert.
Mit Engelslächeln reichte sie ihm ein Glas Wein und lehnte sich an den schmalen Sims des Fensters, wo Tom gedankenverloren stand und auf die staubige Oberfläche von NC5 hinuntersah.
>> Auf einen überlebten Tag <<, sagte sie und Tom nickte vielsagend.
Sie tranken einen Schluck und Tom überlegte, ob er sie küssen sollte. Seit jenem Abend in der Offiziersmesse waren sich die beiden stetig nähergekommen. Die Tatsache, dass sie seine Untergebene war und dass der Krieg sie beide voll beanspruchte, hatte ihnen aber nur wenig Zeit gelassen. Gegenseitige Zuneigung war sicher, doch war es auch mehr? Musste es mehr sein in Zeiten, in denen jeder Moment dein letzter sein konnte?
>> Wie war dein Tag? <<, fragte sie ihn, legte den Kopf zur Seite und strich sich eine Strähne des schulterlangen, blonden Haares langsam aus der Stirn.
Für einen Augenblick dachte Tom, er müsse über sie herfallen und ihr die Kleider vom Leib reißen, doch dann besann er sich, verlor sich in diesen blauen Augen und blieb Gentleman.
>> Lang <<, sagte er, nippte am Wein und lehnte sich ebenfalls an den Sims.
>> Ich bin den ganzen Tag in den beschädigten Sektionen herumgeklettert <<, erklärte er. >> Die Arbeiten gehen zu langsam voran. <<
>> Ich dachte, wir liegen vor dem Zeitplan? <<

>> Trotzdem zu langsam. Jeden Moment könnten neue Schlachtschiffe vor unseren Toren auftauchen. <<
>> Haben wir nicht all ihre Raumtore entlang der Grenze zerstört? <<
>> Haben wir. Genauso wie sie die unseren, was den Raumkrieg für einige Wochen stark verlangsamen wird. Aber es gibt noch andere Möglichkeiten, um sich einer Station unbemerkt zu nähern. <<
>> Welche? <<
>> Man kann sich hinter Sonnen verbergen, sich hinter einem Sturm verstecken, sich von Nebel zu Nebel oder von einem Asteroidenfeld zum nächsten hangeln. Mir würde da einiges einfallen. <<
>> Du bist ein Mann, der sich viele Sorgen macht. <<
>> Mein Job ist es, diese Station und ihre Crew auf jede erdenkliche Situation vorzubereiten und unser aller Leben zu gewährleisten. Das geht nicht, ohne dass man sich Sorgen macht. <<
Ihre Lippen formten ein verliebtes Lächeln, ihre Augen glitzerten und ihr Blick verfing sich an den harten Gesichtszügen dieses Mannes, die er wie eine Maske vor sich hertrug.
>> Lächelst du nie? <<, fragte sie ihn.
>> Ich lächle ständig. <<
>> In Gegenwart von Will. <<
Jetzt musste er lächeln. >> Das solltest du öfter tun <<, sagte sie und hob das Glas, um nochmals mit ihm anzustoßen. >> Es steht dir. <<
Tom gab ihr recht. Schon zu Akademiezeiten hatte er oft gehört, er sei zu ernst, zu verbissen, zu einsiedlerisch.
Mit ein Grund, warum sie ihm auf der Atlantia den Rufnamen Hard Man gaben.
>> Was beschäftigt dich? Jetzt mal ehrlich? <<
Tom beschlich das ungute Gefühl, dass diese Frau es schaffte, hinter seine Fassade zu blicken, und sich von seinen einsilbigen Antworten nicht abfertigen ließ.
>> Die Odyssey <<, gestand er. >> Was macht dieses Schiff hier draußen an der Grenze, ausgerechnet jetzt? Kein anderer Moment hätte uns so geschadet wie dieser Tag. Warum ist eine imperiale Patrouille genau zu jenem Zeitpunkt dort draußen? Warum sind ich und Will zufällig auch dort? <<

\>> Worauf willst du hinaus? <<
\>> Sind das nicht unglaublich viele Zufälle? Schiffe wie die Odyssey vernavigieren sich nicht einfach so. <<
\>> Was war die Odyssey für ein Schiff? <<
Tom biss sich auf die Lippen. >> Das kann ich dir nicht sagen. <<
\>> Jetzt hast du dich eh schon verplappert. <<
\>> Belassen wir es bei der Tatsache, dass man solche Schiffe nicht an die Grenze schickt. <<
\>> Die Gezeiten im Hyperraum können tückisch sein. <<
\>> Nicht so tückisch! Ich kenne die Geschichten von Schiffen, die sich in einem Sturm vernavigierten und dann einen völlig falschen Kurs einschlugen. Solche Dinge sind passiert, vor vielen Jahren, als der Hyperraum noch etwas Neues war. Als wir seine Mechanik noch nicht verstanden. Heutzutage halte ich einen solchen Fehler für unmöglich. <<
\>> Also war dieses Schiff absichtlich dort draußen. <<
Tom nickte. Die Möglichkeit bestand.
\>> Du glaubst, wir wollten, dass sie über die Grenze kommen? <<
\>> Die Frage ist, wen du mit *Wir* meinst? <<
\>> *Wir*! Die Erde, die Konföderation, das Oberkommando, die Flotte ... keine Ahnung. <<
\>> Eben! Ich auch nicht. Seit dieser Krieg begonnen hat, stelle ich mir diese immer gleichen Fragen. Ich glaube einfach nicht an Zufälle. <<
Christine rutschte näher, stellte ihr Glas zur Seite und legte einen Arm um seine Hüften, ihre Kopf lehnte sich an seine Schulter.
\>> Selbst wenn du recht hast ... <<, sagte sie, >> ... kannst du es ohnehin nicht mehr ändern. Jetzt sind die Dinge nun mal, wie sie sind, und wir müssen damit leben. <<
\>> Stimmt. Nur wenn ich eines im Leben hasse, dann sind das lose Enden. Unbeendete Projekte, Geschichten ohne Abschluss. <<
\>> Ich verstehe dich. <<
Im Schein der Sonne küssten sie sich zögerlich.
Christine legte ihre Arme um seinen Hals und ihren Kopf weit in den Nacken, denn Tom war um einiges größer als sie selbst.
Sein Komlink zirpte für einen Moment, dann aktivierte sich die Verbindung von selbst. >> XO zum CIC! <<

Ein Ruf, der von den kleinen Geräten automatisch durchgestellt wurde, denn er signalisierte höchste Dringlichkeit.
>> Ich muss gehen <<, sagte er schweren Herzens, löste sich aus ihrer Umarmung und griff zum Komlink am Gürtel. >> Hier Hawkins! Was ist los? <<
Im selben Moment war er bereits durch die Tür verschwunden und Christine blieb alleine zurück.

ISS Rubicon, Flaggschiff von Admiral Armstrong.
Noch lag das Schiff gemächlich im Orbit des Mars, doch der rege Shuttlebetrieb zwischen dem silbernen Koloss und der Oberfläche war ein sicheres Indiz für sein baldiges Auslaufen.
Beth saß in der schmucklosen Passagierkabine eines Raider Mark I und sah durch das kleine Bullauge zu ihrer Rechten, wie der Mars langsam näher kam. Der Pilot des Raiders hatte einen Parabolkurs gewählt und so konnte sie ihr Schiff in seiner ganzen Pracht betrachten, wie es vor der grünen Oberfläche des Mars einsam auf ihre Ankunft wartete.
Als auf dem Mars Geborene war der Anblick der grünen Wälder und der weitläufigen Ozeane immer wieder ein faszinierender Anblick für die Admiralin.
Ihre Großmutter hatte ihr oft Geschichten erzählt vom harten Leben der ersten Siedler, von den Jahren des Terraformings, als es noch keine Seen gab, geschweige denn Ozeane, als weder Wälder noch Wiesen existierten und die ganze Welt nur eine Wüste war aus rotem Staub.
Wenn man den Mars heute sah, konnte man das kaum glauben.
Sicher, am Äquator gab es noch immer weitläufige Wüsten, wo Steine und Staub so rot waren wie in früheren Jahrtausenden und wo die Landschaft wohl für immer so karg bleiben würde, wie sie es jetzt war, doch die Nordhalbkugel war ein grünes Paradies und der Süden würde vielleicht noch ein oder zwei Generationen brauchen, dann war auch dort die Zeit der Dürreperioden überstanden.
Die Städte waren schon jetzt so groß und modern wie auf der Erde.
Bei ihrem Anflug sah sie die Lichter von Utopia Planicia, der größten Stadt des Planeten, und dann nur noch die Rubicon, die genau über dieser Stadt vor Anker lag.

Die Positionslichter des Schiffes leuchteten grün und rot, die Landebucht stand weit offen und der Raider begann seinen Anflug.
Seit Tagen hatte sie ihre Entscheidung vor einem Dutzend Personen begründen müssen.
Kaum einer verstand, dass sie ihre Flagge auf die Rubicon brachte. Vom Präsidenten abwärts waren Erklärungen gefordert worden und Elisabeth Armstrong war froh, dass sie nun endlich an Bord ihres Schiffes war und all den Fragen entkommen konnte.
Die Luke des Raiders öffnete sich und die Admiralin betrat das Hangardeck.
Eine kleine Ehrengarde war angetreten, stand links und rechts der Luke spaliert und am Ende der Reihe erwarteten sie einige ihrer Offiziere.
\>\> Admiral Armstrong! Willkommen an Bord \<\<, sagte Captain Sud, ihr Flaggkommandant, und salutierte stramm, ebenso seine Offiziere, die in Reih und Glied hinter ihm angetreten waren.
\>\> Danke, Captain. Ist mein Stab schon an Bord? \<\<, fragte sie und Sud bejahte. \>\> Einzig Admiral Lee hat sich noch nicht an Bord gemeldet. \<\<
\>\> Ich weiß! Er wurde auf der Erde aufgehalten, wird aber noch im Laufe dieses Tages an Bord kommen. \<\<
\>\> Wann werden wir auslaufen? \<\<
\>\> Heute Nacht. Wir setzen Kurs aufs Hexenkreuz, wo uns die neunzehnte und zwölfte Gefechtsgruppe bereits erwarten, und fliegen dann gemeinsam an die Pegasus-Linie. \<\<
\>\> Warum der Umweg übers Hexenkreuz? \<\<
\>\> Weil ich dem Präsidenten hoch und heilig versprechen musste, dass wir nicht ohne Geleitschutz zur Pegasus 1 aufbrechen. \<\<
Sud verstand und sparte sich weitere Kommentare. Begleitet von seinem XO brachte er Armstrong zu ihrem Quartier, lud sie zu einem gemeinsamen Abendessen ein und verabschiedete sich dann.
Endlich alleine im geräumigen Admiralsquartier, ging Beth an ihren Schreibtisch, öffnete die obersten Knöpfe ihrer nachtblauen Flottenuniform und setzte sich dann vor das schlanke Terminal.
Sie tippte auf die digitale Tastatur und der Bildschirm erwachte zum Leben. Sie studierte die Betreffzeilen der hinterlegten Berichte, ent-

schied, dass nichts davon besondere Priorität hatte, und griff dann nach ihrem Komlink.
\>\> Eine Verbindung zu Admiral Jeffries, Pegasus 1 <<, verlangte sie vom Kommunikationsoffizier und schon wenige Minuten später erschien Michaels Gesicht auf der gläsernen Platte des Bildschirms.
\>\> Beth! <<, sagte er in vertraulichem Tonfall und legte seine Stirn in Falten.
\>\> Was machst du auf der Rubicon? <<
\>\> Ich komme an die Front <<, erklärte sie ihm. \>\> In weniger als vier Stunden laufen wir aus. <<
\>\> Ich kann mir vorstellen, dass diese Entscheidung nicht gut angekommen ist. <<
Beth' Antwort war ein schmalllippiges Lächeln und süffisantes Schulterzucken.
\>\> Ich habe mit dem Präsidenten, dem Chef des S3 und dem Vorsitzenden des Geheimdienstkontrollausschusses gesprochen <<, erklärte sie und Jeffries räusperte sich kurz. \>\> Wir sind zum Beschluss gekommen, dass Teschan evakuiert wird. <<
Jeffries nickte. \>\> Damit hatte ich bereits gerechnet. <<
\>\> Kein Widerspruch? <<
\>\> Du weißt genau, dass ich mit dem Status Quo auf Teschan nie besonders glücklich war. Die Vorstellung, den Planeten zu räumen, hat durchaus ihren Reiz. <<
\>\> Das bedeutet aber auch, dass wir auf absehbare Zeit keine neuen Ausgrabungen unternehmen können ... keine neuen Erkenntnisse ... <<
\>\> Hauptsache, der Planet gerät nicht in den Fokus des Feindes. <<
\>\> Ich will, dass du ein paar deiner Leute hinschickst, um Teschan zu evakuieren und das Camp dichtzumachen. Nichts soll daran erinnern, dass wir jemals dort waren. <<
\>\> Ich schicke meinen besten Mann <<, sagte er und Beth hörte die versteckte Frage in seinem Unterton.
\>\> Nein, Michael. Es gibt noch keine Entscheidung zu deinen Gunsten <<, antwortete sie auf die Frage, die er gar nicht laut gestellt hatte.
\>\> Wie lange wollt ihr euch noch vor einer Entscheidung drücken? <<

>> Das besprechen wir, wenn ich auf der Station bin. <<
>> Einverstanden. <<
>> Armstrong, Ende. <<
Das Bild verschwand vom Schirm und Beth ließ ihren Sessel zurückkippen. Gedankenverloren wippte sie vor und zurück, vor und zurück.

Pegasus 1, CIC.
Der Gefechtsfunk dröhnte Tom noch in den Ohren, als er die geschwungene Treppe zum Admiralsbüro hinaufging. >> *Ausweichen ... Ausweichen!!!* << Wills CAP hatte unweit der Station Feindkontakt. Ein Jagdgeschwader und zwei leichte Kreuzer waren ihnen begegnet und es folgte ein kurzer, aber heftiger Kampf.
Die Komverbindung war schlecht, voller Interferenzen und irgendwann brach sie völlig ab, doch was Tom mitbekommen hatte, zerknotete ihm den Magen.
Er wusste nicht, was aus den Maschinen geworden war. Für eine genaue AVAX-Abtastung waren sie zu weit weg, alles, was die Sensorenbänke auffingen, waren Echos. Mehrere Maschinen gingen verloren; ob Will darunter war, würde er erst wissen, wenn sie nahe genug waren, um die Transpondercodes zu lesen.
Tom drückte den Türmelder und die Schotthälften glitten auseinander.
>> Sie wollten mich sprechen <<, sagte er zu Jeffries und der Admiral deutete ihm Platz zu nehmen.
>> Besorgniserregender Bericht, den Sie mir da auf den Tisch gelegt haben <<, sagte er und Tom nickte. >> Sie glauben, dass der Sturm Kurs auf uns nimmt? <<
>> Ich verlasse mich dabei auf die Einschätzung unserer Stellarüberwachung. Derzeit passiert er die Außensektoren von Marokia Zeta. Wir denken, dass er danach die Richtung ändert und Kurs auf uns nimmt. <<
>> Ein Ionensturm dieser Größe bedeutet eine ernstzunehmende Gefahr für diese Station. <<
>> Vor allem für die Besatzung. Derzeit lasse ich Hochrechnungen erstellen, was die Gefahr der Strahlenbelastung betrifft. <<
>> Das Ergebnis wird uns nicht gefallen, oder? <<

>> Vermutlich nicht, Sir. <<
Jeffries legte den Datenblock zur Seite, den er in der Hand gehalten hatte, und räusperte sich. >> Ehe der Sturm zu einer echten Gefahr wird, gehen noch ein paar Wochen ins Land. Zeit genug, um sich um ein anderes Problem zu kümmern. <<
>> Problem? <<
Jeffries stand auf und ging zum Wandschirm an der rechten Seite seines Büros, wo permanent eine Raumkarte der Pegasus-Linie angezeigt wurde.
>> Schon mal von Teschan gehört? <<, fragte er seinen XO und deutete auf einen kleinen, völlig unbedeutenden Stern.
>> Nein, Sir. <<
>> Der Planet liegt etwa eine Tagesreise diesseits der Grenze. Abseits aller gängigen Verkehrsrouten, in der Nähe befinden sich weder Kolonien noch Außenposten. <<
>> Ein unbedeutender Planet also. <<
>> Seit einigen Jahren betreiben wir dort eine archäologische Expedition. Das Oberkommando hat nun beschlossen, dass diese eingestellt werden soll. <<
>> Wonach graben wir dort? <<
Jeffries hörte den misstrauischen Unterton in der Stimme seines XOs und verzog das Gesicht zu einer schwer deutbaren Grimasse.
>> Nach Überresten einer untergegangenen Kultur. Einer sehr hoch entwickelten, längst vergangenen Kultur. Wir wollen nicht, dass Marokia etwas von diesen Ausgrabungen erfährt. Sie werden dort hinfliegen, die dort stationierten Personen evakuieren und das Camp abbauen. Es darf nichts darauf hinweisen, dass wir jemals dort waren. <<
>> Verstanden! <<
>> Machen Sie sich keine Illusionen, Tom. Sie werden dort nicht mit offenen Armen empfangen werden. <<
>> Sie meinen, die Leute werden bleiben wollen? Trotz der Nähe zur Front? <<
>> Davon bin ich überzeugt. Teschan ist schon seit langer Zeit ein Zankapfel zwischen Politik, Militär und Geheimdienst. Jede Fraktion, die dort vertreten ist, hat andere Interessen und keiner wird die Welt aufgeben wollen. <<

>> Muss ich mit massivem Widerstand rechnen? <<, fragte Tom.
>> Oder lassen Sie es mich anders formulieren. Muss ich Gewalt anwenden? <<
>> Nehmen Sie jedenfalls genug Leute mit. <<
>> Ich stelle sofort ein Team zusammen. <<
Tom verließ das Büro und ging die Treppe hinunter zum CIC. Sein erster Weg führte an die AVAX-Station.
>> Wir haben Kontakt zur CAP <<, meldete Mark Masters, der Tom auf halbem Weg abfing.
>> Will? <<
>> Es geht ihm gut. Seine Maschine hat ein paar Schrammen, aber sonst alles in Ordnung. <<
>> Gut. Danke, Mark. << Tom klopfte ihm kurz auf die Schulter und wechselte dann das Thema. >> Stellen Sie mir bitte eine Evakuierungseinheit zusammen. Fünf CarryAll-Transporter, zwei Kompanien Sicherungskräfte und zwei Nighthawk-Geschwader. <<
>> Wohin geht es? <<
>> Kleiner Ausflug, um ein paar Archäologen abzuholen. <<
>> Geht klar. Abmarschtermin? <<
>> Morgen früh, Null achthundert. <<
>> Sir! << Mark machte sich sofort an die Arbeit und Tom trat an den blau leuchtenden Schirm der AVAX-Konsole.
>> Wie viele haben wir verloren? <<
>> Neun Jäger. <<
>> Danke, PO. <<
Tom verließ das CIC.

Flaggschiff des zweiten Angriffsflügels der imperialen Leibstandarte.

>> Wir stehen bereit <<, meldete Dragus, der sich vor dem Hauptschirm aufgebaut hatte. Draußen im All lag ein riesiger Verband von mehr als einhundert Schiffen. Das Flottenkommando hatte sie aus allen Teilen des Reichs zusammengezogen und hier bei Marokia Zeta im Schutze eines Ionensturms zu einer Flotte zusammengefasst. Mit ihr würden sie durch die Pegasus-Linie brechen und endlich einen richtigen Sieg erringen.

Seit Kriegsbeginn gab es keine Schlacht mit eindeutigem Sieger. Überall wurde gekämpft und gestorben, doch das große Aufeinandertreffen der Flotten war ausgeblieben.

Sicher, an der Pegasus-Linie waren ganze Verbände verloren gegangen, doch es gab auch Erfolge zu verbuchen. Dutzende Gefechtsgruppen waren in Kämpfe verwickelt worden und hatten sich wie geprügelte Hunde zurückgezogen. Die Bodenschlachten entwickelten sich gut für die Marokianer, was fehlte, war ein Sieg. Eine Schlacht zwischen den Hauptflotten, ein Gemetzel im All, das endlich eine Wende brachte im sinnlosen Gegeneinanderstürmen.

>> Wir brechen hier durch ihre Linie <<, verkündete Iman den ihm unterstellten Kommandeuren seines Angriffsflügels und deutete auf die entsprechende Stelle an der Karte.

>> Zwischen den Stationen Pegasus 1 und 2. << Iman ging um den Tisch herum. >> Wir kümmern uns um die Pegasus 1, Traban, und seine Schiffe greifen die Pegasus 2 an. Der Rest bricht durch die Linie und fliegt auf direktem Weg nach Chang. Sie werden alles tun, um eine ihrer Heimatwelten zu schützen. Sie werden Gefechtsgruppen von der Front abziehen und hinter der Flotte herjagen. Mit etwas Glück gelingt uns dann endlich der entscheidende Durchbruch. Ein Abziehen ihrer Schiffe von der Front würde genug Lücken in ihrer Verteidigung aufreißen, damit wir endlich diese Linie aufsprengen können. Unsere Aufgabe wird es sein, die Truppen der Pegasus 1 zu beschäftigen, damit die Hauptstreitmacht unbehelligt nach Chang vorrücken kann <<, erklärte er den größeren Aspekt des Plans.

>>Werden wir versuchen, die Station selbst anzugreifen? <<, fragte Dragus und Iman verneinte. >> Wir bekommen unsere eigenen Kräfte plus drei weitere Großkampfschiffe. Das reicht, um ihre Jäger in Schach zu halten, aber keinesfalls, um die Station selbst anzugreifen. <<

Zustimmendes Nicken und Raunen seiner Offiziere.

>> Ich will sie so stark schwächen, dass dieses Bollwerk endlich zerbricht. Ich will den Krieg endgültig in ihren Raum tragen. Ich will Chang bombardiert sehen, ich will mich auf ihren Nachschub konzentrieren, ich will sie bluten sehen. <<

Die Kommandeure verstanden und stimmten zu.

\>\> Geht auf euere Schiffe und macht auch bereit. Wir warten, bis der Ionensturm uns passiert hat, und fliegen dann in seinem Schatten zur Pegasus-Linie. <<

\>\> Dieser Sturm ist ein Geschenk des Nazzan Morguls an seine Kinder <<, sagte Ituka zähnefletschend. \>\> Er wird unseren Vormarsch decken und dem Feind schwere Verluste bereiten. <<

\>\> Das war's fürs Erste. Wegtreten. <<

Imans Offiziere erhoben sich und verließen den Lageraum. Ihre Schiffe lagen am äußeren Rand des Systems vor Anker, während die Hauptstreitmacht nahe an der Hauptwelt lag.

\>\> Wir wollen eine Heimatwelt angreifen? <<, fragte Dragus, der für sein zögerliches Verhalten immer wieder gescholten wurde.

\>\> Wir können nicht ewig auf der Stelle treten. Seit Kriegsbeginn zerreiben wir uns in sinnlosen Kämpfen. Wir zerbrechen an ihren Stationen <<, knurrte Ituka und Iman gab ihm recht.

\>\> Hat das Oberkommando diesem Plan zugestimmt? <<

\>\> Wir haben die Erlaubnis, die Linie zu durchstoßen und den Kampf in ihrem Gebiet zu suchen <<, erklärte der Admiral.

\>\> Aber nicht zum Marsch nach Chang. <<

\>\> Der Kommandant dieser Flotte ist Garkans Neffe. Die Sache ist von ganz oben abgesegnet. <<

\>\> Wir könnten dabei alle sterben. <<

\>\> Es ist Krieg, Dragus. Jede Sekunde kann für uns die letzte sein. <<

Pegasus 1, Hangardeck, am nächsten Morgen.
Mit geschultertem Feldgepäck betrat Tom das Deck und ging auf die wartenden CarryAlls zu.
Riesige graue Schiffe mit mächtigen Tragflächen, deren Rumpfform Tom immer wieder an altmodische Telefonhörer erinnerte.
Sie bestanden lediglich aus einem Cockpit und einer Antriebssektion. Dazwischen befand sich ein großer, leerer Bereich, der zur Aufnahme von verschiedenen Sektionen gedacht war.
In diesem Fall trugen sie in ihrem Bauch sowohl Fracht- als auch Passagiercontainer.
Über ein Klammersystem konnten diese Container blitzschnell gewechselt werden.

Bei Landeoperationen war es oft der Fall, dass diese Maschinen ihre Ladung absetzten, ohne die Landestutzen überhaupt auszufahren.
Die Schiffe kehrten ihn den Orbit zurück und die Truppen in den Containern zogen in den Kampf.
>> Lieutenant Darson meldet, Sicherungstruppen vollzählig angetreten. <<
>> Danke, Lieutenant. Ihre Leute wurden bereits gebrieft? <<
>> Ja, Sir. <<
>> Gut. Wegtreten und Abmarschbereitschaft herstellen. <<
>> Sir! << Darson ließ seine angetretenen Leute zu den Passagiercontainern abtreten, die bereits mit den CarryAlls verbunden waren.
Will und seine Piloten kamen durch eines der breiten Verladetore, sie trugen ihre Helme unterm Arm und ihr Feldgepäck über den Schultern.
Normalerweise kamen Kampfpiloten nicht in diesen Bereich des Hangars, denn ihre Jagdmaschinen starteten über die Katapulte entlang des Stationsäquators.
>> Morgen! << Will warf sein Gepäck zu Boden und hakte den Helm an einen der vielen Gurte.
>> Kann's losgehen? <<, fragte Tom und der CAG deutete das Hangardeck hinunter, wo ein graues, schmuckloses Gerüst langsam seine Turbinen vorglühen ließ. >> Unsere Jäger sind verladen. <<
Die Reise nach Teschan würde durch den Normalraum viel zu lange dauern, deshalb wählten sie eine Route durch den Hyperraum.
>> *Eines Tages wird es Jagdmaschinen geben, die den Gezeiten des Hyperraums gewachsen sind* <<, hatte ihr erster gemeinsamer CAG an Bord der Atlantia einst behauptet.
Zehn Jahre später war eine solche Revolution allerdings noch nicht absehbar. Jagdmaschinen, die in den Hyperraum flogen, gingen verloren, das war ein eisernes Gesetz des Raumkrieges.
Zwar gab es ruhige Routen, die von mutigen Piloten beflogen wurden, doch die Gefahren überstiegen den Nutzen.
Deshalb hatte man die Phönix-Klasse erfunden.
Diese Schiffe waren nichts anderes als mobile Abschussrampen, einzig dazu gebaut, Jagdmaschinen sicher durch den Hyperraum zu bringen.

Mini-Trägerschiffe, wenn man so wollte, allerdings in solch abgespeckter Variante, dass die Raumflotte diese Bezeichnung nicht gerne hörte.

Die großen Trägerschiffe der Enterprise-Klasse waren neben den Atlantias der ganze Stolz der Flotte. Die Phönix war nur ein Lasttier, ein Zweckbau, der auch optisch jede Eleganz vermissen ließ.

Ein Triebwerk, ein Cockpit und dazwischen dreilagig gestapelte Jagdmaschinen, die im Angriffsfall blitzschnell aus ihren Verankerungen gelöst wurden.

\>\> Ich hasse diese Dinger <<, sagte Will, ehe er seinen Piloten folgte, die bereits ihre Cockpits bestiegen.

\>\> Da fühlt man sich wie ein Floh auf dem Rücken seines Hundes. <<

Tom gefiel der Vergleich, wobei ein Floh deutlich mehr Bewegungsfreiheit besaß als die Piloten in ihren Jägern.

\>\> Wir sehen uns auf Teschan <<, sagte Tom, der die Reise in einem der viel komfortableren CarryAlls bestreiten würde.

Der Konvoi aus sieben Schiffen, fünf CarryAlls und zwei Phönix' verließ die Station und setzte Kurs Richtung Sonne.

\>\> Nexus-Generatoren aufgeladen <<, meldete die Station.
\>\> Raumfenster wird geöffnet. <<

Eine Explosion aus reinem Licht zerriss den Weltraum und öffnete ein Portal in den Hyperraum.

\>\> Ist das genial, Alter! <<, freute sich der Pilot des vordersten CarryAlls, als sie in das Licht eintauchten.

\>\> Die Zeit der Raumtore neigt sich dem Ende, Gentleman. In Zukunft wird *das* Normalität sein <<, sagte Tom, der hinter den beiden Piloten saß.

\>\> Und wir sind die Ersten, die so was haben! <<, sagte der Pilot und hob die Hand. \>\> Schlag ein, Alter! <<

Der Copilot folgte der Aufforderung und der Konvoi verschwand im Licht.

Irgendwo im All, weit ab der Front.

Alexandra Silver saß im Büro des Kommandanten und studierte die Berichte der heutigen Testläufe. Sie war sehr zufrieden mit dem Erreichten. Mit jedem Tag funktionierte das Schiff besser. Die Crew war motiviert und heiß darauf, endlich eingesetzt zu werden. Alle wussten, dass der Krieg schlecht verlief, und alle wollten endlich ihre Chance im Kampf.

Der Türmelder summte und Alexandra sagte: >> Herein. <<

Commander Semana Richards betrat das mit braunem Holz vertäfelte Büro im Heck der Brücke. Sie war der taktische Offizier der Victory und Alexandras rechte Hand. Ihr kastanienbraunes Haar war straff nach hinten gebunden, die braunen Augen funkelten angriffslustig.

>> Neue Meldungen von der Front <<, sagte sie und reichte ihr einen Datenblock.

>> Was steht drinnen? <<

>> Ein wenig gewonnen, ein wenig verloren. Das Übliche. <<

>> Keine massiven Veränderungen der Front? <<

>> Wir werden wohl Noran 3 verlieren. Die Marokianer scheinen unsere dortigen Truppen zu überrennen. Sektor P7-33 konnte aber gehalten werden. Drei marokianische Verbände gingen heute an der Pegasus-Linie verloren. Allerdings sind zwei ihrer Flotten durchgebrochen und haben eine Kolonie verwüstet. Die Raumflotte schickte ihnen drei Gefechtsgruppen hinterher, zu denen seitdem der Kontakt abgebrochen ist. <<

Alexandra legte den Block zur Seite.

>> Die Marokianer suchen die Massenschlacht <<, sagte sie heiser, >> sie werfen uns Truppen und Material entgegen, als hätten sie unerschöpfliche Ressourcen. <<

>> Sie haben unerschöpfliche Ressourcen <<, erwiderte Semana und erinnerte so an die Tatsache, dass die imperiale Streitkraft der Konföderation an Personal und Material weit überlegen war.

Der technische Vorsprung lag hingegen eindeutig bei der Konföderation.

>> Wann dürfen wir endlich in den Einsatz? <<, fragte Commander Richards ungeduldig.

>> Admiral Armstrong hat mir zu verstehen gegeben, dass wir noch nicht ausgereift genug sind. <<

>> Blödsinn. Die Victory ist das bestentwickelte Schiff der Flotte. Wir sollten an der Front sein. <<

>> Ich weiß. Aber was soll ich machen? Ich kann mich den Befehlen nicht widersetzen. Unsere einzige Möglichkeit ist es, das Testprogramm so schnell wie möglich hinter uns zu bringen. <<
>> Wir sind jetzt seit über fünf Monaten im All. Alle Tests waren perfekt. Nicht eine Schraube an diesem Schiff ist defekt. Wir sind bereit. <<
>> Sie predigen zu den Gläubigen, Commander. Würde es nach mir gehen, befänden wir uns im Zentrum der Front. <<
>> Reden Sie mit Armstrong. Sie kann uns nicht ewig hier versauern lassen. <<
>> Die Victory ist ein neues Konzept. Es ist doch nur verständlich, dass sie Skrupel haben, uns einzusetzen. <<
>> Wir sind vielleicht das Einzige, was zwischen den Marokianern und der völligen Vernichtung unserer Spezies steht. Mir ist egal, ob Armstrong Skrupel hat oder nicht. Ich will an die Front. <<
>> Ich tue mein Möglichstes <<, versprach Alexandra Silver und deutete Richards zu gehen. Wieder alleine in dem Büro, widmete sie sich erneut den Tagesberichten. Doch ihre Gedanken schweiften immer wieder ab.
Wie sollte sie Armstrong zu einer Freigabe überreden? Wie sollte sie ihr klarmachen, dass die Zeit gekommen war, die Victory von der Kette zu lassen?
Alexandras glattes, elfenbeinfarbenes Gesicht legte sich in Sorgenfalten, ihre grünen Augen verengten sich zu schmalen Schlitzen, ehe sie die Lider völlig schloss und den Kopf in den Nacken legte. Was sollte sie tun?

Im Hyperraum.
Der Weltraum war still und friedlich, dunkel und mit seinen Milliarden Sternen wunderschön. Der Hyperraum war ganz anders.
Rot, stürmisch, von teuflischen Energiewinden geplagt, deren energetische Konzentration so dicht war, dass man sie fast sehen konnte. Als würden die Partikelströme, die das Universum zusammenhielten, hier an diesem Ort zu einer Naturgewalt.
Der Hyperraum war ein Hurrikan, eine gigantischer Sturm von urzeitlicher Kraft. So musste es nach dem Urknall gewesen sein. Unmittelbar nach dem Beginn des Universums, als es noch keine Gala-

xien gab, keine Sterne, keine Planeten. Als alle Dimensionen noch von feurigen Winden durchzogen wurden.
Durch den Hyperraum zu reisen war, als würde man Kap Hoorn umsegeln.
Mit den Jahren waren immer bessere Schiffe entwickelt worden, immer bessere Antriebe, neue Schiffsformen, die das Reisen in diesen Gewalten nach und nach zur Normalität machten.
Tom konnte sich gut daran erinnern, wie beeindruckt er war, als er als kleines Kind zum ersten Mal die Erde von oben gesehen hatte. Von diesem Tag an bis zu seinem Eintritt in die Armee war es der erhebendste und auch einschüchternste Moment in seinem Leben gewesen. Bis er den Hyperraum betreten hatte.
Er und seine Einheit waren damals von der Erde aus zu einem Trainingsplaneten außerhalb des Sonnensystems geflogen. Um den Rekruten den Hyperraum näherzubringen und sie ein wenig mit diesem damals recht neuen Phänomen bekannt zu machen, hatte man die recht kurze Strecke durch das Sprungtor gewählt.
Tom war am Fenster gesessen, hatte sich die Augen zugehalten, als sie die Lichtschwelle passierten, und wusste noch genau, wie ihm der Atem stockte beim Anblick der unendlichen Tiefe und Gewalt dieses Ortes. Die roten Stürme, die Tornados. Ein Meer aus purer Energie, entfesselt vom Urknall selbst. Ein Ort, der, anders als das Universum, nie zur Ruhe gekommen war. Der Hyperraum machte Reisen, die sonst Jahrzehnte dauerten, zu Reisen, die man in Wochen bewältigen konnte, und trotz seiner Unberechenbarkeit war er sicherer, als mit Lichtgeschwindigkeit zu reisen. Im normalen All verschwanden zehnmal mehr Schiffe wegen Versagens der Heisenberg-Stabilisatoren als hier draußen im Hyperraum.
Heute, in den Morgenstunden des vierundzwanzigsten Jahrhunderts, war der Hyperraum zur normalen Fortbewegungsart geworden. Reisen mit Lichtgeschwindigkeit waren vergessen. Niemand wollte das mehr riskieren. Der Hyperraum war schneller, sicherer und beeindruckender als das normale All.
Ein Universum ohne Welten, ohne Sterne.
Tom wurde hier draußen oft von philosophischen Gedanken heimgesucht. Der Hyperraum übte eine eigenartige Faszination auf ihn

aus, der er nicht entkam, auch nicht, wenn er sich so wie jetzt auf einer Kampfmission befand.

Teschan kam langsam näher. Gerade hatten sie das Raumtor passiert und setzten ihre Reise nun im Normalraum fort, doch den Planeten erreichten sie in frühestens drei Stunden.

Viel Zeit, um sich mit den Dingen zu beschäftigen, die ihm durch den Kopf gingen. Mit der Odyssey, die ihn nach wie vor verfolgte, oder mit dem Ziel dieser Mission.

>> *Nach Überresten einer untergegangenen Kultur...* <<, diese Worte hallten in seinem Gehirn, seit er Jeffries' Büro verlassen hatte.

Der Admiral war betont unverbindlich geblieben, sein Tonfall hatte signalisiert, dass weitere Fragen unerwünscht waren.

>> *...Es darf nichts darauf hinweisen, dass wir jemals dort waren.* <<

Tom vertrat sich die Beine und ging durch den schmalen Korridor, der vom Cockpit nach hinten zu den Tragflächen führte.

Über eine Luke im Boden konnte er zum Truppencontainer hinuntersehen, wo Darson und seine Leute versuchten zu schlafen.

Die Stunden vergingen und Tom grübelte weiter, bis Teschan endlich vor ihnen auftauchte. Eine gelb-braune Welt mit hohen Bergen und tiefen Tälern, ein sandiger, wasserloser Ort von biblischer Trostlosigkeit.

Schon vom Orbit aus konnte man das kleine Lager der Archäologen sehen, denn die Lichter mitten in der Wüste waren die einzigen Lebenszeichen auf dem Planeten.

In der Umlaufbahn entdeckte Tom mehrere Satelliten. Einer war zur Kommunikation, alle anderen zur Orbitalverteidigung.

>> Hard Man an Hotrod. <<
>> Hier Hotrod! <<
>> Wir sind im Endanflug. Ausklinken erlaubt. <<
>> Verstanden. <<

Die Phönix würden im Orbit zurückbleiben, während die Nighthawks auf der Oberfläche landeten.

Der Anflug auf das Camp war beeindruckend. Die Pracht der im goldenen Licht der Morgensonne schimmernden Wüste war ganz anders, als Tom es sich erwartet hatte. Teschan war ein wunderschöner Ort.

Zumindest aus der Luft.

Am Horizont sah er die Umrisse alter Ruinen und das silberne Blitzen von Maschinen und Zelten, die darum aufgebaut waren.
Im Tiefflug donnerten die Nighthawks über das Camp und landeten dann auf einem improvisierten Flugfeld abseits der Zelte.
Die CarryAlls senkten ihre mächtigen Körper daneben auf die Dünen.
Beißende Hitze schlug ihnen entgegen, als die Luken und Kanzeln geöffnet wurden.
Steif vom langen Flug kletterten die Piloten aus ihren engen Cockpits, während Darsons Männer vor den CarryAlls Aufstellung nahmen.
Durch den knöcheltiefen Sand stapfend, trafen sich Tom und Will auf halbem Weg zum Camp.
Tom trug eine sandfarbene Kampfmontur, Will seinen Overall, den er bis zur Hüfte ausgezogen hatte.
>> Netter Fleck <<, sagte Tom, als er Will erreichte, der sich gerade einen altmodischen Cowboyhut aufsetzte und sich sein Gewehr auf den Rücken schnallte.
>> Etwas trocken für meinen Geschmack, aber was soll's. << Unbeeindruckt davon, dass der Rest der Staffel nur wenige Meter entfernt war, öffnete er die Schenkeltasche seines Pilotenoveralls, zog einen Flachmann heraus und genehmigte sich einen Schluck.
>> Auch einen? <<
>> Wir sind im Dienst, Herrgott. <<
>> Ich weiß. Die große Flasche lasse ich auch bis heute Abend im Rucksack <<, erwiderte Will grinsend, schulterte sein Gepäck und sah hinunter zum Camp, wo Dutzende Leute aufgeregt zusammensprangen.
>> Die haben nicht mit uns gerechnet, was? <<
>> Nein <<, gab Tom zu. Während Darsons Männer auf der Düne hinter ihm Aufstellung bezogen, gingen er und Will hinunter zum Camp.
>> Netter Strand, wenn wir jetzt noch das Meer finden, ist alles perfekt <<, sagte Will grinsend und kramte im Overall nach seiner Sonnenbrille.

>> Wo finde ich Ihren kommandierenden Offizier? <<, fragte Tom einen der vielen Zivilisten, als sie den Rand des Camps erreicht hatten.
>> Hier gibt es keine Offiziere. Der leitende Professor ist hier <<, er deutete auf einen älteren Außerirdischen, der gerade aus einem flatternden Zelteingang trat.
>> Professor Daran <<, stellte er sich vor und reichte Tom die Hand.
>> Captain Thomas Hawkins, Pegasus-Korps. <<
>> Ich vermute, Sie sind gekommen, um uns von hier wegzubringen <<, sagte der Chang und sah besorgt auf Darsons Männer.
>> Richtig, Doktor. <<
Wütende Flüche kamen aus den hinteren Reihen.
>> Die Sicherheitslage in diesem Sektor verschlechtert sich zusehends.<<
Daran sah in die Gesichter seiner Leute und wusste genau, was sie von ihm verlangten.
>> Das riskieren wir. <<
>> Können wir uns unter vier Augen unterhalten? <<, fragte Tom und Daran deutete ihm mitzukommen.
Sie gingen ins Zelt, wo Daran sich setzte und nach einer Feldflasche griff.
>> Ich würde Ihnen ja gerne einen Schluck anbieten <<, sagte er entschuldigend und zuckte mit den Schultern.
>> Danke ... ich hab selber. << Tom klopfte an seinen Waffengurt, wo er seine eigene Feldflasche trug.
Daran trank einen Schluck Syrym, ein milchiges Getränk, das die Chang aus den unterirdischen Quellen ihrer Heimat bezogen.
Seit ewigen Zeiten hatte kein Chang mehr etwas anderes zu sich genommen, was zu einer Verkümmerung des Verdauungstraktes geführt hatte.
>> Sie wissen, was wir hier tun? <<, fragte Daran und Tom schüttelte den Kopf. >> Darüber besitze ich keine Informationen <<, erklärte er, >> mir wurde aber gesagt, dass Sie sich weigern würden mitzukommen, und meine Befehle sind *sehr eindeutig.* <<

\>\> Sie würden uns zwingen mitzugehen? <<, fragte Daran und seine Kiemenschlitze in den Wangen blähten sich. Kleine Staubwolken stoben aus den Öffnungen.
\>\> Ich gebe Ihnen achtundvierzig Stunden, um dieses Camp abzubauen. Danach werden wir abreisen. <<
\>\> Ich bin ein vernünftiger Mann, Captain, und sah diesen Tag kommen. Aber meine Leute werden das nicht einfach so hinnehmen. Schon gar nicht angesichts Ihres martialischen Auftritts. <<
\>\> Wir räumen dieses Camp. Besser, Sie machen das Ihren Leuten klar und fangen an zu packen. <<
Daran nickte einsichtig.
\>\> Sind Ihre Leute hier, um mit anzupacken? <<
\>\> Wir helfen Ihnen, wo immer wir können. <<
\>\> Gut. Achtundvierzig Stunden werden kaum reichen, um das alles abzubauen und zu verladen. <<
\>\> Meine Leute stehen Ihnen zur Verfügung. <<

Pegasus 1.
Als das Kriegsschiff den Hyperraum verließ, waren alle Augen der Station auf den weißen Riesen gerichtet, der sich aus dem Strudel reinen Lichtes erhob. Die Leute verharrten in ihrem Gang und versammelten sich an den Fenstern der Station, blickten hinaus ins All und staunten über den Anblick solcher Pracht im matten Schein des Planeten.
Die Rubikon ankerte in hohem Orbit über dem Nordpol, ihre Startrampen öffneten sich und ein Geschwader Nighthawks startete aus den Flanken des Schiffs.
Es war die Eskorte des Raiders, der sich langsam aus dem Heck erhob und Kurs auf die Station nahm.
Elisabeth Armstrong hatte befohlen, dass auf allzu großes Zeremoniell verzichtet wurde.
Mitten im Krieg hatte sie weder Zeit noch Lust auf Prunk und Pomp.
Auf dem Hangardeck wurde sie von Jeffries und einigen seiner Senioroffiziere erwartet.

\>\> Bitte um Erlaubnis, an Bord kommen zu dürfen <<, sagte Beth, als die Luke sich öffnete, und Jeffries erwiderte mit steifer Haltung: >> Erlaubnis gewährt. <<
Die beiden sahen sich zum ersten Mal seit Monaten wieder persönlich. Eine freundschaftliche Umarmung ersetzte das Salutieren, als sie sich schließlich in seinem Büro gegenüberstanden.
\>\> Es freut mich, dass du hier bist <<, sagte er.
\>\> Ich wünschte, die Umstände wären anders <<, erwiderte sie und setzte sich. >> Du kennst Admiral Lee? <<
Jeffries begrüßte den Zwei-Sterne-Admiral knapp. Er kannte ihn dem Namen nach, hatte aber nie persönlich mit ihm zu tun gehabt.
\>\> Was hast du vor? <<, fragte Jeffries gewohnt unumwunden.
\>\> Der S3 geht davon aus, dass sie versuchen werden, mit einem Blitzmarsch durch die Linien zu brechen. <<
\>\> Dass sie die Stationen links liegen lassen und auf die Kolonien losgehen? <<
\>\> Genau. <<
\>\> Wäre naheliegend. Mittlerweile dürften sie begriffen haben, dass die Pegasus-Linie zu stark befestigt ist. Sie können uns nicht einnehmen. <<
\>\> Eben. Wir erwarten einen groß angelegten Vorstoß in den nächsten Tagen mit Marschrichtung auf die Kolonien. <<
\>\> Oder gleich auf Chang. <<
\>\> Nein. Der Planungsstab ist überzeugt, dass sie erst die Kolonien einnehmen wollen. Es ist unmarokianisch, potenzielle Ziele zu verschonen. Die Stationen hinter sich zu lassen ist schon ein Bruch ihrer üblichen Strategie. Wir halten es für unmöglich, dass sie auch Planeten verschenken. Es würde sie zu verwundbar machen. <<
\>\> Was habt ihr vor? <<, fragte Jeffries und konnte die Skepsis in seiner Stimme kaum verbergen.
\>\> Ich stelle jeder Kolonie eine Gefechtsgruppe zur Verfügung und halte mich mit meinen Schiffen im Hyperraum auf. Sobald sie irgendwo angreifen, kesseln wir sie ein und vernichten ihre Flotte. <<
\>\> Du wirst Schützenhilfe brauchen. <<
\>\> Im Notfall ziehen wir Truppen von der Front ab. <<
\>\> Das öffnet ihnen das Tor, Beth. <<

>> Stimmt. Aber unsere Hoffnung ist, dass wir das Tor hinter ihnen wieder schließen können und sie dann in der Falle haben. <<
>> Zu einfach. <<
>> Marokianer sind einfache Gemüter. Warum nicht mit einfachen Mitteln gegen sie kämpfen? <<
>> Nicht einmal Marokianer sind so einfach, dass sie darauf hereinfallen. <<
>> Der Plan steht. Die Truppen sind in Marsch. Ich bin nur hier, um einen alten Freund zu sehen, ehe ich in die Schlacht ziehe. <<
So beendete sie die Diskussion mit der Autorität der Oberkommandierenden.
>> Admiral Lee wird hier bleiben und die Koordination zwischen den Operationen meiner Flotte und deinen Stationen übernehmen. <<
Jeffries wirkte überrascht. >> Gibt es ein Problem zwischen uns? <<, fragte er sie und Beth verneinte.
>> Warum setzt du mir dann einen Anstandswauwau vor die Nase? <<
Lee räusperte sich, doch Jeffries ignorierte ihn.
>> Diese Bezeichnung ist doch recht respektlos <<, tadelte ihn Beth.
>> Für Respekt habe ich im Moment weder Zeit noch Nerven. <<
>> Lee war lange Jahre im Planungsstab der Flotte. <<
>> Das war ich auch. <<
>> Ich will ihn hier haben. Wenn die Stationen angegriffen werden, wirst du keine Zeit haben, um dich mit mir zu beraten. Er schon. <<
>> Das ist eine Doppelgleisigkeit, Beth. Der Sargnagel einer jeden Armee. <<
>> Ich kenne deinen Hang zum Diktatorischen, aber … <<
>> Komm mir jetzt nicht so. Ich bin hier, um die Demokratie zu verteidigen, nicht, um sie zu praktizieren. Keine Armee zu keiner Zeit in keiner Welt hat je als Demokratie funktioniert. Das ist ein Widerspruch in sich. <<
>> Michael. << Beth sprach ruhig und beherzt. >> Er ist hier, um mir Situationsberichte und Analysen zu übermitteln. Etwas, wofür du keine Zeit hast, denn du musst eine Armee führen. <<

>> Du solltest mir besser einen anständigen Stab zuteilen! <<, forderte er aufbrausend.
>> Wir arbeiten daran. Einen Stabschef und einen Operationsoffizier bekommst du noch in diesem Monat. <<
>> Das ist etwas wenig. <<
>> Schneller geht es nicht. <<
>> Ich sollte mir meine Leute aus dem Korps rekrutieren. Vorbei an euren Bestellungskommissionen. <<
>> Nicht wieder dieses leidige Thema, Mike! <<
>> Dir ist es vielleicht überdrüssig, mir ist es hingegen ein Herzensanliegen. Mein Korps soll schlanker sein als die etablierten Armeen. Ich will kurze Entscheidungswege. <<
>> Ich weiß, Michael <<, sagte sie, doch ihre Augen beendeten die Diskussion.
Jeffries schwieg. Er wusste, dass ihre Entscheidung gefallen war, und sie war seine Vorgesetzte. Zähneknirschend akzeptierte der Admiral.

Teschan.
Abends saßen Tom und Will an einem Lagerfeuer, tranken aus der von Will am Vormittag angesprochenen Flasche und genossen eine kleine Auszeit.
Es war dunkel geworden, aber nicht kalt. Erst in ein paar Stunden würde der große Temperatursturz kommen und die Wüste würde sich innerhalb einer Stunde von dreißig auf null Grad abkühlen.
Noch saßen sie kurzärmlig am Feuer, aßen ihre frisch gekochten Feldrationen und tranken alten Whiskey.
>> So stelle ich mir das vor, genau so. Ein Feuer, auf dem man sich sein Fleisch brät, ein guter Schluck dazu und die Gewissheit, dass man nicht mitten in der Nacht zu einem Alarmstart rennen muss. << Will war zufrieden mit dieser Mission. Er hatte schon immer einen Hang zum amerikanischen Westen gehabt, und seit er hier war, fühlte er sich in die Zeit der Viehtriebe zurückversetzt.
Lagerfeuer, Männerfreundschaften, Schlafen auf sandigem Boden ...
Will fühlte sich hier wohl.
Tom konnte nicht von sich behaupten, dass er gerne am Boden schlief. Allerdings hielt auch er Teschan für nicht so schlimm wie anfangs befürchtet. Sie würden zwei Nächte hier verbringen und dann

zurückfliegen. Das war deutlich besser als die meisten Missionen, die man momentan hier draußen bekommen konnte.

Die Wissenschafter erwiesen sich als deutlich kooperativer, als es zu erwarten war. Der Abbau des Camps hatte bereits begonnen, erste Container wurden verladen und morgen früh begann das Tarnen der Ausgrabungsstätten. Mit Bulldozern würde man Sand über die freigelegten Eingänge schieben und Tarnnetze erledigten den Rest.

Was es genau war, wonach hier gesucht wurde, hatte Tom noch nicht herausgefunden. Neugierig war er am Nachmittag um die Grabungsstätten geschlichen und hatte sich fest vorgenommen, sie am nächsten Tag noch genauer unter die Lupe zu nehmen, ehe sie wieder begraben wurden.

\>\> Was läuft da eigentlich zwischen dir und Doc? \<\<, fragte Will, als er und Tom alleine am Feuer saßen. Die meisten anderen waren schlafen gegangen oder vertraten sich die Beine.

Tom grinste übers ganze Gesicht. \>\> Nichts \<\<, behauptete er.

\>\> OH, Scheiße. NEIN. \<\< Will ließ sich lachend rückwärts in den Sand kippen. \>\> Sag mir nicht ... du Vollidiot hast dich verliebt. \<\<

\>\> Das hab ich nicht gesagt. \<\<

\>\> War auch gar nicht nötig. Ich rieche das schon seit Wochen. \<\<

\>\> Dann weiß deine Nase mehr als ich selbst. \<\<

\>\> Was soll das heißen? \<\<

\>\> Dass ich Christine mag. \<\<

\>\> Scheiße, Tom. Was ist das für ein dummer Spruch. \<\<

\>\> Es ist die Wahrheit. \<\<

\>\> Was bist du? Vierzehn? Ich mag sie ... Bullshit. Entweder du liebst sie oder du tust es nicht. Basta. Und mal ganz abgesehen davon, ob du sie liebst oder nicht. Wie ist sie im Bett? \<\<

Tom hob und senkte die Schultern. \>\> Ich hab nicht mit ihr geschlafen. \<\<

\>\> Tom, hast du Fieber? \<\< Will hievte sich hoch und legte ihm die Hand auf die Stirn.

\>\> Du bist wirklich vierzehn. Wie lange trefft ihr euch jetzt schon abends? \<\<

\>\> Drei Mal \<\<, sagte Tom. \>\> Drei Mal in einem Monat haben wir uns abends getroffen. \<\<

\>\> Drei Dates und du hast sie nicht ins Bett bekommen? \<\<

\>\> Ich hab's nicht versucht. <<

\>\> Männer wie du sind eine aussterbende Rasse. Bist du immer noch auf diesem Gentleman-Trip? <<

\>\> Du vergisst immer wieder, dass ich nicht du bin. <<

\>\> Ja, leider. Etwas mehr von mir würde dir nicht schaden. <<

\>\> Und etwas mehr von mir würde DIR nicht schaden. Das Thema hatten wir, glaube ich, schon mal. <<

\>\> Ah. Das ist zehn Jahre her. Zeit, es noch mal durchzukauen. <<

\>\> Sicher nicht. <<

\>\> Hätte nicht gedacht, dass dir das nach Bethany noch mal passiert <<, sagte Will und stach sein Messer in eine nie verheilte Wunde.

\>\> Lass das Thema. <<

\>\> Du hast nach ihr niemals wieder geliebt, oder? <<

\>\> Man sollte sein Herz an nichts hängen, das man nicht in dreißig Minuten wieder vergessen hat <<, sagte Tom. \>\> Die letzten paar Jahre hat das gut funktioniert. <<

\>\> Bis jetzt? <<

\>\> Ich weiß noch nicht <<, sagte Tom und griff nach seinem Gewehr, das neben ihm am Boden lag, schnallte es sich auf den Rücken und ging die Dünen hoch.

\>\> Hau mir jetzt nicht ab. <<

\>\> Ich will nicht abhauen. Ich will nur diesen Anblick genießen. <<

Der Mond ging am Horizont auf, die Sterne funkelten so klar wie auf der Erde seit fünfhundert Jahren nicht mehr. Auf Teschan gab es nicht die Spur von Umweltverschmutzung, keinen Smog, keine anderen Lichtquellen als die Feuer im Camp. Nirgendwo auf der Erde konnte man auf einmal so viele Sterne sehen.

\>\> Bald sind wir wieder da oben <<, sagte Will, der anstatt seinem Gewehr seine Flasche mitgenommen hatte.

\>\> Nicht zu glauben, dass dort draußen Krieg ist <<, sagte Tom beim Anblick solcher Schönheit.

\>\> Traurig, aber wahr <<, bestätigte Will. \>\> Falls du so versuchst, das Thema zu wechseln, dann vergiss es, Tom <<, sagte Will und schlug Tom auf die Schulter. \>\> Was ist mit euch beiden? <<

\>\> Frag mich noch mal, wenn wir zurück auf der Station sind <<, sagte Tom.

>> Warum? <<
>> Weil ich mich dann mit ihr verabredet habe. <<
>> DU liebst sie <<, sagte Will lachend. >> Dass ich das *noch mal* erleben darf. Tom Hawkins verliebt sich. <<
>> Noch ist nicht sicher, dass du es erlebst <<, sträubte sich Tom.
>> Doch ist es. Es ist sogar ganz sicher. Du solltest mal sehen, wie du sie ansiehst. <<
>> Blödsinn. <<
>> Kein Blödsinn! Sondern Tatsache. << Will wankte die Dünen hinunter, nahm sein Gewehr vom Boden und ging hinüber zu den Zelten; er war schlagartig müde geworden.
Tom blieb noch auf den Dünen stehen, lauschte dem Heulen der Wüstenwölfe und sah in den Himmel.
Liebte er sie wirklich?

Pegasus 1, Besprechungsraum.
>> Das Zentrum des Sturms wird diese Station nur knapp verfehlen, seine Strahlung stört schon jetzt unser AVAX und wir haben erste Interferenzen im Ghostcom-System <<, erklärte Jeffries seiner Oberkommandierenden, ihrem komplett angetretenen Stab und auch Teilen seiner eigenen Kommandocrew.
>> Er wird auf Chang ziehen und somit in die erwartete Stoßrichtung des bevorstehenden Angriffs. <<
>> Worauf wollen Sie hinaus, Admiral? <<, fragte Lee.
>> Die Marokianer werden nichts tun, ehe dieser Sturm uns erreicht hat. Wir gehen davon aus, dass sie in seinem Windschatten anrücken und dann den Angriff beginnen. <<
>> Warum sollte der Feind so lange warten? <<, fragte Lee. >> Ein Angriff zum jetzigen Zeitpunkt, ehe unsere Truppen in Stellung sind, würde doch viel mehr Sinn machen? <<
>> Dieser Sturm ist ihre dritte Kolonne! <<, erwiderte Jeffries. >> Ihr Verbündeter. Er wird die Stationen beschädigen, wird uns zu Evakuierungen zwingen, die Gefechtsgruppen werden ihm ausweichen müssen. Ihre Kampfkraft erhöht sich immens, wenn sie den Sturm abwarten. <<
>> Und es gibt uns die Möglichkeit zur Vorbereitung. Ein Plan, der so durchschaubar ist, muss zwangsläufig scheitern. <<

\>\> Die Landung in der Normandie war auch vorhersehbar. <<
\>\> Ein etwas holpriger Vergleich, Admiral. <<
\>\> Finden Sie. <<
\>\> Schluss damit <<, mischte sich Armstrong ein, stand auf und schritt durch den Raum. >> Ich glaube dir, Michael <<, sagte sie zurückhaltend.
\>\> Meine Leute sind dabei, die Strahlungsspitzen zu analysieren <<, sagte er heiser. >> Wir fürchten, dass wir die P1 evakuieren müssen. <<
\>\> Komplett? <<
\>\> Eine kleine Rumpfmannschaft bleibt auf jeden Fall, aber die Masse der Truppen muss vermutlich von Bord. <<
\>\> Vermutlich? <<
\>\> Morgen wissen wir mehr. Bis dahin gehe ich vom Schlimmsten aus. <<
Elisabeth verharrte vor dem Wandschirm, wo Aufnahmen des Sturms in Endlosschleife abgespielt wurden.
Ein violettes Gewitter mit grellen Blitzen und tosenden dunklen Wolken.
\>\> Scheint, als stünde das Schicksal auf Seiten des Feindes <<, sagte sie nachdenklich und keiner konnte ihr widersprechen. >> Wir werden unsere Planungen entsprechend abändern. <<
\>\> Danke <<, sagte Jeffries erleichtert und registrierte die unzufriedene Miene von Admiral Lee.
\>\> Das war's für heute. Wegtreten. <<
Die Offiziere erhoben sich wie ein Mann und marschierten zum Ausgang. Beth und Jeffries blieben alleine zurück.
Für einige Sekunden herrschte Schweigen zwischen den beiden.
\>\> Alles in Ordnung, Mike? <<, fragte sie ihn und Jeffries rieb sich die müden Augen. >> Keine Ahnung <<, erwiderte er.
Elisabeth setzte sich auf den Tisch, schlug die Beine übereinander und stemmte die Handflächen gegen die Glasplatte.
Für einen Moment wirkte sie mehr wie ein Schulmädchen als wie eine Admiralin.
\>\> Wie geht's den Kindern? <<, fragte Jeffries und lehnte sich im Sessel am Kopfende des Tisches weit zurück.

\>\> Jason schreibt an seiner Abschlussarbeit <<, erklärte sie stolz.
\>\> Und Mary hat sich letzten Monat verlobt. <<
\>\> Wirklich? << Jeffries lachte und schüttelte den Kopf. >> Wer hätte gedacht, dass aus dem Rabauken mal ein anständiger Jurist wird. <<

Ihr Sohn Jason war in seinen Jugendjahren ein ständiger Quell des Ärgers gewesen. Schlägereien, Einbrüche, Ruhestörung.

Diverse Male hatte die Polizei ihn mitten in der Nacht bei seiner Mutter abgeliefert, zweimal hatte sie ihn auf der Polizeiwache auslösen müssen.

Jahre, in denen Beth an ihrem Sohn beinahe verzweifelte, während ihre Tochter Mary die Brave war, die abends zu Hause blieb, lernte und fast nur Einsen nach Hause brachte.

Erst mit den Jahren hatte sich Jasons Verhalten normalisiert. Diverse erzieherische Maßnahmen hatten ihr Ziel verfehlt, bis Beth ihren Jungen endlich in den Griff bekam und es schaffte, ihn von schlechten Freunden und auch Freundinnen loszueisen.

Heute studierte er Jura, hatte zwar noch immer ständig wechselnde Freundinnen, aber seit Jahren keinerlei Ärger und seine Noten waren blendend.

\>\> War nicht einfach <<, sagte sie zustimmend. Vor einigen Jahren hatte sie den Kampf gegen die Pubertät ihres Sohnes als *das härteste Gefecht meines Lebens* bezeichnet.

\>\> Und dein Privatleben? <<, wechselte sie das Thema oder auch nicht.
\>\> Hab keines. <<
\>\> Auf ewig einsam? <<
\>\> Du weißt, warum. <<
\>\> Mike <<, sagte sie in einem Tonfall tiefsten Mitgefühls, aber auch Verständnislosigkeit. >> Das ist so viele Jahre her. <<
\>\> Ein zweites Mal passiert mir das nicht. <<
\>\> Durch emotionales Eremitendasein tust du dir keinen Gefallen. <<
\>\> Was ist die Alternative? Erneut mit dem Feuer spielen? Sich noch mal angreifbar machen? <<
\>\> Das ist paranoid, Mike. <<

>> Ich hoffe, du hast recht, aber ich wage es nicht. << Jeffries schüttelte den Kopf, stand auf und trat ganz nah an Beth. >> Du bist die einzige Frau im Universum, der ich vertraue. <<
Geschmeichelt lächelte sie. >> Ist das ein Annäherungsversuch, Admiral? <<
Jeffries lachte und schüttelte den Kopf. >> Nein, Ma'am! <<, sagte er militärisch und trat von ihr zurück.
Die beiden kannten sich schon viel zu lange, als dass so was noch zum Thema werden könnte.
Nicht nach all diesen Jahren.

Teschan.
Tom hatte schlecht geschlafen und war deshalb schon früh aufgestanden. Mit aufgestelltem Kragen stand er auf einer der Dünen und sah zu, wie die Sonne sich über der Wüste erhob.
Der Himmel schimmerte in allen Tönen der Farbe Rot und bald fegten warme Winde von Süden her über die kargen Berge am Horizont, brachten gelben Sand und färbten den blauen Himmel in apokalyptisches Braun.
Bulldozer ratterten durch die Reste des Camps, Ausgrabungen wurden zugeschüttet, Zeltplanen in Säcke gestopft, Alugerüste abgebaut, Kisten verladen und Geräte außer Betrieb genommen.
Tom stand inmitten des regen Treibens, beobachtete das sukzessive Verschwinden des Camps und ging, von Neugier getrieben, zu einem der letzten noch unangetasteten Zelte am Rande des Camps.
Aus der Luft hatte er gesehen, dass es im Umkreis von mehreren Kilometern weitere Anlagen gab, die in mühsamer Arbeit vom Sand befreit wurden.
>> Warum lebte diese Kultur unter der Erde? <<, fragte er Professor Daran, den er alleine vor dem Zelt fand.
>> Das taten sie nicht <<, erwiderte er und Tom hob die Plane, um das Zelt zu betreten.
Im Inneren fand er ein freigelegtes Portal, eine künstliche Rampe, die zu einem kunstvoll geschmückten Eingang hinunterführte.
>> Ah, nein? <<, fragte Tom und blickte über das Gittergerüst zum Portal hinunter, einem Konstrukt aus geschwungenen, glatten Bö-

gen, die wie das stilisierte Wurzelwerk eines Baumes ineinander übergingen.

\>\> Vor zweihunderttausend Jahren war diese Welt ein grünes Paradies mit Ozeanen und unzähligen Tier- und Pflanzenarten <<, erklärte Daran, der Tom ins Zelt gefolgt war. >> Die Städte lagen zwischen tropischen Wäldern und in fruchtbaren Flussdeltas. <<

\>\> Was ist passiert? <<

\>\> Wissen wir noch nicht. In alten Schriften wird immer nur vom *Krieg* gesprochen. <<

\>\> Krieg? <<

\>\> Ja. Die einzige Konstante im Universum. Alle Völker, alle Arten, egal, wie exotisch, egal, in welcher Epoche der Geschichte. Sie alle kannten den Krieg <<

\>\> Sie starben aus? <<

\>\> Wie gesagt ... Wir wissen es nicht. Wir haben alte Geschichten gesammelt, Jahrtausende alte Schriftstücke, die *vom alten Volk* berichten. Nicht mal einen richtigen Namen haben wir für sie. <<

\>\> Wo findet man solche Schriftstücke? <<, fragte Tom. >> In Büchereien? <<

\>\> Eine wichtige Quelle war uns die Chronica Argula. <<

\>\> Die ist marokianisch. <<

\>\> Nicht unbedingt. Wie der Name schon sagt, entstammt sie dem Argules und fast alle dort beheimateten oder von dort stammenden Völker haben Teile dieses Textes in ihre Kultur, ihre heiligen Schriften et cetera aufgenommen. <<

\>\> Eine Ur-Bibel? <<, fragte Tom skeptisch.

\>\> Eine Sammlung von Legenden und Geschichten. Manche historisch, andere Fiction. Wir lesen sie alle und vergleichen sie mit dem Wissen, das wir aus diesen Ruinen schöpfen. <<

\>\> Zweihunderttausend Jahre? <<

\>\> Damals lebten unsere Vorfahren noch in Höhlen. <<

\>\> Und es gibt keine anderen Überreste als diese hier? <<

\>\> Doch ... bestimmt sogar. Es hat sie nur noch keiner gefunden. Im Argules gibt es ein Dutzend völlig verwüstete Welten. Planeten, von denen wir wissen, dass sie einst bewohnbar waren, und die heute nur noch toter Fels sind. <<

\>\> Schlachtfelder. <<

\>\> Möglich. Wir haben keinen Zugang. Der Argules ist imperiales Protektorat, die dort lebenden oder angrenzenden Völker leben in Knechtschaft oder als Vasallen des Dornenthrones. Die wenigen, die noch unabhängig sind, wagen es nicht, mit der Konföderation auch nur zu sprechen. <<

\>\> Es könnte also sein, dass andere Völker auch solche Planeten gefunden haben? <<

\>\> Nicht so was. <<

Daran ging über die Rampe hinunter und deutete Tom ihm zu folgen.

\>\> Legen Sie die Hand auf das Portal <<, sagte er und Tom zögerte einen Moment.

Das Material war grün, durchzogen von dunklen Adern, glatt wie Porzellan und dennoch matt.

\>\> Was ist das? <<, fragte er, als seine Finger darüberstrichen.

\>\> Etwas, das ein Offizier Ihrer Gehaltsstufe niemals zu Gesicht bekommen sollte <<, mischte sich eine raue, missbilligende Stimme in das Gespräch und die beiden drehten erschrocken den Kopf.

\>\> Mister Ramius <<, sagte Daran verstimmt zu dem Mann, der mit federnden Schritten die Rampe herunterkam.

\>\> Was wird das hier, Professor? Sightseeing?<<

\>\> Captain Thomas Hawkins. XO Pegasus 1 <<, stellte sich Tom vor.

\>\> Ivan Ramius <<, erwiderte der Mann mit den dunklen Augen und dem strengen Haarschnitt. Mit wenigen Sekunden Verzögerung ergriff er Toms ausgestreckte Hand.

\>\> Sie sind kein Wissenschafter, richtig? <<, sagte Tom und Ramius erwiderte mit Schweigen. \>\> Dieses Zelt sollte verschlossen bleiben <<, sagte der Mann mit leichtem russischem Akzent zu Daran. \>\> Ihre Leute und auch Sie selbst haben hier drinnen nichts verloren. <<

\>\> Bitte entschuldigen Sie mich <<, sagte Daran verstimmt und ging die Rampe nach oben.

\>\> Bitte! << Ramius trat einen Schritt zurück und machte eine einladende Handbewegung zum Ausgang.

Tom warf einen letzten Blick auf das Portal und folgte Daran. Am Ende der Rampe trafen sie auf Will.

\>> SSA, wie ich annehme <<, sagte er mit gekünsteltem Lächeln und Sonnenbrille.
\>> Ich bin hier für die Sicherheit zuständig und ich muss Sie darum bitten, die Ausgrabungsstätte zu verlassen. << Ramius wurde zunehmend unfreundlich. Will hob seinen Cowboyhut, um sich am Kopf zu kratzen, und rückte sein Gewehr zurück, das er am Rücken trug.
Ramius bemerkte die Geste und seine Körperhaltung versteifte sich.
\>> Schon gut. Wir gehen <<, sagte Tom, nahm Will an der Schulter und schob ihn hinaus.
\>> SSA. Ich schwör's dir <<, sagte Will, als sie draußen waren und die Sonne ihnen heiß entgegenbrannte.
\>> Du bist paranoid. <<
\>> Ach, wirklich? Sag mir jetzt bitte nicht, dass du dem da drinnen den Archäologen abnimmst. <<
\>> Er sagte, er sei für die Sicherheit verantwortlich. <<
\>> SSA. Der Kerl hat ein Schild um den Hals, auf dem steht, ich bin ein SSA-Agent. <<
Ramius stand mit verschränkten Armen im Ausgang des Zeltes und sah hinter den beiden her, wie sie durch den Sand stapften. Das Camp um sie herum bestand nur noch aus nackten Gestellen.
In wenigen Stunden würde es komplett abgebaut sein.
Als sie den Planeten dann in den Abendstunden verließen, war von der Arbeit der Wissenschafter keine Spur geblieben.
Nur Wüste und ein paar plattgelaufene Pfade, die schon in wenigen Tagen von der Wüste verschluckt würden.
Die Nighthawks erhoben sich aus dem Sand, zogen ihre Kreise vor dämmrigem Himmel und stiegen zu den Sternen auf, ehe die Carry-Alls ihre mächtigen Turbinen zündeten und sich schwerfällig von der Oberfläche erhoben.
Riesige Schwenktriebwerke in den Tragflächen spuckten blaues Feuer, hoben die Schiffe in den Himmel, und erst als sie zum Heck gedreht wurden, beschleunigten die Lasttiere der Flotte hinauf zum Orbit.
Tom saß in einem der Cockpits, hatte die Beine hochgelegt und beobachtete die Monitore.

>> Das sind dieselben Interferenzen wie beim Anflug <<, wunderte sich der Copilot über ausfallenden Monitore und flackernde Displays.
>> Irgendwas stört unsere Systeme. <<
Toms Finger tippten unauffällig über eine Tastatur und zogen eine Kopie der aktuellen Messwerte auf einen Datenträger.
Seine Neugier war geweckt worden und Tom Hawkins konnte sich in ein Thema verbeißen wie ein Hund in einen frischen Knochen.
Den flachen Chip verstaute er in seiner Brusttasche, schloss die Augen und lehnte sich zurück.

Der Sturm

Pegasus 1.
Tom saß in seinem Quartier, hatte die Beine hochgelegt und blätterte in einem dicken, ledergebundenen Buch.
Aus den Lautsprechern drang die Musik aus Richard Wagners *Siegfried*.
Gedankenverloren blätterte er Seite um Seite des Buches, legte es zur Seite und griff nach einem Datenblock, der neben ihm auf dem kleinen Tisch lag.
Seit Stunden saß er nun schon hier, blätterte in Akten, Büchern und Memos und suchte nach einem Hinweis auf Teschan.
Heute Morgen war er zu Christine gegangen und hatte ihr von seinem Erlebnis am Portal berichtet.
Von Ramius, der sie vertrieben hatte, und von der Neugier, die ihn seitdem nicht mehr losließ.
Dieses grüne Tor spukte durch seine Gedanken wie ein Poltergeist durch alte englische Gemäuer. Beharrlich und unaufhörlich drehten sich seine Gedanken um die Wunder, die wohl dahinter zu finden waren.
Tom hatte sich selbst nie als Forscher oder Entdecker gesehen. Er war Soldat, kein Träumer. Das Suchen nach verschütteten Kulturen war nie das Seine gewesen, doch liebte er die Geschichte.
Alles Historische faszinierte ihn und die Vorstellung einer raumfahrenden Hochkultur, die zweihundert Jahrtausende zuvor bereits existiert hatte, war eine elektrisierende Sache.
Alleine die Vorstellung, was man alles von diesen Wesen lernen konnte, welche Wunder sie wohl hinterlassen hatten und wie weit ihr Einflussbereich sich wohl erstreckt hatte, ließ ihn Theorien spinnen, als sei er ein Schuljunge, der verträumt zu den Sternen blickt.
Die Systeme der CarryAlls hatten wieder perfekt funktioniert, kaum dass sie den Orbit von Teschan hinter sich gelassen hatten.
Die Aufzeichnungen, die er beim Verlassen des Planeten erstellt hatte, waren leider nur wenig aufschlussreich.
In der Hoffnung, sie könnte mit den Werten etwas anfangen, überließ er den Datenspeicher Christine.

Ohne Erfolg.
>> Ich bin Ärztin, keine Physikerin. Vielleicht kann Commander Zud dir helfen? <<
>> Wer ist Zud? <<, hatte Tom gefragt und Christine hatte ihn aufgeklärt.
Zud war der Leiter einer praktisch unbekannten Abteilung an Bord der Station.
Er war der örtliche wissenschaftliche Leiter. Seine Abteilung bestand aus sagenhaften fünfzehn Mann und fristete ein stiefmütterlich behandeltes Dasein in einem kleinen, mit Konsolen und Schränken vollgestopften Raum auf halbem Wege zwischen der Krankenstation und dem Reaktorraum.
Er war zu ihm gegangen und übergab ihm die Daten. Nach einem längeren Gespräch hatte Tom sich, seine Skepsis verbergend, entfernt.
Zud war ein kleiner, schrulliger Babylonier, ein Wissenschafter eben! In die Uniform schien er genauso wenig zu passen wie Will Anderson in ein Ballkleid.
Dennoch wollte Tom es probieren, weniger als nichts konnte dabei nicht herauskommen.
Anschließend hatte Tom sich in die Bücherei begeben, hatte alle möglichen Bücher ausgeliehen, in denen es um die Geschichte, stellare Geographie, Kartographie etc. des Teschan-Sektors ging. In der Hoffnung, dort etwas mehr über die Ruinen und ihre Erbauer erfahren zu können.
Bisher ohne Erfolg.
Teschan schien ein völlig unbeschriebenes Blatt zu sein. Wurde er überhaupt auf Karten erwähnt, dann immer nur als unbedeutendes Sandkorn.
In vielen Aufzeichnungen fehlte er völlig.
Demotiviert legte Tom Bücher und Datenblock zur Seite, ging hinüber zum kleinen Fenster und blickte hinaus, während Wagners Musik beruhigend durch den Raum schwang.
Die Chronica Argula, die Daran erwähnt hatte, war eine Manuskripte-Sammlung aus imperialen Beständen. Es gab nur noch wenige vollständige Exemplare und keines davon war in konföderiertem Be-

sitz. Zwar gab es digitalisierte Teilpassagen in den Speicherbänken, doch für anständige Nachforschungen war das viel zu wenig.

Tom hatte noch mal mit Daran sprechen wollen, doch als sie die Station erreichten, hatte bereits ein Schiff auf ihn gewartet, das alles Personal und Gerät an Bord nahm und danach sofort abreiste.

Keine Zeit, um Fragen zu stellen.

Das Zirpen des Türmelders riss ihn aus seinen Gedanken. >> Herein. <<

>> Was ist denn das für ein Lärm? Ist deine Anlage kaputt? <<, sagte Will anstatt einer Begrüßung und blickte genervt zu den Lautsprechern in den Ecken des Raumes.

>> Das ist Wagner, du Banause <<, erwiderte Tom milde lächelnd und reduzierte die Lautstärke.

>> Das ist Lärm. <<

>> Das ist Kunst. <<

>> Von mir aus, aber doch nicht in der Lautstärke. <<

>> Mich beruhigt es. Was willst du? <

Will hob und senkte die Schultern. >> Keine Ahnung. Ich hab dich den ganzen Tag noch nicht gesehen. <<

>> Oh ... Hast du mich vermisst? <<, stichelte Tom in kleinkindlichem Tonfall.

>> Ich wollte wissen, was du treibst. Normalerweise bist du den ganzen Tag über im CIC, doch heute hat dich noch keiner da oben gesehen. <<

>> Ich suche nach Antworten, wo keine sind <<, sagte Tom ruhig und deutete auf die Bücher.

Will griff sich zwei von ihnen und las die Titel.

>> Ach du Schande ... ziemlich schwerer Stoff <<, keuchte er und legte sie sofort wieder hin, so als wollte er damit nichts zu tun haben.

>> Welcher gesunde Mensch besitzt solchen Kram? <<, fragte Will kopfschüttelnd.

>> Die gehören mir nicht <<, erwiderte Tom. >> Ich hab sie aus der Bücherei. <<

>> Hier gibt es eine Bücherei? <<, fragte Will erstaunt und erntete einen ungläubigen Blick von Tom. >> Fünfzigtausend Mann dienen auf dieser Station. Natürlich gibt es hier eine Bibliothek. Wir haben auch ein Kino an Bord. <<

\>> Kino hab ich schon gewusst, aber eine Bibliothek ... << Will schüttelte den Kopf. >> Wer braucht denn so was? Vor allem heutzutage? <<
\>> Ich. Nur hat es mir nichts gebracht. Es gibt keine Eintragungen über Teschan. <<
\>> Oh. << Will verstand endlich, um was es ging. >> Du bist neugierig geworden. <<
Tom nickte zustimmend.
\>> Du solltest mal in den Akten der SSA suchen. Ich wette, da gibt es Tonnen von Material. <<
\>> Was ist das eigentlich mit dir und der SSA? Warum vertraust du denen nicht? <<
\>> Weil sie sich verhalten wie die Gestapo! <<
\>> Respekt! Du kennst die Gestapo <<, bemerkte Tom anerkennend.
\>> Ich bin vielleicht nicht so gebildet wie du, Tom. Aber völlig dämlich bin ich auch nicht. Die SSA schnüffelt im Privatleben von uns allen hemmungslos herum, obwohl sie das nicht darf. <<
\>> Ich wusste gar nicht, dass du seit Neuem Bürgerrechtler bist. <<
\>> Ich wusste gar nicht, dass dir die Bürgerrechte egal sind <<, konterte Will.
\>> Wir sind im Krieg. Bürgerrechte können wir uns im Moment nicht leisten. <<
\>> Der Standpunkt enttäuscht mich, Tom <<, sagte Will. >> Früher hast du das anders gesehen. <<
\>> Früher war alles besser <<, sagte Tom nachdenklich, wollte noch weitersprechen, doch die Komlinks an ihren Gürteln zirpten gleichzeitig unangenehm laut.
\>> Was ist? <<
\>> Alle Kommandooffiziere in den Besprechungsraum <<, hörten sie Darsons angespannte Stimme und machten sich sofort auf den Weg.
Als die Türen der Transportkapsel am Ende des Korridors auseinanderglitten, blickten sie in das müde, angespannte und dennoch hübsche Gesicht von Christine Scott.
\>> Hallo, Doc <<, sagte Will grinsend. >> Auch zur Besprechung? <<

Christine nickte müde.

Die Türhälften schlossen sich wieder und die drei fuhren nach oben zum CIC.

Der Besprechungsraum lag gegenüber dem Haupteingang auf der anderen Seite des Korridors.

Als die drei um die Ecke bogen, trafen sie auf Mark Masters, der gerade die Treppe heraufgerannt kam.

\>> Irgendeine Ahnung, worum es geht? <<, fragte er Tom und dieser verneinte.

Gemeinsam betraten sie den Besprechungsraum, wo Jeffries mit angespanntem Gesicht auf sie wartete.

Darson und Admiral Lee betraten den Raum nur wenige Sekunden nach ihnen.

\>> Setzen Sie sich <<, sagte Jeffries und deutete auf die Stühle am runden Tisch.

Harry, der vom Leitenden Ingenieur in diese Besprechung entsandt worden war, räusperte sich und aktivierte den mehr als vier Meter breiten Wandschirm.

\>> Wie Sie alle wissen, beobachten unsere Sensoren seit einigen Wochen einen Ionensturm, der aus den Tiefen des imperialen Raumes auf die Konföderation zusteuert. Während der letzten zwei Wochen hat er immer mehr an Geschwindigkeit und Intensität zugenommen und unseren neuesten Berechnungen zufolge wird sein Zentrum diese Station mit voller Wucht treffen.<<

\>> Das wissen wir doch schon länger <<, raunte Will.

\>> Richtig. Dummerweise wird er größer und stärker mit jedem Tag, den er der Station näher kommt. <<

Angespannte Blicke wurden gewechselt. Tom räusperte sich und in seinem Kopf tobten bereits die Pro- und Kontra-Schlachten.

\>> Das kommt zu keinem guten Zeitpunkt <<, sagte er.

\>> Wie stark ist er? <<, fragte Christine.

\>> Stärke neun und er wird größer <<, erklärte Harry.

\>> Das bedeutet völligen Ausfall von Kommunikation und Sensoren, und das für Tage. Er wird alle Signale auffressen, die wir aussenden <<, sagte Tom.

\>> Es kommt noch schlimmer <<, sagte Harry. >> Unsere Reaktorleistung muss auf ein Viertel zurückgefahren werden, wenn wir keinen Kernbruch riskieren wollen. Was bedeutet, dass wir keine Energie mehr für die Waffen haben. <<

Tom stand von seinem Sessel auf und trat näher an den Wandschirm. >> Wir wären ein gefundenes Fressen für die Marokianer <<, sagt er bitter und Harry stimmte ihm wortlos zu.

>> Admiral Armstrong rechnete ohnehin mit einem Großangriff in diesen Tagen. Dieser Sturm ist für die Marokianer ein echter Glücksfall <<, erklärte Admiral Lee, der bisher kein Wort gesagt hatte.

>> Und was machen wir jetzt? <<, fragte Christine, die sich vor allem um die gesundheitlichen Folgen einer solchen Strahlendosis Gedanken machte.

>> Wir evakuieren die Station <<, entschied Jeffries. >> Angesichts der Größe und Stärke des Sturms bleibt uns wohl keine andere Möglichkeit. <<

>> Damit servieren wir ihnen die Station auf dem Silbertablett <<, mahnte Tom.

>> Haben Sie eine bessere Idee? <<, fragte Jeffries.

>> Ja <<, erwiderte Tom, blickte in die Runde der versammelten Offiziere und sprach weiter. >> Hier bleiben und kämpfen. <<

NC5.

Tom, Will und Mark Masters waren zum Planeten hinuntergeflogen, um die Durchführbarkeit von Toms Plan zu überprüfen.

>> Herrgott, ist das kalt hier <<, keuchte Will, als sie die Luke des Raiders öffneten und ihnen eiskalter Wüstenwind entgegenwehte.

Will hatte den Raider, ein schlankes, stromlinienförmiges Schiff mit Tarnlackierung und kurzen Tragflächen am Heck, mitten auf einem Hochplateau gelandet und die drei Offiziere blickten nun in die zerklüfteten Berge, die sich vor ihnen erhoben.

Begleitet von einem Team des technischen Stabs schritten sie über den staubigen, aufgerissenen Boden.

Tom trug einen langen, schwarzen Offiziersmantel mit goldenen Schulterstücken.

Masters hatte einen grau-schwarzen Kampfanzug angezogen und Will trug seinen normalen Pilotenoverall und einen grauen Poncho.

>> Verdammt, ist das kalt <<, keuchte Will und vergrub seine Hände tief in den Taschen, während Tom genüsslich seine Lederhand-

schuhe aus dem Mantel zog und überstreifte. >> Was hast du erwartet? Hier unten ist jetzt Winter. <<
>> Das ist ein Wüstenplanet! Wie kann es hier Winter geben? <<
>> Auch Wüstenplaneten haben Sonnenumlaufbahnen <<, erklärte Tom, während er, Mark und Will auf ein altes, verwittertes Betonportal zugingen.
Es war ein Überbleibsel aus dem letzten Krieg, eine Bunkeranlage, die damals als befestigte Stellung gebaut wurde und den Marokianern mehr als ein Jahr lang standgehalten hatte. Viele der Einschlagkrater aus den damaligen Schlachten waren heute noch im Felsen zu erkennen.
>> Platz für zehntausend Mann <<, sagte Masters, als er die massive Stahltür öffnete und mit einer Taschenlampe in die Dunkelheit leuchtete.
Tom schnupperte die abgestandene Luft und ging tiefer hinein. Masters suchte derweil einen Sicherungskasten, der die Notbeleuchtung aktivieren sollte.
Nach weniger als einer Minute flammte mattes Neonlicht überall in den unterirdischen Bunkern.
Tom sah sich zufrieden um. >> Die Wände sind stabil, die Lichter funktionieren. Mehr brauchen wir nicht <<, sagte er zufrieden, während Techniker und Ingenieure die Infrastruktur genau unter die Lupe nahmen.
>> Aber was machst du mit den übrigen vierzigtausend? <<, fragte Will. >> Die kriegst du hier niemals rein. <<
>> Die evakuieren wir nach Chang. Mit zehntausend Mann sollten wir die Stellung lange genug halten können, bis Verstärkung eintrifft <<, sagte Tom zuversichtlich.
>> Aber nur wenn wir es schaffen, die Station zu halten. Zehntausend Mann am Boden nützen uns gar nichts, wenn sie uns vom Orbit aus bombardieren <<, warf Masters ein.
>> Stimmt. Das ist der Knackpunkt an der ganzen Geschichte <<, sagte Tom und ging wieder nach draußen, wo der kalte Wind grauen Sand aufwirbelte und mit sich trug.
>> Wills Jagdmaschinen verstecken wir in diesen Schluchten da hinten. Tief unten, mit Tarnnetzen überdeckt. <<

Tom stand am Rande des Abgrundes und blickte hinaus in die Wüste. Vor seinem inneren Auge sah er bereits, wie eintausend Maschinen sich aus den staubigen Tiefen erhoben und zum Gegenschlag ausholten.
>> So machen wir's <<, bekräftigte er.
>> Mal eine Frage, Tom <<, meldete sich ein zitternder Will Anderson zu Wort. >> Was ist, wenn die Marokianer gar nicht angreifen? Ich meine, ihre Systeme werden vom Sturm doch genauso gestört wie die unseren, oder? <<
>> Sicher. Nur können sie hinter dem Sturm herfliegen. Während wir seine ganze Kraft abkriegen, können sie sich in aller Ruhe auf ihren Schlag vorbereiten. <<
>> Du bist sicher, dass sie angreifen? <<, fragte Will.
>> Ich würde es tun. <<
Zurück auf der Station begab sich Tom sofort auf die Krankenstation. Die Evakuierung der P1 hatte bereits begonnen. Die Zeit war knapp und die Schiffe mussten alle den Sektor verlassen haben, ehe die ersten Ausläufer die Station erreichten.
Während in den Landebuchten bereits die ersten Transporter beladen wurden und unter Geleitschutz der Nighthawks nach Chang flogen, wurden oben in den Kommandoebenen die Speicherbänke gesichert und ihre automatische Löschung vorbereitet. Sollten die Marokianer die Station tatsächlich einnehmen, durften die gespeicherten Informationen keinesfalls in ihre Hände fallen.
>> Bereit zu gehen? <<, fragte er Christine, die von Patient zu Patient rannte, Anweisungen gab, Instrumente verräumte und dennoch der Ruhepol des Abzuges war.
>> Noch lange nicht <<, erwiderte sie, ohne ihre Arbeit zu unterbrechen. >> Wir brauchen mindestens noch zwanzig Stunden, ehe wir fertig sind <<, erklärte sie ihm.
>> Ein Schlachtschiff aus Armstrongs Gefechtsgruppe ist hierher unterwegs. Es wird uns bei der Evakuierung unterstützen. <<
>> Gut <<, sagte Christine und arbeitete weiter.
>> Ich will, dass du die Station spätestens mit diesem Schiff verlassen wirst. <<
>> Auf keinen Fall <<, erwiderte sie. >> Ihr werdet hier einen Arzt brauchen. <<

\>> Wir haben mehr als genug Feldsanitäter. <<
\>> Du willst mich doch nicht mit diesen Wundversorgern vergleichen <<, protestierte sie.
\>> In einer Schlacht sind sie mir lieber als ein richtiger Arzt. Ich will dich nicht in der Schusslinie haben. <<
\>> Niemand sagt, dass es wirklich zu einem Kampf kommt. <<
\>> Doch! Ich sage es. Die Marokianer werden sich diese Gelegenheit nicht entgehen lassen. Es ist einfach zu verlockend. <<
\>> Trotzdem. Jeffries und Lee bleiben auch. Gerade die beiden sollten in Sicherheit gebracht werden. <<
\>> Den beiden kann ich es nicht befehlen. Dir schon. <<
\>> Als Arzt bin ich nicht an deine Weisung gebunden. <<
\>> Nicht in medizinischen Fragen. Im Falle deiner Verlegung bist du garantiert an meine Weisung gebunden. <<
\>> Ich will hier bleiben. <<
\>> Und ich will dich in Sicherheit wissen, wenn mir hier die Kugeln um die Ohren fliegen. Ende der Diskussion, du fliegst mit dem letzten Schiff. Punkt, AUS! <<
Tom verließ die Krankenstation mit langen, schweren Schritten. Er trug noch immer seinen staubigen schwarzen Mantel.
Draußen vor der Krankenstation traf er auf Mark Masters.
\>> Wir haben fünfhundert Mann, die an Bord der Station bleiben. Damit sind die neuralgischen Punkte bestmöglich geschützt <<, erklärte er Tom und reichte ihm sofort einen Datenblock, während sie Seite an Seite durch das Gewühl der Evakuierung gingen.
\>> Bestmöglich geschützt wäre die Station, wenn wir die ganze Crew hier behalten könnten. <<
\>> Dazu reichen die strahlengeschützten Räume leider nicht aus. <<
\>> Ja, weiß ich selber <<, knurrte Tom.
An Bord gab es gerade mal fünf Sektionen, die gegen Strahlung gut genug geschützt waren, um während des Sturms Personen zu beherbergen.
Der Reaktorraum, die drei Waffendepots und das CIC.
In Toms Augen eine gewaltige Fehlplanung. Fünfhundert Mann fanden Schutz auf einer Station, die für fünfzigtausend gebaut wurde.

Man hatte ihm erklärt, dass solche Stürme nur einmal im Jahrzehnt auftraten, dass sie extrem selten waren und die Wahrscheinlichkeit, dass man genau in einer Schneise lag, verschwindend gering war.
Das alles änderte aber nichts an der Tatsache, dass es trotz aller guten Gegenargumenten zu genau diesem Ausnahmefall gekommen war.
Das absolute Worst-Case-Szenario war eingetreten.
Tom hatte mit Jeffries zusammen einen Verteidigungsplan aufgestellt. Während Jeffries und Lee das Kommando von den planetaren Bunkern aus führen würden, blieb Tom an Bord, um die Station zu verteidigen. Darson und Masters würden bei ihm bleiben, Will würde sich mit den anderen Piloten in den Schluchten verstecken, bis Tom ihm den Befehl zum Angriff gab.
Vom CIC aus beobachtete Tom das Abfliegen der Truppentransporter.
>> Viel Glück, Tom <<, sagte Will, der noch einmal in die Kommandozentrale gekommen war, ehe er als einer der letzten Piloten zum Planeten hinunterflog.
Der Sturm war jetzt nur noch vierundzwanzig Stunden entfernt. Seine blau glühenden Wolken konnten von fast allen Stationsfenstern aus gesehen werden. Ein Sturm von der Größe eines Raumsektors und die im Vergleich winzige P1 lag genau in seinem Weg.
Konnte man größeres Pech haben?

Teschan.
Ivan Ramius stand auf den Sanddünen abseits des Lagers und blickte auf die Jahrtausende alten Ruinen. Welche Geheimnisse diese Mauern noch offenbaren würden, konnte er nicht einmal erahnen.
Seit dem Abflug der Korps-Schiffe fühlte sich Ramius ungewöhnlich nervös. Er mochte das Korps nicht, vertraute ihm nicht und war froh, dass sie schnell wieder abgezogen waren. Zusammen mit all diesen Zivilisten, die ihnen der Senat und das Oberkommando aufs Auge gedrückt hatten.
Seit fast zwei Jahren war er nun in dieser Wüste und arbeitete hier mit den Wissenschaftern zusammen an der Lösung des größten Schatzes in der Menschheitsgeschichte. Der Schlüssel zur Zukunft lag begraben unter diesem Sand.

Ein Schlüssel, den er nicht mit den Streitkräften teilen wollte. Eine Zukunft, die für die SSA bestimmt war und nicht für das Korps oder die Flotte.

Ramius ging in die Knie und ließ seine Hand in die im Abendrot golden schimmernden Sandkörner fahren. Nachdenklich ließ er den Sand durch seine Finger rieseln.

Niemand hatte bemerkt, dass er nicht in den CarryAlls gesessen hatte. Niemand hatte nachgezählt oder auch nur damit gerechnet, dass irgendwer freiwillig hier bleiben würde.

Einsam war er in der Wüste gesessen und hatte zugesehen, wie die Schiffe sich in den Himmel erhoben, und war froh gewesen, all diese Leute endlich loszuwerden. Von nun an konnten er und seine Leute in Ruhe arbeiten. Ungestört, so wie früher.

>> Ein wunderschöner Anblick, nicht wahr? <<, sagte eine tiefe, vertraute Stimme hinter ihm.

>> Wie machen Sie das nur immer wieder? <<, keuchte Ramius und drehte sich zu dem Mann um. Seine Kleidung war so schwarz wie das lange Haar und der dichte Bart. Als wäre er aus dem Sand emporgewachsen, stand er urplötzlich hinter Ramius.

>> Habe ich Sie erschreckt? <<, fragte der Mann und lächelte, wobei er strahlend weiße, spitze Eckzähne offenbarte.

>> Ein wenig <<, gestand Ramius und erhob sich aus der Hocke. >> Was führt Sie zu mir? <<

>> Ischanti will wissen, was die Korpssoldaten hier wollten <<, sagte der Mann, der sich Azrael nannte.

>> Sie haben lediglich das Camp und die Wissenschaftler evakuiert <<, sagte Ramius. >> Eigentlich genau das, was wir uns schon immer gewünscht haben. Dank der Bedrohung durch ihre Verbündeten ist das jetzt möglich geworden. <<

>> Die Marokianer sind unsere Werkzeuge, keinesfalls unsere Verbündeten. Abgesehen davon verwundert es mich, dass die Streitkräfte diesen Planeten einfach so aufgeben. <<

>> Das Korps hat im Moment andere Sorgen als Ruinen im Sand. Es hat keine Ressourcen, um sich um Teschan zu kümmern. <<

>> Also überlassen sie den Planeten der SSA. <<

>>Sie kennen doch die Auflagen des Kontrollgremiums. Es ist ein Wunder, dass wir überhaupt hier sein durften. Offiziell ist dieser Pla-

net ab sofort Sperrgebiet. Weder Streitkräfte noch Geheimdienst noch Zivilisten dürfen ihn betreten. <<
>> Dennoch sind Sie hier. <<
>> Und schon in wenigen Tagen werden ein paar Dutzend meiner Leute sich zu mir gesellen und dann können wir endlich unseren ursprünglichen Plan weiterführen. <<
>> Weiß das Korps, was unter diesem Sand verborgen ist? <<, fragte Azrael mit tiefer, leiser Stimme.
>> Jeffries weiß es. Also wissen es auch seine Offiziere. <<
Azrael nickte. >> Es ist ein kompliziertes und verworrenes Spiel, das wir hier spielen, finden Sie nicht auch? <<
>> Sie halten das für ein Spiel? <<
>> Sie etwa nicht? <<
>> Es geht um die Zukunft unserer Spezies. Das ist mehr als ein Spiel. <<
Azrael lachte. >> Es ist lange her, dass ich ein Mensch war <<, sagte er kopfschüttelnd.
Diese neuen Verbündeten, die Isan Gared, die Direktorin der SSA, da aus dem Hut gezaubert hatte, gefielen Ramius überhaupt nicht. Sie machten ihm geradezu Angst.
Wer sagte, dass sie die SSA nicht genauso betrogen wie den Dornenthron?
>> Sie vertrauen mir nicht besonders, oder, Ivan? <<, sagte Azrael noch immer mit einem düsteren Lächeln auf den Lippen.
>> Ich bin Agent der SSA. Vertrauen ist in meinem Job tödlich. <<
>> Eine ehrliche Antwort <<, gestand Azrael und ging selbst in die Hocke, um nach einer Hand voll Sand zu greifen. >> Nirgendwo im Universum bin ich meiner wahren Heimat so nahe wie auf dieser Welt <<, sagte er nachdenklich. >> Es ist klug von Ihnen, uns nicht zu vertrauen. <<
>> Eines verstehe ich nicht <<, sagte Ramius und griff erneut in den Sand. >> Wenn ihr das Imperium schon zu einem Krieg gegen uns anstachelt, warum übergebt ihr ihnen dann keine Informationen über diese Welt? Warum wollt ihr sie um jeden Preis von dieser Wüste fernhalten? <<
>> Marokia darf niemals erfahren, was unter diesem Sand begraben liegt. Es wäre der Untergang der ganzen Galaxis. <<

>> Warum? <<
>> Weil die absolute Macht eine zu große Bürde wäre für ein solch rückständiges Volk. Sie könnten diese Wunder niemals nützen. Im Gegenteil. In ihrer Dummheit würden sie alles zerstören. Die Pläne, die Gared und Ischanti verfolgen, sind weit größer und universeller, als wir beide es uns vorstellen können. Sie und ich, wir sind nur Räder im Uhrwerk der Geschichte. Zu viele Fragen zu stellen, ist ein Fehler. Am Ende werden Sie es begreifen. <<
So plötzlich, wie er gekommen war, verschwand Azrael auch wieder. Wie ein Geist entschwand er in die Dunkelheit.

Pegasus 1.
Durch das Panoramafenster im Andockbereich konnte Tom das silberne Schlachtschiff sehen, das vor etwas mehr als zehn Stunden die Station erreicht hatte und nun die letzten Evakuierten an Bord nahm. Wie eine riesige, verwitterte, windgegerbte Zigarre lag es im Raumdock der Station. An seinem Heck ragten zwei hohe Türme in schrägem Winkel in die Höhe. Seine Hülle war schwer gepanzert, überall sah man Waffenschächte und die Narben vergangener Schlachten.
Über die Gangways wurden die letzten Krankenbetten geschoben und einige Dockarbeiter brachten noch Kisten mit medizinischem Material an Bord.
Tom war gekommen, um sich persönlich davon zu überzeugen, dass Christine an Bord war, wenn das Schiff sich von der Station löste und nach Chang flog.
>> Ich will nicht gehen <<, sagte sie ein letztes Mal, als Tom sie zur Schleuse brachte. Hinter ihm lief ein zweibeiniger Avatar zur Ladeschleuse und brachte einen letzten Container ins Innere des Schiffes. Die Luken wurden eine nach der anderen versiegelt, nur Tom und Christine verzögerten das Ablegen des Schiffes.
>> Es ist besser so. In zwei, drei Tagen kommt ihr zurück und dann warte ich hier auf dich. <<
>> Verdammt noch mal, Tom <<, fauchte Christine und drückte ihn zur Seite. >> Ich bin kein kleines Kind, ich bin Offizier und ich will verdammt noch mal hier bleiben. <<

Tom verfluchte sich selbst. Deutlich erlebte er nun, warum es ein Fraternisierungsverbot gab. Offiziere sollten keine Beziehungen mit anderen Offizieren haben.
Am eigenen Leib musste er erfahren, zu welchen Krisen so etwas führen konnte.
>> Würdest du dich *bitte* an meine Befehle halten? <<
>> TOM!!! << Christine protestierte und Tom sah in ihre treuen Rehaugen.
>> Bitte. <<
>> Du willst mich hier weghaben, weil du dich in mich verliebt hast <<, sagte sie anklagend und Tom konnte nicht widersprechen.
>> Wenn ich nur irgendein Arzt wäre, könnte ich bleiben, oder? <<
Tom verzog sein Gesicht, seine Mundwinkel hingen nach unten, sein Blick versteinerte.
Sie hatte recht!
So ungern er es sich selbst eingestand, sie hatte recht.
Verlieb dich nie in einen Offizier!
Tom presste die Augen zusammen. Warum hatte er sich selbst in eine derart dämliche Situation gebracht? Warum hatte er nicht einfach die Vorschriften beachtet? Warum hatte er nicht einfach einen Bogen um diese Frau gemacht?
Ein Blick in ihre Augen beantwortete all diese Fragen.
>> Egal, was passiert, du bleibst in Deckung oder genau hinter mir! Verstanden? <<
>> Indianerehrenwort <<, schwor sie und küsste ihn dankbar.
>> Schließen <<, sagte er zu einem ungeduldig wartenden Soldaten und das schwere Tor wurde versiegelt, der Verbindungstunnel eingezogen und das Schiff löste die Andockklammern.
Im Dämmerlicht des Andockbereiches hing Christine an Toms Hals und küsste ihn hemmungslos. Es war ja niemand hier, den es stören konnte.
Tom fragte sich, zu was das führen würde. Seine Arbeit durfte nicht durch Emotionen beeinflusst werden. Seine junge, kaum als solche zu bezeichnende Beziehung zu Christine würde ihn in Teufels Küche bringen. Tom wusste, dass er offenen Auges in einen schlimmen Fehler rannte, und ohne es zu wollen, beschleunigte er seinen Lauf in Richtung Abgrund.

\>\> Offiziere sollten keine Affären haben <<, sagte Tom zu Christine, als sie ihn endlich wieder Luft holen ließ.
\>\> Wir haben ja keine Affäre <<, sagte sie scheinheilig. >> Noch nicht. <<
Eine Ankündigung, die Tom nicht gerade helfen würde, seinen Dienst mit voller Konzentration zu erfüllen.
\>\> Geh in dein Quartier, hol deine Schutzweste und deinen Waffengurt. Danach kommst du zum CIC. <<
\>\> Aye, Sir <<, sagte Christine und rannte im Laufschritt zur nächsten Treppe.
Tom selbst ging in die andere Richtung.
Wie alle anderen, die auf der Station zurückblieben, trug er die schwarze Kampfmontur des Korps. Ein Anzug aus massivem Stoff mit Gurtzeug, Arm-, Bein- und Rückenprotektoren und einer schusssicheren Weste.
Tom hatte seinen Helm am Waffengurt befestigt, das MEG-16-Schnellfeuergewehr auf den Rücken geschnallt und zwei Scorpion-Handfeuerwaffen in den Beinhalftern des linken und rechten Schenkels. In seinem rechten Stiefel steckte ein langes Jagdmesser, an den Schultergurten hatte er mehrere Handgranaten befestigt.
Tom Hawkins war für den Angriff der Marokianer bereit.
Doch war seine Station es auch?
Die Reaktorleistung war bereits reduziert, an Bord funktionierte nur noch die Lebenserhaltung. Alles andere wurde deaktiviert, um die Systeme vor der Strahlung zu schützen.
Tom erreichte das CIC, wo an die dreißig Mann in voller Kampfmontur auf ihn warteten. Unter anderem auch Admiral Lee.
\>\> Ich dachte, Sie bleiben bei Admiral Jeffries im planetaren Gefechtsstand <<, sagte Tom erstaunt.
\>\> Ich bat Admiral Jeffries, hier oben bleiben zu können. Von hier aus habe ich direkten Zugang auf die interstellare Kommunikation, sobald diese wieder funktioniert. Auf dem Planeten ist das nicht garantiert. Admiral Armstrong wird umgehend einen Bericht verlangen. Admiral Jeffries hielt das für eine sehr gute Idee. <<
\>\> Kann ich mir vorstellen <<, antwortete Tom wenig begeistert. Sowohl er als auch Jeffries hielten Lee für einen nervigen, alles überwachenden, wenig vertrauenswürdigen *Politoffizier*.

Ein Mann, der nur im Weg stand, sich wichtig nahm und alles immer nach Vorschrift machte. Tom ahnte, wie froh Jeffries darüber war, ihn nach hier oben abschieben zu können.
\>> Ihnen ist klar, dass es auf der Station ziemlich ungemütlich wird? <<
\>> Admiral Armstrong muss umgehend über unsere strategische Lage informiert werden, sobald eine interstellare Kommunikation wieder möglich ist. Es ist völlig inakzeptabel, dass ich auf dem Planeten sitze und darauf warte, dass Sie das Ghostcom wieder aktivieren. Wer weiß, wie lange das dauern wird? <<
\>> Das war keine Antwort auf meine Frage, Sir. <<
\>> Ich bin Soldat, Captain. Auch wenn ich lange nicht auf einem Schlachtfeld war, so kann ich mich dennoch darauf bewegen. <<
\>> Gut. Ich nehme an, dass Sie hier im CIC die Stellung halten werden? <<, sagte Tom und versuchte es wie eine Frage und nicht wie einen Befehl klingen zu lassen.
\>> Ich werde die Kommunikationsstation nicht verlassen. Schließlich ist ... << Tom nickte und hob die Hand. >> Schon kapiert. *Admiral Armstrong muss informiert werden.* <<
\>> Richtig, Captain. Ich sehe, Sie haben es verstanden. <<
Tom wandte sich dem Hauptschirm zu, wo die riesigen, von Blitzen durchzogenen Sturmwolken sich diabolisch aufbäumten.
\>> Versiegelt die Station. <<

Marokia.
Schmatzend saß der Imperator vor einer reich gedeckten Tafel und nagte köstliches gebratenes Fleisch vom Schenkelknochen einer Odaliske. Immer wieder erstaunte es ihn, dass eine so widerwärtig anzusehende Spezies so köstlich zu verspeisen war.
\>> Wein! <<, grunzte er und ein Sklavenmädchen reichte ihm einen gefüllten Kelch. Sie war Marokianerin, die Tochter eines in Ungnade gefallenen Fürsten. Lüstern griff er ihren Nackenkamm und zog sie an sich. >> Sei deinem Imperator zu Diensten <<, knurrte er und vergrub sein Gesicht zwischen ihren Brüsten.
\>> Stören wir? <<, hallte die donnernde Stimme eines alten Generals durch den Speisesaal.

\>> Natürlich stört ihr! <<, brüllte Kogan und stieß das Mädchen zur Seite.
Großgeneral Garkan war ein alter, mächtiger Mann. Die halbe Generalität war von ihm ausgebildet, die heutigen imperialen Streitkräfte von ihm geprägt worden. Jeder der jungen Soldaten blickte ehrfurchtsvoll zu diesem Mann auf. Auch Kogan hatte ihn ein Leben lang als klugen und scharfsinnigen Marokianer betrachtet.
\>> Was führt euch zu mir, GarUlaf? <<, grunzte Kogan und erhob sich von seinem Sessel. Die beiden Männer reichten sich die Faust zum Gruß und Kogan deutete dem alten Mann sich zu setzen.
Wie viele Nächte waren sie schon beisammengesessen. Zusammen mit Iman und einigen anderen. Garkan war einer der Männer, die Kogan zum Imperator gemacht hatten. Einer der Männer, die ihm den Mut gegeben hatten, das Ableben seines Vaters zu beschleunigen.
\>> Ich möchte euch jemanden vorstellen <<, sagte der GarUlaf, >> einen Berater und treuen Verbündeten. <<
Kogan straffte seinen Rücken und griff nach einem Brocken Fleisch auf seinem Teller.
\>> Ich ahne, um wen es geht <<, sagte Kogan und war zufrieden, als er eine schwarz gewandete Gestalt sah, die sich aus dem Schatten löste und mit fast schwebenden Schritten durch den Saal ging.
\>> Das ist Ischanti <<, sagte Garkan mit vorstellender Handbewegung.
\>> Ich sah Euch schon oft durch diese Hallen schweben <<, sagte der Imperator. >> Nur konnte mir niemand sagen, *WAS* Ihr seid. Kaum einer wollte zugeben, etwas über Euch zu wissen. <<
Garkans Reißzähne blitzten, als er sein Echsengesicht zu einer lachenden Fratze verzog.
\>> Ischanti steht unter meinem Schutz <<, verkündete er. >> Die wenigen, die um Ischantis Gegenwart wissen, respektieren das. <<
Der Imperator nickte. Garkans Arm war lang und mächtig, seine Grausamkeit legendär.
\>> Was seid Ihr? <<
\>> Ein Freund <<, sagte Ischanti mit wispernder, heiserer Stimme. Die Hand des Wesens griff nach einem Stück Fleisch und Kogans Blick fiel auf die langen, dürren Finger, überzogen mit blasser weißer

Haut. >> Ich habe gute Kontakte in die Reihen der Menschen <<, offenbarte Ischanti. >> Kontakte, die Euch helfen werden, diesen Krieg zu gewinnen. <<
>> Das höre ich gerne <<, erklärte Kogan.
>> Ich bitte Euch um die Gnade Eurer Gastfreundschaft. Erlaubt mir, hier zu bleiben, hier in Eurer Nähe, in Eurem Schatten. Ich kann ein wertvoller Berater sein. << Ischantis Stimme klang wie die eines Kettenrauchers. Krächzend und drohend leise. Ein angsteinflößender Flüsterton war diesem Wesen zu eigen.
Kogan blickte in die Augen dieser Kreatur. Zwei rot leuchtende Rubine, umgeben von schwarzem Schatten. Weder Mund noch Nase noch irgendwelche Gesichtszüge waren unter der weiten schwarzen Kapuze zu erkennen. Einzig diese glühenden Augen.
>> Vertraut mir <<, sagte Ischanti, trat näher an den Imperator heran und griff nach seiner Wange. >> Ihr werdet es nicht bereuen. <<
Kogan zierte sich, doch sein Widerstand schmolz. Hilfesuchend blickte er an der schwarzen Gestalt vorbei in die Augen Garkans. Zustimmend nickte der alte General. Wie ein Vater, der seinen Segen erteilte, und der Imperator vertraute ihm.
>> So sei es <<, knurrte er in gnädigem Tonfall. >> Ihr seid willkommen an meinem Hof. <<
Ischanti trat einige Schritte zurück und deutete eine Verneigung an.
>> Eine kluge Entscheidung, mein Imperator <<, sagte Garkan und erhob seinen alten Körper vom hölzernen Sessel.
Erneut reichten sie sich die Fäuste und der alte Mann verließ den Saal.
Ischanti blieb, setzte sich an die Tafel Kogans und griff erneut nach einem Stück Fleisch von der Schlachtplatte.

Pegasus 1.
Das Donnern von berstenden Panzerplatten jagte durch die Station. Die Hülle kreischte unter der Belastung. Heftige Gravitationswellen gingen mit dem Sturm einher und ließen den Boden unter den Füßen erbeben.

Die Monitore waren längst ausgefallen. Es gab keine Statusanzeigen mehr. Sie konnten nicht sagen, ob die Station nur zerkratzt oder zerrissen wurde.

Alle hatten sich an die Wände des CIC gedrückt, hielten ihre Waffen fest in der Hand und blickten in die Dunkelheit.

Christine saß direkt neben Tom, abseits der anderen Soldaten, und drückte sich im Schutz der Dunkelheit enger an seinen Körper.

>> Bereust du es? <<, fragte er so leise, dass keiner der anderen etwas hören konnte.

>> Ein wenig <<, gab sie zu, als der Sturm neue Wellen gegen die Station warf und alles um sie herum bebte und kreischte.

Gemeinsam saßen sie am Boden, starrten in die Dunkelheit und horchten den Geräuschen des Sturms.

Mechanisches Kreischen, bildeten sie sich ein, würde immer näher kommen. Das hochenergetische Zischen eines Lasers, das Tosen von berstendem Stahl.

>> Wie lange wird das dauern? <<

>> Ein paar Stunden <<, sagte Tom leise und blickte nach oben. Ein furchtbares Gefühl der Klaustrophobie machte sich breit.

>> Als wäre man lebendig begraben <<, sagte Christine, die nicht mal die Hand vor Augen sehen konnte. Im ganzen CIC gab es nicht die geringste Lichtquelle.

Die Nachtsichtgeräte der Helme durften bei dieser hohen Ionenstrahlung nicht verwendet werden und normale Lampen mussten gespart werden. Wer wusste schon, was die Zukunft brachte.

>> Wann, glauben Sie, wird die Kommunikation wieder einsatzbereit sein? <<, fragte Admiral Lee, der es irgendwie geschafft hatte, Tom in völliger Dunkelheit zu entdecken.

Toms leiser Fluch ging im Tosen des Sturmes unter und Lee wiederholte seine Frage.

>> Weiß ich nicht, Admiral. Sicher erst in ein paar Stunden. <<

>> Sie werden der Kommunikation doch oberste Priorität einräumen, Captain? << Ein Befehl in Form einer Frage.

>> Admiral! Bei allem gebührenden Respekt. Ich habe es begriffen! Sie müssen mit Armstrong sprechen, Sie brauchen die COM. Ist angekommen. Sobald der Sturm vorbei und diese Station gesichert ist,

kümmere ich mich um Ihre Verbindung zur Rubikon. Versprochen. <<
>> Danke, Captain. Bitte verzeihen Sie mir meine nervösen Nachfragen. Das muss in Ihren Augen unglaublich unprofessionell wirken. Die nicht in Worte zu fassende Bedeutung meiner ... <<
Tom hörte ihm nicht mehr zu. Das Kreischen der Station wurde immer lauter und Lees Worte verschwanden im Stöhnen und Bersten der Stahlhülle.
Tom legte seinen Arm um Christines Schultern und zog sie noch näher an sich.

NC5.

Will saß auf einem Felsvorsprung und blickte in den Nachthimmel. Ein tosendes blaues Farbenspiel aus reinem Licht zog über den Himmel. Imposanter als jede Aurora Borealis auf der Erde.
>> Wow <<, sagte Harry beeindruckt, als er das im Fels verborgene Bunkertor durchschritt und in eine blau glühende Nacht hinaustrat.
>> Das ist ja unglaublich <<, sagte er atemlos und blickte hinauf zu den gleißenden Blitzen. >> So etwas habe ich noch nie gesehen. <<
>> Ich denke, das hat keiner von uns <<, sagte Will, ohne seinen Blick vom Firmament zu nehmen.
Dank der schützenden Atmosphäre konnte die gefährliche Strahlung hier unten keinen Schaden anrichten. Dieselben Strahlen, die oben auf der Station noch tödlich waren, wurden hier unten, gefiltert durch die Lufthülle des Planeten, zu einem atemberaubenden Farbenspiel.
Harry setzte sich neben seinen Bruder und zog einen Flachmann aus der Brusttasche seiner schmutzigen Winteruniformjacke.
>> Willst du einen Schluck? <<
>> Was ist denn das für eine Frage? <<, lachte Will und griff nach der blechernen Flasche.
>> Erinnert mich an unsere Besuche bei Großvater <<, sagte Harry.
>> Ja ... stimmt. Nur ist das hier tausendmal schöner <<, erwiderte Will und erinnerte sich an einen Ausflug der Familie Anderson nach Alaska. Ihr Großvater hatte ein Leben lang davon gesprochen, in Alaska seine letzten Jahre verbringen zu wollen. Mit 85 hatte er den

Worten Taten folgen lassen und zog, bewaffnet mit einer Angelrute, in eine kleine Bucht im Norden Alaskas.
An klaren Tagen konnte er jenseits des Meeres die Küste Kamtschatkas sehen. Tagtäglich ging er zum Eingang der Bucht, stellte seinen Campingsessel ans Ufer und warf seine Rute ins Wasser.
Er lebte ganze zwanzig Jahre dort oben, angelte und war glücklich.
>> Aber in Alaska war es wärmer als hier <<, sagte Will lachend, während er seine Decke noch fester um die Schultern schlang.
Obwohl die umliegenden Felsen sie vor dem Wind schützten, war es bitterkalt.
>> Winter in der Wüste, also wirklich <<, Will murmelte einige Flüche vor sich hin, nahm noch einen Schluck aus der Flaschen und blickte wieder nach oben. Kein einziger Stern war zu sehen. Nur die tosende Gewalt des Sturmes, die ein intensives blaues Licht über die Wüste warf.
>> Warum bist du nicht da oben? <<, fragte Will seinen jüngeren Bruder und dieser zuckte nachdenklich mit den Schultern.
>> Keine Ahnung. Hawkins wollte es so <<, sagte Harry leise.
>> Ich bin wohl kein großer Kämpfer ... so wie du und er. <<
Schmerzhaft wurde Harry bewusst, wer alles auf der Station geblieben war. Hawkins, Darson, Masters. Selbst diese zwielichtige Nervensäge Lee hatte es gewagt, oben zu bleiben.
Will lächelte dünn, nahm noch einen Schluck aus dem Flachmann und reichte ihn an Harry weiter. >> Du hast andere Qualitäten <<, sagte er.
>> Und welche? <<
>> Du kannst die Maschinen reparieren, die ich zu Schrott fliege. <<
Harry und Will lachten und blickten wieder in den glühenden Himmel.
>> Es ist wirklich wunderschön. <<

Pegasus 1.
Die Gewalt des Sturms warf die Zurückgebliebenen durch die Luft, als seien es Zinnsoldaten. Die Station bebte, kippte von einer Seite zur anderen und ließ die Offiziere und Mannschaften durch die Dunkelheit stürzen.

\>> Schaltet die Lampen ein! <<, keuchte Tom und griff zur Stabtaschenlampe an seinem Gurtzeug. Strom zu sparen machte keinen Sinn mehr, wenn man unkontrolliert durch den Raum stürzte.
\>> Haltet euch irgendwo fest! <<, brüllte er, griff mit seiner rechten Hand nach einem Röhrenstrang, der an der Wand entlanglief, und mit seiner Linken nach Christine.
Überall um ihn herum tanzten die Lichtkegel der Taschenlampen zitternd durch den Raum. Einige schienen ihren Besitzern abhandengekommen zu sein.
Stundenlang tobte der Sturm jetzt schon und er schien immer stärker zu werden. Tom war froh, dass sie die Station evakuiert hatten. Mittlerweile zweifelte er daran, dass sie es überstehen würden.
Selbst eine Pegasus-Station konnte diesen Belastungen nicht ewig standhalten. Würde die Sturmstärke nicht bald abnehmen, sah er keine Hoffnung mehr.
Wieder donnerte es durch die Station, als rollten Felsbrocken durch die stählernen Korridore. Toms Griff um die Rohre lockerte sich, seine Finger rutschten langsam ab.
\>> Halt dich an meinem Gurtzeug fest <<, keuchte er, zog Christine näher heran, so dass sie die Kampfmontur greifen konnte, und griff mit beiden Händen nach den Rohren, ehe er keine Kraft mehr hatte.
Schwer atmend lag er in der Dunkelheit und fühlte sich wie die Kugel eines kosmischen Flipperspieles.
Tom fragte sich, wie viel die anderen Stationen abbekamen. Pegasus 2 und 3 sollten nur von schwachen Ausläufern getroffen werden und waren deshalb nicht evakuiert worden.
Erst hatte er geplant, die Crew der P1 dorthin zu verlegen. Ein Plan, von dem er wieder abkam. Der Weg zu diesen Stationen war zu unsicher, zu nahe an der Front.
Chang war die sichere Alternative.
Hätte ich Christine doch nur in dieses Schiff gesetzt!
Neue Erschütterungen und nun auch Explosionen gingen durch die Station. Explosionen? Was für Explosionen?
Tom hörte sie, konnte aber nicht reagieren.
Das Gefühl völliger Hilflosigkeit machte ihn wütend, brachte ihn zur Raserei, änderte aber nichts an seiner Situation.

Erst das Abnehmen des Sturmes mehr als eine Stunde später brachte Linderung. Als das Gröbste überstanden war und die stöhnenden Soldaten endlich zur Ruhe kamen, war Tom der Erste, der aufsprang, sich eine der herumliegenden Taschenlampen griff und zum Eingangstor rannte.

Während alle anderen ihre brennenden Muskeln rieben und diese wenigen Sekunden der Ruhe genossen, öffnete Tom die Torhälften und leuchtete hinaus in den Korridor.

Mit der Taschenlampe in der einen und seiner Scorpion in der anderen Hand verließ er das CIC.

>> Versucht das Interkom zu starten <<, brüllte er über seine Schulter hinweg, ehe er in der Dunkelheit verschwand.

Unten im Maschinenraum kroch Mark derweil unter einem Tisch hervor, unter den ihn die letzten Wellen des Sturms geworfen hatten.

>> Alle unverletzt? <<, fragte er sich den Kopf reibend und suchte seine MEG 16, die er irgendwann heute Nacht verloren hatte.

>> Alles OK! <<, brüllte Darson und hievte sich über ein Röhrenbündel, das an der Wand entlanglief. Während des Sturms hatte er sich dahinter an einen Träger gebunden, um nicht wie die anderen durch den Raum zu segeln.

Einer nach dem anderen meldete Unversehrtheit und so langsam kamen alle auf die Beine.

>> Aktiviert den Notstrom <<, befahl Masters und leuchtete mit seiner Taschenlampe durch den Raum.

Nach wenigen Minuten flammten rote Notlichter auf und tauchten den Raum in mystisches Licht.

>> Masters an Hawkins, Masters an Hawkins, bitte kommen. <<

>> Interkom läuft noch nicht <<, meldete Darson, während er mit Masters zum Haupteingang des Reaktorraumes ging.

>> Bereit? <<, fragte der Master at Arms und blickte in die Gesichter der mit MEG 16 bewaffneten Männer. Mit an die Schulter gepressten Waffen näherten sie sich dem Eingang.

>> Öffnen! <<

Darson zog einen Hebel und die schweren Türhälften glitten auseinander.

So wie sie es tausendfach geübt hatten, traten die Soldaten hinaus in die Korridore. Sich gegenseitig schützend arbeiteten sie sich von Ecke zu Ecke nach vorne.

In drei Teams aufgeteilt sicherten sie die Sektoren rund um den Reaktorraum.

>> Alles sauber! <<, meldete Lieutenant Raq, der Leiter von Team drei.

>> Alles sauber! <<, meldete wenige Sekunden später auch Darson.

Da sie immer noch kein Interkom hatten, brüllten die Männer durch die rot erleuchteten Gänge.

Masters selbst führte seine Männer zu einem der Knotenpunkte, wo mehrere Korridore, Treppen und Transportkapseln zusammenkamen.

Misstrauisch sondierte er den Raum, nahm jeden Millimeter davon auf, so als könnte er nicht glauben, was er sah. Konnte es sein, dass sie ausnahmsweise mal Glück hatten?

>> Alles sauber! <<, brüllte er schließlich, so laut er konnte, ließ das Zielvisier seiner MEG 16 aber keinen Moment aus den Augen.

Tom Hawkins hatte derweil einen anderen Knotenpunkt erreicht, blickte in die vielen Korridore und war ebenso erstaunt wie Masters unzählige Decks tiefer.

Es schien alles ganz ruhig.

Hinter sich hörte er das Hämmern von Stiefeln, die über die Gitter und Stahlböden rannten. Seine Soldaten waren endlich auf die Beine gekommen und schwärmten aus. Jede Einheit hatte vorab schon ein Einsatzgebiet zugewiesen bekommen. Alle wussten, wohin sie sich nun begeben mussten.

Tom drehte sich um und wurde Sekunden später von einigen seiner Männer umschwärmt, die sofort damit begannen, die Sektoren zu sichern.

Mit langen Schritten kehrte Tom in das CIC zurück, wo außer Lee und Christine nur noch fünf Soldaten zurückgeblieben waren.

>> Scheint alles in Ordnung zu sein <<, sagte Tom und sah Christines Erleichterung.

>> Bis wann ist die Kommunikation wieder aktiv? <<, fragte Lee energisch und Tom blickte fragend in Richtung eines jungen Technikers namens Duvall.

>> Fünfzehn Minuten, Sir <<, antwortete dieser und löste die Abdeckung einer Konsole, um einige Kabelstränge zu überprüfen.
>> Sehr gut. <<
>> Ich gehe runter in den Reaktorraum <<, sagte Tom und rannte zur nächsten Treppe.
Christine blieb im CIC zurück.

ISS Victory.
Alexandra Silver war in der Sporthalle des Schiffes. Schwer atmend pumpte sie ihre letzten Liegestützen, ehe sie sich hinkniete, die Muskeln lockerte und dann aufstand.
Alexandra hasste Untätigkeit. Sie hasste es herumzusitzen, zu warten, stillzuhalten.
Darum war sie hier unten und reagierte sich ab. Seit Stunden trainierte sie am Sandsack, machte Liegestützen und Sit-Ups, exerzierte die Grundstellungen einer alten asiatischen Kampfkunst und übte sich in den Fertigkeiten des Katana, eines alten japanischen Schwertes.
In atemberaubender Geschwindigkeit schwang sie das Schwert in immer neue Positionen, drehte sich um die eigene Achse, ließ es um ihren Körper sausen, als wäre die Klinge aus Holz und nicht aus geschliffenem Stahl.
>> Wirklich beeindruckend <<, sagte Semana Richards, Taktischer Offizier und Sicherheitschefin, als sie die Sporthalle betrat und die letzten Sekunden von Alexandras Übung beobachten konnte.
>> Danke <<, erwiderte Alexandra, lächelte stolz und ließ das Schwert im Handgelenk kreisen, ehe sie „das Blut von der Klinge schüttelte". Eine traditionelle Bewegung mit dem Schwert, die immer gemacht wurde, ehe man es zurück in die Scheide steckte.
>> Gibt es Neuigkeiten? <<, fragte Alexandra außer Atem und näherte sich ihrem Offizier.
>> Leider nicht. Wir versuchen noch immer eine Verbindung zur Rubikon zu bekommen. Die Interferenzen des Sturms stören das Ghostcom. <<
Alexandra nickte wenig begeistert und trocknete ihren Schweiß mit einem Handtuch.
>> Darf ich fragen, warum Sie das machen? <<, fragte Semana und deutete auf das Schwert.

\>> Die Übungen? <<
\>> Ja. Nicht gerade zeitgemäß, oder? <<
Alexandra blickte prüfend auf das Schwert in ihrer Hand. >> Hatten Sie je ein solches Schwert in der Hand? <<
\>> Als Kind. Aber nur diese Plastikwaffen. <<
Alexandra lachte breit. >> Hier <<, sagte sie, zog das Schwert blitzschnell aus der Scheide und reichte es Semana.
Prüfend wog sie es in der Hand.
\>> Lassen Sie es kreisen. Führen Sie es. Fühlen Sie die Verlängerung Ihres Armes, die perfekt ausbalancierte Klinge. <<
\>> Was macht man mit solchen Waffen in Tagen wie diesen? <<, fragte Semana, die zugeben musste, dass es sich gut anfühlte, das Schwert in Händen zu halten.
\>> Natürlich ist eine MEG 16 effektiver, ebenso eine Scorpion oder ein Gatling-Flugabwehrgeschütz. Nur hat keine dieser Waffen die Eleganz und Anmut eines Katana. Diese Waffe ist mehr als achthundert Jahre alt. Das beste Schwert, das je geschmiedet wurde. <<
Alexandras Stimme geriet ins Schwärmen.
\>> Es ist wirklich sehr elegant <<, stimmte Semana zu und gab die Klinge zurück. >> Nur was nützt es gegen Feuerwaffen? <<
\>> Gar nichts. Das Katana hilft mir meine Bewegungen zu präzisieren, meinen Körper besser kontrollieren zu können. Außerdem verwenden die Marokianer bis heute ihre alten Breitschwerter im Nahkampf. Sollte es jemals hart auf hart kommen, weiß ich, wie ich damit umgehen muss. <<
\>> Könnten Sie mit dieser Klinge gegen ein imperiales Breitschwert bestehen? <<
\>> Ich würde diesen billigen marokianischen Stahl zerteilen, als wäre es Bambus. Diese Klinge könnte Ihren Arm mit nur einem Hieb abtrennen. So sauber wie der Schnitt eines Laserskalpells. <<
Semana rümpfte beeindruckt die Nase. >> Angsteinflößende Vorstellung <<, gestand sie. Gleichzeitig zirpte Alexandras Komlink.
\>> Hier Silver <<, antwortete sie blitzschnell.
\>> Admiral Armstrong für Sie über Ghostcom. <<
\>> In mein Quartier <<, sagte sie, schob das Schwert in die Scheide und rannte davon.
Oben im Quartier angekommen, hängte sie das Katana an seinen

Platz an der Wand, zog eine Uniformjacke über das durchgeschwitzte Unterhemd und band sich die losen, am Kopf klebenden Haare im Nacken zusammen. In Sportkleidung trat man keinem Admiral gegenüber.

Alexandra setzte sich an den kleinen Schreibtisch in ihrem Quartier und aktivierte den Bildschirm.

>> Admiral <<, sagte sie zur Begrüßung und blickte in das angespannte, farblose Gesicht von Beth Armstrong. Selten hatte sie so alt gewirkt wie in diesem Augenblick. Das sonst so schöne, jugendlich strahlende Gesicht der Admiralin zeigte zum ersten Mal ihr wahres Alter.

>> Warum wollten Sie mich sprechen, Commander? <<, fragte Armstrong mit gehetzter Stimme. Sie hatte keine Zeit für Smalltalk oder Höflichkeiten. Alexandra war das mehr als recht so.

>> Wir wollen einen Einsatzbefehl! <<, forderte sie mit fester Stimme.

>> Es ist zu früh <<, widersprach Armstrong forsch.

>> Wir haben die neuesten Lageberichte bekommen. Die Front droht einzubrechen. <<

>> Ich kann die Victory nicht riskieren. Unsere modernste Waffe darf nicht unbedacht eingesetzt werden. <<

>> Wenn wir die Victory nicht bald einsetzen, wird sie alles sein, das von unseren Streitkräften übrig bleibt. <<

>> Wollen Sie meine Entscheidung in Frage stellen, *Commander*? <<

>> Nein. Ich bitte Sie nur darum, mir einen Einsatzbefehl zu geben. Das beste Schiff der Flotte versteckt sich hier inmitten der Wildnis, während um uns herum die Welt untergeht. Die Crew will kämpfen. Das Schiff KANN kämpfen. Lassen Sie uns von der Kette! <<

Armstrongs Gesichtszüge verhärteten sich. >> Sie haben noch nicht einmal Ihren Kommandanten an Bord. <<

>> Wo muss ich ihn abholen? <<, fragte Alexandra mit fester, bedingungsloser Stimme.

>> Wir sind mehr als bereit, Admiral. Geben Sie diesem Schiff eine Chance. Schon morgen könnte es zu spät sein. <<

Armstrong nickte. >> Meine Berater hier auf der Rubikon und einige Freunde im Oberkommando denken genauso wie Sie <<, gestand sie und fuhr sich durchs straff gebundene Haar. >> Die Lage ist ver-

fahren, die Aussichten hoffnungslos ... << Armstrong zögerte, blickte auf die Monitore, die sie umgaben, und dann wieder auf Alexandra.
>> Bis wann können Sie hier sein? <<
>> Vierundzwanzig Stunden <<, versicherte sie wie aus der Pistole geschossen.
Armstrong stieß einen verzweifelten Seufzer aus. >> Beten wir, dass die Victory unsere Erwartungen erfüllt! <<
Alexandra nickte zufrieden. >> Das wird sie. Wir sehen uns morgen. Victory, ENDE! <<
Ohne einen Moment zu zögern schnellte sie aus ihrem Sessel hoch und rannte zur Brücke.
>> Silver an Richards <<, sagte sie nach einem schnellen Griff zum Komlink in ihrer Uniformtasche.
>> Hier Richards. <<
>> Besprechung der Führungsoffiziere in fünf Minuten <<, befahl sie und hetzte eine Treppe hinauf.
>> Aye, Commander. Darf ich fragen, worum es geht? <<
>> Wir haben unseren Marschbefehl bekommen. <<

Pegasus 1.
Admiral Martin Graham Lee war nie ein Gefechtsoffizier gewesen. Der aus Georgia stammende Mann hatte seine Sterne nicht durch strategische Meisterleistungen erhalten, sondern durch akribisch genaues Durchforsten von Informationen, die andere gesammelt hatten.
Lee stammte aus einer alten Südstaatenfamilie; nach seinem Studium am Massachusetts Institute of Technology ging er nach Annapolis und von dort zur Analyseabteilung des militärischen Abwehrdienstes S3.
Der S3 bot Lee genau jene Arbeitsumgebung, die er sich immer gewünscht hatte. Umgeben von militärischer Ordnung und doch weitab der grausigen Schlachtfelder konnte er seiner Arbeit nachgehen und schon bald entpuppte er sich als wahrer Glücksfall.
Lee avancierte zum Star der Analyseabteilung. Seine Aufgabe bestand darin, die Daten, die von den Feldoffizieren, von Agenten und Spionen zusammengetragen wurden, zu sichten, zu analysieren und

zu interpretieren. Aus den Puzzlestücken, die ihm gebracht wurden, formte er ein passendes Bild.

Lee war gut in seinem Job, um nicht zu sagen genial!

Der S3 bot ihm eine glänzende Zukunft und Lee begann die Karriereleiter nach oben zu klettern.

Seit zwei Jahren war er nun im Stab von Admiral Armstrong. Als Experte für Geheimdienstfragen. Ein Verbindungsoffizier und enger Berater der Admiralin.

Seine Anwesenheit auf der Pegasus 1 war umso befremdender. Als Admiral trieb man sich nur selten an der Front herum. Vor allem als Admiral des Geheimdienstes. Männer wie Jeffries, die ein Feldkommando führten und ihr Leben lang den Pulverdampf der Schlachtfelder geatmet hatten, gehörten hierher. Keine Analysten!

Lee hatte dennoch darauf bestanden, auf der Station bleiben zu können.

>> An Bord eines Schiffes werde ich Ihnen nichts nützen können <<, hatte er zu Armstrong gesagt, als sie sich gemeinsam auf den Weg zur Rubikon gemacht hatten.

>> Besser wäre es, mich auf der Pegasus 1 zu stationieren. Dort hätte ich direkten Zugriff auf die aktuellsten Informationen. Ich wäre näher am Geschehen und könnte Sie wesentlich besser informieren. <<

>> Alle Informationen, die an die P1 gehen, gehen auch an die Rubikon. <<

>> Natürlich. Nur wird sich die Rubikon ab nächster Woche im Gefecht befinden. Sie wissen, wie schnell eine Kommunikationsverbindung dann abbricht. Pegasus 1 ist das Regionalkommando für den gesamten Frontabschnitt. Dort hätte ich die Infrastruktur, um zu arbeiten. Anders als auf Ihrer Rubikon. << Lee hatte geradezu beschwörend geklungen.

>> Ich verstehe ohnehin nicht, warum Sie Ihr Kommando unbedingt auf ein Schlachtschiff verlegen müssen. Langley ist doch perfekt gesichert. <<

>> Langley ist eine Raumstation mitten im Nirgendwo. Viel zu weit weg von der Front. <<

>> Dann verlegen Sie Ihren Stab auf die P1. Alles ist besser als ein Schlachtschiff. <<

>> Mit der Rubikon bin ich beweglich. Ich kann direkt auf die Kampfhandlungen einwirken. Hinten zu bleiben war noch nie meine Stärke, Martin. <<

Lee schüttelte den Kopf. >> Ich werde Sie nicht umstimmen können, oder? <<

>> Nein. Mein Platz ist die Rubikon. Ihrer die P1. Ich gebe Ihnen Recht! Von dort aus können Sie mir besser nützen. <<

Lee nickte zufrieden.

>> Die Frage ist nur, wie wir das Michael Jeffries beibringen <<, sagte Beth Armstrong nachdenklich.

>> Sie denken, dass er ein Problem damit hat? <<

>> Michael Jeffries umgibt sich prinzipiell nur mit Personen, die er kennt und denen er vertraut. Dass ich Sie auf seine Station versetze, wird ihm nicht besonders schmecken. <<

>> Ich bin Verbindungsoffizier, stehe also außerhalb der Hierarchie seiner Station. Ich denke nicht, dass es da ein Problem geben wird. <<

Mittlerweile dachte Lee anders darüber. Sein Empfang auf der Station war mehr als kühl gewesen. Jeffries hatte ihn sofort als Störfaktor eingestuft, die meisten Führungsoffiziere blickten auf ihn wie auf einen Feind.

Lee wusste nicht, was sie zu diesem Misstrauen brachte. War es sein Auftreten, seine überkorrekte Art? Als Offizier der Raumflotte hielt er es mit den Vorschriften deutlich genauer als die Soldaten des Korps.

Diese noch junge Waffengattung hatte sich innerhalb von kürzester Zeit einen Ruf der Undiszipliniertheit erarbeitet. Obwohl sie sich als absolute Elite verstanden, benahmen sie sich wie Barbaren.

Die Uniformen waren unordentlich oder wurden oft gar nicht getragen. Auf einem Schiff der Flotte würde man niemals im Unterhemd die Brücke betreten. Beim Korps war das absolut normal.

Auch jetzt wurde es Lee wieder deutlich vor Augen geführt.

Während draußen noch immer der Sturm tobte und Tom Hawkins durch die Station rannte, stand Lee selbst neben der Kommunikationskonsole und studierte einen jungen Ingenieur, der versuchte, die Ghostcom-Verbindung wiederherzustellen.

Um besser arbeiten zu können, hatte er sich seines Kampfanzugs fast gänzlich entledigt. Jacke, Schutzweste, Helm, Waffengurt, alles lag am Boden. Nur mit Feldhose und Unterhemd lag er unter der Konsole und checkte die Verbindungen.

In der Flotte wäre so ein Verhalten unmöglich, dachte sich Lee. In der Gegenwart eines Admirals eine solche Laschheit an den Tag zu legen ... Martin Graham Lee schüttelte den Kopf und kratzte sich am grauen Kinnbart. Dieses Korps war nicht das, wofür es sich hielt. Bestanfalls ein Haufen Söldner ...

Lee rief sich zur Besinnung. Er war nicht hier, um über das Korps zu philosophieren. Er war hier, um seinen Auftrag zu erfüllen.

Außer ihm waren noch vier andere Soldaten im CIC. Einer lag unter der Konsole, ein zweiter arbeitete am Hauptcomputer.

Die beiden anderen sicherten die Türe.

Lee fühlte sich untätig, wollte selbst etwas tun, doch wusste er genau, dass er nicht helfen konnte. Lee war nun mal kein Techniker.

>> Das war's, Admiral <<, sagte der junge Ingenieur zufrieden, kroch unter der Konsole hervor und betätigte einige Schalter.

>> Ghostcom ist online <<, sagte er stolz. >> Sie können die Rubikon ab sofort kontaktieren. <<

>> Danke, Lieutenant <<, sagte Lee zufrieden, zog seine Scorpion aus dem Halfter und schoss dem Mann ins Gesicht.

Blitzschnell drehte er sich zum Tor und erschoss die beiden Wachen links und rechts des Einganges zum CIC.

Der Unteroffizier am Hauptcomputer blickte von seiner Arbeit hoch, sah seine toten Kameraden am Boden, und ehe er reagieren konnte, zerschmetterte eine Scorpion-Ladung seinen Brustkorb.

Keuchend kippte er nach hinten und starb.

Lee rannte zum CIT, dem großen Tisch mit seinen unzähligen Displays inmitten des Raumes. Mit einigen schnellen Tastaturbefehlen versiegelte er das dicke Panzertor und die beiden Nebeneingänge.

Dann ging er zur Kommunikationskonsole und aktivierte die Notrufroutinen.

Wenige Sekunden später ging ein Signal von der Station aus, welches alle Schiffe diesseits des Sturms hören konnten.

>> *Die Tore sind offen!* <<

Ulaf Imans Flaggschiff.
Der in Kindertagen als Bastard verschriene Junge hatte es weit gebracht. Aus dem Sohn einer Dirne war ein Ulaf geworden. Aus dem unehelichen Kind eines Fürsten war der einflussreiche Freund des Imperators geworden.
Iman konnte zufrieden sein. Sein Leben war erfolgreicher verlaufen, als er es sich jemals erträumt hatte.
Obwohl er aus einer nicht standesgemäßen Affäre entsprungen war, hatte sein Vater, der Fürst von Raman Sun, Iman vom ersten Augenblick an als seinen Sohn behandelt und anerkannt. Aufgewachsen im Familienanwesen an den Berghängen über der vielleicht schönsten Stadt des Reiches, hatte er eine wundervolle, behütete Kindheit erleben dürfen. Sein Vater schickte ihn auf die besten Schulen des Imperiums, um seinem Sohn eine große Zukunft zu ermöglichen, und beschützte ihn zeitlebens vor Anfeindungen der anderen Aristokraten.
In einem Klassensystem wie dem Marokias war es eine Seltenheit, dass der Bastard eines Fürsten so erzogen wurde, als sei er ein legitimer Nachfolger.
In den Augen vieler Fürsten war dies eine Beleidigung ihres Standes.
\>\> Dieses System wird in sich zusammenbrechen <<, hatte sein Vater oft zu ihm gesagt.
\>\> Noch ein, vielleicht zwei Lebensalter und das Imperium, wie wir es heute kennen, wird nicht mehr existieren. <<
\>\> Warum nicht, Vater? <<, hatte Iman gefragt.
\>\> Weil die Fürsten immer weniger werden und das Volk immer mehr. Weil immer mehr Paläste und Statuen gebaut werden anstatt Schulen und Krankenhäuser. Dem Reich könnte es so viel besser gehen, wenn wir uns für den Frieden rüsten würden und nicht für den Krieg. <<
\>\> Wir sind ringsum von Feinden bedroht, Vater. <<
\>\> Feinde, die uns fürchten, weil unsere Flotten immer größer und unsere Waffen immer vernichtender werden. Wir sollten das Geld in Bildung und Forschung investieren, nicht in Waffen. <<
\>\> Auf der Schule sagen sie, dass ein Mann erst ein Mann ist, wenn er sich auf dem Feld der Ehre bewiesen hat. <<

>> In alten Tagen mag das so gewesen sein. Doch in Zukunft wird sich auch das Militär verändern müssen, wenn es überleben will. Die alten Tage des Reiches neigen sich dem Ende und am Horizont dämmert ein neues Zeitalter. Wenn wir den richtigen Weg einschlagen, wird es das unsrige sein. Gehen wir den falschen Weg, ist es unser Untergang. <<

Iman hatte diese Worte nie vergessen. Doch hatte er eine andere Meinung vertreten als sein Vater. Abrüstung war keine Alternative.

Nun stand er in seiner Kabine hinter der Brücke, hielt ein Bild seines ältesten Sohnes Enuma in Händen und fragte sich, was die Zukunft seiner Generation bringen würde.

Sein Vater hatte in vielen Dingen recht gehabt. Die Verteilung des Vermögens musste geändert, das System der Fürsten überdacht, dem Volk mehr Rechte gegeben werden. In allen diesen Dingen gab Iman seinem Vater Recht.

Nur musste das Imperium, egal, wie es nun auch organisiert war, von einem starken Heer geschützt werden. Die Feinde Marokias waren zu zahlreich und zu stark, als dass man sie hätte ermutigen dürfen.

Das Reich musste stark sein, um groß zu bleiben.

>> Wir erreichen die Station <<, meldete Itukas Stimme über die Sprechanlage und Iman stürmte auf die Brücke. Keine Zeit mehr, um in Erinnerungen zu schwelgen. Keine Zeit, um zu träumen.

Nun musste ein Krieg geführt werden.

Iman setzte sich auf seinen schwarzen Thron im Zentrum der Brücke und blickte auf die graue Station im Orbit des Planeten NC5, die sich langsam aus den Nebelschwaden erhob.

>> Wir erhalten eine Nachricht über die unverschlüsselten Kanäle <<, meldete Ituka, betätigte einige Tasten und der Funkspruch hallte aus der Sprechanlage.

>> *Die Tore sind offen.* <<

>> Entsendet unsere Jäger und Landeschiffe <<, bellte Iman und sah, wie die Raumschotten der Station geöffnet wurden.

Imans Flaggschiff schwenkte in den Orbit des Planeten, eskortiert durch drei weitere Großkampfschiffe.

Der Rest der Flotte folgte dem Sturm, verborgen durch seine tosenden, zuckenden Nebel, tiefer hinein in den Raum der Konföderation. Ganze siebzig Schiffe, die zur Geißel der Menschen werden sollten.

So zumindest hatte der Oberkommandierende es geplant.

Pegasus 1.
Tom hatte längst den Reaktorraum erreicht und sich mit Masters und Darson zusammengetan, um die Verteidigung der Station vorzubereiten.

>> Waffensysteme sind wieder online, gesamtes Verteidigungsgitter mit Energie versorgt. Von mir aus können sie kommen <<, meldete Darson stolz auf die perfekt funktionierende Vorbereitung.

Der gefährlichste Moment schien überstanden.

>> Meine größte Angst war ein Angriff während des Sturms <<, gestand Tom und blickte am pochenden Reaktor entlang zur Decke, die sich wölbte und verjüngte wie eine Kathedrale des Weltraumzeitalters.

>> Nicht mal diese Echsen sind derart verrückt <<, erwiderte Masters. >> Selbst die Marokianer haben Angst vor dem Tod. <<

>> Dennoch <<, beharrte Tom. >> Es wäre die perfekte Möglichkeit gewesen. Während des Sturmes, wenn wir alle in den Schutzräumen hocken, wenn keine Energiesysteme funktionieren. Ich war überzeugt, dass sie ein Kommandoteam an Bord bringen. <<

>> Seien wir froh, dass Marokianer nicht so klug sind wie Menschen <<, sagte Darson mit breitem Grinsen.

>> Wie meinen Sie das, Lieutenant? <<, fragte Masters den Chang, der es vorzog zu schweigen.

>> Ich traue der Ruhe nicht <<, sagte Tom. >> Die werden diese Chance nicht verstreichen lassen. <<

>> Sir!?! <<, hallte die verwirrte Stimme von Master Chief Nesel, einem Chang, durch den noch immer unter Notbeleuchtung liegenden Reaktorraum.

>> Was ist? <<, wandte sich Masters an ihn.

>> Wir haben gerade die Kommunikation wieder verloren <<, meldete er und sofort kamen Tom, Mark und Darson an seine Konsole geeilt.

>> Was heißt WIEDER verloren? <<

>> Das Ghostcom-System war genau vier Minuten dreißig Sekunden online, ehe es wieder deaktiviert wurde <<, erklärte der Chief.

>> Deaktiviert? <<, fragte Tom nach. >> Es ist nicht ausgefallen? Es wurde deaktiviert? << Nesel bestätigte.
>> Was ist mit Interkom? <<, fragte Darson.
>> Ebenfalls, Sir. <<
Tom und Masters rannten sofort los. >> DARSON, SIE HALTEN DIE STELLUNG! <<
Begleitet von einer Gruppe aus zwanzig Mann eilten sie nach oben zum CIC. Ohne funktionierende Transportkapseln wurde es zu einem langen, atemlosen Sprint durch mattrote Korridore.
Mark versuchte mehrmals das CIC zu rufen, erhielt aber keine Antwort. >> Ist sicher nur eine Fehlfunktion <<, meinte er, während er versuchte, mit Tom Hawkins Schritt zu halten.
>> Ich wünschte, es wäre so <<, erwiderte Tom und beschleunigte seine Schritte. >> Sie sind auf der Station, Mark. Ich kann es riechen. <<
Wenige Minuten später erreichten sie das verschlossene CIC. Mehrere Soldaten versuchten das Tor kurzzuschließen.
>> WAS IST PASSIERT? <<, fragte Tom, noch ehe er stehen geblieben war.
>> Wir hörten mehrere Schüsse aus dem CIC. Als wir hier ankamen, war es verschlossen. Wir haben keinen Kontakt zu den Personen im Inneren <<, meldete ein Master Chief in schnellen, militärisch knappen Worten.
>> CHRISTINE!!! <<, brüllte Tom und ließ seine Faust gegen das Tor hämmern, gleichzeitig fielen irgendwo in der Station die ersten Schüsse.
>> Sie sehen nach, was da los ist, ich kümmere mich um das CIC <<, befahl Tom und griff nach einem kleinen Kontrollfeld neben dem Tor.
> HAWKINS; CAPTAIN; THOMAS ETHAN; TANGO; SIERA; KAPPA; NEUN <, tippte er mit schnellen Bewegungen in die kleine, altmodische Tastatur. Anders als bei den normalen Konsolen wurden hier noch Tasten verwendet anstatt moderner digitaler Tastaturen.
Dennoch funktionierte es nicht. Das CIC hätte durch diesen Zugangscode sofort entsperrt werden müssen.

\>> Versucht über die Wartungsröhren des Lüftungssystems einen Eingang zu finden. <<
\>> Masters! Zum Andockbereich! <<

Pegasus 1, CIC.
Lee lehnte am runden Situationstisch und hielt sich seine blutende Lippe. >> Ziemlich kräftiger Schlag, Doktor. Hätte ich Ihnen nicht zugetraut <<, sagte er anerkennend, hielt aber immer noch eine Waffe auf Christine.
Nachdem er alle anderen Soldaten erschossen hatte und sich über die Kommunikation hermachte, war Christine ihm in den Rücken gefallen, hatte versucht, ihn von seinem Verrat abzuhalten, und war dabei kläglich gescheitert.
Nun lag sie am Boden der Kommandozentrale, hatte ein stark blutendes Cut über dem Auge und würde wohl einen ziemlich ekelhaften Bluterguss im Bereich des Wangenknochens bekommen.
\>> Was für ein krankes Arschloch sind Sie eigentlich? <<, fragte sie ihn unter Schmerzen, insgeheim darauf wartend, als Nächste erschossen zu werden.
\>> Sollten Sie nicht etwas fragen wie: *OH GOTT? Was machen Sie da?* <<, *fragte* Lee und schien zu überlegen, ob er einfach abdrücken sollte. >> Oder: *Warum machen Sie das? Sie werden uns alle umbringen!* <<
Er sprach betont aufgesetzt und theatralisch.
\>> Wäre eine Möglichkeit gewesen <<, gab Christine zu, während sie noch immer in die Mündung einer Scorpion blickte.
\>> Sie wirken ziemlich cool in Anbetracht der Situation. <<
Christines Herz raste, der Schweiß schoss ihr aus allen Poren, sie durchlitt Todesangst. Doch sie blieb ruhig.
\>> Darf ich aufstehen? <<
\>> Wenn Sie artig sind. <<
Christine erhob sich langsam und setzte sich auf den Sessel an einer der vielen Konsolen.
\>> Na schön. Warum machen Sie das? <<, fragte sie ihn schließlich.
Lees Mundwinkel zogen sich nach oben.
\>> Gute Frage. Manchmal weiß ich das selbst nicht <<, erwiderte er und blickte auf eines der vielen flackernden Displays, eingelassen in

die gläserne Tischplatte. >> Ahhh. Wie ich sehe, haben wir Besuch bekommen. <<

Pegasus 1, Korridore.
Masters rannte an der Spitze seiner Soldaten eine Treppe hinunter und ging an einer Kreuzung in Stellung. Wenige Meter vor ihnen führte eine Treppe hinunter in den Andockbereich. Von unten hörten sie bereits die schweren, rhythmischen Schritte imperialer Stiefel, die schnell näher kamen.
>> Wartet, bis sie nahe genug sind <<, mahnte Masters seine Männer und seine Augen schielten zur Statusanzeige auf der Innenseite seines Schutzvisiers.
> INTERKOM OFFLINE <, leuchtete dort in großen, roten Lettern.
Immer noch!
Die Schritte kamen näher und die braunen und roten Rüstungen der ersten Soldaten erschienen, umgeben von rotem Notfalllicht, am oberen Ende der Treppe.
Masters und seine Männer warteten. Ewige Sekunden lang hockten sie in ihren Verstecken, hörten das Hämmern der Stiefel und wussten, dass ihr schrecklicher Feind nur noch wenige Meter entfernt war.
>> FEUER!!! <<
Als Mark endlich den erlösenden Befehl gab, schnellten sie alle aus ihren Nischen und Ecken und eröffneten das Feuer.
Die Marokianer reagierten schnell, verloren aber an die zwanzig Mann durch die erste Salve. Im Korridor entbrannte ein gnadenloses Feuergefecht.
Mark warf zwei Rauchgranaten in den Korridor, um dem Feind die Sicht zu nehmen. Die konföderierten Soldaten konnten dank ihrer Helmsensoren durch den Rauch hindurchblicken. Für sie wurde der Raum zu einem roten und grünen Rauschen, durch das sie die Gestalten der imperialen Krieger als leuchtende Konturen erkennen konnten.
Und sie zielten gut.

Mark und seinen Männern gelang es, die Marokianer im Andockbereich zu binden. Der Vormarsch ins Innere der Station wurde gestoppt.

Pegasus 1, Reaktorraum.
>> Sie kommen näher <<, meldete Nesel und entsicherte seine Waffe. Darson und seine Männer hatten sich am Eingang zum Reaktorraum aufgebaut und erwarteten den Ansturm.
>> Wie viele sind es? <<, fragte Darson den Master Chief, der gerade von einer kurzen Erkundungsmission zurückgekehrt war.
>> Kompaniestärke. <<
>> Verdammt <<, fauchte Darson durch die zusammengebissenen Zähne, setzte seinen Kampfhelm auf und griff nach der am Boden liegenden MEG 16.
>> Wie riskant ist es, einen Minotaurus hier drinnen einzusetzen? <<, fragte Darson den Master Chief.
>> So nahe am Reaktor, umgeben von unseren Männern ... <<, Nesel hob und senkte die Schultern.
>> Draußen im Korridor, die Männer ziehen wir zurück <<, präzisierte Darson seinen Plan.
>> Immer noch besser als hier zu sitzen und sich abschlachten zu lassen. <<
>> Dann los. <<
Nesel nahm sich zwei Männer als Eskorte und rannte zum Waffendepot vier am anderen Ende des Decks.
Darson hielt die Stellung. Mit der MEG 16 im Anschlag kniete er hinter einem Stahlträger und wartete auf das Losbrechen des Waffensturmes.

Pegasus 1, CIC.
Zufrieden blickte Lee auf die wenigen funktionierenden Displays und sah, wie die Marokianer die Station stürmten. Sektion um Sektion fiel ihnen kampflos in die Hände. Nur an den neuralgischen Punkten wurde gekämpft.
>> Wie viel kostet es, sein Volk zu verraten? <<, fragte Christine bitter. >> Was ist die Abmachung mit Marokia? <<

>> Glauben Sie wirklich, dass man einen solchen Verrat mit Geld erkaufen kann? <<, fragte Lee Christine kopfschüttelnd. >> Das ist kein normaler Krieg, den wir hier führen <<, erklärte er, ohne seine Waffe auch nur eine Sekunde von Christine wegzurichten. >> Das ist nicht wie die alten irdischen Kriege. Früher war das einfacher. Spione, Verräter, Doppelagenten, sie alle konnten gekauft werden. Man brauchte nur ein wenig Geduld und Geschick und einfach jeder war käuflich … Heute ist das anders. Marokia ist kein irdischer Nationalstaat. Ein Engländer konnte in Paris genauso gut leben wie in Moskau oder Teheran. Seine Nation an eine andere zu verkaufen ist eine einfache Sache. Aber seine ganze Spezies der Sklaverei preiszugeben etwas völlig anderes. Geld ist hier zu wenig. <<
>> Was bietet der Imperator dann? Amnestie? <<
Lee lachte erneut.
>> Meine Rolle in diesen Tagen ist eine völlig andere, als Sie vermuten <<, sagte er lachend. Das Gefühl der Überlegenheit schien ihm zu Kopf zu steigen.
>> Hier sind größere Mächte am Werk als Menschen und Marokianer. Der wahre Krieg hat noch gar nicht begonnen. <<
Lee lachte, wandte seinen Kopf in Richtung der Displays und hörte das ohrenbetäubende Scheppern eines zu Boden fallenden Stahlgitters.

Pegasus 1, Korridor.
Mark und seine Männer mussten immer weiter zurückweichen. Die Marokianer hatten es geschafft sie zu umgehen und fielen ihnen nun in die Flanke. Unter Kreuzfeuer liegend zogen sie sich weiter zurück. Immer noch verhüllte grauer Rauch den Korridor, der im Notfalllicht eine diabolische Färbung bekam.
Die imperialen Soldaten marschierten als dunkle Schatten durch glühend roten Nebel, das Hämmern ihrer Stiefel und Kreischen ihrer Waffen war Angst einflößend.
>> Ihr links … ihr rechts … runter, runter. << Mark warf sich hinter einen gewölbten Stahlträger und wechselte das Magazin seiner MEG 16.

Glühende Ladungen fetzten an ihm vorbei. Was die Marokianer nicht sehen konnten, machten sie durch Feuerkraft wieder wett. Das massive Sperrfeuer machte gezielte Schüsse unmöglich.
Wieder blickte Mark zur Statusanzeige auf seinem Helmvisier.
> INTERKOM OFFLINE <

Pegasus 1, Reaktorraum.
Darsons Männer hatten nur wenige Minuten durchhalten können. Die Marokianer waren ihnen zehn zu eins überlegen. Selbst der Einsatz von Rauchgranaten hatte sie nur kurz beeindruckt.
>> Rückzug <<, brüllte Darson und wich langsam zurück. Sein Gewehr auf den Feind gerichtet und Salve um Salve durch den roten Nebel feuernd wich er Schritt um Schritt zurück, während die imperialen Salven an ihm vorbeizischten.
Wo bleibt nur Nesel, dachte er sich, während neben ihm ein Soldat von einem Geschoss niedergestreckt wurde. Es war, als explodiere sein Knie.
Schreiend blieb er am Boden liegen; mitten in der Schussbahn verblutete er, ohne dass ihm jemand helfen konnte.

Pegasus 1, CIC.
Lee wirbelte herum und versuchte den Ursprung des Geräusches zu erkennen. Christine hechtete hinter eine Konsole und Dutzende Salven durchfuhren gleichzeitig den Kommandoraum der Station.
Lee wurde an mehreren Stellen getroffen und stürzte über den Situationstisch, während sich Tom und mehrere seiner Soldaten von der Decke abseilten.
Durch das Lüftungssystem hatten sie es ins Innere des CIC geschafft.
>> *CHRISTINE!!!* <<, brüllte Tom aus vollem Halse, löste das Seil von seinem Gurtzeug und rannte mit gezogener Scorpion durch die Kommandozentrale.
>> Ich bin hier! <<, antwortete sie ihm und streckte langsam den Kopf aus ihrer Deckung.
>> Alles in Ordnung <<, sagte sie, obwohl ihr noch immer das Blut übers Gesicht rann.

>> WO IST LEE!?! <<, brüllte Tom und blickte zum Situationstisch, wo Lee von mehreren Soldaten überwältigt und festgesetzt wurde. Seine schusssichere Schutzweste hatte ihm das Leben gerettet.
>> Sparen Sie sich Ihre Fragen, Captain. Aus mir werden Sie nichts herausbekommen <<, prahlte er, ehe Toms Faust seine Nase zerschmetterte und er Blut spuckend zu Boden ging.
>> Fesselt ihn. Ardon, ich brauch das Interkom. Fahrt die Waffensysteme hoch. <<

Imans Flaggschiff.
Iman stand angespannt vor seinem Hauptschirm und blickte auf die hilflose Station. >> Macht mein Transportschiff startklar. Ich will so schnell wie möglich an Bord <<, sagte er voller Vorfreude.
Nie hatte er gehofft, dass es so gut funktionieren würde. Im Idealfall hatte er mit einer schnellen Zerstörung der Station gerechnet. Er wollte ein nicht zu schließendes Loch in die Front des Feindes reißen und so die Tore zur Konföderation aufstoßen.
Dass sich ihm nun die Möglichkeit bot, die Station einzunehmen, war ein Geschenk der Altvorderen-Krieger. Ein Geschenk, das ihm die Geister überreichten.
>> Dockanlage gesichert. Wenn wir wollen, können wir an Bord gehen <<, sagte Ituka.
>> Wir könnten auch das Schiff docken. Dadurch könnten unsere Truppen schneller in die Schlacht gebracht werden <<, warf Dragus ein. >> Es sind weit und breit keine konföderierten Schiffe. <<
Iman blickte auf das Langstreckenradar. Ganze siebzig Großkampfschiffe befanden sich zwischen der Pegasus 1 und den nächsten Gefechtsgruppen.
>> Dockt das Schiff. <<
Der riesige schwarze Kreuzer nahm Kurs auf die Raumschotten. In wenigen Stunden würde diese ganze Station Iman gehören. Ihm ganz alleine.
Diese Station würde sein Hauptquartier werden. Seine große, strahlende Kriegsbeute, sein Geschenk ans Imperium.

Pegasus 1.
\> INTERKOM ONLINE < leuchtete es grün auf Marks Visier und sofort gab er eine Lagemeldung an das CIC.
\>> Verstanden, zieht euch zurück, ich versuche euch ein paar Männer zur Verstärkung zu schicken <<, sagte Tom laut genug, um den Lärm des Feuergefechtes zu übertönen. >> Aber Mark <<, sagte er dann mit sehr ernster, düsterer Stimme, >> sie dürfen die Kommandoebene keinesfalls erreichen. Ist das klar? <<
\>> Natürlich, Captain <<, antwortete Masters, seine Stimme klang monoton.
Tom wandte sich an die Waffenkontrolle.
\>> NOCH ZWEI MINUTEN, SIR! <<, brüllte ein Petty Officer, während Tom bereits an der AVAX-Station war.
\>> Wir haben die Nahbereichssensoren und die Zielerfassung online <<, meldete ein Lieutenant.
\>> Mehr brauchen wir nicht. Wie viele Schiffe sind da draußen? <<
\>> Drei Schlachtkreuzer. Riesen Brocken. <<
\>> Nehmt einen davon ins Visier, keine Zielerfassung, er darf nichts davon merken. Sobald die Waffen am Netz sind, feuern wir alles, was wir haben, auf dieses eine Schiff. <<
\>> AYE, Sir <<, bestätigten mehrere Männer gleichzeitig Toms Befehl.
Tom rannte zurück zum Situationstisch.
\>> Eines der Schiffe nähert sich der Station. Scheint, als ob es docken wollte. <<
Tom wirbelte herum und blickte auf die Displays der Tischplatte.
\>> Schießt ihn ab. <<
\>> Nicht möglich, Sir. Er wird bereits im Inneren der Station sein, ehe die Waffen aktiv sind. <<
Tom schlug mit der Faust auf den Tisch. >> Wie lange noch, bis wir Kontakt zum Planeten haben? <<
\>> Der Sturm stört immer noch unsere Kommunikation. Mehr als Interkom ist im Moment nicht möglich. <<
\>> Finden Sie einen Weg, das zu umgehen. Wir brauchen hier oben dringend Verstärkung. <<

NC5.
Will saß schon seit Stunden in seinem Cockpit und wartete auf den Einsatzbefehl. >> Wie lange dauert das denn noch? <<, fragte er seinen Bruder über Interkom, der in Jeffries' Gefechtsstand war, wo alle angespannt auf die leeren Bildschirme starrten.

>> Wir versuchen immer noch, mit der Station Kontakt aufzunehmen <<, erwiderte Harry und kroch gerade unter einer Konsole hervor. >> Der Sturm hat unsere Systeme gestört. <<

>> Der Sturm ist vorbei, Harry. Wir müssten längst wieder etwas von ihnen gehört haben. <<

>> Die Systeme hier unten sind nicht gerade auf dem neuesten Stand. Das Zeug stammt alles noch aus dem letzten Krieg, ich tue mein Bestes, aber ich kann nicht zaubern. <<

>> Wir könnten von einer ganzen Flotte der Marokianer umgeben sein und keiner von uns würde es merken. <<

>> So ist nun mal die Situation. Tut mir leid, Will. <<

Harry deaktivierte die Verbindung und widmete sich voll und ganz seiner Arbeit. Sie hatten keine Zeit gehabt, um neue Systeme zu installieren. Die planetaren Sensorenbänke waren seit einem Jahrzehnt nicht mehr gewartet worden und der Sturm fraß noch immer alle ausgehenden Signale in sich auf, auch wenn er an NC5 bereits vorbeigezogen war.

>> Wie lange noch, Anderson? <<, fragte Jeffries ungeduldig.

>> Ein paar Minuten, Sir. Nur noch ein paar Minuten. <<

Pegasus 1, Reaktorraum.
Darsons Männer waren kurz davor einzubrechen. Der imperialen Masse hatten sie nichts mehr entgegenzusetzen. Sie alle waren angeschossen, ihnen ging die Munition aus, überall stolperten sie über Leichen und durch den rot glühenden Nebel kamen die Marokianer wie eine Mauer aus schwarzen Dämonen.

Darson wusste, dass es nur noch Minuten dauerte, bis sie in den Nahkampf gezwungen wurden. Die Marokianer wussten um ihre technische Unterlegenheit und suchten, wann immer es ging, den Kampf Mann gegen Mann. Sie waren deutlich größer und stärker als Menschen und diesen Vorteil nutzten sie aufs Brutalste aus.

Darson hatte gerade seine letzte Salve aus der MEG 16 abgegeben und warf sie den näher kommenden Marokianern entgegen; schnell griff er nach der Scorpion im Beinhalfter und schoss weiter.
Ein hünenhafter Marokianer baute sich vor ihm auf und Darson entlud ein ganzes Magazin in den Brustpanzer des riesigen Monsters.
Keuchend stolperte er rückwärts, näher an den Reaktorraum. Um ihn herum stapelten sich die Leichen. >> Rückzug <<, brüllte er. >> Zieht euch zurück. Neu sammeln an PUNKT CHARLY! <<
Darson ging in die Knie, drückte sich hinter einen weiteren Stahlträger und blickte auf die kümmerlichen Reste seiner immer kleiner werdenden Einheit. Sie waren fertig. Allesamt.
Wieder näherten sich blecherne Schritte, dieses Mal von der anderen Seite.
Darson blickte durch den Nebel und erblickte die Gestalt eines zwei Meter großen, silbernen Wesens.
Zwei Beine, zwei Arme und ein Kopf. Der bullige, kantige Körper bewegte sich schnell, aber die Bewegungen wirkten nicht organisch.
Mit mechanisch präzisen Schritten näherten sich mehrere Minotaurus der abgekämpften Truppe um Darson und eröffneten das Feuer.
Die an den Unterarmen befestigten Gatlinggeschütze begannen zu rotieren und mähten in die imperialen Truppen. Vom Abwehrfeuer unbeeindruckt, stürmten die Kampfmaschinen in die Schlacht. Ihre Mission war denkbar einfach. *Suche und töte!*
>> Wo wart ihr so lange? <<, fragte Darson Nesel, als dieser neben ihm in die Hocke ging.
>> Die ganze Station ist ein Schlachtfeld, die Marokianer sind überall <<, sagte der Babylonier schwer atmend. >> Wir mussten uns den Weg freikämpfen. <<
Nesel zog seinen verkohlten und zerfurchten Helm vom Kopf und entblößte seinen kahlen Schädel.
Die Minotaurus kämpften sich durch die feindlichen Reihen und schafften das, was Darson und seinen Männern nicht gelungen war. Sie trieben die Marokianer vom Reaktorraum weg.
>> Wie viele von den Dingern haben wir noch? <<, fragte Darson Nesel.

>> Leider nicht viele. Ein paar verloren wir auf dem Weg hierher. Zehn Stück sind unterwegs zum CIC, wo Masters noch schlechter dran ist als wir hier unten. <<
>> Sie sind am CIC? <<, fragte Darson erschrocken.
>> Sie stehen kurz davor. <<

ISS Rubikon, Flaggschiff der konföderierten Flotte.
Admiral Beth Armstrong saß hemdsärmlig an einem großen runden Tisch im hinteren Teil ihrer Brücke und blickte auf die unzähligen Berichte, die vor ihr lagen. Der Ionensturm bewegte sich immer noch auf sie zu, seine Richtung änderte sich nur gering, seine Stärke hatte abgenommen, aber war immer noch mörderisch.
>> Sie glauben, dass sich die Marokianer dahinter verstecken? <<, fragte Captain Sur, ein Babylonier und alter Vertrauter von Beth.
>> Ich fürchte es <<, sagte sie und blickte zum alten, zerfurchten Gesicht mit den kurzen blonden Härchen und den verkümmerten Widderhörnern über den kleinen Ohren. >> Wir haben noch immer keinen Kontakt zur Pegasus 1, unsere Patrouillen sind noch nicht zurück, nirgendwo an der Front tut sich etwas. Die ganze Sache ist so furchtbar still, so ... << Beth hob und senkte die Schultern, sie wusste nicht, wie sie sich in Worte fassen sollte. >> Als würde etwas Schlimmes bevorstehen ... << sagte sie, blickte wieder auf die vielen Berichte vor ihr und schüttelte den Kopf.
>> Na schön, lassen wir sie kommen <<, sagte Sur gelassen und setzte sich an den Tisch. Sein langes, silbernes Haar hing ihm ins Gesicht. >> Wir sind vorbereitet. <<
Beth blickte von den Berichten auf und schüttelte den Kopf. >> Da bin ich mir nicht so sicher. Ich denke, dass Jeffries recht hatte ... << Alarmsirenen unterbrachen sie mitten im Satz.
>> WAS IST LOS? << Beth und Sur rannten die Stufen hinunter zum Hauptbereich der Brücke.
>> AVAX-Kontakt. Mehrere Schiffe auf den Langstreckensensoren. <<
>> Auf den Schirm <<, befahl Beth.
Der Hauptschirm zeigte die tosende Sturmfront und die dahinter ausschwärmenden Schiffe.
>> Wie lange, bis sie uns erreichen? <<, fragte Beth angespannt.

>> Frühestens in einer Stunde <<, antwortete der AVAX-Offizier.
>> Genügend Zeit, um unsere Verstärkungen in Position zu bringen <<, sagte Sur zuversichtlich.
>> Leiten Sie alles in die Wege <<, sagte Beth und sah zu, wie immer mehr Schiffe sich vom langsam dahinkriechenden Sturm lösten und ihre Maschinen zu voller Leistung hochfuhren. Wie viele mochten es sein?

Pegasus 1.
Tom gab den Feuerbefehl und die Waffensysteme der Station entluden sich ins All. Während eines der Großkampfschiffe von der Wucht der Waffen in Stücke geschossen wurde, dockte Imans Flaggschiff im Inneren der Station an einen der vielen Liegeplätze.
Darson schaffte es mit Hilfe der Minotaurus, den Reaktorraum zu halten, und verschanzte sich mit seinen Männern am Haupteingang.
Masters kämpfte tapfer gegen die immer größere Zahl an Marokianern; verzweifelt versuchte er ihren Vormarsch aufzuhalten.
Auf dem Planeten hatte Harry endlich Erfolg und konnte die Sensorenbänke aktivieren. Als Jeffries und seine Leute das Feuergefecht im Orbit sahen, erhielt Will seinen Einsatzbefehl. Mehr als tausend Jagdmaschinen erhoben sich aus den tiefen Schluchten der winterlichen Wüste und zogen in die Schlacht.
Während der getroffene Schlachtkreuzer in mehrere Teile zerbrach und der zweite aus dem Feuerbereich der Station flüchtete, öffneten sich die Schleusen von Imans Schiff und ganze Legionen stürmten, angeführt durch Ituka, die Station.
Wills Maschinen durchstießen die Atmosphäre und preschten, einer Kavalleriekohorte gleich, hinter dem flüchtenden Schlachtschiff her.
>> Hotrod an alle! Primärziel ist die Vernichtung des Tangos. Erster Flügel hängt sich an seinen Antrieb zwei und drei gehen in den Frontalangriff, vier und fünf halten uns den Rücken frei. <<
Die Maschinen stürzten sich auf das flüchtende Schiff und schon Sekunden später entbrannte eine mörderische Schlacht.
Imperiale Rochenjäger starteten aus dem Bug des Schiffes und zwangen die Jäger in den Nahkampf, riesige Flugabwehrgeschütze feuerten unablässig ins All und erzeugten einen Todesgürtel um das Schiff, den man kaum durchbrechen konnte.

Tom stand derweil im CIC und erhielt eine Hiobsbotschaft nach der anderen.

>> Masters kann die Marokianer nicht länger aufhalten, Darson hält zwar den Eingang zum Hauptreaktorraum, meldet aber schwere Ausfälle. Die Waffendepots zwei und drei konnten bisher gehalten werden, eins und vier sind verloren gegangen. Die Marokianer haben die Torpedolager erreicht ... <<, meldete Chief Ardon.

Tom wandte seinen Blick auf die unzähligen Monitore über dem Situationstisch, die an einem langen Dorn von der Decke hingen. Jeder zeigte einen anderen Teil der Station und auf jedem sahen sie die vorstoßenden Marokianer. Sie waren praktisch überall.

>> Gebt Befehl Broken Arrow Phase 1 <<, sagte Tom, sich mit beiden Armen auf dem Tisch abstützend.

Seine Männer begriffen sofort.

Das Korridorsystem der Station war ein quadratisches Netz. Alle zwanzig Meter kam eine Drucktüre, alle zweihundert Meter eine Kreuzung. Sollte ein Bereich der Station beschädigt werden, konnte man ihn vom Rest der Station abschotten, ohne den Zugang zu anderen Sektionen zu verlieren. Praktisch jeder Raum konnte umgangen werden. Alle Wege führten überall hin, sofern man sich auskannte.

Im Falle eines Feuers bestand die Möglichkeit, den Sauerstoff aus den abgeschotteten Bereichen abzusaugen.

Genau das hatte Tom vor.

Alle Soldaten bekamen über Interkom den Befehl *Broken Arrow Phase 1* und alle wussten, was das bedeutete. Rückzug auf eine sichere Position.

Tom gab den Männern genau zwei Minuten dafür. Danach schlossen sich gleichzeitig alle Drucktüren der Station.

Die Marokianer wurden in den Korridoren eingesperrt wie Ratten in einer Falle.

>> Druckluken geschlossen <<, meldete Ardon.

>> Sauerstoffentzug beginnen <<, sagte Tom mit schwerer Stimme.

Die Gefahr, eigene Soldaten dadurch zu töten, war hoch.

Riesige Propellerturbinen, welche die Luftzirkulation der Station am Laufen hielten, wurden erst gestoppt und begannen dann in die ent-

gegengesetzte Richtung zu laufen. Der Sauerstoff wurde aus den Korridoren abgesogen und die Marokianer begannen zu ersticken.
>> Wie viele von ihnen werden wohl Sauerstoffmasken dabei haben? <<, fragte Ardon und Tom zuckte mit den Schultern.
>> Das werden wir bald wissen <<, sagte er, ohne seinen Blick von den Monitoren zu nehmen, auf denen man unzählige Marokianer sah, die verzweifelt gegen Wände und Tore trommelten.
Unten im Reaktorraum ließ sich Darson zu Boden fallen und zog sich den Helm vom kahl rasierten Schädel. Schwer atmend blickte er auf den Haufen Elend, der von seinen Soldaten übrig geblieben war. Allesamt bluteten sie aus unzähligen Wunden.
Selbst die drei noch verbleibenden Minotaurus boten ein elendes Bild. Zerbeult, zerkratzt und rußgeschwärzt standen die zuvor silbern glänzenden Maschinen vor ihm. Ihre roten und gelben Sensorenaugen leuchteten unablässig vor sich hin, von den Gatlinggeschützen am Unterarm stiegen dünne Rauchschwaden auf und der kantige Brustpanzer war von massenhaften Schwerthieben gezeichnet.
Nesel kam zu Darson herüber und setzte sich neben ihn. >> Wie lange dauert Phase 1? <<, fragte er.
>> Etwa zehn bis fünfzehn Minuten. Danach werden sie die Tore wieder öffnen. <<
>> Nicht viel Zeit, um sich zu erholen. <<
>> Gar keine Zeit, um sich zu erholen <<, erwiderte Darson und blickte zu den Stegen, die an der Decke des hohen Raumes entlangliefen.
>> Wir bringen unsere Leute dort rauf, die Minotaurus bleiben hier unten und halten die Stellung. <<
>> Wie lange werden wir hier drinnen noch durchhalten? <<, fragte Nesel und Darson wusste nicht, was er ihm antworten sollte.
Auch Mark Masters hatte es zu einem der sicheren Bereiche geschafft und lag keuchend am Boden des Korridors, während er hinter den Wänden das Heulen der Turbinen hören konnte. Das CIC war nur noch wenige Meter entfernt. Eine Drucktüre trennte ihn von der Kommandozentrale und mit den ihm verbleibenden Soldaten würde er keine fünf Minuten mehr durchhalten.

Die Minotaurus, die ihm zur Verstärkung geschickt wurden, lagen in Stücke geschossen hinter der nächsten Türe, wo gerade zwei Dutzend Marokianer den Erstickungstod starben.
>> Masters an Hawkins <<, keuchte er und Tom meldete sich sofort. >> Wir können sie nicht länger aufhalten. Sie erreichen das CIC in wenigen Minuten. <<
>> Ich weiß <<, antwortete ihm Tom. >> Ziehen Sie sich hierher zurück. Die Luke zwischen Ihnen und uns wird umgehend geöffnet. <<
Tom gab Chief Ardon ein Zeichen und die Luke hob sich aus ihrer Verriegelung.
>> Gebt mir Captain Anderson <<, sagte Tom und wartete ungeduldig, bis die Verbindung aufgebaut war. Anhand der Sensordaten konnte er sehen, dass der Kampf im All gut verlief.
>> Hier Hotrod <<, hallte eine getriebene Stimme aus dem Lautsprecher des Interkoms.
>> Hotrod, hier Hard Man. Wie steht es bei euch? <<
>> Das ist das reinste Zielschießen hier draußen. Wir holen sie alle vom Himmel. <<
>> Kannst du ein paar Maschinen entbehren? <<
>> Sicher. <<
>> Schick eine Einheit zur Pegasus 2. Sie müssen melden, was hier passiert. <<
>> Habt ihr noch immer kein Ghostcom? <<
>> Das System ist durch Sabotage zerstört worden und mir bleibt keine Zeit, um es zu reparieren. <<
Will erkannte den Ernst in Toms Stimme. >> Wie steht es bei euch? <<
>> Ich verliere die Station <<, gestand Tom. >> Wir halten sie auf, solange wir können, aber ohne Verstärkung sind wir verloren. <<
>> Ich schicke sofort ein paar Maschinen los <<, versprach Will.
>> Sie sollen sich beeilen. Armstrong wird diese Station wohl zerstören müssen. <<
>> Ist es so schlimm? <<
>> Wir haben nur noch Minuten <<, antwortete Tom und wünschte seinem alten Freund noch viel Glück, ehe er die Verbindung unterbrach.

Will entsendete zwanzig Maschinen, die auf drei verschiedenen Routen zur Pegasus 2 flogen. Mit etwas Glück würden sie schon bald aus den Verzerrungen des Sturms und der imperialen Störsender herauskommen und bekamen dann eine Verbindung zur Station.
Will hingegen verließ den Nahkampf um den in Flammen stehenden Kreuzer und flog zurück zur Station.
Die Raumschotten standen weit offen und Will verschwand im Inneren des stählernen Kolosses.
Als Mark das CIC erreichte und sah, wie es um die Station stand, verlor er seinen letzten Rest an Mut. >>Wie viele sind denn das?<<, keuchte er.
>>Wenn wir davon ausgehen, dass jedes diese Schiff etwa anderthalbtausend Mann Besatzung hat … <<, sagte Tom, >>… mindestens dreitausend Mann. Unsere ganze Landebucht ist voll mit deren Landungsschiffen. <<
>>Wie sind die so schnell auf die Station gekommen? <<, fragte Mark atemlos.
>>Durch Verrat <<, sagte Tom, ging hinüber zum gefesselten Lee und packte ihn am Kragen.
>>Ardon! <<
>>Sir. <<
>>Sie nehmen Christine, diesen Hurensohn und fünf Männer und verschwinden in den Wartungsschächten. Mit etwas Glück schaffen Sie es von der Station herunter. <<
>>Ich lasse Sie hier nicht alleine, Captain. <<
>>Dieser Mann muss umgehend auf den Planeten gebracht werden. Admiral Jeffries muss erfahren, was hier oben passiert ist. << Tom deutete auf Lee und Ardon nickte militärisch knapp.
>>Christine <<, sagte er, drehte sich von Ardon weg und nahm sie fest in den Arm.
>>Dieses Mal gibt es keinen Widerspruch. Du gehst mit ihm <<, sagte er mit zitternder Stimme und Christine nickte unter Tränen.
>>Phase 1 abgeschlossen <<, meldete ein Soldat vom anderen Ende des CIC aus und Tom musste sich zwingen, Christine loszulassen.
>>Geh <<, sagte er in einer Mischung aus Befehl und Beschwörung, ehe er sich wieder seinem Krieg zuwandte.

Ardon und Christine verließen das CIC zwei Minuten später durch einen Schacht im Boden. Lee wurde von fünf Männern hinterhergeschleppt.

>> Wie lange halten wir noch durch? <<, fragte Mark Tom.

>> Länger, als die es von uns erwarten <<, erwiderte Tom und gab Befehl, einige ausgesuchte Druckluken wieder zu öffnen, um seinen Leuten den Rückzug zu ermöglichen.

Die Korridore der Station waren übersät mit marokianischen Leichen.

Darson und seine Männer hatten sich in die obersten Bereiche des Reaktorraums zurückgezogen. An der sich ausbreitenden Stille erkannten sie, dass Phase 1 abgeschlossen war.

Endlose Minuten des Wartens verstrichen und die bange Frage, ob es überstanden war oder nicht, stand allen ins Gesicht geschrieben. Nervöse Blicke wurden gewechselt, angespannte Unruhe machte sich breit.

Dann explodierte das breite Tor des Haupteingangs und Trümmerstücke regneten wie Schrapnelle durch den Raum.

Die Minotaurus, die noch immer unten standen, eröffneten sofort das Feuer auf die hereinstürmenden Soldaten.

>> Sie hatten also doch Sauerstoff dabei <<, sagte Darson traurig und eröffnete sofort das Feuer.

Vom CIC aus konnte man erkennen, wie sich überall auf der Station Soldaten aus der Masse ihrer gefallenen Kameraden erhoben und den Kampf wieder aufnahmen.

>> Wie viele haben wir wohl erledigt? <<, fragte Mark, als er sah, wie sich die Soldaten unter den Kadavern rührten und sich regelrecht ausgraben mussten.

>> Wohl nicht genug <<, sagte Tom und wartete ruhig ab. Sein nächster Schachzug stand bereits fest.

Der Vormarsch der Marokianer kam schnell wieder in Gang. Ituka trieb seine Männer zur Eile und stürmte selbst hinauf zum CIC.

Iman wollte das Kommandozentrum so schnell wie möglich in Besitz nehmen und Ituka sollte diesen Teil der Operation persönlich anführen.

>> Sie sind fast hier <<, sagte Mark angespannt und Tom blickte vom Situationstisch auf.

\>> Broken Arrow, Phase 2. <<
\>> Broken Arrow Phase 2, ich wiederhole, Broken Arrow Phase 2. <<
\>> NESEL!!! Zündet die Ladungen! <<, brüllte Darson und hielt sich am Steg fest, während der Master Chief die Sprengladungen zündete.

Tom hatte praktisch alle Möglichkeiten in Betracht gezogen, als er die Verteidigung der Station plante. Auch die Gefahr, geentert zu werden.

Also wurden an einigen strategisch wichtigen Stellen der Station Sprengladungen gelegt. In die Decke des Reaktorraums wurde ein riesiges Loch gesprengt, dessen Trümmer auf die hereinstürmenden Marokianer hinunterregneten.

Weitere Explosionen gab es an anderen Stellen, überall auf die Station verteilt, ehe als eines der letzten Ziele die Frischwassertanks gesprengt wurden und sich eine Flutwelle von mehreren Milliarden Litern Wasser als Sturzflut durch die Station ergoss.

Das Loch in der Decke des Reaktorraums wurde zum Wasserfall und die Wasser fürchtenden Marokianer flüchteten wie die Hasen, als Treppen zu Sturzbächen wurden und Korridore zu reißenden Strömen.

Tom sah zufrieden, dass auch Phase 2 seines Planes funktionierte. Hätte Lee nicht diesen Verrat begangen, die Marokianer hätten nicht die geringste Chance gehabt.

Tom und Mark blickte gebannt auf die Monitore, als hinter ihnen der Eingang zum CIC aufgesprengt wurde.

Ituka und seine Männer waren schneller gewesen als das Wasser und stürmten das taktische Herz der Station.

Tom zog sofort seine Scorpion aus dem Beinhalfter und feuerte auf die einfallenden Horden.

Mark griff nach einem MEG 16 und warf sich hinter eine Konsole, während Tom wild schießend durch den Raum rannte und, erst nachdem er drei Feinde erschossen hatte, über eine Konsole hechtete.

Itukas Männer sicherten den Eingang, verschanzten sich hinter Konsolen und Tischen im CIC und erwiderten das Feuer der konföderierten Soldaten.

Rauch- und Handgranaten wurden geworfen, Explosionen fegten durch den Raum, Trümmer wurden zu scharfen Geschossen und glühende Projektile hagelten gegen alles, was ihnen im Weg stand.
Während Darson und seine Männer den Reaktorraum halten konnten und dank den Wassermassen alle Marokianer den Rückzug antraten, kämpften Mark und Tom einen verlorenen Kampf.
Mann um Mann fiel unter imperialem Dauerfeuer, bis sie endlich dicht genug waren, um in den Nahkampf überzugehen.
Sie wollten den Kampf Mann gegen Mann. Am liebsten mit Schwertern, Messern und Äxten. Als befände man sich in einer mittelalterlichen Schlacht.
Mark wurde von zwei Hünen in braun-roten Rüstungen umgerissen und seines Gewehres beraubt.
Er wehrte sich, griff nach der Scorpion in seinem Beinhalfter und schoss einem der Männer ins Gesicht, ehe der andere ihm die Waffe samt seinem rechten Arm abschlug.
Ein riesiges marokianisches Breitschwert zertrennte den Knochen unterhalb des Ellenbogens und Mark taumelte eine Blutfontäne versprühend gegen die nächste Wand.
Ehe er begriff, was mit ihm passierte, durchschlug dasselbe Schwert seinen Bauch, zertrennte die Wirbelsäule und trat am Rücken wieder aus.
Blut spuckend sackte er auf die Knie, seine geweiteten Augen verdrehten sich, und als die Klinge seinen Körper wieder verließ, ergoss sich ein Strom aus Blut auch aus seinem Bauch.
Der Marokianer wirbelte das Schwert siegreich über seinem Kopf, nahm es in beide Hände und enthauptete Mark mit einem gewaltigen, präzisen Hieb.
Tom sah es nur aus dem Augenwinkel und hatte keine Gelegenheit ihm zu helfen. Zu sehr war er damit beschäftigt, selbst am Leben zu bleiben.
Mit zwei Scorpions, einer in jeder Hand, feuerte er auf alles, was näher als zwei Meter an ihn herankam, ehe ihm die Munition ausging und er eine der Waffen einem Marokianer an den Kopf warf; dann nahm er die zweite, hielt sie wie einen Hammer und schlug so lange auf den am Boden liegenden Soldaten ein, bis Hirnstücke ihm entgegenspritzten.

Tom griff nach einem am Boden liegenden Breitschwert, nahm es in beide Hände und schlug sich durch die näher kommenden Marokianer in Richtung Haupttor.

Tom war in einen gnadenlos-präzisen Blutrausch verfallen, jeder Schlag war ein Treffer. Köpfe und Arme wurden abgetrennt, Brustpanzer zerschlagen und unzählige Liter marokianischen Blutes überfluteten das CIC.

Tom merkte gar nicht, wie einer nach dem anderen um ihn herum starb. Alle anderen konföderierten Soldaten waren längst gefallen, während er sich noch immer gegen einen Feind wehrte, der ihm zwanzigfach überlegen war.

Blindlings schlug er sich durch ihre Reihen. Keiner ihrer Schläge traf ihn, jeder ihrer Griffe verfehlte ihn.

Tom sprang, rollte, beugte sich, während er mit dem Schwert unablässig um sich schlug, bis sie ihn dann doch überwältigten.

Der Körper von Tom Hawkins verschwand inmitten einer tosenden Masse aus marokianischen Rüstungen.

ISS Rubikon.
\>\> Wir sind die einzige Hoffnung, die Chang jetzt noch hat <<, sagte Beth Armstrong mit schicksalsschwerer Stimme ins Interkom und ihre Stimme wurde in jeden Winkel ihrer Flotte getragen. >> Wenn wir versagen, geben wir sieben Milliarden Chang der Vernichtung preis. Wenn wir versagen, fällt dieses Juwel unter den Sternen in die blutigen Hände des Imperiums. Zu versagen können wir uns nicht leisten. Ein Rückzug steht nicht zur Debatte. Ich weiß, dass ihr Angst habt angesichts der Dinge, die da kommen werden. Aber ich weiß auch, dass ihr tapfer seid. Die Ausbildung, die ihr genossen habt, ist die beste, die es gibt. Ihr dient in der besten und modernsten Armee unserer Zeit. IHR SEID DIE BESTE ARMEE, die es jemals gab. Ich erwarte von euch nicht das Unmögliche. Ich verlange nur, dass ihr das tut, wozu ihr ausgebildet wurdet. Ich verspreche euch, dass diese Flotte unsere Linien nicht durchbrechen wird, ich garantiere euch, dass wir standhaft bleiben. Viel Glück euch allen. <<

Beth gab ihrem Kommunikationsoffizier ein Handzeichen und die Verbindung wurde unterbrochen.

Beth' Kehle war staubtrocken und sie hoffte, dass sie die richtigen Worte gefunden hatte. An und für sich war Beth eine sehr gute Rednerin. Oft hatte sie schon vor dem irdischen Parlament oder vor dem Rat der Konföderation gesprochen. Sie hatte Ansprachen und Vorträge an Akademien gehalten, bei Staatsempfängen und bei militärischen Zeremonien. Immer hatte sie genau das Richtige gesagt. Die Worte waren aus ihr herausgesprudelt und die Menge hatte ihr oft tosenden Beifall gespendet.

Beth hatte immer ein gutes Gespür für die richtigen Worte.

Doch heute hatte sie kaum zwei klare Sätze zusammenbekommen.

Die Ansprache vor der Schlacht war eine alte Tradition des Militärs. Viele große Anführer, Generäle und Könige hatten ihren Männern vor der Schlacht ins Gewissen geredet. Hatten ihnen oft geschichtsträchtige Worte entgegengeschmettert und sie dann in den Sieg geführt. Beth war dieser Tradition immer gefolgt. Vor jeder Schlacht, in die sie zog, hatte sie zu ihren Leuten gesprochen und immer hatte sie dann den Sieg errungen.

Sie galt als der beste Gefechtsoffizier der Flotte. Niemals war sie besiegt worden. Die Liste ihrer Siege war endlos. Die schlimmsten Schlachten des letzten Krieges fanden sich darauf.

Doch Beth Armstrong hatte furchtbare Angst.

Zum ersten Mal in ihrer langen Karriere sah sie sich einem Feind gegenüber, dessen Übermacht unbezwingbar schien. Wie sollte sie diese unzähmbare Masse an Schiffen bezwingen?

Über siebzig Schlachtschiffe, Jagd- und Panzerkreuzer sowie Trägerschiffe würden sich mit all ihrer Wucht in die Schlacht werfen.

Und Beth hatte kaum mehr als drei Gefechtsgruppen, mit denen sie ihnen entgegentreten konnte.

Mit steifen Bewegungen griff sie an die goldenen Knöpfe ihrer blauen Uniformjacke und knöpfte sie zu.

>> Sind Sie bereit? <<, fragte Sur und bemerkte, dass Beth' Finger zitterten.

>> Erster und zweiter Flügel nach vorne. Dritter und vierter decken die Flanken. Wir stellen die Mitte <<, befahl sie und ihre Befehle wurden an die Flotte weitergegeben.

>> Gefechtsgruppe neun soll versuchen, ihre Flanke zu umgehen und ihnen in die Seite fallen. Gruppe zwölf deckt ihren Rücken und

hält sich zur Verfügung. Die Trägerschiffe sollen ihre Jäger losschicken. << Beth' Stimme ratterte in militärischem Tonfall. Knapp und schnell sprach sie ihre Befehle, blickte dabei die ganze Zeit über auf die frei im Raum schwebende Sternenkarte.

Von ihrem Kommandoposten im Heck der Brücke würde sie die Schlacht kommandieren, während Sur das Kommando der Rubikon führte.

>> Uns allen viel Glück <<, sagte Sur, ehe er nach vorne ging und sich in den Kommandosessel setzte.

Beth blieb an ihrem runden Tisch zurück und ihr Blick wanderte über die Glasplatte, die einen holographischen Projektor verbarg. Die Daten, die von den Sensorenbänken der Rubikon empfangen wurden, wurden alle auf dieser Tischplatte zusammengefasst als eine Ansammlung von zwei- und dreidimensionalen Displays.

>> Fünf Minuten bis Feuerreichweite <<, meldete eine Stimme und Beth registrierte es mit einem Nicken. Sie war konzentriert, verdrängte alle Gedanken an Familie und Heimat. Sie dachte weder an ihre beiden Kinder noch an ihren geschiedenen Ehemann, nicht an die kranke Mutter, die in einer kleinen Wohnung bei Paris lebte, nicht an ihren Hund Sam, der jetzt bei einem sehr guten Freund untergebracht war und vermutlich gerade den Strand von Bande Ache hinunterrannte.

Sie verdrängte alles, was mit persönlichen Gefühlen zu tun hatte. Sie wurde zu einem Teil der gewaltigen militärischen Maschinerie.

Langsam zählten die Ziffern der Digitaluhr die Zeit und es war, als fühle Beth, wie die Marokianer mit jedem neuen Aufblinken des kristallinen Displays näher kamen. Ihr war, als hörte sie ihr Aufmarschieren. Als stehe sie an einem kalten Morgen auf einem noch gefrorenen Feld unter düsterem Himmel und blicke auf die Banner einer feindlichen Armee, die sich langsam aus den Morgennebeln erhoben. Als höre sie ihr Knurren und das blecherne Schlagen der Rüstungen, die dröhnend gerufenen Befehle, das Angst einflößende Röhren eines Hornes und dann das Aufheulen der ersten Salve.

Donnernd schlugen die ersten Feuerstöße der imperialen Geschütze in die Hüllen der konföderierten Schiffe und Beth reagierte so, wie es ihr eigen war, so wie sie es immer getan hatte.

>> Feuer frei, Jagdschiffe sollen zum Angriff übergehen, Artillerieschiffe richten das Feuer auf die hinteren Reihen, Gruppe zwölf bleibt in Wartestellung. Schickt die Jäger in den Nahkampf, Bombergeschwader eins und zwei sollen die Flotte von unten umgehen ... <<

Was draußen in der Kälte des Alls ein grausames Gemetzel war, ein Sturm aus glühenden Kanonen, zerberstenden Jägern, zerbrechenden Schiffen, explodierenden Bomben und Raketen, ein Feuerwerk aus roten und orangen Ladungen, abgefeuert aus rotierenden Geschützen ... das war in der blau beleuchteten Kühle von Beth' Kommandoposten nur ein Aufblinken von roten und grünen Punkten, die frei im Raum schwebten und von denen gelegentlich eines aufhörte zu blinken und einfach erlosch.

Während sich draußen die Schiffe ineinanderbohrten und konföderierte Soldaten ebenso wie imperiale einen grausamen Tod im All starben, brütete Beth über ihrer Strategie. Sie wusste, wie es dort draußen aussah. Sie kannte den Schmerz, das Leid der Schlacht. Sie wusste, wie es war, in den vordersten Reihen einer Raumschlacht zu stehen. Das Feuer, die Explosionen, das zischende Rauschen entweichender Luft, kurz bevor die Hülle zerbrach und die Menschen ins All hinausgeblasen wurden.

Ebenso diese unpassende Stille außerhalb der Schiffe, wo man die Explosionen sah, wusste, wie sie klangen, aber nicht hören konnte, weil es keine Luft gab, die den Schall transportieren könnte.

Sie kannte das alles viel zu gut.

Darum verdrängte sie es.

Für Beth war die Schlacht wie das Verschieben von Schachfiguren auf einem Brett. Es war ein Strategiespiel. Ein Problem, das man Zug für Zug lösen musste, während da drüben jenseits der konföderierten und imperialen Flotten ein Gegenspieler saß, der genau dasselbe versuchte. >> Lasst die mittleren Flügel zurückweichen, die Flanken müssen aber halten! <<, sagte sie mit ruhiger, unaufgeregter Stimme. Andere Admiräle tobten über ihre Brücke und brüllten ihre Befehle lauthals durch den Raum.

Beth war anders. Beth blieb so ruhig und reserviert wie nur möglich. Doch sah man sie genau an, so erkannte man Schweißtropfen, die

von ihrer Stirn heruntertropften und sich auf der Glasplatte des Tisches zu einer kleinen Lache sammelten.
Die vorderen Flügel wichen zurück und Marokia setzte sofort nach.
Der feindliche Kommandant erkannte im Zurückweichen der Schiffe eine Schwäche und wollte diese sofort nutzen.
Damit hatte Beth gerechnet.
Wie einst Hannibal auf dem Leichenfeld von Cannae, nutzte sie eine List und trieb ihren Gegner in eine grausame Kesselschlacht.
>> Gruppe zwölf aufteilen und die obere und untere Flanke des Feindes angreifen <<, sagte sie ruhig. >> SUS! Wir müssen ein wenig zurückweichen. Ich will ihn noch ein wenig locken <<, sagte sie mit deutlich lauterer, fester Stimme, so dass der Captain der Rubikon sie hören konnte.
>> Wird gemacht, Ma'am <<, erwiderte er und die Rubikon samt ihrer Begleitschiffe wich zurück.
>> Die Bombergeschwader drei und vier ins Feld <<, sagte sie, >> Jäger zurückziehen und neu sammeln. <<

Pegasus 1.
Ardon und seine Gruppe hatten sich bereits um einiges vom CIC entfernt, hörten aber immer noch den hinter ihnen tobenden Gefechtslärm.
Atemlos flüchteten sie durch das enge Netz der Wartungsröhren, welche die Lebensadern dieser Station waren.
Vom Energienetz der Waffensysteme über Interkom und Ghostcom, zu Wasser- und Abwasserversorgung, künstliche Schwerkraft, über- und untergeordnete Energieversorgung, Sensorenkontrollen etc., alles lief hier in diesen engen Schächten zusammen.
Alle Systeme, die eine Station wie diese brauchte, um zu funktionieren, waren über diese Wartungsröhren zu erreichen. Von hier aus wurden sie gewartet, kontrolliert und repariert.
Doch im Moment dienten sie als Fluchtweg und Versteck für all jene Soldaten, die sich aus verlorenen Stellungen zurückziehen mussten.
Ardon und Christine rutschten eine Leiter herunter und gingen sofort wieder in Deckung, als sie den Boden erreicht hatten.

Den Griff ihrer Scorpion mit beiden Händen fest umschlungen lehnte Christine an einer Wand und blickte in den Schlund des sich vor ihr auftuenden Tunnels.

Ardon hockte auf der anderen Seite des kleinen, kugelförmigen Raumes und blickte in eine andere Röhre. Das MEG 16 hatte er dabei die ganze Zeit im Anschlag.

Es dauerte eine halbe Ewigkeit, bis der gefesselte Admiral Lee endlich über die Leiter heruntertransportiert war, und Christine nutzte die kurze Verschnaufpause, um in die rote Düsternis hineinzuhorchen.

Konnte sie Tom hören, der ihr durch die Station folgte? War er irgendwo dort draußen?

>> Wir müssen weiter, Doktor <<, sagte Ardon und trieb seine Männer weiter. Das Röhrensystem war ihm außergewöhnlich gut bekannt. Christine hätte sich hier drinnen hoffnungslos verlaufen, Ardon jedoch führte die Gruppe mit selbstsicherer Ruhe an all den imperialen Truppen vorbei bis zu den Hangardecks.

Durch ein Lüftungsgitter blickten sie auf das Flugdeck unter ihnen. Dutzende Truppentransporter standen hier kreuz und quer durcheinander und wurden nur spärlich bewacht.

>> Dort drüben hinter den Startrampen <<, sagte Ardon und deutete auf einen Raider, der startbereit an seiner Markierung stand. >> Wir schleichen uns an den Wachen vorbei, besteigen das Schiff und verschwinden von hier. <<

Christine und die anderen nickten. Lee war vorsichtshalber KO geschlagen worden, damit er die Aktion nicht stören konnte.

Ardon öffnete das Lüftungsgitter und kletterte aus der Röhre. Am Boden kniend, das Gewehr im Anschlag, blickte er durch das Flugdeck, während hinter ihm die anderen herauskamen und sich sofort auf den Weg machten.

Sich abwechselnd Deckung gebend arbeitete sich die Gruppe aus sieben Soldaten und einem Gefangenen durch das Gewirr an abgestellten Schiffen. Man fühlte sich wie in einem Irrgarten, wenn man durch diesen Wald aus Landestutzen und sandgrau lackierten Schiffsrümpfen schlich.

Christine blieb immer wieder stehen, lugte um eine Ecke und rannte dann weiter. Der Schweiß tropfte ihr von der Stirn und floss ihren

Rücken hinunter. Die Uniform klebte ihr am Körper und die Aufregung raubte ihr fast den Atem.

Als der Raider nur noch wenige Meter entfernt war, wurde ihr Schritt immer schneller. Lee und der Soldat, der ihn getragen hatte, waren bereits an der Luke, Ardon und einer seiner Männer würden sie jeden Moment erreichen.

Die Rettung war nah.

Christine erreichte das Schiff, und als sie die Luke durchschritt, blickte sie ein letztes Mal zurück zur Station.

Gleichzeitig heulten bereits die Turbinen auf und Ardon zog sie zur Seite, um das Schott schließen zu können.

Sanft erhob sich das Schiff von seinen Landestutzen und verbarg sie dann im Rumpf, ehe es langsam beschleunigte.

Gewehrfeuer hämmerte gegen die Außenhülle und Christine zuckte zusammen.

>> Keine Angst, Doktor. Diese Raider sind gut gepanzert <<, sagte Ardon beruhigend und setzte sich auf eine der Sitzbänke.

Das flache, stromlinienförmige Schiff mit den beiden Heckturbinen flog über das Deck und hielt auf die Docktore zu. Zwei riesige Schotten, die sich automatisch öffneten, sobald sich ihnen ein Schiff näherte.

Gebannt blickte Christine durch das Fenster auf die an ihr vorbeiziehende Station. Während Lee hustend am Boden lag, steuerte der Pilot das Schiff mit unerwarteter Ruhe durch das Innere der Station direkt auf das Raumdock zu.

Die beiden Torhälften glitten auseinander und machten den Weg frei.

Doch anstatt ins Antlitz der Freiheit zu blicken, starrten sie plötzlich in die hässliche Fratze eines marokianischen Rochenjägers, der hinter den Toren aufgetaucht war.

Der Pilot riss das Schiff herum, hatte aber viel zu wenig Platz, um zu manövrieren. Der Rochenjäger aktivierte seine Geschütze und zerfetzte das Heck des Raiders.

Feuer spuckend stürzte die Maschine auf das Deck und grub sich unter die Rümpfe mehrerer Truppentransporter.

Sofort breitete sich Feuer aus, schwarzer Rauch erhob sich über der Absturzstelle und das Schreien verbrennender Menschen gellte durch das Dock.

Pegasus 1, Reaktorraum.
Darson blickte auf das wunderschöne Meer, das sich unter ihm gebildet hatte. Wie die Marokianer stammte er von einer sehr trockenen Welt, die von Außenweltlern gerne als einzige Wüste angesehen wurde.
Der Anblick von Wasser hatte deshalb eine faszinierende Wirkung auf ihn. Denn anders als Marokianer fürchteten Chang sich nicht vor Wasser, sondern liebten es abgöttisch. Auf einer Welt ohne Wasser geboren, war der Anblick eines Meeres der schönste im Universum.
Doch es blieb keine Zeit um zu träumen.
Darson musste versuchen, seine Männer hier rauszubringen. Die Station war verloren und jetzt hier zu sitzen und auf den Schlachter zu warten hatte absolut keinen Sinn.
>> Hört zu <<, sagte er laut. >> Wir versuchen es durch die Wartungsröhren. Vermutlich der einzige Weg, den sie noch nicht kontrollieren. Sobald wir auf dem Flugdeck sind, besteigen wir einen Raider und fliegen zum Planeten. << Darson überlegte einen Moment. >> Falls einer von euch einen besseren Plan hat ... nur heraus damit. Ich bin offen für Vorschläge. <<
>> Warum nicht die Stellung halten, bis Jeffries die Männer vom Planeten hochschickt? <<, fragte Nesel und Darson blickte ihn ungläubig an. >> Weil die Marokianer das CIC eingenommen haben. Truppentransporter, die vom Planeten hochkommen, schaffen es niemals durch den ROF. Wir müssen von der Station runter und uns auf der Oberfläche verschanzen, bis Armstrongs Truppen hier eintreffen. <<
>> Guter Plan, Sir <<, sagte Nesel.
>> Es ist ein miserabler Plan <<, gab er zurück. >> Ein Plan voller Unbekannter. Nur es ist das Einzige, das ich anzubieten habe. Wir müssen schleunigst runter von dieser Station. <<
Darson griff nach seinem Gewehr, schnallte es sich auf den Rücken und wurde von einer Explosion von den Beinen gerissen, die ein riesiges Loch in die Wand vor ihm sprengte.

Ohne Halt zu finden schlitterte er über den nassen Gitterboden und stürzte vom Steg. Nesel, der versuchte, ihn festzuhalten, verlor den Halt und stürzte ihm hinter her.
Wäre das Wasser nicht gewesen …, sie wären in den sicheren Tod gestürzt.
So prallten sie äußerst schmerzhaft ins kühle Nass und mussten hilflos mit ansehen, wie der Rest ihrer Leute von den Marokianern überrannt wurde.
Nesel hatte sich beim Sturz das Schlüsselbein gebrochen und Darson versuchte, ihn aus dem Reaktorraum hinauszuschleppen, während er von oben kreischende Schreie hörte. Wie Tiere auf einer Schlachtbank.
Und plötzlich regnete es Blut.
Literweise tropfte es vom Steg herunter, auf dem die Marokianer die Leichen zerhackten.

ISS Rubikon.
Wie eine moderne Ophelia lag Beth rücklings auf ihrem gläsernen Situationstisch; um sie herum loderte tosendes Feuer, Löschmittel regnete aus der Sprinkleranlage und unmenschliche Schmerzensschreie hallten durch das Schiff.
Die Schlachtordnung ihrer Flotte war eingebrochen, alle Strategie, aller Mut und alle List hatten am Ende nichts gebracht.
Captain Sur versuchte das Schiff und somit seine Admiralin zu retten, doch es schien aussichtslos.
Drei Gefechtsgruppen gingen an diesem Tag vollständig verloren und der Marsch nach Chang war nun ungehindert möglich.
Die imperiale Flotte erhob sich aus den Trümmern der Schlacht und machte sich auf den Weg zur Heimatwelt.
Die Rubikon wurde Opfer imperialer Taktik.
Auf Befehl des Oberkommandos wurden keine Flüchtlinge geduldet. Dem brennend im All liegenden Schiff wurde von imperialem Geschützfeuer der Todesstoß versetzt. Von glühenden Ladungen durchschlagen, brach die Hülle in sich zusammen. Feuerstürme rasten durch das Innere des Schiffes und verbrannten die Hülle von innen her.

Wie einst die Hindenburg in Lakehurst verbrannte nun die Rubikon inmitten der Dunkelheit.
Weder für Sur noch für Beth gab es eine Rettung.
Ihre Körper wurden ein Opfer der Flammen.
Es war wohl eine Gnade, dass Beth nicht mehr erwachte, ehe die Flammen den Tisch unter ihr zerschmolzen und ihren Körper endgültig und gierig umschlangen.
Sur hatte weniger Glück. Seine Gnade war eine Ladung aus seiner eigenen Waffe, unmittelbar bevor das Feuer ihn verzehrte.

Pegasus 1.
Als Christine wieder erwachte, lag sie zusammengerollt in einer Kiste oder einem Container. Durch Schlitze im Deckel drang frische Luft und mattes, gelbes Licht in ihr kleines Gefängnis, was bei ihr den Eindruck verstärkte, ein Tier in einem Käfig zu sein.
Was war passiert?
Christine erinnerte sich an ihren Fluchtversuch. An das rasche Ausweichmanöver und an eine Explosion im Heck des Schiffes.
Sie erinnerte sich an den Absturz und an das Gefühl, quer durch den Raum zu fliegen.
Sie erinnerte sich auch an die Hitze näher kommenden Feuers und an qualvolle Schreie.
Und an Gatlingfeuer! An das donnernde Aufheulen einer Gatling und an eine weitere Explosion. An das Hämmern von imperialen Stiefeln draußen auf dem Flugdeck und an weiteres Feuer aus rotierenden Geschützläufen.
Christine versuchte sich aufrecht hinzusetzen und blickte an sich herab. Das wenige an Kleidung, das sie noch trug, hing ihr wie Fetzen am Leib. Die Uniformreste waren zerrissen und verkohlt, ihre Arme schmerzten.
Im schwachen Licht erkannte sie leichte, unbehandelte Verbrennungen.
Wie war sie aus dem Schiff herausgekommen?
Außerhalb des Käfigs hörte sie wieder diese blechernen Schritte der Marokianer. Kamen sie näher?

Wie war sie hierher gekommen? Die Marokianer hatten sie doch sicher nicht gerettet.

Oder?

Christine versuchte sich zu erinnern, sah aber nichts außer blauen Flammen und gelbem Rauch.

Oder doch?

WILL!

Erst sah sie nur zwei Hände, die Trümmerteile zur Seite rissen, dann Wills Gesicht. Verschwitzt, müde, abgekämpft, verkatert blickte er sie an und reichte ihr die rettende Hand.

Will zog sie aus dem brennenden Schiff heraus und schleppte sie weg von der Absturzstelle. Überall auf dem Deck lagen tote Marokianer, mehrere ihrer Transportschiffe brannten, ein zerschellter Rochenjäger lag mitten auf dem Deck und davor parkte Wills FM 740 Nighthawk.

Christines Erinnerungen waren lückenhaft und umnebelt. Sie sah Ardon, der einen Soldaten auf sie zuschleppte. Er humpelte, sein Gesicht war vom Feuer gezeichnet.

Sie sah Will, der mit gezogener Scorpion um einen Transporter schlich, dann hörte sie einen heftigen Schusswechsel, ehe zwei große, starke Hände sie packten und mitschleppten.

Dann erwachte sie in ihrem Käfig.

Was war passiert?

Pegasus 1, CIC.

Iman betrat das Nervenzentrum der Station in zufriedener Siegerpose. Seine Leute hatten die Station übernommen. Trotz der schweren Verluste, zugefügt durch eine feige List der Menschen, hatte er ihr heiliges Juwel erobern können. Diese Station, die sie so gelobt und verehrt hatten.

Dieser als uneinnehmbar geltende Stützpunkt, überrannt in wenigen Stunden. Der Mythos der Pegasusstationen existierte nicht mehr. Sie waren nicht dieses perfekte Bollwerk, als das die Propagandaindustrie der Menschen sie immer verkaufte.

Zufrieden sah Iman seine Soldaten, die an den konföderierten Computern saßen, die Systeme neu aktivierten, die Schäden begutachteten und sukzessive die Kontrolle über die Station übernahmen. System um System wurde reaktiviert und in Betrieb genommen. Bis die Menschen und ihre Lakaien reagieren konnten, würde die Station fest in seiner Hand sein und eine weitere imperiale Flotte im Orbit des Planeten vor Anker liegen.

\>\> Ulaf Iman. Ich vermelde stolz das Ende der Kampfhandlungen <<, sagte Ituka zufrieden mit sich und der Leistung seiner Männer.

Die Schwere des Kampfes war ihm noch immer ins Gesicht geschrieben. Eine blutende Narbe zog sich über seine Wange, seine Rüstung war von Einschussdellen übersät.

\>\> Sie haben sich tapfer gewehrt, nicht wahr? <<, sagte Iman zu seinem Offizier und Ituka nickte zurückhaltend. \>\> Mehr als das <<, gestand er. \>\> Dieses Volk ist eine Horde von Raubtieren. Sie erkennen nicht, wann sie verloren haben, kämpfen weiter ohne Sinn und Verstand <<, grunzte Ituka. Sein Nackenkamm blähte sich auf, Blut tropfte noch immer von seinen Reißzähnen und Stücke von menschlichem Fleisch klebten an seiner Rüstung.

\>\> Wir haben einen Gefangenen gemacht <<, sagte Ituka.

\>\> Einen wichtigen, wie ich hoffe. <<

\>\> Er trug dieses Zeichen am Kragen seiner Uniform. << Ituka reichte seinem Ulaf einen münzengroßen silbernen Lorbeerkranz. Eine Anstecknadel, die von den XOs von Korps und Flotte am Kragen getragen wurde.

\>\> Wo ist er? <<

Ituka führte Iman in den Besprechungsraum der Station, etwa hundert Meter vom CIC entfernt. Dort fand er einen Menschen, nackt an einen Stuhl gefesselt und dennoch zornig und trotzig gegen seine Gefangenschaft ankämpfend.

Tom Hawkins zerrte an den Fesseln seiner Hand- und Fußgelenke. Der Draht schnitt sich tief in die Haut, der Schmerz war schrecklich, doch was interessierte es ihn. Er musste freikommen, um weiterzukämpfen.

\>\> Sie sind der XO dieser Station? <<, fragte Iman in der Sprache der Menschen und Tom war erstaunt, wie perfekt er sie beherrschte.

\>\> Der Erste Offizier? Stellvertreter des kommandierenden Admirals? <<

Iman gab sich große Mühe und es gelang ihm, verständliche Worte zu formulieren.

\>> Sie können sich nicht befreien <<, sagte Iman ruhig, nahm einen Stuhl und setzte sich Tom gegenüber. >> Sind Sie der XO dieser Station? <<

\>> Nein <<, sagte Tom und in seiner Stimme rollte unerbittlicher Hass.

\>> Meine Männer sagen, dass Sie gekämpft haben wie ein Drache. Ihr Mut soll geradezu marokianisch sein. <<

\>> ER ist MENSCHLICH! <<, fauchte Tom und sein Gesicht verzog sich zu einer Fratze aus reinem Hass.

Iman verzog seine schuppige Grimasse zu einem Lächeln. >> Ich habe Respekt vor mutigen Männern. Selbst wenn sie kaum mehr als Tiere sind. <<

\>> Und das aus dem Mund eines Reptils <<, fauchte Tom trotzig.

\>> Und was ist der Mensch anderes als ein haarloser AFFE? Ihr glaubt, ihr wärt allen anderen Spezies überlegen, weil ihr aufrecht gehen könnt, weil ihr zwei Arme und zwei Beine habt. Doch das haben alle raumfahrenden Völker. Euer Körperbau macht euch zu nichts Besonderem. Ob Schuppen oder Haut ... Was ändert das. << Imans Stimme klang fast versöhnlich. >> Es ist die Kultur, die eurem Volk fehlt. Tradition, Manieren, Selbstbeherrschung. Kein anderes Volk, das ich kenne, hat so grausame Kriege gegen die eigene Spezies geführt. <<

\>> Was für eine Kultur hat Marokia? Ihr haltet Sklaven, fresst eure Gefangenen, behandelt eure Frauen wie Gegenstände, unterdrückt und vernichtet systematisch mehr als ein Dutzend Völker, ihr verabscheut die Demokratie, verbietet freie Wahlen, verhindert freie Meinungsäußerung, euer Volk haltet ihr dumm, damit keine Revolutionen entstehen, höhere Bildung ist dem Adel vorbehalten ... <<

\>> Was ist das nur, das euch auserwählt, über andere zu richten? <<, fragte Iman aufbrausend. >> Wer sagt euch, dass ihr besser seid als andere? <<

\>> Wer sagt EUCH, dass ihr besser seid als andere? <<, konterte Tom. >> Was macht Marokia so moralisch überlegen? Etwa die Monarchie? <<

Iman knurrte und griff Tom an die Kehle.

>> Ihr bekämpft aber nicht unsere Monarchie, sondern unser Volk. Ihr tötet nicht unseren Kaiser, sondern unsere Kinder, ihr bombardiert nicht unsere Paläste, sondern unsere Städte. Ihr wollt unser Volk vernichten, nicht es bekehren. Keiner eurer Politiker hat je von Freiheit für Marokia geredet. Immer nur von unserer Vernichtung. <<
>> *Muss* Marokia von uns befreit werden? <<, keuchte Tom unter dem eisernen Griff Imans.
>> Wer Argumente wie Demokratie, Selbstbestimmung, Freiheit und *freie Meinungsäußerung* auf seine Fahnen schreibt, darf nicht im selben Augenblick den Genozid an meinem Volk fordern. Ihr führt diesen Krieg aus nur einem Zweck ... ihr wollt die Vernichtung eines Volkes, das dreitausend Jahre lang über diese Galaxis geherrscht hat. <<
>> Und warum führt ihr diesen Krieg? <<, fragte Tom und sein Gesicht lief bereits blau an.
>> Wir kämpfen um das Fortbestehen unserer Art. Wir kämpfen, um der Galaxis eine Herrschaft der Menschen zu ersparen. <<
>> Wer sagt, dass wir über andere herrschen wollen? <<
>> Sollte das Imperium fallen, ist euere *Konföderation* die letzte verbleibende Supermacht. Was würde das anderes bedeuten als die absolute Macht über alles Leben in dieser Galaxis? <<
>> Freiheit für alle Völker <<, keuchte Tom und endlich lockerte Iman seinen Griff um Toms Hals.
Keuchend sog er frische Luft in seine Lungen.
>> Seid Ihr der XO dieser Station? <<, fragte Iman und kehrte zu seinem Verhör zurück. Der Disput über Sinn und Unsinn des Krieges war damit vorbei. Die festgefahrenen Fronten würden im Laufe dieser Nacht noch unerbittlicher werden.
>> Ich bin der CAG <<, sagte Tom schließlich.
>> Der CAG? <<, wiederholte Iman.
>> Ja. Der Commander Airgroup. Der leitende Pilot der Station, zuständig für den Ablauf des Flugbetriebs. <<
>> Ich weiß, was der CAG ist <<, erwiderte Iman. >> Und ich weiß, dass der CAG kein solches Abzeichen am Kragen trägt. <<
Iman schleuderte Tom seinen silbernen Lorbeerkranz entgegen.

\>> Wie lauten die Pläne der Konföderation zur Rückeroberung der Raumstation Pegasus 1? <<

\>> Über taktische Planungen des Oberkommandos habe ich keine Kenntnis <<, erwiderte Tom.

\>> Diese Station ist Hauptquartier des gesamten Frontabschnittes. Sie sind der Erste Offizier dieser Station und ich verlange Antworten. <<

\>> Ich bin nur der CAG <<, beharrte Tom und Iman riss der Geduldsfaden.

\>> Bringt ihn herein <<, knurrte er und Ituka gab sofort ein Handzeichen zu den Wachen an der Tür.

Wenige Sekunden später betrat ein magerer, hochgewachsener Mann mit grauem Haar und blutendem Gesicht den Raum.

\>> Willkommen bei Freunden, Admiral Lee <<, sagte Iman und reichte dem Mann die Hand zum Gruß. Lees Uniform war zerrissen und verkohlt, sein Haar und sein Gesicht wirkten angesengt.

\>> Captain Hawkins. Es freut mich, Sie wiederzusehen <<, sagte Lee in schrecklich freundlichem Tonfall. >> Wie ich höre, weigert er sich zu reden. Nun, ich denke, da gibt es Möglichkeiten, dies zu ändern. <<

Zehn Minuten später hing Tom gefesselt von der Decke. Alle Viere ausgestreckt wie ein Fallschirmspringer im freien Fall, hing er über einem prasselnden Feuer, das, sollte man ihn noch ein wenig ablassen, seinen Bauch verbrennen würde, als wäre er ein Stück Grillfleisch.

\>> Ich denke, es ist an der Zeit zu reden, Captain <<, sagte Iman und nickte den Männern zu, welche die vier Seile hielten, an denen Tom gefesselt war. Langsam ließen sie ihn näher ans Feuer heran.

Tom keuchte, spannte seine Muskeln und versuchte den Flammen zu entkommen. Er wollte nicht schreien, alles in ihm wehrte sich dagegen, doch das Gefühl der verbrennenden Bauchdecke war stärker.

Zwei Stunden lang spielten sie mit ihm. Immer wieder zogen sie ihn hoch, ließen ihn wieder ab, stellten Fragen und schlugen zum Vergnügen auf ihn ein.

Irgendwann verlor er das Bewusstsein, wurde mit einem Kübel Urin wieder aufgeweckt und die Tortur ging weiter.

Irgendwann tropfte ihm das Blut aus Nase, Mund, Augen und Ohren, seine Rippen fühlten sich an, als wären sie allesamt gebrochen, und sein Bauch war völlig verbrannt.

Dennoch hatte er keine einzige Information preisgegeben.

\>\> Die Übernahme der Station ist abgeschlossen <<, meldete Ituka, während sie gerade eine kurze Folterpause einlegten. >> Alle Systeme funktionsfähig, mit Ausnahme der Waffen. Wir sind dabei, den Reaktorraum trockenzulegen, danach sollten wir in Kürze wieder Energie auf den Defensivsystemen haben. <<

Iman nickte zufrieden.

\>\> Unsere Flotte hat Chang erreicht <<, grunzte Dragus, als er aufgeregt durch die Tür stürmte. >> Sie beginnen in diesen Minuten mit dem orbitalen Bombardement. <<

\>\> Großartig <<, sagte Iman zufrieden. >> Das verschafft uns Zeit. <<

\>\> Hier haben wir die Pläne der planetaren Bunkeranlagen, die Sie verlangt haben <<, sagte Lee und deutete auf eine Karte, die über dem Holoschirm des Tisches schwebte.

\>\> Sehr tief <<, sagte Iman unzufrieden. >> Dicke Mauern, alles verstärkt ... Ein orbitales Bombardement ist absolut sinnlos. <<

\>\> Darum ging es beim Bau dieser Anlagen <<, kommentierte Lee.

\>\> Und Admiral Jeffries befindet sich garantiert dort unten? <<

\>\> In diesem Raum <<, versicherte Lee und deutete auf die Karte.

\>\> Wir haben nicht genug Soldaten, um diese Anlage zu stürmen <<, sagte Ituka.

\>\> Aber wir haben genug, um sie zu belagern, bis Verstärkung eintrifft <<, erwiderte Iman.

\>\> Oder wir sprengen die Eingänge und lassen sie da drinnen verrecken <<, schlug Ituka vor.

\>\> Und die Chance, einen Vier-Sterne-Admiral zu fangen, einfach so verstreichen lassen <<, sagte Iman nachdenklich. >> Wir verlegen alle nicht unbedingt benötigten Männer auf die Oberfläche, um die drei Bunkereingänge zu sichern. Wenn wir nicht rein können, können sie auch nicht raus. Bis in zwei Tagen kann ich eine ganze Legion an Bodentruppen hier versammeln. Dann stürmen wir die Anlage und der Oberkommandierende des Pegasus-Korps fällt uns

als Kriegsbeute in die Hände. Ich bezweifle, dass er sich als derart schmerzresistent erweist wie unser guter Captain dort drüben. <<
>> Was ist mit den Jagdmaschinen der Konföderation? <<, fragte Ituka Dragus und sofort wechselte er das Bild des Holoschirms. Es erschienen Sensorendaten des mittleren und erweiterten Verteidigungsradius der Station.
>> Sie ziehen sich zurück. Wir haben auch das zweite Schlachtschiff verloren, ihre Jäger ziehen sich im Moment zurück. <<
>> Wohin? <<, fragte Iman.
>> Zurück zur Planetenoberfläche <<, erklärte Ituka knapp.
>> Vermutlich um neue Munition aufzunehmen. Unseren Berechnungen zufolge müssten ihre Magazine fast leer sein. <<
Iman grunzte und blickte auf die projizierte Karte des Planeten NC5.
>> Wissen wir, wo sie landen werden? <<
>> In dieser Schlucht. Dort unten gibt es ein kleines Hangarareal <<, erklärte Lee.
>> Für diese Masse an Jägern wird man mehr brauchen als ein kleines Areal <<, sagt Ituka scharf.
>> Wir hatten zu wenig Zeit, um die Infrastruktur der alten Basis zu verbessern. Dort unten ist ein alter Hangar, verborgen im Fels. Seine Tore führen hinaus in die Schlucht. <<
>> Und die Jäger landen jetzt alle dort unten? <<, fragte Iman nach und Lee bestätigte.
>> So war der Plan. <<
>> Wie ist der Stand unserer Truppen? <<, wandte sich Iman rasch an Dragus.
>> Wir haben Ausfälle von etwa drei Vierteln <<, sagte er knapp und fast sah man die Rauchschaden der Wut aus Nase und Ohren Imans quellen.
>> Wie kann es sein, dass weniger als fünfhundert Menschen mehr als dreitausend imperiale Krieger töten? Sind wir wirklich so unfähig? <<, tobte er.
>> Unsere Männer sind verbrannt, erstickt und ertrunken, als sie diese Station nahmen. Ganz zu schweigen von den Verlusten durch die in den Korridoren aufgebauten Gatling-Schnellfeuergewehre und die Minotaurus-Kampfmaschinen. Diese Station galt nicht umsonst als uneinnehmbar <<, sagte Ituka trotzig. Obwohl er tiefen Respekt

und große Angst vor Iman hatte, konnte er sich diesen Hinweis nicht verkneifen. Zu viele waren tapfer gestorben, als dass ihr Andenken beschmutzt werden durfte.
>> Wie viele Männer haben wir noch? Tausend? <<
>> In etwa <<, erwiderte Dragus. >> Genaue Zahlen folgen in Kürze. <<
>> Bemannt mein Schiff. Ich will, dass die Imbari sofort von der Station abdockt und in die Atmosphäre eintritt. Sie soll dieses Tal bombardieren, mit allem, was die Arsenale noch hergeben. Haben wir noch Jagdmaschinen übrig? <<
>> Eine halbe Staffel <<, sagte Dragus.
>> Die sollen Tiefflugangriffe fliegen. Ich will ihre Jäger zerstören, solange sie am Boden sind und neue Munition holen. Wenn wir sie noch mal vom Boden hochkommen lassen, verlieren wir alles. <<
>> Das Bemannen der Imbari schwächt unsere Position hier auf der Station <<, gab Ituka zu bedenken. >> Solange wir die Waffensysteme nicht am Netz haben, müssen wir uns auf eine Gegeninvasion einrichten. <<
>> Wenn diese Jagdmaschinen nachgeladen haben, steigen sie sofort wieder auf und blockieren jeden Truppenkonvoi, der von Marokia Zeta aus hierher fliegt. Sie könnten uns vom Nachschub abschneiden und abwarten, bis Ersatztruppen eintreffen. Diese Gefahr ist im Moment größer als die Bedrohung durch eine Gegeninvasion. Jeder konföderierte Soldat wird seinen Blick jetzt nach Chang wenden, wo unsere Truppen die Städte in Schutt und Asche legen. <<

Pegasus 1, Wartungsschächte.
Darson schleppte Nesel nun schon seit Stunden durch die Station. Nachdem sie dem Inferno des Reaktorraums entkommen waren, hatten sie sich einige heftige Schießereien mit den Marokianern geliefert, ehe sie sich endlich in die Wartungsschächte hatten flüchten können.
Darson selbst hatte zwei Ladungen in seine Schutzweste abbekommen. Nesel hatten sie ins Bein geschossen, was ihn in Verbindung mit seinem gebrochenen Schlüsselbein zu einem echten Fluchthindernis machte. Trotzdem schleppte Darson ihn durch die Station.
Kein Mann blieb zurück!

Ein altes Motto, welches in einer solchen Schlacht leider nicht zu gewährleisten war.
>>Jetzt komm schon <<, Darson hievte Nesel durch eine Luke, zog seine Scorpion und ging bis zur nächsten Kreuzung voraus, um zu sehen, ob die Luft rein war.
Als er um die nächste Ecke schielte, blickte er in den Lauf einer Waffe.

Pegasus 1, Besprechungsraum, Kommandodeck.
Tom hing noch immer in den Seilen, das Feuer loderte vor sich hin, doch den Schmerz fühlte er kaum noch.
>> Sie sind wirklich ein unglaublich starker und dickköpfiger Mann <<, lobte ihn Iman.
>> Zum Glück hatte Admiral Lee eine Idee, wie wir Sie zum Reden bringen können. <<
>> Es wird Sie sicherlich erschrecken, zu erfahren, dass wir noch einen Gefangenen gemacht haben. <<
Die Tür öffnete sich und Christine wurde in den Raum geworfen.
Sofort kehrte das Leben in Toms Muskeln zurück und er begann mit mehr Kraft und Entschlossenheit an seinen Fesseln zu zerren als zuvor.
>> Ich werde dieses leckere Weibchen mit Genuss verspeisen, sollten Sie nicht auf der Stelle anfangen zu reden. <<

Pegasus 1, Wartungsschächte.
Will kniete in einem der Schächte, hatte den Griff seiner Scorpion mit beiden Händen fest umschlungen und richtete sie auf die vor ihm liegende Ecke.
Schweiß perlte auf seiner Stirn, sein ganzer Körper war zum Zerreißen gespannt. Den Finger am Abzug, wartete er auf seine Gelegenheit.
Minutenlang hatte er in die Stille gehorcht und gebannt dem Näherkommen zweier Personen gelauscht, von denen eine nun um die Ecke blickte.
>> Herr Gott. Ich hätte Sie beinahe erschossen <<, keuchte er, als er Darsons geschwärztes Gesicht erkannte.

>> Seien wir froh, dass Sie es nicht getan haben <<, sagte er.
>> Ich brauche Ihre Hilfe. <<
Gemeinsam brachten sie den verletzten Nesel zu einem der etwas größeren Wartungsräume und setzten sich zu Boden.
>> Was machen Sie hier drinnen? Sollten Sie nicht bei Ihren Piloten sein? <<, fragte Darson und nahm seine Feldflasche vom Gurtzeug.
>> Wir haben denen da draußen den Arsch aufgerissen. Das Schlachtschiff und alle Jäger sind zerstört. <<
>> Sicher? <<
>> Als ich zur Station abdrehte, stand es bereits in Flammen, der Kampf war so gut wie gewonnen. Nun kehren die Maschinen zum Planeten zurück, um neue Munition zu holen. Zumindest war das der abgesprochene Plan. <<
>> Warum sind Sie nicht bei Ihren Leuten? <<
>> Weil ich dort draußen nichts mehr tun konnte. Es wird eine Ewigkeit dauern, bis die Maschinen abgefertigt sind und wieder aufsteigen können. Da dachte ich mir, dass ihr hier drinnen sicher Hilfe gebrauchen könnt. <<
>> Sie bluten <<, bemerkte Darson und deutete auf Wills linke Seite.
>> Imperiales Jagdmesser <<, kommentierte er. >> Sie sollten den anderen sehen. <<
>> Wissen Sie, wie es um die Station steht? <<, fragte Darson, der keine Ahnung hatte, ob die Schlacht schon verloren war oder noch tobte.
>> Scheint so, als seien unsere Jungs erledigt. Als ich gelandet bin, wurde gerade ein Raider am Landedeck abgeschossen. <<
>> Überlebende? <<
>> Fünf. Ich konnte sie aus dem Wrack retten. <<
>> Wo sind sie? <<
>> Keine Ahnung. Wir wurden getrennt. Da unten war die Hölle los, überall Marokianer. Ich hoffe, Ardon konnte Doc und die anderen rausbringen. <<
>> Doc? <<, fragte Darson
>> Doktor Scott <<, präzisierte Will. >> Sie, Ardon und Lee waren in dem Schiff. <<
>> LEE?!?! <<

>> Ja. <<
>> ER ist der Verräter, der uns das alles eingebrockt hat. <<
>> Verräter? <<
>> Er hat den Marokianern die Tore geöffnet. <<
>> Das meinen Sie doch nicht im Ernst. <<
>> Kam als Durchsage über Interkom. <<
>> Hab ich nicht mitbekommen. Tom sagte nur was von Sabotage ... <<
>> Lee! Er hat alle im CIC erschossen und die Tore geöffnet. <<
>> Dieses Arschloch! <<, keuchte Will und wünschte sich, seine Hände um Lees Hals zu schlingen und ihm das Leben auszuquetschen.

Pegasus 1, Besprechungsraum, Kommandodeck.
Als wäre sie eine Schweinehälfte, hievte Iman Christine auf einen Tisch, ließ ihren Körper scheppernd auf das Metall fallen und riss ihr das verkohlte Hemd vom Leib.
>> Wie lauten die Rückeroberungspläne für diese Station? <<, brüllte Iman und grub seine Krallen bereits in Christines Fleisch. >> Wie lauten die Pläne? <<
>> Ich weiß es nicht! <<
>> Wie lauten die Pläne? <<
>> ICH WEISS ES NICHT!!! << Tom bäumte sich auf, riss und zerrte an den Seilen, als gäbe es kein Morgen mehr. Seine Muskeln schwollen an, Blut und Schweiß schossen ihm nur so aus der Nase, als er seinen Körper nach oben zog.
Christines Schreie hallten durch den Raum, als Iman seine Reißzähne in ihren Bauch schlug, um einen ersten, noch harmlosen Bissen zu nehmen.
>> Wie lauten die Pläne? <<, fragte er und Christines Fleisch fiel ihm aus dem Mund.
>> ICH WEISS ES NIIIICCCHHHTTTT!!!! <<, brüllte Tom und schaffte es endlich, zwei der Seile aus ihrer Verankerung in der Decke zu reißen.
Keuchend stürzte er in die Glut des unter ihm fast erloschenen Feuers.
>> Wie lauten die Pläne? <<

Iman nahm ein Messer, zerschnitt die noch haltenden Seile und warf Tom neben Christine zu Boden.
>> Die Pläne, Captain, oder Sie sehen zu, wie sie stirbt. <<
Tom zögerte nicht lang, sprang auf und rammte Iman seine Schulter in den Magen. Trotz der Kampfrüstung des Admirals entwickelte Tom genug Kraft, um den viel größeren Iman auszuheben und quer durch den Raum zu werfen.
Das Kampfmesser ging verloren, und ehe Iman merkte, was passiert war, stürzte sich Tom bereits auf ihn.

NC5.
Imans Flaggschiff erschien als riesiger Feuerschweif am blauen Himmel und eröffnete das Feuer auf die unter ihm liegende Schlucht.
Riesige Felsbrocken stürzten in die Tiefe und erschlugen die unten wartenden Jäger.

Pegasus 1, Besprechungsraum, Kommandodeck.
Tom rammte das Messer mehrmals in Imans Brust, schaffte es aber nicht durch den festen Panzer.
Iman wehrte sich, schlug mit seinen Fäusten auf Tom ein und befreite sich von ihm. Wie zwei blutüberströmte Tiere wälzten sie sich am Boden, während Christine verzweifelt ihre blutende Wunde am Bauch versorgte.

NC5.
Die Imbari sank tiefer und ihre Treffer wurden mit jedem Meter vernichtender. Feuer und Rauch erhoben sich aus der Schlucht, ebenso wie rotierendes Flugabwehrfeuer, welches den Rumpf des Schiffes aber nicht erreichte.
Dennoch explodierte es.
Getroffen von einem gigantischen Feuerstoß zerstob das Heck der Imbari in Tausende glühender Trümmer und trudelte in Richtung der Oberfläche.
Ein riesiger grüner Körper war hinter ihr erschienen und entlud seine ganze Feuerkraft auf das zerbrechende Schiff.

Pegasus 1, Besprechungsraum, Kommandodeck.
Dragus stürmte aufgeregt in den Raum und fand Tom und Iman eng umschlungen über den Boden kugelnd.
>> Ulaf!!! <<, schrie er, riss Tom von Iman herunter und half ihm auf die Beine.
>> Die Imbari wurde soeben zerstört <<, keuchte Dragus.
>> Wodurch? <<
>> Wissen wir nicht! <<
Iman und Dragus stürmten den Korridor hinunter zum CIC. Tom und Christine waren nicht mehr wichtig.
>> Was ... << Iman stockte die Stimme, als er das gigantische Etwas sah, das sich aus der Atmosphäre erhob.
>> Es ist vor einer Minute auf den Schirmen erschienen <<, erklärte Ituka
>> Woher kam es? <<, fragte Iman, gebannt vom Anblick.
>> Wissen wir nicht! Es erschien im Schatten des Planeten. Womöglich kommt es aus dem Hyperraum. <<
>> Dort gibt es aber kein Sprungtor <<, erwiderte Iman und warf einen Helm nach seinem Offizier.
>> Was immer das ist, schießt es ab. <<
>> Wir haben noch immer keine Waffen <<, sagte Ituka und Iman zerschlug mit seiner Faust den CIT.
Er drohte an der Unfähigkeit seiner Männer zu ersticken. Drei Schlachtschiffe waren verloren gegangen, viertausend Mann lagen tot in den Korridoren der Station, um ihn herum brach alles zusammen. Vor Zorn unfähig zu atmen blickte er auf den Hauptschirm, wo das tausend Meter lange Ungetüm sich erhob und winzig kleine Punkte aus seinen Flanken entsandte.
>> Was ist das? <<, fragte Dargon.
>> Womöglich Jagdmaschinen <<, antwortete Ituka nach einem Blick auf die Sensorenanzeige.
>> Wo ist LEE? <<, fragte Iman und blickte durch das CIC.
>> Hier <<, sagte Lee vorsichtig und sofort packte ihn Iman am Kragen.
>> WAS IST DAS? <<, fragte er und drückte den menschlichen Admiral gegen den Hauptschirm.
>> Das dürfte gar nicht hier sein. <<

>> WAS IST ES? <<
>> Es ist die Victory <<, keuchte Lee. >> Ein Prototyp. Noch nicht zum Einsatz freigegeben. <<
>> Wann wollten Sie uns darüber informieren, dass Ihre Flotte solche Waffen besitzt? <<
>> Ich bin nicht in der Position, solche Informationen preiszugeben … << Iman brach Lee das Genick, als wäre es aus Streichhölzern.
>> Wir evakuieren <<, keuchte Iman. >> Alle runter von der Station. <<
Während die Marokianer panisch zum Flugdeck rannten, versorgte Tom Christines Wunde, suchte sich eine Hose und ein Hemd und schielte dann vorsichtig durch die Türe des Besprechungsraums in den Korridor.
>> Sie rennen weg <<, sagte er ungläubig.
>> Ein Gegenschlag durch Jeffries? <<, mutmaßte Christine und reichte Tom eine Scorpion, die sie einem Toten vor der Türe abgenommen hatte.
>> Wüsste nicht, womit <<, erwiderte Tom, nahm die Scorpion und rannte zu den offen stehenden Toren des CIC.
Vorsichtig, die Scorpion mit beiden Händen umschlungen, schnellte er um die Ecke. Das CIC war verlassen.
>> DU bleibst hier. Sieh nach, ob er noch lebt <<, sagte er auf Lee deutend und rannte hinter den Marokianern her.
Es gab noch offene Rechungen.

Pegasus 1, Wartungsschächte.
>> Hörst du das? <<, fragte Will und kroch durch einen der besonders engen Schächte zu einem Lüftungsgitter.
>> Was siehst du? <<, fragte Darson neugierig.
>> Die rennen weg. <<
>> Wer rennt weg? <<
>> Die Marokianer. <<
Darson setzte Nesel in eine Ecke und kroch hinter Will in den Schacht. >> Über so was macht man keine Witze. <<
>> Sieh selbst. <<
Unter ihnen rannten Dutzende Marokianer den Korridor entlang.

\>> Glaubst du, dass Verstärkung eingetroffen ist? <<
\>> Mhm. Für die da. Sicher nicht für uns <<, sagte Will.
\>> Die rennen aber ziemlich panisch. Wohin führt der Korridor? <<
\>> Zur Landebucht, würde ich sagen. <<
Will kroch den Schacht weiter nach vorne, um eine der vielen Wegmarkierungen lesen zu könne. >> Ja! Der Korridor führt direkt zum Flugdeck drei. <<
\>> Was ist da draußen los? <<

Pegasus 1, Landebucht.
Die wenigen Marokianer, die noch lebten, bestiegen ihre Truppentransporter und flüchteten aus der Station.
Eine Verzweiflungstat angesichts des draußen kreuzenden Schiffes und seiner Jäger, die jeden Transporter spielend abfangen und zerstören konnten.
Iman steuerte zielstrebig auf einen der wenigen noch intakten Rochenjäger zu.
\>> IMAN!!!!! Wir haben noch eine Rechnung offen <<, brüllte Tom quer über das Startdeck, vorbei an aufheulenden Triebwerken und flüchtenden Soldaten.
Iman verharrte und drehte sich um. >> Hawkins <<, sagte er beeindruckt. >> Dass du noch laufen kannst. <<
Tom hob seine Waffe und schoss Iman ins Knie.
\>> Du wirst dir ab sofort schwer tun damit <<, sagte er, während Iman zu Boden ging. Wütend schrie er auf, zog selbst eine Waffe und schoss auf Tom.
An der Schulter getroffen ging er zu Boden.
Iman schleppte sich hinüber zum Jäger und zog sich an der Einstiegsleiter nach oben zum Cockpit.
Tom schoss hinter ihm her, traf ihn aber nicht.
Angeschossen und gezeichnet von der Folter rannte Tom hinüber zu Wills quer auf dem Flugdeck stehender FM 740, kletterte in das Cockpit und setzte den Helm auf. Während er sah, wie Iman den Jäger startete und auf die inneren Raumschotten zusteuerte, schnallte er sich fest, aktivierte Waffen und Triebwerk und feuerte bereits eine erste Salve, ehe Iman das Deck verlassen hatte.

Treffer am Flügel.
Iman konnte die Maschine abfangen, brachte sie wieder unter Kontrolle und durchflog zusammen mit einem breiten Strom aus Truppentransportern die Schleuse zum Raumdock.
Tom folgte ihm. Die anderen Schiffe waren ihm egal. Allesamt Truppentransporter, die ihm nicht gefährlich werden konnten. Einzig Iman in diesem Rochenjäger war noch gefährlich und ihn wollte er unbedingt haben.
Iman riss seine Maschine in ein radikales Flugmanöver, um so schnell wie möglich aus dem Strom der anderen Schiffe hinauszukommen.
Er beschleunigte noch im Inneren der Station, preschte getrieben von Toms feuernden Geschützen durch das Raumdock und stieß durch die Schotten ins All.
Tom direkt hinter ihm.
Kaum die Raumschotten durchflogen, ließ er die Maschine nach unten stürzen und flog kopfüber an der Unterseite der Station entlang.
Links und rechts schossen glühende Ladungen an ihm vorbei, immer wieder wurde seine Maschine getroffen.
Tom versuchte, Iman in den Zielsucher zu bekommen, schaffte es aber nicht. Will hatte alle Raketen verschossen, also blieben ihm nur die Geschütze.
Iman war ein ausgesprochen guter Pilot. Immer wieder entkam er den Salven des Jägers.
Iman steuerte auf die Sonne des Systems zu, weg vom Tross seiner fliehenden Truppen, die in die andere Richtung flogen.
Alles aus ihren Maschinen herausholend, jagten sie durch das Sonnensystem. Die Station und der Planet NC5 wurden immer kleiner, die Sonne vor ihnen immer größer.
Tom holte auf, brachte Iman ins Visier und feuerte.
Das Schiff wurde getroffen, ein Triebwerk fiel aus, die Maschine trudelte, doch Iman konnte sie wieder fangen.
Mit Geschwindigkeitsüberschuss donnerte er an Iman vorbei, flog eine weite Schleife und fühlte das Hämmern von Geschützladungen, die seinen Jäger trafen.

Der Rumpf von Toms Nighthawk wurde der Länge nach aufgerissen, die Hälfte der Systeme fiel aus, Monitore erloschen, eine Zielerfassung war nicht mehr möglich.
Iman hatte noch ein Triebwerk, Tom versuchte seines neu zu starten.
\>\> So nicht <<, sagte Tom, als er sah, wie Imans Schiff langsam wieder beschleunigte. Er zielte ohne Sensoren und feuerte. Dutzende Salven gingen ins Leere, ehe eine ins Schwarze traf. Trümmer stoben, der Jäger zerbrach wie Glas an einer Wand und die Splitter verteilten sich im All.
\>\> JAAAHHHAAAAA! << Tom begann schallend zu lachen, legte seinen Kopf in den Nacken und jubelte sich selbst zu. >> Ich hab dich, du Bastard. <<
Ein Lachen, wie man es nur aus Irrenanstalten kannte, hallte durch die Komverbindungen. Alle hörten es. Die Crew der Victory, die Jäger im Weltraum, die Truppentransporter, alle dort draußen konnten es vernehmen. Und Sorge sowie ihr Mitleid galt dieser armen Kreatur, die mit einem solchen Geist gestraft war.

Pegasus 1, Krankenstation, zwei Tage später.
Tom lag in seinem Bett, Monitore und Sensoren überwachten seinen Genesungsprozess.
Er lag wach da, starrte an die Decke und verfluchte die Ärzte, die ihn keinesfalls entlassen wollten.
Christine war heute Morgen entlassen worden. Ihre Bisswunde heilte schnell, aber ein paar kleine Narben würden wohl zurückbleiben. Nichts Schlimmes. Sie hatte Glück gehabt. Glück, das Hunderten anderen in diesen Tagen fehlte.
Durch das Fenster neben der Türe konnte Tom nach draußen sehen, wo die Überlebenden der Schlacht versorgt wurden.
Die Soldaten der Victory hatten die Oberfläche von NC5 und der anderen Planeten in diesem System abgesucht in der Hoffnung, noch versprengte Truppen, Rettungskapseln oder liegen gebliebene Jäger zu finden. Teilweise mit Erfolg.
Tom selbst hatte es aus eigener Kraft zurück geschafft. Aber nur knapp. Kaum war er aus dem Cockpit der FM 740 geklettert, da ver-

ließ ihn seine Kraft, er stürzte unsanft zu Boden und sein Gehirn schaltete ab.
Als er wieder aufwachte, war er hier. Angeschlossen an all diese Maschinen. Keiner redete mit ihm. Sein Zustand war stabil und somit waren alle anderen wichtiger.
Er wusste nicht einmal, was mit Will geschehen war. Ob er noch lebte. Niemand hatte es ihm sagen können. Nicht einmal Jeffries war heruntergekommen. Vermutlich saß er in einer Krisensitzung nach der anderen.
In Momenten wie diesen wünschte Tom sich heim. Heim nach Paragon, wo der Wind immer warm, die Bäume immer grün und der Himmel immer blau war. Wo es niemals regnete und man vergessen konnte, in welcher Zeit man lebte.
Er wünschte sich, auf der Terrasse mit den weißen Säulen zu sitzen, die Beine hochzulegen und eine der kubanischen Zigarren zu rauchen, die sein Vater so liebte.
Er dachte daran, wie es wäre, jetzt am Strand spazieren zu gehen und das große weiße Haus zu sehen, das sich glänzend zwischen den Zedern erhob.
>> Darf man eintreten? <<, fragte eine wohlvertraute Stimme und Toms Mundwinkel zogen sich nach oben. Wie hatte er nur zweifeln können?
Tom musste ihn gar nicht sehen, er hörte die Worte und seine Miene erhellte sich.
>> Sicher <<, sagte er und richtete sich in seinem Bett auf.
>> Du siehst furchtbar aus <<, sagte Will, als er etwas hinkend den Raum betrat.
>> Wie bist du ihnen entkommen? <<, fragte Tom heiser.
>> Recht ruhmlos <<, gab Will zu und setzte sich ans Bett. >> Ich und Darson haben uns in den Wartungsschächten verkrochen, während du die Station gerettet hast. <<
>> Ich fürchte, diese Ehre gebührt dem Captain dieses Schiffes. <<
>> Du hast es gesehen? <<
>> Nein. Noch nicht. Als ich zur Station zurückkam, war es auf der anderen Seite des Planeten. Aber es soll gigantisch aussehen. Alle reden davon, nur keiner kann es richtig beschreiben … <<

>> So was hast du noch nicht gesehen <<, sagte Will gänzlich ohne Übertreibung. >> Sie ist ein Monster, Tom. Ein wunderschönes, angsteinflößendes Monster. <<

>> Kannst du mich über die aktuelle Lage ins Bild setzen? Keiner erzählt mir etwas. <<

Will nickte, suchte die wichtigsten Informationen in seinem Gehirn zusammen und begann zu reden.

>> Eine marokianische Flotte ist durch unsere Linien gebrochen, hat Armstrongs Gefechtsgruppen aufgerieben und flog dann weiter nach Chang. <<

>> Was ist mit Armstrong? <<, fragte Tom.

>> Sie gilt als vermisst. Bisher fanden wir keine Überlebenden ihres Schiffes. <<

Tom nickte reglos.

>> Was ist mit Chang? <<

>> Orbitales Bombardement. Fast vierundzwanzig Stunden lang. Dann zogen die Schiffe weiter. <<

>> Wohin? <<

>> Wissen wir nicht. Unser ganzes Sensorennetz und jedes noch zur Verfügung stehende Schiff suchen nach ihnen. Alle haben Angst davor, wo sie als Nächstes zuschlagen werden. <<

>> Nirgends <<, sagte Tom überzeugt. >> Ihre Magazine sind leer. Sonst hätten sie nicht abgedreht. <<

>> Glaubst du? <<

>> Ganz sicher. Sie werden einen großen Bogen fliegen und in ihren Raum zurückkehren. Vermutlich in mehrere Gruppen aufgeteilt ... Prüft Jeffries diese Option? <<

>> Weiß ich nicht. Seit er wieder auf der Station ist, hat er sein Büro nicht verlassen. Alle paar Minuten kommen neue Konferenzschaltungen für ihn herein. <<

>> Ghostcom funktioniert wieder? Ist der Sturm weitergezogen? <<

>> Der Sturm zieht immer noch auf Chang zu und frisst all unsere Komsignale. <<

>> Und wie kommunizieren wir? <<

>> Über die Victory. Deren Systeme sind immun gegen den Sturm und die von ihr versendeten Signale scheinen deutlich stärker zu sein als alles, das wir haben. <<
>> Ich muss auf zum CIC. Hilf mir auf die Beine. <<
Will half Tom, sich von den Maschinen zu befreien, reichte ihm seine Uniform, die er nur notdürftig anzog, und dann humpelte er zum Ausgang der Krankenstation. Einen Arm in der Schlinge, ohne Schuhe und mit einigen ziemlich üblen Kratzern im Gesicht.
An anderen Tagen hätte man ihn sofort aufgehalten. Doch an Tagen wie diesem, wo sich die Leichensäcke stapelten und die Notfälle zahlreicher waren als die Ärzte, da störte es niemanden, wer die Station betrat oder verließ.
Tom und Will kamen an einer Trage vorbei. Ein offener Leichensack lag darauf, Blut sickerte noch durch den schwarzen Stoff.
Es war Ardon. Ein Teil seines Gesichts fehlte, sein Brustkorb war von einem Breitschwert durchstoßen worden.
Tom wollte etwas sagen, schaffte aber nicht mehr als einen schweren Seufzer. Mark, Ardon, Armstrong. So viele der Besten waren gestorben.
>> Ich muss hier raus <<, sagte Tom, als das ihn umgebende Elend anfing ihm die Luft abzuschnüren.

Pegasus 1, Büro von Admiral Jeffries.
>> Ich danke Ihnen für die Rettung meiner Station <<, sagte Jeffries und reichte Alexandra Silver seine Hand. Ihr Händedruck war überraschend fest. Einer so schlanken, drahtigen Frau hätte er das nicht zugetraut.
>> Sie haben kalte Hände <<, sagte er und Alexandras Mundwinkel zogen sich nach oben.
>> Schlechte Durchblutung <<, erwiderte sie.
>> Setzen Sie sich, Commander <<, sagte Jeffries und deutete auf einen der beiden Sessel vor seinem Schreibtisch.
Die Nachricht von der Vernichtung der Rubikon und ihrer Flotte hatte mittlerweile die Station erreicht und Jeffries konnte seinen Kummer kaum verbergen.
Die Bombardierung Changs war vorüber und alle fürchteten sich vor den noch nicht feststehenden Opferzahlen.

>> Ihr Schiff ist einsatzbereit? <<, fragte Jeffries und Alexandra nickte. >> Voll und ganz, Sir. Und wir brennen darauf, endlich eingreifen zu können. <<
>> Das ist gut. Ich will, dass Sie sich auf die Suche nach der verschwundenen Flotte machen. Diese Schiffe, die von Chang abgedreht haben, müssen sich noch in unserem Raum befinden. Es ist völlig unmöglich, dass sie ein Raumtor benutzt haben. Sie befinden sich im Normalraum und sie sind auf dem Weg in die Heimat. Jetzt sind sie hilflos. Mit leeren Arsenalen, abgekämpften Mannschaften und beschädigten Systemen sollte es ein Leichtes sein, sie zu vernichten. <<
Rachedurst schwamm in seiner Stimme.
>> Möglicherweise haben wir diese Flotte bereits gefunden <<, sagte sie ernst und griff in die Brusttasche ihrer Uniform.
>> Das hier fanden wir auf unserem Weg. << Alexandra Silver reichte Jeffries einen Datenblock mit verschiedenen Sensorenaufzeichnungen.
>> Wir verließen den Hyperraum und wollten uns dem Gefechtsgebiet durch den Normalraum nähern. Auf unserem Weg fanden wir das hier. <<
Sie deutete auf den Block, den Jeffries sofort aktivierte.
Auf dem kleinen Display erschien ein weitläufiges Trümmerfeld.
>> Der ganze Raum war statisch aufgeladen. Grüner und blauer Nebel wehte zwischen den Trümmern <<, beschrieb sie die Szenerie.
>> Keine Überlebenden <<, kommentierte Jeffries die abgelesenen Daten.
>> Richtig, Sir. Nur die Frage, was da passiert war. <<
>> Sie haben keine Anhaltspunkte darauf, wer das war? <<
>> Wir konnten jede Menge marokianischer Trümmer identifizieren. Allerdings wissen wir nicht, wer die Flotte zerstört hat. Laut unseren Daten dürfte sich keine unserer Gefechtsgruppen in diesem Bereich aufgehalten haben. <<
>> Da hat sich auch keine aufgehalten <<, sagte Jeffries und legte den Datenblock zur Seite. >> Dennoch werden wir das prüfen <<, sagte er.
>> Natürlich. <<

Der Türmelder zirpte. >> Herein. <<

Als die Türhälften aufglitten, betrat Tom Hawkins das Büro. Er war in seinem Quartier gewesen, um eine frische Uniform anzuziehen. Sein Arm lag immer noch in der Schlinge. Die Uniformjacke hatte er sich nur über die Schultern gelegt.

>> Störe ich? <<, fragte er und in seinen Augen lag ein seltsames Schimmern.

>> Wir waren ohnehin fertig <<, sagte Jeffries mit Blick auf Alexandra. >> Wir sehen uns später an Bord der Victory. <<

>> Admiral. Captain <<, verabschiedete sie sich, stand auf, nickte militärisch und verließ den Raum mit langen Schritten.

>> Wie geht es Ihnen, Tom? <<, fragte Jeffries, als Hawkins sich langsam setzte.

>> Was mich nicht umbringt, macht mich härter <<, antwortete er und blickte an Jeffries vorbei durch das Fenster hinter dem Schreibtisch zum Planeten NC5, hinter dem gerade die letzte Spitze der Victory verschwand. >> Wie geht es Ihnen? <<, gab er die Frage zurück. >> Ich hörte vom Verlust der Rubikon. <<

>> Ich werde es überleben <<, sagte er traurig.

>> Was ist die Victory? <<, wechselte Tom das Thema. Weg vom Verlust, hin zu neuen Ufern.

>> Ein Geheimprojekt. Der Prototyp einer neuen Schiffsgeneration. <<

>> Warum weiß ich nichts darüber? <<

>> Dieses Projekt ist derart geheim, dass die Hälfte des Oberkommandos noch nie davon gehört hat <<, sagte er selbstzufrieden. >> Außer mir, Armstrong und ein paar Eingeweihten wusste niemand davon. <<

>> Wusste Lee darüber Bescheid? <<, fragte Tom entwaffnend.

>> Er wusste sicherlich von der Existenz des Projektes. Aber nichts über den Entwicklungsstand. <<

>> Warum verrät uns ein Admiral an die Marokianer? <<, fragte Tom.

>> Die Frage sollte wohl eher lauten: Wie kann ein *Mensch* sich mit diesen Tieren verbünden? <<, erwiderte Jeffries und blickte seinem Ersten Offizier direkt in die Augen.

\>\> Ich habe ein Recht auf Antworten <<, sagte Tom mit fester Stimme.

\>\> Natürlich haben Sie das <<, erwiderte Jeffries und fuhr sich mit der Hand übers Kinn.

\>\> Nur wo soll ich anfangen? <<, fragte er sich selbst und sein Blick streifte durch den Raum. Wie erzählte man eine solche Geschichte? Wo begann man?

\>\> Was wissen Sie über Isan Garde? <<, fragte er schließlich und Tom zuckte mit den Schultern.

\>\> Nicht viel <<, gab er zu. \>\> Sie ist Direktorin der SSA, war davor Vizedirektorin im irdischen Nachrichtendienst, ehe er unter ihrer Führung zur SSA umgebaut wurde. <<

Jeffries nickte. \>\> So weit stimmt das. Kennen Sie sie persönlich? <<

\>\> Nein. <<

\>\> Kennen Sie ihr Naturell? Ihren Charakter? <<

\>\> Nein. <<

\>\> Isan Gared ist ein Machtmensch <<, erklärte Jeffries. \>\> Sie ist eine Person, die immer nach Höherem strebt. Jemand, der nie genug bekommt. Sie ist kaltblütig, rücksichtslos, hinterhältig und absolut durchtrieben. <<

\>\> Charaktereigenschaften, die vielen Politikern und Spitzenmanagern zugeschrieben werden <<, unterbrach Tom.

\>\> Stimmt. Nur bei Gared sind diese Eigenschaften krankhaft. Vor allem ist sie keine Demokratin. Sie ist vielmehr ein Feind von freien Wahlen. <<

\>\> Das kann ich mir nur schwer vorstellen. Immerhin bekleidet sie ein Spitzenamt der Konföderation. Als SSA-Direktorin ist sie eng in den demokratisch-politischen Prozess integriert. <<

\>\> Integriert ist sie darin. Nur lehnt sie diese Prozesse von Grund auf ab. Mehr als eine gelenkte Demokratie unter Leitung eines starken Führers passt nicht in ihr Weltbild. Sie ist einer dieser Menschen, die von freien Wahlen sprechen und heimlich von einem neuen Kaiserreich träumen. <<

\>\> Ein irdisches Kaiserreich? <<, fragte Tom und fand die Vorstellung skurril.

>> Gared will zur ersten Frau im Staat werden. Am liebsten als Diktator auf Lebenszeit. Als Caesarin. Seit Jahren schon spinnt sie ihre Intrigen, sucht Verbündete, fördert junge Talente, die sich ihr verschrieben haben. <<
>> Mit welchem Ziel? <<
>> Mit dem Ziel eines Staatsstreiches. Mit dem Ziel, die demokratisch gewählte Regierung der Erde abzulösen und durch das Direktorium der SSA zu ersetzen, dem sie dann als neue Staatschefin vorstehen würde. <<
>> Das klingt absurd! <<
>> Warum? <<
>> Weil es seit langer Zeit keine innerplanetarischen Konflikte mehr gegeben hat. Die Erde ist demokratisiert, jeder Winkel des Planeten ist seit drei Generationen auf die Sicherheit und den Wohlstand der ehemals westlichen Werte eingeschworen. Wer sollte jetzt zu längst überholten Staatsformen zurückkehren wollen? <<
>> Menschen, die kein multikulturelles System wollen. Menschen, die glauben, dass menschliches Blut rein bleiben sollte. Menschen, die glauben, dass Mehrheitsentscheidungen uns an den Rand des Abgrundes führen. Hier sind Kräfte am Werk, die mit den Visionen eines neuen, mehrere Planeten umfassenden Superstaates nichts anfangen können. Diese Leute wollen zurück zur alten Politik der Nichteinmischung in außerplanetare Dinge. Sie wollen, dass die Erde sich als Insel versteht. Die Erde den Menschen und allen anderen die Galaxis. Sie vertreten die Meinung, dass es uns nichts angeht, was jenseits der Grenzen unseres Sonnensystems passiert. <<
>> Es fällt mir schwer, an so etwas zu glauben <<, sagte Tom.
>> Sie sind auch eingebettet in unser System. Ihre Familie profitiert vom interstellaren Handel, Ihre Großmutter war eine der feurigsten Verfechterinnen der *Einheit der Völker*. Ihr Traum war es, genauso wie meiner, dass wir uns zu einem System des gegenseitigen Respekts entwickeln. Zu einem System, das die Eigenheiten einer jeden Kultur respektiert. Gared und ihre Anhänger sehen das gänzlich anders. Sie wollen eine menschliche Kultur, die rein ist von außerirdischen Einflüssen. <<
>> Was aber nicht erklärt, warum einer unserer Admiräle mit dem Feind koaliert. <<

>> Hier geraten wir an einen Punkt, wo die Grenzen zwischen gesichertem Wissen und Spekulation beginnen zu verwischen. <<
>> Nur zu. Ich bin gespannt. <<
>> Gared versuchte schon vor Jahren einen Staatsstreich. <<
>> BITTE?!? <<, stieß Tom unvermittelt hervor. >> Das wüsste ich doch! <<, sagte er fast lachend. Die Vorstellung war derart abstrus.
>> Kurz vor Ende des ersten Marokia-Krieges sammelte sie ihre Getreuen um sich und plante einen Putsch. Mit Hilfe einer eigenen kleinen Kampfflotte wollte sie die Erde unter Blockade stellen, mit Truppen den Senat und den Regierungssitz stürmen und einen neuen Staat ausrufen. <<
>> Weil sich die Gründung der Konföderation abzeichnete? <<, zog Tom die logische Schlussfolgerung aus dem bisher Gehörten.
>> Richtig. Gared hatte immer einen schleichenden Machtwechsel gesucht. Sie wollte einen Kandidaten *ihrer Gnaden* ins Präsidentenamt hieven. Doch als sich das neue Bündnis abzeichnete und als klar wurde, dass diese Konföderation über ein Militärbündnis hinausgehen würde, dass es der Beginn eines galaktischen Staates sein sollte, da begann sie schneller zu handeln. Sie wollte nun den militärischen Konflikt. <<
>> Das Militär hätte diesen Putsch innerhalb von Tagen vereitelt. <<
>> Wenn es den Befehl dazu bekommen hätte <<, sagte Jeffries heiser.
>> Viele im Oberkommando standen auf Gareds Seite. <<
Tom nickte. >> Warum hat sie es nicht versucht? <<
>> Weil wir es verhindern konnten. <<
>> Wer sind wir? <<
>> Ich und … ein paar Freunde. Männer und Frauen, die so denken wie ich. Die im Verschmelzen der Kulturen eine Chance sehen, keine Gefahr. <<
>> *SIE*? Und ein paar *Freunde*? << Sarkasmus schwang in Toms Stimme und seine rollenden Augen zeugten von wenig Verständnis.
>> Was sind das für Freunde? <<
>> Kein Grund zur Sorge <<, sagte Jeffries mit mildem Lächeln.
>> Wir sind kein Geheimbund oder etwas in der Art. <<

\>> Das will ich doch sehr hoffen. Die Sache klingt jetzt schon seltsam genug. <<
\>> Oh, die wird noch seltsamer <<, versprach Jeffries und Tom fragte sich, was noch kommen sollte.
\>> Wir konnten Isan Gared von einer Machtübernahme abhalten. Wir vereitelten es, indem wir ihr geheimes Schiffbauprojekt enttarnten und vor den Kontrollausschuss des Senates gingen. Unsere Truppen besetzten ihre Werften, ehe die Schiffe auslaufen konnten. Alles in strikter Geheimhaltung, nichts drang an die Öffentlichkeit. <<
\>> Warum ist Gared noch im Amt? <<
\>> Alles, was wir ihr beweisen konnten, war ein Verstoß gegen die Gesetze und Richtlinien, die den operativen Bereich der Geheimdienstarbeit begrenzen. <<
\>> Sie konnten beweisen, dass sie Schiffe besaß, die sie nicht haben durfte, aber nicht, was sie mit ihnen anstellen wollte. <<
\>> Genau <<, bestätigte Jeffries. >> Das Kontrollgremium des Senates wurde völlig auf den Kopf gestellt. Die Befugnisse erweitert, die im Geheimen aufgebauten Werften gingen in den Besitz der Streitkräfte über, ebenso die Schiffe, die sie gebaut hatte. <<
\>> Aber Gared blieb im Amt. <<
\>> Ja. Jahrelang hat sie sich nun an die neuen Spielregeln gehalten. Sie war friedlich, die SSA machte einen sehr guten Job. Doch nun scheint es, dass Gared ihre Seele dem Teufel verkauft hat. Nach dem, was wir wissen, und die Entwicklung der letzten Wochen und Monate bestätigt diese Theorie, hat Gared über die Vermittlung einer dritten Kraft Kontakte zum marokianischen Kaiserhof geknüpft. Sie verspricht Marokia einen Separatfrieden, sobald sie die Macht auf Erden übernommen hat. Der Rest der Konföderation fällt an Marokia, die Erde behält ihr heimatliches Sonnensystem und die nahe gelegenen Kolonien. <<
\>> Ohne das irdische Militär sind die anderen Völker chancenlos. <<
\>> Richtig. Marokia kriegt die große Kriegsbeute, Gared erhält ihr *reines* irdisches Reich und alle sind glücklich. <<
\>> Alle bis auf die Milliarden, die durch diesen Pakt zu Sklaverei und grausamem Tod verurteilt werden. <<

\>> Lee stand auf Gareds Gehaltsliste. <<
\>> Darum haben Sie ihn so ablehnend empfangen. <<
\>> Nicht nur. Ich habe ihm zwar misstraut, wusste aber nicht, auf wessen Seite er stand. <<
\>> Admiral Armstrong war auch auf Gareds Seite? <<
\>> BETH? Um Gottes Willen, NEIN. Sie war eine der engsten Verbündeten, die ich je hatte. In Lee hat sie sich einfach nur getäuscht. Sie hätte niemals die Seiten gewechselt. <<
Tom saugte alle Luft, die er einatmen konnte, in seine Lungen und stieß sie dann wieder aus.
\>> Was bedeutet das nun? <<, fragte er. >> Dass wir neben einem Vernichtungskrieg gegen Marokia auch noch einen Bürgerkrieg führen müssen? <<
\>> Die Gefahr besteht. Aber sie ist nicht größer als in den letzten Jahren. So wie ich das sehe, wird Gared irgendwann in nächster Zeit versuchen, die Macht an sich zu reißen. Wenn das passiert, muss ich bereit sein und schneller handeln als sie. <<
\>> Wie handeln? <<
\>> Das wird sich zeigen. Kommt darauf an, wie sie es angeht <<, sagte Jeffries und reichte Tom den Datenblock, den er von Alexandra Silver bekommen hatte.
\>> Was ist das? <<
\>> Dieses Trümmerfeld ist alles, was von der Flotte übrig geblieben ist, die Chang bombardiert hat. <<
\>> Woher haben Sie das? <<
\>> Von Commander Silver. Dem XO der Victory. <<
\>> Sie erzählen mir jetzt nicht, dass dieses Schiff eine ganze Flotte zerstören kann. <<
\>> Wir wissen noch nicht, was dieses Schiff alles kann. Zu solch Großem wird es aber nicht fähig sein. Die Victory fand dieses Trümmerfeld auf dem Weg hierher. <<
\>> Wer war das? <<, fragte Tom.
\>> Vermutlich die SSA. Ich gehe davon aus, dass Gared eine neue Flotte aufbaut. Es ist die einzige Erklärung, die für mich Sinn macht. <<
\>> Ohne Ihr Wissen? <<

\>\> Isan hatte zehn Jahre Zeit, um neue Intrigen zu spinnen, um Politiker zu kaufen und Geld auf die Seite zu bringen. Ich kann mir vorstellen, dass sie kurz davor steht, ihren großen Schlag zu führen. <<
\>\> Das macht keinen Sinn. <<
\>\> Warum nicht? <<
\>\> Sie sagen, dass Gared sich mit dem Imperator verschworen hat. <<
\>\> Richtig. <<
\>\> Warum zerstören ihre Schiffe dann eine marokianische Flotte? <<
\>\> Wenn wir uns ansehen, wo es passiert ist, macht es Sinn <<, sagte Jeffries und ging hinüber zur Sternenkarte an der rechten Wand des Büros. Tom stand langsam und schmerzgezeichnet auf und folgte ihm. \>\> Wo war es? <<, fragte er.
\>\> Hier <<, Jeffries legte seinen Finger auf den Wandschirm. \>\> Nur einen halben Tag entfernt von Teschan. <<
\>\> Teschan? <<, fragte Tom erstaunt. \>\> Was hat das mit Teschan zu tun? <<
\>\> Von dort stammt die Technologie zum Bau der Victory <<, offenbarte Jeffries. \>\> Jahre nach ihrem versuchten Staatsstreich erfuhren wir, dass sie wieder ein Schiff auf Kiel gelegt hatte. Diesmal als eine Art Forschungsprojekt. <<
\>\> Die Victory ist ein Schiff der SSA? <<
\>\> Sie ist das, was die SSA haben wollte. Es ist absolut unmöglich, dass ihre neuen Schiffe mit der Victory mithalten können. Die Technologie und vor allem das Material zum Bau eines solchen Schiffes gibt es nur auf Teschan. Und dort beobachten S3 und SSA sich gegenseitig, damit nichts in die falschen Hände gerät. <<
\>\> Darum wurden wir verjagt, als wir uns die Ruinen ansahen. <<
\>\> Das kann ich mir vorstellen. Ein Sonderausschuss des konföderierten Rats überprüft jedes kleinste Vorkommnis auf Teschan. Wir mussten um jeden Preis verhindern, dass diese Technologie der SSA in die Hände fällt. <<
Tom blickte aus dem Fenster von Jeffries' Büro. Weit hinten sah er das helle Leuchten der Sonne. \>\> Was ist das für eine Technologie, die Sie dort gefunden haben? <<, fragte er.

>> Eigentlich genau das, wonach wir immer gesucht haben. Dank dem Wissen aus diesen Ruinen können wir einen Sprung in der technischen Entwicklung machen, wie es ihn noch nie zuvor gab. Wir überspringen Jahrhunderte. Die Fähigkeit zu Hyperraumreisen ohne Sprungtore stammt ebenfalls von dort. Und auch die Victory selbst ist erst ein Bruchteil der Möglichkeiten, die uns Teschan bieten wird. << Jeffries geriet ins Schwärmen. >> Wir brauchten Jahre, um die Victory zu verstehen. <<
>> Es klingt unglaublich <<, sagte Tom.
>> Ich weiß. Ich verstehe, dass Sie Zweifel haben. Aber die werden schwinden, sobald Sie die Victory gesehen haben. <<
>> Wann ist das möglich? <<
>> Sofort, wenn Sie wollen. <<
Wenig später saßen sie in einem Raider und blickten gebannt durch die Seitenscheiben. Langsam erhob sich der grüne Körper der Victory über dem Nordpol des NC5.
Ein langer, stromlinienförmiger Schiffskörper aus organischem Stahl. Die Hülle war dunkelgrün, durchzogen mit schwarzen Adern. Das Schiff war bullig und dennoch schlank. Die Hülle war glatt, es gab weder Schrauben noch Nieten noch irgendwelche Platten, die man hätte sehen können. Keine Fenster oder Geschütztürme. Sie wirkte nicht wie ein Raumschiff, sondern wie ein lebendiges, atmendes Wesen.
Der sich verjüngende Bug zog sich weit nach hinten, wurde breiter und länger, verästelte sich und verjüngte sich wieder, ehe das Heck in drei langen Tentakeln endete, die sich weit vom Schiff abstreckten und ein düster-mysteriöses Glimmen von sich gaben.
An der Oberfläche des Bugs sah man zwei spitze, dunkle Flächen, die einen anblickten wie Augen. Von Zeit zu Zeit schimmerten sie rot auf, um dann wieder zu erlöschen.
>> Sensorenfelder? <<, fragte Tom und Jeffries bestätigte.
Der Raider passierte das Schiff längsseits und Tom und Jeffries konnten die Hülle von Nahem sehen.
>> Wo sind die Waffen? <<, fragte Tom.
>> Verborgen unter diesen dunklen Luken dort <<, Jeffries deutete auf Waffenschächte, die entlang der ganzen Schiffsseite verborgen waren. Erst auf den dritten Blick konnte Tom sie erkennen.

Der Raider zog nach oben, machte eine Kurve und überflog den Rücken des Schiffes in Richtung Bug.
Vor ihnen lag eine breite, abfallende Vertiefung, ähnlich der Einfahrt zu einer Tiefgarage.
>> Raider P1 77-34 erbittet Landeerlaubnis <<, sprach der Pilot ins Komsystem und wenige Sekunden später öffneten sich die Hangartore am Ende dieser Vertiefung.
Zum ersten Mal sahen sie ins Innere des Schiffes.
Braune, fast bernsteinfarbene Wände und angenehmes, warmes Licht blickten ihnen entgegen. Der Raider flog über das Landedeck, die Tore hinter ihm schlossen sich wieder und das Schiff setzte auf dem Deck der Landebucht auf.
>> Absolut beeindruckend <<, sagte Tom und blickte auf die enorme Größe des Hangardecks. Dieses Schiff war ungleich gewaltiger als alles, das die menschliche Spezies bisher gebaut hatte.
So ein Schiff hätte man erst in Jahrhunderten bauen können. Jeffries hatte nicht übertrieben, als er vom größten Technologiersprung der Geschichte sprach.
>> Gefällt sie Ihnen? <<, fragte Jeffries stolz, als sie das Landedeck überquerten und durch die breiten Tore in einen ebenso protzigen Korridor kamen. >> Absolut unglaublich <<, sagte Tom.
Gemeinsam gingen sie eine breite Wendeltreppe hinauf, folgten einem etwas schmaleren, weniger pompösen Korridor zu einer Transportkapsel und fuhren zur Brücke.
Ehe sie die Brücke erreichten, verharrte Jeffries und hielt Tom an der Schulter.
>> Ehe wir da reingehen … <<, begann Jeffries und verharrte im Schritt, seine Hand verschwand in der Hosentasche und holte etwas heraus.
>> Captain Thomas Ethan Hawkins. Hiermit ernenne ich Sie zum Kommandierenden Offizier der Victory <<, sagte Jeffries unvermittelt in hoch offiziellem Tonfall und überreichte Tom den goldenen Lorbeerkranz des CO.

Im Sonnensystem der Pegasus 1, nahe dem Zentralgestirn.
Einige wenige hatten es geschafft, der Horde grüner Jäger zu entkommen, die von diesem Monstrum ausgeschickt wurden, um alles und jeden zur Strecke zu bringen, was marokianisch war.
Zu diesen Wenigen gehörten auch Dragus und Ituka. An Bord eines Truppentransporters hatten sie es geschafft, dem Feind zu entkommen; genauso wie Iman waren sie in Richtung der Sonne geflogen, was eigentlich in die Konföderation hineinführte. Während alle anderen versucht hatten, in Richtung der Grenze zu entkommen, flogen sie einen unlogischen Umweg, der ihnen vermutlich das Leben rettete.
>> Ob der Ulaf noch lebt? <<, fragte Dragus zitternd am Boden des Transporters sitzend. Es war unglaublich kalt in der Transportkabine.
>> Ich fürchte nicht <<, antwortete Ituka niedergeschlagen. Er wusste genau, dass ihre Karriere nun zu Ende war. Ohne Iman würden sie in Ungnade fallen, an einen Frontabschnitt versetzt werden und irgendwann fallen.
Weder Dragus noch Ituka waren von adliger Abstammung. Dass sie die Kerben eines Offiziers am Kragen der Rüstung tragen durften, verdankten sie Iman. Er als Bastard eines Adligen hatte ihre Qualitäten erkannt und sie zu Offizieren ernannt. Ein reinblütiger Aristokrat hätte ihnen niemals in die Augen geblickt. Iman schon. Bei all seiner Boshaftigkeit und seinem aufbrausenden Temperament war er doch einer der ehrlichsten und anständigsten Männer im Offizierskorps. Er hatte ein Ohr für die Sorgen des Volkes, schwelgte nicht in den orgiastischen Festen des Adels, sondern sorgte sich um den Fortbestand des Reiches. Iman hatte die beiden befördert, um ein Symbol zu setzen. Ein Symbol, wo die Zukunft des Reiches hinführen musste.
Was war ein marokianisches Imperium wert, wenn nur der Adel sich Sklaven leisten konnte? Wenn der Adel zartes Odalisken- oder Menschenfleisch verspeiste, während das Volk zähe Najeki oder stinkende Haradan fressen musste?
Wohlstand für alle Marokianer! war der Leitspruch Imans gewesen. Viele Freunde hatte er sich damit freilich nicht gemacht.
Nun war er tot.

Wer würde sich seiner beiden Paladine annehmen? In wessen Stab würden zwei Männer von niedriger Geburt schon akzeptiert werden? Der Blick in ihre Zukunft war so düster wie nie zuvor.

Dann blinkten die Warnlampen des Annäherungssensors auf und ihre Blicke schnellten auf den Sensorenschirm.

Direkt vor ihnen, nahe der Sonne, wo sie sich seit ihrer Flucht versteckt hatten, trieb das abgesprengte Cockpit eines Rochenjägers. Die Rettungskapsel, die das Leben des Piloten retten sollte, falls sein Jäger verloren ging.

Jenseits der verkohlten Cockpitkanzel sahen sie den blutenden, verstümmelten, aber noch lebenden Körper Imans.

Ihre Mienen erhellten sich, die Sturmwolken vor dem Horizont der eigenen Zukunft verflüchtigten sich und plötzlich war die ganze Sache gar nicht mehr so schlimm.

Nun mussten sie nur noch ungesehen aus dem konföderierten Raum entkommen.

Pegasus 1.

Christine stand in grünen Militär-Boxershorts vor einem großen, an die Wand geschraubten Spiegel und untersuchte die Wunde an ihrem Bauch. Es war fast drei Tage her, seit sie gebissen wurde, die Wunde war stark gerötet und die neue, künstliche Haut war noch hauchdünn.

Mit prüfendem Blick und oft geübten Handgriffen tastete sie ihren Bauch ab und stellte zufrieden fest, dass die Wunde sehr gut verheilte.

Als der Türmelder aufzirpte, griff sie nach einem alten grünen T-Shirt und zog es sich über.

Das Shirt besaß sie schon seit der Akademiezeit. Damals waren ihre Haare noch länger und die Hüften um einiges breiter gewesen. Dementsprechend schlabberig hing es nun an ihrem schlanken Oberkörper.

Sie sah sich im Spiegel und ihr Blick fiel auf den weißen Aufdruck quer über die Brust. ANAPOLIS stand dort in großen, mittlerweile ausgewaschenen Lettern.

Sie wusste nicht, warum, aber für einen Moment musste Christine an die Heimat denken. An ihren ersten Tag an der Akademie.

An die Ausbildung, die Kriegsjahre …
Alles so unglaublich lange her.
Der Türmelder zirpte erneut und Christine rang sich zu einem
>> Herein! << durch.
Die Türhälften glitten auseinander und Tom Hawkins stand mit hängenden Schultern in der Türe.
>> Ahh. Der verlorene Sohn kehrt heim <<, sagte sie und deutete ihm hereinzukommen.
>> Wie ich höre, bist du heute Morgen einfach so aus der Krankenstation verschwunden <<, tadelte sie ihn.
>> Ich musste mit Jeffries sprechen <<, rechtfertigte er sich und seine Gesichtszüge zeugten von schweren Schmerzen.
>> Setz dich <<, sagte Christine und deutete auf ihr Bett, als Tom sich einen Stuhl nehmen sollte.
>> Da hin? <<, fragte er verwundert.
>> Ich will dich untersuchen <<, erklärte sie ihm und Tom gehorchte. >> Du hast keine Medikamente bekommen, als du die Krankenstation verlassen hast, oder? <<
>> Dafür war keine Zeit. <<
>> Zu dem Zeitpunkt waren die Schmerzen noch erträglich, oder? <<
Tom nickte.
>> Jetzt nicht mehr?<<
Tom schüttelte den Kopf.
Behutsam half sie ihm aus der Jacke und öffnete die Knöpfe seines Hemdes, das er an der Seite aufgeschnitten hatte, um es besser an- und ausziehen zu können.
>> Schmerzen in der Schulter? <<, fragte sie, während sie ihm die Schlinge abnahm, und Tom nickte erneut. >> Auch an den Rippen, Beinen? <<
>> Frag lieber, wo es nicht weh tut. Die Liste ist deutlich kürzer <<, sagte er mit dem Hauch eines spitzbübischen Lächelns auf den Lippen, das Christine erwiderte.
>> Ich verstehe das nicht <<, sagte sie, während sie seinen Oberkörper mit geübten Griffen und Blicken untersuchte.
>> Was verstehst du nicht? <<

>> Du wurdest gefoltert. Man hat dir in die Schulter geschossen, du bist halbnackt in eine Nighthawk geklettert und losgeflogen, obwohl du wusstest, wie kalt es in so einem Cockpit werden kann. Das alles scheinbar ohne mit der Wimper zu zucken, scheinbar automatisiert, als wärst du ein Avatar und kein Mensch. <<
>> Worauf willst du hinaus? <<
>> Nach all dem, was du deinem Körper zugemutet hast ... <<, sagte Christine und betonte jede einzelne Silbe ganz genau, >> ... würde man meinen, dass du dir ein paar Tage der Ruhe gönnen könntest. Man würde meinen, dass selbst ein Mann wie du, der an chronischer Selbstüberschätzung leidet, sich eingestehen müsste, dass sein Körper am Limit angekommen ist. <<
>> Ich habe keine Zeit, um krank zu feiern <<, sagte Tom.
>> Du hast Verbrennungen dritten Grades am Bauch und Erfrierungen zweiten Grades an den Füßen, deine Schulter wurde von einer Plasmaladung getroffen, die dich vor noch wenigen Jahren den Arm gekostet hätte, und du redest von Krankfeiern. <<
>> Ich bin hart im Nehmen <<, sagte Tom. >> Außerdem glaube ich an die moderne Medizin. Die Verbrennungen sind behandelt, ebenso die Erfrierungen, und die Schulter wird in ein paar Wochen wieder sein wie neu. <<
>> Du hättest gestern sterben können <<, sagte Christine und ihre Stimme hatte jede ärztliche Distanz verloren, die sie bisher mühsam aufrechterhalten hatte.
>> Du genauso wie ich <<, erwiderte er und versuchte seine Arme seitwärts auszustrecken. Rücklings auf dem Bett liegend blickte er ihr in die Augen.
>> Du bist ein Dummkopf, Tom Hawkins. <<
>> Das weiß ich doch <<, erwiderte er trocken.
>> Warum kriegt ein Mann wie du nur ein eigenes Kommando? <<, fragte sie ihn und fast glaubte er Tränen in ihren Augen erahnen zu können.
>> Woher weißt du das? <<, fragte er.
>> Will hat es rumerzählt. <<
Tom schloss die Augen und schüttelte den Kopf. Warum konnte man diesem Mann nichts, aber auch gar nichts anvertrauen?
>> Wann wolltest du es mir sagen? <<, fragte sie.

>> Eigentlich jetzt <<, erwiderte Tom. >> Darum bin ich gekommen. <<

Christine nickte einsichtig. >> Wann wirst du die Station verlassen? <<

>> In ein paar Tagen. Ich muss das erst noch mit Jeffries besprechen. <<

Christine nickte erneut und zog ihr Shirt ohne Vorwarnung über den Kopf.

Toms Augen weiteten sich.

>> Dann bleibt uns nicht mehr viel Zeit <<, sagte sie, warf das Shirt auf den Boden und küsste Tom auf den Mund.

>> Ist das der richtige Zeitpunkt, um eine Affäre zu beginnen? <<, fragte er, als sie ihn wieder zu Atem kommen ließ.

>> Es ist der einzige, den wir haben <<, erwiderte sie und presste ihre Lippen wieder auf die seinen.

Tom vergaß all die Schmerzen, die er noch vor wenigen Minuten überall gespürt hatte. Plötzlich war das alles unbedeutend. Alles, was er spürte, war Christine, die sich vorsichtig, aber doch bestimmt an seinen Körper presste.

Später lagen die beiden müde und eng umschlungen in ihrem Bett. Wie eine Katze schnurrte sie friedlich in seinen Armen, während Tom bereits wach lag und das tat, was er am besten konnte. Über Probleme nachsinnieren.

Der heutige Tag war ein guter gewesen. Einer der besten in Toms Leben. Erst bekam er das Kommando über sein eigenes Schiff und dann bekam er Christine.

Er fragte sich, was besser war.

Allerdings nicht ernsthaft. Christine war besser. So sehr ihn das eigene Kommando freute, Christine freute ihn mehr. Zum zweiten Mal in seinem Leben befürchtete er, ernsthaft verliebt zu sein. Ein Gefühl, das er immer als Feind betrachtet hatte.

Zeit seines Lebens hatte Tom Hawkins Angst vor einer engeren Bindung. Alle Bekanntschaften und Beziehungen seines Lebens waren oberflächlich geblieben, waren niemals etwas Ernsthaftes gewesen.

Alle bis auf dieses eine Mädchen an der Akademie ... aber das war eine andere Geschichte.

Tom hatte zwei elementare Probleme, die es schwer machten, eine funktionierende Beziehung zu führen.
Punkt eins: Er war reich. Steinreich, um genau zu sein. Kaum ein anderer Mann auf der Welt konnte mit dem Wissen leben, dass er eines Tages eine so gewaltige Summe erben würde. Der Welt größter Rüstungskonzern war Hawkins Enterprises. Ein Industrie-Imperium, das seinesgleichen suchte und nicht fand.
Irgendwann würden einundfünfzig Prozent davon ihm gehören.
Seit seiner Kindheit hatte er immer in der Angst gelebt, dass die Leute ihn wegen seines Geldes mochten, liebten, verführten. Niemals hatte er sich davon überzeugen können, dass es um den Mann ging und nicht um den Erben.
Punkt zwei war, dass er ein extrem melancholisches Gemüt hatte. Er war der Typ, der in verrauchten Bars saß und einsam seinen Whiskey trank.
Ganz im Gegenteil zu Will, der eher Menschenmassen und rauschende Partys suchte, bevorzugte Tom die Ruhe und genoss die Einsamkeit.
Dass dies nicht ganz normal war, wusste er selbst, doch konnte er einfach nicht aus seiner Haut.
Die Anonymität der Uniform hatte es Tom erlaubt, ein wenig offener zu werden. Die Flotte hatte aus ihm einen Offizier gemacht. Das zivile Vermögen war hier nicht bedeutend. Zwar dauerte es nie lange, bis es sich herumsprach, wer er war, doch blieb der Mann und Dienstrang innerhalb des Militärs fast immer wichtiger als das Konto der Familie.
Christine passte eigentlich gar nicht zu Tom.
Zumindest redete er sich das ein. In seinen Augen wären sie und Will das ideale Paar. Beide waren sie lebenslustig, beide hatten sie eine wilde Jugend vorzuweisen.
Eine Jugend, die man Will auch heute noch anmerkte und die von Christine dank der Seriosität des Arzttitels gekonnt überspielt wurde. Sie wirkte kühl, reserviert und abgebrüht. Eben wie ein Arzt. Privat war sie gänzlich anders.
Tom hingegen war im Dienst derselbe wie im Privatleben. Ungelenk, mürrisch, für Smalltalk ungeeignet, ein geborener Soldat eben. Die Gene seiner Großmutter und seines Onkels waren dominierend.

Anders als sein jüngerer Bruder Robert, der ganz nach ihrem Vater kam und schon in jungen Jahren großes Interesse am Familienimperium zeigte, hatte es Tom immer zum Militär gezogen.
Weit hatte er es gebracht.
>> Woran denkst du? <<, fragte Christine, ihre Arme um ihn geschlungen, ohne die Augen zu öffnen.
>> An den Krieg <<, sagte er ganz unromantisch, ganz Tom. Es stimmte zwar nicht, aber er gab nicht gerne zu, wenn er über sich und seinen Platz in der Welt nachdachte.
Passte es nicht besser zu ihm, über Schlachten und Strategien nachzudenken? Selbst im Bett einer wunderschönen Frau.
>> Immer nur Krieg <<, sagte sie und klammerte sich noch enger an ihn.
>> Ich muss gehen <<, sagte er schweren Herzens. >> Mein Schiff wartet. <<
>> Blödsinn <<, sagte sie und öffnete nun die Augen. >> Du bist krank geschrieben. Mindestens noch achtundvierzig Stunden. <<
>> Das wird Jeffries nicht gefallen. <<
>> Ich bin der leitende medizinische Offizier an Bord dieser Station. Ich bin dem Wohl meiner Patienten verpflichtet, nicht den Wünschen eines Admirals. <<
>> Auch nicht, wenn dieser Admiral vier Sterne hat und keinen Spaß verträgt? <<
>> Nicht mal, wenn er Gott selbst wäre, würde sich daran was ändern. Du bist nicht einsatzfähig <<, sagte sie und steckte ihm ihre Zunge ins Ohr.
>> Das kitzelt <<, sagte Tom und versuchte sich aus ihrer Umarmung zu lösen.
>> Du bleibst hier. <<
Elegant wie eine Schlange setzte sie sich auf ihn und legte ihre Hand auf die zerschossene Schulter. Würde sie jetzt zudrücken, das wusste sie genau, füllten sich selbst Toms Augen mit Tränen.
>> OK! <<, sagte er schnell und wiederholte das Wort noch einige Male, bis er das Grinsen in ihrem Gesicht sah. >> DU hast gewonnen <<, sagte Tom einlenkend.

Offensiven

ISS Victory.
>> Warum ich? <<, hatte Tom gefragt, als Jeffries ihm den Lorbeerkranz an den Kragen gesteckt hatte.
Es war eine glanzlose Angelegenheit gewesen, auf dem Weg zur Brücke hatte er ihn erhalten, zwischen Tür und Angel, während Soldaten und Offiziere mit neugierigem Blick an ihnen vorbeigingen, knapp nickten und sich fragten, wer dieser Verwundete wohl war, der da mit dem Admiral im Korridor herumstand und verwirrt aus der Wäsche blickte.
>> Sie waren meine erste Wahl für dieses Kommando <<, gestand Jeffries und erwiderte das genickte Salutieren eines Commanders.
>> Ein solches Schiff als erstes Kommando? Ich bitte Sie! <<
>> *Meine* erste Wahl. Nicht die der Kommission <<, gestand er und ging weiter, die Brücke lag nur noch wenige Meter entfernt. >> Ich versuche schon seit Monaten, Sie als CO dieses Schiffes durchzuboxen. Beth wollte einen erfahrenen Mann. Bei zweien hat sie nachgefragt, beide lehnten ab. Die Kommission suchte nach jemand Geeignetem, konnte aber niemanden finden. <<
>> Moment mal. << Tom blieb stehen. >> Abgelehnt? <<
>> Beth wollte erfahrene Schlachtschiff-Captains auf dieses Kommando setzen. Männer, die bereits Atlantias geführt hatten. << Jeffries räusperte sich. >> Das Problem ist, dass solche Offiziere auf eine Gefechtsgruppe warten. Sie wollen nicht ein Schiff gegen ein anderes eintauschen, sie wollen einen Verband, einen Flügel oder eben eine ganze Gefechtsgruppe. Kein Schiff wie dieses hier. <<
>> Jeder Captain will ein Schiff wie dieses hier. <<
>> Urteilen Sie nicht zu schnell. Die Victory ist nicht für jedermann geeignet. Sie wird nicht im Verband operieren <<, erklärte er und Tom schwieg mit regungslosem Gesicht. >> Die Victory ist ein taktisches Schlachtschiff. Schneller, wendiger und stärker bewaffnet als jedes andere Schiff in unseren Arsenalen. Seit Jahren zerbrechen wir uns den Kopf darüber, wie wir sie am effektivsten einsetzen können. Mehrere Manöverfahrten und Simulationen haben ergeben, dass sie im Verbandsgefecht völlig nutzlos ist, weil sie ihre Stärken nicht nut-

zen kann. Ein Verband ist nur so schnell wie sein langsamstes Schiff. Also experimentierten wir und gelangten zu dem Schluss, dass sie ohne Geleitschiffe operieren sollte. <<

\>> Wie die alten Hochseeschiffe <<, verstand Tom. >> Einsam und auf sich alleine gestellt. <<

\>> Das Problem ist, dass die meisten unserer Captains ein solches Konzept ablehnen. Sie sind es gewohnt, leichte Kreuzer und Jagdschiffe im Rücken zu haben, womöglich noch eine Trägergruppe als Unterstützung. Keiner von ihnen will ein Schiff, das völlig autonom operiert. <<

\>> Was bin ich also? Die dritte … vierte Wahl? <<

\>> Im letzten Krieg waren Sie zwei Monate lang diensthabender Captain der Atlantia <<, erinnerte Jeffries Tom an eine der prägendsten Erfahrungen seines Lebens.

\>> Der Captain lag im Sterben, der XO und über die Hälfte der Senioroffiziere waren gefallen … Ich tat, was ich tun musste. <<

Während einer der schlimmsten Raumschlachten, die Tom je erlebt hatte, wurde die Atlantia schwer getroffen. Mehrere Torpedosalven hatten ihren Antrieb zerstört und schweres Geschützfeuer führte zu verheerenden Schäden an der Steuerbordseite mittschiffs. Die Brücke wurde getroffen und das Schiff drohte führerlos unterzugehen.

Tom war damals noch Pilot gewesen und kommandierte eine Staffel FM 740er. Will war sein CAG und seit Kurzem auch so etwas wie sein Freund.

Als die Brücke zerstört wurde und kein Offizier zu finden war, der das Kommando übernehmen konnte, tat Tom das, was getan werden musste.

Er stellte sich auf den Platz des Captains auf einer in Flammen stehenden Brücke, brüllte Befehle und rettete das Schiff.

Er war Lieutenant, diente seit etwa zwei Jahren als Pilot und plötzlich führte er ein Schiff, weil er als Einziger zugegen war.

Er schleppte die Atlantia mit letzter Kraft aus dem Sperrfeuer, öffnete alle Plasmaemitter und verteilte das Gas, das eigentlich den Antrieb speisen sollte, im All.

Eine Salve später verschwand sein Schiff hinter einer Wand aus Feuer, die ein Dutzend Jäger und Bomber ins Verderben riss und mehrere Jagdschiffe erschrocken abdrehen ließ.

Es war eine Verzweiflungstat, doch sie rettete das Schiff aus einer desaströs verlorenen Schlacht. In Ermangelung einer Alternative führte Tom das Schiff zwei Monate lang, ehe sie einen sicheren Hafen erreichten.

Der Hierarchie nach hätte Will als dienstältester Offizier und CAG die Atlantia übernehmen müssen, entschied sich aber, das Kommando an Tom zu übergeben. Dieser brachte das Schiff durch die feindlichen Linien, führte erbarmungslose Rückzugsgefechte gegen einen übermächtigen Gegner und brachte Schiff und Crew schließlich nach Hause.

Danach wurde er zum Lieutenant Commander befördert und wechselte vom Pilotenkader auf die Brücke.

>> Sie haben damals für einiges Aufsehen gesorgt und manch einer wollte Ihnen schnellstmöglich ein eigenes Kommando geben. Dummerweise waren Sie viel zu jung und es gab keine offenen Posten. <<

>> Sie halten mich für den richtigen Mann, weil ich vor zehn Jahren ein Schiff aus einer verlorenen Schlacht gerettet habe? <<

>> Ich halte Sie für den Richtigen, weil sie auch anschließend einen hervorragenden Job gemacht haben. Drei Posten als XO und jeder davon mit hervorragenden Bewertungen. <<

Mehr als zwei Wochen waren seit jenem Gespräch vergangen und es beschäftigte Tom immer noch.

Kurz darauf hatte er die P1 verlassen und war mit *seiner* Victory in den Hyperraum verschwunden.

Die Zeit seitdem hatte er dazu genutzt, das Schiff besser kennenzulernen.

Über tausend Meter lang, an der breitesten Stelle fast dreihundert Meter breit. Ein Koloss aus organischem Stahl.

Als Tom sein Schiff zum ersten Mal betreten hatte, fehlten ihm die Worte, um zu beschreiben, was er sah und fühlte, und auch jetzt war er noch immer fasziniert von der bernsteinfarbenen Wärme, die ihn umgab.

Konföderierte Schiffe waren kalt, metallisch, Silber, Grau und Schwarz dominierten die Farbgebung. Es gab überall Rohre, Kabelstränge, Schrauben, Nieten, alles, was man auf einem Kriegsschiff erwartete, war da.

Hier war alles anders.
Das Grün der Hülle war auch im Inneren allgegenwärtig. Wände und Böden waren aus einem braunen, glatt geschliffenen und polierten Material, Displays und Kennzeichnungen waren in Grün gehalten. Neugierig hatte Tom seine Hand auf die Wand gedrückt. Sie war angenehm warm und so glatt wie Porzellan.
>> Es nennt sich Hybrid <<, hatte Alexandra ihm erklärt. Ein organischer Stahl. Fast das ganze Schiff bestand daraus.
>> Hybrid. << Tom ließ sich die Worte auf der Zunge zergehen. Seit Teschan hatte er sich gefragt, wie dieses eigentümliche Material wohl genannt wurde.
>> Die Victory besitzt ein Skelett aus herkömmlichem Stahl. Alles, das sich darum befindet, ist Hybrid. Alles, das Sie hier sehen, das Sie berühren, ist aus demselben Stück gewachsen. <<
>> Schiffe werden nicht mehr gebaut, sondern gezüchtet? <<, fragte Tom und Alexandra gab ihm recht. >> Etwas übertrieben gesagt, aber den Kern trifft es. Fast nichts an der Victory ist mit konventionellen Schiffstypen zu vergleichen. Wir haben andere Waffen, einen anderen Antrieb, neue Jäger. Nichts auf diesem Schiff wurde von früheren Typen übernommen. Alles ist völlig neu. <<
Eine Vorstellung, an die Tom sich erst gewöhnen musste.
>> Viel Potenzial für Fehler <<, sagte Tom skeptisch.
>> Es waren weit weniger, als man erwartet hatte <<, erklärte ihm Alexandra nicht ohne Stolz.
>> Jeffries meinte, dass es zehn Jahre gedauert hat, dieses Schiff zu verstehen. <<
>> Der Bau war schwierig. Als wir die Victory bekamen, war sie nur ein auf Kiel liegendes Skelett. Es gab keine Hülle, keine Decks, keine Systeme. Alles musste erst gebaut werden, vieles neu entwickelt. <<
>> Aber die Pläne dazu hatten Sie? <<
>> Pläne, die wir kaum verstanden. Es dauerte fünf Jahre, bis es endlich gelang, die Hülle in einem Stück um das Skelett wachsen zu lassen. Drei Anläufe gingen schief, im vierten klappte es dann endlich. <<
>> Waren Sie die ganze Zeit über an dem Projekt beteiligt? <<
>> Nein. Leider nicht. Ich kam erst vor drei Jahren dazu. Machte die ersten Testflüge mit, gehörte zum Team, das die Gefechtssimula-

tionen absolvierte. <<
>> Ihre erste Verwendung als XO. <<
>> Ja. Admiral Armstrong hat mir den Posten persönlich angeboten. <<
Tom nickte einsichtig. >> Sie kannten sich gut? <<
>> Nein. Eigentlich nicht <<, Alexandra leckte sich die trockenen Lippen. >> Sie hat mich protegiert <<, gestand sie fast ein wenig beschämt-, >> sie sah in mir ... *Potenzial* ... mehr Potenzial, als ich selbst in mir sah. <<
Tom musste schmunzeln. >> Scheint, als seien wir beide die Lieblinge eines Admirals. <<
>> Mir war nie ganz wohl bei der Sache. <<
>> Jeffries wird jede Menge Ärger kriegen, weil er mich zum CO ernannt hat. Er tat das im Rahmen einer Feldbeförderung. Kann sein, dass der nächste Oberkommandierende mir das Kommando umgehend wieder entzieht. <<
>> Admiral Jeffries soll ein Mann mit großer Überzeugungskraft sein. <<
>> Das ist er. <<
>> Dann sollten wir uns wohl keine Sorgen um Ihr Kommando machen, Sir. <<
Tom mochte seinen XO. Die junge Frau mit der blassen Haut wirkte auf den ersten Blick so zierlich und hager, entpuppte sich aber schnell als zäh und willensstark.
Außerdem kannte sie dieses Schiff wie eine Mutter ihr Kind. Sie war für Tom eine nicht zu unterschätzende Quelle an Wissen.
Da die Victory nicht an Sprungtore gebunden war, konnte sie überall im Raum auftauchen, wo auch immer sie wollte.
Ein taktischer Vorteil, den es galt, klug zu nutzen.
Nach zwei Wochen im Hyperraum entwickelte er langsam ein Gefühl für das Schiff und seine Möglichkeiten.
Zwei Wochen ...
Toms Schulter brannte noch immer wie die Hölle. Christine hatte ihn davor gewarnt, aber er hatte ja nicht hören wollen. Sein ganzer Körper schrie bei jeder zu schnellen Bewegung, jeder Atemzug erinnerte ihn an die Verbrennungen an seinem Bauch.

Tom saß in seinem Büro, einem halbrunden Raum, der an drei Seiten aus Panoramafenstern bestand, nur die Wand zur Brücke hin war geschlossen. Zwischen den Fenstern waren schmale Regale in die Wände eingelassen, an der Wand zur Brücke befand sich eine bequeme Sitzecke in der linken Ecke, in der rechten eine schmale Tür, die zu einer Transportkapsel führte.

Jenseits der Fenster, die laut Alexandra nicht aus Glas bestanden, sondern ebenfalls aus Hybrid, lag der Hyperraum. Der rote Sturm tobte so stark wie nur selten, doch die Victory blieb ruhig. Kein Vibrieren, kein Zittern, nichts ließ erahnen, durch welches Inferno sie flog.

Tom saß an seinem breiten braunen Schreibtisch, arbeitete sich durch Berge von Unterlagen, die Alexandra ihm gegeben hatte, um sich mit dem Schiff vertraut zu machen, und fragte sich immer wieder, wann es endlich losging.

Seine Befehle waren fürs Erste unbefriedigend. Patrouillenflüge entlang der Grenze und auf alles schießen, das eindringt.

Seit dem Sieg bei Pegasus 1 war es ruhiger geworden, die Marokianer zogen sich nach Marokia Zeta zurück, die Front verlagerte sich.

Die Pegasus-Linie war endgültig eingebrochen, die Stationen lagen nun mitten im Kampfgebiet. Die Schlachten aber verlagerten sich immer weiter weg. Es schien, als hätte Marokia begriffen, dass die Einnahme einer solchen Station unmöglich war.

Ob den Marokianern klar war, wie knapp es abgegangen war? Ob sie wussten, dass Iman bereits gesiegt hatte?

Wohl nicht. Sonst hätten sie es bestimmt wieder versucht.

Die Front bewegte sich an den Stationen vorbei, immer weiter in Richtung Erde und Babylon. Chang und Madia waren aus dem Blickfeld der Marokianer verdrängt.

Marokia.

\>> Wir siegen bei Kanar, wir siegen bei Tarun, wir siegen bei Antica, aber wir schaffen es nicht, diese Stationen zu zerstören, und ganze Flotten verschwinden einfach beim Angriff auf Chang. Wie könnt Ihr mir das erklären? <<

Der Imperator war wütend. Der versprochene schnelle Sieg stellte sich nicht ein. Zwar machten die Truppen immer mehr Boden gut und trieben die Konföderierten immer weiter in ihr eigenes Gebiet hinein, doch blieben die Stationen diese uneinnehmbaren Grenzforts und bedrohten die Nachschublinien.

\>\> Wir arbeiten an einem Plan, um diese Stationen von Kommunikation und Nachschub abzuschneiden. Unsere Truppen marschieren weiter vor. Es sind Tage der Freude, Imperator, nicht des Zorns. \<\<

\>\> Hunderttausende sterben, GarUlaf. Auf beiden Seiten. \<\<

\>\> Ich will endlich Erfolge sehen \<\<, donnerte Kogan zornentbrannt in Garkans Gesicht. Der alte General blähte seinen Nackenkamm und in seinen Augen blitzte die Wut auf diesen jungen, weibischen und unfähigen Imperator.

Garkan verließ den Thronsaal und mit ihm eine Traube aus Wachen und Offizieren, die ihn fast immer zu umgeben schienen.

\>\> Ihr erwartet zu viel, Imperator \<\<, sagte eine verrauchte Stimme aus dem Dunkel und kam näher. Eine schlanke, von Mantel und Kapuze verhüllte Gestalt trat aus dem Schatten.

\>\> Sie versprachen mir einen Sieg. \<\<

\>\> Eure Truppen siegen. Jede Schlacht, die Ihr kämpft, ist ein Sieg. \<\<

\>\> Doch nicht dort, wo wir es brauchen. \<\<

\>\> Imperator \<\<, flehte die Stimme. \>\> Ihr seid kein Ulaf. Diese Männer schon. Lasst sie ihre Arbeit machen und sie werden Erfolge bringen. \<\<

Kogan blickte in das von Schatten verdeckte Gesicht des rätselhaften Wesens. Konnte er dieser Gestalt vertrauen, konnte er die Zukunft des Reiches in die Hände einer solchen Kreatur legen?

\>\> Warum kämpft Ihr für unsere Seite? \<\<, fragte er.

\>\> Meine Interessen decken sich nicht mit denen der Menschen. Alte Rechnungen müssen bezahlt werden. \<\<

\>\> Darum habt Ihr Euch mit uns verbrüdert? Um Rechnungen einzufordern? \<\<

\>\> Reicht es nicht, dass ich hier bin? Dass ich Euch Admiral Lee brachte? Dass ich Euch immer wieder den Weg bereite? \<\<

\>\> Ihr wendet Euch gegen die Menschen. Wer sagt, dass Ihr nicht auch mich verraten werdet? \<\<

\>\> Ich kann nicht mehr tun, als Euch immer neue Chancen zu bieten \<\<, fauchte Ischanti und verließ den Thronsaal mit wehendem

Mantel. Seufzend erhob sich der Imperator und ging durch den Palast.

Dieser ganze Krieg entwickelte sich so völlig anders als erwartet. Es war nicht der kurze, gnadenlose Gewaltakt, den man ihm versprochen hatte. Es war ein langer, blutiger, verbissen gefochtener Krieg.

Kogan erreichte die Räumlichkeiten, die Teil seines Weges waren, und schritt durch die breiten Türen.

>> Du erholst dich gut, alter Freund <<, sagte Kogan und setzte sich neben das Bett aus Stein und Sand, auf dem Iman bäuchlings lag.

Seit seiner Rückkehr vom Schlachtfeld war er im Palast einquartiert, wurde vom Ärztestab des Imperators betreut und nach und nach erholte er sich von seinen Verletzungen.

Eine Heilerin punktierte seinen mit mystischen Symbolen und Szenarien tätowierten seinen Rücken mit glühenden Nadeln. Eine alte Heilmethode, um die Verletzungen zu kurieren, die er bei NC5 erlitt.

>> Ich will zurück an die Front <<, sagte Iman, der genau wusste, dass heiße Nadeln nicht ausreichen würden, um seinen verkrüppelten Körper wiederherzustellen.

>> Du hast dein Schiff und die Hälfte deines Flügels verloren. <<

>> Ich habe dir gesagt, was es war <<, knurrte er wütend und vergaß für einen Moment, dass er mit dem Imperator sprach.

Für diese Sekunde war es nur Kogan, der hier saß, dieser schwächliche Junge, der früher so sehr zu ihm aufgeblickt hatte.

Der Junge, mit dem er in den steinernen Gärten gespielt hatte, den er beschützt hatte, wenn die anderen Jungen ihn gehänselt hatten.

Erinnerungen, die eine lange Zeit zurückreichten und heute keine Bedeutung mehr hatten.

Der schwächliche Junge saß heute auf dem Dornenthron und der ach so starke Iman lag verkrüppelt auf einem Krankenlager.

>> Ein neuer Feind? <<, sagte Kogan ungläubig. >> Ein Schiff, das nicht aus Stahl gebaut ist? <<

>> Ich weiß genau, wie das klingt. <<

>> Versteh mich, Iman. Wir fanden dich halb tot in einem führerlosen Schiff, du warst verstümmelt, hast fantasiert. Du und deine Männer haben Schreckliches erlebt. Drei Wochen wart ihr eingepfercht in diesem kleinen Transporter. Ohne Nahrung ...<< Kogan

zögerte weiterzusprechen, als er den gequälten Blick des Admirals sah. >> Ihr ernährtet euch vom Fleisch der Toten <<, sagte er heiser und es schauderte ihn bei der Vorstellung. >> Ihr habt ihr Blut getrunken, euren eigenen Urin … <<

Iman stöhnte und sein Nackenkamm wölbte sich. Die Schande über seine schmachvolle Niederlage klebte an ihm wie das Harz einer babylonischen Tanne. Seine Wut auf die Menschen wuchs und wuchs und sein Wille, Rache zu nehmen, schien unstillbar.

>> Wie viele Schlachtschiffe hast du seitdem an der Front verloren? <<, knurrte er und der Imperator antwortete ausweichend.

>> Es ist Krieg. <<

>> Wie viele Schiffe? <<, forderte Iman aufbrausend und wagte es nicht, seinem Herren in die Augen zu blicken. Sein verunstaltetes Gesicht blickte stur auf den Sand und seinen verkürzten rechten Unterarm hielt er vor der Brust, wo ihn der Imperator nicht sehen konnte.

>> Siebzehn <<, erklärte Kogan kleinlaut.

>> Siebzehn Schlachtschiffe. An allen Fronten gewinnen wir, nur nicht an der Pegasus-Linie. Die Überlebenden sprechen von einem Ungeheuer, das die Grenze bewacht. Sie sagen, der Nazzan Morgul ist auferstanden und rächt sich an uns. <<

>> Das ist Schwachsinn <<, bekräftigte der Imperator.

>> Natürlich ist es Schwachsinn. Der Nazzan Morgul hat nie existiert. Er kann also nicht zurückkehren. Aber etwas ist da draußen im Hyperraum und es vernichtet unsere Schiffe. <<

>> Und du glaubst, es sei dieses Schiff, das außer dir noch keiner je gesehen hat. <<

>> Keiner, der es überlebt hat <<, korrigierte Iman den Imperator.

>> Lass mich es jagen. <<

>> Nein. Noch nicht. <<

>> Kogan. Ich bitte dich. <<

>> Nein, Iman. Nun lassen wir die Generäle es versuchen. Wenn sie es nicht schaffen, kriegst du deine zweite Chance. <<

Langley. Raumstation des Oberkommandos, irgendwo im Raumgebiet der Chang.

Admiral Jeffries saß im Kreis der anderen Offiziere an einem runden Tisch, im zentralen Projektionsfeld flimmerte eine Karte des umkämpften Raumes. Geschlagene und laufende Schlachten waren farblich markiert.

Die Stimmung war pessimistisch.

Admiral Luschenko war zum neuen Oberkommandierenden ernannt worden. Als Stellvertreter von Admiral Armstrong war er in alle laufenden Operationen voll integriert und somit die logische Wahl für ihre Nachfolge.

Bei Jeffries jedoch löste diese Wahl Magenschmerzen aus. Luschenko war ein Psychopath. Ein Mann, der es nicht vermochte abzuschätzen, ob die zu erwartenden Verluste auch den Sinn einer Mission deckten.

Er würde ganze Flotten einsetzen, um einen Mond zu erobern, während die Marokianer ihm in den Rücken fielen.

Seine Strategie war seit jeher gewesen, sich den Marokianern anzupassen, sich ihnen mit ihren eigenen Waffen zu stellen.

Feuer mit Feuer bekämpfen! war stets sein Wahlspruch gewesen.

Jeffries tendierte hingegen dazu, den Marokianern neue Strategien aufzudrängen. Niemals würde er sich ihnen Flotte gegen Flotte im offenen Raum stellen. Ein solcher Kampf konnte nicht gutgehen.

Luschenko jedoch wollte genau das tun.

\>\> Wir sammeln eine Flotte im Sektor 1701 <<, verkündete er und deutete auf die entsprechende Stelle auf der Karte. >> Achtzig Schlachtschiffe, sieben Träger, zweiunddreißig Kreuzer, achtzehn Zerstörer. Genug Feuerkraft, um einen Gegenschlag zu führen. <<

Jeffries legte die Stirn in Falten.

\>\> Ich beabsichtige vom Sektor 1701 aus die Marokianer anzugreifen und ihren Vormarsch zu stoppen. Dazu benötigen wir Ihre Unterstützung, Admiral Jeffries. <<

\>\> Bitte? <<

\>\> Wir brauchen die Victory <<, erklärte Luschenko.

\>\> Ich gebe dieses Schiff nicht her, um es in einer sinnlosen Schlacht zu verheizen. <<

\>\> Keine Schlacht ist sinnlos. <<

>> Jede Schlacht in diesem Krieg ist sinnlos. Aus dem einfachen Grund, dass wir kaum eine gewinnen <<, donnerte Jeffries.
>> Das schließt Sie ein, Admiral. Ich erinnere daran, dass Sie Ihre Station bereits an den Feind verloren hatten. <<
Jeffries wurde wütend.
>> Sie wollen diesen Angriff führen? OK. Aber seien Sie Manns genug, um selbst das Flaggschiff zu kommandieren. Gehen Sie an Bord eines dieser Schiffe und ziehen Sie in die Schlacht. So sterben Sie wenigstens an der Seite der Männer, die Sie opfern. <<
>> Ich höre nicht, dass irgendwer einen besseren Angriffsplan hat. <<
>> Weil Sie niemandem zuhören. <<
>> Es gibt nichts zu hören. <<
>> Geben Sie diese Schiffe mir und ich bringe Ihnen einen Sieg, Luschenko. <<
>> Wie? <<
>> Ich erobere Marokia Zeta. <<
Keiner in dem Raum wusste, ob er lachen sollte oder nicht. Hatte Jeffries einen Witz gemacht oder war er verrückt geworden?
>> Marokia Zeta <<, wiederholte Luschenko. >> Den bestbewachten Flottenstützpunkt im gesamten Imperium. <<
>> Ja. <<
>> Sind Sie irre? <<
>> Sie haben diese Flotte und wollen sie im offenen Kampf gegen die Marokianer schicken. Das ist aber genau das, was diese Echsen wollen. Sie sind uns im offenen Kampf überlegen. Ihre Schiffe sind schwerer und stärker als unsere. Mein Plan ist es, diese Schiffe an der Hauptmacht der Marokianer vorbei zu bringen und ins feindliche Territorium einzudringen. Wir greifen ein, zwei kleinere Stützpunkte an und zwingen die Marokianer zu reagieren. <<
>> Das Einzige, das Sie damit erreichen, ist, dass Sie sich ihnen auf marokianischem Boden stellen müssen anstatt auf konföderiertem <<, warf einer der Admiräle ein.
>> Irrtum <<, verbesserte ihn Jeffries. >> Wenn wir sie auf unserem Gebiet angreifen, treten wir gegen ihre Hauptstreitmacht an. Bekämpfen wir sie jenseits der Grenze, treffen wir auf ihre Reserven. <<

\>> Die völlig frisch sind. Schiffe mit vollen Arsenalen und unverbrauchten Crews <<, sagte Luschenko.

\>> Schiffe, die auf Marokia Zeta stationiert sind. Schiffe, die von dort abgezogen werden, um uns zu jagen und zu vernichten. <<

An den Blicken erkannte er, dass die Ersten verstanden.

\>> Wenn sie diese Flotte vernichten wollen, brauchen sie jedes Schiff, das bei Marokia Zeta liegt. Was bedeutet, dass sie den Planeten ohne Schutz zurücklassen. <<

\>> Es gibt orbitale und planetare Verteidigungssysteme <<, sagte einer der Admiräle.

\>> Die auf einen direkten Großangriff ausgerichtet sind. Gegen einen Jägerangriff können die gar nichts ausrichten. <<

\>> Jäger? Wo sollen die herkommen? Von den Trägerschiffen? <<

\>> Von den Pegasus-Stationen. Sie liegen Marokia Zeta nahe genug, um hinzufliegen, den Planeten zu bombardieren und wieder zu verschwinden, ehe irgendwer reagieren kann. <<

Immer mehr verstanden, die Mienen erhellten sich.

\>> Wie viele Jäger planen Sie für diesen Angriff? <<

\>> Alle, die ich habe. Das gesamte Jägerkontingent aller zehn Stationen plus die Victory. Das sollte genügen, um Marokia Zeta in Schutt und Asche zu legen. Wenn ihre Flotte zurückkehrt, finden sie nichts als Trümmer. <<

\>> Bleibt die Frage, was mit unserer Flotte passiert. Sie könnte in Ihrem Plan genauso verheizt werden wie in Luschenkos. <<

\>> Glauben Sie, die Marokianer verfolgen diese Flotte weiter, wenn ihnen klar wird, dass sie ihren Flottenhafen verlieren? Sie werden sofort umkehren und versuchen zu retten, was bereits verloren ist. <<

\>> Das könnte gutgehen <<, meinte einer der Offiziere. Ein anderer äußerte sich pessimistisch.

\>> Das könnte der Schlag sein, den wir brauchen <<, sagte wieder ein anderer.

\>> Damit schneiden wir ihre Hauptstreitmacht vom Nachschub ab. <<

\>> Wenn es klappt <<, warf Luschenko ein.

\>> Das wird es <<, versprach Jeffries.

\>> Was, wenn nicht? <<

>> Dann kriegen Sie meinen sofortigen Rücktritt und sehen mich nie wieder. Das wäre doch ein Segen für Sie. <<

Zähneknirschend stimmte Luschenko zu. Jeffries hatte in kürzester Zeit zwei Drittel der Admiralität auf seiner Seite. Würde er sich jetzt widersetzen, sähe es so aus wie die Sturheit eines Mannes, der nicht akzeptieren konnte, dass andere Männer auch gute Ideen haben.

>> Möge Gott Sie beschützen <<, sagte Luschenko und erlaubte somit den Plan.

Pegasus 1.
Will und Darson saßen in der Offiziersmesse und tranken einen gemeinsamen Schluck. Nachdem Mark Masters gefallen war, hatte man Darson zum *Master at Arms* befördert. Das goldene Abzeichen an seinem Kragen glänzte frisch poliert. Doch in Darsons Gesicht konnte man noch immer lesen, dass er sich das alles nicht so vorgestellt hatte.

>> Hast du Jeffries gesprochen? <<, fragte Darson Will.

>> Nein. Warum? <<

>> Ich frage mich, was er erreicht hat. <<

>> Das sind doch alles Gerüchte <<, erwiderte Will.

>> Gerüchte? Alle Gerüchte haben einen wahren Kern und diese Gerüchte halten sich verdammt stark. <<

Seit Tagen wurde auf der Station über nichts anderes gesprochen. Irgendwie war die Geschichte aufgetaucht, Jeffries würde einen Gegenangriff planen und das gesamte Pegasus-Korps in die Schlacht führen.

>> Glaub mir, wenn es wahr ist, erfahren wir es früh genug. Wenn nicht, dann erfahren wir es auch. <<

>> Wie kannst du das so locker nehmen, Will? <<

>> Wird es besser, wenn ich mich verrückt mache? Wenn er will, dass ich kämpfe, dann kämpfe ich, wenn wir nicht müssen … auch gut. Dann freue ich mich darüber, noch etwas länger leben zu dürfen. <<

Darson nickte nachdenklich, nahm einen Schluck aus seinem Glas und lehnte sich zurück.

>> Es wird Zeit, dass wir etwas unternehmen. Die Marokianer jagen uns schon viel zu weit in unseren eigenen Raum <<, sagte er, nahm

den letzten Schluck Syrym und erhob sich von seinem Stuhl. >> Ich muss noch packen <<, sagte er entschuldigend und Will nickte.
Bisher hatte Darson in einem der vielen Truppenquartiere gewohnt. In einem Raum mit fünf Stockbetten und ebenso vielen Doppelspinden. Ein Tisch, ein paar Stühle, keine weitere Einrichtung. Zweckmäßige, enge Militärquartiere.
Nun würde sich das ändern. Masters' Tod brachte für Darson nicht nur eine Beförderung, sondern auch die Verlegung in ein Einzelquartier.
Da er nun offiziell zum Führungsstab der P1 gehörte, stand ihm das zu.
Dennoch lag ihm die ganze Sache schwer im Magen. Eine Beförderung zu bekommen, weil ein guter Soldat, ein Freund, starb, und dann auch noch in das Quartier des Toten umzuziehen, zehrte an den Nerven.
Wenig begeistert ging er in das enge Mehrbettzimmer, öffnete seinen Spind und begann seine „sieben Sachen" in einen Seesack zu stopfen.
Die ganze Zeit über hatte er dieses Quartier verflucht. Als XO des Sicherheitschefs hätte er etwas Besseres erwartet als ein *Zehnmann*-Quartier.
Nun, da er hier rauskam, wollte er viel lieber bleiben.
Darson setzte sich auf sein Bett, stopfte sich ein wenig Runda-Kraut in seine Pfeife und zündete sie an.
Lieutenant Commander Darson. Master at Arms der Pegasus 1.
Das klang richtig gut.
Doch was konnte er sich von diesem schönen Titel kaufen? Was brachte eine Beförderung, wenn man sie sich nicht erarbeitet hatte?
Darson war Waffenmeister und Sicherheitschef der Station, weil Mark Masters gefallen war. NUR weil Mark tot war.
Dieser Gedanke ging ihm immer und immer wieder durch den Kopf.
Er hatte sich die Beförderung nicht verdient. Er war nur aufgerückt.
Hatte einen Posten übernommen, weil es keine Alternative gab.
Darson hätte sich übergeben können.
>> Du ziehst um? <<, fragte Nesel, als er hinkend den Raum betrat, und Darson sah müde vom Boden auf. >> Scheint so <<, erwiderte er und Nesel setzte sich seinem Vorgesetzten gegenüber.

Die Chang waren ein sehr geselliges Volk, das keine Klassenunterschiede kannte. In ihrer Sprache gab es keinen Unterschied zwischen den Anreden DU und SIE. Ein Offizier wurde mit demselben Respekt behandelt wie ein einfacher Soldat oder ein Bauer oder der Regent selbst. Darson und Nesel stammten aus derselben Gegend. Sie waren beide an den Hängen über der Stadt Aramanur aufgewachsen. Kennengelernt hatten sie sich aber erst auf der P1. Sie sprachen denselben Dialekt, den die meisten anderen Chang nur bruchstückhaft verstanden, und das führte dazu, dass die beiden Männer langsam, aber sicher zu Freunden wurden.

Darson reichte Nesel seine Pfeife. Eine Geste der Gastfreundschaft, die bei den Chang alte Tradition hatte.

Nesel nahm sie dankend entgegen und zog den köstlichen bittersüßlichen Rauch in seine Lungen.

ISS Victory.

Mit weißem Hemd und Jeans saß Christine auf einem alten morschen Zaun irgendwo auf der kleinen Familien-Farm auf Taurus 5. Ihr schulterlanges Haar war offen, die Sonne schimmerte durch das Astwerk des alten Baumes hinter ihr. Ihr Gesicht war befreit, sie lachte über irgendetwas. Ein Bild aus besseren Zeiten.

Christine hatte ihm das Foto an jenem Morgen gegeben, als er sie verlassen hatte, um das Kommando über die Victory zu übernehmen.

Wie lange schien das schon her.

Alexandra Silver betätigte den Türmelder und Tom öffnete die Tür mit dem > Herein <-Kommando.

Mit einem Datenblock in der Hand betrat die schlanke Frau den Raum. Ihr rotes Haar hatte sie militärisch straff im Nacken zusammengebunden, ihre Haut war bleich wie immer.

Das war Tom als Erstes aufgefallen, als er ihr das erste Mal begegnet war. Ihre ungesund blasse Hautfarbe.

>> Wir haben neue Befehle bekommen <<, erklärte sie ihm und reichte den Datenblock über den breiten Schreibtisch. >> Jeffries hat grünes Licht bekommen, wir sollen uns nach Marokia Zeta aufmachen. X-Day ist am vierundzwanzigsten um null Uhr. <<

Tom nickte zufrieden, sah auf den Datenblock und legte ihn zur Seite.
>> Halten Sie diesen Angriff für eine gute Idee? <<, fragte er sie.
>> Wenn er funktioniert, schon <<, antwortete sie ausweichend.
>> Glauben Sie, dass er funktionieren wird? <<
>> Ich denke, dass wir Krieg haben. Nichts ist sicher. Der Plan ist gut, aber selbst der beste Schlachtplan erledigt sich von selbst, nachdem der erste Schuss gefallen ist. <<
Tom lächelte dünn. Sie hatte damit nicht Unrecht.
>> Das ist ein Zitat von Napoleon Bonaparte <<, sagte er anerkennend und Alexandra zuckte mit den Schultern.
>> Setzen Sie Kurs auf Marokia Zeta <<, sagte er ruhig und hievte sich aus seinem Sessel.

Pegasus 1.
>> Gerüchte, was? <<, sagte Darson, als er in voller Kampfmontur über das Hangardeck ging und Will Anderson traf, der mit Pilotenhelm unterm Arm zu seiner Maschine unterwegs war.
>> Wie gesagt. Wenn es kein Gerücht ist, erfahren wir es als Erste <<, antwortete Will gelassen, während um sie herum Hunderte Piloten zu ihren Maschinen gingen. Mechaniker rannten durcheinander, Techniker und Flugkoordinatoren gingen zum letzten Mal die Abläufe durch.
>> Wohin musst du? <<, fragte Will Darson.
>> Es gibt einen kleinen Planeten namens Garamon. Ein Stück hinter der Grenze. Die Marokianer haben dort ein Nachschublager. Wir sollen ihn einnehmen und dort einen Stützpunkt aufbauen. Mit Landebahnen, Lazarett und so weiter. <<
>> Seid ihr bereit, Jungs? <<, fragte Christine, als sie sich zu ihnen gesellte. Will sah sie heute zum ersten Mal in voller Kampfmontur.
>> Du gehst auch mit? <<
>> Ich muss das Lazarett einrichten, nachdem Garamon eingenommen ist <<, erklärte sie und zog am Gurtzeug ihrer Kampfweste. Sie war es nicht gewohnt, diese zu tragen.
>> Weiß Tom davon? <<, fragte er Christine, die Antwort bereits ahnend.

>> Bist du verrückt? Er würde völlig durchdrehen. << Will lachte und nickte zustimmend.
>> Das würde er sicher. <<
>> Du wirst ihm doch nichts verraten, oder? <<
>> Es wäre vielleicht besser, wenn ich es tun würde. <<
>> Wenn du es ihm sagst, wird er nur von seiner Mission abgelenkt. <<
>> Na schön. Aber pass auf dich auf. <<
>> Versprochen. <<
Ihre Worte gingen im Heulen von Turbinen unter.
>> Viel Glück <<, sagte Will und ging zu seiner Maschine. Darson und Christine verabschiedeten sich ebenfalls und gingen zu den bereitstehenden Truppentransportern.
Dann öffneten sich die Raumtore und Jäger, Bomber und Transporter begannen ihren langen Marsch.
Zehntausend Jagdmaschinen, die gesamte Raumstreitmacht der zehn Stationen, bewegten sich nun auf Marokia Zeta zu. Ein gewaltiges, schon allein durch seine Masse beeindruckendes Heer.
Während die Victory bereits im imperialen Raum auf der Lauer lag und die Truppentransporter auf Garamon zusteuerten, begann weitab der Pegasus-Linie die Operation zur Ablenkung der marokianischen Flotte.
Schon am Morgen des Vortages hatten Jeffries' Schiffe die Grenze überquert und damit begonnen, Kolonien und Stützpunkte zu bombardieren.
Nun zeigte dies Wirkung. Sie hatten einige kleine Siege errungen. Die Marokianer reagierten und schickten die einzige Flotte in Abfangreichweite hinter ihnen her. Die Flotte von Marokia Zeta.

ISS Victory.
>> Es funktioniert <<, sagte Alexandra, unfähig, ihren Blick von den Sensorendaten abzuwenden.
Tom saß auf dem Kommandosessel im Zentrum der Brücke und blickte ebenfalls gebannt auf die Monitore vor ihm.
Das Licht war gedämpft, die roten und grünen Monitore leuchteten hell.
Die Brücke der Victory war in drei Ebenen unterteilt.

Ebene eins ganz vorne beherbergte die technischen Stationen. Maschinenkontrollen, AVAX-Konsolen, Ghostcom und ähnliche Dinge.
Diese Stationen waren links und rechts des Hauptschirms in kleine Nischen eingelassen. Vier Nischen mit je zwei Mann Besatzung, die in ihren breiten Sesseln vor den Konsolen saßen und ihren Dienst verrichteten.
Weiter hinten kamen Steuer und Navigation. Die Doppelstation lag mittig vor der zweiten Ebene und war mit zwei Mann besetzt.
Links und rechts der Doppelstation führten vier Stufen zur zweiten, gleich dahinter liegenden Ebene hinauf.
Hier war die Kommandoebene. Der Sessel des Captains mit den an das Geländer angebrachten Monitoren und dem kleinen Holoschirm und die Station des Ersten Offiziers rechts vom Captain. Eine am Brückengeländer angebrachte Statuskonsole, die es erlaubt, den Captain immer über alle relevanten Daten zu informieren und auch auf alle Systeme des Schiffes zuzugreifen. Links und rechts gab es massive Eingangstore, die allerdings immer geöffnet waren. Sie wurden erst geschlossen, wenn das Schiff geentert wurde oder es zum Druckabfall aufgrund von Hüllenschäden kam.
Ebene drei war ebenfalls durch zwei vierstufige Treppen erreichbar und beherbergte den Gefechtsstand.
Direkt zwischen den Treppen und somit in einer Linie zu Steuer und Navigation lag die taktische Station, das Reich von Semana Richards. Eine sichelförmige Konsole, in deren Mitte sie saß und von der aus sie auf alle taktischen Systeme Zugriff hatte. Links und rechts befanden sich wiederum zwei Nischen, die ebenfalls taktische Systeme beinhalteten.
Weiters befand sich hier die Station des Airbosses und an der hinteren Wand leuchteten Statusdisplays und die Tür zum Büro des Kommandanten.
>> Der Hafen ist praktisch leer <<, sagte Alexandra, als sie die Stufen von der ersten Ebene heraufkam. Es war so still im Raum, man konnte jeden ihrer Schritte hören. >> Wie lange noch bis zum Eintreffen der Jagdmaschinen? <<
>> Zwei Stunden. Zeitgleich beginnt die Landung auf Garamon <<, antwortete Alexandra.

Regungslos lag die Victory im Hyperraum und wartete auf das Eintreffen von Phoenix-Trägerbasen und Truppentransporten.
Eine Defender war schon seit Stunden im Sonnensystem Marokia Zetas und beobachtete das Geschehen.
Unsichtbar für marokianische Sensorennetze und dank neuer Verschlüsselungsalgorithmen auch nicht abhörbar, informierte sie ihr Mutterschiff über das Geschehen im Normalraum.

Landeoperation der Korpseinheiten, Garamon.
Darson war angespannt. Sie hatten Garamon erreicht. Schon bald würde die Landeoperation beginnen. Kurz nach Passieren des letzten konföderierten Raumtores in diesem Frontabschnitt hatten Jagdmaschinen sie angegriffen und waren vom Geleitschutz zurückgeschlagen worden.
Nun drangen sie in die Atmosphäre ein. Durch das Fenster sah er das Blitzen der FLAK-Geschütze. Das Donnern der Explosionen, das Vibrieren der Maschine unter seinen Füßen, all das ließ Übelkeit in ihm aufkommen.
Sie wurden getroffen. Immer und immer wieder schlugen feindliche Ladungen in ihre Hülle ein. Irgendetwas brannte, er konnte den Rauch riechen.
>> DREISSIG SEKUNDEN <<, brüllte irgendwer, alle schlossen ihre Visiere, entsicherten ihre Waffen und machten sich bereit.
Es war Nacht auf dem Planeten.
Die Marokianer hatten ihren Stützpunkt in die Dschungelregion des Planeten gelegt. Hier fühlten sie sich auf Grund der Hitze am wohlsten.
Fast ungebremst brachen die CarryAlls durch das dichte Astwerk. Die meisten von ihnen brannten oder zogen Rauchspuren hinter sich her, an einen Rückflug mit denselben Maschinen war nicht zu denken und die meisten Piloten waren froh, wenn sie die Maschinen samt Besatzung überhaupt auf den Boden brachten.
So erklärte sich der gnadenlose Flugstil der Maschinen.
Darsons Schiff stand lichterloh in Flammen, als er die Baumdecke durchbrach und wenige Sekunden später unsanft auf dem Boden aufsetzte. Keiner wusste so genau, wo sie gerade herunterkamen. Im

Feuer der FLAK war es schwer geworden, seinen Kurs zu halten. Man musste runter, egal, wo.

Darsons Maschine bohrte sich in den Dschungelboden und setzte sofort Blätter, Bäume und Gestrüpp in Flammen.

Die Schwenktriebwerke drehten sich, bremsten das Schiff ab und die Klammern im Bauch lösten sich aus ihrer Verankerung.

Ein heftiger Ruck ging durch den Container, als er aus zwei Metern Höhe abgeworfen wurde.

Die Luken öffneten sich und zu allen Seiten stürmten Soldaten in die Nacht hinaus.

Das blaue Feuer der CarryAll-Triebwerke blendete ihre Helmsensoren, das Schiff wendete seine Triebwerke und drehte ab.

Es entfernte sich knapp über der Baumdecke des Dschungels, zog Feuerspuren hinter sich her und verschwand im Inferno der Nacht.

Überall wurde geschossen, Explosionen donnerten durch die Nacht, Darson war praktisch blind. Das Nachtsichtgerät wurde durch das Feuer geblendet, also schaltete er es ab und sah kaum noch die Hand vor Augen.

Dichter Rauch lag zwischen den Bäumen. Nebel, Plasmagase und Schlimmeres breitete sich aus.

Darson warf sich in ein Gestrüpp und sammelte seinen Zug um sich. Nach und nach trafen alle an seiner Position ein, es schien keine Ausfälle zugeben.

Darson zog seine Handschuhe aus, warf sie auf den Boden und entfernte seine lichtfilternden Kontaktlinsen.

Kaum war er sie los, konnte er das Schlachtfeld überblicken, als sei es heller Tag. Mittlerweile konnten sie auch ihre Position bestimmen.

>> Laut Koordinaten müssen wir nur durch die Baumreihe dort und sind am Ziel <<, erklärte ihm einer der Soldaten.

Wie auf Stichwort krachte genau in diesem Moment ein Transporter durch diese Baumreihe und zerschellte am Boden. Trümmer regneten auf sie nieder. Brennende Stücke jagten wie Schrapnelle durch die Nacht und fetzten durch die Körper all jener, die nicht rechtzeitig in Deckung gingen.

>> Vorwärts <<, brüllte Darson und rannte an der Spitze seiner Soldaten in die Nacht. Vorbei an brennenden Wracks direkt hinein in ein von Menschenhand erschaffenes Flammenmeer.

Sie waren am richtigen Ort. Direkt vor ihnen lag der imperiale Stützpunkt, die Schlacht war in vollem Gange.

Darson und seine Männer hatten präzise Befehle erhalten, ehe man sie abgesetzt hatte. Einnehmen der Hügelstellung. Von dort oben konnte man den ganzen Stützpunkt unter Feuer nehmen und es wurden schwere Verluste durch Scharfschützen befürchtet.

Darsons Zug bewegte sich an der Schlacht vorbei, im Schutz der Bäume den Hügel hinauf. Es dauerte nicht lang und sie fanden die Stellungen.

Wie erwartet lagen hier Dutzende Scharfschützen in ihren Löchern und feuerten hinunter auf die Angreifer.

Darson sondierte die Lage, von einem alten Baum aus hatte er einen guten Überblick.

>> Drei Schnellfeuerstellungen, etwa zwei Dutzend Schützenlöcher, fast alle besetzt. Es gibt einen zentralen Bunker, allerdings nicht gut gesichert. Sie bereiten gerade ihre Artillerie vor, vermutlich werden sie das Lager einäschern, sobald unsere Jungs es eingenommen haben. << Darsons Lageerklärung war kurz und bündig.

>> Ihr drei umgeht die Stellung und holt euch das hintere SFG. Ihr drei das linke, wir holen uns das vorderste. Der Rest gibt uns Deckung und rückt nach, sobald wir die Stellungen eingenommen haben. Versucht so viele von den Scharfschützen auszuschalten wie möglich. Viel Glück. <<

Der Angriff kam schnell und überraschend. Die hinterste Schnellfeuerstellung fiel problemlos, die linke ebenso.

Darson und seine zwei Begleiter stürmten aus dem Dickicht, schalteten die Besatzung des SFG mit gezielten Schüssen aus und nahmen das Loch ein.

Dann aber begann die Gegenwehr der Marokianer. Mörser und Granatexplosionen, Kreuzfeuer. Dazu die Dunkelheit der Nacht.

Die Marokianer waren schnell und geübt im Nahkampf. Es dauerte nur Minuten, bis sie begriffen, was passierte, und zum Gegenschlag ausholten. Darson und seine drei Begleiter kämpften sich zur Artillerie durch, während die anderen Truppen aufrückten und ihnen immer noch Feuerschutz gaben.

Mann um Mann fiel in dieser Nacht. Schwer zu sagen, ob durch feindliches Feuer oder das eigene. Darson rannte mit dem Gewehr

im Anschlag durch die Dunkelheit, feuerte gezielte Schüsse und fühlte immer wieder, wie Ladungen direkt neben ihm einschlugen. Ihn verfehlten sie wie durch ein Wunder. Seine beiden Begleiter fielen.
Darson erreichte die Artillerie, warf zwei Granaten in das Loch und sprang selbst in ein anderes. Die Explosion ließ die Erde erbeben. Dreck und Trümmer begruben ihn und die marokianische Leiche, auf der er gelandet war, unter sich.
Während er die Geräusche der Schlacht hörte, aber nichts sah, versuchte er sich aus dem Grab zu befreien, in das er sich selbst geworfen hatte.
Zitternd vor Angst, aber aus irgendeinem Grund funktionierend schaffte er es, sich zu befreien. Überall um ihn herum lagen Leichen. Marokianer wie Konföderierte.
Darson zog sich aus seinem Loch. Die Stellungen standen in Flammen. Der Kampf schien vorbei; während unten am Fuß des Hügels noch wild gekämpft wurde, hatte es hier oben wie von Geisterhand geendet.
Ohne jemanden zu sehen, ging er über den Platz. In den Löchern und Gräben der Stellung lagen unzählige Leichen. Im Eingang des Bunkers ein erschossener Offizier. Der Bunker selbst war unbeschadet.
Die ersten Strahlen der Morgensonne brachen durch die Äste. Morgennebel lag zwischen den Bäumen. Man hörte das Stöhnen von schwer Verletzten.
Darsons Platoon bewegte sich aus den eingenommenen Stellungen auf ihn zu. Sie erwarteten Befehle. Darson brauchte einige Augenblicke, ehe er sich gesammelt hatte und die Lage überblickte.
Er zitterte am ganzen Körper.
Es war lange her, dass Darson eine solche Landeoperation mitgemacht hatte.
Das Gefühl, wenn man durch die Zweige brach und das Schiff endlich aufsetzte. Die Überwindung, die es brauchte, um durch die sich öffnenden Luken zu rennen, hinaus in eine ungewisse Zukunft.
All das hatte er verdrängt gehabt. Heute war es ihm wieder klar geworden. Er war niemals ein Held gewesen. Hatte nie das Format eines Tom Hawkins oder Will Anderson besessen, die beide die ein-

zigartige Gabe besaßen, in hoffnungslosen Situationen ruhig zu bleiben.
Darson organisierte die Besetzung der Stellung und begann die unten kämpfenden Truppen zu unterstützen.
Bis Tagesanbruch waren die Marokianer überrannt, die Transporter mit Reserven, Verpflegung und Ärzten landeten und der Aufbau der Basis begann.

ISS Victory.
Auf dem Hauptschirm drehte sich das Ödland Marokia Zeta einsam zwischen den Sternen. Trümmerfelder hatten sich um den Planeten ausgebreitet. Werften und Stationen, die den Planeten seit Jahrhunderten umkreisten, lagen brennend im All.
Hilflos hatte Marokia Zeta dem Ansturm der konföderierten Jäger und Bomber gegenübergestanden.
Seit dem Angriff auf Pearl Harbour im Dezember 1941 hatte es keinen so verheerenden und überraschenden Luftangriff gegeben.
Waren damals die Schlachtschiffe und Flugzeugträger Ziel und Opfer des Angriffs gewesen, so war es dieses Mal der Planet selbst.
Die Orbitalanlagen verglühten in der Atmosphäre. Gewaltige Explosionen hatten sie aus ihrer Umlaufbahn geworfen und ließen sie nun abstürzen.
Planetareinrichtungen gab es nur wenige.
Lagerhäuser, Baracken, ein paar kleine Siedlungen in den Bergen. Nichts, das Gegenwehr leisten konnte. Nahm man den Orbit, nahm man den Planeten.
Stolz über den Sieg und froh über die geringe Zahl der Opfer, saß Tom Hawkins im Kommandosessel seines Schiffes und legte sein Gesicht in die Hände. Er war müde, ein langer Tag lag hinter ihm.
Zwei Schlachtkreuzer hatten noch im Raumhafen gelegen. Beide hatten sie schwere Schäden gehabt und waren nur mit einer Rumpfcrew besetzt gewesen. Keine Gegner für die Victory. Nach wie vor fehlte ihr eine Feuerprobe. Bisher hatte sie sich keinem großen Kampf stellen können. Immer waren es kleine Kreuzer gewesen oder Schlachtschiffe, die man aus dem Hinterhalt vernichtet hatte. Bei jedem Angriff der Victory hatten sie das Überraschungsmoment auf ihrer Seite gehabt.

Nicht, dass es Tom stören würde. Er fürchtete nur, dass sich ihr Glück bald wenden würde. Dass der tiefe Fall noch bevorstand.
\>\> Die Jäger und Bomber drehen ab und kehren zu den Stationen zurück. Die beschädigten Maschinen haben wir bereits an Bord <<, erklärte Alexandra. Ihr Airboss jammerte derweil über ein völlig überfülltes Hangardeck. Die Phoenix-Trägerbasen waren während der Schlacht von Tankschiffen befüllt worden, und kaum hatten sie die Nighthawks wieder aufgenommen, begann die automatische Betankung der Maschinen.
\>\> Wo befindet sich die marokianische Flotte? <<, fragte Tom.
\>\> Sie hat gewendet und ist hierher unterwegs. Verfolgt von unseren Schiffen. <<
\>\> Das heißt, dass wir uns hier einer Schlacht stellen könnten. <<
\>\> Der Platz ist nicht schlecht. Nur haben wir anders lautende Befehle <<, mahnte Alexandra.
\>\> Garamon <<, sagte Tom.
\>\> Richtig. Der Planet ist eingenommen, muss aber gesichert werden. Die Truppen dort erwarten, dass wir sie schützen. <<
Toms Gesicht verzog sich. Was sollte er tun? Stur Befehle befolgen oder eine gute Chance nützen?
\>\> Wenn wir sie hier abfangen und vernichten … <<
\>\> Es ist gegen die Befehle, Sir <<, mahnte Alexandra mit gedämpfter Stimme. Die anderen sollten ihr Gespräch nicht hören.
\>\> Wir brauchen einen Sieg, Commander. So dringend wie die Luft zum Atmen. <<
\>\> Sehen Sie das? << Sie deutete auf das Trümmerfeld Marokia Zeta. \>\> Das ist unser Sieg. Ein gewaltiger Sieg. <<
\>\> Daran ist nichts Gewaltiges. Wir sind im Morgengrauen gekommen, haben alles über den Haufen geschossen und nun hauen wir wieder ab. Wenn wir die Flotte abfangen und sie besiegen, dann wird es zum Sieg. Und dann haben wir auch ein Recht darauf, den Planeten zu besetzen. Das hier war ein Überfall, keine Schlacht. <<
\>\> Sie sind der Captain. <<
Tom kratzte sich am Kinn. \>\> Bringen Sie uns in den Sensorenschatten des Planeten. Informieren Sie die nachrückenden Truppen darüber, dass wir uns hier der Schlacht stellen werden. <<
\>\> Ja, Sir. <<

>> Wollen Sie, dass ich Ihre Bedenken im Logbuch vermerke? <<, fragte er Alexandra und für einen Augenblick zögerte sie. Sollte sie zu einem Mann stehen, den sie kaum kannte? Wäre es nicht besser, sich aus dieser Entscheidung herauszuhalten?

>> Nein <<, sagte sie schließlich. >> Sie sind der Captain. <<
Tom überraschte diese Antwort. Nicht viele XOs hätten eine solche Entscheidung mitgetragen.
Zufrieden lehnte er sich in seinem Sessel zurück und richtete seinen Blick auf die Monitore, die vor ihm aus dem Boden ragten.
Zufrieden erinnerte er sich an die kleine Ansprache, die er seinen Offizieren gehalten hatte, nachdem er das Kommando offiziell übernommen hatte.

>> Ich halte nicht viel von militärischem Prozedere <<, hatte er mit tiefer, hallender Stimme in die Runde des versammelten Kommandostabes geschmettert. >> Wenn einer von Ihnen ein Problem mit meinen Befehlen hat, dann soll er es sagen. Wenn ihr glaubt, dass ich einen Fehler mache, dann raus damit. Falls jemand eine Idee hat, eine Alternative zu dem, was ich anordne, dann nur keine Hemmungen. << Unbehagliche Skepsis blickte ihm aus den Gesichtern seiner Offiziere entgegen. >> Für einen guten Vorschlag bin ich immer offen und das Letzte, was ich will, ist ein Stab, der hinter meinem Rücken an mir zweifelt. Ich will einen ehrlichen, offenen Umgang unter uns. Ich weiß gerne, woran ich bin, und ich werde mit meiner Meinung sicher nicht hinterm Berg halten. Tun Sie's also auch nicht. Egal, was ich anschließend entscheide. Ich werde mir Ihre Bedenken, Vorschläge und Anregungen immer gerne anhören und ich verspreche, dass ich sie auch immer in meine Entscheidungen einbeziehen werde. << Langsam lichteten sich die Gesichter. >> Es heißt, wir seien hier, um die Demokratie zu verteidigen, nicht um sie zu praktizieren. Armeen funktionieren nun mal nicht demokratisch. Innerhalb dieses Stabes soll es aber immer einen offenen Dialog geben. Wir werden Befehle sicher nicht nach Mehrheitsentscheid beschließen. Aber wir werden jeden Befehl diskutieren können. <<
Nun saß er auf der Brücke, umgeben von seinen Offizieren, und wartete gespannt auf die Reaktionen. Vertrauten sie ihrem neuen Captain bereits? Würde sich jemand an die Rede erinnern und ihm ins Gewissen reden?

Ein dünnes Lächeln zauberte sich auf Toms Lippen. Er fühlte sich wohl in diesem Sessel.

Garamon.
Christine ging durch das im Boden verankerte und mit Netzen und Ästen getarnte Lazarettschiff und versorgte die Patienten.
Es war später Nachmittag, die Schlacht lag Stunden zurück, die meisten Schiffe waren gelandet, die Stellungen gesichert, die Aufbauarbeiten hatten begonnen.
Landeplattformen wurden gebaut, große Teile des Dschungels abgeholzt.
Darson saß ihr gegenüber auf einem der Feldbetten.
>> Immer noch Kopfschmerzen? <<, fragte sie ihn und er bestätigte wortlos. Seit die Kämpfe aufgehört hatten, wurde er davon gequält.
Christine gab ihm eine Injektion und versprach, dass es sich legen würde.
>> Hoffen wir's, Doc <<, sagte er und stand auf.
>> Sie können hier bleiben. Sich ausruhen <<, schlug sie vor.
>> Danke. Aber meine Männer brauchen mich. Sie liegen dort oben in den Gräben und ich darf sie nicht länger alleine lassen. <<
>> Kommen Sie. Die Victory wird in ein paar Stunden hier sein. Dann kann nichts mehr passieren. <<
>> Stunden können sehr lange sein. Ich muss zurück. <<
Darson schulterte sein Gewehr, nahm seinen Helm und ging über die Rampe hinaus in den Dschungel.
Es regnete. Dicke, schwere Tropfen prasselten auf das Camp nieder und verwandelten den Boden in ein Gemisch aus Schlamm, Gras, und Blattwerk.
Mit schweren Schritten stapfte Darson den Hang hinauf zur heute Nacht eingenommenen Stellung. Er und seine Kompanie hatten sich dort oben eingerichtet und warteten nun auf einen Gegenangriff, der hoffentlich nicht kommen würde.
Laut Aufklärung konnte es gar keinen geben. Der S3 war sich absolut sicher, dass es im Umkreis von mehreren Tagen nichts gab, das den Planeten zurückerobern könnte. Dennoch war man vorsichtig.
Darson erreichte den kleinen Erdbunker und verkroch sich darin.

\>> Irgendwas Neues? <<, fragte er einen im Schlamm hockenden Soldaten.

\>> Es regnet <<, antwortete dieser, ohne die Augen zu öffnen, und Darson setzte sich schmunzelnd neben ihn, richtete seinen Blick zum Blattwerk, das den Himmel verdeckte, und genoss das Gefühl des herabtropfenden Regens in seinem Gesicht.

Die Marokianer mussten diese Welt gehasst haben. Dienst auf Garamon stellte er sich als eine der schlimmsten Strafversetzungen vor, die das Heer zu bieten hatte.

Der Gedanke zauberte ein Lächeln auf sein Gesicht.

ISS Victory.

Will Anderson landete seine angeschlagene Maschine auf dem Flugdeck und machte sich dann gleich auf den Weg zur Brücke. Er war schon sehr neugierig darauf, das Schiff zu sehen. Beeindruckt vom Look und der Technik der Victory ging er den Hauptkorridor entlang. Wie ein Kind im Kaufhaus sah er sich immer wieder um.

\>> Beeindruckt, Captain? <<, fragte Alexandra Silver, die von Tom geschickt wurde, um Will abzuholen. >> Der Captain lässt fragen, ob Sie auch mal eine Maschine unbeschädigt aus der Schlacht heimbringen <<, sagte sie mit dünner Schadenfreude auf den Lippen.

\>> Der alte Junge soll sich um sein Schiff kümmern und nicht um meine Jäger. Abgesehen davon … Ja, Commander. Ich bin sehr beeindruckt <<, sagte er, wusste aber noch nicht, ob mehr vom Schiff oder mehr von Alexandra.

\>> Captain Hawkins bat mich, Sie abzuholen. <<
\>> Hat er Angst, dass ich mich verlaufe? <<
\>> Oh nein. Er meinte, Sie machen sonst was kaputt <<, sagte sie grinsend.
\>> Hat er das gesagt? <<
\>> Ja. <<
\>> Dieser Arsch. <<
\>> Kommen Sie, Captain. << Alexandra hob einladend die Hand.
\>> Oh, bitte. Nennen Sie mich Will. Ich hasse dieses Sir, ja, Sir-Getue. <<
\>> Captain Hawkins hat bei seiner Kommandoübernahme etwas Ähnliches zu mir gesagt <<, erklärte sie Will.

>> Das denk ich mir. Was hat er gesagt? <<, fragte Will grinsend und Alexandra zögerte. Durfte sie so offen über ihren CO sprechen? Hatte sie gerade ungewollt eine Grenze überschritten? Einen Fehler begangen?
>> Nur keine Hemmungen, Commander. Ich kenne Tom besser als jeder andere Mensch. Was hat er gesagt? <<
>> Der Captain hat einen sehr freien Umgang mit dem Protokoll befohlen <<, sagte Alexandra zögernd. >> Um ehrlich zu sein … << Alexandra erwiderte Wills spitzbübisches Lächeln, >> … hat er uns das Protokoll praktisch verboten. <<
Will nickte. >> *Wir sind Krieger. Keine salutierenden Zinnsoldaten* <<, sagte er und zitierte damit Tom, der das in all den Jahren immer wieder gesagt hatte.
>> Im Korps wird nicht salutiert <<, erklärte Alexandra.
>> Ist mir nicht entgangen … << Will zögerte. >> Wie ist eigentlich Ihr Vorname? <<
>> Warum wollen Sie das wissen? <<
>> Wenn Sie mich Will nennen, kann ich doch nicht Commander Silver sagen. <<
>> Bisher habe ich Sie nicht mit Ihrem Vornamen angesprochen, *Captain Anderson*. <<
>> Kommen Sie schon. Wie heißen Sie? <<
Ihre Mundwinkel zogen sich nach oben. >> *Alexandra* <<, sagte sie und war froh, dass sie die Brücke schon fast erreicht hatten.
Will versuchte den ganzen Weg über seine Augen unter Kontrolle zu halten. Immer wieder wanderten sie an Körperstellen, die er nicht zu lange fixieren sollte.
Ihm war nie aufgefallen, wie figurbetont die Uniform war.
Hatten die weiblichen Uniformen einen anderen Schnitt?
Will hatte noch nie darüber nachgedacht. Eigentlich unterschieden sie sich von den männlichen Uniformen nicht. Oder?
Eine engere Taille, eine anders geschnittene Hose und schon sah das Ganze richtig gut aus. Will versuchte seine Gedanken unter Kontrolle zu bringen. Es war nicht gerade der richtige Moment, um sie anzumachen, außerdem fürchtete er, dass sie zu viel Klasse hatte, als dass sie sich mit ihm abgeben würde.

Hätte Tom wohl ein Problem damit, wenn er seinen Ersten Offizier flachlegen würde?
>> Willkommen auf der Brücke der Victory. <<
Alexandra machte einen Schritt zur Seite und Will betrat das wirklich beeindruckende Herz des Schiffes.
Tom saß in seinem Kommandosessel, der Raum war abgedunkelt. Er wirkte wie ein mittelalterlicher Herrscher, als er sich auf seinem „Thron" zu Will drehte.
>> Was kaputt machen, was? <<, sagte er gespielt verärgert und ging auf Tom zu.
>> Sie ist niegelnagelneu. So was sollte man nicht mit dir alleine lassen. <<
>> Wirklich tolles Schiff hast du da. <<
>> Ja, ja. Ich bin ganz zufrieden. <<
>> Sag mal, bilde ich es mir ein oder ist die Luft hier drinnen verdammt trocken? <<, fragte Will.
Tom schnüffelte und leckte sich die Lippen. >> Du hast recht. Das trocknet einem die Kehle aus, nicht? <<
>> Es ist ein Elend. <<
>> Begleiten Sie uns, Commander? <<, fragte Tom Alexandra.
>> Ich werde wohl hier die Stellung halten <<, lehnte sie danken ab und ließ sich im Kommandosessel nieder.
Tom und Will gingen durch die hintere Tür ins Büro.
>> Verdammt. Bin ich hier auf einem Kreuzfahrtschiff? << Beeindruckt sah er sich die Holzverkleidung der Wände an. Das Design des Raumes war eine perfekte Mischung aus Holz, Stahl und Hybrid.
>> Es ist ein Schlachtschiff. Ganz sicher. <<
Tom öffnete eine Flasche, füllte zwei Gläser und setzte sich auf den Sessel gegenüber dem kleinen Couchtisch.
Will lag bereits der Länge nach auf dem Ecksofa.
>> War's schwer? <<, fragte Tom.
>> Der Angriff? <<, fragte Will. Tom nickte. >> Es war ein Zielschießen. Sie hatten keine Chance. Wir waren innerhalb von Minuten durch die Orbitalverteidigung durch. Die wenigen Jäger, die sie hatten, kamen kaum vom Boden weg, ehe wir sie pulverisierten. Die Bomber warfen ihre Haftminen und Marschflugkörper ab, wir flogen Nahangriffe gegen die bewaffneten Satteliten. Es war zu leicht. <<

>> Höre ich da etwa Skrupel? <<
>> Normalerweise sage ich, nur *ein toter Marokianer ist ein guter Marokianer*. Aber das war wirklich schlimm. Ich meine, sie konnten sich nicht wehren. Es war, als würde ich ihnen meine Waffe ins Genick halten und abdrücken. Krieg ist schlimm. Aber wenn man schon einen führt, sollte man ihn mit Anstand führen. Kämpfe sollten Kämpfe bleiben. <<
>> Ich weiß, was du meinst. <<
>> Ich meine, es war ein Erfolg. Jeffries' Plan war perfekt und die Marokianer haben einen schweren Schlag erlitten. Nur war es ein Sieg? <<
>> Es wird einer werden <<, versprach Tom. >> In ein paar Stunden trifft hier die marokianische Flotte ein. Gefolgt von unseren Truppen. <<
>> Leider werden wir dann nicht mehr hier sein. <<
>> Doch, werden wir. Ich beabsichtige sie anzugreifen. Sie gehen davon aus, dass wir den Planeten einnehmen wollen, und lassen deshalb alles stehen und liegen, um hierher zu kommen. Dass die Jäger längst weg sind, können sie auf ihren Sensoren unmöglich sehen. Wenn sie hier ankommen und einen verlassenen, zerstörten Planeten vorfinden, werden sie verwundert sein. Unsere Flotte trifft ein, es kommt zum Kampf. Und dann, wenn sie so richtig hübsch abgelenkt sind, kommt die Victory aus dem Schatten des Planeten und sie erleben ihr blaues Wunder. <<
>> Ein fairer Kampf?<<
>> Zumindest so fair wie möglich, ohne Gefahr zu laufen, dass wir alle sterben. Fair wäre, wenn ich schon im Orbit auf sie warte und mich ihnen stelle. Aber dann machen wir uns das Überleben unnötig schwer. <<
>> Würde ich auch so sehen. Auf den besten Gefechtsoffizier der Flotte <<, sagte er und hob das Glas.
>> Danke <<, sagte Tom.
>> Ich meinte Jeffries. <<
>> Schon klar. <<

Garamon.
Als Darson aufwachte, regnete es immer noch. Sein Schützenloch hatte sich mit Wasser gefüllt und entwickelte sich langsam zu einem See.
Klatschnass kroch er aus dem Erdloch und ging die Stellungen ab. Es war Nacht. Keine Lichtquellen, kein Feuer, gar nichts.
Nur der Dschungel, der Regen und die Insekten, die einem das Leben schwer machten. Darson hatte seinen Helm ans Gurtzeug seiner Schutzweste gehängt und seine Kontaktlinsen erneut entfernt.
Er genoss den fallenden Regen. Als Kind hatte er immer von einer solchen Nacht geträumt. Sein Onkel, ein Raumhändler, hatte ihm oft Geschichten erzählt von Wasser, das aus dem Himmel fiel. Damals hatte er es kaum glauben können. Auf Chang hatte es seit ewigen Zeiten nicht mehr geregnet.
Nun war er hier, auf einer grünen, nassen Welt und dicke, schwere Regentropfen prasselten auf ihn nieder.
Schade nur, dass Krieg war und er dieses Schauspiel nicht genießen konnte.
Mit schmerzenden Knochen ging er die einzelnen Stellungen ab, sein Kopf schmerzte immer noch und er fürchtete, dass es von seinen Kontaktlinsen kam. Er hätte sich längst neue besorgen sollen, hatte bisher aber keine Zeit gehabt.
>> Tut sich was? <<, fragte er einen der Soldaten im Schützenloch.
>> Irgendwas krabbelt an meinem Bein herum. Ansonsten alles in Ordnung. <<
>> Freut mich. <<
Garamon war ein ungastlicher Planet. Es gab hier mehr Ungeziefer als Blätter und das wollte mitten im Dschungel wirklich was heißen.
Das Laufen war schwer, weil überall Ranken über den Boden wuchsen. Die Blätter hatten sich mit dem Schlamm vermischt und jeder Schritt wurde zur Rutschpartie.
Außerdem sank die Temperatur.
Jeder, der mal mit nasser Uniform in einem Loch gesessen hatte, wusste, was es hieß zu frieren. Selbst bei zwanzig Grad wurde einem da kalt.
Heute Nacht aber hatte es nicht einmal zehn Grad.

\>> Müde? << Darson hatte das nächste Loch erreicht und setzte sich neben den Unteroffizier.
\>> Elend <<, gab dieser zu. >> Ist die Victory endlich eingetroffen? <<, fragte er Darson.
\>> Nein. Sie wurden wohl aufgehalten. <<
Der Unteroffizier biss sich auf die Unterlippe. >> Was ist, wenn die Marokianer zurückkommen? Wenn sie ein Schiff schicken? Ohne Schutz aus dem All ist dieses Camp nicht zu halten. Sie könnten einfach ein paar Torpedos herunterwerfen und das war's. <<
\>> Sicher. Aber die Strahlung, die dabei frei wird, ist für die Marokianer genauso ungesund wie für uns und deshalb werden sie es nicht tun. <<
\>> Ihr Wort in Gottes Ohr. <<
Darson hievte sich hoch und versuchte zum nächsten Loch weiterzugehen. Immer wieder rutschten seine Stiefel im Schlamm weg und der Regen wurde scheinbar immer stärker.
Darson erreichte das nächste Loch und wollte etwas sagen, doch er kam nicht dazu. Mit stockendem Atem stand er vor dem Loch.
Inmitten von Schlamm und Wasser sah er die verstümmelten Reste eines Soldaten. Sein Kopf trieb Gesicht nach oben, die Augen weit geöffnet in einer schlammigen Pfütze, der Rest des Körpers lag irgendwo im Gebüsch.
Ehe er Alarm schlagen konnte, wurde er ins Gestrüpp gerissen.
Ein bulliger Marokianer rollte sich auf ihn, zog ein Messer und stach zu.

Garamon, Lazarett.
Christine lag auf einem der freien Feldbetten und versuchte zu schlafen, als sie die Schritte hörte. Leise, schlammige Schritte, die immer näher kamen.
Müde richtete sie sich auf, schnallte ihren Waffengurt um die Hüften und zog die Kampfweste an. Dann ging sie hinüber zur Rampe.
Ein verhängnisvolles Gefühl kroch ihren Rücken hinauf.
Jeder kannte es aus seiner Kindheit. Man war allein zu Haus, es war dunkel. Schatten wurden plötzlich lebendig. Man wollte sich dauernd umdrehen, fühlte, wie einen Augen aus der Dunkelheit heraus anstarrten, konnte aber nicht sagen, wo sie waren.

Genau so fühlte sich Christine jetzt.
Nervös zog sie ihre Scorpion aus dem Beinholster und öffnete die Rampe.
Hydraulisch zischend fuhr sie nach unten.
Schwerer Regen trommelte auf das Metall.
Mit der Waffe fest im Griff und bereit abzudrücken ging sie nach draußen.
Um sie herum war nichts als Schlamm und Wald.
Sie zog eine Taschenlampe aus dem Gürtel und fuhr damit die Umgebung ab. Absolut nichts zu sehen.
\>> Dummes Kind <<, sagte sie zu sich selbst, steckte Taschenlampe und Waffe wieder ein und wollte zurückgehen.
Als sie sich umdrehte, lief sie gegen einen Marokianer.
Dann hallte ein Schrei durch die Nacht, der jeden im Camp aufweckte.

ISS Victory.
\>> Die Marokianer erreichen den Sektor <<, erklärte Alexandra über Interkom. Zwei Sekunden später war Tom auf der Brücke und übernahm.
Will blieb abseits stehen und beobachtete. Vor allem Alexandra.
Gleich bei ihrer Ankunft hatte die Victory die beiden Sprungtore der Marokianer zerstört und somit eine schnelle Rückkehr der Flotte verhindert.
Es war der einzige wirkliche Vorteil der Konföderation im Kampf gegen die Marokianer. Sie hatten ein Schiff, das nicht auf Sprungtore angewiesen war.
Und jedes neue Schiff, das gebaut wurde, würde diese Fähigkeit ebenfalls besitzen.
Die Marokianer hatten eines der mehrere Sektoren weit entfernten Sprungtore verwendet, um in den Normalraum zu wechseln, und bewegten sich nun als wütende Horde auf Marokia Zeta zu.
\>> Wie kannst du sie sehen? <<, fragte Will leise. \>> Ich meine, wir sind im Planetenschatten. Der frisst unsere Signale genauso wie deren. <<
Tom lächelte. \>> Du glaubst gar nicht, was dieses Schiff alles kann. <<

Die Marokianer erreichten den Planeten und fanden ihren Hafen in Trümmern. Tom konnte sich gut in sie hineinversetzen. Vor seinem geistigen Auge sah er zornige Kommandanten, die nach Rache schrien.
>> Wie lange bis zum ersten Schuss? <<, fragte er Alexandra.
>> Zwei, vielleicht drei Minuten <<, gab sie die Zeit an, bis die konföderierten Schiffe den Planeten erreichten.
>> Die Marokianer stellen sich auf <<, erklärte sie.
Es war marokianische Taktik, immer Gruppen von fünf oder sechs Schiffen zu bilden und sich dann in Schlachtordnung aufzustellen.
Die konföderierten Schiffe erreichten den Planeten, polarisierten ihre Hüllen und aktivierten ihre Waffen.
Die großen Schlachtschiffe beschossen sich mit Raketen und schweren Geschützen, während die kleineren Schiffe schnell den Nahkampf suchten.
>> Offensiv <<, urteilte Tom, als er das schnelle Vorrücken der leichteren Schiffe auf dem taktischen Schirm beobachtete. >> Gefällt mir. Dieser Kommandant versteht unsere Taktik. <<
>> Wie lange willst du zusehen? <<, fragte Will.
>> Der Moment muss stimmen. Sonst geht alles schief <<, sagte Tom.
>> Schlachten sind Kunstwerke. Jeder Strich am richtigen Platz. Die Inszenierung muss passen. <<
>> Bist du irre? << Will war schockiert von diesem Vergleich.
>> Bringen Sie das Schiff in die Schlacht <<, sagte Tom schließlich.
>> Gefechtsalarm, Waffen aktivieren. Zielt auf die Schlachtschiffe. <<
Die Victory kam aus dem Schatten des Planeten wie ein urzeitliches Monster aus seiner Höhle.
Ein Wesen, das durch den Lärm der Schlacht in seinem tausendjährigen Schlaf gestört worden war, und sein tödlicher Atem spie den Marokianern entgegen.
Feuerstürme ließen die Schlachtschiffe zerschellen wie Glas an Stein.
Ohne Angst und Furcht manövrierte sich die Victory zwischen die marokianischen Schiffe und löste eine Panik aus.
Der Schlag saß.

Die Schlachtordnung löste sich auf, die Schiffe wichen ihr aus in der Angst, sie würden gerammt werden.
>> Feuer <<, sagte Tom mit fanatischem Genuss. Die Victory schoss und der Feind starb. Schiffe zerbrachen, Hüllen zerbarsten, Feuer breitete sich aus.
Das All war erfüllt von Trümmern und Gasen. Überall loderten Wolken aus glühendem Plasma, ausgestoßen von explodierenden Antrieben.
Sauerstoff entwich aus den Schiffen und kristallisierte im All.
Schiffskörper implodierten, Waffen explodierten.
Schiffe rammten andere Schiffe, weil sie nicht schnell genug ausweichen konnten.
Irgendwer unter den Marokianern musste erkannt haben, dass es aussichtslos war, und blies zum Rückzug.
Tom saß in seinem Sessel und suchte sich die Ziele aus. >> Den dort! <<, sagte er, deutete auf ein Schiff und Semana Richards exekutierte die Crew mit einem einzigen Befehl.
Will war schockiert von der Ruhe.
Die Victory wurde beschossen. Drei Schiffe nahmen sie ins Kreuzfeuer und das Deck erbebte.
Semanas Leute standen in ständigem Kontakt mit den Mannschaften der Geschützbatterien. Befehle und Meldungen wurden über Interkom ausgetauscht.
Weitere Treffer gingen auf das Schiff nieder, doch die Hülle der Victory fraß die Treffer mit tödlicher Gelassenheit.
>> Wir nehmen Schaden am Bug <<, meldete Alexandra. Es klang nicht so, als ob man sich Sorgen machen müsste.
Die Schlacht ebbte ab. Die Marokianer verloren.
Auf dem Hauptschirm sahen sie ein konföderiertes Schlachtschiff, das in zwei Teile brach. Rettungskapseln und Shuttles starteten.
Toms Finger gruben sich in die Armlehnen seines Sessels. Er hasste es, wenn es die eigenen erwischte.
>> Die Marokianer flüchten <<, sagte Alexandra mit betroffener Stimme.
>> Lasst keinen entkommen <<, sagte Tom.
>> Tom <<, Will kam näher. >> Sie flüchten. <<

>> Ich weiß. Und nächste Woche kommen sie wieder. Dieselben Schiffe mit denselben Männern. Der Verschonte von heute ist der Feind von morgen. <<
>> Ja, aber sieh sie dir an. <<
Es war ein elendes Bild, wie sich die Schiffe davonschleppten.
>> Sie werden Tage brauchen, um ein Sprungtor zu erreichen. <<
Die konföderierte Flotte kesselte die Marokianer ein. Die Schlacht hatte sich innerhalb von Minuten völlig gedreht. Die in Feuerkraft und Größe überlegene Flotte war vom Überraschungsmoment überrumpelt worden. Toms Strategie ging auf.
>> Lieutenant Commander. << Tom ging nach hinten zu Semana Richards.
>> Können wir ihren Antrieb zerstören, ohne die Schiffe zu vernichten? <<
>> Bei den meisten <<, antwortete sie.
>> Tun Sie das. Wir machen so viele Gefangene wie möglich. <<
>> Danke <<, sagte Will.
>> Ich hoffe, das ist kein Fehler. << Tom ging in sein Büro. Will verließ die Brücke.

Garamon.
Darson hielt das Messer des Marokianers knappe zwei Zentimeter vor seiner Brust auf. Unter Einsatz seiner letzten Kraftreserven drückte er den von der Dunkelheit verhüllten Angreifer von sich weg.
Marokianer waren stark. Jeder von ihnen wirkte wie ein wandelndes Muskelpaket, kein Gramm Fett war an ihren Körpern.
Chang hingegen waren gelenkig und schnell.
Darson wand sich aus der Umklammerung des Marokianers, rollte zur Seite, zog sein Messer aus dem Waffengurt und sprang den gerade erst hochkommenden Soldaten an.
Das Messer durchstieß den Panzer an den Rippen.
Zweimal, dreimal. Wild stach Darson immer wieder zu, schlug mit seiner Faust dem Marokianer ins Gesicht und stach ihm das Messer dann in den Hals.
Blutüberströmt kämpfte er sich durch das Gestrüpp zurück zur Stellung.

Ein Schrei, der einem das Blut in den Adern gefrieren ließ, hallte durch die Nacht. Die Stimme einer zu Tode erschrockenen Frau.

Im selben Moment begannen die Schüsse. Von allen Seiten jagten glühende Plasmaladungen durch die Nacht und fetzten durch die Körper der überraschten Soldaten.

Die Marokianer waren zurück. Unmöglich zu sagen, woher sie kamen oder wie viele es waren. Darson warf sich in den nächstbesten Graben, zog seine Scorpion aus dem Beinholster und erwiderte das Feuer auf einen Feind, den er nicht sah.

Dutzende Gruppen marschierten aus dem Gestrüpp und überrannten die Konföderierten. Darson wehrte sich mit Händen und Füßen.

Mit dem Messer in der einen und der MP4 Scorpion in der anderen Hand wehrte er den Ansturm der Marokianer so lange ab, wie er konnte. Dann musste auch er sich zurückziehen. Vom Rest seiner Kompanie konnte er nichts mehr sehen. Überall wurde gekämpft und noch immer prasselte der Regen schwer durch die Äste.

Darson rannte zu einer der SFG-Stellungen, erschoss den Marokianer, der gerade den letzten hier übrig gebliebenen Soldaten ermordet hatte, und nahm die Gatling aus seiner Verankerung. Ohne zu zielen, ohne zu bedenken, wen er alles treffen konnte, schoss er drauflos.

Das verheerende Feuer verwandelte die Hügelstellung in ein Schlachthaus.

Dem vernichtenden Feuer eines Gatling-Schnellfeuergewehres war nichts gewachsen. Arme und Beine wurden abgeschossen, Brustpanzer zersplittert, Eingeweide von der Wucht des Einschlages nach außen gekehrt.

Darson schoss blind. Er wusste, dass es vorbei war. Überleben schien unmöglich, einzig der Kampf blieb ihm. So viele mitnehmen wie nur möglich.

Die Marokianer wagten sich nicht mehr aus den Löchern, in die sie sich gerettet hatten. Doch nahmen sie Darson ungezielt unter Feuer. Links und rechts jagten die Feuerstöße an ihm vorbei. Vom Mut der Verzweiflung beflügelt rannte er durch die Stellung von Loch zu Loch und erschoss alles, das sich ihm näherte. Er war entfesselt, ein Krieger, angespornt durch das Wissen um den sicheren Tod. Ein Berserker, der alles um sich herum mit in den Abgrund reißen wollte.

Darson kämpfte seinen größten Kampf.

Im Bunker war Sprengstoff gelagert worden. In der einen Hand hielt er das schwere Gewehr, mit der anderen schleuderte er eine Granate ins Bunkerlager.
Die Explosion riss den halben Hügel mit sich.
Dreck regnete Hunderte Meter weit durch den Dschungel. Vermischt mit Blut und Fleisch.
Darson selbst rutschte den schlammigen Hügel hinunter, nicht sicher, ob er noch lebte oder nicht. Das Gebüsch fing ihn auf und schloss ihn ein, das Gewehr glitt ihm aus der Hand. Der Regen ertränkte ihn fast in seinem grünen Grab.

Im Lazarett.
Christine wurde von riesigen Armen mitgerissen und in eine Ecke geworfen. Die Marokianer waren nicht auf Blut aus. Sie wollten Gefangene. Jeder, der laufen konnte, wurde von ihnen gefesselt und mitgenommen. Den armen Seelen, deren Verletzungen schwerer waren, blieb keine Rettung. Die Marokianer steckten das Lazarett in Flammen und überließen die Patienten sich selbst.
Überall um das Lazarett herum wurde gekämpft. Christine hörte das Hämmern der Feuersalven und das Donnern von Explosionen. Lichtblitze zuckten durch das nasse Blattwerk.
Grob wurde sie von den Marokianern durch den Schlamm getrieben zu einem hinter den Bäumen landenden Transporter. Keine Chance zu kämpfen oder sich auch nur zu wehren.
„Marokianer machen keine Gefangenen", hieß es immer. Aber sie machten Sklaven. Arbeitssklaven waren immer schon das Rückgrat der marokianischen Wirtschaft und Gesellschaft gewesen.
Christine wurde in den Transporter gebracht und in einen der vielen Käfige gesperrt. Wer sich wehrte, wurde erstochen oder erschlagen. Sie machten sich nicht die Mühe eines erlösenden Schusses.
Ein Messer in den Magen und dann im eigenen Blut ersaufen. Als Warnung an all die anderen.
Christine wehrte sich nicht. Sie wusste, dass es keinen Sinn hatte.
Während die Schlacht um das Dschungelcamp weiterging, hob der Transporter mit den Gefangenen ab.

Aus dem Cockpit der Piloten sah man das sich ausbreitende Feuer zwischen den Bäumen. Ein Blitzlichtgewitter wie zu Silvester. Nur dass hier Leben verschüttet wurde und nicht Champagner.

ISS Victory, Büro des Captains.
>> Die Flotte nimmt die Gefangenen auf. Ein paar Kommandanten weigern sich zu kapitulieren. Sie drohen mit Widerstand, sollten wir an Bord kommen <<, erklärte Alexandra.
>> Wir machen jedem das faire Angebot, sich zu ergeben. Wer es nicht annimmt, ist selber schuld <<, sagte Tom, der hinter seinem Schreibtisch saß.
>> Keine Gnade? <<, fragte Will.
>> Ich bin jetzt schon viel gnädiger, als sie es mit uns wären <<, sagte Tom eisern.
>> Wir sollten abrücken. Garamon ist noch immer nicht gesichert. <<
>> Richtig. Die Flotte bleibt hier, übernimmt die Gefangenen und zerstört dann die Schiffe. Wir rücken ab nach Garamon. Außerdem brauche ich eine Verbindung zu Jeffries auf Langley. <<
>> Kriegen Sie. <<
Alexandra wandte sich zum Gehen.
>> Finden Sie, dass ich zu hart bin? <<, fragte er sie.
>> Wem gegenüber? Dem Feind? <<
Tom nickte.
>> Sie hatten recht mit dem, was Sie sagten. Der Verschonte von heute ist der Feind von morgen. Dennoch bin ich froh, dass wir sie nicht alle abschlachten. Ich will mich nicht verhalten wie ein imperiales Mordkommando. <<
Alexandra ging auf die Brücke, um den Abflug der Victory zu befehlen und alles Weitere in die Wege zu leiten.
Tom sah durch die Fenster seines Büros, wie die Sterne anfingen sich zu bewegen. Licht pulsierte vor den Scheiben, ein Strudel gleißenden weißen Lichtes hüllte das Schiff ein. Die Victory durchquerte ein selbst erzeugtes Raumfenster.
Jenseits der weißen Barriere lag das rote Inferno des Hyperraums.

>> Ihre Verbindung nach Langley, Sir <<, meldete ein Unteroffizier über Interkom. Hawkins betätigte eine Taste in der Tischplatte und ein Monitor klappte sich aus dem braunen Holz des Tisches.
Jeffries' Gesicht erschien im Projektionsfeld.
>> Gratuliere, Tom <<, sagte er dankbar.
>> Keine große Sache <<, erwiderte Tom. >> Haben Sie Truppen, die Marokia Zeta besetzen können? Noch liegt die Flotte hier und sie kann den Planeten für einige Zeit halten. <<
>> Drei Divisionen sind bereits unterwegs <<, erklärte Jeffries.
>> Gut. Ich fliege mit der Flotte nach Garamon, um die dortige Operation abzusichern. <<
>> Das hätte längst geschehen sollen <<, sagte Jeffries aufbrausend.
>> Ich weiß. Aber ich brauchte jedes Schiff gegen die Marokianer. <<
>> Autonom zu operieren heißt nicht Befehle zu ignorieren! <<
>> Ich weiß, Sir <<, sagte Tom heiser. >> Nur diese Chance konnte ich nicht verstreichen lassen. <<
>> Dieses Mal lasse ich Ihnen die Sache durchgehen, aber beim nächsten Mal ... <<
>> Ich entschuldige mich. <<
>> Akzeptiert. Ihr Glück, dass es funktioniert hat. <<
>> Wir melden uns wieder, sobald wir Garamon erreicht haben. <<
>> In Ordnung. Jeffries, Ende. <<
Tom hatte mit einer größeren Standpauke gerechnet. Kein Admiral mochte es, wenn die Offiziere unter seinem Kommando Befehle ignorierten. Jeffries ließ es ihm einfach so durchgehen. Was zeigte, wie nötig dieser Sieg gewesen war.
Stolz auf sich und sein Schiff flog er nach Garamon, um die dortigen Truppen zu unterstützen.

Garamon.
Darson wusste nicht, wo er war.
Kopfüber lag er im Schlamm. Seine Hände und Füße hatten sich im Gestrüpp verfangen. Wasser rann durch seine Uniform.
Der Geruch des Todes lag in der Luft. Abgase von Jägern, verfaultes Fleisch, verbranntes Holz. Darson kletterte den schlammigen Hang

auf allen Vieren hoch. Er war so verdreckt, dass man ihn kaum von Hügel unterscheiden konnte.
Dort, wo gestern noch das Camp gewesen war, fand er nichts als Trümmer in knietiefem Morast.
Leichen lagen kreuz und quer am Boden. Er sah Abdrücke von Transportern auf den Landebahnen.
Waren die Marokianer einfach wieder abgezogen?
Darson ging durch den See aus Matsch hinüber zu den letzten noch halbwegs intakten Landeplattformen. Er kletterte hinauf und sah sich um. Einige Minotaurus-Kampfmaschinen wankten durch den Morast und sicherten die Umgebung. Weiter hinten sah er einige einsame Soldaten, die sich aus den Trümmern erhoben, Sanitäter rannten durch den verbrannten Dschungel und versorgten die Verwundeten.
So stellte man sich den Morgen nach der Apokalypse vor, wenn von der Welt nichts mehr übrig war.
Wo waren die Marokianer? Wo war der Rest der konföderierten Truppen? Die wenigen einsamen Gestalten, die er von hier oben sah, konnten doch nicht die einzigen Überlebenden sein.
Irgendwer musste die Schlacht doch gewonnen haben.
Noch immer regnete es.
Dann hörte Darson das Heulen von Turbinen. Jäger näherten sich ihm.
Alarmiert sprang er von der Plattform und verkroch sich bis zum Hals im Schlamm. Es könnten Marokianer sein, die zurückkehrten.
Zwei grüne Jäger donnerten über die verbrannte, schlammige Lichtung hinweg. Es waren die neuen Defender.
Rumpf und Antrieb bildeten einen unzertrennbaren Körper, der Pilot lag förmlich in seinem Cockpit, die Kanzel war oval und bot ungehinderten Blick in alle Richtungen.
Die oberen beiden Tragflächen spannten sich wie die Flügel eines Falken weit nach außen und trugen an ihrem Ende zwei Gatling-Zwillingsgeschütze.
Die unteren Tragflächen waren deutlich kürzer und beweglich. Fürs Landemanöver konnten sie eingezogen werden, für manches Flugmanöver veränderte sich ihre Stellung.
Das Flugverhalten einer Defender war mit herkömmlichen Jägern nicht mehr zu vergleichen. Sie konnte frei schweben, sich aus dem

Stand um 360 Grad drehen und selbst mit geringstem Schub spektakuläre Manöver durchführen.
Eine der Maschinen hielt über der Lichtung und sank. Sie setzte zur Landung an, während die zweite in der Luft blieb und aufpasste.
Der Jäger setzte auf der Plattform auf und Darson kletterte aus dem Morast. >> Nicht schießen <<, rief er.
Der Pilot stand mit gezogener Waffe auf seiner Maschine und fragte sich, was da aus dem Schlamm kroch. Als Chang konnte man ihn unmöglich identifizieren.

Gefangenentransporter der Marokianer.
Der beißende Geruch von Schweiß und Urin lag in der Luft, durch das mattrote Licht sah Christine Dutzende anderer Gefangener zusammengepfercht in Käfigen, gefesselt und niedergeschlagen.
Sie hatte einige Gespräche der Wachen belauscht. Ihr Marokianisch war nicht besonders gut, aber es reichte, um zu verstehen, wohin der Flug ging.
Mares Undor.
Ein Gefangenenplanet. Ein Mythos, ein schreckliches Märchen.
Seit dem letzten Krieg hielten sich die Gerüchte über einen letzten Gefangenenplaneten, auf dem die Marokianer bis zum heutigen Tage menschliche Kriegsgefangene für sich schuften ließen. Keiner hatte je beweisen können, dass es diese Welt gab.
Offiziell waren alle Gefangenen nach Kriegsende ausgetauscht worden. Viele Heimkehrer hatten die körperlichen und seelischen Wunden der Sklaverei bis heute nicht überwunden. Marokianer traten menschliches Leben mit Füßen.
Ihre Sklaven behandelten sie schlechter als Tiere. Den Status von Kriegsgefangenen kannten sie gar nicht. Niemals hatten sie die Charta unterschrieben, die von den alten Reichen ausgehandelt wurde und die Regeln interstellarer Kriegsführung beinhaltete. Eine Charta, älter als das Imperium selbst. Die Marokianer hatten sie nie beachtet.
Wer den Marokianern in die Hände fiel, würde keine Gefangenenlager kennenlernen. Keine Behandlung erfahren, wie sie in konföderierten Lagern üblich war.
Es warteten Folter und absoluter Gehorsam. Oft endete das Leben eines Sklaven auf dem Tisch eines marokianischen Festes.

Christine weinte.
Ihr war das Schlimmste widerfahren, was einem konföderierten Soldaten passieren konnte. Die Gefangennahme. Es war ein unausgesprochener Wunsch, der allen Soldaten gemein war. Lieber sterben als Marokia in die Hände fallen.
Jeder dachte so. Zu schrecklich war der Anblick der Heimgekehrten aus dem letzten Krieg. Zu verstörend die Geschichten, die im Umlauf waren.
Mares Undor.
War das ihr Schicksal?
Das Deck des Schiffes vibrierte, Wände und Decke erhitzten sich.
Die Transporterkolonne wechselte in den Normalraum.
Hatten sie Mares Undor bereits erreicht?
Der Konvoi durchquerte den riesigen Stahlkreis des Sprungtores. Ein ewiger Strom von schwarzen Schiffen, die auf eine bewaldete Welt zusteuerten.
Mares Undor. Eine Welt mit zwei Sonnen und dennoch kalt und leblos.
Ein Planet, überzogen von Nadelwäldern, mit riesigen arktischen Zonen und kalten Meeren. Marokianisches Leben war nur am Äquator möglich. Weiter nördlich oder südlich würden sie sich dem Eis schon zu sehr nähern und die Kälte würde es den Marokianern unmöglich machen, ohne Schutzanzüge zu überleben.
Die Transporter setzten zur Landung an.
Ihr Weg führte sie durch die schwarzen Berge, vorbei an vereisten Vulkanen und gefrorenen Seen.
Die Landebahnen lagen am Strand des äquatorialen Meeres.
Steine und Wälder, die bis an die Klippen wuchsen. Kein Sandstrand, keine Inselromantik. Sondern nordische Kälte.
Die Luken der Schiffe öffneten sich, Käfig um Käfig wurde entriegelt und die Gefangenen mit am Hinterkopf verschränkten Händen wurden ins Freie geführt.
Christines Muskeln brannten, die Knochen knackten. Tage hatte sie kniend in diesem Käfig verbracht, unfähig, sich auch nur ein einziges Mal richtig auszustrecken.
Das Laufen fiel ihr schwer.

Eine kalte Brise zog vom Meer her und jagte um die wenigen oberirdischen Gebäude. Flache Betonbunker mit Schießscharten, die sich nur etwas mehr als einen Meter über den Boden erhoben.
Ein riesiger Schlund führte sie ins Innere der Felsen.
Ein künstlich angelegtes Stollensystem, von Sklaven tief in den Berg getrieben.
>> Ich heiße euch willkommen am Ende eures Lebens <<, sagte ein Marokianer in der Rüstung eines Offiziers, nachdem die Gefangenen sich auf einem großen Platz irgendwo im Berg aufgestellt hatten, die Arme immer noch am Hinterkopf verschränkt.
>> Dies hier ist Mares Undor. Ich bin überzeugt, ihr alle habt schon davon gehört <<, der Marokianer schien diese Worte schon oft gesprochen zu haben. >> Versucht nicht zu rebellieren. Bisher hat es keiner überlebt. Falls ihr den Drang verspürt, euch umzubringen, so tut dies bitte, indem ihr euch in die Tiefen stürzt, und nicht, indem ihr die Wachen attackiert. Es würde den Tod Dutzender Mitgefangener nach sich ziehen. Einen sehr grausamen Tod. All die Gerüchte und Geschichten, die ihr über dieses Lager hörtet, sind wahr. Dies hier ist die real gewordene Hölle. Der Geburtsort des Nazzan Morgul. Findet euch mit eurem Schicksal ab. <<
Die Gefangenen mussten sich ausziehen und durch ein stinkendes Entlausungsbad kriechen. Dann bekamen sie orange Sträflingskleidung und wurden tiefer in den Berg geführt. Vorbei an Leichen, die zur Strafe an die Felsen geschmiedet wurden. Manch einer zuckte noch, andere waren längst verfault.
Einen sah Christine, der erst seit Kurzem hier hing. Stahlnägel oder Schrauben waren ihm durch die Gelenke getrieben worden, in der Höhe von einem Meter hing er am Felsen und starb langsam vor sich hin. Ratten knabberten bereits an seinen Beinen. Die Augen hatte man ihm ausgebrannt.

ISS Victory.
In den klinisch sauberen Räumen der Victory hatte sich Darson schnell erholt. Zwei Tage waren vergangen, seit der Flotte modernstes Schiff Garamon erreicht hatte und Darson auf dem Schlachtfeld fand.
Seitdem wurde darüber gerätselt, was in jener Nacht passiert war.

>> Wir haben überall im Dschungel Versprengte gefunden. Manche allein, andere in Gruppen. Keiner von ihnen kann sagen, was dort unten passiert ist <<, erklärte Alexandra in Toms Büro. Mit übereinandergeschlagenen Beinen saß sie gegenüber dem Schreibtisch und erstattete Bericht. >> Sie konnten den Planeten wie geplant einnehmen. Haben Dutzende Gefangene gemacht und sie alle in den Gefängnisschiffen eingesperrt. Das Camp befand sich im Aufbau, alles ging seinen Weg. Dann in der Nacht wurden sie überfallen und von diesem Moment an kann keiner mehr klare Auskunft geben. <<
Tom beugte sich vor und legte das Gesicht in die Hände. Er hatte lange nicht geschlafen.
>> Was sagen sie? <<
>> Sir? <<
>> Die Überlebenden. Sie sagen, keiner kann klare Auskünfte geben. Was bedeutet, dass sie unklare Auskünfte geben.<<
>> Was sagen sie? <<
>> Der Dschungel erwachte zum Leben. Sie kamen von allen Seiten. Wir kämpften gegen einen unsichtbaren Gegner ... Solche Dinge eben. <<
>> Rekapitulieren wir <<, sagte Tom. >> Der Planet wird eingenommen. Alle Marokianer getötet oder gefangen genommen. Vierundzwanzig Stunden später sind unsere Einheiten überrannt, das Camp völlig niedergebrannt und alle Gefangenen verschwunden. <<
>> Richtig <<, Alexandra schluckte. >> Wir haben hier eine Liste der Gefallenen <<, erklärte sie. >> Unsere Sensoren haben den ganzen Einsatzraum zwei Dutzend Mal abgesucht ... Dennoch fehlen uns dreihundert Personen. <<
>> Was heißt fehlen? <<
>> Das heißt, dass wir die Gefallenen geborgen haben und die Lebenden in der Krankenstation sind. Beide zusammengezählt ergibt ein Minus von dreihundert Soldaten. <<
Toms Augen wurden zu schmalen Schlitzen. >> Gefangen? <<, mutmaßte er.
>> Möglich <<, sagte Alexandra schulterzuckend. >> Es ist verwirrend. Es dürften keine Truppen in der Nähe gewesen sein, um den Planeten zurückzuerobern. Wenn die Gefangenen sich befreit haben, ist es zwar möglich, dass sie unsere Truppen überwältigen, aber

nicht, dass sie mit Mann und Maus verschwinden und auch noch Gefangene machen. Es gab gar nicht genug Schiffe, um … <<
Tom nickte. Er verstand.
>> Was ist, wenn irgendwer zufällig vorbeigekommen ist? Irgendeine Einheit auf dem Weg zur Front oder auf dem Rückzug? Ein Konvoi, ein Truppentransport? Ein Schlachtschiff? Irgendetwas, das in unseren Berichten nicht aufscheint <<, mutmaßte Alexandra, ohne wirklich daran zu glauben.
>> Möglich. Aber sehr unwahrscheinlich. Der S3 hat diese Operation sehr gründlich vorbereitet <<, erklärte Tom.
>> Den Marokia-Zeta-Teil. Aber auch diesen? Immerhin war Garamon nur ein Nebenschauplatz des Angriffes. <<
>> Prüfen Sie das <<, sagte Tom heiser.

Garamon.
Will stand auf der von Kratern und Trümmern übersäten Anhöhe. Dem Hügel, den Darson in der Nacht verteidigt hatte. Hier oben war nicht viel übrig geblieben.
Der Regen hatte endlich nachgelassen, das ganze Gebiet war aber nach wie vor ein einziges riesiges Schweineparadies.
Will stand auf dem nassen Schlachtfeld, sah sich um und fragte sich, ob Tom es wusste. Will hatte nichts sagen wollen, ehe es sicher war. Aber seit heute Morgen stand es fest und er wusste nicht, wie er es Tom sagen sollte.
Christine war unter den Vermissten.
Wie sagte man seinem Freund das …
Will trat gegen einen im Schlamm steckenden marokianischen Helm und versank dabei knietief im Dreck.
Er war nie besonders einfühlsam gewesen. Hatte keine Ahnung davon, wie man jemandem etwas schonend beibringen sollte.
Er könnte es sich leicht machen und Alexandra Silver vorschicken. Ihr würde es wohl leichter fallen als ihm.
Doch das wäre feige. Will hatte die Pflicht, es seinem alten Freund selbst zu sagen.
Mühsam zog er sich wieder aus dem Dreck und ging zurück zur Landeplattform, watete durch knietiefen Schlamm und fand verlorene Waffen und Ausrüstungsgegenstände, wohin er auch sah.

Er hatte heute zum ersten Mal eine Defender geflogen, da seine Maschine beim Angriff schwere Schäden genommen hatte und noch nicht repariert war.
Das Handling dieses neuen Jägers begeisterte Will. Sie war ein Kunstwerk. Elegant und sexy, schnell und tödlich.
Wie Alexandra.
Will hatte ein ernsthaftes Problem mit dem Ersten Offizier der Victory. Sie ging ihm immer noch nicht aus dem Kopf. Wie ein Lied, das man hörte und nicht mehr loswurde, geisterte sie seit Tagen durch seinen Verstand. Ob es Tom ähnlich ging mit Christine?
Somit war er wieder am Kern aller Probleme angelangt. Christine!
Will kletterte die Plattform hoch, rutschte aber ab und landete im tiefen Schlamm.
>> SCHEISSE!!! <<
Fluchend zog er sich am Gerüst der Plattform hoch und sah ein auf dem Schlamm treibendes Etwas.
Ein goldenes Bruchstück.
Will ging um die Plattform herum und nahm es auf.
Es war schmutzig, zerkratzt und beschädigt. Eine Verzierung, während der Schlacht aus einem marokianischen Brustpanzer herausgesprengt.
Ein blaues Emblem auf goldenem Grund. Zwei gezackte Klingen in den Fängen eines Drachen. Ein Divisionsabzeichen, es kam ihm bekannt vor, doch konnte er es nicht zuordnen.
Will befreite es vom schlimmsten Schmutz und steckte es in die Beintasche des Overalls.
Braun und nass vom Schlamm, stieg er in das Cockpit seiner Defender, zündete die Triebwerke und flog hoch zur Victory.

Raumstation Langley.
Jeffries war noch immer im Oberkommando, obwohl er längst wieder auf seiner eigenen Station sein wollte, doch Luschenko verlangte, dass er blieb, bis die Operation abgeschlossen war.
Toms Sieg bei Marokia Zeta hatte Jeffries in den Rang eines Genies erhoben. Alle Admiräle und Generäle lagen ihm nun zu Füßen. Als Erster hatte er das erreicht, was seit Kriegsbeginn fehlte. Ein richtiger Sieg.

Luschenko war gespalten zwischen der Freude über Marokia Zeta und dem Zorn darüber, dass es Jeffries' Plan war, der zum Erfolg führte, und nicht sein eigener.
Jeffries kam gerade aus einer Stabssitzung, die wenig gebracht hatte, als er in den weiten Korridoren der Station auf eine alte Frau mit weißem Haar und magerer Gestalt traf. Sie trug einen schwarzen Anzug, Lederstiefel und einen eleganten Stock.
Ihr Gesicht war faltig, ihre Augen leuchtend blau, die Haut war grau und gerbt von der Zeit.
Isan Gared. Die eiserne Herrscherin der SSA.
>> Ich gratuliere dir zu deinem Sieg, Michael <<, sagte sie mit ihrer kratzigen Stimme.
>> Danke. <<
>> Es freut mich, dass dir mein Schiff so gute Dienste leistet. <<
>> Du bist eine schlechte Lügnerin, Isan <<, sagte Jeffries. >> Du hast es mir noch immer nicht verziehen. <<
>> Könntest du so etwas verzeihen? Zwei Jahrzehnte harter Arbeit, einfach so gestohlen. <<
>> Du kanntest die SSA-Präambel. Keine militärischen Kapazitäten. <<
>> Ich bitte dich. Zeig mir einen erfolgreichen Geheimdienst in der Geschichte, der gänzlich auf militärische Ressourcen verzichtet hätte. <<
>> Wir sprechen hier von einer Flotte, Isan. Einer einsatzfähigen, hochgerüsteten Flotte mit der Victory als Flaggschiff. <<
>> An deiner Stimme erkenne ich, dass du von dieser Idee genauso fasziniert bist wie ich damals. <<
>> Mit dem Unterschied, dass ich Soldat bin und das Recht habe, eine Flotte zu besitzen. <<
Isan lachte leise auf.
>> Wir sind uns so ähnlich, Michael <<, sagte sie. >> Admiräle kommandieren Flotten, sie *besitzen* sie nicht <<, erklärte sie ihm.
>> Zugegeben. Ein Versprecher. <<
>> Du bist ein so schlechter Lügner <<, sagte sie. >> Erklär mir doch den Unterschied zwischen deinem Pegasus-Korps und meiner SSA … Es gibt keinen. <<

>> Die SSA ist ein Geheimdienst. Das Korps eine neue Waffengattung. <<

>> Schöne Worte. Das Korps ist dein kleines, privates Imperium. Es ist jetzt schon abzusehen, wohin es dich führen wird. Du hast eine militärische Macht, wie du sie noch nie zuvor besessen hast. Du hast in der Victory dein persönliches Excalibur gefunden und in Tom Hawkins deinen Kronprinzen. Wir beide wissen genau, dass *Er* und dieses Schiff dir das Oberkommando bringen werden. Luschenko ist zu schwach, um diesen Krieg zu führen, und auch zu dumm. Noch ein, zwei Siege wie bei Marokia Zeta und du übernimmst die Führung. Dann hättest du endlich dein Ziel erreicht. Dein fünfter Stern ...!<<

>> Höre ich da Neid? <<

>> Ein wenig. <<

>> Du wirst dich mir doch nicht in den Weg stellen, oder, Isan? <<

>> Womit denn? <<

>> Mit deinen Schiffen. <<

>> Ich besitze keine Schiffe, Michael. Dank dir. <<

Jeffries grinste und schüttelte den Kopf. >> Du hast welche <<, sagte er und beugte sich ganz nah an ihr Ohr. >> Wir wissen von der Schlacht bei Teschan. Die Flotte, die Chang angegriffen hat, ist nicht einfach so verschwunden. Deine Schiffe haben sie abgefangen und zerstört, ehe sie Teschan erreichten. So gesehen hast du den ersten wahren Sieg dieses Krieges errungen und nicht Tom Hawkins. <<

>> Unsere Erkenntnissen zufolge ist diese Flotte in den marokianischen Raum zurückgekehrt. <<

>> Ich habe Bilder des Trümmerfeldes <<, erklärte Jeffries. >> Die Victory ist nur wenige Stunden nach dem Kampf durch den Sektor geflogen. <<

Gareds faltige Mundwinkel zuckten.

>> Sie ist nicht auf euren Sensoren aufgetaucht, oder? <<, mutmaßte er. >> Du hast vergessen, wie gut ihr dieses Schiff konstruiert habt. Unsichtbar selbst für unsre eigenen Systeme. <<

>> Potenziell unsichtbar. Selbst die Victory kann man aufspüren. <<

>> Wenn man weiß, wonach man suchen muss. <<

\>\> Richtig. <<
Gared wirkte nun verstimmt, verbissener als zuvor. Sie war es nicht gewohnt, Fehler zu machen.
\>\> Ich muss jetzt gehen <<, sagte Jeffries. >> Halt dich mit deinen Schiffen zurück. Ich möchte nicht nochmals gegen dich kämpfen. <<
\>\> Würdest du das tun? Ein offener Kampf? <<
\>\> Ein politischer Kampf, Isan. So wie das letzte Mal. <<
\>\> Wage es nicht, Michael. Ich weiß mindestens gleich viel über dich wie du über mich. <<
\>\> Deshalb hoffe ich, dass du dich zurückhältst. Ich möchte nicht samt dir in den Abgrund stürzen. <<
Jeffries lächelte etwas gezwungen und ging den Korridor hinunter. Isan Gared marschierte mit weithin hallenden Schritten in die andere Richtung davon.

ISS Victory.
Tom saß hemdsärmlig in seinem Büro. Kriegsberichte und Verlustlisten stapelten sich auf seinem Schreibtisch, als Will Anderson mit schicksalsschweren Schritten den Raum betrat.
\>\> Willst du einen Drink? <<, fragte er Tom und ging zur Bar, ehe dieser geantwortet hatte.
\>\> Nicht jetzt. Ich muss noch arbeiten <<, antwortete Tom in seine Datenblöcke versunken.
\>\> Das hat Zeit, glaub mir <<, sagte Will mit schwerer Stimme, füllte zwei Gläser und kam zum Schreibtisch. Eines stellte er Tom vor die Nase.
\>\> Hast du die Liste der Vermissten durchgesehen? <<, fragte er Tom.
\>\> Die von Garamon? Nein <<, sagte Tom und sah von seinen Datenblöcken auf. Fragend blickte er auf Will, der sein Glas in einem Zug leerte, um sich Mut zu machen für die vielleicht schwersten Sätze seines Lebens.
\>\> Christines Name steht darauf. <<
Im Raum wurde es totenstill.
Toms Miene versteinerte. Ihm wurde heiß und kalt, es war, als zöge man ihm den Boden unter den Füßen weg.

\>\> Du hast nicht gewusst, dass sie dort war, oder? <<
\>\> Nein <<, sagte er mit der Stimme eines Erwürgten. >> Sonst hätte ich doch … <<, die Worte blieben ihm im Hals stecken. Sein Herz weigerte sich, die Worte zu akzeptieren, die sein Verstand vernommen hatte.
Er griff nach dem Datenblock mit der Liste der Vermissten, blätterte sich nach unten und fand ihren Namen.
Seine Muskeln versteiften sich, die Faust donnerte auf die Tischplatte und der Datenblock zerschellte am Fenster.
Ein urzeitlicher Schrei entfuhr seiner Kehle, keine Worte, sondern die reine Artikulation von Zorn. Im selben Moment war er aufgesprungen und Will glaubte, sein Freund ginge ihm an die Kehle.
\>\> Du hast es gewusst? <<
\>\> Ich traf sie auf dem Flugdeck, ehe ich losflog. <<
\>\> Warum hast du mir nichts gesagt? <<, fragte er vorwurfsvoll.
\>\> Sie hat mich darum gebeten <<, sagte Will mit matter, kraftloser Stimme. Er machte sich schreckliche Vorwürfe.
Tom griff nach dem Glas und leerte es. Will hatte recht, er brauchte es.
\>\> Vermisst <<, sagte er und tausend grausige Dinge gingen ihm durch den Kopf. Es war, als fehlte ihm die Luft zum Atmen, der Schweiß schoss ihm aus allen Poren.
Tom trat ans Fenster und stützte seine Arme auf den schmalen Sims. Sie befanden sich im Hyperraum. Auf der Heimreise nach Pegasus 1. Die Mission war erfüllt, Marokia Zeta von Bodentruppen und Raumflotte eingenommen und gesichert. Die Victory sollte sich zurückziehen, um nicht entdeckt zu werden.
Will sah, wie sich Toms Muskeln immer mehr verspannten und wie seine Finger sich an den Sims klammerten.
\>\> Es gibt also noch Hoffnung <<, sagte Will irgendwann.
\>\> Blödsinn. Du weißt genau, was mit marokianischen Gefangenen passiert. << Toms Stimme bebte atemlos.
\>\> Wir können sie finden. <<
\>\> Wo denn? <<, fragte Tom und drehte sich um. >> Wo? Wo ist das nächste Gefangenenlager? Hundert Lichtjahre hinter der Front? Zweihundert? Sie könnte überall im Imperium sein. Vermutlich ist sie längst tot. Aufgefressen von diesen Monstern <<, Tom schlug

mit der geballten Faust gegen die Hybridwand seines Büros. Mit einer solchen Wucht, dass Will glaubte, jeder Knochen seiner Hand müsste gesprungen sein.
>> Lass mich alleine <<, knurrte Tom und Will trat den Rückzug an.
Toms Augen brannten und er musste sie fest zusammenkneifen. Draußen vor dem Fenster toste der Hyperraum vor sich hin. Unbeeindruckt vom Drama des Krieges.
>> Christine <<, hauchte er, lehnte seine Stirn gegen das Fenster und zitterte am ganzen Körper. Fast wären ihm die Tränen gekommen, doch er war zu sehr Soldat und Krieger, als dass er wirklich hätte weinen können. Tom Hawkins fraß allen Schmerz in sich hinein und vergrub ihn tief unten in den hintersten Winkeln seiner Seele.
>> Das werdet ihr mir bezahlen <<, schwor er mit Grabesstimme. Von nun an würde niemand im Imperium mehr sicher sein.

Marokia.
Seine Tage als Krüppel würden bald vorbei sein, sagte sich Iman immer wieder, doch der Anblick seiner verlorenen Glieder trieb ihm die Verzweiflung ins Gesicht.
Ein Auge und einen Unterarm hatte Hawkins ihn gekostet, dazu kamen Verletzungen des rechten Beines, die nur durch bionische Ergänzungen behandelt werden konnten. Weniger gute Ärzte hätten es einfach abgeschnitten, doch Iman wurde von den besten Medizinern des Reiches behandelt und so konnte er wenigstens einen Teil seines Beines behalten.
Nach drei Wochen in einem Transporter, nach Fieberträumen, Hunger, Durst und Nahtoderfahrung hatten sie ihn und seine beiden engsten Vertrauten tatsächlich gefunden.
Gestrandet zwischen den Sternen waren sie von einem Jagdschiff aufgenommen worden, das von der Front heimkehrte.
Damals war er dem Tod deutlich näher gewesen als dem Leben.
Heute hatte er sich von seinen Wunden erholt, doch sein Körper war noch nicht wiederhergestellt.
Mit homöopathischen Mitteln und altertümlichen Riten war sein Köper behandelt worden.

Jeden Tag stachen sie ihm glühende Nadeln in den Körper, was den Heilungsprozess beschleunigen sollte und die fiebrigen Gifte aus dem Körper treiben, die noch immer zu Schweißausbrüchen und eitrigen Wunden führten.

Mit Ungeduld hatte Iman seine Ärzte gepiesackt und heute war es endlich so weit, dass er neue Gliedmaßen bekommen sollte.

Flach atmend lag er auf einem stählernen Tisch und fühlte, wie er langsam in die Narkose entschwand.

Eine mechanische Prothese wurde an den Stumpf seines Arms angepasst. Grobschlächtige Stahlstreben und feine Seilzüge, Zahnräder, wo Gelenke sein sollten, und Stellschrauben, um den Zug der Drähte zu justieren. Es würde Wochen dauern, bis er mit diesem Ding etwas halten konnte, immer wieder würden sie nachjustieren, an Schrauben drehen und an Bolzen herumstellen.

Erst wenn dieses Prozedere beendet war, folgte die nächste Operation und die neuen Körperteile bekamen eine metallene Hülle, um das fragile Innere zu schützen.

Auch sein Oberschenkel wurde mit mechanischen Komponenten ergänzt. Der zerstörte Knochen wurde durch Stahl ersetzt, verlorene Muskeln durch Drähte.

Die Nachricht vom Verlust Marokia Zetas hatte das Oberkommando tief erschüttert und Kogan schrie nach Rache.

Mehrere Generäle waren verhaftet worden, einige verschwanden spurlos und nun wurde gemutmaßt, ob sie geflohen oder dem Zorn des Imperators zum Opfer gefallen waren.

So oder so, die Reihen der obersten Offiziere des Heeres hatten sich gelichtet und diese Posten mussten nachbesetzt werden.

Iman war fest entschlossen, seine enge Beziehung zum Imperator zu nutzen und für sich einen Flottenverband herauszuschlagen.

Während die Ärzte an seinen Gliedern operierten, träumte er unter Narkose von seiner ruhmreichen Rückkehr auf das Schlachtfeld und vom Begleichen alter Rechnungen.

Die Station Pegasus 1 war für ihn zu einem persönlichen Anliegen geworden und die Person Thomas Hawkins' sein mit Abstand meistgehasster Feind.

Als er nach der Operation aufwachte, war er alleine im Zimmer. Die Sonne stand hoch und der Raum schimmerte in sandigen Farben.

Schwach versuchte er seine neuen Köperteile zu bewegen, doch die monströs anmutenden Konstrukte versagten ihren Dienst.
Die Ärzte hatten ihm dies vorhergesagt; es würde dauern, bis er sie verwenden konnte, doch Iman war ein ungeduldiger Mann und so versuchte er es dennoch.
Knurrend richtete er sich auf und blickte durch den Raum.
>> IIIITTTTUUUUUKKKKKAAAAAAA! <<

ISS Victory.
Unterwegs zur Offiziersmesse traf Will Alexandra Silver, die gerade aus dem Trainingsraum kam. Er folgte ihr einige Meter, wobei seine Augen ihren strammen Hintern bewunderten, der sich unter der Trainingshose abzeichnete.
>> Commander Silver? << Will rannte hinter ihr her.
>> Ja <<, Alexandra blieb stehen und wischte sich mit einem Handtuch Schweiß von der Stirn.
>> Haben Sie ein paar Minuten Zeit für mich? <<
>> Worum geht es? <<
>> Um Tom. <<
>> Den Captain? <<
Will nickte.
>> Kommen Sie <<, Alexandra erkannte den Ernst der Lage in Wills Augen und Stimme und ging mit ihm in ihr Quartier.
In knappen Worten erklärte er ihr die Situation um Tom und Christine.
>> Um Gottes Willen <<, sagte sie und setzte sich auf die Couch.
>> Ich brauche Ihre Hilfe <<, sagte Will. >> Tom wird auf Rache brennen. Wir müssen ihm jetzt beistehen und ihn einbremsen. <<
>> Ich halte alles Unwichtige von ihm fern <<, versprach sie.
>> Davon rede ich nicht <<, sagte Will. >> Tom wird Amok laufen. Wir müssen darauf achten, dass ... <<
>> Ich denke, ich verstehe Sie <<, sagte Alexandra. >> Auch wenn ich den Captain nicht so gut kenne, wie Sie es tun, so ahne ich doch, was jetzt in ihm vorgeht. Ich werde ihm nicht von der Seite weichen. Versprochen! <<
>> Danke ... Doch da wäre noch etwas. <<

Will griff in seine Uniform und zog das Bruchstück heraus, welches er auf Garamon gefunden hatte.
\>\> Wie gut kennen Sie sich mit marokianischen Abzeichen aus? <<
\>\> Warum? <<
\>\> Das hier habe ich auf dem Schlachtfeld gefunden <<, er reichte ihr das Fragment. Mit nachdenklichem Blick musterte sie es.
\>\> Ich hab das schon mal gesehen, weiß aber nicht, wo. Kennen Sie es vielleicht? <<
\>\> Es ist ein Brigade- oder Divisionsabzeichen <<, sagte sie, stand auf und ging hinüber zum Wandregal. Sie zog ein altes, ledergebundenes Buch heraus.
\>\> Ist das Marokianisch? <<
\>\> Hab ich vor Jahren auf einem Markt gekauft. <<
\>\> Sie können das lesen? <<, fragte er beeindruckt.
\>\> Fließend <<, erklärte sie. \>\> Ich kann es auch sprechen. <<
\>\> Sie verarschen mich. <<
Die marokianische Sprache war ein undurchschaubares Gewirr aus Vokabeln und Lauten. Will hatte niemals begriffen, wie man diese Sprache erlernen konnte. Für die Schrift galt Ähnliches. Kreuz und quer geschrieben, einem komplizierten, uralten System folgend. Die Buchstaben waren geschwungene Keile mit Zacken, Apostrophen und Strichen. Selbst der Neigungswinkel des Buchstabens konnte seine Bedeutung völlig verändern.
\>\> Nein. Ich kann's wirklich. Zwar lese ich besser, als ich es spreche, aber ich bin ganz gut. <<
\>\> Woher können Sie so was? <<
\>\> Ich habe den letzten Krieg vom ersten bis zum letzten Tag mitgemacht. Viel Zeit, ihren Funk zu hören. <<
\>\> Alleine durch Zuhören erlernt das kein Mensch. <<
Alexandra lächelte nur hintergründig. \>\> Darum hab ich ja dieses Buch damals gekauft. Es half mir beim Lernen. <<
Will kapierte, dass sie ihm nicht mehr sagen wollte, und akzeptierte es. Dass sie lesen konnte, bewies sie ihm eine Minute später.
\>\> Die Nazzan-Morgul-Brigade <<, sagte sie und deutete auf eine Zeichnung im Buch, die genau dem geschliffenen Fragment entsprach. Ein Drachen mit gezackten Klingen und flammenden Flügeln.

>> Nazzan Morgul? Was ist das? <<
>> Der Nazzan Morgul ist ein elementarer Teil der marokianischen Schöpfungsgeschichte. Ein Urdrache. In gewisser Weise der Vater aller Marokianer. Er ermordete seine Gefährtin aus Wut über ihre Untreue und verfluchte ihre Brut. In blinder Wut verbrannte er die Welt und zog sich zu den Sternen zurück. Den Körper seiner Gefährtin ließ er in den Flammen zurück, samt seinen Kindern. Nur wenige überlebten dieses Feuer. Ihre Nachfahren begründeten später das Imperium. <<
>> Toll <<, sagte Will. >> Und was ist diese Brigade? <<
>> Die Nazzan-Morgul-Brigade ist ein Mythos. Sie marodierte während des letzten Krieges zwischen den Linien und verschleppte Tausende Siedler und Soldaten nach Mares Undor. <<
>> Ahhh. Jetzt klingelt es. Ich dachte, die Typen seien Erfindung. <<
>> Beweise für ihre Existenz hat es nie gegeben. Genauso wenig wie für Mares Undor. <<
>> Das heißt, wir müssen nur diesen Planeten finden und haben auch Christine. <<
>> Völlig unmöglich. <<
>> Warum? <<
>> Weil der S3 zwanzig Jahre lang nach dieser Welt gesucht hat, ohne sie zu finden. Wie sollen wir das jetzt in ein paar Tagen machen? <<
>> Wer spricht von ein paar Tagen? <<
>> Dieses Schiff hat eine Mission, Captain. <<
>> Will. Nennen Sie mich Will. <<
>> Unser Befehl lautet, nach Pegasus Center zurückzukehren. Wir können das nicht einfach verweigern. <<
Will trat näher und legte seine Hand auf ihre Wange.
>> Was wird das, wenn's fertig ist? <<
>> Ich wollte nur wissen, ob Sie so kalt sind, wie Sie klingen. <<
>> Noch viel kälter, Will. <<
>> Ich merke es <<, sagte er und zog seine Hand zurück.
>> Ich werde meine Augen offen halten. Die Kommunikation kriegt Befehl, nach Hinweisen im Komverkehr zu suchen. Sollten sie was

auffangen, das auf die Brigade hindeutet, können wir uns nochmals drüber unterhalten. <<
Will nickte. >> Na schön. <<
>> Und nun entschuldigen Sie bitte. Ich möchte duschen. <<
>> Darf ich zusehen? <<, fragte er mit blitzenden Augen.
>> Sie dürfen gehen. Mehr nicht. <<
>> Ja, Boss. <<
Alexandra schob ihn durch die Tür und verriegelte sie.
Will ging in sein Quartier und fragte sich, warum sein Mund immer wieder schneller war als sein Hirn.

Mares Undor. Vier Wochen später.
Christine schleppte schwere Karren, gefüllt mit schwarzem Stein, auf Schienenstrecken die Stollen hoch. Immer zwei Gefangene an einem Karren, zogen sie die veralteten Wagen über verrostete Schienen.
Oben angekommen wurden die schwarzen Steine in den Schlund einer großen Maschine geschüttet und man machte sich mit einem leeren Wagen wieder auf den Weg nach unten. Christine hatte ihr Zeitgefühl verloren. Unter Tage gab es keine Orientierungspunkte Uhren waren verboten, das Licht war künstlich und schlecht.
Christines Hände waren wund von der schweren, ungewohnten Arbeit. Ihre Haare klebten verschwitzt am Kopf, genauso wie ihr Overall am Körper.
>> Was machen wir hier eigentlich? <<, fragte sie eine Mitgefangene. Ihr Name war Mary, sie war Krankenschwester in Christines Stab.
>> Keine Ahnung. Keiner weiß, was das ist <<, keuchte sie und sah auf den groben schwarzen Fels, den sie tonnenweise aus dem Berg sprengten, um ihn in den gewaltigen Maschinen der höheren Ebenen zu verarbeiten.
>> Erz <<, erklärte ein älterer Sergeant, der neben den beiden herging. >> Das ist irgendein Erz, der ganze Berg besteht daraus. <<
Christine überlegte, wie der Mann hieß. Es fiel ihr nicht ein, sie konnte sich nur an seinen Rang erinnern.
>> Woher wissen Sie das? <<
>> Ich bin in einer Minenkolonie aufgewachsen. Ich erkenne Erz, wenn ich es sehe <<, erklärte er.

Christine fragte sich, wie viele Leben dieser Berg schon gefordert hatte. Die Stollen wirkten, als wären sie Jahrhunderte alt. Geschaffen von ganzen Generationen von Sklaven. Die Alten starben und die Jungen gruben weiter.
Marokianer unterschieden nicht zwischen Mann und Frau. Christines Arbeit war genauso schwer und aufzehrend wie die der männlichen Gefangenen. Immer wieder sah sie, wie erschöpfte Frauen, aber auch Männer vor ihren Augen zusammenbrachen und einfach liegen blieben.
Es kam einem Todesurteil gleich.
Wachen kamen dann und nahmen die schlaffen Körper mit sich, ohne einen Gedanken daran zu verschwenden, ob ein paar Stunden Ruhe den Menschen wieder auf die Beine bringen könnten.
Es war Essenszeit und so wie jedes Mal kamen die Wachen mit einem großen Topf gelben Schleims und die Sklaven aßen mit den dreckigen Fingern alle auf einmal. Keine Teller, kein Besteck, keine geordnete Ausgabe. Der Menschlichkeit beraubt verhielten sich hier unten alle wie Tiere.
Jedes Mal, wenn sie einen Bissen hinunterwürgte, fragte sie sich, was es war, das sie aß. Schlachtabfälle ihrer Mitgefangenen?
Die Möglichkeit bestand und ließ Christine fast nach jeder Mahlzeit erbrechen. Anfangs zumindest.
Der Hunger stumpfte sie ab. Für einen Bissen würde sie mittlerweile morden. Essen gab es nur einmal am Tag und dann nur einen Topf. Man musste kämpfen, um genug zu bekommen. Wie Höhlenmenschen grunzten sie um den Topf, schlugen und traten einander, um ja genug für sich selbst zu bekommen. Spielte man nicht mit, verhungerte man.
Zu trinken gab es gar nichts.
In den Stollen sammelte sich oft Grundwasser in Bodenlachen oder kleine Bäche rannen am schwarzen Fels entlang. Hiervon stillte man seinen Durst. Lange wehrte sich der Geist des modernen Menschen gegen einen solchen evolutionären Abstieg. Doch der Wille zu überleben war stärker als der anerzogene Ekel.
Christine lebte und ihr Wille war stark, dies auch weiterhin zu tun. Die Umstände ihres Lebens jedoch nagten am Willen wie die Ratten an den Toten.

Der Topf war leer, die Arbeit ging weiter. Heute hatte sie sich gut behauptet. Fast war sie satt geworden. Die Frage nach dem Inhalt der Nahrung war heute nur eine geringe, der Brechreiz hielt sich in Grenzen.

Marokia, Palast des Imperators.
Mit am Rücken gefesselten Händen, seiner Rüstung beraubt, kniete der Ulaf zu Füßen des Imperators.
Iman stand zur Rechten des Throns, in seiner Hand hielt er ein altes Breitschwert.
Der Ulaf hieß Iramas und sein Vergehen war es, nicht gewonnen zu haben. Marokia Zeta und die verlorene Flotte hatten ihm direkt unterstanden. Während er sich auf Heimaturlaub befand, überrannten die konföderierten Truppen den Stützpunkt und vernichteten alle Schiffe. Iramas war daraufhin von Imans Truppen gesucht und gefunden worden. Aus einem Hurenhaus schleppten sie ihn spät nachts in den Thronsaal, wo er nun zitternd kniete.
Iman kannte ihn. Iramas war immer eine Primadonna gewesen. Eine Diva. Er hatte sich als Star unter den Generälen verstanden. Alter Adel, sehr reich, schlachterfahren, ein guter Stratege. Erfolg und Bestechung hatten ihm einen der besten Posten des Reiches verschafft und nun neigte sich sein Leben dem Ende.
Kogan hatte Iman die ehrenvolle Aufgabe übertragen und Iman kostete sie voll aus. Viele der Generäle hatten sich gegen seine Vorschläge gestellt. Sie alle hielten an konventionellen Strategien fest. Iman hingegen erkannte die Zeichen der Zeit und suchte nach neuen Wegen, um die Kriege der Zukunft zu führen.
Iramas war immer ein Gegner neuer Ideen gewesen.
Mit einem Nicken des Kopfes und einem leichten Wink der linken Hand erteilte der Imperator Iman die Erlaubnis zur Exekution.
Lächelnd kam er die Stufen herunter, nahm das Schwert mit beiden Händen und schlug Iramas den Kopf von den Schultern.
Eine Fontäne dunkelroten Blutes spritzte aus dem Hals und der Körper kippte zur Seite. Mit der Spitze des Schwertes spießte er den Kopf auf, dessen Lippen noch zuckten und dessen Augen sich noch bewegten, und reichte ihn so dem Imperator.

>> Das ist die Strafe für Versagen <<, sagte Kogan in die erlöschenden Augen.
Dann warf Iman den Kopf in die Ecke zu denen zweier anderer erfolgloser Offiziere. Die Ogs, marokianische Hunde, des Imperators hatten sie schon fast verspeist.
>> Die wenigen Überlebenden sprachen von einem unsichtbaren Monster <<, sagte Iman, als er zu Kogan zurückkam.
>> Nazzan Morgul. Ich weiß, ich weiß <<, sagte Kogan genervt.
>> Es ist ein Schiff. Ein neues Schiff der Menschen. Ich weiß es mit Gewissheit, mein Imperator. <<
>> Was sollte es auch sonst sein? <<
>> Ich habe Pläne. Gib mir einen Verband und freie Hand und ich bringe dir dieses Schiff. <<
>> Ich brauche dich für etwas anderes <<, sagte Kogan. >> Mir gehen die Offiziere aus. Die Generäle kriegen diesen Krieg nicht in den Griff. Der Verlust von Marokia Zeta ist eine Katastrophe. Ich will, dass du die Hauptflotte übernimmst. <<
Iman war sprachlos. Damit hatte er nicht gerechnet.
>> Bring mir einen Sieg. <<
>> Marokia Zeta zurückzuholen ist unmöglich. Die Konföderation hat ihn zu stark gesichert. <<
>> Das verlange ich auch nicht. Ich habe mich bisher nicht in den Krieg eingemischt und euch freie Hand gelassen. Ich beabsichtige dies auch ein letztes Mal zu tun. Nimm so viele Schiffe, wie du brauchst, und kämpfe, wo du willst, nur bring mir einen Sieg. Schaffst du es nicht, landet dein Kopf in der Ecke bei den anderen und ich übernehme die Führung des Heeres selbst. <<
>> Ich danke dem Imperator für sein Vertrauen. <<
>> Kämpfe und siege. Beende diesen elenden Krieg. Das ist mir mehr wert als leere Worte. <<
Kogan sprang vom Thron auf und ging durch das Blut des ausrinnenden Iramas, welches das kostbare Mosaik im Boden des Thronsaals besudelte, in seine Gemächer.
Iman hingegen schritt triumphierend durch das Haupttor der Halle und verkündete im Palast seine Ernennung zum Chef der Hauptflotte.

GarUlaf Garkan hatte die ganze Sache aus einem Winkel des Thronsaales beobachtet. Mit zufriedenem Blick sah er, wie sein Schützling in der Gunst des Imperators immer weiter stieg. Es war die richtige Entscheidung gewesen, auf diesen jungen, ambitionierten Mann zu setzen. >> Glaubt Ihr, dass der Imperator sich wirklich in die Kriegsführung einmischen wird? <<, fragte Ischanti aus dem Schatten heraus. Wie ein Geist, unsichtbar, aber allgegenwärtig hatte dieses Wesen auch diesem Schauspiel zugesehen.
>> Wenn er es tut, muss er sterben. Genau wie sein Vater <<, sagte Garkan ruhig und fragte sich insgeheim, wie Ischanti es anstellte, immer und überall präsent zu sein.

Pegasus 1.
Die Victory verließ den Hyperraum und steuerte auf die Raumschotten der Station zu. Der Empfang an Bord der Station war überwältigend. Der ganze Weg von der Luftschleuse bis zu den Transportkapseln war gesäumt mit jubelnden und applaudierenden Soldaten. Alle wussten, wer sie waren, alle wussten, was sie vollbracht hatten. Der Fall von Marokia Zeta hatte sich wie ein Lauffeuer verbreitet und war bereits jetzt legendär.
Tom ging ohne eine Miene zu verziehen durch die Massen. Alexandra und Will folgen ihm auf dem Fuß und schirmten ihn, so gut es ging, gegen die Menge ab.
Ihr Weg führte direkt zu Admiral Jeffries, der selbst erst an diesem Morgen von Langley zurückgekehrt war.
Will und Alexandra brachten Tom bis zum CIC und gingen dann gemeinsam in die Offiziersmesse, während Tom sich bei Jeffries zurückmeldete.
Schweigend standen sich die beiden Männer gegenüber. Jeffries hatte mitbekommen, dass sich zwischen Tom und Christine etwas entwickelt hatte. Am Blick des Captains erkannte er, dass er es bereits wusste.
>> Mein Beileid <<, sagte Jeffries. Eigentlich hatte er mit ihm auf den überragenden Sieg anstoßen wollen. Doch die Realität des Krieges verhinderte dies in ihrer unnachahmlichen Grausamkeit.
>> Was konnten Sie auf Langley erreichen? <<, fragte Tom heiser und ohne das geringste Anzeichen von Emotion.

\>> Wir haben freie Hand. <<
\>> Was haben Sie vor? <<
\>> Vieles <<, erklärte Jeffries und aktivierte die Raumkarte. Der aktuelle Frontverlauf wurde angezeigt. Falls man das lose Gewirr von Schlachtfeldern so nennen konnte.
\>> Am Boden erleiden wir furchtbare Niederlagen <<, sagte Jeffries. >> Im Raum aber könnten wir sie niederringen. Ich plane, weitere Stützpunkte hier und hier anzugreifen. Außerdem verlegen wir unsere Hauptflotte nach Marokia Zeta. Alle weiteren Kampfeinsätze werden von dort ausgehen. <<
\>> Es wird ewig dauern, den Planeten neu zu befestigen <<, wandte Tom ein. In seiner Stimme war jegliche Emotion erloschen.
\>> Drei Wochen sind dafür veranschlagt. <<
\>> Rechnen Sie eher mit drei Monaten. Wir haben da nicht viel übrig gelassen. <<
\>> Die Victory wird ihre Arsenale auffüllen und nach Marokia Zeta zurückkehren. Von dort aus beginnt dann der Marsch nach ... <<
Tom hob die Hand und Jeffries verstummte.
\>> Ich will eine andere Strategie vorschlagen <<, sagte Tom, ehe er Jeffries gehört hatte. Michael erlaubte es ihm.
\>> Sie lassen mich mit der Victory in den marokianischen Raum fliegen. So weit hinein, wie noch keines unserer Schiffe war. Ich greife sie in ihrem Hinterland an. Zerstöre Kolonien, Nachschublager, vernichte Konvois und Truppentransporter. Ich schwäche sie dort, wo sie es nicht erwarten. <<
\>> Das ist Irrsinn. <<
\>> Und darum wird es funktionieren. Wir konnten sie überrumpeln bei Marokia Zeta. Noch mal funktioniert das nicht. Sie bereiten einen massiven Gegenschlag vor, ein paar harte Schlachten stehen uns bevor. <<
\>> In denen wir die Victory brauchen werden. <<
\>> Ja. Aber nicht an der Front. Ich kann hier nicht annähernd so viel ausrichten wie im Hinterland. <<
\>> Damit riskiere ich, Sie und Ihr Schiff zu verlieren. <<
\>> Sie sagten doch, dass die Victory dafür ausgelegt ist, autonom zu operieren. Ohne Verband, ohne Geleit ... Wo können wir das besser ausspielen als im imperialen Kernland? <<

>> Sie wollen Rache <<, sagte Jeffries. >> Rache für Christines Tod. <<
>> Ja. Und meine Rache wird blutig sein, das schwöre ich vor Gott und der Welt. <<
>> Mir gefällt die Idee nicht. <<
>> Das muss sie auch nicht, solange Sie mich nur fliegen lassen. Ich schwöre Ihnen, ich lehre die Marokianer, was wahre Angst ist. Keine ihrer Welten wird vor mir sicher sein. Ein Schiff, das hinter den Linien marodiert, kann eine mächtige Waffe sein. <<
>> Wie lange? <<
>> Solange Schiff und Crew es durchhalten. Dann komme ich wieder, wir bewerten, ob es sich gelohnt hat, und wenn ja, ziehe ich wieder los. <<
>> Ich muss mir das durch den Kopf gehen lassen. <<
>> Bedenken Sie die Möglichkeiten. <<
>> Werde ich. <<
Tom verabschiedete sich und ging zur Tür.
>> Tom. <<
Er sah über die Schulter zu Jeffries.
>> Lassen Sie nicht zu, dass der Zorn Sie vergiftet. <<
Ohne zu antworten verließ er das Büro und ging zurück zu seinem Schiff.

Marokia.
Iman war in seinem Quartier. Mit einem Kelch Wein in der Hand stand er vor einem mannshohen Spiegel und betrachtete seine Wunden.
Iman fuhr sich über die zerfurchte linke Gesichtshälfte. Splitter hatten die Schuppen zerfetzt und ein Narbenfeld zurückgelassen.
Seinen Arm hatten sie ersetzen können, sein Bein ergänzen, doch das Auge würde er nie zurückbekommen.
Imperiale Ärzte waren nicht fähig, neue Körperteile zu züchten, und bionische Augen gab es bis heute nicht.
Zumindest nicht im Reich. Anderswo in der Galaxis gab es solche Wunder.
Iman war nur sehr knapp mit dem Leben davongekommen. Er selbst bezeichnete diese langen Tage im Transporter gerne als Zeitpunkt

seiner Wiedergeburt. Er starb und wurde durch die Gnade Nazzan Morguls zu neuem Leben erweckt.
Zwar glaubte er nicht wirklich daran, doch gefiel es ihm, die Geschichte so zu erzählen. Noch immer hatte er Albträume. Die ewigen Tage als halbtoter Körper, völlig alleine zwischen den Sternen, hatten noch tiefere Narben hinterlassen als Splitter und Feuer.
Ituka und Dragus hatten sich um ihn gekümmert, hielten ihn am Leben, doch daran konnte er sich nicht erinnern.
Alles, was er noch wusste, war das Gefühl der Einsamkeit, der Anblick völliger Dunkelheit, der Eindruck bitterer Kälte.
Iman wollte Rache.
Tom Hawkins war für ihn zum Inbegriff des Feindes geworden. Eines Tages würde er nach Pegasus 1 zurückkehren und seine Rache nehmen. Er freute sich auf den Tag, an dem er ihm die Kehle durchbeißen würde.
\>\> Rachegedanken, Ulaf? <<
Erschrocken wirbelte Iman herum. Es durfte außer ihm niemand im Raum sein. Er hatte keine Tür gehört, kein Fenster, keine Schritte.
\>\> Wie kommt Ihr hier herein? <<, fauchte er die verhüllte Gestalt an, die aus einer der schattigen Ecken kam.
Nachts wurde der Palast zu einem Labyrinth aus unbeleuchteten Zimmern und tiefschwarzen Ecken. Ein Paradies für Meuchelmörder und Verschwörer, die nicht gesehen werden wollten.
\>\> Ich komme, um Euch einen Vorschlag zu machen <<, sagte die verrauchte Stimme.
\>\> Zeigt erst Euer Gesicht. <<
\>\> Warum sollte ich? <<
\>\> Ich vertraue keinen Wesen, die ihr Gesicht verhüllen. Und schon gar nicht Euch. << Iman stellte seinen Kelch ab. \>\> Ihr wandelt durch diese Hallen wie ein Fluch. Ich sehe Euch andauernd. In dunklen Ecken, wie Ungeziefer meidet Ihr das Licht. <<
\>\> Ihr beobachtet mich also. <<
\>\> Ich frage mich, warum Kogan Euch hier duldet. <<
\>\> Habt Ihr ihn gefragt? <<
\>\> Noch nicht. <<
\>\> Er wird es Euch nicht sagen <<, erklärte die Gestalt. \>\> Aber ich könnte es tun. <<

\>> Was tun? <<
\>> Euch Antworten geben. <<
Iman kam näher an die Kapuzengestalt heran. >> Ich schnuppere an Euch und rieche Menschenblut <<, sagte er verächtlich. >> Doch nicht ihr Fleisch. Ich frage mich, was Ihr seid. <<
\>> Ist das von Bedeutung? <<
\>> Kommt drauf an, was Ihr von mir wollt. << Iman erkannte, dass dies zu einem bedeutsamen Gespräch werden könnte. Seine Muskeln entspannten sich, er war nicht mehr auf Kampf eingestellt. Die erste Angst eines Mordversuchs verflüchtigte sich.
\>> Der Imperator hat Euch ein wichtiges Kommando übertragen. Ich erkenne in Euch den kommenden Mann. Die Reihen der Generäle lichten sich, unter den Verbleibenden leuchtet Ihr besonders hervor. <<
Iman schwieg und horchte.
\>> Der Krieg verläuft gut für Euer Volk, doch nicht schnell genug. Kogan wird ungeduldig, er will Erfolge. Ihr braucht einen Sieg als Rache für Marokia Zeta. <<
Iman schwieg noch immer.
\>> Ich biete Euch die Möglichkeit eines vernichtenden Schlages. Was sagt Euch der Name Langley? <<
\>> Nichts. <<
\>> Das dachte ich. Langley ist eine Raumstation im Hinterland des Planeten Chang. Die gesamten Operationen des Kriegsgebietes werden von dort aus koordiniert. Selbst Pegasus 1 erhält seine Befehle von dort. <<
\>> Eine geheime Station? <<
\>> Sie wurde vor etwas mehr als zwei Jahren in Betrieb genommen. Ein Großteil der Admiralität befindet sich seit Kriegsbeginn dort. Ich biete Euch die Station als Angriffsziel. <<
\>> Ihr kennt ihre Position? <<
\>> Auf den Meter genau. <<
\>> Sie wird schwer befestigt sein. Schwerer noch als die Pegasus-Stationen. Eine sehr schwere Aufgabe. <<
\>> Macht Euch darum keine Sorgen. Die Sensoren werden blind sein, die Waffen kalt. <<
\>> Dafür könnt Ihr sorgen? <<

>> Es ließe sich einrichten, ja. Ihr bräuchtet nicht mehr als fünf Schiffe. <<
Iman hörte die lockenden Rufe. Ein zu verführerisches Angebot.
>> Was gewinnt Ihr dadurch? <<
>> Euer Wohlwollen. Von Freundschaft will ich nicht sprechen, noch nicht. Wie ich Euch sagte, ich sehe in Euch den Mann der Zukunft. Euer Name wird hell leuchten im Imperium. Ich will rechtzeitig meinen Platz in Eurem Schatten finden. <<
Iman lachte. Die Worte schmeichelten ihm, die Aussicht auf so einen Erfolg war berauschend.
>> Wann? <<
>> Wann immer Ihr wollt. Sagt mir ein Datum und ich leite alles in die Wege. <<
Iman nahm seinen Kelch und prostete der Gestalt zu. >> Darauf trinken wir. <<

Pegasus 1, CIC.
>> ISS Heaven im Anflug <<, meldete die Flugleitung. >> Erbittet Erlaubnis zum Andocken. <<
>> Erlaubnis gewährt <<, sagte Darson und griff nach der Tasse Syrym auf der gläsernen Tischplatte des CIT.
Die Heaven war ein Schiff der Medellin-Klasse, ein schlanker, schneller Jagdkreuzer, der für gewöhnlich in den Flanken großer Gefechtsgruppen operierte. Seine Verwandtschaft zur deutlich größeren Atlantia-Klasse war nicht von der Hand zu weisen, besaß er doch dieselbe zeppelinhafte Grundform, wenn auch in anderer Streckung, und ein deutlich verändertes Heck.
>> Darson an Admiral. <<
>> Hier Jeffries. <<
>> Die Heaven ist eingetroffen und befindet sich im Anflug auf die Station. <<
>> Danke, Lieutenant Commander. <<
Die Ankunft dieses Schiffes war von Jeffries und seinen Offizieren sehnsüchtig erwartet worden, brachte sie doch das, was der Station und dem Korps insgesamt seit Beginn des Krieges schmerzlich abging.
Einen Admiralsstab.

Captain Henry Eightman kam mit geschultertem Seesack über die Gangway, an deren Ende er von Darson mit militärischen Ehren empfangen wurde.
>> Bitte um Erlaubnis, an Bord kommen zu dürfen <<, sagte Eightman streng und Darson gewährte es ihm. >> Willkommen an Bord, Sir. <<
>> Danke. <<
Zusammen mit Eightman kamen auch Captain Tyler, Commander Zen und Commander Reno an Bord der Station.
>> Der Admiral befindet sich gerade in einer Konferenzschaltung mit dem Oberkommando. Wenn Sie erlauben, bringe ich Sie erst zu Ihren Quartieren und dann anschließend nach oben zum CIC. <<
Eightman stimmte zu und Darson führte die drei Neuankömmlinge durch die Station.
An Bord der Heaven befanden sich im Ganzen zwölf neue Offiziere für die P1. Die meisten von ihnen würden Stabsfunktionen bekleiden und dem Korps so zu den schmerzlich vermissten Strukturen verhelfen, die eine funktionierende Streitmacht benötigte.
Eightman würde die bisher nicht besetzte Funktion des Stabschefs übernehmen, während Tyler Hawkins als XO ersetzte.
Zen war Verbindungsoffizier zum S3, Reno übernahm die Position des Operationsoffiziers.
Ein schlanker Stab, der sich in den nächsten Wochen noch um einige Positionen erweitern würde.
>> Sie haben hier einiges abbekommen, was? <<, fragte Tyler, während sie an Gerüsten vorbeikamen, die überall auf der Station aufgebaut waren.
Funken regneten von der Decke, und wo man hinsah, wurden Schäden repariert. >> Die P1 lag direkt im Fadenkreuz. Seit Kriegsbeginn bestreiten wir Gefechte im Wochenrhythmus. Die ersten Tage des Krieges empfanden wir hier draußen als Dauergefecht, seitdem ist die Taktzahl merklich zurückgegangen. <<
>> Die Marokianer werden müde <<, sagte Reno zufrieden.
>> Zumindest in diesem Sektor. Durch die Eroberung von Marokia Zeta erhoffen wir uns ein paar ruhige Wochen. <<
>> Das klingt kriegsmüde, Lieutenant Commander <<, tadelte Eightman.

\>> Bitte um Entschuldigung, Sir. So war das keinesfalls gemeint. <<
\>> Gut. <<
Darson brachte die Offiziere zu ihren Quartieren und anschließend zum CIC.
\>> Moment mal <<, sagte Eightman vor den Toren zum Kommandozentrum, >> der Admiral sitzt im CO-Büro über dem CIC? <<
\>> Ja <<, antwortete Darson irritiert über die Frage des Captains.
\>> An Bord dieser Station gibt es ein Stabsbüro. <<
\>> Ja, Sir. Eine Ebene tiefer, es ist unbenutzt. <<
\>> Ich will es sehen, Lieutenant Commander. <<
\>> Jetzt? <<
\>> Jetzt. <<
\>> Wenn Sie erlauben, bleibe ich hier und mache mich mit dem CIC und den Leuten vertraut <<, bat Tyler und Eightman gewährte es ihm.
Darson brachte den Stabschef und Commander Reno hinunter zu den Einrichtungen des Admiralstabs, die seit Inbetriebnahme der Station ungenutzt waren.
\>> Sekunde, Sir <<, Darson tippte einen Code in das Display neben der Tür und entriegelte das Tor. Die Stahlhälften glitten auseinander und öffneten den Weg in einen dunklen Raum.
\>> Licht <<, befahl Eightman und der Computer aktivierte die Leuchtkörper in den Wänden und an der Decke.
Das Stabsbüro war ein runder Raum mit CIT, umgeben von einem erhöhten Rundgang, von dem aus die diversen Büros abzweigten.
Das Admiralsbüro lag direkt gegenüber dem Haupteingang, hatte ein kleines Vorzimmer und lag nochmals um wenige Stufen erhöht.
\>> Und Jeffries hat das nie benutzt? <<, fragte Reno erstaunt, blickte auf die Wandschirme und wischte mit dem Finger über den verstaubten CIT.
\>> Ich will, dass dieser Raum auf Vordermann gebracht wird. <<
\>> Wollen Sie nicht erst mit dem Admiral reden? <<, fragte Darson und bereute seine Worte noch im selben Augenblick.
\>> HABEN SIE MEINEN BEFEHL NICHT VERSTANDEN, LIEUTENANT COMMANDER? <<, brüllte Eightman aus Leibeskräften und Darson wich instinktiv einen Schritt zurück.

>> Entschuldigung, Sir <<, brachte Darson hervor, >> ich leite es sofort in die Wege. <<
>> *Hier wird sich jetzt einiges ändern* <<, sagte Eightman, als er an Darson vorbei zum Ausgang ging, und der Chang verstand es als offene Drohung.
Reno zuckte nur mit den Schultern und folgte seinem Vorgesetzten zum CIC.

Mares Undor.
Jeden Tag kamen die Wachen und nahmen einen anderen Offizier mit sich. Als Christine an diesem Morgen aus ihrer Zelle kroch, war sie an der Reihe.
Zwei grüne, schuppige Pranken griffen nach ihr und zogen sie in den Hauptstollen.
Panisch versuchte sie sich aus dem Griff zu befreien, doch die Wache unterdrückte ihren kläglichen Versuch mit schnellen, harten Handgriffen.
>> Lass mich! <<, keuchte sie und fast war es schon ein Betteln.
Der Soldat antwortete ihr in der Sprache Marokias und Christine sah ihn mit großen, fragenden Augen an.
Er fletschte seine Zähne, nahm sie am Haarschopf und zerrte sie mit sich. Ein Dutzend Gefangener sahen, was mit ihr passierte, beobachteten die Szene mit offenen Mündern und zitternden Gliedern, doch keiner wagte dazwischenzugehen.
Was klug war, denn keiner von ihnen hätte einen solchen Versuch überlebt und auch Christine selbst war nie dazwischengegangen, wenn sie mit angesehen hatte, wie die Marokianer andere Gefangene auf genau dieselbe Art geholt hatten.
Heute jedoch wünschte sie sich einen mutigen Helden, der dem schändlichen Treiben Einhalt gebieten konnte. Einen Mann, der kam und sie befreite, der das Böse bezwang und sie mit starken Armen hinaus ins Licht trug.
Sie wünschte sich Tom.
Doch was sie bekam, waren dunkle Stollen mit zerfurchten Wänden, die sich bei Nacht zu bewegen schienen, und sie bekam den Geruch von frischem Blut und altem Schweiß.

Vor Angst wimmernd brachte man sie in die Garnisonsstollen, wo das Licht deutlich besser und die Luft frisch gereinigt war.
Hier lagen die Unterkünfte der Soldaten und Offiziere, Küche, Lager, Gemeinschaftsräume.
Dinge, die von den Gefangenen strikt getrennt waren.
Über in den Fels geschlagene Gittertreppen wurde sie in einen kahlen, hellen Raum gebracht und dort für Stunden allein gelassen.
Mit gefesselten Händen stand sie im Raum und malte sich grausamste Szenarien aus. Marokianer waren für ihre effektive Einfallslosigkeit bekannt.
Die Verhörmethoden dieses Volkes waren mittelalterlich. Keine Psychologie, keine Drogen, keine Frage-Antwortspiele, bis man sich schließlich verriet.
Nur Angst und Schmerz.
Mares Undor hatte bisher jede Geschichte übertroffen, die sie jemals von dieser Welt gehört hatte. Warum sollte es in punkto Verhör anders kommen?
Irgendwann schwanden ihre Kräfte und sie setzte sich verzweifelt in eine Ecke, zog die Beine an, machte sich so klein sie konnte und weinte stille Tränen der Verzweiflung.
Nach endlosem Warten schließlich öffnete sich eine Türe und ein imperialer Offizier kam herein.
Christine zitterte am ganzen Körper, als er sich vor ihr aufbaute.
Seinen goldenen Brustpanzer hatte er vor der Türe ausgezogen, die Ärmel des grauen Hemdes zurückgekrempelt. Er sah aus, als erwarte er schwere Arbeit.
\>\> Commander Christine Scott. Chefärztin der Raumstation Pegasus 1 <<, sagte der Mann. Christine nickte und fragte sich, woher er das wusste. Sie hatten die Uniformen nicht durchsucht, sondern gleich verbrannt. Niemand hatte sie nach irgendetwas gefragt, seit sie hier waren. Wie Vieh hatte man sie in die Stollen getrieben, zur Arbeit eingeteilt und schuften lassen.
\>\> Woher ... <<
\>\> Sie sind nicht die Erste, die wir verhören. Man sagte mir, wer Sie sind. Deshalb sind Sie hier. Ich halte Sie für interessant. <<
\>\> *Interessant?* <<, wiederholte sie mit wispernden Lippen und flatternder Stimme.

>> Ob Sie es glauben oder nicht, aber Sie sind der höchstrangige Offizier hier <<, sagte er langsam, jede Silbe betonend und dennoch mit starkem Akzent.
Christine schluckte.
>> Pegasus 1 ist ein wichtiges Kriegsziel. Strategisch wichtig. Schwer zu erobern. Nun haben wir hier einen Offizier des Kommandostabes und ich denke, das könnte uns nützen. <<
Christines Angst wuchs, der Blick des Marokianers wurde düsterer.
Dann griff er nach ihr, zog sie hoch und drückte sie an die Wand.
>> Was wissen Sie über die Defensiveinrichtungen von Pegasus 1? <<
>> Ich bin Ärztin <<, keuchte sie.
>> Falsche Antwort. <<
>> Ich weiß nichts. <<
>> Sie wissen garantiert mehr, als Sie glauben. <<
>> *Bitte.* <<

Pegasus Center, Admiralsdinner.
Jeffries hatte seine neuen Stabsoffiziere, die Senioroffiziere der Station und Toms Führungsstab zum Essen geladen und sie alle waren gekommen.
Dem Anlass angemessen trugen sie nicht ihre grünen Dienstuniformen, sondern die schwarze A-Garnitur.
Tom saß zu Jeffries' Rechter, auf seinen Schultern glänzten die goldenen Captainsabzeichen und an seinem Kragen blitzte der Lorbeerkranz des CO.
Ihm gegenüber saß Captain Eightman und das bestimmende Thema des Abends war Toms Vorschlag für eine Mission hinter feindlichen Linien.
Während Jeffries der Idee nach wie vor skeptisch gegenüberstand, hatte sich Eightman sofort auf Toms Seite geschlagen und befürwortete die Idee.
>> Wir müssen die Victory nutzen, solange sie noch neu ist <<, hatte er gesagt. >> Wenn der Feind erst einmal weiß, womit er es zu tun hat, verpufft unser Vorteil. Jetzt haben wir das Überraschungsmoment auf unserer Seite. Das müssen wir nutzen. <<

Jeffries' Widerstand bröckelte, doch er machte sich Sorgen um seinen ehemaligen XO.
Tom hatte sein Essen kaum angerührt, in seinen Augen flammten die Selbstvorwürfe. Es würde lange dauern, bis er Garamon verdaut und den Verlust Christines akzeptiert hatte.
Bis es so weit war, zierte sich Jeffries, ihn einfach so ziehen zu lassen. Ein Mann wie er konnte eine gefährliche Waffe sein, doch was passierte, wenn er außer Kontrolle geriet? Wenn ihm Rache wichtiger war als militärische Überlegung?
>> Machen Sie sich keine Sorgen um mich <<, sagte Tom mit tiefer, blecherner Stimme, die er von seinem Vater geerbt hatte. >> Ich werde nichts tun, was mein Schiff oder die Crew gefährdet, ich werde keine Rachetaten verüben, werde nicht versuchen, meinen Fehler von Garamon wiedergutzumachen. Alles, was ich tun werde, ist Chaos säen unter unseren Feinden. <<
>> Ich muss eine Nacht darüber schlafen, Tom <<, sagte Jeffries und blickte hinüber zu seinem frischgebackenen Stabschef.
Stunden zuvor waren die beiden sich erstmalig begegnet und Eightman hatte sich als sehr offensiv herausgestellt.
Sofort war er mit Veränderungsvorschlägen konfrontiert worden; der Captain stellte viele Fragen, wollte genau wissen, wieso dieses und jenes so gemacht worden war.
Vor allem die Frage nach den bisherigen Strukturen beschäftigte ihn. Wie war das Korps über all die Monate geführt worden ohne einen echten Stab?
>> Wir waren noch im Aufbau, ich hatte das Kommando ja gerade erst übernommen, als der Krieg losbrach <<, hatte er ihm erklärt.
>> Wir wollten so schlanke Strukturen wie nur irgend möglich, darum entschieden sich Armstrong und ich ...<<, als er den Namen der gefallenen Oberkommandierenden erwähnte, stockte seine Stimme für einen Moment, >> ... wir wollten die Stationen bewaffnet haben. Das hatte Vorrang vor allem anderen. In Friedenszeiten braucht man keinen Stab, um das Korps zu leiten. Dazu reichten die Seniorofffiziere der Station völlig aus. Dann kam der Krieg und alles war mit einem Mal völlig anders. <<
Danach war das Thema erledigt. Jeffries begann über die Zukunft zu sprechen, über seine Vision einer Welt ohne Krieg und mit friedli-

cher Koexistenz der Völker.

>> Ich glaube an eine Zeit, in der die Völker friedlich beisammensitzen und ihre Konflikte am grünen Tisch bereinigen <<, sagte er und klang dabei fast wie ein Prediger. >> Das Korps ist eine multiethnische Streitmacht. Die erste in der Geschichte, und ich denke, dass wir wegweisend sein werden. In zwanzig oder vielleicht erst vierzig Jahren wird es einen galaktischen Staat geben. Eine Republik als Dach über ein Dutzend Völker. Ein gemeinsames Wertesystem, eine Rechtsordnung, eine galaktische Währung. All das wird kommen, davon bin ich felsenfest überzeugt. <<

>> Es wird nicht ohne Widerstand dazu kommen <<, warf Tyler ein und Alexandra gab ihm Recht. >> Viele werden mit dieser Version der Zukunft nicht gerade glücklich sein. <<

>> Was ist mit Ihnen? <<, fragte Jeffries in die Runde. >> Würden Sie einen solchen Staat akzeptieren? Würden Sie ihm dienen? <<

>> Ich für meinen Teil schon <<, sagte Alexandra. >> Allerdings diene ich auch im Korps. Ich bin es gewohnt, mit Mitgliedern anderer Völker zu tun zu haben. Vier verschiedene Spezies dienen an Bord der Victory, das funktioniert problemlos. Doch was ist mit den Leuten, die nicht jeden Tag mit Fremden zu tun haben? <<

>> Rassismus ist immer dort am größten, wo es wenig Fremdes gibt <<, sagte Reno und Eightman stimmte ihm zu.

>> Erst müssen wir ohnehin diesen Krieg gewinnen, ehe wir uns über zukünftige Gesellschaftssysteme den Kopf zerbrechen <<, unterbrach Tom die Diskussion und sorgte für einen Moment der betroffenen Mienen.

Natürlich hatte er damit recht, doch das Gespräch hatte sie alle für wenige Minuten den Krieg vergessen lassen und nun war er wieder in die Köpfe zurückgekehrt.

>> Werden wir <<, sagte Jeffries entschlossen.

Will und Stan Baransky, der CAG der Victory, hatten sich schon zuvor aus der Diskussion ausgeklinkt und diskutierten technische Details der Defender. Will war fasziniert von diesen Maschinen und Baransky schwärmte von den wundervollen Flugeigenschaften.

>> Danke, dass ich eine der Maschinen fliegen durfte <<, sagte Will und prostete dem CAG zu.

Tyler und Alexandra sprachen derweil über die Pflichten eines XO und über die Unterschiede zwischen Dienst auf Schiffen und Stationen.

Eightman und Reno unterhielten sich über den Aufbau des Stabs und über den offiziellen Beginn der Stabsarbeit zu Beginn der nächsten Woche.

Jeffries lauschte dem Gespräch der beiden, machte immer mal wieder eine Anmerkung und lehnte sich recht zufrieden in seinem Sessel zurück, doch als er in Toms Augen blickte, erschauderte er für einen kurzen Moment.

Nie zuvor hatte er solche Düsternis in einem Blick erlebt, nie hatten Augen so dunkle Schatten geworfen oder von solch schrecklichen Drohungen gezeugt.

>> Tom <<, sagte er und lehnte sich zu ihm rüber, >> alles in Ordnung? <<

>> Nein, Sir. Nichts ist in Ordnung <<, sagte er leise.

>> Sie konnten nichts dafür. <<

>> Darum geht es nicht <<, erwiderte er, >> es geht nicht um Schuld. Ich will nur wissen, was mit ihr passiert ist. Mehr nicht. Ich will nur Gewissheit. <<

Der Feldzug

Marokia, Oberkommando der imperialen Streitkräfte.
>> Wir waren drei Wochen unterwegs <<, erzählte der Soldat auf dem Wandschirm mit leiser Stimme, >> fünf Transportschiffe, drei Kreuzer als Geleitschutz ... Nachschub für die fünfte Flotte <<, für einen Moment versagte seine Stimme und er legte sein Gesicht in die schuppigen Hände. >> Wir haben Nahrung transportiert <<, sagte er schließlich mit einem Anflug von Verzweiflung.
>> Was ist dann passiert? <<
>> Es kam mitten in der Nacht <<, erzählte er, >> wir hatten es nicht auf unseren Schirmen, konnten es nicht sehen ... Als wir sie bemerkten, war es längst zu spät, ihre Waffen waren hochgefahren, sie hatten längst Gefechtsdistanz ... Der erste Kreuzer zerbarst in ihrem Feuer, als sei er ein Spielzeugschiff. Sie erwischten ihn mittschiffs, schossen ihn in zwei Hälften und pflügten dann durch unseren Verband wie eine Harke durch dunkle Erde ... Sie feuerten aus allen Rohren und vernichteten die Transportschiffe mit einer einzigen Salve. Danach holten sie sich die Geleitkreuzer ... <<, wieder versagte seine Stimme. >> Sie gingen nicht auf Gefechtsdistanz ... Sie blieben einfach zwischen uns liegen und feuerten ihre Breitseiten. Dieses ... *Ding* ... fraß unser Feuer, als würden wir mit Steinen nach ihm werfen. Keine Schramme, kein noch so kleiner Schaden ... Wir feuerten unser ganzes Arsenal leer und haben nicht mal ihre Hülle beschädigt ... <<
>> Wie sah dieses Schiff aus? <<, fragte eine gesichtslose Stimme jenseits des Aufzeichnungsgeräts.
>> Das war kein Schiff <<, sagte der Soldat, und hätte er noch Augen besessen, so hätten sie sich nun mit Tränen gefüllt. Doch die dunklen, ausgebrannten Höhlen blickten trocken in die Kamera und seine vernarbten Mundwinkel zitterten bei jeder Silbe. >> Das war *Nazzan Morgul*. <<
>> Wie sah er aus? <<
>> Nazzan Morgul ist zu uns zurückgekehrt ... die Prophezeiung erfüllt sich ... Die letzten Tage sind gekommen. <<

>> Schaltet das aus <<, knurrte Iman und drehte sich in seinem Sessel. Zusammen mit mehreren hohen Offizieren saß er in einem nobel eingerichteten Zimmer und diskutierte das derzeit größte Problem der imperialen Kriegsführung.

>> Das war der fünfte Konvoi in ebenso vielen Wochen <<, erklärte einer der niedrigeren Offiziere und auf dem Wandschirm erschien eine Sternenkarte. Die Orte, an denen ihre Schiffe verloren gingen, waren mit roten Kreisen markiert. >> Das ist weit auseinander <<, knurrte Garkan und beugte sich leicht vor, die rechte Hand am Stock, als fürchte er sogar im Sitzen, das Gleichgewicht zu verlieren. >> Kein Schiff kann in so kurzer Zeit an all diesen Punkten auftauchen. <<

>> Womöglich sind es mehrere <<, mutmaßte Ituka.

>> Wenn es mehr als eins dieser Dinger gibt, sind wir erledigt <<, sagte Iman heiser. >> Eines dieser Schiffe ist schon eine unkalkulierbare Gefahr. Mehrere würden bedeuten, dass wir gleich die Waffen strecken können. <<

>> *Waffen strecken?* << Garkan wirkte empört.

>> Ich habe dieses Schiff gesehen <<, sagte Iman, >> es ist dasselbe wie bei Pegasus 1. <<

>> Das wissen wir nicht. <<

>> Es ist logisch! <<

>> Wir haben keine Augenzeugen, keinen, der es beschreiben kann. <<

>> *Ich* kann es beschreiben. <<

>> Dieser Mann eben ... <<, Garkan deutete auf den Wandschirm, >> ist der einzige Überlebende aus fünf Überfällen. Ein einziger Mann hat überlebt und er kann uns nicht sagen, was es war. <<

>> Er war Waffenmaat an Bord der Kiranisago. Alles, was er sah, war Geschützfeuer <<, erklärte einer der Offiziere, ein junger Mann von niedrigem Adel.

>> Egal, was es war <<, sagte Iman schließlich voller Ungeduld, >> wir müssen es zur Strecke bringen. Dieses Schiff bedroht unsere Nachschublinien, und je weiter wir auf die Erde zurücken, desto lebenswichtiger wird der Nachschub. <<

>> Danke für diese kurze Lehrstunde in militärischen Grundla-

gen <<, knurrte Ulaf Karsano, ein altes Schlachtross, das von Iman und seiner Herkunft wenig angetan war.
>> Bei allem Respekt, Ulaf ... <<, wollte Iman erwidern, doch Garkan fiel ihm ins Wort.
>> Er hat recht, Karsano. Unsere Truppen rücken aufs Hexenkreuz vor. Seit jeher das Tor zur Erde. Jenseits dieses Nebels liegt ihr Heimatland, dort sind unsere Flotten auf funktionierenden Nachschub angewiesen. <<
>> Also, Ulaf? Was sollen wir tun? <<, fragte Karsano Iman.
>> Wir verstärken den Geleitschutz der Konvois. <<
>> Glorreiche Idee. Dafür sitzen wir hier zusammen? Jeder Frontsoldat hätte das schlussfolgern können. <<
Iman stand auf und ging hinüber zum Wandschirm. Sein Bein schmerzte bei jeder Bewegung, seine Schritte waren noch ungeübt und sperrig.
>> Es muss ein Muster geben <<, erklärte er vor dem Schirm, wo die roten Kreise rhythmisch blinkten. >> Es gibt immer ein Muster. Irgendein Schema, nach dem es vorgeht. Wir reduzieren die Nachschubrouten und erhöhen dafür den Schiffsverkehr auf den Hauptrouten. <<
>> Was soll das bringen? <<
>> Mehr Schiffe auf weniger Raum. Das bedeutet auch mehr Geleitschutz auf weniger Raum. Wenn es zuschlägt, wird Verstärkung in der Nähe sein. Unsere Schiffe bekommen Order, den Kampf zu meiden und sich auf sichere Positionen zurückzuziehen, sobald dieses Ding auftaucht. <<
>> Was schwer ist, wenn man es nicht sehen kann, ehe es das Feuer eröffnet. <<
>> Dieses Schiff ist bestimmt nicht unsichtbar. Womöglich schwer zu orten, weil seine Hülle die gängigen Strahlen nicht reflektiert, aber es kann geortet werden ... Alles kann geortet werden ... Man muss nur wissen, wonach man sucht. Wir verdoppeln die Geleitschiffe, verdoppeln die Sensorenmannschaften, schicken Jagdkreuzer vor den Konvois her, um einen breiteren Sensorenkeil zu erzeugen ... Wir kriegen ihn. <<
>> Dann würde ich sagen, dass Ihr die Jagd nach diesem Schiff koordiniert <<, entschied Garkan und Iman stutzte.

>> Morgen verlasse ich den Planeten, um mich zur Hauptflotte zu begeben. Ich muss mein neues Kommando antreten. <<
>> Die Hauptflotte wird das Reichsgebiet nicht verlassen, ehe diese Gefahr gebannt ist. Wie Ihr sagtet: Ohne gesicherten Nachschub ist der Marsch zur Erde nicht durchführbar. <<
>> Mein Flotte wird am Hexenkreuz gebraucht. <<
>> Dort tobt ein Stellungskrieg und das wird wohl so bleiben, bis Eure Schiffe dort eintreffen. Ob diese Woche oder nächsten Monat, wird an dieser Situation nichts ändern. <<
>> Ich verstehe! << Iman senkte den Kopf und schloss die Augen für einen kurzen Augenblick.

ISS Victory. Imperiale Nachschublinie 73.
Wie ein schweigender Mörder über seinem blutigen Opfer lag die Victory über den brennenden Überresten des Konvois.
Defender jagten die letzten Rochenjäger durch scharfkantige Trümmerfelder und aus den berstenden Schiffshüllen starteten die Rettungskapseln, ehe die Flammen auch den letzten Sauerstoff verzehrt hatten und das Glimmen unter der Hülle erstickte wie der letzte Herzschlag eines sterbenden Mannes.
Raider erhoben sich aus dem Rücken der Victory und suchten die beiden Piloten, die im Kampf ihre Maschinen verloren und sich ins All katapultierten.
Auf den Schirmen der Schiffe blinkten ihre Notrufsender als helle Punkte.
Stan Baransky, der CAG der Victory, steuerte seine Maschine über das erloschene Wrack eines Kreuzers und zählte die Rettungskapseln.
>> Insgesamt sieben Stück <<, meldete er an die Brücke, wo Tom auf seinem Kommandosessel saß und mit angewinkeltem rechtem Arm den Hauptschirm fixierte.
Sein Gewissen rang mit seinem Herzen um den Feuerbefehl für Baransky. Nichts würde er lieber tun, als diese Kapseln mit Gatlingfeuer in Stücke zu schießen.
>> Ihre Überlebenschancen sind ohnehin gering <<, erklärte Alexandra, die stramm neben ihm stand, die Hände am Rücken ver-

schränkt. >> Wir sind weit draußen, vermutlich sind sie längst tot, ehe man sie findet. <<
>> Aber diese kleine Chance sollten wir ihnen lassen. Meinen Sie das, Commander? <<
>> Ja, Sir. <<
Tom stand auf und nickte einsichtig. >> Lassen wir ihnen auch <<, versprach er. >> Airboss! Holt die Defender zurück. Wir lichten die Anker. <<
>> Auf Linie neunundsiebzig hat unsere CAP einen weiteren Konvoi ausgemacht <<, erklärte Semana Richards, als Tom die Stufen zum Gefechtsstand hochkam.
>> Eine lohnende Beute? <<, fragte er und blickte über ihre Schultern auf die Displays der Gefechtskonsole.
>> Laut CAP sieben Truppentransporter und massiver Geleitschutz. <<
>> Wurden unsere Jäger entdeckt? <<
>> Negativ. Sie spielen toter Mann und lassen den Konvoi vorüberziehen. In vier Stunden könnten wir ihn eingeholt haben. <<
>> XO! Kurs auf Nachschublinie neunundsiebzig. Die holen wir uns noch, ehe wir weiterziehen. <<
>> AYE, Sir! << Alexandra gab den Befehl an den Steuermann weiter und die Victory beschleunigte ihren mächtigen, schlanken Körper.
Licht brach aus völliger Dunkelheit und verschluckte das Schiff in wenigen Sekunden.
Tom ging in sein Büro und zog ein Messer aus dem Waffengurt, um eine kleine Kerbe in die Kante seines Schreibtisches zu machen.
Es war bereits die zwölfte, seit sie Pegasus 1 verlassen hatten. Während dieser Wochen hatte er hinter feindlichen Linien für einige Unruhe gesorgt und er war fest entschlossen, noch größeres Unheil anzurichten.
Langsam strichen seine Finger über die Kerben. Den Verlust von manchen dieser Konvois hatte das Flottenkommando wohl noch gar nicht bemerkt. Sein Aktionsradius war derart groß, dass er praktisch überall im Frontgebiet erscheinen und zuschlagen konnte.
Bisher hatten sie keine Verluste hinnehmen müssen. Das Schiff war praktisch unbeschädigt aus den Schlachten herausgekommen, sie

hatten kein einziges Crewmitglied verloren und es gab nur drei leicht Verletzte.

Einzig mit der Leistung der Defender war Tom noch unzufrieden. Heute hatte er bereits die vierte Maschine verloren und das war angesichts der sonstigen Leistungen absolut inakzeptabel.

Die Frist, die Jeffries ihm gegeben hatte, lief langsam ab; er hatte noch etwa eine Woche, dann musste er die Heimreise antreten und dem Admiral Rede und Antwort stehen.

Die Zeit war knapp gewesen, doch Tom war sehr zufrieden und er war überzeugt, dass er jetzt die Erlaubnis bekam, deutlich tiefer ins Reich einzudringen.

Ein kurzer Besuch auf der P1 und dann begann sein Feldzug ins Herz des Imperiums.

Ein Tag, auf den Tom sich freute. Rachedurstig marodierte er entlang des Grenzverlaufs, doch sein Herz und sein Verstand trieben ihn deutlich tiefer ins Reich.

Er wollte sie im Hinterland angreifen, wollte ihnen schwere Schläge ins Rückgrat der Kriegsführung versetzen und nicht nur die Front unsicher machen. Das ganze Reichsgebiet sollte zum Schlachtfeld werden. Keiner durfte sich mehr sicher fühlen, jeder Planet, jede Station, jede noch so kleine Niederlassung sollte vor ihm zittern.

Erst wenn das erreicht war, konnte er hoffen, dass sein Plan aufging.

>> *Sie kriegen acht Wochen, um mich zu überzeugen, dass es was bringt* <<, hatte Jeffries am Morgen nach dem Admiralsdinner zu ihm gesagt und diese Frist war nun beinahe verstrichen.

Das ist die Ouvertüre, sagte sich Tom immer wieder selbst. *Es ist erst die Ouvertüre.*

Der große Feldzug würde erst kommen und es würde ein famoser Schlag werden, davon war er felsenfest überzeugt.

Pegasus 1. Zwei Wochen später.

Als die Victory heimkehrte, war die Begrüßung fast so euphorisch wie nach dem Sieg bei Marokia Zeta. Die Leute applaudierten auf den Galerien des Andockbereichs und jubelten in den Korridoren.

Tom empfand diese Begrüßung als unangebracht und übertrieben, konnte es aber nicht ändern.

Tyler begrüßte ihn am Andockbereich mit militärischen Ehren und führte ihn dann zum Büro des Admiralsstabs, wo der Betrieb mittlerweile in vollem Gange war.

Um den CIT standen mehrere Lieutenants, die ständig Berichte verschoben und Meldungen entgegennahmen, zwischen den Büros pendelten Petty Officers und diverse Offiziere, auf den Wandschirmen flimmerten Meldungen von allen Teilen der Front.

Jeffries' Büro am gegenüberliegenden Ende war längst bezogen, in seinem Vorzimmer saß eine junge PO namens Riker und hinter der gläsernen Tür saß der Admiral hemdsärmlig über diversen Berichten.

Tom hatte schon viele solcher Büros betreten und für gewöhnlich trugen die diensthabenden Soldaten A-Garnitur bei der Büroarbeit.

Hier nicht.

Jeffries hatte die grün-schwarze Dienstuniform befohlen und so sah das Stabsbüro aus wie ein Gefechtsstand.

\>\> Tom! Schön, Sie wiederzusehen <<, sagte Jeffries, kam hinter seinem Schreibtisch hervor und reichte ihm die Hand.

\>\> Schönes Büro <<, sagte Tom und sah durch den grauen Raum. An einer der Wände hing ein Bild, das die HMS Victory bei Trafalgar zeigte. Daneben befand sich ein gut sortiertes Bücherregal, gegenüber der unverzichtbare große Wandschirm.

\>\> Das alte hat mir besser gefallen <<, gestand Jeffries. \>\> Ich hab gerne am Fenster gestanden und hinuntergesehen zum CIC. <<

\>\> Ich weiß. <<

\>\> Setzen Sie sich. <<

\>\> Wie läuft der Laden, seit ich weg bin? <<, fragte Tom und lehnte sich im bequemen Ledersessel ein wenig zurück.

\>\> Tyler hat ein wenig gebraucht, um sich einzuarbeiten, aber jetzt läuft die Sache. <<

\>\> Das höre ich gerne. <<

\>\> Eightman führt ein ziemlich straffes Regiment, ganz anders, als wir beide das tun, aber es funktioniert und ich lasse ihm weitgehend freie Hand. <<

\>\> Ehrlich gesagt hab ich nicht gedacht, dass Sie diese Büros jemals nutzen <<, gestand Tom. \>\> Eine Zeitlang war ich der Überzeugung, dass wir das Korps bis zum jüngsten Tag ohne echtes Oberkommando führen müssen. <<

>> Ich auch <<, Jeffries zwang sich zu mildem Lächeln, dann sah er, dass Tom noch immer diese Schwärze in den Augen hatte. Auch wenn er sich um Small Talk bemühte, sein Geist war ganz woanders.
>> Sie waren sehr erfolgreich, Tom. Ich muss sagen, dass alle hier sehr beeindruckt sind. <<
>> Das heißt, ich darf weitermachen? <<
>> Ja. Captain Eightman hat ein paar Ziele ausgesucht, von denen wir glauben, dass ein Besuch der Victory sich lohnen würde. <<
>> Ziele? <<
Jeffries tippte auf die digitale Tastatur der Tischplatte und aktivierte den Wandmonitor. Eine Liste mit mehreren planetaren Stellungen wurde angezeigt.
>> Fünf Planeten, alle befestigt und alle Rückzugsgebiet der Fronttruppen. Von hier aus werden die Truppenrotationen an der Front koordiniert. Regimente auf dem Weg zur oder von der Front machen hier ihren letzten Stopp. Wir wollen, dass Sie diese Stellungen angreifen und falls möglich zerstören. <<
>> Orbitalbombardement? <<
>> Ja. Wir haben keine Gefechtsgruppen im Aktionsradius, keine Bombergeschwader, keine Träger, nichts, womit wir sie angreifen könnten. <<
>> Wie schwer sind sie befestigt? <<
>> Orbitale Verteidigungsanlagen, ein paar Schiffe in der näheren Umgebung. Nichts, womit die Victory nicht fertig würde. <<
>> Orbitalanlagen können schwer zu knackende Nüsse sein <<, sagte Tom.
>> Früher bestimmt <<, antwortete Jeffries, >> allerdings mit der Victory … <<
Tom sah sich die projizierten Aufklärungsdaten genau an. >> Die sind in sehr hohem Orbit aufgebaut <<, erkannte er und es dämmerte ihm, was Jeffries vorhatte. Ein kurzes Lächeln huschte über seine Lippen. >> Da werde ich aber ein paar verdammt gute Mathematiker brauchen <<, sagte er und Jeffries wirkte erstaunt. >> Ein Raumfenster so nahe an einem Planeten zu öffnen ist riskant. Ein paar Kommastellen daneben und das endet in einer Katastrophe. <<

>> Richtig. Wir haben da ein paar neue Berechnungsprotokolle und außerdem bekommen Sie einige der besten Navigatoren der Flotte. Wir sind überzeugt, dass es geht. <<
>> Ich öffne das Raumfenster, schicke ein paar Defender durch zur Aufklärung, und wenn die Position stimmt, folge ich mit der Victory. <<
>> Genau das ist unser Plan. <<
>> Abgemacht <<, sagte Tom, >> allerdings muss ich Sie noch um einen Gefallen bitten. <<
>> Worum geht es? <<
>> Ich möchte Will mitnehmen. <<
>> Captain Anderson? <<
>> Ja. <<
>> Wozu? Sie haben einen CAG. <<
>> Ich will Baransky ablösen, er ist der Aufgabe nicht gewachsen. <<
>> Sicher? <<
>> Ich habe sechs Defender in acht Wochen verloren. <<
>> Andere Captains verlieren sechs Geschwader in der Zeit. <<
>> Ich operiere mit überlegenem Material. Wir hatten während der gesamten Operation keine Ausfälle. Nur die Air Group macht mir Sorgen. <<
>> Und Sie wollen Will als neuen CAG? <<
>> Er ist der beste Pilot in den Streitkräften. <<
>> Das behauptet er von sich. <<
>> Das ist so! Glauben Sie mir. <<
>> Andersons Flugstil ist auch nicht, das was man materialschonend nennen kann. Tyler hat sich schon über seinen Verschleiß beschwert. <<
>> Sehen Sie! Ich löse das Problem, ehe es auftritt. <<
>> Sie wollen Ihren Freund mitnehmen. <<
>> Ich will Baransky loswerden und Will ist der perfekte Mann für den Job. Ich kenne ihn seit einer Ewigkeit. <<
>> Ich verstehe, dass Sie sich mit Leuten umgeben wollen, die Sie kennen. Das geht mir genauso. <<
Jeffries überlegte einen kurzen Moment, dann stimmte er zu.
>> Einverstanden. Ich lasse die Versetzung sofort anordnen. <<

>> Danke, Sir. <<

Flaggschiff der imperialen Hauptflotte. Kurs auf Pegasus-Linie.

Seit Marokia Zeta verloren wurde, waren die Pegasus-Stationen unantastbar. Lediglich die an der äußersten Flanke liegende Pegasus 10 konnte noch direkt angegriffen werden, doch ihre Position machte einen Angriff bei derzeitigem Frontverlauf sinnlos.

>> Der Verlust dieses Hafens ist das Schlimmste, das uns passieren konnte <<, sagte Iman mit Blick auf die neuesten Aufklärungsberichte. >> Sieben Gefechtsgruppen liegen dort vor Anker, drei Trägergruppen sind in Marsch und werden dort sein, ehe wir in Schlagdistanz sind. <<

>> Ihr wollt den Hafen zurückerobern? <<

>> Ich will dieses Schiff herauslocken und dazu brauchen wir einen guten Köder. <<

>> Die werden sich niemals unserer Hauptflotte stellen <<, raunte Dragus leise. >> Diese Feiglinge kämpfen nur gegen Nachschubtransporter. <<

>> Bis jetzt <<, sagte Iman düster. >> Leider habe ich das ungute Gefühl, dass sich das bald ändern wird ... Wir müssen es hier an der Front halten, müssen dafür sorgen, dass sie damit beschäftigt sind, den Hafen zu halten. <<

>> Ihr fürchtet Angriffe im Hinterland? <<

>> Angesichts ihres errechneten Operationsradius ... <<, Iman schenkte sich den Rest des Satzes. Dragus war kein Dummkopf, er hatte verstanden, worauf es hinauslief.

Imans Interesse galt viel mehr dem Hexenkreuz als diesem Schiff. Natürlich konnte es sich zu einer Plage entwickeln, sollte es wirklich solche Fähigkeiten besitzen, wie er annahm, doch ein Durchbruch am Hexenkreuz würde den Krieg in den Erdsektor tragen und somit vor die Tore des politischen und militärischen Zentrums der Konföderation.

Dass die Hauptflotte des Reiches hier an einer verlorenen Front hinter Marodeuren herjagen sollte, empfand der frischgebackene Flottenchef als Zeitverschwendung.

Andere könnten diese Aufgabe genauso gut erfüllen, dachte sich Iman und verfluchte sich dafür, dass er so deutlich auf die Bedrohung durch dieses Schiff hingewiesen hatte.

Hinzu kam die Sorge um seine Beziehung zu Garkan. Er wurde das Gefühl nicht los, dass der alte GarUlaf über Imans Beförderung unzufrieden war. Fast so, als fürchte er den neuen Flottenchef als Konkurrenz im Oberkommando.

Konnte das sein?

Fürchtete sein alter Mentor Imans neue Stärke? Seine Nähe zum Imperator?

Und dann war da noch Ischanti. Was auch immer dieses Wesen beabsichtigte, es war sonst immer nur in Garkans Gegenwart in Erscheinung getreten.

Bis vor Kurzem.

Das nächtliche Gespräch mit ihm saß Iman noch immer in den Knochen. Manche der Dinge, die es sagte, ließen ihm den machtdürstenden Sabber im Maul zusammenlaufen.

So viele Möglichkeiten, solch verlockende Angebote.

Langley ... die Möglichkeit, das geheime, konföderierte Oberkommando auszuschalten, war es wert, gegen Garkans Befehle zu verstoßen. Wobei sich dadurch die Möglichkeit bot, zwei Fliegen mit einer Klappe zu erwischen.

Die Station zu vernichten war kriegsentscheidend und durch einen solchen Angriff bestand durchaus die Möglichkeit, das neue Schiff herauszulocken. Wenn es eine Superwaffe war, würde es unter Garantie auf einen solchen Angriff antworten.

Nur wo?

Und wie?

Iman spann noch die halbe Nacht an den Fäden seiner Pläne, überdachte und überlegte, drehte und wendete seine Standpunkte, bis er glaubte, sein Kopf würde explodieren.

Er hatte keine Angst vor einem Mehrfronten-Krieg, doch eine Front in den eigenen Reihen fürchtete er mehr als jedes neue Schiff.

Er *wollte* Langley! Seit Ischanti ihm diese Möglichkeit im Vertrauen offenbart hatte, dachte er an nichts anderes mehr.

Doch wenn Garkan ihm schon jetzt misstraute, würde er sich den GarUlaf damit vollends zum Feind machen.

Diesen Punkt musste er genau abwägen, ehe er seinen Schlag führte.
Garkan durfte und wollte er sich nicht zum Feind machen.

Defender-Erprobungsflug, zwei Tage später.
Will flog seine Defender mit glühenden Triebwerken über die im Sonnenlicht schimmernden blauen Polkappen des sonst unfreundlich braunen Planeten.
Sein erster Diensttag als Victorys neuer CAG war nicht ohne Probleme gewesen. Obwohl Baransky in Toms Augen versagt hatte, war er bei den Piloten sehr beliebt gewesen und seine Ablöse war nicht kritiklos hingenommen worden.
Wills erster Befehl im neuen Amt war eine Gefechtsübung gewesen, inklusive Alarmstart und simulierten Dogfights.
Mit seiner eigenen Defender abseits bleibend, hatte er seine Piloten beobachtet und dabei schnell erkannt, wo Baranskys Kardinalfehler gelegen hatte.
Weder er noch seine Piloten hatten die Defender verstanden.
Sie flogen sie, wie sie früher die Nighthawks geflogen hatten. Die FM740 liebte lange Kurven und runde Bewegungen. Sie war eine Eiskunstläuferin, wollte vollendete Manöver und elegante Bewegungen.
Die Defender war anders, rauer.
Sie war ein Hindernisläufer, ein Parcours-Crack. Sie liebte es, in der Bewegung herumgerissen zu werden.
Schon bei seinem ersten Flug hinunter nach Garamon hatte er das erkannt; nun war es seine Aufgabe, diese Art des Fliegens auch seinen Leuten schmackhaft zu machen.
Die Triebwerke glühten, die Schubanzeige stand im oberen Bereich und Wills Finger umklammerten die beiden wichtigsten Hebel des Cockpits.
Seine rechte Faust umklammerte den Steuerknüppel, seine linke den Schubregler.
Es war Zeit, seinen Leuten zu demonstrieren, wie man eine Defender fliegen musste.
Will schob den Schubhebel auf Null, drückte das Pedal der linken Steuerdüsen und ließ die Maschine so rechts herumkippen, wobei sie

ihre Flugrichtung beibehielt, das Cockpit aber jetzt in die andere Richtung blickte.

Kurz drückte Will den Abzug und seine Gatlinggeschütze verschossen Übungsmunition in den Weltraum.

Dann zündete er seine Triebwerke, ging kurz in den Steilflug und zog den Schubhebel wieder auf Null.

Durch Drücken des Pedals für die oberen Steuerdüsen ließ er die Maschine nach vorne purzeln, gab Negativschub und brachte sie in eine Sturzbewegung; wieder drückte er den Abzug und Leuchtspurmunition zuckte durch die Dunkelheit.

Dies alles waren Manöver, die er auch der Nighthawk schon abverlangt hatte, jedoch mit deutlich mehr Mühe.

Während sich die alten Standardjäger gegen diese Manöver wehrten und zu ihnen gezwungen werden mussten, war die Defender für genau solche Hasensprünge gebaut.

Schockiert darüber, dass es vor ihm keiner kapiert hatte, beschleunigte Will in Richtung seiner Piloten, flog ein paar Loopings und Pirouetten, unterbrach immer wieder die perfekten Bewegungen, um die Maschine in die eine oder andere Richtung davonkippen zu lassen, und beschleunigte dann wieder auf die Victory, die jenseits des Planeten vor Anker lag.

Seine Leute hatten ihn genau beobachtet und Will gab Befehl, die gezeigten Manöver nachzumachen. Im Prinzip sollte jeder von ihnen solche Kunststücke beherrschen. Die Frage war, wie lange sie brauchten, um die Defender im richtigen Moment abzufangen.

Will selbst kehrte derweil zum Schiff zurück. Heute würden sie keine Perfektion erreichen, genauso wenig wie morgen.

Er hatte mit Tom schon besprochen, dass die nächsten Tage eine Gefechtsübung nach der anderen geflogen wurde, und sein neuer CO gab ihm freie Hand, obwohl es ihn störte, dass ihre Abreise dadurch verzögert wurde.

Tom wollte so schnell wie möglich ins Reichsgebiet aufbrechen und jeder Tag länger vor Anker erschien ihm eine Ewigkeit.

Doch er wollte keine weiteren Maschinen verlieren und so gewährte er Will die erbetenen Tage.

Seine Defender flog in die geräumige Landebucht und hielt auf die ihm zugewiesene Plattform zu. Ein gelb leuchtendes X aus wandernden Lichtern markierte seinen Landeplatz.

Kaum aufgesetzt, setzte sich die Plattform in Bewegung, versank im Boden und über ihr schlossen sich ineinandergreifende Türen.

Die Victory hatte vierundzwanzig Startröhren, zwölf auf jeder Seite des Schiffes, und ebenso viele Plattformen in der Landebucht; jeder Maschine war eine andere zugewiesen und jede dieser Plattformen verharrte im Hangar direkt hinter einer Startrampe.

Auf Trägerschiffen wurden Jäger noch von den Piloten vom Lift zum Starbereich gefahren oder von kleinen, heckgesteuerten Wagen in Schlepp genommen.

Auf der Victory hatte man ein anderes Konzept gewählt.

Trägerschiffe besaßen das drei- bis vierfache Jägerkontingent der Victory. Jeder Maschine einen eigenen Lift und eine reservierte Startröhre zu bauen, würde die Dimensionen und Kosten eines jeden Schiffes sprengen.

Bei der überschaubaren Menge der Victory hingegen war es möglich, was die Durchschleuszeiten bei Gefechtslandungen deutlich reduzierte.

Die Maschine kam heruntergefahren, leergeschossene Gatlingmagazine wurden ausgestoßen, und noch ehe sie wieder auf ihrer Rampe lag, waren Techniker und Avatare dabei, neue Magazine in die oberen Tragflächen zu schieben und neue Raketen an die Halterungen zu hängen.

Gleichzeitig wurde nachgetankt und im Idealfall war die Maschine nach fünf Minuten startklar und abgefertigt in ihrer Startröhre und konnte ins Gefecht zurückkehren.

Trägerschiffe brauchten mehr als doppelt so lange.

Will öffnete seine Kanzel, kletterte aus dem Cockpit und begrüßte die Mechaniker, die herankamen, um seine Maschine zu inspizieren.

Ein silberner Avatar wechselte seine Übungsmunition gegen richtige wolframummantelte Plasma-Projektile und ein Techniker stöpselte sein Diagnosegerät an die dafür vorgesehene Öffnung am Heck.

Will ging, seinen Helm unterm Arm, über das Flugdeck. Auf einer deutlich größeren Plattform wurde gerade ein SAR-Raider startklar gemacht. Anders als die Defender startete er nicht durch eine Röhre, sondern durch die Landebucht. Drei Männer in grauen, schlanken Raumanzügen gingen auf den Raider zu, scherzten und gestikulierten, ehe sie Will erkannten und knapp nickten.

Diese Männer waren die besten Freunde eines jeden Piloten. Wurde ein Jäger abgeschossen und man musste sich samt Cockpit ins All katapultieren, würden diese drei, manchmal noch während des laufenden Gefechts, angeflogen kommen, in den offenen Weltraum hinausspringen und den hilflos treibenden Piloten einfangen.

Einmal war Wills Maschine dermaßen zerstört gewesen, dass er sogar das Cockpit hatte verlassen müssen.

Damals war er dreißig Minuten im All getrieben und hatte dem blinkenden Peilsender auf seiner Brust dabei zugesehen, wie er um Hilfe rief.

Zehn Minuten später hätten sie nur noch seine Leiche geborgen, denn Kälte und Sauerstoffmangel lieferten sich bereits einen erbitterten Wettlauf um seine Todesursache.

Nie hatte er etwas Schöneres gesehen als die sich öffnende Heckklappe des SAR-Raiders und den hinaushechtenden Retter.

Noch heute träumte er manchmal von dem Gefühl des einhakenden Rettungsseils und wie es war, zum Schiff hinaufgezogen zu werden.

Marokia, Grab des alten Imperators.

Kogan war ins Felsengrab hinabgestiegen und kniete am Sarkophag seines ermordeten Vaters.

Hier unten, umgeben von den Geistern seiner Vorfahren, suchte er Trost und Vergebung.

Mit schlurfenden, müden Schritten war er über sandsteinfarbenen Boden gewankt, vorbei an tragenden Säulen aus edlem grauem Stein und kunstvollen Bogentüren, die zu anderen Grüften längst verstorbener Herrscher führten.

>> Ich hielt dich immer für einen alten Wirrkopf <<, sagte er verzweifelt. Der Kelch in seiner Hand war fast leer. Er hatte sich betrunken und war getrieben von den Dämonen seiner Seele durch den Palast gewandelt, bis er schließlich vor der Tür zur Herrschergruft stand, einem hohen, schmalen Tor mit dicken Türen, von vier Gardisten bewacht und das ganze Jahr über verschlossen.

Einzig zum Fest der Seelen, welches im marokianischen Kalender den Beginn des neuen Jahres markierte, öffneten sie diese Türe und stiegen in einer festlichen Prozession hinab an die Gräber der Vorfahren.

\>> Sie haben mich belogen, Vater. Sie versprachen mir einen schnellen Sieg, sie sagten, noch sei es früh genug. Wir dachten, aufgrund deines Alters und deiner Krankheit sei dein Blick auf die Tatsachen vernebelt. Nun erkenne ich deine Weisheit. Du wusstest um den Mut der Menschen. Du wusstest um das Leid, das dieser Krieg allen Völkern bringen würde. << Kogan nahm den letzten Schluck und ließ den Kelch fallen. Blechern rollte er die Stufen hinunter und blieb irgendwo liegen.

Seine Hände glitten über die Verzierungen des Sarkophags. In den Stein geschnitzte Ornamente, die das Leben des alten Imperators zeigten. Von der Geburt über Krönung, Heirat, siegreiche Kriege bis hin zum ersten Krieg gegen die Menschen und die furchtbare Schmach der Niederlage.

Einzig das letzte Kapitel in seinem Leben fehlte beziehungsweise war falsch dargestellt.

Seine Ermordung durch Sohn und Admiral war nicht verewigt worden. Stattdessen zeigten die Ornamente einen friedlich sterbenden Mann, umgeben von seinen Liebsten.

Um sein Totenbett herum standen sie mit gesenkten Häuptern, die Gesichter in den Händen, und beweinten ihren großen Herrscher.

Eine sehr freie Interpretation des tatsächlich Geschehenen, dachte sich Kogan für einen Moment. Tränen flossen über sein schuppiges Gesicht und seine Finger krallten sich in den Stein.

\>> Das Feuer gerät außer Kontrolle. Die Menschen erholen sich von ihren Verlusten. Sie haben einen ersten großen Sieg errungen und sie haben neue Waffen. Wir verlieren Schiffe hinter der Front und wir wissen nicht, warum. Sie tauchen überall auf, wo immer sie wollen, und sie schlagen uns in unserem eigenen Land. Meine Flotten nähern sich der Erde und dennoch fühle ich, wie sich die Schlinge um meinen Hals zuzieht. Lange wird es nicht mehr dauern, bis wir erste große Niederlagen einstecken müssen. Zweimal haben sie uns bisher geschlagen. Und ich fürchte, dass diese Siege sich häufen wer-

den., dass sie jedes Mal noch größer werden. << Kogan war verzweifelt und legte seinen Kopf an das steinerne Grab seines Vaters.
>> Warum habe ich nicht auf dich gehört? Ich war so dumm. <<
Erkenntnis eines Betrunkenen. Der schwache Geist Kogans war auf einen harten Krieg nicht eingestellt. Ihm fehlten das Rückgrat und auch der lange Atem eines großen Kriegsherrn. Seine Hoffnungen ruhten nun auf Iman, der diese Qualitäten besaß.
>> Was wird sein, wenn wir die Erde erobern? <<, fragte er seinen Vater.
>> Werden wir sie dann brechen oder wird ihr Kampfeswille dadurch erst recht entfacht? <<
Kogan fürchtete nichts so sehr wie die Niederlage. Seit ewigen Zeiten hatte das Reich keinen bedeutenden Konflikt verloren. Manchmal war es zu Waffenstillständen gekommen, manchmal hatte der Thron entschieden, dass die Kriegsziele erreicht waren und man die Truppen abziehen konnte, doch *verloren* hatten sie nie.
Einzig gegen die Menschen war ein Sieg aussichtslos gewesen. Ihre verbissene Härte, ihre gnadenlose Art zu kämpfen, ihre technischen Möglichkeiten hatten seinem Vater die einzige Niederlage seiner Regentschaft beschert und Kogan fürchtete nun, dass es ihm ebenso ergehen würde wie zuvor Kurgan.
Somit würde er zum ersten Imperator in der Geschichte des Reiches werden, der bereits seinen ersten Waffengang verlor.
Das würde eines Tages auf seinem Sarkophag verewigt werden. Nach Geburt und ereignisloser Jugend würde der Mord an seinem Vater kommen, die Thronbesteigung und schließlich die totale Niederlage gegen ein blutrünstiges, machtbesessenes Volk, das zur Geißel dieser Galaxis werden würde, wenn sie nicht gestoppt wurden.
Welchen Preis würden diese Monster für Frieden verlangen?
Den Argules? Die Gebiete jenseits der Pegasus-Linie? Egal, was, für Kogan würde es eine bittere Niederlage werden.
Alles außer einer völligen Vernichtung der Erde war eine Niederlage.
Kogan hörte Stimmen und Schritte auf der Serpentinentreppe, die zu den Grüften hinunterführte.
>> Sie suchen nach mir << , sagte er zu seinem Vater in verschwörerisch-vertrautem Tonfall und überlegte sich für einen Moment, ob er sich nicht vor ihnen verstecken konnte.

Sollten sie ihn doch suchen, dachte er sich. Er würde hier unten bleiben, in der Stille, wo ihn niemand beriet und niemand Entscheidungen verlangte, wo er Frieden fand.
Dann hörte er, wie sie nach ihm riefen, und weinend kauerte er sich neben den Sarkophag.
Er konnte ihnen ja doch nicht entkommen.

Flaggschiff der imperialen Hauptflotte im Anflug auf Karas Elum.

\>> Wir können das Sprungtor nicht erfassen <<, sagte der Navigator und Ituka erhob sich vom Kommandosessel. >> Technisches Problem? <<
\>> Vermutlich. <<
\>> Bei uns oder am Tor? <<
\>> Kann ich nicht sagen. Unser Signal geht ins Leere, als ob das Tor gar nicht auf seiner Position sei. <<
\>> Aber unsere Position ist korrekt? <<
\>> Absolut. Sprungkoordinaten sind richtig bezogen. <<
Ituka drehte sich von der Navigation weg, ging einige Schritte durch die schmale Brücke und ahnte bereits, was passiert war. >> Wo ist das nächste Tor? Wie weit weg? <<
\>> Bei Sertus Elem, drei Tage entfernt. <<
\>> Können wir das Signal von hier aussenden? Um sicherzugehen, dass es auch dort ist? <<
\>> Nein. Dafür sind wir viel zu weit entfernt. <<
\>> Setzt Kurs auf Sertus Elem <<, donnerte Iman, der die Brücke unbemerkt durch einen Seiteneingang betreten hatte. >> Höchstgeschwindigkeit. <<
Er trat näher an Ituka. >> Schick ein Geschwader Jagdkreuzer voraus. Die können deutlich schneller als wir. <<
\>> Denkt Ihr, es war Na… <<
\>> *Nenn ihn nicht so!* <<, drohte Iman und seine Hand näherte sich Itukas Kehle bedrohlich.
\>> Nein. Natürlich nicht. <<
Iman ging einige Schritte Richtung Hauptschirm; sein Bein schmerzte, seine Arm war ungelenk und fühlte sich so tot an, wie eine Prothese eben war. Auf den roten Anzeigen der kantigen Monitore mit

ihren dicken Rahmen aus Stahl flimmerten taktische Anzeigen und die Klauen der Offiziere und Mannschaften hantierten an großen, massiven Schaltern und Knöpfen.
>> Gebt mir die taktischen Daten zu Karas Elum auf den Hauptschirm. <<
Fünf Großkampfschiffe waren hier stationiert gewesen. Eine Infanteriegarnison mit etwa achttausend Mann. Orbitale Verteidigungsanlagen, die massiv genug waren, um eine ganze Gefechtsgruppe abzuwehren. Zusätzlich zum bestehenden Sprungtor war ein zweites in Aufbau gewesen, um die Transitzeit zu verringern. Iman graute vor der Vorstellung, was seine Jagdkreuzer schon bald melden würden.

Admiralsbüro, Pegasus 1.
>> Luschenko springt im Quadrat <<, sagte Jeffries nicht ohne Genugtuung, lehnte sich auf dem Sofa in seinem neuen Büro zurück und schlug die Beine übereinander.
>> Kein Wunder <<, erwiderte Eightman, >> er war immer gegen Hawkins auf diesem Posten. <<
Jeffries lächelte dünn und deutete seinem Stabschef, sich zu setzen.
>> Luschenko wollte einen erfahrenen Schlachtschiffkommandanten. Einen alten Mann <<, erklärte der Captain seinem Admiral einen Sachverhalt, den dieser nur zu gut kannte.
>> Sie haben sich gut eingearbeitet, Henry <<, sagte Jeffries und benutzte zum ersten Mal seinen Vornamen.
>> Danke, Sir. <<
>> Uns beiden stehen ein paar harte Schlachten bevor. Militärische wie politische. <<
>> Worum geht es, Sir? <<
>> Unser Oberkommandierender versucht nach wie vor die Victory für seine eigenen Operationen einzuspannen. Derzeit plant er eine Gegenoffensive am Hexenkreuz und er will unsere Victory dabei in vorderster Reihe. <<
>> Als Teil eines Verbandes? <<
>> Ja. <<
>> Und das werden wir nicht zulassen? <<
>> Auch wenn ich meine Bedenken hatte, muss ich zugeben, dass die Victory dort, wo sie sich jetzt befindet, am effektivsten ist. <<

\>> Außerdem werden sie Luschenko nie im Leben recht geben. Richtig? <<
\>> Sie haben mich durchschaut, Captain. <<
\>> Ihre Rivalität zu Luschenko ist kein Geheimnis, Sir. Außerdem ist seine Amtsführung ... <<, Eightman suchte nach dem richtigen Wort, >> sagen wir mal ... gewöhnungsbedürftig. <<
\>> Der Mann ist inkompetent und trifft eine Fehlentscheidung nach der anderen. Die Gegenoffensive am Hexenkreuz wird in einem Desaster enden. <<
\>> Weil die marokianischen Truppen viel zu massiv sind? <<
\>> Weil sie mit einem solchen Angriff rechnen. <<
\>> Die Victory könnte bei einer solchen Operation aber eine große Hilfe sein. Als zweite Front, die sich hinter den feindlichen Linien bewegt. <<
\>> Somit würden wir sie der Öffentlichkeit präsentieren. Als gesichtsloser Schrecken ist sie deutlich effektiver. Nicht mal unsere eigenen Leute wissen, dass es sie gibt. <<
\>> Aber sie hören die Gerüchte. Die Medien haben von der Sache Wind bekommen und bombardieren unsere Pressestellen mit Anfragen. <<
\>> Dazu geben wir keinen Kommentar <<, sagte Jeffries mit erhobenem Zeigefinger.
\>> Natürlich nicht. << Eightman fuhr sich kurz durch das blonde Haar, nur um sicherzugehen, dass es noch richtig saß. Eine lästige Angewohnheit, die er einfach nicht loswurde. >> Allerdings stehen unsere Werften jetzt unter erhöhter Beobachtung. Die Medien filmen jedes Schiff, das vom Kiel läuft. <<
\>> Nicht dort, wo die wichtigen Schiffe gebaut werden <<, versicherte Jeffries. >> Die Jupiter-Werften können sie filmen, solange sie wollen. Etwas anderes als Atlantias wird dort nie gebaut werden. <<
\>> Wo wurde die Victory gebaut? <<
\>> Weit weg <<, sagte Jeffries und war nicht gewillt, mehr preiszugeben. Eightman nickte und beließ es dabei.

Flaggschiff der imperialen Hauptflotte. Zwei Tage später.
Die Bilder, die vom Jagdgeschwader übermittelt wurden, ließen allen auf der Brücke das Blut gefrieren.
Die Orbitalanlagen waren völlig vernichtet, die planetaren Bunker standen in Flammen, im All lagen die zerschossenen Überreste der Großkampfschiffe; es sah aus, als sei ein ganzes Heer mordend und plündernd über den Planeten hergefallen.
\>> *Nazzan Morgul* <<, sagte einer auf der Brücke und Iman wäre ihm beinahe an die Gurgel gesprungen.
Wütend trat er gegen die erstbeste Konsole, die er erreichte, und fluchte im seltenen Dialekt seiner Heimatwelt Raman Sun.
Ituka befahl, nach Überlebenden zu suchen, doch angesichts dieser Zerstörungen war dies ein aussichtsloses Unterfangen.
Während die anderen noch versuchten, das Gesehene zu verarbeiten, widmete sich Iman bereits einer Sternenkarte.
Karas Elum und Sertus Elem waren zwei von fünf Basen in dieser Region, die für den Nachschub unverzichtbar waren.
\>> Ruft die anderen vier <<, befahl Iman. >> Ruft sie und warnt sie vor bevorstehenden Angriffen. <<
Die Hauptflotte hatte Sertus Elem vor wenigen Stunden passiert und war zu ihrem eigentlichen Ziel weitergeflogen. Als die Bilder der Vorhut dann eintrafen, waren die schrecklichsten Befürchtungen noch übertroffen worden.
\>> Sertus Elem antwortet nicht <<, sagte der Kommunikationsoffizier und Iman wirbelte herum. >> NOCH MAL VERSUCHEN! <<
\>> Keine Reaktion. <<
\>> Sofort umkehren. Wendet die Flotte, Kurs Sertus Elem. <<
\>> Sollen wir Jagdkreuzer vorausschicken? <<
\>> NATÜRLICH! <<
Während Imans Flotte den Kurs änderte und ihre ganze Aufmerksamkeit auf Sertus Elem richtete, öffnete sich im Schatten des Planeten Karas Elum ein Raumfenster.
Die Victory eröffnete das Feuer, ehe die Jagdkreuzer wussten, was mit ihnen geschah. Vom Angriff völlig überrascht, gerieten sie in Panik und fuhren unkoordiniert in alle Richtungen davon.

Alle zusammen hätten die Victory nicht besiegen können, jeder für sich war chancenloses Opfer.
Die Schiffe explodierten eines nach dem anderen.
Als Imans Offiziere den Verlust der Schiffe bemerkten, waren sie längst in Sichtweite des zerstörten Sertus Elem.
Genau wie Karas Elum war die Basis dem Erdboden gleichgemacht. Keine Überlebenden, nur zerbombte Anlagen und endzeitliches Feuer.
>> Wir haben den Kontakt zu unseren Schiffen bei Karas Elum verloren! <<
In diesem Moment gingen bei Iman alle Sicherungen durch. Tobend und schreiend warf er Datenblöcke gegen die Wand, stieß Offiziere von sich und verließ die Brücke in atemlosem Zorn.
Jetzt war es etwas Persönliches!

ISS Victory. Vier Wochen später.
Tom Hawkins saß in seinem Büro. Das Glas vor ihm auf dem Tisch war ebenso leer wie seine Augen.
Er war zu einem lebenden Toten geworden. Hatte aufgehört zu schlafen, aß kaum mehr etwas und trank viel zu viel. Dennoch feierten er und die Victory große Erfolge.
Die Strategie ging auf. Im Reich verbreitete sich der Schrecken des Nazzan Morgul. Aus aufgefangenen Komsprüchen wussten sie, dass man die Victory mittlerweile so nannte. Mangels einer besseren Bezeichnung und beflügelt durch den Hang zum Mythischen benannten sie das Schiff nach ihrem Satan.
Nazzan Morgul. Der Urdrache. Viele Geschichten und Prophezeiungen rankten sich um ihn. Manche waren widersprüchlich, manche geradezu kindisch. Allen gemein war, dass sie in diesem Drachen die Geißel ihres Volkes sahen. Aus dem Feuer seines Zorns war ihre Spezies einst hervorgegangen, so die Schöpfungsgeschichte, und eines Tages werde er zurückkommen von den Sternen. Dann, wenn die Marokianer durch ihre Taten so viel Unheil und Verderben über sich selbst und alles Leben gebracht hatten, würde er aus seinem langen Schlaf erwachen und erkennen, dass sein Feuer nicht alles Leben ausgemerzt hatte. Wütend über diesen Fehler und zornig über all

das, was aus seinen Nachkommen geworden war, kehrte er von den Sternen zurück und beendete sein Werk.

Marokianer liebten das Feuer. Es war ihnen so heilig wie den Menschen das Wasser. Während sie vor dem kühlen Nass panische Angst hatten und es nur in kleinsten Mengen berührten, liebten sie das Feuer in selbstzerstörerischer Art und Weise. Kaum ein junger Krieger, der sich nicht mindestens ein Brandmal setzen ließ, um seinen Körper zu verzieren. Marokianer beteten das Feuer an und dank ihrer dicken Schuppen waren sie gegenüber Flammen viel resistenter, als es Menschen waren.

Dies merkte man in allen Geschichten über den Nazzan Morgul. Feuer war das am häufigsten benutzte Wort in allen Sagen und fester Bestandteil religiöser Riten.

Tom griff nach der Flasche und füllte sein Glas.

Auf dem Bildschirm seines Tisches sah er eine Sternenkarte. Er suchte ein neues Ziel. Sie hatten alle Sprungtore in den umliegenden Sektoren zerstört und so die marokianische Flotte zu völligem Stillstand verurteilt. Ohne die riesigen Stahlringe im All verlangsamten sich ihre Tuppenbewegungen enorm. Tagesreisen konnten plötzlich Wochen oder gar Monate dauern. Zeit, die den eigenen Truppen die Möglichkeit gab, nach Luft zu schnappen.

Zeit, die am Hexenkreuz dringend benötigt wurde.

Der Türmelder summte und Tom bat herein.

Müde und ausgezehrt kam Alexandra durch die sich öffnenden Türhälften. Die sonst so ordentlich zurückgebundenen Haare waren offen, so wie die obersten Knöpfe der Jacke. Wie lange sie wohl nicht geschlafen hatte?

>> Die Statusberichte und aufgefangenen Nachrichten <<, erklärte sie und legte Tom einen Datenblock auf den Tisch. >> Sie warnen alle Stützpunkte und Schiffe in diesem Sektor, dass sie mit Angriffen rechnen sollen. Scheint so, als hätten sie ein Muster in unseren Angriffen erkannt. <<

>> Oder sie können uns orten. <<

>> Das bezweifle ich. Sie müssten erst wissen, wonach sie suchen, ehe sie eine Möglichkeit finden können, um uns zu orten. <<

>> Wir neigen immer dazu, die Marokianer zu unterschätzen. Weil sie in unseren Augen wie Tiere wirken. Weil ihre Schiffe kantige Ab-

surditäten sind und ihre Art zu kämpfen so starr und brutal ist. Zu oft vergessen wir, wie lange sie sich schon an der Macht halten und wie einfallsreich sie manchmal sind. <<
>> Mir ist noch nie ein einfallsreicher Marokianer begegnet <<, erklärte Alexandra.
>> Mir schon. << Tom nahm einen Schluck und deutete auf die Sternenkarte.
>> Wir nehmen Kurs auf Xantia Sepula. Dort befinden sich ein Sprungtor und eine kleine Farmkolonie. Ich denke, sie werden einen ziemlichen Schrecken bekommen, wenn der Nazzan Morgul vor ihrer Tür auftaucht. <<
>> Der Name gefällt Ihnen <<, bemerkte Alexandra.
>> Ich gebe zu, er hat was <<, erwiderte Tom. >> Und, Alexandra … <<
>> Ja, Sir? <<
>> Gehen Sie schlafen. Sie sehen schrecklich aus. <<
>> Das kann ich nur zurückgeben <<, sagte sie. >> Ich gehe erst schlafen, wenn Sie es tun. <<
>> Machen wir keinen Wettkampf daraus. Es tut dem Schiff nicht gut, wenn der Captain und der XO übermüdet sind <<, sagte Tom.
>> Freut mich, dass Sie das so sehen, Sir. <<
Für Sekunden brach Toms eiserne Maske und er lächelte. >> Sie sind ein sturer Mensch, nicht wahr, Commander? <<
>> Es wird mir jedenfalls immer wieder vorgeworfen. <<
>> Ich bin müde <<, sagte Tom und stand auf. Seine Knochen waren schwer, die Muskeln lahm. >> Ich denke, ich gehe ein wenig schlafen <<, sagte er.
>> Tun Sie dasselbe. Wir treffen uns hier wieder um sechs Uhr morgens. <<
>> Sir <<, Alexandra nickte zufrieden und ging zurück auf die Brücke, gab ihre letzten Befehle und übergab das Kommando an Semana Richards. Dann ging sie zu Bett.

Mares Undor.
Mit nacktem Oberkörper hing Christine an einem Pfahl. Ihre Beine waren weggesackt, ihr Rücken blutete.

Stumme Tränen der Verzweiflung rannen über ihre Wangen, glitzerten in ihren Augen.
In einem Anflug von Mitgefühl und Mut hatte sie ihre Arbeit unterbrochen und war zu einem Mitgefangenen geeilt, der unter der Last des Erzes zusammengebrochen war.
Hustend und nach Luft schnappend hatte er in einer seichten Lake schmutzigen Wassers gelegen und versucht, wieder auf die Beine zu kommen.
Christine war neben ihm in die Knie gegangen und kümmerte sich um ihn.
Ein furchtbarer Fehler, wie sich herausstellen sollte.
Die Wachen wollten ihn wegbringen, sie ging dazwischen und bezahlte nun den Preis für ihre Dummheit.
Der Sergeant war längst verspeist und sie wurde bestraft.
Am großen Antretplatz, wo die einzelnen Zellenstollen zusammenliefen und wo jeden Morgen und Abend angetreten wurde, hatten die Marokianer eine Reihe von Pfählen und Prangern aufgebaut.
Es war gängige Praxis, dass Gefangene, die sich nicht an die Regeln hielten, hier angekettet und bestraft wurden.
Meist blieb der Verurteilte für mehrere Tage hier als Abschreckung und Warnung an die anderen.
Christine erging es ebenso.
Gestern Abend hatten sie ihr den Sträflingsoverall aufgerissen, ihre Hände in Eisen gelegt und die Bestrafung begonnen.
Sie begannen mit dreißig Schlägen, dann überließ man sie ihren Tränen, bis die Zeit für vierzig weitere gekommen war.
Christine wusste nicht, ob sie Glück hatte oder nicht.
Man hätte sie genauso gut auch schlachten können, so wie den Mann, den sie retten wollte. Stattdessen wurde sie nur gegeißelt. Mit einer Dornenpeitsche schlugen sie drei Mal täglich auf sie ein. Zwei Tage lang.
Jedes Mal erhöhte sich die Anzahl der Schläge um zehn weitere, so lange, bis sie bei hundert Schlägen angekommen waren.
Während der ganzen Zeit wurde sie nicht losgebunden. Zwei volle Tage an diesen Pfahl gebunden, niemand brachte ihr zu essen oder zu trinken, niemand durfte mit ihr sprechen. Bisher hatten die Verhöre nicht viel ergeben, sie war stumm geblieben. Vermutlich der

Grund, warum sie so bestraft wurde und nicht mit dem Tod. Sie fürchteten, einen Geheimnisträger zu verlieren.

Ein Marokianer kam zur letzten Sitzung. Noch hundert Schläge war sie von der Erlösung entfernt.

Sie sah, wie er die Peitsche nahm, ihr einen Kübel Wasser ins Gesicht schüttete, um sie wach zu bekommen, und dann die Tortur begann.

Christine bekam nicht viel davon mit. Schlaf- und Nahrungsentzug hatten sie an den Rand ihrer Kräfte gebracht. Waren die ersten drei, vier Mal noch unerträglich schmerzhaft gewesen, hatte sie nun kaum mehr ein Gefühl im Rücken. Zwar spürte sie die Dornen und schrie bei jedem Schlag durch den Schleier ihrer Tränen, doch war die Intensität der ersten Male nicht zu überbieten. Sie wusste, was sie erwartete, und wusste, dass es das letzte Mal war. Ihr Gehirn schaltete ab, der Geist verkroch sich in einer der tiefsten Höhlen ihrer Seele und ließ den Körper dies alleine durchstehen.

Als sie fertig waren, lösten sie die Fesseln und Christine sackte zu Boden wie ein totes Tier.

Ihre Augen waren offen und sie bekam alles mit, doch ihr Körper war so abgestorben, dass sie ihn nicht mehr bewegen konnte.

Zwei Gefangene, ein Arzt aus ihrem Stab und die Krankenschwester Mary, durften sich um Christine kümmern. Sie bekamen sogar Verbände und Salben, um sie zu versorgen. Ein klares Zeichen dafür, dass man sie noch brauchte.

Unter den Augen der Wächter wurde sie weggetragen und von Weitem hörte sie ihr höhnisches Lachen.

>> Durchhalten, Ma'am <<, flüsterte ihr Mary ins Ohr, bettete sie auf ein vorbereitetes Lager und begann ihren Rücken zu säubern.

Die Dornenpeitsche hinterließ tiefe Furchen im Fleisch, deutlich gröber und nachhaltiger, als es normale Peitschen taten. Vermutlich, weil sie einst entwickelt wurde, um schuppige Rücken zu martern.

Sie entstammte noch einer Zeit, als Marokianer gegen Marokianer kämpften und sie ihre Sklaven aus dem eigenen Volk rekrutierten.

Doch seit sich ihr Volk zu den Sternen erhob, hatte kaum ein Echsenrücken je wieder diese Peitsche verspürt. Sie war nun den niederen Kreaturen vorbehalten, den Sklavenrassen und Feinden des Reiches.

\>> Tötet mich <<, flüsterte Christine mit lahmer Zunge und geröteten Augen. Sie reinigten ihren Rücken, bestrichen die Wunden mit gelber Salbe und bedeckten alles mit feuchten Tüchern. Mehr konnten sie in diesem Moment nicht tun.
\>> Wir müssen jetzt in die Stollen <<, sagte Mary leise. >> Aber wir kommen bald wieder. <<
Christine nickte, weinte, war zu schwach, um weitere Worte von sich zu geben, und schloss einfach nur die Augen.
Die Erschöpfung gewährte ihr die Gnade tiefen Schlafs und sie entschwand in eine ferne Welt.
Träume von grünen Wiesen und kristallklaren Flüssen boten ihr den Rückzugsort, den ihr Geist nun brauchte.
Sie träumte von ihrer Heimat und von Tom, der mit ihr gemeinsam durch St. Albas spazierte.
Er hielt ihre Hand und sie lehnte sich an seine Schulter.
Leute kamen ihnen entgegen, viele von ihnen kannte sie noch aus ihrer Kindheit und es war ein gutes Gefühl, wie sie einer nach dem anderen auf sie zukamen, sie grüßten, ihr die Hand reichten, sie umarmten, und alle gratulierten ihr und wünschten ihnen beiden einen schönen Tag.
\>> Ich liebe dich <<, sagte Tom zu ihr mit dieser rauen, tiefen Stimme und dann nahm er sie ganz fest in den Arm.
Eine lange, nicht enden wollende Umarmung, als würde er wissen, dass sie entschwand, sobald er sie losließ.

Flaggschiff der imperialen Hauptflotte. Abseits der Front.
Die Entscheidung des Imperators, Iman zum Flottenchef zu machen, trug endlich Früchte. Drei Schlachten konnte Iman in drei Tagen gewinnen. Gnadenlos trieb er die Konföderation vor sich her.
Sein Vorstoß folgte dem Weg seiner Hauptmacht, die bereits seit Wochen an den Grenzen des Erdsektors kämpfte.
Die Konföderation hatte versucht, diese Truppen einzukesseln und sie so zu zerschlagen. Imans Angriffe machten diesen Plan zunichte.
Seine Truppen operierten nun an der äußersten Flanke der imperialen Streitmacht.

Der Stellungskrieg am Hexenkreuz zog sich ins Unendliche, doch an den Flanken dieser Schlacht verbuchte der neue Flottenchef wichtige Erfolge.
Mit der dunklen Gestalt hatte er sich auf einen Angriffstermin geeinigt. Große Teile seiner Flotte würden hier bleiben und die Truppen am Hexenkreuz unterstützen, während er selbst mit einer kleinen Einheit nach Langley flog.
Langsam, aber sicher blutete er die Konföderation aus. Ihre Kampfkraft sank und mit Langley würde er ihnen die passende Antwort liefern für die dauernden Erniedrigungen, die das Geisterschiff ihnen antat.
Sechs Monate Krieg hatten der Flotte große Verluste beschert. Die Marokianer waren zwar gedemütigt worden, bei Marokia Zeta hatten sie sogar eine desaströse Niederlage erlitten, die Bodengewinne lagen aber eindeutig auf ihrer Seite. Sie trieben die Konföderation, wohin sie wollten, und ihr Griff um die Erde wurde immer enger.
Iman sah sich schon in den Trümmern einer versklavten Welt als Triumphator einziehen.
Ein guter Krieg könnte das sein, wenn nur dieses grüne Schiff ihn nicht derart terrorisieren würde.
Sie zerstörten Sprungtore, Konvois, überfielen Bergbaustationen, überall tauchten sie auf und verschwanden wieder, ehe irgendwer reagieren konnte.
Nur dieses Schiff machte ihnen Probleme, alles andere würde früher oder später an der Macht des Heeres zerbrechen.
Doch der Imperator forderte Erfolge. Kogan wollte dieses Schiff um jeden Preis zerstört sehen und Iman hoffte inständig, dass es nach seinem Angriff auf Langley endlich aus seiner Deckung kam.
Wochenlang hatten seine Verbände hinter dem Geist hergejagt ohne die geringste Chance, es abzufangen.
Ein Dutzend Kriegsschiffe waren verschwunden, doch vom Feind gab es nicht mal ein Foto.
Nun hatte Iman die Strategie verändert. Sein Angriff auf Langley musste so verheerend werden, dass *Nazzan Morgul* aus seiner Höhle kam und sich endlich einem offenen Kampf stellte.
Seine taktischen Anzeigen studierend, träumte Iman von der Vernichtung dieses Schiffes.

Dragus kam von der Komstation herüber; seine Körperhaltung war straff, doch Iman sah, dass sein Offizier müde war.
Die Tage schienen immer länger und länger zu werden.
>> Ulaf <<, sagte er förmlich. >> Ihr wolltet über alles informiert werden, was mit Pegasus 1 in Zusammenhang steht <<, sagte er und Iman hob interessiert den Blick.
>> Die Nazzan-Morgul-Brigade hat bei Garamon einige hundert Soldaten gefangen genommen, die alle der Pegasus 1 zugeschrieben werden. Unter anderem ein Mitglied des Kommandostabs. <<
>> *HAWKINS?* << Imans Stimme war ein grollendes Flehen.
>> Leider nicht. Commander Scott. Die Chefärztin. <<
Iman erinnerte sich.
>> Leckeres, zartes Fleisch <<, sagte er. >> Hat sie geredet? <<
>> Nein. Sie haben sie tagelang verhört. <<
>> Nichts in diesem Universum ist sturer als ein Mensch <<, sagte Iman genervt. >> Schickt ein Schiff, das sie abholt, und bringt sie nach Orgus Rahn. Ich will sie mir selbst vornehmen. <<

ISS Victory.
>> Drei Schlachtschiffe, zwei Zerstörer. Sie eskortieren einen Konvoi von fast einhundert Transportschiffen <<, erklärte Semana Richards ihrem Captain.
Tom stand neben ihr im Gefechtsstand.
>> Können sie uns schon sehen? <<
>> Wir sind zu weit entfernt für die optischen Sensoren und ihre Bewegungsgitter können uns nicht entdecken <<, erklärte sie.
>> Kennen wir die Schwachpunkte der Schiffe? <<
>> Die Zerstörer sind kein Problem. Ein, zwei gute Treffer und wir sind sie los. Die Schlachtschiffe machen mir mehr Sorgen. Eines gehört zur Kogan-Klasse, neueste Generation. Wir wissen recht wenig darüber. Bisher konnten wir keines von ihnen zerstören <<, erklärte Semana.
Tom nickte.
Die Kogan-Klasse war ihnen vor drei Wochen zum ersten Mal begegnet und hatte sich als ernstzunehmender Gegner erwiesen.
Am Hexenkreuz waren auch ein paar dieser Super-Dreadnoughts aufgetaucht und hatten schreckliche Verluste verursacht.

Marokia hatte merklich nachgerüstet.
>> Steuermann, bringen Sie uns in Angriffsposition. Gebt Gefechtsalarm und bemannt die Defender. Sie sollen sich um die Transporter kümmern, während wir die großen Brocken aufs Korn nehmen. <<
Tom ging hinunter auf die zweite Ebene, stellte sich neben seinen Sessel, setzte sich aber nicht hin. Er war zu angespannt.
>> Noch näher und sie orten uns <<, sagte Semana.
>> Alles bereit? <<, fragte Tom Alexandra und als Antwort nickte sie.
>> Zielen Sie auf die Zerstörer, ich will sie mit der ersten Salve loswerden, danach Feuer nach Belieben. Versuchen wir die beiden kleineren Schlachtschiffe zu zerstören und uns dann auf das große zu konzentrieren. <<
>> Verstanden. << Semana programmierte eine Feuerfolge. Ihre Leute gaben die entsprechenden Befehle an die Geschützstände weiter.
Waffenluken wurden geöffnet, Geschütze richteten sich auf Ziele, Torpedorohre wurden beladen.
>> Attacke. <<
Auf Toms Befehl hin beschleunigte die Victory und kam hinter den Hyperraumwirbeln hervor.
Die beiden Zerstörer explodierten schon in der ersten Salve. Einer brach in zwei Hälften, den anderen zersplitterten die Feuerstöße zu einem Trümmerfeld.
Die Kriegsschiffe schwärmten aus, genauso die Transporter. Die Defender starteten und suchten den Nahkampf.
Im Hyperraum konnten die Schlachtschiffe ihre Rochenjäger nicht einsetzen, was für die Defender leichtes Spiel bedeutete.
Die Victory nahm das erste Schlachtschiff ins Visier; während die anderen beiden mit Abwehrfeuer auf Abstand gehalten wurden, näherten sie sich bedrohlich dem dritten.
>> Ganz nah ran <<, befahl Tom. >> Wir passieren sie längsseits. << Er rannte hoch zum Gefechtsstand. >> Lieutenant Commander, ich will einen Treffer mittschiffs. <<
>> Wir sind verdammt nah <<, erklärte sie.
>> Ich weiß. <<

Tom wartete auf den richtigen Moment.

Die Geschütze der Victory richteten sich aus, sie waren nur wenige hundert Meter von der Hülle des anderen Schiffes entfernt.

\>> FEUER. <<

Im Vorbeiflug rissen die Gatlings tiefe Wunden in die Panzerung des Marokianers. Für Torpedoeinsatz waren sie zu nah, doch die plasmabefeuerten Projektile donnerten erbarmungslos in den Stahl.

Dreißig Geschütze entlang der Steuerbordseite, jedes verschoss tausend Schuss pro Sekunde.

\>> Bringt uns auf Abstand <<, befahl Tom.

Seine Strategie war genial. Durch die Nähe zum Feind waren dessen Abwehrwaffen nutzlos, er war innerhalb des Schirms, der durch die Defensivwaffen gezogen wurde und einfliegende Projektile, Raketen und Torpedos zerstören sollte.

Das Schlachtschiff hatte schwere Schäden, Feuer brannten auf fast allen Decks, das Steuer war ausgefallen, es driftete.

\>> Torpedos, sobald wir weit genug weg sind. <<

Die Victory entfernte sich nach oben, ihre Heck-Torpedowerfer feuerten und das Schlachtschiff wurde von schweren Explosionen heimgesucht. Feuersäulen brachen durch die Hülle.

Die zwei anderen nahmen sie ins Visier und feuerten.

\>> Schwere Treffer an der Hecksektion, Hüllenpanzer halten <<, meldete Alexandra. Dieses Mal bebte das Deck so schwer wie noch nie.

\>> Bringt uns näher ran. <<

\>> Noch mal klappt das nicht <<, warnte Alexandra.

\>> Muss es auch nicht. Steuermann, Kollisionskurs. Semana! Alle Waffen in Flugrichtung abfeuern. <<

Das zweite, kleinere Schlachtschiff wurde beschossen. Die Bugwaffen glühten.

\>> Das funktioniert nicht <<, warnte Semana.

\>> Semana. Ich will eine Torpedosalve. Programmieren Sie einen weiten Bogen, Sie sollen den Antrieb treffen. Und eine zweite, die sie mittschiffs trifft. <<

Semanas Finger flogen über die Tastatur.

\>> Bereit. <<

\>> FEUER! <<

In weitem Bogen jagten zehn leuchtende Torpedos durch den Hyperraum, erfassten den Antrieb und trafen zielgenau.
Der Treffer saß und legte die ganze Heckpartie in Trümmer. Brocken brachen weg, die Triebwerke erloschen. Explosionen donnerten durch die Decks.
Die zweite Salve riss den Bauch auf, manche Torpedos drangen so tief ein, dass sie die Hülle auf der anderen Seite noch durchschlugen.
Die Victory kassierte derweil eine volle Breitseite. Alarmsirenen heulten auf.
>> Hüllenschaden an Backbord. Bereich wird evakuiert <<, meldete Alexandra.
>> War das der Kogan? <<, fragte Tom.
Alexandra bestätigte.
Die Kogan-Klasse war fast so groß wie die Victory und ähnlich schwer bewaffnet. Zwar fehlte ihr die gewaltige Manövrierfähigkeit und ihre Technik war absolut konventionell, dennoch war sie ein ernstzunehmender Gegner.
>> Bringt uns auf Abstand. << Tom schwitzte. Er war aufgeregt wie seit Langem nicht. Schmerz und Trauer waren vergessen, sein Zorn entlud sich völlig in diesem Kampf.
>> Fliegt eine Schleife, zerstört die beiden kleineren Schlachtschiffe. <<
Die Victory umkreiste einen Wirbel und kam tief auf eines der brennenden Schiffe zu.
>> FEUER. <<
Die Salven sprengten das Schiff in Trümmer. Ein Feuerball breitete sich in alle Richtungen aus und die Victory durchstieß ihn.
Wie Phönix erhob sie sich aus dem Flammenmeer.
Das zweite Schlachtschiff flogen sie von hinten an und beendeten ihr Werk mit mehreren Torpedosalven. Das Schiff zerbrach.
Blieb noch einer.
>> Was sagen die Sensoren? <<
>> Wir haben ein paar ziemlich gute Treffer gelandet, die Schäden halten sich in Grenzen <<, erklärte Semana Richards.
>> Kurs auf die Wirbel dort. <<
Tom rannte nach vorne zur Steuerkonsole.

\>\> Bringen Sie uns zwischen die Wirbel. Semana, feuern Sie mit allem, was wir haben, auf den Kogan. <<

Alle Heckgeschütze feuerten auf Hochtouren, die Gatlings liefen bereits heiß. Es hagelte Torpedos wie Pfeile in einer mittelalterlichen Schlacht.

\>\> Er verfolgt uns <<, meldete Alexandra.

\>\> Gut. <<

Die Victory verschwand zwischen den Wirbeln.

\>\> Wenn er die Wirbel jetzt trifft, sind wir erledigt <<, warnte Alexandra.

\>\> Öffnen Sie ein Sprungfenster <<, sagte Tom.

\>\> Hier? <<, fragte der Steuermann

\>\> Ja. Hier. Sofort in den Normalraum. <<

Die Victory öffnete das Portal und verschwand im Licht. Der Kogan feuerte auf die Wirbel, traf sie und löste eine verheerende Explosion aus. Jedes Schiff wäre darin verglüht. Der Kogan war weit genug weg, drehte ab und kehrte zum Konvoi zurück, wo die Defender ihre vernichtende Arbeit leisteten.

In seinem Heck brachen Lichtstrahlen durch das Rot und Orange. Wie ein rapide wachsender Stern öffnete sich eine gleißend weiße Supernova und die Victory kehrte in den Hyperraum zurück.

\>\> FEUER. <<

Eine volle Breitseite traf den Kogan und warf ihn förmlich aus seinem Kurs.

\>\> FEUER. <<

Eine zweite brach mittschiffs durch die Hülle.

\>\> FEUER. <<

Eine dritte zerstörte den Antrieb.

Die Victory kam auf Kollisionskurs näher, die Gatlings rotierten, die Torpedos wurden schneller verschossen, als die Mannschaften nachladen konnten.

\>\> Massive Hüllenschäden, die strukturelle Integrität bricht zusammen. <<

\>\> Gebt ihm den Gnadenstoß. <<

Wie der heilige Michael, als er Luzifer besiegte, kam die Victory über den Kogan und rammte ihre Lanze in das Herz des Feindes.

Der Kogan explodierte.

Nicht in einer gewaltigen Explosion, sondern in Hunderten kleinen überall auf dem Schiff. Flammen zuckten hinaus in den Hyperraum und erloschen im Vakuum. Statische Entladungen zuckten über die Hülle, Blitze jagten weit hinaus, weg vom Schiff.
Tom stand schwitzend und siegreich auf seiner Brücke, umgeben von einer beeindruckten Crew.
Sie alle sahen zu, wie der Kogan langsam starb.
\>> Der Konvoi? <<, fragte Tom. >> Was ist mit den Transportern? <<
\>> Alle zerstört. Defender kehren heim. Keine Verluste. <<

Mares Undor.
Christine hockte in der Ecke ihrer Zelle. Sie war abgemagert, ihr Haar klebte verdreckt am Kopf. Zitternd leckte sie Wasser von der schwarzen Felswand.
Seit zwei Tagen hatte man sich nicht mehr aus dem engen, kleinen Kerker gelassen. Sie saß in Einzelhaft und wusste nicht, warum.
Die Striemen auf ihrem Rücken vernarbten, die Schrammen in ihrem Gesicht verkrusteten, die Blutergüsse überall am Körper schmerzten. Die Haut löste sich von ihren Händen, die schwere Arbeit in den Minen verlangte ihren Tribut.
Christine hoffte, dass Mary bald zurückkommen würde. Tagelang hatte sie Christine gepflegt, dann war sie von den Wachen aus der Zelle geprügelt worden, zurück an die Arbeit. Seitdem war sie allein.
Wann hatte sie das letzte Mal gegessen?
Unmöglich, sich zu erinnern.
Ungeziefer, Ratten und Schlangen teilten die Zelle mit ihr und Christine begann zu überlegen, ob sie essbar waren, so enorm war ihr Hunger angewachsen.
Draußen vor dem Gitter hörte sie Schritte. Schwach schleppte sie sich aus der Ecke und sah hinaus.
Eine Kolonne neuer Gefangener wurde hereingeführt. Alle trugen sie saubere, orange Overalls. In ein paar Tagen würden sie so verdreckt und zerrissen sein wie Christines. Noch stand Angst in den Augen der Gefangenen, in ein paar Tagen würde es Hoffnungslosigkeit sein.
Christine begann über Selbstmord nachzudenken.

Wie konnte sie es möglichst schnell hinter sich bringen, wie konnte sie ihrem elenden Leben ein Ende setzen?
Ihr fehlte der Mut, um sich zu erhängen. Zu lange und qualvoll erschien es ihr. Ebenso ein Sprung in die Tiefe. Sie könnte ihn überleben und dann tagelang dort unten liegen und zugrunde gehen.
Würde sich das von einem Leben in dieser Zelle unterscheiden?
Christine verzweifelte immer mehr an den Umständen der Gefangenschaft.
Zwei Tage später wurde sie herausgelassen und wieder an die Arbeit gejagt. Niemand sprach mit ihr, niemand kümmerte sich um sie. Unter Tage wurden die Gefangenen zu Zombies. Die blasse Haut und die leeren Augen zeugten vom Schrecken der Sklaverei.
Mary, so erzählte man ihr, hatte mehr Mut als Christine. Wenige Tage zuvor sollte sie sich in die Tiefe gestürzt haben. Nachdem die Wachen kamen, um sie in die Schlachterei zu bringen, riss sie sich los und sprang in den nächstbesten Abgrund. Ihr Körper wurde nicht gefunden, wahrscheinlich auch nicht gesucht.
Irgendwo in der dunklen Tiefe lag ihr Leichnam und verfaulte.
Fast täglich kamen nun neue Kolonnen. Das Klima wurde immer schlechter, die Wächter ergaben sich vollends in Gewaltexzessen. Aufgrund des endlosen Nachschubs an neuem Leben wurden immer mehr Gefangene zur Verpflegung der Marokianer verwendet. Keiner war mehr sicher.
Christines Angst wuchs mit jedem Tag, mit jedem neuen Zug, der in die Tiefen kam. Bald würde auch sie auf dem Tisch des Schlächters landen und den Wächtern als Mittagessen dienen. Seit Tagen quälte sie ein grausamer Husten. Schwarzer Auswurf kam aus ihrem Hals, mehr Staub und Dreck als Schleim. Sie glaubte Eingeweide auszukotzen.
Ihre Lunge zerriss fast in diesen Hustenanfällen.
Wochen vergingen, wurden vielleicht zu Monaten, niemand hier unten konnte das mit Sicherheit sagen.
Die neuen Sklaven berichteten von immer schlimmeren Gefechten, immer mehr Toten. Die Wächter wurden großkotziger und grausamer, mit jedem neuen Gefangenenschiff, das den Planeten erreichte.
Gewannen die Marokianer den Krieg?
Der Strom an Sklaven ließ es vermuten.

Dann eines Nachts kamen sie in ihre Zelle und rissen sie aus dem fiebrigen Schlaf. Für keine Sekunde machte sie sich Illusionen darüber, was mit ihr geschehen würde. Der Weg zum Schlachtraum war bekannt. Der Geruch von Blut und Fleisch war überall im Umkreis von fünf Stollen zu riechen.
Christine wurde mehr getragen als getrieben, sie konnte kaum mehr laufen, ihre Kräfte waren ausgezehrt.
Kraftlos wurde sie in den Staub geworfen, wo sie heulend liegen blieb. Sie bettelte nicht um ihr Leben, nicht für eine Sekunde. Sie bedauerte, dass es so endete, dass sie all das Erträumte nie verwirklichen würde.
Doch eigentlich war sie froh, dass es endlich endete.
Nur die Angst vor der Art des Todes war noch da. Würde sie durch einen schnellen Schnitt sterben oder landete sie aufgeschnitten, aber noch lebend auf dem Tisch der Offiziere? Bei lebendigem Leibe aufgefressen. Manche wurden lebend gegrillt. Anderen zerstückelt. Christine übergab sich wieder.
>> Macht schon <<, keuchte sie unter Tränen.
>> Das ist sie? <<, fragte Ituka verwundert. Irgendein Offizier bestätigte.
>> Commander Christine Scott. <<
>> Nehmt sie mit. <<
Christine wurde von zwei Soldaten unter den Armen gepackt und mitgeschleift. Sie brachten sie an die Oberfläche.
Zum ersten Mal seit Ewigkeiten sah sie wieder die Sonne. Ihre Augen wurden geblendet, sie hatte sich so sehr an die Dunkelheit im Berg gewöhnt, dass sie sich weder an Meer noch Wald noch Himmel hatte erinnern können.
Die letzten Sekunden ihres Lebens schienen angebrochen.
Die Welt um sie herum wirkte kalt und grau und überblendet.
Kurz fragte sie sich noch, warum man sie hier raufbrachte, dann nahm sie einen tiefen Atemzug frischer Meeresluft.
Die Soldaten warfen sie durch die Frachtluke des Shuttles, versperrten sie und gingen ums Schiff herum zum Cockpit.
Ituka setzte sich in die Passagierkabine. Er hatte keine Ahnung, warum Iman ihn hierher geschickt hatte, was so wichtig war an dieser Frau, dass man sie unbedingt zum Ulaf bringen musste.

Doch er musste ja auch nicht alles verstehen. Es reichte, wenn er die Befehle befolgte, die ihm gegeben wurden.
>> Fliegt los <<, fauchte und richtete seinen Blick auf das raue, kalte Meer. Der Anblick von so viel Wasser ließ ihn erschaudern. Langsam erhob sich das Schiff von seinen Landestutzen und Christine verließ Mares Undor mit unbestimmtem Ziel.

ISS Victory.
>> Da ist es wieder <<, sagte Lieutenant Andrej Jackson zu Alexandra Silver und deutete auf den Überwachungsmonitor der Kommunikation.
>> Seit Tagen alle paar Stunden dasselbe verzerrte Signal <<, erklärte er.
>> Was ist es? <<, fragte Alexandra.
>> Keine Ahnung. Wir haben es schon mal empfangen, kurz nach Verlassen von Pegasus 1. Dann war es wochenlang ruhig und wir hielten es für normale Interferenzen, eine Störung im Codierfilter, irgend so was. Doch jetzt ist es wieder da und ich halte es für zu künstlich. Das ist kein Fehler. Das ist eine Nachricht, die uns erreicht. <<
Alexandra hielt seine Theorie für recht wacklig.
>> Gibt's dafür Beweise? <<
>> Noch nicht. <<
>> Dann finden Sie welche. Ich kann nicht akzeptieren, dass dieses Schiff Signale abgibt oder empfängt, deren Ursprung wir nicht kennen. <<
>> Wir sind dabei, Commander. Drei meiner Leute suchen ununterbrochen nach der Herkunft des Signals. <<
>> Gut. Das hat oberste Priorität <<, sagte Alexandra mahnend und wandte sich von der Komstation ab. Sie ging hinauf zur zweiten Brückenebene. Tom war nicht hier. Er wanderte irgendwo durchs Schiff. So wie er es immer tat. Der Captain war zu einem Geist geworden, der durch die Korridore des Schiffes schlich. Er war nur auf der Brücke, wenn Alarm gegeben wurde oder er wieder einmal ein Ziel ausgesucht hatte.
Alexandra hatte kein Problem damit. Es machte keinen Sinn. wenn er immer hier oben herumsaß und den Leuten sagte, was sie ohnehin

schon wussten. Tom dachte wohl ähnlich und zog sich zurück. Er brauchte die Abgeschiedenheit seiner eigenen vier Wände im Moment so sehr wie die Luft zum Atmen.

Alexandra ging hoch zur taktischen Ebene, wo Semana Richards an ihrer Konsole saß und Daten sichtete.

\>> Gibt's was Neues? <<

\>> Nicht wirklich. <<

Zwei Tage war es her, dass sie eine marokianische Nachricht auffingen, die sich auf die Nazzan-Morgul-Brigade bezog. Gemäß dem Versprechen, das sie Will vor Monaten gegeben hatte, war sie immer aufmerksam geworden, wenn der Name Nazzan Morgul in einer aufgefangenen Botschaft erschien.

Dieses Mal könnten sie sogar Glück haben. Die Nachricht enthielt einige sehr markante Hinweise, die Alexandra auf die Spur dieser blutrünstigen und nach wie vor mythischen Einheit brachten.

Die Möglichkeit, in eine Falle zu laufen, war ihr klar. Deshalb wog sie Pro und Kontra sorgsam ab und prüfte alles mehrere Male, ehe sie entschied, Tom davon zu unterrichten. Noch hatte sie es nicht getan.

Semana sah noch einmal den gesamten Funkverkehr durch und verglich die neuen Informationen mit den bestehenden Kenntnissen.

Die Brigade wurde immer dorthin geschickt, wo Schlachten gewonnen waren oder wo Schlachten unmittelbar bevorstanden. Danach sammelten sie die Überlebenden ein und nahmen sie mit sich.

So viel war mittlerweile sicher.

Die Suche nach dieser Einheit wurde immer mehr zur Jagd. Die Anzeichen verdichteten sich, der Kreis der möglichen Stützpunkte zog sich enger. Semana leistete hier gute Arbeit, schloss Planet um Planet aus und präzisierte die Informationen ein ums andere Mal.

\>> Wie groß ist das mögliche Gebiet? <<

\>> Zwei Sektoren <<, erklärte sie.

\>> Wie viele mögliche Planeten? <<

\>> Ein Dutzend mindestens. Plus doppelt so viele Monde und eine Unzahl an Asteroiden. <<

\>> Das dauert ewig. <<

\>\> Ich weiß <<, Semana beugte sich müde über die Konsole und rieb sich die Augen.
\>\> Was sagt der Captain dazu? Will er dort hinfliegen? <<
\>\> Ich will erst sicher sein, ehe ich es ihm erzähle. <<
\>\> Sie meinen, er weiß noch gar nichts von der heißen Spur? <<
\>\> Nein. <<
\>\> Melden Sie sich, wenn Sie was finden. <<
\>\> Versprochen <<, sagte Semana müde und machte weiter. Alexandra setzte sich auf den Kommandosessel und studierte die Anzeigen der Monitore vor ihr.
Eine ganze marokianische Flotte war nur eine Stunde von ihnen entfernt. Es grenzte an ein Wunder, dass sie nicht entdeckt wurden.
Leise und langsam pirschten sie sich an den Feind heran. Wie ein Wolf, der nachts um seine Beute schleicht, schlich die Victory um die imperialen Schiffe.
Nicht mal eine CAP hatten sie draußen. Sonst waren immer zwei bis vier Defender im Einsatz, umkreisten das Schiff in weitem Radius und hielten Ausschau nach Feinden, die das AVAX übersehen hatte.
Nach Spähschiffen, die reglos im All lagen oder sich hinter Hyperraumwirbeln versteckten. Nach Satelliten oder unbemannten Wachstationen. Tausend Dinge konnten ihnen zum Verhängnis werden, doch bisher hatten sie immer Glück gehabt.

Pegasus 1.
Admiral Jeffries war im Lagerraum der Station, einem großen, runden Raum, dessen Wände eine einzige Raumkarte bildeten. Ständig wurde hier der Stand der Dinge aktualisiert.
Sorgenfalten zierten seine Stirn.
Zusammen mit Eightman stand er hinter der kreuzförmigen Hauptkonsole. Vier Analysten saßen hier, einer an jedem Ende des Kreuzes. Ihre Aufgabe bestand darin, die hereinkommenden Daten zu filtern, jene Dinge hervorzuheben, die den Admiral besonders interessierten.
Drei Planeten waren in den letzten vier Wochen verloren gegangen. Die marokianischen Bodentruppen kämpften so verbissen und effektiv wie seit hundert Jahren nicht. Nach ersten Anlaufschwierigkeiten schien es nun, als spielten sie mit den Konföderierten.

Gefechte wurden zu Schlachtfesten.
Die Hemmschwelle Jeffries', sich auf Bodengefechte einzulassen, stieg. Es hatte keinen Sinn, Tausende in den Tod zu schicken. Seine Kollegen im Oberkommando sahen dies anders. Sie waren überzeugt von der absoluten Notwendigkeit von Bodenschlachten. Nur im All konnte ein Krieg nicht gewonnen werden.
Die proijizierte Sternenkarte wurde immer wieder von eingeblendeten Fenstern überlagert, endlose Datenzeilen liefen vertikal wie horizontal über die Wände.
In einem der neu aufklappenden Fenster wurde das Hexenkreuz dargestellt.
Es war ein Sternensystem, das einen roten Nebel beherbergte, dessen Form und Aussehen an ein brennendes Kreuz erinnerte. Die ersten irdischen Raumfahrer, die dieses System erkundeten, waren so beeindruckt vom Anblick des Nebels, dass sie ihm diesen mythisch klingenden Namen verliehen.
Jeffries suchte überall in der Konföderation Schiffe zusammen, um einen Gegenschlag zu führen, schaffte es aber nicht, eine Macht aufzustellen, die stark genug war. Die Erde würde bald zum Schlachtfeld werden. Der Konföderation fehlten die Mittel, den Vorstoß aufzuhalten.
Einzig Tröstendes in diesen Tagen war die Tatsache, dass die Marokianer selbst nicht unbegrenzt Ressourcen hatten. Auch ihre Einheiten mussten herangeschafft werden und dies wurde dank der Victory immer schwerer und aufwändiger. Die Transporterkolonnen konnten nicht mehr ungeschützt durch das Reich fahren, ständig mussten sie abgeschirmt werden. Dies band Truppen und Schiffe, die anderswo gebraucht wurden.
Doch löste es nicht das elementare Problem. Die Konföderation musste endlich in Fahrt kommen, musste endlich siegen, musste endlich zurückschlagen.
Eightman und seine Leute arbeiteten fieberhaft an neuen Aufmarschplänen, doch das Oberkommando auf Langley hatte wenig Gehör für die Vorschläge von Pegasus 1.
Raumflotte und Infanterie empfanden die neue Waffengattung als Bedrohung ihrer historischen Rechte; der multiethnische Charakter des Korps stieß vielerorts auf Unverständnis.

Die nationalen Oberkommandos wollten keine Kompetenzen an die Konföderation abgeben. Geschweige denn an ein völlig neues Heer, das nicht mehr an die Befehle der Heimatwelten gebunden war, sondern auf die Konföderation direkt vereidigt war.

Jeffries machte Luschenko persönlich für den schlechten Kriegsverlauf verantwortlich. Sein Führungsstil, seine taktischen Entscheidungen, seine Berater ... die Liste der Dinge, die Jeffries an seinem Vorgesetzten verabscheute, war endlos.

Eightman teilte seine Einschätzung, doch die beiden Offiziere konnten die Situation nicht ändern.

>> Öffnendes Raumfenster <<, meldete einer der Analysten und öffnete ein weiteres Fenster, um Livebilder der optischen Sensoren einspielen zu können.

Oben im CIC wurde dasselbe Bild zeitgleich auf den Hauptschirm gelegt.

Darson stand am CIT und blickte auf den Schirm. Schon wieder kehrte ein Lazarettschiff heim, begleitet von einer Schar zerschossener Kreuzer und Träger. Ein elender Anblick, der sich ihm bot.

Darson konnte sich erinnern, wie sie von hier aus aufgebrochen waren, nur wenige Wochen zuvor. Eine volle Gefechtsgruppe, gut ausgerüstet, gut ausgebildet. Silberne, anmutige Schiffe.

Was heimkehrte, waren verrußte, von Abwehrfeuer durchlöcherte Wracks. Kaum noch fähig, die Crew am Leben zu erhalten.

>> Öffnet die Raumschotten <<, sagte Darson und ließ so die geschlagene Flotte in den schützenden Hafen einlaufen.

Resignation machte sich breit. Der Anblick der Schiffe, die aus der Schlacht kamen, ließ die Moral an Bord der Station auf ein Minimum sinken. Kaum einer glaubte noch, dass der Krieg zu gewinnen sei. Zwar setzten alle ihre Hoffnungen auf die Victory, die mittlerweile Leuchtfeuer der Hoffnung und Sagengestalt in einem war.

Das wenige, das man über die Erfolge ihrer Operationen hörte, nährte die Geschichten um ihre angebliche Unzerstörbarkeit. Tom Hawkins, schon als XO der P1 hatte er den Ruf eines genialen Offiziers, war zum tragischen Helden geworden, der ganz alleine gegen die Übermacht ankämpft und als Einziger fähig ist zu siegen.

Leider spiegelten die Geschichten die Realität wider. Die einzigen Erfolge des Krieges waren die Kämpfe der Victory. Die Rettung von

Pegasus 1, die Eroberung von Marokia Zeta, die ständigen Angriffe auf den Nachschub des Feindes.
Tom schien der Einzige zu sein, der Marokia die Stirn bieten konnte.
Darson fragte sich oft, wie es war, an Bord der Victory zu dienen. Ob sie wussten, welche Bedeutung ihnen zukam. Ob sie ahnten, zu was für gefeierten Helden sie reiften, während sie ihren einsamen Kampf fortsetzten.
>> Wir sind die Einzigen, die siegen <<, sagte Eightman zu Jeffries unten im Krisenraum. >> Warum hört in Langley keiner auf uns? <<
>> Weil sie ihr Versagen nicht eingestehen wollen <<, erwiderte Jeffries mit verschränkten Armen.
>> Wir werden am Hexenkreuz verlieren, wenn Luschenko nicht endlich einlenkt und ... <<
>> Das sind akademische Diskussionen, Captain <<, sagte Jeffries. >> Wenn wir das Hexenkreuz verlieren, sind Luschenkos Tage als Oberkommandierender gezählt und ein neuer Mann wird das Ruder übernehmen. <<
>> Das heißt, der Schlüssel zur Erfüllung unserer Gebete ist der Verlust des derzeit wichtigsten Kriegsschauplatzes. <<
>> Pervers ... Nicht wahr? <<
>> Ich will das Hexenkreuz nicht verlieren <<, sagte Eightman und es klang fast ein wenig naiv.
>> Das will keiner von uns. Dummerweise muss es passieren, damit wir endlich Gehör bekommen. <<
Hinter den Kulissen liefen bereits Diskussionen um Luschenkos Nachfolge. Jeffries hatte mit einigen Admiralen und Freunden gesprochen, diverse Nachfolger wurden bereits gehandelt und brachten sich für den Fall einer Berufung in Stellung.
Das Problem war, dass all diese Ränkespiele Zeit, Energie und Konzentration kosteten, die eigentlich dem Geschehen auf dem Schlachtfeld gewidmet werden sollten.
Jeffries schritt die raumhohe Karte ab, sein Blick wanderte über die einzelnen Schlachtfelder.
Von der Flanke der Pegasus-Linie entlang der Argules-Grenzen zog sich eine lange Linie umkämpfter Planeten.

Neue Fenster erschienen auf der digitalen Wand, Datenströme wanderten und blinkten energisch über die Karte.
>> Mendora meldet schwere Verluste bei imperialen Bomberangriffen <<, sagte Eightman, unmittelbar nachdem die Meldung erschienen war, und Jeffries drehte den Kopf.
Die Analysten hoben den Planeten hervor und vergrößerten seinen Sektor.
Seit drei Monaten wurde um Mendora schwer gekämpft; erst waren es erbitterte Raumschlachten gewesen, seit fünf Wochen tobte der Bodenkrieg. Babylonische Infanterieeinheiten waren in einer Nacht-und-Nebel-Aktion auf der Südhalbkugel gelandet und hatten einen Brückenkopf errichtet.
Zeitgleich zerstörte eine irdische Gefechtsgruppe die orbitalen Werftanlagen. Seither versuchten die Marokianer den Feind wieder von ihrem Boden zu vertreiben.
>> Sie rufen nach Verstärkung <<, sagte Eightman.

ISS Victory.
Wieder ein Schlachtschiff auf dem Weg zur Front erledigt. Das zwölfte in dieser Woche. Die Victory erlegte es, als sie sich daranmachten, ein gerade fertiggestelltes Sprungtor zu zerstören. Zufällig kam ein Schlachtschiff genau zu diesem Zeitpunkt in den Normalraum. Ein gefundenes Fressen für den Nazzan Morgul.
Zwei Stunden später saßen Tom und Will zusammen im Quartier des Kommandanten und tranken.
Der Raum war leicht abgedunkelt, die Flasche neigte sich dem Ende. Draußen vor den Sternen sahen sie noch die Trümmer des Sprungtores. Die Victory war noch nicht weitergezogen, weil zu viele feindliche Schiffe in der Gegend waren und es zu gefährlich war, jetzt durch das Öffnen eines Raumfensters auf sich aufmerksam zu machen.
>> Wie geht's dir? <<, fragte Will.
Tom hob und senkte die Schultern, ohne zu antworten. Er war immer noch wie versteinert.
>> Ich bin müde <<, sagte er schließlich halbherzig.

>> Wie lange willst du dir das noch antun? <<, fragte Will.
>> Glaubst du, es wird besser, wenn du dich in dunklen Zimmern einschließt und Rachepläne schmiedest? <<
>> Ich schmiede gar nichts. <<
>> Du jagst die Marokianer wie Vieh, Tom. Früher hättest du das nicht getan. <<
>> Willst du mir etwa sagen, dass ich zu brutal gegen sie vorgehe? Dass ich zu wenig Mitleid habe mit dem Volk, das unsere Spezies auslöschen will? <<
>> Ich will sagen, dass du immer fair warst und jedem Gegner die Chance auf Rückzug und Rettung gewährt hast. Bis zu Christines Verschwinden. <<
>> Du meinst, ihrem Tod. <<
>> Wir haben keine Leiche. <<
>> Die haben wir von Tausenden anderen auch nicht und dennoch sind sie gefallen. <<
>> Warum erlaubst du dir keine Hoffnung, Tom? <<
>> Soll ich wie ein dummer Junge an Wunder glauben? Es ist fast sechs Monate her. Wenn sie die Nacht damals überlebt hat, ist sie mittlerweile in irgendeinem Lager verendet oder aufgefressen ... <<
Tom schleuderte das halb volle Glas in seiner Hand gegen die Wand, stand auf und trat einen Stuhl um.
>> Ich will Rache, Will. Ich könnte die Wände hochgehen, es ist, als zerreiße es mich von innen. <<
Will leerte sein Glas und schenkte nach. >> Glaubst du, das Gefühl kenne ich nicht? <<
>> Nicht so. << Tom stand im Raum wie ein Vulkan kurz vor dem Ausbruch. Die Adern traten auf seiner Stirn hervor, Schweiß rann seinen Rücken hinunter.
>> Ich will sie alle bluten sehen ... <<, gestand er. >> Wir verlieren den Krieg. In einem Jahr wird von der Menschheit nichts mehr übrig sein. Ich will so viele mitnehmen, wie ich kann. <<
>> Für Tod und Glorie? <<
>> Für mich. Für dich, für Christine. Für alle, die in diesem Krieg noch sterben werden, ehe er endet. Es gibt dieses Mal keinen Frieden ohne Untergang. Keine Verträge, keine neuen Grenzen. Dieses Mal heißt es Sieg oder Niederlage. Leben oder Tod. Und ich will

verdammt sein, wenn ich nicht bis zum letzten Atemzug für den Sieg kämpfe. <<
>> Mit allen Mitteln? <
>> JA. Sicher. Mit allen noch so dreckigen Mitteln. Ich verbrenne ganze Welten, wenn ich glaube, dass ich so den Krieg gewinnen kann. <<
>> Dir ist klar, dass ein Mann alleine keinen Krieg gewinnen kann, oder? <<
>> Das hindert mich nicht daran, es zu versuchen. Ich kämpfe weiter gegen sie. Bis zu dem Tag, an dem sie mich erwischen oder ich den letzten Marokianer zur Strecke gebracht habe. <<
>> Glaub nicht, dass ich dich nicht verstehe, Tom. Ich will auch gewinnen. Ich will nicht in einer Welt leben, in der Marokia obsiegt. Aber ich will mich nach dem Krieg noch im Spiegel betrachten können. <<
>> Ich rechne nicht mehr damit, den Krieg zu überleben. Schon lange nicht mehr. Ich werde fallen. Vielleicht durch die letzte Kugel in der letzten Schlacht. Aber ich werde sterben. <<
>> Das würde dir gefallen, oder? Heldentod. So ein verdammter Blödsinn. Seit wann redest du so einen Mist daher? Kein Mensch hat jemals einen Krieg gewonnen, in dem er gestorben ist. Kriege gewinnt man, indem man die anderen tötet. <<
>> Ich sage nicht, dass ich sterben will. Ich sage, dass ich mich mit der Tatsache abgefunden habe. Und das befreit unglaublich. <<
>> Und das von dir ... << Will war entsetzt.
>> Wie ko... << Das Zirpen des Türmelders unterbrach Tom.
>> Herein. <<
Alexandra kam durch die Tür, in der Hand hielt sie einen Datenblock, ihr Gesicht wirkte noch blasser als sonst.
>> Wir haben gerade eine Nachricht aufgefangen <<, sagte sie mit Grabesstimme. >> Sie war an die Nazzan-Morgul-Brigade gerichtet und kam vom Flaggschiff der imperialen Hauptflotte <<, erklärte sie.
Tom und Will waren verstummt und sahen sie gebannt an. In ihren Augen war zu lesen, dass es schwer sein würde zu verdauen.

>> Laut Inhalt der Nachricht haben sie einen Kommandooffizier der Station Pegasus 1 in Gefangenschaft, der unverzüglich überstellt werden soll. <<
Toms Gesicht wurde so blass wie das seines Ersten Offiziers.
Wills Mund stand offen, er hätte nicht zu hoffen gewagt ...
>> Nazzan Morgul <<, sagte Tom.
>> Ja. <<
>> Das sind nur Geschichten. <<
>> Auf Garamon haben wir das hier gefunden, Sir. << Alexandra zog das Fragment aus der Tasche, das Will ihr damals gegeben hatte.
>> Es ist das Symbol der Nazzan-Morgul-Brigade. <<
>> Niemand weiß, wo Mares Undor liegt <<, sagte Tom, während er das Fragment in Händen hielt. Er kannte die Geschichten um die Gefangenenbrigade und ihre tödlichen Gruben sehr gut.
>> Wir konnten den Standort das Planeten eingrenzen. Er liegt irgendwo im Talaman-Sektor. <<
Tom sah seinen ersten Offizier erstaunt an.
>> Ich und Lieutenant Commander Richards arbeiten schon seit geraumer Zeit daran, diese Brigade aufzuspüren. <<
>> Auf wessen Befehl hin? <<, fragte Tom.
>> Auf meine Bitte hin <<, sagte Will. >> Ich hab das hier gefunden <<, er deutete auf das Fragment. >> Da ich aber wusste, dass du das nur für Geschichten halten würdest, wollte ich etwas Handfestes haben, ehe ich es dir erzähle. <<
>> Wie alt ist die Nachricht? <<
>> Eine Woche <<, sagte Alexandra.
>> Setzen Sie Kurs auf Talaman. Höchstgeschwindigkeit. <<
>> Ist bereits angeordnet <<, sagte Alexandra. Und fast auf Stichwort begannen die Sterne vor dem Fenster sich zu bewegen.

Pegasus 1, Büro des XO.
Das Büro des Ersten Offiziers lag gegenüber des CIC, nur wenige Meter neben dem Besprechungsraum der Senioroffiziere.
Es war ein kleiner, wenig repräsentativer Raum mit grauen Wänden, einem kleinen Schreibtisch und ein paar Sesseln.
>> Sie wollten mich sprechen? <<

Tyler hatte es sich zur Angewohnheit gemacht, die Türen seines Büros immer offen zu halten, und so stand Darson nun in den geöffneten Türhälften, während Tyler gerade ein Buch in das Regal in der hinteren Ecke stellte.
>> Lieutenant Commander! << Tyler deutete auf einen der Sessel vor dem Schreibtisch. >> Setzen Sie sich. <<
Darson wunderte sich ein wenig, dass Tyler nicht in das verwaiste Büro über dem CIC umzog. Jetzt, da Jeffries ins Stabsbüro übersiedelt war, stand das Büro des Stationskommandanten leer.
>> Wie geht es Ihnen, Darson? <<, fragte Tyler und der Chang reagierte überrascht.
>> Gut, Sir. <<
Tyler nickte.
>> Sie sind ein guter Offizier <<, sagte er und griff nach einem Datenblock.
>> Ihre Akte ist vorbildlich und Ihre Leistung hier auf der Station beispielhaft. <<
>> Danke. Das freut mich zu hören. <<
>> Ich werde Sie für die Beförderung zum Commander vorschlagen <<, eröffnete Tyler und Darson konnte seine Freude nicht verbergen.
>> Wirklich? ... Ich ... weiß nicht, was ich sagen soll. <<
>> Vorerst besser nichts. Ich hab Sie nur vorgeschlagen. Entscheiden werden das andere. <<
>> Natürlich. <<
>> Das ist allerdings nicht der einzige Grund, weswegen ich Sie sprechen wollte. <<
>> Dachte ich mir bereits, Sir. <<
>> Die Lage auf Mendora verschlechtert sich zusehends. <<
>> Ich hörte davon. <<
>> Wir haben nach wie vor die Raumhoheit über den Sektor, können aber nicht verhindern, dass immer wieder imperiale Nachschubtransporte durchkommen. Außerdem sind die feindlichen Truppen am Boden den unseren weit überlegen. Admiral Jeffries hat daher eine massive Truppenaufstockung angeordnet. <<
Darson schluckte. Er ahnte, was als Nächstes kam.

>> Die siebente irdische Infanterie wird nach Mendora verlegt. Zusammen mit der vierten und fünften Chang-Panzerdivision. Zur Unterstützung der Truppen am Boden wird ebenfalls ein Korps-Regiment aufgestellt und der siebenten unterstellt. Jede Pegasus-Station wird drei Kompanien stellen und wir wollen, dass Sie das Kontingent der P1 kommandieren. <<
>> Ich. <<
>> Ja. <<
>> Sollte nicht mindestens ein Commander ... Oh! << Darson dämmerte es.
>> Uns gehen die Offiziere aus. Das Korps ist personell schwach aufgestellt und wir haben keinen Commander mit Infanterie-Erfahrung. Die Masse unserer Offiziere kommt vom Flottendienst. <<
>> Ich verstehe. <<
>> Bis zu Ihrer offiziellen Beförderung beordere ich Sie in den Rang eines diensttuenden Commanders mit allen Rechten und Privilegien. <<
>> Danke, Sir <<, sagte Darson weniger euphorisch als zuvor.
>> Darf ich fragen, wann unsere Verlegung ansteht? <<
>> Derzeit wird die Truppe zusammengestellt. Hier habe ich eine Liste mit erfahrenen Unteroffizieren und einigen Lieutenants, die sich aus den Mannschaftsrängen hochgedient haben. Stellen Sie sich Ihre Truppe zusammen und geben Sie mir die Liste innerhalb der nächsten zwei Tage. <<
Darson nickte.
>> Ich rechne mit der Verlegung in etwa zwei Wochen. <<
>> Sir! <<, er zögerte, >> war das alles? <<
>> Ja, Darson. Wegtreten. <<
>> Sir! <<
Darson stand auf und verließ das Büro. Als er am CIC vorbeikam, wurde ihm klar, was Menschen meinten, wenn sie sagten: *„Ich brauch einen Drink."*
Auf dem Weg zu seinem Quartier ließ er sich die taktische Situation um Mendora durch den Kopf gehen.

Die Schlacht um den Planeten tobte schon seit Monaten. Erst waren es klassische Raumgefechte gewesen, bis eine irdische Gefechtsgruppe den Direktangriff auf die Orbitalanlagen wagte.
Unter dem Feuerschutz der Atlantias gelang babylonischen Bodentruppen eine Landeoperation und die Errichtung eines Brückenkopfs.
Seitdem tobte der Bodenkrieg.
Mendora war eine marokianische Welt mit mehr als einer Million zivilen Einwohnern. Hinzu kamen zwei Infanteriegarnisonen, orbitale Werftanlagen und kriegswichtige Nachschubeinheiten.
Der gesamte Nachschub für die Truppen am Hexenkreuz war über Mendora verschifft worden, ehe der Planet endlich zum umkämpften Gebiet wurde.
Mittlerweile waren die orbitalen Anlagen längst zerstört, die Werften trieben als ausgebrannte Skelette in der Umlaufbahn und irdische Atlantias kreuzten im Sonnensystem.
Dennoch schaffte es der Feind mehrmals, frische Truppen durch die Blockade zu bringen.
Das Problem war, dass man die Marokianer nicht aushungern konnte. Die Nachschublager waren zum Bersten voll, sie hatten genug Nahrung, um eine jahrelange Belagerung ertragen zu können.
Hinzu kamen die Infanterietruppen, die sich als äußerst zäh erwiesen.
Alles in allem war Mendora seit sechs Monaten schwer umkämpft und nun wurden Darson und seine Leute mitten in dieses Inferno geschickt.
Seine Freude über die Beförderung verblasste angesichts dieser Aussicht wie eine Kerze, der die Luft zum Weiterbrennen genommen wurde.

ISS Victory.
In sicherer Entfernung zu Mares Undor hatte das Schiff den Hyperraum verlassen und war nun im Schutze eines Asteroidengürtels ins Sonnensystem eingedrungen. Zwei Tage hatten sie gebraucht, um den richtigen Planeten zu finden. Nun lag er vor ihnen. Eine schon aus dem Weltall düster und kalt wirkende Welt. Der Planet war prak-

tisch nicht befestigt. Keine Orbitalanlagen, keine Satelliten, gar nichts. Nur ein Schlachtschiff, das im Orbit lag und wartete.
>> Unauffälliger geht's nicht <<, sagte Tom. >> Eine ganze Flotte könnte hier durchziehen und würde nichts von dem Lager mitbekommen. <<
Alexandra gab ihm Recht. Marokianer tendierten dazu, ihre Planeten zu Festungen auszubauen. Mit schweren Verteidigungsgürteln, die jeden Angriff schon im Orbit stoppen sollten. Hier jedoch hatten sie auf alles verzichtet. Wohl um der Tarnung willen, wie Tom vermutete.
>> Darum war es so lange unmöglich, ihn zu finden <<, sagte er bitter. >> Wir suchten nach einer befestigten Welt. <<
>> Sollen wir angreifen? <<, fragte Alexandra.
>> Wie viele Gefangene sind wohl da unten? <<, fragte Tom sie.
>> Schwer zu sagen. Wir sind zu weit weg für klare Messwerte. <<
>> Es könnten Tausende sein, nicht wahr? <<
>> Ja <<, gestand Alexandra knapp.
>> Wir warten, bis ihr Schlachtschiff abzieht. Ich will nicht riskieren, die Brigade zu warnen. Sie könnten mit dem Abschlachten der Gefangenen reagieren. <<
Alexandra war beeindruckt von der Kühle und Ruhe, mit der Tom an die Sache heranging. Manch anderer wäre zornestrunken in den Kampf gestürmt. Tom Hawkins forderte von sich selbst die Geduld, die es brauchte, um das Leben der Gefangenen zu schützen.
>> Halten Sie die Augen offen <<, sagte Tom. >> Sobald das Schiff abzieht, schlagen wir zu. <<

An Bord von Imans Flaggschiff.
Unbemerkt von den Sensorennetzen der Konföderation näherten sich Imans Schiffe den Koordinaten, die Ischanti ihm gegeben hatte.
Angespannt stand Iman auf seiner Brücke und wartete auf die Meldung seiner Offiziere. Würde er einen Sieg erringen oder rannte er in eine Falle?
Selten hatte er sich so weit aus dem Fenster gelehnt. Er vertraute einer Person, deren Beweggründe er nicht kannte, deren Gesicht er nie gesehen hatte, deren Herkunft unbekannt war. Das Einzige, das er wusste, war, dass beide Imperatoren, Kogan ebenso wie sein Vater,

ihr vertraut hatten und dass viele Generäle sich mit ihr verbündeten und berieten, ehe sie den Machtwechsel unterstützten, der zum Tode Kurgans geführt hatte.
Außerdem war es Garkan gewesen, der Ischanti in den Palast brachte. Er war es gewesen, der diesem Wesen Tür und Tor geöffnet hatte. Konnte der GarUlaf irren?
Wohl kaum! Kein General wurde so alt, wenn er nicht wusste, wem er vertrauen konnte.
Iman war gespannt.
Im roten Licht der Brücke, begleitet vom Ticken und Piepsen von Computern, stand er und wartete endlos, wie ihm schien.
>> Sensorenkontakt. <<
Das Wort, auf das er so lange gewartet hatte. Sofort erschien das Bild auf dem Hauptschirm. Es war silbern, flach, ein künstliches Gebilde mitten im Raum. War es eine Raumstation?
Sonnensegel an den Flanken, ein riesiger weißer Turm, der sich sowohl nach unten wie nach oben ausstreckte. Der Mittelteil war pentagonförmig.
>> Kein Anzeichen für Gefechtsbereitschaft <<, meldete Dragus.
>> Unglaublich. Sie ist wirklich da. << Iman konnte es nicht fassen. Ein hilfloses Opfer, so nah, so ausgeliefert.
>> Lebenszeichen? <<, fragte er.
>> Dreitausend <<, erklärte Dragus.
Iman begann zu lachen. >> Können sie uns sehen? <<
>> Negativ. Da rührt sich nicht das Geringste. << Dragus sah auf seine Anzeigen. >> Keine Schiffe im Sektor. Keine Aktivität in den Waffensystemen. Die sind völlig ahnungslos. <<
>> Mit allem, was wir haben <<, sagte Iman genüsslich und ließ sich auf seinen Thron im Heck der Brücke fallen. >> Feuer. <<

Pegasus 1.
Das Zirpen des Komlinks ließ Jeffries von seinen Unterlagen aufsehen. >> Hier Jeffries. <<
>> Sir. Eine unserer CAPs kommt mit einem unbekannten Schiff zurück. Sie haben es mitten im Kampfgebiet aufgegriffen, mit Kurs auf marokianischen Raum <<, meldete Eightman.
>> Was für ein Schiff? <<

\>> Es ist uns unbekannt. Die Besatzung behauptet, in diplomatischer Mission unterwegs zu sein. <<

Jeffries stand auf, ging hinüber zum Lageraum und ließ sich die Bilder des Schiffes auf die Wandschirme legen.

Ein braunes, klobiges Schiff, unauffällig, langsam. Ein Personenfrachter, alles andere als ein Kriegsschiff.

\>> Sie verlangen mit Ihnen zu sprechen, Sir <<, meldete Eightman.

\>> Auf den Schirm. <<

\>> Persönlich, Sir <<, erläuterte er.

Jeffries wirkte verwundert, stimmte aber zu. Die Tatsache, dass man nicht über Ghostcom mit ihm sprechen wollte, war plausibel. Diplomaten schätzten Gespräche unter vier Augen.

Von einem Geschwader Nighthawks eskortiert, näherte sich das Schiff der Station. Beim Anflug richteten sich mehrere Gatlinggeschütze auf den Neuankömmling, der im Orbit von NC5 vor Anker ging. Nahe genug, um von den Geschützen der Station zerstört zu werden, aber weit genug weg, um keine unmittelbare Gefahr für die Station darzustellen.

Die angeblichen Diplomaten wurden von einem Raider abgeholt und zur Station überführt.

Im Hangardeck erwartete sie bereits eine Sicherungsmannschaft in voller Kampfmontur mit entsicherten MEG16.

Eightman und Tyler übernahmen die Begrüßung der kleinen Delegation und führten sie dann nach oben in den Besprechungsraum des Admiralsstabs.

Es waren schlanke, große Gestalten mit heller Haut und schmalem, hohem, haarlosem Kopf Die Kleidung war aus braunem Leder, Jacke und Hose wurden durch schwere Riemen gehalten und verziert. Darüber trugen sie grüne Stoffmäntel.

Es waren jedoch keine Uniformen, die Kleidung wirkte eher wie ein Tracht.

Jeffries erhob sich. Der Anblick dieser Außerirdischen würde die meisten Menschen verwirren, sie gehörten zu einer sehr seltenen Spezies.

\>> Willkommen an Bord von Pegasus 1 <<, sagte Jeffries und reichte dem Delegationsführer die Hand zum Gruß.

Der Außerirdische zögerte kurz und ergriff sie dann.

\>\> Sie wissen, was ich bin? <<, fragte er den Admiral.
\>\> Ein Morog <<, sagte Jeffries und schien den Außerirdischen zu überraschen.
\>\> Nicht viele Menschen kennen uns <<, sagte er anerkennend.
Die Morog waren ein Nomadenvolk. Seit ewigen Zeiten hatten sie keine Heimatwelt mehr. Sie waren ins All gezogen, um den Völkern ihren Glauben zu bringen. Sie waren reisende Priester, Botschafter einer Religion, die so alt war wie die Sterne selbst.
Man wusste nicht viel über sie. Woher sie kamen, war ein gut gehütetes Geheimnis. So wie fast alles andere auch.
\>\> Es ist lange her, dass ich einen Ihres Volkes traf <<, gestand Jeffries.
\>\> Sie werden verstehen, wenn mich das nicht wundert. Es gibt nur noch wenige von uns. <<
\>\> Was führt Sie hierher? <<
\>\> Ihre Jagdmaschinen, Admiral. <<
Jeffries musste grinsen. \>\> Sie befinden sich mitten im Kampfgebiet. Meine Männer sind sehr nervös, was fremde Schiffe betrifft. <<
\>\> Verständlich. Meine Mission ist sehr heikel und auch geheim. Ich fürchte, dass ich nichts darüber verraten kann. <<
\>\> Ich fürchte, dass Sie dann hier festsitzen <<, sagte Jeffries.
\>\> Ich kann kein Schiff in den marokianischen Raum lassen. <<
\>\> Meine Mission ist keine Gefahr für Ihre Leute. <<
\>\> Ich fürchte, dass Sie konkreter werden müssen. <<
\>\> Es ist eine sehr heikle Angelegenheit, Admiral. Nichts davon darf an die Öffentlichkeit geraten. <<
\>\> Alles, was Sie mir erzählen, bleibt in diesem Raum. <<
Der Morog schnaubte und warf einen misstrauischen Blick auf Eightman, der mit verschränkten Armen in der Ecke stand, und dann auf die raumhohen Scheiben, durch die man hinaus ins Stabsbüro sehen konnte.
Der Stabschef verstand, griff nach einem Display an der Wand und verschleierte die Scheiben. Von einer Sekunde auf die andere wurde das Glas zu einer milchig grauen, undurchsichtigen Wand.
\>\> Was ich Ihnen jetzt anvertraue, darf diese vier Wände keinesfalls verlassen, Admiral <<, sagte er. Jeffries versprach Verschwiegenheit und der Morog begann zu erzählen.

>> Mein Orden schickte mich und fünf meiner Brüder nach ZZerberia, um mit Ihren Regierungen Verhandlungen über einen möglichen Frieden aufzunehmen <<, erklärte er.
>> Auf marokianisches Bitten hin? <<
>> Nein. Unsere Religion predigt den Frieden und dieser Krieg zwischen Ihren Völkern schmerzt unseren Seelen. Ihre Regierungen haben mögliche Gespräche in Aussicht gestellt und wir reisen nun nach Marokia an den imperialen Hof, um die Möglichkeit von Friedensgesprächen zu erläutern. <<
>> Sie glauben doch nicht wirklich, dass die Marokianer zustimmen? <<
>> Wir sind geschickte Diplomaten. Es wäre nicht der erste Krieg, den wir auf diese Weise beenden, und mein Volk genießt ein gewisses Ansehen im Imperium. Wir denken, dass es möglich sein könnte, das Morden zu beenden. <<
>> Sie verstehen, dass ich mir das erst bestätigen lassen muss, ehe ich Sie weiterziehen lasse? <<
>> Natürlich. <<
Jeffries griff nach seinem Komlink. >> Jeffries an CIC. <<
>> Hier CIC . <<
>> Ich brauche eine Verbindung nach Langley. <<
>> Kommt sofort, Sir. <<
Zwei Minuten später meldete sich das CIC erneut.
>> Sir <<, begann eine kraftlose Stimme. >> Sie sollten besser ins CIC kommen. <<
>> Was ist los? <<
>> Langley ist … wir kriegen keine Verbindung. <<
Jeffries rannte durch die Tür und hielt sofort auf die nächste Transportkapsel zu, Eightman folgte ihm auf dem Fuß. >> SIE WARTEN HIER! <<, sagte er dem Morog mit erhobenem Zeigefinger und es war alles andere als eine Bitte. Es war ein ganz klarer Befehl.
Im CIC angekommen, gingen sie direkt zur KOM.
>> Was heißt keine Verbindung? <<, fragte Jeffries aufgebracht.
>> Es ist, als wären sie nicht da. Keine Trägerverbindungen, nichts. <<

\>\> Ghostcomnetz neu aufbauen <<, befahl er quer durch das Kommandozentrum.
\>\> AVAX-Abtastung! <<, befahl der Weil Eightman.
\>\> Wir haben keine Schiffe im Sektor. AVAX-Abtastung auf diese Entfernung nicht möglich. <<
\>\> Was heißt, keine Schiffe im Sektor? Sie wollen mir doch nicht sagen, dass Langley völlig ungeschützt ist? <<
\>\> Laut unseren Informationen wurde die Langley-Sicherungsgruppe vor drei Tagen ans Hexenkreuz beordert. <<
\>\> Mein Gott <<, Eightman fuhr sich durch das glatt zurückgekämmte blonde Haar und sah hinüber zu Jeffries, der leichenblass an der KOM stand.
\>\> Keine ausgehende oder ankommende Kommunikation <<, bestätigte der diensthabende PO schließlich.
\>\> Haben wir gar nichts in der Nähe? <<, fragte Jeffries.
\>\> Zwei Jagdkreuzergeschwader und einen Schlachtkreuzer <<, meldete einer der Offiziere. \>\> Zwei Stunden entfernt. <<
\>\> Sofort nach Langley beordern. <<
\>\> Aye, Sir. <<
\>\> Wer hat die Verlegung der Sicherungsgruppe angeordnet? <<, fragte Eightman einen der POs.
\>\> Der Oberkommandierende. <<
\>\> *Luschenko* <<, Jeffries Stimme klang erstickt und für einen Moment glaubte er sich übergeben zu müssen.
Zwei Stunden später kamen die Bilder der Antarius, und was Jeffries befürchtet hatte, war eingetreten.
Die Station stand in Flammen. Glühende Risse zogen sich durch die Hülle, die Sonnensegel waren abgeschossen und trieben zersplittert im All. Gase traten aus den zahllosen Hüllenschäden, von Rettungskapseln, die versucht hatten, die Station zu verlassen, war kaum mehr übrig als Staub.
\>\> Sie melden keine Lebenszeichen <<, sagte eine gesichtslose Stimme. Im CIC war es so still geworden, man konnte seinen eigenen Herzschlag hören.
Das Pentagon der Sterne war zerstört.

Der Marokianer größter Schlag war erfolgt und keiner hatte es bemerkt. Alle fühlten sich wie erschlagen. Nun war es vorbei. Eine Stimmung absoluter Resignation griff um sich.
Marokianische Truppen vor der Erde. Langley zerstört, die Truppen geschlagen an fast allen Fronten.
Kapitulation als letzter Ausweg?

ISS Victory.
Das Schlachtschiff war in den Abendstunden abgezogen und Victorys geduldiges Warten hatte endlich ein Ende.
Das größte Kriegsschiff der Konföderation trat in die Atmosphäre des Planeten Mares Undor ein und an der Küste des Planeten wurde der Tag zur Nacht, so hell leuchtete der Feuerball, der sich kometenhaft durch den Himmel schob.
Die marokianischen Wachen sahen gebannt zum Himmel. Ein Feuerball, tausend Meter breit und mehrere Kilometer lang, kam aus dem All auf sie nieder.
Als der grüne Bug der Victory sich aus der glühenden Wolke herausschob, rannten die Truppen in alle Richtungen davon.
Die Nazzan-Morgul-Brigade war eine Eliteeinheit. Ausgebildet zur größten Grausamkeit gegen alle Feinde.
Doch wenn der namensgebende Urdrache persönlich vor ihnen erschien, dann verließ selbst diese Krieger ihr Mut.
Die Geschichten waren wahr! In dieser Nacht zweifelte kein einziger Marokianer auf Mares Undor mehr daran. Es war wirklich Nazzan Morgul, der seit Wochen und Monaten durch das Imperium zog.
Erst als sich Raider aus ihrem Heck erhoben und Defender durch die seitlichen Röhren katapultiert wurden, begriffen die Marokianer, dass es womöglich doch etwas Mechanisches war, das dort über ihren Köpfen erschien. Doch die Erkenntnis kam zu spät.
Das Korps war zahlenmäßig weit überlegen und das Überraschungsmoment war noch dazu auf ihrer Seite.
Die Schlacht dauerte keine zwei Stunden.
Als der Morgen dämmerte, war es bereits vorbei.
Die wenigen überlebenden Marokianer knieten mit am Hinterkopf verschränkten Armen am Strand, bewacht durch Korps-Soldaten in voller Kampfmontur.

Will Anderson hatte seine Defender gelandet und sah hoch zur Victory, die drohend über dem Meer schwebte.
Erst jetzt wurde ihm klar, wie groß dieses Schiff wirklich war. Im All fehlte einem der Bezugspunkt.
Hier über dem Meer, so nahe an Wäldern und Bergen, wurde ihre gigantische Größe deutlicher als je zuvor.
Er fragte sich, was in den Marokianern vorging, die hier knieten und das Schiff sahen. Ob ihnen klar war, wie dumm sie sich verhalten hatten? Ob sie Neid empfanden? Angst hatten? Das siegverwöhnte Imperium hatte eine seiner elitärsten Brigaden über Nacht verloren. Zwar war mehr als die Hälfte der Soldaten an Bord des Schlachtschiffes gewesen, doch war der Schlag verheerend für den imperialen Stolz.
Tom war mit einem Shuttle hinuntergeflogen, sobald die Kämpfe zu Ende waren. Nun wurde er von seinen Soldaten durch das Elend der Stollen geführt. Will und Alexandra wichen ihm nicht von der Seite.
So mussten sich die alliierten Soldaten gefühlt haben, als sie Braunau und Auschwitz befreiten.
Abgemagerte, verdreckte Gestalten hockten überall am Boden. Viele weinten, andere bettelten.
Fast der gesamte Ärztestab des Schiffes war hier unten und kümmerte sich um die Gefangenen. Es waren so viele, dass sie niemals alle in die Krankenstation gebracht werden konnten. Es mussten die kritischen Fälle aussortiert werden.
>> Wir richten Notquartiere in einem der Lagerräume ein <<, erklärte Alexandra.
>> Wie viele sind es? <<, fragte Tom schockiert.
>> Wir wissen es noch nicht <<, erklärte sie. >> Tausende. <<
>> Was haben sie hier unten mit ihnen gemacht? <<, fragte Tom und sah den schwarzen Stein, der überall hier abgebaut wurde.
>> Sie bekamen kaum zu essen, wurden ständig geschlagen und verrichteten schwerste körperliche Arbeit. Es gab keine ärztliche Versorgung, wer krank wurde, war praktisch schon tot. <<
Toms Überzeugung, die marokianische Rasse müsste vom Angesicht der Geschichte hinweggefegt werden, wuchs und wurde in diesen Stunden auf alle Ewigkeit betoniert. Angesichts dieses Leides war an Mitleid mit dem Feind nicht mehr zu denken.

\>\> Wehe den Besiegten <<, sagte er heiser, während man ihn durch die Stollen zur Kommandozentrale führte.

Hier gab es helles Neonlicht und sauberen Stahl, der krasse Gegensatz zum düsteren Dreck der Stollen. Die Wachen hatten hier gut gelebt.

\>\> Was ist das für ein Gestank? <<, fragte Will.

\>\> Die Schlachterei. Sie ist nur ein paar Räume entfernt <<, erklärte Alexandra. Will glaubte sich gleich übergeben zu müssen.

\>\> Und Christine war hier? <<, fragte Tom voller Mitleid.

\>\> Ja. Seit ihrer Gefangennahme. Sie wurde erst vor Kurzem von hier weggebracht <<, erklärte Alexandra. \>\> Wir sind noch dabei, die Akten auszuwerten. Aber ein paar Gefangene haben gesehen, wie ein Offizier kam und sie mitnahm. <<

\>\> Was für ein Offizier? <<

\>\> Von der Flotte <<, präzisierte Alexandra.

Tom malte sich aus, was Christine hier alles hatte durchmachen müssen. All das Elend, das sie erlebt hatte. Tom wäre lieber gefallen, als hier zu enden. Es war schrecklicher als alles, was er sich jemals über die Marokianer ausgemalt hatte.

\>\> Es gibt Gefangene, die seit dem letzten Krieg hier sind <<, erklärte Alexandra.

\>\> Das ist nicht Ihr Ernst? <<, sagte Tom mit Grabesstimme.

\>\> Doch. Manche der Leute hier arbeiten seit zehn, fünfzehn Jahren in den Stollen. <<

Tom lehnte sich gegen eine der Konsolen und verschränkte die Arme. Er stellte sich vor, wie sie aussahen. Wie sie sich benehmen mochten. Waren es noch Menschen oder hatte die Zeit sie zu Tieren werden lassen?

\>\> Wir bringen alle auf die Victory. Danach sprengen wir den ganzen Berg in die Luft <<, entschied Tom.

\>\> Wie? <<, fragte Will.

\>\> Mit Leptonentorpedos. Ich will, dass einer hier heruntergebracht wird. Wir bringen ihn so tief wir können in den Berg und programmieren ihn auf Selbstzerstörung. <<

\>\> Was ist ein Leptonentorpedo? <<, fragte Will.

\>\> Das letzte Geheimnis der Victory. Die Waffe, die ich noch zurückhalte, bis alle Stricke reißen. <<

>> Wie lange werden wir brauchen, um die Mine zu räumen? <<
>> Das ist noch nicht absehbar. Wir wissen nicht einmal, wie tief die Stollen hinunterführen. Dort könnten noch mal so viele Gefangene auf uns warten. <<

Orgus Rahn.
Christine saß in der sauberen, hellen Zelle, zitterte, weinte und sah das traurige Etwas, das von ihr übrig geblieben war.
Die Marokianer hatten ihr den Kopf kahl geschoren und sie mit dem kalten Wasser der Hochdruckreiniger vom Dreck der Mine befreit.
Der Wasserstrahl hatte an mehreren Stellen die Haut vom Fleisch gelöst.
Anschließend hatte sie saubere Kleidung bekommen und war hierher gebracht worden. Sie wusste weder, wo sie war, noch, warum sie hier war. Niemand sprach mit ihr, niemand kümmerte sich um sie.
Zitternd griff sie an ihren Kopf, wo noch gestern blondes Haar gewesen war. Sie hustete noch immer schwarzen Staub. Ihre Lunge gewöhnte sich nur schwer an die klinisch saubere Luft ihres neuen Gefängnisses.
Schritte.
Schwere, hallende Schritte eiserner Stiefel. Sich langsam nähernd wie eine Drohung. Christine wich so weit in die Ecke, wie sie konnte. Nie hatte sie in ihrem Leben mehr Angst gehabt, nie war sie verzweifelter gewesen.
Die helle, falsche Freundlichkeit der Zelle war noch schlimmer als die Stollen Mares Undors. Christine zog die Beine an, schlang die Arme um die Knie und wippte langsam vor und zurück. Sie zog sich tief in ihr Inneres zurück.
Iman verharrte an der Zellentür und sah sie an. Durch die Gitter hindurch fletschte er die Zähne.
>> Erinnerst du dich? <<, fragte er sie in fast freundschaftlichem Tonfall und Christines Inneres begann zu schreien.
Natürlich erinnerte sie sich!
>> Sie haben dir wehgetan, nicht wahr? << Iman öffnete die Zelle, kam herein und hockte sich Christine gegenüber. >> Ich bewundere eure Spezies <<, sagte er. >> Du wirst es mir vermutlich nicht glauben, aber ich respektiere euch. In meinem ganzen Leben sind mir

niemals härtere Gegner im Kampf begegnet. Ihr seid mutig und eure Entscheidungen sind bedingungslos. So viele Völker haben sich uns ergeben in den Jahrtausenden. Keines wehrte sich so verbissen und so erfolgreich. Du glaubst nicht, wie sehr ihr mir imponiert habt im letzten Krieg. Es ist lange her, dass wir solche Niederlagen einstecken mussten. Mit ein Grund für unsere jetzige Rache. << Iman sprach im freundlichsten Plauderton, den seine Echsenstimme produzieren konnte. Ruhig, gelassen, als wollte er sie ehrlich teilhaben lassen an seinen Gedanken. Vielleicht wollte er das wirklich.

>> Warum erzählen Sie mir das? << Christine tat sich schwer, die Worte zu formulieren.

>> Weil ich auch dich respektiere. Ich sehe dich an, wie du hier sitzt. Gebrochen, erniedrigt, gequält. Und dennoch hast du nichts gesagt. So lange Zeit verhört zu werden, ohne einzubrechen, ist bemerkenswert. <<

>> Ich bin Ärztin <<, sagte sie.

>> Ja, ich weiß. Deine Ausrede. Wie oft hast du es ihnen gesagt? Hundert Mal? Zweihundert Mal? Ich stelle mir das schrecklich vor. Immer wieder gefragt und geschlagen zu werden. Antworten zu wollen, aber nicht zu können ... <<

>> Glauben Sie wirklich, dass ein Arzt über strategische Informationen verfügt? <<, fragte sie ihn steinern.

>> Vermutlich nicht <<, sagte Iman. >> Ich denke, dass du absolut keine Ahnung hast. Vor allem nach so langer Zeit in der Gefangenschaft. Alles, was du wusstest, wird längst geändert sein. Es gibt keinen Grund, dich hier zu behalten. <<

Christine sah ihn verwundert an. Hatte sie das richtig verstanden?

>> Ich würde dich laufen lassen <<, sagte er. >> Nur zu gerne würde ich dich in ein Schiff Richtung Heimat schicken. Ist doch egal, ob du die letzten Tage deiner Art hier oder zu Hause verbringst. <<

Christine hustete. Ein stechender Anfall peinigte ihre Lunge und stieß Nägel in ihr Brustbein.

>> Sag mir, wo ich Thomas Hawkins finde, und du bist frei <<, sagte er und stand auf.

>> WAS? << Noch immer röchelnd und schwer Luft bekommend fiel sie auf die Knie.

>> Was war das? <<, keuchte sie.

>> *Hawkins*. Ich habe eine offene Rechnung mit ihm und die will ich begleichen. <<
>> Ich weiß nicht mal, ob er noch lebt <<, sagte sie verzweifelt.
>> Männer wie er und ich sterben nicht <<, sagte Iman. >> Außer durch die Hand des jeweils anderen. <<
Iman lachte, riet ihr, es sich zu überlegen, und ging. Die Tür warf er krachend ins Schloss.

Pegasus 1.
Jeffries erhielt die Beförderung zum Oberkommandierenden der Streitkräfte.
Nicht, wie er es sich immer erträumt hatte, in einer großen Zeremonie durch die Regierungschefs, nicht einmal mit allen militärischen Ehren durch seinen Vorgänger Luschenko.
Er bekam den Posten per Kommunikationsverbindung mit ZZerberia, dem am weitesten von der Front entfernten Heimatplaneten, auf dem sich die fünf Regierungschefs seit Kriegsbeginn aufhielten.
Luschenko war tot. So wie praktisch alle anderen Admiräle und Generäle der Einsatzplanung. Mit Langley verlor die Konföderation ihre militärische Elite. Ihre höchstrangigen Soldaten, ihre besten Strategen, allesamt dahingefegt.
Jeffries war der letzte lebende Vier-Sterne-Admiral. Der einzige Offizier mit Generalstabserfahrung in der ganzen Konföderation.
Die Regierungschefs legten die Zukunft der Kriegsführung nun in seine Hände. Die Chang hatten schon zuvor für ihn plädiert, doch Luschenko hatte ein paar Beziehungen mehr und so erhielt er den Posten.
Was hatte es ihm gebracht?
Jeffries nahm den Posten an und innerhalb eines Tages stellte er einen neuen Stab auf. Er kommandierte ein halbes Dutzend hochrangige Offiziere, die er aus seiner langen Karriere kannte, zur Pegasus 1 ab, um mit ihnen einen neuen Generalstab zu bilden.
Jeffries erhielt endlich vollen Einblick in alle militärischen Unterlagen, etwas, das ihm bisher trotz allen Einflusses verschlossen blieb.
Mit dem neuen Posten ging die Beförderung zum „Admiral of the Fleet" einher, dem höchsten Rang der Streitkräfte. Fünf Sterne zierten von nun an seine Schultern.

Jeffries wusste, dass er das Kommando zum denkbar schlechtesten Zeitpunkt übernahm. Die Armee war schwer geschlagen, die Flotte zog sich zurück. Die meisten großen Stützpunkte wurden belagert. Doch er wusste auch um seine Fähigkeiten und nun endlich konnte er das Spiel so spielen, wie er wollte. Keine Besprechungen mehr, keine Kompromisse, endlich lag alles in seinen Händen.

Jeffries hatte gerade seine neuen Rangabzeichen an die Schultern der grünen Uniformjacke geheftet und kam durch die Tore ins CIC.

>> Geben Sie mir die Victory <<, sagte er zum Unteroffizier an der Kommunikationskonsole.

Mit ein paar Tastendrücken ließ er die Verbindung aufbauen.

Ein Trägerstrahl wurde von der P1 aus quer durch den Hyperraum gesendet, um eine Ghostcom-Verbindung mit dem einsamsten Schiff der Streitkräfte zu erzeugen.

In früheren Zeiten war Kommunikation durch das All zeitaufwendig und mühsam gewesen. Man konnte nur Nachrichten hin und her schicken, fast so, als würde man telegraphieren.

Dank dem Ghostcom-System wurde diese antiquierte Methode durch Echtzeitkommunikation abgelöst.

>> Keine Verbindung, Sir <<, sagte der Mann und Jeffries trat der Schweiß auf die Stirn.

>> Fast die gleichen Worte wie beim Verlust der Langley-Station. <<

>> Versuchen Sie's noch mal. <<

>> Bin dabei, Sir <<, er tippte Befehl um Befehl in die Tastatur, wartete und schüttelte den Kopf. >> Es tut mir leid, Admiral. Kein Trägersignal. <<

Jeffries presste die Augenlider zu.

Es durfte einfach nicht sein. Nicht die Victory. Ohne sie ging sein ganzer Plan in Schall und Rauch auf.

Sie durfte nicht zerstört sein.

>> Egal, wie. Finden Sie dieses Schiff und stellen Sie eine Verbindung her. << Jeffries stampfte durch die Tür und ging in sein Quartier.

Gesellschaft ertrug er jetzt nicht. Sah man ihm die Verzweiflung an, die er verspürte? Admiräle mussten stark sein, mussten den Männern

und Frauen unter ihrem Kommando das Gefühl geben, allmächtig zu sein.
Jeffries brauchte Zeit, um zu verdauen. Um zu verkraften, was das Ausbleiben einer Verbindung implizierte.
Die Victory war verloren.
Eightman blieb im CIC und trieb die Leute an. Tyler stand an seiner Seite und ließ den Stabschef gewähren.
>> Vom heutigen Tage an ... <<, begann er, >> sind wir keine Festung mehr. Kein Grenzfort. Keine bloße Militärbasis <<, er machte eine kurze Pause, um seine Worte wirken zu lassen. >> Wir sind jetzt das Oberkommando der konföderierten Streitkräfte. Admiral Jeffries wird seine Flagge nicht verlegen. Er bleibt hier, in Sichtweite der Front! Ihr seid seine Augen und Ohren, seine Hände und Beine. Wenn ihr nicht funktioniert, funktionieren die Streitkräfte nicht! IST DAS KLAR??? <<
>> HUUUURRRRAAAA!!! <<
>> GUT! Weitermachen. <<

Mares Undor.
Alexandra schwitzte angesichts der Höllenhitze in den Stollen. Fast alle Gefangenen waren auf die Victory gebracht worden, die letzten Raider wurden gerade bestiegen. Hier unten in den Minen waren nur Alexandra selbst und ein Team von Waffenexperten.
Der schwarze, glatte Körper des Torpedos war auf einem Schwebekarren heruntergebracht worden, tief ins Innere des Berges.
Mit Ruhe und Bedacht programmierten die Unteroffiziere ein Sprengprogramm.
>> Wir verbinden den Torpedo mit einem Bewegungsmelder oben am Eingang. Wenn der Rest der Brigade zurückkommt und die Mine betritt, lösen sie damit die Explosion aus <<, erklärte einer der fünf Soldaten Alexandra.
Es war Toms Idee gewesen.
Am Abend zuvor hatte Alexandra mit Tom und Will in der Offiziersmesse zu Abend gegessen.
Will war sehr interessiert gewesen. Leptonentorpedos waren ihm neu. Die Waffen waren geheim, kaum jemand außerhalb der Victory wusste von ihrer Existenz.

>> Es ist die verheerendste Waffe in unserem Arsenal <<, hatte Tom seinem alten Freund erklärt. >> Die Wissenschaftler, die den Nexus-Generator der Victory entwickelten, sind per Zufall auf sie gestoßen <<, sagte er, nahm einen Schluck aus seinem Glas und sprach weiter. >> Sie wollten ein Raumfenster generieren, es war einer der ersten ernstzunehmenden Versuche. Sie hatten einige Fehlschläge hinter sich und waren wohl ziemlich sicher, dass es dieses Mal klappen würde. <<
Tom sah zu Alexandra, die damals dabei war und die Geschichte wohl besser erzählen konnte.
>> Wir schafften es. Die Messdaten waren großartig, die Wellenströmung fast perfekt. Das Fenster öffnete sich. Es war ein unglaublicher Anblick. Nie zuvor hatten wir etwas so Schönes gesehen. Die Lichtstrahlen, die aus dem Nichts herausbrachen, als würde dort eine schwarze Wand eingerissen <<, Alexandra fehlten die Worte, um es zu beschreiben. >> Jedenfalls öffnete sich das Fenster. Drei Sekunden lang war es stabil, dann implodierte es. Es stürzte buchstäblich in sich zusammen. Was folgte, war eine Explosion irgendwo zwischen unserem Weltraum und dem Hyperraum. Eine durchsichtige Druckwelle breitete sich vom Fenster her aus und vernichtete alles in seiner Nähe. Wir befanden uns auf einer Forschungsstation im selben Sektor. Als die Welle uns traf, brach die Station fast zusammen. Alle Systeme fielen aus, die Hülle zerbarst. Um ehrlich zu sein, ich war überzeugt, dass wir sterben würden. Die künstliche Schwerkraft verabschiedete sich genauso wie das Licht und die Lebenserhaltung. Dass wir überlebten, war pures Glück. <<
Will saß da, hörte gebannt zu und vergaß völlig das Essen auf seinem Teller.
>> Später analysierten wir die Messdaten und erkannten, dass wir eine verheerende Waffe entdeckt hatten. Im ganzen Sektor war absolut nichts übrig geblieben. Kein Asteroid, kein Schiff, keine Sonde. Unsere Station überlebte es nur, weil der Abstand zur Explosion recht groß war. <<
>> Leptonentorpedos erzeugen im Prinzip nichts anderes als ein instabiles Raumfenster <<, erklärte Tom.
>> Wir haben eine Waffe, die ganze Sektoren auslöschen kann? <<, fragte Will.

\>> Im Prinzip. <<
\>> Und warum zum Teufel setzen wir sie nicht ein? <<
\>> Weil sie wie jede mächtige Waffe einen gewaltigen Haken hat <<, erklärte Tom.
\>> Ich bin gespannt. <<
\>> Sie zerstört den Hyperraum <<, sagte Alexandra. >> Wo immer wir die Waffe getestet haben, wurde der Hyperraum instabil. Ein Durchreisen dieser Region ist auf sehr lange Zeit unmöglich. <<
\>> Was heißt lange Zeit? <<
\>> Hundert, zweihundert Jahre? << Tom wusste es nicht mehr sicher und sah zu Alexandra.
\>> So ungefähr. Wir wissen es noch nicht genau. Aber die Berechnungen gehen von etwa zweihundert Jahren aus. <<
Will schnaubte.
\>> Und du willst das Ding da unten einsetzen? <<
\>> JA. <<
\>> Ist das nicht ein bisschen übertrieben? <<
\>> Weißt du, was das ist, was die in der Mine abbauen? <<
\>> Irgendein Erz. <<
\>> Artanium <<, präzisierte Tom. >> Der Hauptbestandteil ihrer Schiffe, ihrer Waffen, ihrer Rüstungen. Das so ziemlich meistgenutzte Metall in ihrer Armee. Alles, was einen dicken, starken Panzer braucht, wird mit Artanium verstärkt. <<
\>> Und es gibt nicht viele Planeten, auf denen es vorkommt <<, ergänzte Alexandra.
\>> Wir haben keine Waffe, mit der wir einen ganzen Berg vernichten können. Außer dieser. Ich lasse denen die Mine ganz bestimmt nicht. <<
Will verstand. Extreme Probleme in extremen Zeiten benötigten extreme Lösungen. Dennoch war er skeptisch.
Jetzt stand Alexandra hier. Direkt neben dieser vernichtenden Waffe, tief im Bergwerk Mares Undors.
Die Unteroffiziere waren bereits nach oben gegangen, um die Bewegungsmelder zu installieren. Alexandra war noch kurz hier unten geblieben.
Ehrfürchtig legte sie ihre Hand auf das schwarze Metall. Die Vorstellung ihrer Macht versetzte Alexandra in Furcht. Sie wäre so gerne

dabei, wenn die Brigade heimkehrte und erkannte, was passiert war. Was passieren würde.
> FÜR ALL DIE TOTEN <, schrieb sie mit einem Stift auf die Hülle des Torpedos und machte sich dann auf den Weg nach oben.

ISS Victory.
>> Was heißt, wir kriegen keine Verbindung? <<, fragte Tom gereizt Andrej Jackson.
>> Das heißt, dass wir einen Fehler in der Kommunikation haben. Wir erreichen weder die Pegasus 1 noch irgendein anderes Schiff, das Ghostcom benötigt. Das Einzige, das funktioniert, ist Interkom. <<
>> Und warum? << Toms Stimme senkte sich in eine bedrohlich tiefe Tonlage.
>> Wissen wir nicht <<, gestand Lieutenant Jackson. >> Aber wir arbeiten daran. <<
>> Das will ich hoffen. Wir brauchen das Ghostcom. <<
Tom war außer sich. Die Tatsache, dass ein so perfektes Schiff wie die Victory aus heiterem Himmel einen vollen Kommunikationsausfall erlebte, brachte ihn zum Kochen. Er brauchte seine gesamte Willenskraft, um halbwegs ruhig zu bleiben.
In ihm brodelte es wie in einem Vulkan kurz vor dem Ausbruch.
>> Ich denke, es ist Sabotage <<, sagte Semana Richards zu Tom, als dieser von der Kommunikationskonsole heraufkam.
>> Ich fürchte, Sie haben recht <<, gestand er sich widerwillig ein. Sabotage benötigte einen Saboteur und das bedeutete eine immense Gefahr. >> Kümmern Sie sich darum <<, sagte er zu ihr so leise, dass niemand auf der Brücke es hören konnte.
>> Überprüfen Sie jeden, der Zugriff zu diesen Systemen hat. <<
Der Ausfall war zu überraschend gekommen und zum ungünstigsten Zeitpunkt, den er sich vorstellen konnte.
Tom ging in sein Büro, legte seine Beine auf den Tisch und sah zur Decke.
Seit Tagen hatten sie diese verstümmelten Datenpakete empfangen. Dieses Rauschen, das sie erst für Störungen hielten, dann aufgrund der Regelmäßigkeit für Übertragungen, die mittlerweile als verschlüsselte Teilnachrichten identifiziert wurden.

Kurz darauf Ausfall des Ghostcom, während das Interkom, welches man zur Kommunikation innerhalb des Schiffes und zwischen den Jagdmaschinen brauchte, fehlerfrei funktionierte. Das war zu selektiv für einen Zufall.

Tom bekam Magenschmerzen bei der Vorstellung, einer seiner Soldaten könnte ein Verräter sein. Es war ihm unmöglich, sich vorzustellen, dass jemand sich an die Marokianer verkaufte. Das überstieg doch jeden gesunden Menschenverstand. Welches Geld, welches Versprechen konnte einen dazu bewegen, sein Volk zu verraten? Sich einer solch abscheulichen Spezies wie den Marokianern an den Hals zu werfen und alle Menschen zu vergessen ...

Doch dann dachte er an Admiral Lee und seinen Verrat. An die SSA und an das, was Jeffries ihm über die Agency erzählt hatte. Wenn man es von diesem Standpunkt aus durchdachte, könnte absolut alles möglich sein.

Wenn die SSA es schaffte, einen Admiral zu verführen, dann konnte sie auch irgendeines seiner mehr als dreitausend Crewmitglieder anwerben.

Tom schüttelte den Kopf. Er wollte es nicht glauben, bis er Beweise hatte. Dennoch musste er Möglichkeit einkalkulieren.

Tom schwang seine Beine vom Tisch und setzte sich gerade hin, als der Türmelder zirpte und Alexandra Silver den Raum betrat.

\>\> Melde Bereitschaft zum Ankerlichten <<, sagte sie müde.

\>\> Alles vorbereitet? <<, fragte er sie.

\>\> Wenn die Marokianer ihre Mine betreten, bricht da unten die Hölle los <<, versprach sie. Toms Mundwinkel verzogen sich zu einem angedeuteten Lächeln. Er stellte sich vor, wie der Berg in die Luft ging.

\>\> Die werden ganz schön Augen machen <<, sagte er zufrieden.

\>\> Ganz bestimmt, Sir. <<

\>\> Bleibt die Frage, was wir jetzt machen <<, sagte er zu seinem XO und deutete ihr, sich zu setzen.

\>\> Bringen wir die Gefangenen zurück zur Pegasus 1 oder fliegen wir nach Orgus Rahn? <<

\>\> Sie fragen mich? <<

\>\> Ich bin nicht wirklich objektiv in der Sache. <<

\>\> Wegen Doktor Scott. <<

\>> Sie könnte noch leben. <<

\>> Was bedeutet, dass wir schnellstens nach Orgus Rahn müssen. <<

\>> Das wäre meine Intention. Nur haben wir jetzt gleich viel befreite Gefangene an Bord wie reguläre Crew. Das Schiff platzt aus allen Nähten und es wäre absolut verantwortungslos, jetzt in eine Schlacht zu ziehen. <<

Alexandra verstand das Dilemma, in dem er sich befand.

\>> Wollen Sie wissen, was ich tun würde? <<

\>> Darum frage ich Sie, Alexandra. <<

Sie überlegte.

\>> Ich würde nach Orgus Rahn fliegen. Wenn ich an Ihrer Stelle wäre, würde ich es wagen. <<

\>> Warum? <<

\>> Weil die Vorstellung, einen geliebten Menschen in den Fängen dieser Bestien zu wissen, mich um den Verstand bringen würde. Und weil laut den Unterlagen die marokianische Hauptflotte dort vor Anker liegt. Einen besseren Grund bräuchte ich nicht. <<

Alexandra traf den Kern. Sie konnte sich gut in Tom hineindenken und er war dankbar dafür. >> Setzen Sie Kurs auf Orgus Rahn <<, sagte er heiser und müde.

\>> Ich lasse sofort die Anker lichten <<, sagte Alexandra, stand auf und ging auf die Brücke.

Tom griff währenddessen in die Schublade seines Schreibtisches, holte eine Falsche Whiskey und ein Glas hervor und füllte es auf.

Er nahm einen brennenden Schluck und griff ein zweites Mal in die Schublade.

Er zog das Foto hervor. Das einzige Foto, das er von Christine hatte. Es war abgegriffen und alt. Wie oft war er im letzten halben Jahr hier gesessen, hatte es sich angesehen und dabei seinen Kummer ertränkt. Sein Herz war zu Stein geworden an jenem Tag, als Will ihm die Nachricht von ihrem Verschwinden brachte. Sechs Monate lang hatte er sie für tot gehalten. Hatte einerseits um ein Wiedersehen gefleht und andererseits gehofft, dass sie nicht den Schrecken marokianischer Gefangenschaft erleben musste.

Besser tot als in deren Händen.

Sein fast sechsmonatiger Feldzug näherte sich dem Ende. Egal, ob er sie auf Orgus Rahn fand oder nicht.
Tom nahm einen kräftigen Schluck, er fühlte, wie der Whiskey sich nach unten brannte. Nicht mehr lange und sie würden Orgus Rahn niederbrennen. Tom sah einen großen Rachetag auf sie zukommen. Einen Tag des jüngsten Gerichtes.

Orgus Rahn.
Christine hing kopfüber von der Decke.
Iman hatte schon lange erkannt, dass sie nichts wusste, das von irgendeinem strategischen Wert war. Dennoch genoss er es, sie zu quälen, und Christine begriff nicht, warum. Es musste mehr sein als blinder Sadismus.
Woher wusste er, wie eng ihre Beziehung zu seinem erklärten Erzfeind war?
Musste sie leiden, weil er an Tom Hawkins nicht herankam?
Langsam ließen sie Christine herab. Mit am Rücken gefesselten Händen hing sie von der Decke, unter ihr ein großer Topf voller Ungeziefer.
Ratten, Schlangen, Käfer, Tausendfüßler, zu groß geratene Ameisen, Schnecken, Würmer, alles, das Ekel erregen konnte, tummelte sich in diesem Topf und ihr Kopf war nur noch Zentimeter entfernt.
Vor Abscheu schreiend tauchten sie ihren Kopf ins Ungeziefer.
Überall begann es zu krabbeln. In ihren Ohren, ihrer Nase, ihrem Mund, an ihrem Nacken. Blitzschnell kroch etwas ihren Rücken hoch.
Sie wand sich, schrie, würgte, hätte sich übergeben, wäre ihr Magen nicht so leer gewesen. Dann wurde sie hochgezogen. Mit heißem Wasser schwemmten sie die Viecher von ihr herunter. Irgendwas krabbelte noch unter ihrem Overall.
Christine schrie.
Tropfnass, zerbissen und krank vor Ekel hing sie in der Luft.
Iman stand da, sah zu und genoss.
>> Noch mal <<, sagte er und sofort stürzte sie kopfüber in den Topf. Eine halbe Ewigkeit ließ er sie unten, sie glaubte zu ersticken, als ein Wurm ihre Nase hochkroch und sich durch die Atemwege in die Speiseröhre vorarbeitete.

Als er sie wieder hochzog, übergab sie sich.
Magensäure und Ungeziefer würgend hing sie da, der ganze Körper völlig versteift. Schweiß rann über ihren kahlen Kopf und tropfte von ihrer Stirn.
Wieder schütteten sie ihr kochendes Wasser darüber. Noch etwas heißer und sie würde sich verbrennen.
>> Wenn doch nur Tom hier wäre <<, sagte Iman irgendwann.
>> Er könnte dich davon erlösen. Glaubst du, er würde kommen, wenn wir beide ihn einladen? Bist du ihm so wichtig? <<
Christine wand sich, zerrte an den Fesseln. Sie erstickte an ihrem eigenen Körpergewicht. Alles Blut sammelte sich in ihrem Kopf.
>> Ich erinnere mich, wie du ihn angesehen hast. Damals auf der Station <<, sagte er.
>> Wie viel bist du ihm wert? Wäre er nicht längst gekommen, wenn du ihm was bedeuten würdest? <<
Iman streichelte ihre Wange.
>> Noch mal. <<
Christine hielt die Luft an, warf ihren Kopf von einer Seite auf die andere, glaubte die Tiere so abwehren zu können.
Es half nichts. Wieder krochen sie in ihre Nase.
Iman ließ sie hochziehen, ein Schwall heißen Wassers schwemmte das meiste Getier davon. Irgendetwas nistete sich in ihrem Ohr ein, sie fühlte das Krabbeln, hörte ein zitterndes Rauschen.
Kaum war sie wieder außer Reichweite der Käfer, schnappte sie nach Luft und schrie aus Leibeskräften. All ihr Ekel und Zorn, artikuliert in einem schmerzenden Schrei.
>> Noch mal. <<
Iman genoss es. Jedes Mal ließ er sie noch länger unten. Er fragte sich, wie lange sie das durchhalten würden. Ihr Kopf lief rot an, jedes Mal, wenn sie hochkam, würgte sie Galle.
Iman nickte zufrieden und ließ sie hochziehen.
>> Lasst sie hängen <<, sagte er, winkte seinen Männern und ging.
Keiner kümmerte sich mehr um sie.
Christine hörte, wie eine Tür irgendwo ins Schloss fiel, und Schritte, die sich entfernten. Kaum allein, brach sie in Tränen aus.

Victory, Offiziersmesse.
Will tauchte seine Lippen gerade in das vierte Bier des Abends. Kühl und wohltuend rann es seine Kehle hinunter.
Alexandra saß neben ihm und trank irgendein babylonisches Gesöff, dessen Namen Will sich nicht merken und dessen Geschmack er nicht ertragen konnte.
Sie unterhielt sich angeregt mit Manius Sed, dem Schiffsarzt der Victory. Er war Babylonier und hatte Alexandra das Getränk empfohlen. Dass sie dieses süßliche *Etwas* überhaupt trinken konnte, erstaunte Will zutiefst.
Andrej Jackson, Semana Richards und Ga'Ran saßen ebenfalls am Tisch. Alle hatten bereits das eine oder andere Glas intus, die Stimmung war befreit.
Will hatte sich lange mit Ga'Ran unterhalten. Der Madi war einer der leitenden Ingenieure des Schiffes. Wie bei allen Madi war sein Körper völlig mit Fell bedeckt. Zwei dunkle Augen blitzten durch das pelzige Gesicht. Will hatte niemals begriffen, wie man zwei Madi unterscheiden sollte. Abgesehen von der Färbung des Fells erkannte er keine Merkmale. Das Gesicht war genauso dicht bewachsen wie der Rest des Körpers, Gesichtszüge wurden dadurch völlig verdeckt.
Ga'Ran war einer von zehn Madis an Bord der Victory, und da er der einzige mit gräulichem Fell war, schaffte Will es, ihn von den anderen zu unterscheiden.
Die Madi waren ein recht friedliebendes Volk. Händler, Banker, Wissenschaftler, Künstler, Ärzte, Bauern, all das gab es in breiten Mengen auf Madia, ihrem Heimatplaneten. Doch nur wenige fühlten sich zum Soldaten berufen.
Mit gutem Grund hatten die Madi sich einst entschlossen, die Menschen im Kampf gegen die Marokianer zu unterstützen. Sie fürchteten, als Nächste angegriffen zu werden, und sie wussten, dass sie keine Woche standhalten würden. Also unterstützten sie die Erde mit Unmengen an Geld und Rohstoffen. Ohne sie wäre ein Sieg im letzten Krieg kaum möglich gewesen.
Als Chang, Babylonier und Menschen nach dem Krieg die Konföderation bildeten und somit ein enges Verteidigungsbündnis gegen Marokia, baten die Madi sofort um Aufnahme. Der Bärenanteil der neuen Flotte wurde durch ihr Geld bezahlt. Während die Menschen heu-

te fast sechzig Prozent der Truppen stellten, waren es bei den Madi weniger als fünf.
Somit waren sie aber immer noch besser als die Zerberier. Ihr Volk stellte nicht einen einzigen kämpfenden Soldaten. Dafür aber eine Menge Diplomaten, Geheimdienstler, Ingenieure und vor allem Gelder.
>> Wie war es da unten? <<, fragte Andrej Alexandra irgendwann, als es spät genug war, um solche Themen anzusprechen.
>> In den Minen? <<, fragte sie und Andrej nickte.
Alexandra schluckte, sah an ihm vorbei in den Hyperraum, der draußen vor dem Fenster in bedrohlichem Rot und Orange dahintobte.
>> Als beträte man eine Gruft <<, sagte sie. >> Es roch nach altem Fleisch und Fäkalien und nassem Dreck … Wissen Sie, was ein KZ ist? <<, fragte sie ihn schließlich nach kurzer Pause.
>> Sie meinen ein Konzentrationslager? Ja. <<
>> Genau das war Mares Undor. Ein verdammtes Konzentrationslager. Wir fanden abgemagerte, ausgezehrte Körper. Kaum mehr fähig zu sprechen oder zu gehen. Sie lagen überall in den Stollen. Die Marokianer ließen sie einfach da rumliegen, bis sie wieder Hunger hatten, dann holten sie sich jemanden. <<
>> Das sind doch nur Geschichten <<, sagte Andrej. >> Die werden doch keine Gefangenen auffressen. <<
>> Ich war im Schlachthaus. Ich sah die Körper, wie sie an Fleischerhaken von der Decke hingen. Aufgeschlitzt und ausgeweidet. << Alexandras Stimme war mit jedem Wort leiser und flacher geworden. >> Wir fanden Gruben, bis oben hin gefüllt mit Knochen. Abgenagte, zerbrochene, zum Teil mit einem Fleischerbeil zerteilte Knochen. Da unten gab es Massengräber. Sie haben Tausende Tote einfach in den Berg hinuntergeschmissen. Und das über Jahrzehnte. <<
Andrej schluckte. Die Bilder waren in seinem Kopf real geworden. Alle Gespräche am Tisch verstummten. Wie gebannt waren sie Alexandras Worten gefolgt. Sie und Will waren als Einzige von der Kommandocrew unten gewesen. Die anderen hatten nur eine vage Vorstellung.
>> Wisst ihr, da unten waren nicht nur Menschen, Chang und Babylonier. Also Kriegsgefangene. Wir fanden Haradan, Odalisken, Sad-

dakun, Inori, Völker, zu denen wir praktisch keinen Kontakt haben, die mit uns keine Verbindung haben. Für Marokianer sind sie Sklaven, so wie wir auch. Für dieses Volk gibt es keinen Respekt vor dem Leben. Wir haben mehr als dreitausend Gefangene befreit. Aber die Knochen und Leichen, die wir gefunden haben ... <<, Alexandra blieb die Stimme weg. >> Da unten müssen zehnmal so viele Leichen liegen. <<

>> So. Das war's. << Will leerte sein Glas und verabschiedete sich. Das Thema wurde ihm zu düster. Der Anblick der Mine war schlimm genug gewesen, er musste jetzt nicht auch noch hier sitzen und durch ewiges Erzählen die Erinnerungen so wach wie möglich halten. Die Bilder hatten sich ohnehin viel zu tief in seinen Kopf gebrannt.

Die anderen blieben, bestellten sich noch eine Runde und redeten weiter.

>> Glauben Sie, dass es noch mehr solche Lager gibt? <<, fragte Andrej Alexandra. Ahnungslos hob und senkte sie die Schultern. >> Ich fürchte es. <<

>> Die Leute sind allesamt völlig unterernährt <<, sagte Manius Sed, der Schiffsarzt, der die dreitausend Befreiten mit seinem Stab betreute. >> Ihr körperlicher Zustand ist erbärmlich, nur fürchte ich, dass es um ihren seelischen noch viel schlechter steht. Wir haben zwei Psychiater an Bord. Sie haben mit einigen der Befreiten gesprochen und ihr erster Eindruck ist erschreckend. <<

>> Was haben Sie erwartet? Manche von denen haben Jahre da unten verbracht. Das übersteht niemand, ohne seinen Verstand über Bord zu werfen <<, warf Semana ein.

>> Wisst ihr, wenn ihr mich fragt, dann sollten wir die Leute zur Pegasus 1 bringen. Raus aus dem Kriegsgebiet <<, sagte Andrej Jackson.

>> Was glaubst du, was wir machen? <<, fragte Semana ihn.

>> Wir fliegen nach Orgus Rahn und das liegt leider in einer etwas anderen Richtung als die Pegasus 1 <<, erwiderte er.

>> Haben Sie ein Problem damit, Andrej? <<, fragte Alexandra.

>> Auf diesem Schiff sind gleich viel befreite Gefangene wie reguläre Besatzung. Wir haben nicht annähernd genug Ärzte oder Platz, um sie richtig unterzubringen. Aber anstatt sie so schnell wie mög-

lich in Sicherheit zu bringen, fliegen wir zu irgendeinem ominösen Stützpunkt, von dem keiner von uns je gehört hat. <<
>> Dafür gibt es Gründe <<, sagte Alexandra.
>> Gründe? Der Captain will diese Doktor Scott finden. Sehe ich ja ein, aber der Preis, den wir alle dafür zahlen müssen, ist viel zu hoch. <<
>> Was zahlen Sie denn für einen Preis, Andrej? Was kostet es Sie, ein paar Tage länger hier draußen zu bleiben? <<
>> Mich nichts. Aber die dreitausend armen Schweine, die in den Lagerhallen sitzen und vor sich hin vegetieren. Die kostet es etwas. <<
>> Es geht hier um mehr als nur Doktor Scott <<, erklärte Alexandra.
>> Ach? Dann erzählen Sie mal, Commander. <<
>> Sie sind betrunken, Andrej. Außerdem muss weder ich noch der Captain irgendwelche Befehle vor Ihnen rechtfertigen. <<
>> Wir kennen uns jetzt seit drei Jahren <<, donnerte er über den Tisch hinweg. >> Kommen Sie mir nicht mit solchen Kasernensprüchen. Wir kämpfen zusammen, Tag für Tag. Reden Sie mit mir so wie sonst auch. <<
>> OK. Wir glauben, dass Iman dort ist. Laut den Unterlagen, die wir auf Mares Undor gefunden haben, ist Orgus Rahn das Hauptquartier von Iman. Mit ein wenig Glück finden wir ihn dort. Ist es nicht ein Risiko wert, wenn wir den Oberkommandierenden der imperialen Armee in die Finger kriegen könnten? <<
Andrej sagte nichts mehr.
Ga'Ran und Sed verabschiedeten sich ebenfalls. Der Ton der Unterhaltung gefiel ihnen nicht mehr.
>> Kritisieren Sie nicht den Captain, Andrej. Er weiß, was er tut. << Alexandra stand auf, leerte ihr Glas in einem Zug und ging. Zurück blieben nur Andrej und Semana.
>> Macht er Ihnen keine Angst? <<, fragte Andrej sie.
>> Angst? Nein. <<
>> Mir schon. Seit er das Kommando übernommen hat. <<
>> Warum? << Semana verschränkte die Arme und stützte sich auf dem Tisch ab. Sie nahm Andrej heute nicht mehr ganz ernst, wollte sich aber anhören, was er zu sagen hatte.

>> Er führt dieses Schiff auf eine ... ich weiß nicht ... so lasche Art. Er schleicht durch die Korridore. Sagt kaum ein Wort. Seine Befehle sind ... <<
Semana nickte. >> Wollen Sie einen Captain, der jeden Tag exerzieren lässt? Der seine Befehle durch den Raum bellt und sich ständig die Schulterstücke poliert? <<
>> Ich will einen Captain, bei dem ich das Gefühl habe, dass er weiß, was er tut. <<
>> Dienen wir beide eigentlich unter demselben Mann? <<, fragte Semana ihn lachend. >> Ich habe selten einen Offizier erlebt, der seine Entscheidungen besser durchdenkt. Seit er dieses Schiff führt, ist ihm nicht ein einziger Fehler passiert. <<
>> Warum findet ihr ihn alle so toll? Er gefährdet unser aller Leben mit diesem idiotischen Feldzug hier. Wir sollten an der Front sein. Sollten die Truppen unterstützen, die immer weiter zurückgetrieben werden. Stattdessen sind wir hier, weit im marokianischen Gebiet, und überfallen Stützpunkte und Konvois. <<
>> Hast du ein Problem mit dem Mann oder der Mission? <<
>> Mit allem, Semana. Mit absolut allem. Ich habe die Schnauze voll von diesem Krieg und diesem Schiff und diesem Mann. <<
>> Werde nüchtern und überleg dir morgen früh, ob du dann immer noch dieser Meinung bist. <<
Semana ließ ihr Glas halbvoll stehen und ging. Andrej war zu betrunken, als dass man noch sinnvoll mit ihm reden könnte.

Pegasus 1.
>> Noch immer keine Spur von der Victory <<, sagte Eightman, als er an diesem Abend das Admiralsquartier betrat und Jeffries die letzten Tagesberichte überbrachte. >> Die von Ihnen beorderten Offiziere haben sich alle gemeldet und werden schnellstmöglich hierher verlegt. <<
Viele der Leute, die Jeffries in den nun deutlich zu erweiternden Stab beordert hatte, kamen direkt von der Front und es würde Wochen dauern, bis sie alle hier eintrafen.
>> So habe ich mir das alles nicht vorgestellt <<, gestand er mit Blick auf das fünfsternige Admiralsabzeichen auf dem Tisch vor ihm.
>> Ich wollte immer Oberkommandierender werden. Ich wollte all

die Fehler, die gemacht wurden, ausmerzen, wollte ein besseres, moderneres Militär schaffen ... aber jetzt ... <<
Eightman setzte sich neben Jeffries an den Tisch. >> Noch können wir das Ruder herumreißen. <<
>> Glauben Sie? <<
>> Mit Sicherheit. <<
>> Was, wenn die Victory verloren ist? <<
>> Ist sie nicht. Ganz sicher nicht. <<
>> Woher wollen Sie das wissen? <<
>> Ich weiß es. <<
Jeffries erwiderte nichts und rieb sich stattdessen die müden Augen.
>> Haben Sie schon entschieden, was wir mit den Morog machen? <<
Der Admiral zuckte resignierend mit den Schultern. >> Wir lassen sie weiterfliegen. <<
>> Sie wollen wirklich mit dem Dornenthron verhandeln? <<
>> Ich will gar nichts. Das ist eine politische Entscheidung, gegen die ich mich nicht wehren kann. Wenn die Regierungschefs die Morog beauftragen, kann ich sie nicht hier festhalten. <<
>> So schlimm steht es noch nicht. Wir müssen nicht verhandeln. <<
>> Ich kann die Regierungen durchaus verstehen. Warum warten, bis es nichts mehr zu verhandeln gibt? <<
>> Wir dürfen in solche Verhandlungen keinesfalls als Bittsteller hineingehen. Wir brauchen eine Position der Stärke, müssen erst einen Sieg erringen. Dann können wir verhandeln. <<
>> Sie haben recht. Doch Siege sind vorläufig keine absehbar. Wir führen dort draußen Stellungskriege. Endlose, grausame Stellungskriege. Egal, ob Mendora oder am Hexenkreuz, jeder Meter Boden wird mit Blut erkauft. <<
All die Rückschläge des Krieges hatten Jeffries an den Rand der Depression gebracht. Noch immer träumte er nachts von Beth Armstrong und ihrem schrecklichen Flammentod.
Natürlich war er nicht dabei gewesen, hatte nicht gesehen, wie die Flammen ihr Fleisch verzehrten, doch er hatte viele Raumschlachten erlebt und er kannte die Feuerstürme, die ein sterbendes Schiff durchfegten.

Ihr Tod war der größte Schlag gewesen, den sie hatten ertragen müssen ... bis Langley.

Die Tatsache, dass die Marokianer unbemerkt durch die Linien kamen, die völlig geheim gehaltene Station fanden und dann auch noch zerstören konnten, brachte ihn fast zur Verzweiflung.

\>\> Wie bringt man eine ganze Flotte durch die Linien, ohne dass irgendwer sie auf dem AVAX hat? <<, fragte er seinen Stabschef.

\>\> Langley war schwer befestigt, auch ohne die Sicherungsflotte. Ihr Defensivpotential ist mit dem der Pegasus-Stationen zu vergleichen. <<

\>\> Ich denke, es war Sabotage <<, gestand Eightman. >> Es ist unmöglich, eine ganze Flotte durch das AVAX-Netz zu bringen, ohne dass jemand es bemerkt. Absolut unmöglich. Mit einem kleinen Verband, der im Normalraum operiert, könnte es allerdings gelingen. <<

\>\> Nur kann ein kleiner Verband die Station nicht zerstören. <<

\>\> Richtig. Es sei denn, jemand im Inneren sabotiert die Systeme und öffnet ihnen die Tore. So, wie es hier auf der P1 passiert ist. <<

\>\> Das würde unsere schlimmsten Befürchtungen bestätigen. <<

\>\> Ich weiß, Sir. Nur kann ich es mir anders nicht erklären. <<

\>\> Ich auch nicht. <<

\>\> *Wenn* es so war ... <<, Jeffries sammelte seine Gedanken, >> ... können wir niemandem mehr vertrauen. <<

\>\> Die Frage, die sich stellt: Ist Isan Gared kaltblütig genug, um einen Pakt mit Marokia einzugehen? <<

\>\> Für einen Separatfrieden und eine Kaiserkrone? << Jeffries nickte. >> Das würde ich ihr durchaus zutrauen. <<

\>\> Dann stellt sich uns jetzt nur noch eine Frage. Wie schalten wir die SSA aus, ehe sie uns noch schlimmeren Schaden zufügt? <<

\>\> Falsch, Captain. Die Frage lautet anders. *Wie beweisen wir, dass die SSA an der Sache beteiligt war?* <<

ISS Victory.

\>\> Das ist Orgus Rahn? <<, fragte Will enttäuscht. Sie hatten während des ganzen Fluges Akten gewälzt, um herauszufinden, was dieser Planet eigentlich war.

Viel herausgekommen war dabei nicht; wie über die meisten marokianischen Planeten gab es auch über Orgus Rahn mehr Gerüchte als Fakten.

Was sie wussten, war spärlich.

Der Planet war einst Flottenstützpunkt und wurde nun als Industriezentrum genutzt. Auf dem Planeten gab es weitläufige Industrieanlagen, die allerdings nicht durch Sklaven betrieben wurden, sondern durch marokianische Arbeiter. Die Anlagen schienen sehr heikel zu sein. Vor allem wurden hier Panzerplatten für Schiffsrümpfe, Nahkampfwaffen und Rüstungen hergestellt.

Es gab wohl einen recht blühenden Schwarzmarkt, der vom Imperium geduldet wurde. Warum, war bisher nicht klar geworden.

Nach dem letzten Krieg waren die meisten Anlagen auf Orgus Rahn stillgelegt worden. Aufgrund seiner Nähe zur Erde hielten ihn die imperialen Strategen für ein potenzielles Ziel im Falle eines irdischen Erstschlages.

Vor wenigen Monaten waren die Anlagen auf Orgus Rahn schließlich wieder aktiviert worden.

Will hatte sich etwas in der Art von Mares Undor erwartet. Einen düsteren, angsteinflößenden Planeten. Schon aus dem Orbit hatten einem die schwarzen Berge und dunklen Wälder Mares Undors Angst gemacht. Das tosende Meer und das kalte Wetter hatten das Bild nur abgerundet.

Orgus Rahn war ein kleiner, grauer Planet ohne jegliche Merkmale. Ein paar Wüsten, schneebedeckte Pole, wenig Wasser, aber genug, um Leben möglich zu machen.

>> Da kommt wieder eins <<, sagte Semana und deutete auf eines ihrer Displays. >> Das ist jetzt das fünfte Schiff in dreißig Stunden. <<

Tom und Alexandra standen hinter ihr, der Angriffsplan nahm Gestalt an.

Seit sie hier waren, beobachteten sie, wie ein Frachter nach dem anderen den Planeten anflog. Erstaunlicherweise waren es keine marokianischen.

>> Laut Kennung ist das Schiff auf Minos Korva registriert <<, sagte Semana.

Tom war nicht besonders verwundert.

Absolut jeder kannte Minos Korva. Es war der florierendste und reichste Freihafen im bekannten All.
Er lag am Rande des Imperiums, dahinter erstreckte sich ein gewaltiges unerforschtes Gebiet. Selbst die Marokianer waren noch nicht weiter vorgedrungen.
Unbekannte Völker aus dem Innersten der Galaxis kamen nach Minos Korva, um dort Handel zu treiben. Die Marokianer hatten dem Planeten einen Sonderstatus eingeräumt. Auch der imperiale Handel profitierte enorm von der Unabhängigkeit jener Welt.
Minos Korva war die Zuflucht aller Verfolgten. Wer auch immer verschwinden musste, egal, aus welchem Grund, er ging dort hin.
In den Häuserschluchten der wohl gewaltigsten Stadt, die je gebaut wurde, tummelten sich Millionen von Verbrechern, Mördern, Schmugglern, Huren und Kleinkriminellen. Minos Korva war der Sündenpfuhl des Alls. Ein Paradies für all jene, die vom geregelten, ehrlichen Leben die Schnauze voll hatten.
Eine Stadt, in der das Recht des Stärkeren und die Allmacht des Geldes zelebriert wurde wie sonst nirgends.
Hier lebten alle Spezies in einem durch Gewalt und Gegengewalt erzeugten Waffenstillstand zusammen. Es war der vielleicht einzige Ort, wo ein Marokianer und ein Mensch am gleichen Tisch sitzen konnten. Politik existierte dort nicht.
Minos Korva, das schwarze Juwel der Galaxis.
Tom und Alexandra erkannten in einem langen Gespräch, dass der Handel, der zwischen Minos Korva und Orgus Rahn getrieben wurde, ihre Eintrittskarte sein würde.
Durch stundenlange Beratungen in Toms Quartier entwickelten sie einen in ihren Augen narrensicheren Plan, um den Planeten im Handstreich zu nehmen und der marokianischen Rüstung einen harten Schlag versetzen.
Wie ein Raubtier, das auf Beute lauert, lag die Victory in einem der vielen Nebel in der Region um Orgus Rahn und wartete auf ein potenzielles Opfer.
Sie brauchten einen Frachter, einen kleinen, schnellen Frachter.
Zwei Tage lang warteten sie.
Toms Geduldsfaden war mehrere Male kurz davor gewesen zu reißen. Jedes Mal hatten Will und Alexandra ihn wieder beruhigt.

Es trieb ihn zu atemlosem Irrsinn, Christine womöglich so nahe zu sein und dennoch warten zu müssen.

Hemdsärmlig stand er in seinem Büro, sah aus dem Fenster und wartete. Mit einer Miene so hart wie Stein blickte er zu den blauen Nebelschwaden hinaus und träumte von Rache. Von der Zerstörung der Welt Orgus Rahn.

Dann endlich die Erfolgsmeldung. Semana hatte einen perfekten Frachter ausgemacht und Will flog bereits mit einer Defender-Staffel dem Schiff entgegen.

Als sie den Frachter in den Nebel trieben, stand Tom angespannt auf der Brücke. Geleitet von den Defendern näherte sich der Frachter dem im Nebel liegenden Ungeheuer, der Victory. Tom konnte sich gut vorstellen, wie die Crew des Schiffes sich fühlte.

Von unbekannten Jägern abgefangen, in einen Nebel getrieben und dann zur Landung auf einem fremdartigen, organischen Schiff gezwungen.

Träge umkreiste der Frachter den Schiffskörper der Victory. Die Raumschotten des Haupthangars im „Rücken" des Schiffes öffneten sich. Helles Licht strahlte in die Dunkelheit hinaus wie ein Leuchtturm in alter Zeit.

Geleitet von zwei Defendern setzte der Frachter zur Landung an, der Rest der Staffel umkreiste das Schiff, bis die Landbucht wieder frei war.

Die Landestutzen des Frachters schoben sich aus dem Schiffsbauch und setzten auf dem Deck auf.

Die Defender landeten an ihren vorgesehenen Positionen links und rechts der Landebahn. Der Rest der Staffel tat es ihnen Minuten später gleich.

Kaum waren die Raumschotten geschlossen, betrat Alexandra zusammen mit zwanzig Mann in Kampfmontur die Landebucht und umstellte den Frachter.

Sie konnten sich nur vorstellen, wie es im Inneren des Schiffes zuging. Die Panik, die Verwunderung. Konföderierte Soldaten im Inneren eines solchen Schiffes?

Die Victory war nach wie vor ein Geheimnis. Keiner, der sie je sah, hatte überlebt.

Außer Iman.

Die Hauptluke öffnete sich unter hydraulischem Zischen und schlug blechern auf das Deck. Fünf Männer verließen das Schiff mit erhobenen Händen. Sie schienen begriffen zu haben, was die Stunde geschlagen hatte.
Der Captain war ein Hardonne. Ein Volk mit blauer Haut und nur wenigen Gesichtszügen. Schmale, eng beieinander liegende Augen, keine Nase, keine Ohren, sondern nur kleine Öffnungen im Schädel, geschützt durch ein dünnes, organisches Netz.
Der Mund war vorstehend und mit scharfen Reißzähnen bestückt. Am Hinterkopf zog sich ein langer, fester Schlauch wie ein Tentakel vom Schädel hinunter zum Ende des Rückgrats.
Zwei seiner Begleiter waren Najeki, kleinwüchsige Kreaturen mit braunen Körpern und dünnen Gliedmaßen. Es waren Mischwesen, die den Weg vom Insekt zum Humanoiden noch nicht ganz abgeschlossen hatten.
Der vierte war Marokianer, der fünfte ein Mensch.
\>\> Willkommen an Bord der ISS Victory \<\<, begrüßte Alexandra die fünf Mann.
Keiner schien glücklich darüber, hier zu sein, allen gemein war aber der beeindruckt-sprachlose Gesichtsausdruck.

Marokia.
\>\> Euer Schützling erweist sich als gewiefter Kommandant \<\<, sagte Ulaf Saras und setzte sich auf die Bank neben Garkan. Die beiden Männer kannten sich schon seit ihrer Jugend. Ihre beiden Häuser waren durch diverse Heiraten eng miteinander verbunden.
Saras war Oberkommandierender des Heeres, Garkan einer der höchsten Offiziere im Beraterstab des Imperators. Gemeinsam waren sie so etwas wie die grauen Eminenzen der imperialen Streitmacht.
\>\> Die Vernichtung von Langley war ein hervorragender Schachzug. Ein großer Sieg \<\<, lobte Saras.
\>\> Aber? \<\<, fragte Garkan, der diesen Ton des alten Freundes sehr gut kannte.
\>\> Dummerweise wird dieser Angriff mehr Probleme schaffen als lösen. \<\<
\>\> Wie meint Ihr das? \<\<

>> Michael Jeffries wurde zum Oberkommandierenden der konföderierten Streitkräfte ernannt. <<
>> Das ändert gar nichts. <
>> Er ist gefährlicher als seine beiden Vorgänger. Armstrong war zu selbstverliebt. Luschenko ein Ignorant. Jeffries ist gefährlich. <<
>> Jeffries ist ein Zweifler. Abhängig von seinen Beratern und sehr politisch. <<
>> Ich lese dieselben Akten, alter Freund <<, sagte Saras. >> Unser Geheimdienst ist hervorragend, ohne Zweifel, aber ich erinnere mich an so mache Fehleinschätzung, die ihm unterlaufen ist. <<
>> Was sollte Jeffries tun, das seine Vorgänger nicht taten? Wir stehen vor der Erde. Fällt das Hexenkreuz, ist der Krieg in wenigen Wochen vorüber und die Menschen sind besiegt. <<
Garkan blickte zufrieden vom Balkon seines Zimmers im zweithöchsten Turm des Palasts. Unter ihm erstreckten sich die steinernen Gärten, über den Gipfeln des Talkessels thronte die Abendsonne in tiefroter Pracht.
>> Das Korps hat uns schon mehr als eine Niederlage beschert. Mehr will ich gar nicht sagen. Egal, wie gut der Krieg an anderen Fronten verläuft. An der Pegasus-Linie kassieren wir Niederlage um Niederlage. <<
>> Vernachlässigbar. <<
>> Sie haben uns Marokia Zeta genommen. Ihre Truppen stehen auf Mendora. Das sind historische Einfallstore in unseren Raum. <<
>> Unsere Truppen stehen der Erde näher als ihre Marokia. Wen interessiert Mendora? <<
>> Ihr seid sehr siegessicher. <<
>> Wir haben mächtige Verbündete. <<
Ein Schwarm Vögel flatterte an ihnen vorbei, wunderschöne Exemplare mit blauen Federn und roten Köpfen.
>> Denen ich nicht vertraue. Das wisst ihr. <<
>> Weil es die meinen sind, nicht die euren? <<, fragte Garkan.
>> Es sollten die Verbündeten des Reiches sein. Doch das sind sie nicht. Sie verfolgen ganze eigene Pläne, die keiner von uns kennt. <<
Garkan lachte entspannt. >> Ich bitte Euch! Das ist eine Gruppe von … <<, er überlegte, >> … zwanzig Personen. Wie sollten sie das Reich gefährden? <<

>> Sie haben uns Langley gegeben. Wer sagt, dass sie nicht irgendwann die Fronten wechseln und unsere Geheimnisse an die Erde verkaufen? <<
>> So funktioniert das nicht. Die Leute sind nur Vermittler. Sie haben keinerlei Einblick in unsere taktischen Informationen. Aber sie haben Leute an strategisch wichtigen Positionen überall in der Konföderation. Alleine darum werden wir diesen Krieg schon bald gewinnen. <<
>> Ich muss jetzt gehen <<, sagte Saras, stand langsam auf und stützte seinen alten Körper auf einen Stock. Die Sonne im Rücken, lehnte er sich für einen Moment an die Brüstung. >> Dieser Krieg wird noch Jahre dauern <<, prophezeite er. >> Nicht Wochen. <<
Dann ging er und ließ Garkan allein mit seinen Gedanken. Der alte Ulaf zog eine Tüte aus der Uniform und holte ein paar Körner heraus, die er den Vögeln zuwarf.
Gierig stürzten sie sich darauf und flatterten sofort wieder davon.
>> Ist er ein Problem? <<, fragte Ischanti und Garkan erschrak ein wenig. Er hatte gewusst, dass ihr Gespräch belauscht wurde, doch Ischantis Gabe, sich völlig lautlos zu nähern, wurde vom GarUlaf immer wieder vergessen.
>> Saras? Nein. Er ist ein alter Nörgler. Mehr nicht. <<
>> Mir gefällt nicht, was er sagt. <<
>> Macht Euch keine Sorgen um ihn. Ich hab ihn im Griff. <<
>> Das will ich hoffen, Ulaf. Störungen können wir jetzt nicht gebrauchen. <<
>> Das sehe ich genauso. <<

ISS Victory, eine Stunde später.
Alexandra hatte die fünf Besatzungsmitglieder aufgeteilt und verhören lassen, um sie ein wenig einzuschüchtern.
Allein die Existenz der Victory hätte als angstmachender Faktor genügen müssen, Alexandra wollte aber auf Nummer sicher gehen.
Als sie dann den Verhörraum betrat, in dem der hardannische Captain saß, fand sie einen nervösen, angespannten Mann vor.
>> Minos Korva <<, sagte Alexandra unbestimmt, setzte sich gegenüber dem Mann an den Tisch und schlug die Beine übereinander.
>> Ja <<, sagte er. >> Von da kommen wir. <<

Alexandra nickte.

\>> Was machen Sie auf Orgus Rahn? <<

\>> Das habe ich Ihrem Lieutenant schon erzählt. <<

Alexandra hob und senkte die Schultern. >> Erzählen Sie's noch mal. <<

\>> Wir liefern Schmuggelware. Der Kommandant auf Orgus Rahn zweigt von der Rüstungsproduktion einiges ab. Er verkauft es auf dem Schwarzmarkt von Minos Korva. Wir übernehmen den Transport. <<

\>> Wie läuft das für gewöhnlich ab? <<

\>> Wir fliegen hin, landen auf der Orbitalstation, nehmen die Fracht an Bord und hauen wieder ab. In zwei, drei Stunden ist es für gewöhnlich erledigt und wir sind wieder auf dem Weg zurück nach Minos Korva. <<

Alexandra nickte. Sie ging es im Kopf noch mal durch. Ja. So würde es klappen.

\>> Wissen Sie, was das hier ist? <<, fragte sie ihn und deutete auf das sie umgebende Schiff.

\>> Nazzan Morgul <<, mutmaßte der Captain. >> Das Monster, von dem die Marokianer erzählen. Vor dem jedes Schiff hier draußen zittert. <<

Alexandra lächelte. >> Richtig. Sie haben jetzt zwei Möglichkeiten. Entweder Sie helfen uns oder Sie werden zu einem der legendären Opfer von Nazzan Morgul. <<

\>> Da bleibt mir wohl keine große Wahl <<, antwortete der Captain schicksalsergeben.

Diese Antwort gefiel ihr. >> Wie läuft die Anflugprozedur ab? <<, fragte sie ihn. >> Ihre Schmuggelschiffe fliegen hier ein und aus, als gehörten sie zur Reichsflotte. <<

\>> Wir besitzen die imperialen Codes, können also unbehelligt durch die Sicherungsringe fliegen. <<

\>> Auch jetzt noch? Trotz der Hauptflotte, die hier vor Anker liegt? <<

\>> Die kümmern sich nicht um uns. Im Orbit selbst liegt nur das Flaggschiff mit zwei Kreuzern als Geleitschutz. Der Rest der Flotte kreuzt am Rande des Systems. <<

\>> Ich will diese Codes. <<

\>\> Ich will freies Geleit für mich und meine Leute. <<
\>\> Kriegen Sie. Nachdem unsere Operation beendet ist. <<
Der Captain willigte ein.

Pegasus 1. Quartier des Stabschefs.
\>\> Jo, ich bitte dich, können wir nicht noch mal über die Sache reden? <<
\>\> Da gibt's nichts mehr zu reden, Henry! <<
\>\> Ich war wütend, ich hab da ein paar Dinge gesagt, die ich nicht so gemeint habe. Es ist mir rausgerutscht. <<
\>\> Was einem rausrutschen kann, muss vorher schon drinnen sein. Du hast mich eine *treulose Hure* genannt. <<
\>\> Das tut mir leid. <<
\>\> Ich danke Gott, dass du gerade am anderen Ende der Welt bist. Momentan ertrage ich deine Gegenwart nicht. Ehrlich gesagt ertrage ich nicht mal dieses Gespräch mit dir. <<
\>\> Jo! Jetzt sei nicht so melodramatisch … Ich hab mich entschuldigt. <<
\>\> Leere Worte, Henry. Ich glaub dir kein Wort. <<
Für einen Moment zögerte Eightman. Ihm fiel auf, dass Jolenne die Kette nicht mehr trug, die er ihr vor fünf Jahren geschenkt hatte. Als Anhänger hatte sie einen kleinen silbernen Davidstern.
\>\> Ich muss jetzt Schluss machen. Erin wartet. <<
Erin! Jolennes Miststück von Schwester, die ihre Ehe vom ersten Tage an hintertrieben hatte. Henry grauste bei der Vorstellung, zu was für Verleumdungen Erin seine Abwesenheit nutzte.
Gerade jetzt war Jo für jede noch so hanebüchene Geschichte offen. Sie musste Henry nur in schlechtes Licht rücken und schon wurde alles Gerede als Tatsache angesehen.
\>\> Lebwohl, Henry! <<
Lebwohl! … *Lebwohl!* Eightmans Unterlippe begann zu zucken. Das tat sie immer, wenn er wütend wurde.
\>\> Auf Wiedersehen, Jo! Ich liebe dich. <<
Jolenne unterbrach die Verbindung und der Monitor wurde dunkel.
Es dauerte zwei Sekunden, bis Eightman sich gesammelt hatte. Ruhig stand er auf, straffte seine Uniform und atmete durch.
Seine Unterlippe zuckte dennoch.

Er nahm einen Bilderrahmen in die Hand und betrachtete ihn. Eine dünne Glasplatte, die ausgewählte Fotos abspielte.
Ihr Hochzeitsfoto. Bilder von ihrer Hochzeitsreise nach Manderlay. Ein Weihnachtsfest bei den Schwiegereltern. Lauter schöne Erinnerungen.
Schnaubend warf er den Bilderrahmen gegen die Wand, wo er in tausend Stücke zerbarst.
Eine Sekunde später tat es ihm bereits leid.
So wie immer. Am Abend, als er Jo das letzte Mal gesehen hatte, war sie erst spät nach Hause gekommen. Er hatte an diesem Tag ganz überraschend die Bestellung in Jeffries' Stab erhalten und musste noch in derselben Nacht abreisen.
Ganz aufgeregt hatte er zu Hause auf sie gewartet, hatte ein Abendessen gekocht und wollte sie mit der fantastischen Neuigkeit überraschen.
Als sie dann schließlich weit nach Mitternacht heimkam, war das Essen längst kalt und sein Seesack stand marschbereit im Flur. Sie hatten nur noch wenige Augenblicke, ehe er von einem Freund abgeholt und zum Spaceport gebracht wurde.
>> Wo warst du? <<, hatte er sie gefragt und mit verwundertem Blick auf den Seesack hatte sie erwidert: >> Ich war essen. <<
>> Mit wem? <<
>> Mit Bill von der Arbeit. <<
>> Bill von der Arbeit? <<
>> Ja. Du kennst ihn doch … <<
>> Es ist halb eins in der Nacht! <<
>> Es tut mir leid. Wir hatten es lustig, er hat ein paar Drinks ausgegeben. Erin und ihr Mann sind zufällig dazugekommen … <<
Dann hatte er sie geohrfeigt.
Ganz spontan und er wusste auch nicht wirklich, warum er es getan hatte. Womöglich war es ihr Tonfall gewesen. Oder dieses glückliche Leuchten in ihren Augen.
Erschrocken wich sie zurück und hielt sich die Wange. Sie kämpfte mit den Tränen. >> Raus hier <<, sagte sie enttäuscht.
>> Keine Sorge <<, erwiderte er und schulterte seinen Seesack, >> bin schon weg. <<

Mit zitternder Unterlippe schob er sich an ihr vorbei und ging die Treppe hinunter. Er hätte auch den Lift nehmen können, doch die Enge der Kabine hätte er in jenem Moment nicht ertragen.
Jolenne war oben gestanden und hatte ihm durch das Treppenhaus nachgesehen, wie er Stockwerk um Stockwerk hinunterging.
An den Ausspruch *treulose Hure* konnte er sich selbst gar nicht erinnern, doch er kannte sich und es könnte durchaus sein, dass er sie so genannt hatte.
Seit jenem Abend hatten sie erst zweimal miteinander gesprochen und beide Male war Jo sehr zurückhaltend und abweisend geblieben.
Er verstand sie natürlich, doch seinen Zorn konnte dieses Verständnis dummerweise nicht beschwichtigen.
Eightman machte sich auf den Weg zum Stabsbüro. Ein Blick auf die Armbanduhr ließ ihn schneller laufen.
Er war bereits zu spät.
Offiziere und Unteroffiziere begegneten ihm. Grüßten ihn, wünschten ihm einen guten Morgen.
Er erwiderte, konnte sich aber später nicht erinnern, was er genau gesagt hatte. Seine Gedanken kreisten um Jo und ihre Schlampe von Schwester.
Erin würde ihre Ehe zerstören und jetzt hatte sie über Monate alle Zeit der Welt. Sie war sicher auch die treibende Kraft hinter jenem Abend mit Bill gewesen. Henry wusste es.
Allerdings brachte ihm diese Gewissheit gar nichts. Nur weiteren Zorn.
Als er das Büro schließlich erreichte, sah er, dass Jeffries in seinem Büro war, zusammen mit Tyler.
\>> Worum geht es da? <<, fragte er den PO im Vorzimmer des Admirals.
\>> Stationsinterna. <<
\>> Danke. <<
Eightman klopfte an und Jeffries deutete ihm durch die gläsernen Wände, er solle hereinkommen.
\>> Guten Morgen, Sir. Entschuldigen Sie meine Verspätung. <<
\>> Morgen, Henry. Kein Problem! ... Machen Sie weiter, Tyler. <<
\>> Wie ich schon sagte, Admiral. Das technische Personal arbeitet in Dreierschichten. Ich habe Leute aus dem Ingenieurskorps zu Ar-

beiten im Dock abkommandiert, aber das ist keine Lösung. Es verschafft mir ein wenig Zeit, mehr nicht. Außerdem hab ich nur halb so viele Piloten, wie ich Jäger habe. Und seit Anderson weg ist, haben wir nicht mal mehr einen CAG. <<
>> Es kann doch nicht so schwer sein, einen neuen CAG zu ernennen <<, knurrte Eightman.
>> Jeder meiner Interims-CAGs wurde an die Front beordert, ehe er sich eingearbeitet hatte. Wir haben keinen erfahrenen Piloten an Bord, alle sind längst auf Marokia Zeta oder unterstützen unsere Trägergruppen bei Mendora. Jetzt hab ich auch keinen Master at Arms mehr, und als ob das alles nicht schon schwer genug ist, werden wir ab jetzt das Oberkommando beherbergen. Das heißt, noch höhere Sicherheitsvorkehrungen, noch mehr Schiffsverkehr. Hier werden Admiralsschiffe im Wochenrhythmus eintreffen und sie alle werden eine Vorzugsbehandlung verlangen. Derzeit kann ich für die Sicherheit der Station nicht garantieren, Sir! Wir brauchen mehr Personal. Deutlich mehr Personal. <<
Jeffries hatte sich die Worte seines XO geduldig angehört, lehnte an seinem Schreibtisch und verschränkte die Arme.
>> Ich verstehe Sie, Tyler <<, sagte er, >> und Sie haben recht. Mit allem, was Sie sagen. <<
>> Danke, Sir. <<
>> Nur fürs Erste kann ich Ihnen keine Besserung versprechen <<, er sah kurz zu seinem Stabschef. >> Wir werden sehen, was wir machen können, doch allen Stationen ... <<, er berichtigte sich, >> ... allen Stützpunkten geht es genau gleich. Alle haben zu wenig Personal. <<
>> Ich weiß das, Sir. Mir ist klar, dass es so war, seit die Station in Betrieb genommen wurde. Es fehlt an allen Ecken und Kanten, und das seit über einem Jahr. <<
Jeffries nickte.
>> Nur jetzt sind wir das Oberkommando der Streitkräfte. Noch so ein Schlag wie bei Langley ... <<
>> Wir benötigen keine taktischen Belehrungen von Ihnen, *Captain* <<, fauchte Eightman und seine Unterlippe zuckte schon wieder.

>> Natürlich nicht. Tut mir leid. << Tyler stand auf. >> Ich will nicht noch mehr von Ihrer Zeit stehlen. <<
>> Kein Problem. Für meinen XO habe ich immer ein offenes Ohr. <<
>> Danke, Sir. <<
Tyler nickte kurz und verließ das Büro.
>> Darf ich mich für einen Moment entschuldigen, Admiral? Dauert nur zwei Minuten. <<
>> Sicher. <<
>> Danke. <<
Henry folgte Tyler und erwischte ihn kurz vor dem Ausgang aus dem Bürotrakt.
>> TYLER! <<, brüllte er und packte ihn von hinten an der Schulter.
>> NIE MEHR! <<, schrie er ihm ins Gesicht, >> nie mehr gehen Sie mit so was zum Admiral! Ist das klar? <<
>> Ich wollte eigentlich zu Ihnen, aber er traf mich auf dem Gang, fragte, worum es ging, ich ... <<
>> Mit so was wird der Admiral nicht behelligt! Das ist meine Sache, und wenn Sie Ihre Station nicht im Griff haben, dann kommen Sie damit zu mir, aber nicht zum Oberkommandierenden. Der hat im Moment ganz andere Sorgen als ein paar überarbeitete Dockarbeiter und unbemannte Jagdmaschinen. <<
>> Tut mir leid. <<
>> *Tut mir leid, Sir* <<, verbesserte ihn Eightman und Tyler fragte sich für einen Moment, ob dem Stabschef eigentlich bewusst war, dass sie beide den Captainsrang bekleideten.
>> Tut mir leid ... Sir <<, sagte Tyler und die Worte fielen ihm schwer. Er war es nicht gewohnt, so behandelt zu werden.
>> Wegtreten. <<
Tyler drehte sich um und ging durch die Tür.
Schwer atmend kehrte Henry ins Admiralsbüro zurück.
Er mochte die formlose Art des Korps. Sonst hätte er sich nie zu dieser neuen Waffengattung gemeldet.
Der Umgang zwischen den Offizieren untereinander und auch zwischen Offizieren und Mannschaften erinnerte ihn an die Umgangsformen in der IDF, den Streitkräften des alten Israels.

Eine Armee, zu der sich Eightman, auch aufgrund seiner Herkunft, schon immer hingezogen fühlte.

Kameradschaftlicher Umgang zwischen allen Dienstgraden war im Korps ausdrücklich erwünscht. In anderen Armeen war er strikt verboten.

Das Problem war, dass viele Soldaten den Unterschied zwischen formlos und lasch nicht begriffen.

Tyler hatte ganz klar eine Grenze überschritten, indem er den Dienstweg total missachtet hatte, und das durfte nicht toleriert werden.

Über diesen Vorfall würde er mit dem XO noch sprechen müssen. In Ruhe!

ISS Victory, Büro des Kommandanten.

\>> Sie spielen mit <<, erklärte Alexandra Tom.

\>> Das ging aber verdammt schnell. <<

\>> Das sind keine Helden. Jeder Einzelne von ihnen arbeitet für Geld. Ich habe ihnen erklärt, dass wir sie gehen lassen, wenn das hier funktioniert. Sie waren fast sofort bereit mitzumachen. <<

\>> Gut. Stellen wir ein Team zusammen. <<

\>> Ich dachte an Will Anderson und mich selbst <<, sagte Alexandra.

\>> Ach <<, Toms Kommentar war überrascht und zurückhaltend.

\>> Wir waren uns einig, dass es eine kleine Crew sein sollte. Außerdem brauchen wir Leute, die nicht zu militärisch wirken. Ich bin auf den Straßen aufgewachsen, kein Problem, mich an diese Crew anzupassen. Und Will ... Nun, Will wirkt selbst in Uniform nicht besonders militärisch. <<

Tom lachte. >> Ja. Da haben Sie wohl Recht <<, gestand er.

\>> Haben Sie schon mit ihm gesprochen? <<

\>> Er ist ganz heiß drauf. <<

\>> Gut. Somit ist es beschlossen. Bleibt die Frage, was wir mit der Flotte machen. <<

Alexandra aktivierte den Holoschirm. >> Orgus Rahn liegt hier, die Flotte kreuzt nach Angaben unseres Haradan-Freundes am äußersten Rand des Systems. Eine CAP überprüft diese Angaben, während wir hier sprechen. Im Orbit liegen demnach ein Kogan und

zwei Kreuzer. Ob es sich dabei um Jagd- oder Panzerkreuzer handelt, wissen wir noch nicht. <<
>> Wir müssen für Unruhe sorgen <<, sagte Tom.
>> Die Victory könnte an den Systemgrenzen auftauchen und die Flotte in Bewegung bringen. Womöglich locken wir so auch das Flaggschiff aus dem Orbit. <<
>> Während unser Kommandoteam zum Planeten hinunterfliegt <<, knurrte Tom. >> Wir sorgen dafür, dass die Flotte systemauswärts fliegt, springen in den Hyperraum und fliegen zurück nach Orgus Rahn. <<
>> Ganz einfach <<, sagte Alexandra.
>> Solange wir die Einzigen sind, die Raumfenster öffnen können, schon. <<
>> Das Sektorsprungtor liegt hier. Es ist relativ neu. Sein Vorgänger wurde in diversen Gefechten schwer beschädigt. <<
>> Das greifen wir an <<, entschied Tom. >> Wir schießen es in Stücke und flüchten durch den Normalraum. Iman wird alles hinter uns herschicken, was er hat, wir lassen uns einkesseln und springen dann in den Hyperraum. <<
>> Damit geben wir viel von unserer Tarnung auf. <<
>> Ich weiß. <<
>> Ich schlage vor, dass wir zwischen den Sonnen springen. <<
Alexandra deutete auf das Zwillingsgestirn im Zentrum des Systems.
>> Dort, zwischen den Sonnen, können sie unseren Transit womöglich nicht sehen. <<
>> Wir verschwinden einfach hinter den Koronas. <<
Alexandra nickte.
>> Gute Idee, Commander. <<

Pegasus 1.
>> Ich sollte weniger rauchen <<, sagte Eightman mehr zu sich selbst als zu Reno und drückte eine Zigarette in den überquellenden Aschenbecher.
Mit Augen, die vor Müdigkeit brannten, stand er vor dem Wandschirm und studierte die Sternenkarte.

\>\> Wonach suchen Sie? <<, fragte Reno der eigentlich Dienstschluss hatte und auf dem Weg zum Ausgang den Stabschef bemerkt hatte, der in Gedanken versunken in seinem Büro stand.
\>\> Keine Ahnung <<, erwiderte er, wohl wissend, dass er dem Operationschef nicht sagen konnte, worum sich seine Gedanken drehten. Dies war eine Sache, die im allerkleinsten Kreis passieren musste. Eigentlich durften nicht mal die Beteiligten darüber Bescheid wissen.
\>\> Kann ich helfen? <<
\>\> Nein ... <<, sagte Eightman mit abwesender Stimme, >> ... ich fürchte nicht. Aber danke für das Angebot. <<
\>\> Ich werd' dann mal ... <<, er deutete über seine Schulter und ging durch die Tür.
Als er wieder alleine war, zog Henry Eightman eine weitere Zigarette aus der Schachtel in seiner Brusttasche, zündete sie an und sog den Rauch tief in die Lungen.
Für ihn war es eine Art Ritual. Seit zwanzig Jahren rauchte er dieselbe Marke, seit fünfzehn Jahren zündete er seine Zigaretten mit demselben Feuerzeug an. Für einen Moment drehte er das silberne Zippo in den Fingern und ließ die Kappe mehrmals auf- und zuschnappen, während er nachdachte.
Er hatte es von seinem Großvater bekommen, kurz vor dessen Tod.
\>\> Achte gut darauf, mein Junge <<, hatte er, bereits im Sterben liegend, zu seinem Enkel gesagt und drückte ihm das Feuerzeug in die Hand. >> Es hat mir immer gute Dienste geleistet. <<
Kurz darauf war er gestorben.
An Lungenkrebs.
Einer neuen, nicht therapierbaren Form von Lungenkrebs, um genau zu sein. Eine Tatsache, die Henry hätte wachrütteln müssen.
Seine Schwester rauchte kurz darauf ihre letzte Zigarette und rührte danach niemals wieder eine an.
Er selbst rauchte unbeirrt weiter. Er brauchte diesen Akt des Anzündens, des Spielens mit dem Feuerzeug, den Geruch des Rauchs in der Luft.
Er brauchte dieses Ritual, um nachzudenken, den Kopf freizubekommen, die Gedanken zu fokussieren.
Anders funktionierte das bei ihm nicht.

Auf dem Wandschirm betrachtete er die Sternenkarte der umliegenden Sektoren. Unter anderem war auch der Planet Teschan zu sehen.
>> *Falsch, Captain. Die Frage lautet anders. Wie beweisen wir, dass die SSA an der Sache beteiligt war?* <<
>> Verdammt gute Frage, Admiral <<, sagte er, während Jeffries' Worte in seinem Kopf widerhallten. >> Wie beweisen wir es? <<
Seit ihrem Gespräch waren mehrere Tage vergangen, ohne dass Eightman eine zündende Idee gehabt hätte.
>> Wie beweisen wir unserem eigenen Geheimdienst, dass er gemeinsame Sache mit dem Feind macht? <<, fragte er, zog an seiner Zigarette und entließ den Rauch anschließend durch die Nase.
>> Macht er es überhaupt? <<
So ganz überzeugt war er nicht von Jeffries' Anschuldigungen. Natürlich vertraute er dem Admiral und die wenigen Dinge, die er hatte nachprüfen können, untermauerten seine Geschichte.
Dass es vor Jahren zu heftigem Streit zwischen Streitkräften und SSA gekommen war, wurde durch diverse Akten bestätigt.
Sogar dass damals geheime Werften besetzt wurden, hatte er sich durch Studieren diverser gesicherter Dateien bestätigen können.
Doch so wirklich stimmig wollte ihm die ganze Sache trotzdem nicht vorkommen.
Die SSA plant einen Putsch, wird entlarvt und die Direktorin kommt mit einer Abmahnung davon?
Das klang unglaubwürdig.
Es sei denn, die Direktorin wusste so viele Dinge über so viele wichtige Männer, dass keiner es wagte, sie vom Thron zu stoßen, geschweige denn vor Gericht zu bringen.
So gesehen konnte es natürlich stimmen.
Und nun ein neuer Anlauf?
Jeffries hatte ihm Sensorenmaterial gezeigt, das die Victory kurz vor ihrer ersten Ankunft auf der P1 aufgezeichnet hatte.
Neugierig hatte er es studiert und mit den Erkenntnissen des S3 verglichen. Bis heute konnte niemand mit Gewissheit sagen, wohin die Flotte verschwunden war, die erst Elisabeth Armstrong samt ihren Schiffen vernichtet hatte und anschließend Chang bombardierte.

Ein Abdrehen über den Teschan-Sektor würde durchaus Sinn ergeben, betrachtete man die damalige Front und den Stand der Stützpunkte.
Doch wie viele Schiffe musste die SSA haben, um eine ganze Flotte zu zerstören, und wo waren diese Schiffe seitdem umhergegangen?
Lagen sie irgendwo vor Anker, hatten sie einen Heimathafen, kreuzten sie dort draußen und warteten auf ihren großen Tag?
Eine weitere Zigarette war zu Ende geraucht. Er drückte sie in den Aschenbecher und spielte weiterhin mit dem Deckel des Feuerzeugs.
Klipp ... Klapp ... Klipp ... Klapp ... Klipp ... Klapp ...
Nach der Evakuierung von Teschan hatten Aufklärungsschiffe des S3 den Sektor mehrmals durchflogen und Nighthawks der P1 waren dreimal dort gewesen, um die Oberfläche im Tiefflug zu inspizieren.
Die Erkenntnis aller Operationen war identisch. Teschan war verlassen, in seiner Umgebung gab es nicht den geringsten Hinweis auf Flottenaktivitäten jedwelcher Art.
Wo also waren die Schiffe, warum waren sie an jenem Tag dort gewesen, wohin waren sie anschließend verschwunden?
Fragen, die bisher keiner beantworten konnte, und Eightman sah langsam ein, dass es ihm genauso wenig gelingen würde.
Jeffries und eine Sonderabteilung des S3 beschäftigten sich seit Monaten mit dem Thema.
Er selbst war erst seit ein paar Tagen eingeweiht, und so gerne er eine geniale Lösung präsentiert hätte, so aussichtslos war dieses Unterfangen.
Was zwei Dutzend Analysten des S3 und ein Vier-, mittlerweile Fünf-Sterne-Admiral nicht schafften, das schaffte auch Henry Eightman nicht.
Klipp ... Klapp ... Klipp ... Klapp ... Klipp ... Klapp ...
Auf einer Seite des Wandschirms lag eine Liste mit aufgegebenen Flottenstützpunkten aus der Zeit des letzten Krieges.
Jeder einzelne von ihnen war kontrolliert worden. Ohne jeden Erfolg.
>>Wer sagt, dass die Schiffe in der Konföderation gebaut wurden?<<, fragte er sich selbst und begann neue Überlegungen anzustellen. >>Ein Mond im Grenzgebiet womöglich?<<

Kurz darauf schüttelte er den Kopf. >> Quatsch. << Das war zu viel Aufwand, es wäre von den Patrouillen der Streitkräfte bemerkt worden.
>> Es muss irgendwo sein, wo keiner hinsieht. <<
Dummerweise war die Konföderation voller unbewohnter Flecken. Es gab tausend Orte, an denen man unbeobachtet war.
Doch kein Ort war so abgelegen, dass man dort unbemerkt eine Flotte aufbauen konnte.
Zumindest kein Ort, an dem der S3 nicht nachgesehen hätte.
Also war das alles nur ein Hirngespinst, eine unausgegorene Verschwörungstheorie ohne jegliches Fundament.
Es musste so sein.
Oder?
Klipp ... Klapp ... Klipp ... Klapp ... Klipp ... Klapp ...
Jeffries war überzeugt. Angeblich auch Hawkins. Warum nicht Eightman?
Warum nicht?
Es waren schon absurdere Dinge geschehen.
Weitaus absurdere.
Klipp ... Klapp ... Klipp ... Klapp ... Klipp ... Klapp ...
>> Wenn ich eine Flotte verstecken will ... <<, sagte er zu sich selbst, >> wohin gehe ich dann? ... Ich will sie nicht nur verstecken, ich muss sie erst bauen. Ich brauche Werften und Arbeiter, die keine Fragen stellen. Ich brauche einen Platz, um die Mannschaften unterzubringen, ich brauche Infrastruktur ... Wo kann ich das alles aufbauen, ohne dass irgendwer es bemerkt? Woher nehme ich die Gelder, um das alles zu bezahlen, woher die Leute, die das bauen, es betreiben ... << Er schüttelte entschlossen den Kopf. >> Das geht nicht ohne Partner. <<
Partner!
>> Im Reich? << Ihm ging ein zutiefst abstruser Gedanke durch den Kopf. War es möglich, dass Gared ihre Schiffe im Reich bauen ließ? Dass imperiale Werften und imperiale Arbeiter ihre Flotte schufen?
War das möglich?
Klipp ... Klapp ... Klipp ... Klapp ... Klipp ... Klapp ...

ISS Victory, Quartier von Alexandra Silver.
Alexandra öffnete ihren Schrank, schob Uniformen zur Seite und holte eine alte, abgenutzte Tasche hervor.
Es war lange her, dass sie diese Kleidung getragen hatte.
Sie zog ihre Uniform aus, breitete den Inhalt der Tasche auf dem Bett aus und verwandelte sich vom Offizier zum Outlaw.
Schwarze Lederhose zu hochhackigen Stiefeln und ein einstmals weißes Hemd. Darüber eine alte, abgegriffene braune Lederjacke und ein Mantel aus dunklem Stoff.
Sie besaß noch einen alten Waffengurt mit zwei Holstern, einen für jedes Bein. Die dazugehörigen Waffen holte sie sich in der Waffenkammer. Es durften keine Korps-Standardwaffen sein.
>> Geben Sie mir noch ein Gewehr <<, sagte sie zum Unteroffizier an der Waffenausgabe. Er hatte sie mehr als verwundert angesehen, als sie in diesem Aufzug zu ihm gekommen war. Sein Blick verschärfte sich noch, als Will sich zu Alexandra gesellte.
>> Wow <<, sagte er. >> Du siehst aus wie ein echter Verbrecher. <<
>> Sicher nicht so schlimm wie du. <<
Will trug eine alte Jeans, abgelaufene, alte Militärstiefel, ein altes grünes Hawaiihemd und einen Schulterhalfter. Darüber einen braunen, zerrissenen Wüstenmantel. Abgerundet wurde das Bild durch eine altmodische Sonnenbrille und einen Cowboyhut.
>> Warum? Das ist meine normale Freizeitkleidung <<, behauptete er.
Mit Waffen versorgt, gingen sie gemeinsam hinauf zum Hangardeck, wo der Frachter samt Crew bereits auf sie wartete.
Der Haradan-Captain hatte ihnen erklärt, dass sie immer die leeren Frachtcontainer zurückbrachten, sie ausluden und andere, gefüllte an Bord nahmen, dann verließen sie die Station und anschließend den Sektor.
In einem der leeren Frachtcontainer hatte Tom einen Sprengsatz verstecken lassen, der groß genug war, um die Orbitalstation in ihre Einzelteile zu zerlegen.
Will und Alexandra flogen als Aufpasser mit, hielten sich im Hintergrund und sorgten dafür, dass niemand aus der Reihe tanzte.

Aus dem Cockpit konnte Will sehen, wie der Planet ihnen immer näher kam.

Die Station im Orbit war klassisch imperial. Sie wirkte unförmig, bullig und strotzte vor Waffenkapazitäten.

Ein offener Angriff auf die Station würde viel Zeit kosten und die planetaren Truppen alarmieren. Deshalb hatten sie beschlossen, die Gegebenheiten zu nutzen und es diesmal nicht mit der Vorschlaghammermethode zu versuchen.

Tom war immer geneigt, mit feuernden Waffen irgendwo einzufallen. Sein Kampfstil war sehr brutal geworden, sehr marokianisch.

Alexandra aber konnte ihn überzeugen, dass es auf diese Weise sicherer war. Tom gab ihr Recht und billigte ihren Plan.

Jetzt, hier an Bord des Frachters, den Marokianern so nahe, fragte sie sich, ob ihr Toms Plan nicht lieber gewesen wäre.

Die Station war ein schwerer Gegner, aber zu packen. Die Victory hätte es mit Sicherheit geschafft. Nur der Zeitfaktor blieb unsicher.

Angesichts der vielen Schlachtschiffe in Schlagdistanz durften sie sich keine Sekunde des Trödelns erlauben. Alle Handgriffe mussten perfekt sitzen.

Alexandra zog Mantel und Jacke aus und warf sie auf einen der vielen Container. Es war heiß in dem Schiff.

Will saß im Sessel des Copiloten, Schweiß sammelte sich an seinen Schläfen. Auch er hatte den Mantel längst ausgezogen und die Hemdärmel hochgekrempelt.

Sie waren jetzt so nahe, dass sie nur noch die Station sahen, der Weltraum verschwand hinter dem Stahl.

\>> War das eine gute Idee? <<, fragte Will Alexandra. Sie antwortete ihm nicht.

Die Raumschotten öffneten sich und der Frachter flog ins Innere der Station.

Das Landedeck war weitläufig und belebt. Kaum hatten sie aufgesetzt, rannten bereits Dockarbeiter herbei. Alles lief sehr schnell ab, sehr militärisch.

Alexandra ging nach hinten und sah zu, wie die Marokianer die Kisten und Container mit Staplern, Hubwagen und per Hand die Rampe hinunterschleppten.

Ihre Kehle war staubtrocken. Zwei Meter große Marokianer gingen an ihr vorbei, schleppten Kisten, schnaubten und warfen ihr abfällige Blicke zu. Jede ihrer Gesten zeugte von Hass und Abscheu.
Was passierte, wenn sie den Sprengsatz fanden? Hier rauszukommen war unmöglich.
Alexandra wusste genau, in welcher Kiste er sich befand. Als die Marokianer sie hinausbrachten, hörte ihr Herz auf zu schlagen.
Will kam durch die Verbindungstüre und gesellte sich zu ihr. Niemanden schien es zu stören, dass sie Menschen waren. War es so gewöhnlich? Gab es so viele Menschen auf Minos Korva, die mit dieser Geißel allen Lebens Handel trieben, dass es die Marokianer überhaupt nicht mehr verwunderte, wenn welche hier auf der Station waren?
Eine bedrückende Vorstellung.
Alle leeren Container waren ausgeladen, die meisten vollen wieder an Bord. Der Pilot ließ die Turbinen bereits wieder warmlaufen.
Alles war glattgegangen. Niemand hatte ausgezuckt, niemand hatte nervös gewirkt. Die Marokianer kümmerten sich nicht um die Crew und die Crew nicht um die Marokianer.
>> Alles an Bord <<, sagte Alexandra, als sie aus dem Frachtraum ins Cockpit kam.
>> Gut. <<
Der Pilot erbat Starterlaubnis und erhielt sie sofort. Ruhig und beinahe in Zeitlupe verließ der Frachter die Station wieder.
Alexandra und Will atmeten gleichermaßen schwer. Das Gefühl, wieder im All zu sein, wirkte befreiend.
Dann kam ein Funkspruch der Station.
>> … befehlen Ihnen eine sofortige Landung auf dem Planeten. <<
Allen stockte der Atem, ihre Herzen vergaßen weiterzuschlagen, Schweiß schoss aus allen Poren.
>> Ist das normal? <<, fragte Will den Captain.
>> Nein <<, murrte dieser und bestätigte den Befehl. >> Du hast es gehört <<, sagte er zum Piloten und sie änderten den Kurs in Richtung Planeten.
>> Glaubt ihr, sie haben was gemerkt? <<, fragte der Pilot.
>> Nein. Dann hätten sie uns gleich abgeschossen <<, sagte Alexandra, mehr um sich selbst zu überzeugen als die anderen.

Der Stützpunkt war ein weitläufiges Fort mit flachen Baracken und weiten Plätzen. Jagdmaschinen und Panzer standen in Reih und Glied wie Kavalleriekohorten kurz vor dem Angriff. Der Dornenthron hatte eine beeindruckende Feuerkraft hier versammelt.
Aufgrund des frühen Morgens schliefen die meisten Soldaten noch.
Staub wirbelte durch die Luft und trieb in dichten Schwaden über den Hauptplatz, als die Schwenktriebwerke in den Tragflächen sich nach unten drehten und der Frachter sanft den Boden berührte.
\>> Wann geht die Ladung hoch? <<, fragte der Captain.
\>> In ein paar Minuten <<, erklärte Alexandra.
Durch die Fenster sahen sie, wie ein Zug Soldaten sich dem Schiff näherte. Alexandra entsicherte ihr Gewehr und legte es griffbereit auf einen Container.
\>> Was soll das werden? <<, fragte der Captain.
\>> Lebend kriegen die mich nicht <<, erwiderte sie.
Dann öffnete sich die Luke.

Orgus Rahn, Planetares Hauptquartier der imperialen Hauptflotte.

\>> SENSORENKONTAKT! Nicht identifiziertes Schiff am Raumtor gesichtet. Es eröffnet das Feuer. <<
Iman war in seinem Büro gewesen, als diese Meldung hereinkam, und sofort ging er hinüber ins Kommunikationszentrum, wo Ituka das Kommando führte.
\>> Haben wir Bilder? <<, fragte der Admiral.
\>> Nur spärlich. <<
Auf dem Monitor flackerten verrauschte Aufnahmen eines langen, schlanken Schiffes, das mit feuernden Geschützen auf das Tor zukam. Dann erlosch die Aufzeichnung.
\>> Das ist es! <<, sagte er zufrieden. >> Langley hat funktioniert. Schickt alle Truppen in Marsch, sie sollen ihm den Weg abschneiden. <<
\>> Raumtor zerstört <<, meldete ein Soldat, doch es war Iman gleich. Wichtig war, dass sie das Schiff sehen konnten, dass es hier war, in Reichweite einer ganzen Flotte, und sich nicht aus dem Hinterhalt anschlich wie sonst immer.

\>\> Sie setzen Kurs auf die Systemgrenzen. Flugrichtung Reichsgebiet <<, sagte Ituka.
\>\> Natürlich. Richtung Erde kommen sie nicht durch, dort stehen ein Dutzend Flotten. Ins Reich hinein wartet niemand auf sie <<, Iman trat an die Sektorenkarte. >> Flügel drei und vier sollen direkten Kurs auf die Systemgrenzen nehmen. Flugvektor 9 9 7 4. Flügel acht und neun über den Vektor 4 5 9 3. Der Rest folgt ihnen. <<
\>\> Eine Scherenbewegung <<, erkannte Iman.
\>\> Wir fangen sie ab. Egal, wie schnell dieses Ding ist, diesmal fangen wir sie ab. <<
Die Angriffsflügel seiner Flotte waren den Systemgrenzen deutlich näher als die Victory und sein Plan hätte funktioniert, würde die Victory nicht ins Systeminnere abdrehen.
\>\> Schiff ändert Kurs auf Zentralgestirne. <<
\>\> Das macht keinen Sinn <<, sagte Ituka.
\>\> Sie wollen nach unten flüchten. Richtung Farewell Point <<, erkannte Iman mit Blick auf die Karte.
\>\> Schickt ihnen die Talar entgegen. Samt Geleitschutz. <<
\>\> Das Flaggschiff? <<
\>\> Mach schon! Diesmal entkommt es mir nicht. <<
Die Victory hielt Kurs auf die Sonnen, praktisch jeden Flügel der Hauptflotte im Genick. Von allen Seiten folgten sie ihr, immer weiter hinein ins System, immer weiter weg von Orgus Rahn.
Die Victory flog genau so schnell, dass die Marokianer immer knapp hinter Gefechtsdistanz blieben; manchmal ließen sie den einen oder anderen Flügel etwas näher kommen, ließen ihn ein paar Salven feuern und drehten dann wieder aus seinem Feuerradius ab.
Für die Marokianer wirkte es wie eine atemlose Flucht, sie hielten es für eine Treibjagd, einen ungleichen Kampf, der nur einen Ausgang kannte.
Doch dann verschwand die Victory zwischen den Sonnen.
Die imperialen Angriffsflügel umkreisten die Sterne in weitem Bogen, wollten den flüchtenden Feind am anderen Ende abfangen, doch er war verschwunden.
\>\> Wo ist er? <<
\>\> In der Korona <<, war sich Iman sicher. >> Irgendwo nahe der Korona. Er spielt „toter Mann". <<

Die Schiffe begannen ihre Suche.

Orgus Rahn.
Alexandra, Will und die fünf Crewmitglieder standen auf der Laderampe und warteten, bis die Kolonne sie erreicht hatte.
Alexandra sah auf ihre Uhr. In ein paar Minuten ging es los, sofern die Marokianer nicht kapiert hatten, was vor sich ging.
Ein Offizier näherte sich ihnen. >> Captain Olgarman? <<
>> Das bin ich. <<
>> Der Stützpunktleiter will Sie sprechen. <<
>> Worum geht es? <<
>> Ulaf Iman hat Befehl gegeben, dass bis auf Weiteres keine Zivilschiffe diesen Sektor anlaufen dürfen. Der Stützpunktleiter will das mit Ihnen besprechen. <<
Alexandra und Will sahen sich alarmiert an.
Olgarman ging mit dem Offizier und zwei Soldaten mit. Der Rest blieb um das Schiff herum auf Position.
Alexandra trat zwei Schritte zurück, ganz langsam. Will hingegen ging zwei nach vorn. Er wollte besseres Schussfeld haben.
Beide rechneten damit, dass gleich die Hölle losbrach.
Und so war es auch.
Ein Feuerball breitete sich am noch morgendlich dunklen Himmel aus. Erschrocken sahen alle zum Firmament.
Erst begriff keiner, was da passiert war. Alarmsirenen heulten, Soldaten sprangen aus ihren Betten und rannten durch die Türen der Unterkünfte.
Trümmer stürzten in die Atmosphäre und verglühten, dann erschienen die Lichtstrahlen eines Raumfensters als heller Stern am Morgenhimmel und Sekunden später trat die Victory bereits in die Atmosphäre ein.
Wie schon auf Mares Undor, sank sie als gewaltiger Feuerball zu Boden, verharrte in tausenden Metern Höhe und eröffnete ihr Feuer.
Gatlingsalven und Raketen hagelten in die Industrieanlagen, Defender stürzten sich wie Raubvögel auf die Jagdmaschinen am Boden.
Raider starteten und brachten Einsatzkommandos hinunter zur Oberfläche.

Iman kam aus dem Hauptgebäude gerannt, in seiner Faust eine Handfeuerwaffe. Ituka rannte hinter ihm her, wollte ihn festhalten, bat ihn um Rückzug.
>> NNNNNNEEEEEEIIIIIIIIIIIIIINNNNNNNN!!!!! << Ein Aufschrei völligen Irrsinns! Iman hob die Waffe und feuerte in den Himmel. >> Ulaf! Bitte <<, flehte Ituka, doch Iman blieb einfach stehen und feuerte auf den grünen Rumpf. Mit Augen, die vor Wut aus den Höhlen traten, und einem Nackenkamm, der sich zum Zerbersten aufblähte.
Korpssoldaten in schwarz-grauen Kampfmonturen rannten über den Platz und schossen auf Krieger, die sich ihnen teils in Unterwäsche stellten.
Kein einziger Rochenjäger schaffte es in den Himmel. Ganze Geschwader lagen brennend auf der Rollbahn.
Panzer setzten sich in Bewegung, doch gegen die Defender waren sie machtlos. Sicherungsstellungen wurden überrannt, Gebäude gingen in Flammen auf. Dichter, schwarzer Rauch erhob sich aus dem Stützpunkt.
>> Wir müssen hier weg, Ulaf <<, bat Ituka und zog Iman an der Schulter. Seine leergeschossene Waffe ließ er einfach fallen und folgte seinem Vertrauten. Er hatte recht. >> Ihr dürft ihnen nicht in die Hände fallen <<, mahnte er, >> Ihr seid zu wichtig. <<
So schnell Imans künstliche Gliedmaßen es zuließen, flüchteten sie durch Flammen und Rauch.
Will und Alexandra warfen sich unter den Frachter und gingen hinter den Landestutzen in Deckung.
Salve um Salve fetzte an ihnen vorbei, doch der Frachter wurde zu keinem Angriffsziel.
Er war einfach nur da. Ganz zufällig.
Keiner begriff seine Rolle bei diesem Angriff, keiner hatte genug Zeit, um sich die Sache durch den Kopf gehen zu lassen.
Der Captain des Frachters kugelte durch den Staub und kroch auf sie zu.
>> Der Zellentrakt ist dort drüben! <<, sagte er und deutete auf ein Gebäude, das von den Flammen langsam umzingelt wurde.
Will und Alexandra tauschten einen Blick und rannten dann kurzentschlossen über den Platz. Im Eingang des Zellentraktes lagen tote

Marokianer, so wie auch im Inneren. Eine Explosion hatte den vorderen Teil verwüstet.
Will sicherte den oberen, von Trümmern übersäten Bereich, während Alexandra hinunterrannte zu den unterirdischen Zellen.
Alle waren leer.
Alle bis auf eine, weit hinten.
Alexandra fand eine abgemagerte Frau mit blutunterlaufenen Augen, tiefen Kratzwunden und Schürfwunden und einem in völlige Agonie verfallenen Gemütszustand.
>> Christine? <<, fragte sie und ging vor ihr in die Knie. >> Ich bin Alexandra Silver <<, ihre Stimme war sanft und leise. >> Tom Hawkins schickt mich, um Sie zu holen. <<
Die völlig apathische Frau hob den Kopf und sagte nur ein Wort, leise wie ein Flüstern:
>> Tom? <<
Draußen tobte die Schlacht weiter, auf den Schirmen der Victory näherten sich die weit verteilten Schiffe der Hauptflotte von allen Seiten, doch sie würden Stunden brauchen, um den Planeten zu erreichen.
Semana erstattete Tom alle fünf Minuten Bericht, während sein Blick am Hauptschirm klebte.
>> Unsere Truppen melden Einbrechen der Gegenwehr <<, sagte sie zufrieden. >> Sie geben auf. <<
>> Macht meinen Raider startklar <<, sagte er und wollte zum Ausgang gehen.
>> Captain! <<, rief Semana ihm nach und Tom verharrte im Schritt.
>> Meldung von Commander Silver <<, sie zögerte, >> *wir haben sie.* <<
Tom rannte los.
Als sein Raider den Planeten erreichte, war die Schlacht längst geschlagen, die Industrieanlagen bombardiert und niedergebrannt. Von der Victory aus konnte man den Feuersturm sehen, der zwischen den einbrechenden Schornsteinen tobte. Versuche, die Brände zu löschen, waren schnell aufgegeben worden. Die wenigen, die sich retten konnten, ergaben sich erschöpft den Korps-Truppen.

Die Marokianer wurden entwaffnet und zusammengetrieben. Es gab nur minimale Verluste auf Seiten des Korps. Die Marokianer aber hatte schwer geblutet. Ihre toten Krieger bedeckten den Boden des Forts.

Tom Hawkins wäre früher wohl geschockt gewesen angesichts eines solchen Massakers. Mittlerweile war es ihm schon fast ein Genuss.

Sein Hass auf die Marokianer nahm fanatische Züge an. Sein Befehl zu absoluter Härte wurde von den Truppen nur zu gerne befolgt.

Während überall um ihn herum Gefangene abgeführt wurden, schritt Tom mit gesenktem Blick über das von toten Körpern bedeckte Feld.

Rauch und Staub umwehten ihn, während er sich dem gelandeten Frachter näherte, an dessen Heckluke Will Anderson saß. Müde, ein Gewehr quer über die Beine gelegt, saß er auf dem kalten Stahl und beobachtete Tom, wie er zwischen den Rauchschwaden langsam Gestalt annahm.

>> Sie sind drinnen <<, sagte er zu Tom und ging mit ihm die Ladeluke hinauf. Um sie vor den Blicken der Truppen zu schützen, hatte Alexandra Christine ins Innere des Schiffes gebracht.

Tom stand im Halbdunkel des Frachtraums, durch die Luke hinter ihm strahlte helles Licht. Christine saß zitternd auf einer Kiste.

>> Wir haben knapp dreißig Minuten, bis die ersten Schlachtschiffe uns erreichen <<, sagte er zu Alexandra. >> Sofort Abmarschbereitschaft herstellen. Die Gefangenen lassen wir zurück. <<

>> Verstanden, Sir <<, Alexandra und Will verließen den Frachter. In Momenten wie diesen brauchte niemand ein Publikum.

Christine starrte in den Boden, als wage sie es nicht, ihn anzusehen.

Tom kniete sich hin und sah ihr in die Augen. Ihr Anblick war mehr als erbärmlich. Tränen der Freude und des Mitleides glitzerten in seinen Augen. Zum ersten Mal seit ewigen Zeiten gingen seine Gefühle mit ihm durch.

>> Christine <<, sagte er leise und hoffte auf eine Reaktion.

Mit zitternden Lippen sah sie langsam auf und erwiderte seinen Blick.

Sie sprachen kein Wort. Sie konnten nicht ausdrücken, was sie empfanden, jede Silbe wäre zu viel gewesen.

Christine rutschte von der Kiste, ließ sich von Tom in die Arme nehmen und begann gelöst von allem zu heulen.

So fest er konnte, umarmte er sie und schwor sich, sie niemals wieder aus den Augen zu lassen, sie zu beschützen, von diesem Tag an für alle Zeit, und er schwor, Rache zu nehmen. Iman würde grausam zur Verantwortung gezogen werden.

War er schon jetzt beseelt gewesen vom Wunsch nach Rache, so wurde es nun zu einer heiligen Mission.

Tom war sechs Monate lang eine wandelnde Leiche gewesen, ein Wiederkehrer, ein Mensch, der Nacht für Nacht dem Grab entstieg, um zu beenden, was er in seinem Leben nicht mehr geschafft hatte.

Hier und heute, auf diesem Schlachtfeld, erhielt er viel von seiner Menschlichkeit zurück. Der Lebensfunke wurde neu entzündet. Dass Christine lebte und nun frei war, ließ Gefühle in ihm wach werden, die er lange tief in sich versperrt hatte. Trotz ihres Anblicks und trotz der Ahnung, was sie alles überstanden hatte, war er glücklich, sie wieder zu haben.

All das Elend und Leid des Krieges trat in den Hintergrund. Die Fesseln, die Tom sich selbst auferlegt hatte, zerbrachen.

Sechs Monate hatte er still vor sich hin gelitten. Sechs Monate lang hatte er sich jeden Tag die Schuld an ihrem Tod gegeben.

Sie waren beide befreit worden an diesem Tag. Christine von Folter, Angst und Verzweiflung. Tom von Selbstmitleid und auf sich selbst projiziertem Hass.

Langsam hob er Christine hoch und trug sie aus dem Frachter wie ein Ehemann seine Braut über die Schwelle. Vorbei an den Leichen, Zerstörungen und Trümmern quer über das Schlachtfeld durch Rauch, Staub und Feuer hinüber zu seinem wartenden Raider und brachte sie in Sicherheit.

Pegasus 1.

Seitdem sich das Oberkommando auf der P1 befand, platzte die Station aus allen Nähten und praktisch im Wochenrhythmus wurden neue Büros und Abteilungen eröffnet.

Anfangs hatten die ohnehin bestehenden, bisher jedoch brachliegenden Einrichtungen völlig ausgereicht, doch mittlerweile hatten alle Teilstreitkräfte eigene Vertretungen an Bord der Station. Die Ober-

kommandierenden der einzelnen Truppenteile waren dabei, ihre Einsatzstäbe auf die Station zu verlegen, und auch der S3 hatte nun ein weitläufiges Büro an Bord eingerichtet.
Drei Wochen zuvor waren hier noch Container gelagert worden, nun standen in dem Hangardeck provisorische Trennwände, Dutzende Schreibtische und freistehende gläserne Projektionsschirme.
Agenten und Analysten bewegten sich in der improvisierten Zentrale und das Ganze wirkte noch nicht ganz so geordnet, wie man es vom S3 landläufig gewohnt war.
>> Entschuldigen Sie das Chaos, Captain <<, bat Commander Bill Maddox und räumte einige Kisten von seinem Schreibtisch und den davor stehenden Sesseln, um Eightman eine Sitzgelegenheit bieten zu können. >> Bitte <<, er deutete auf einen der Sessel.
>> Wir sind noch dabei einzuziehen <<, sagte Maddox, >> Colonel Aznar wird nächste Woche hier eintreffen und bis dahin haben wir noch … <<, er räusperte sich, >> … eine ganze Menge zu tun. <<
>> Kein Problem, Commander. Bei uns oben sah es wochenlang so aus. <<
Maddox wirkte erleichtert und lehnte sich ein wenig zurück.
>> Womit kann ich Ihnen dienen, Captain? <<
>> Ich habe hier einige Berichte <<, sagte Eightman und zog einen Datenblock heraus. >> Sie beschäftigen sich mit einer laufenden S3-Operation. Codename Matahari. <<
Maddox' Miene verfinsterte sich. >> Die meisten dieser Berichte wurden von Ihnen unterzeichnet, einige von Colonel Aznar selbst. <<
Der Commander schwieg.
>> Keine Sorge. Ich bin nicht hier, um Fragen zu stellen <<, versicherte Eightman. >> Admiral Jeffries hat mich in die Sache eingeweiht und ich habe die Berichte von ihm selbst bekommen. <<
Maddox schwieg noch immer.
>> Ich bin nicht hier, um herumzuschnüffeln. Ich bin hier, weil ich bei der Klärung dieses, nun, sagen wir mal, ruhmlosen Kapitels helfen will. <<
>> Wie? <<
>> Sie sind Leiter der Sonderabteilung Matahari? <<
>> Ja. <<

\>> Sind Sie jemals auf die Idee gekommen, dass die SSA ihre Schiffe in imperialen Werften bauen könnte? <<
Misstrauisch beäugte Maddox den Stabschef. >> Ich kenne Admiral Jeffries nicht persönlich, weiß aber um das geringe Vertrauen, das er der SSA entgegenbringt. <<
Eightman nickte. >> Ich bin auch lange genug hinter der SSA her, um sicher zu sein, dass sie mehr Dreck am Stecken hat, als sich das der Geheimdienst einer Demokratie erlauben kann. << Eightman nickte erneut.
\>> Allerdings die Vorstellung, dass unser eigener Geheimdienst mit dem Feind kooperiert ... <<, Maddox hob und senkte die Schultern. >> Es ist schwer vorstellbar. <<
\>> Ich tue mir damit auch schwer. <<
\>> Worüber reden wir dann hier? <<
\>> Über die Frage, was Isan Gared bereit ist zu tun, um an die Macht zu kommen. Wenn ich dem Oberkommandierenden Glauben schenke, ist sie zu absolut allem bereit. <<
\>> Sie wissen um die Geschehnisse vor zehn Jahren? <<, fragte Maddox. >> Um die Werftbesetzung, die Verhaftungen? <<
\>> Ich habe die spärlichen Berichte dazu gelesen. <<
\>> Dann wissen Sie, wie schwer es damals war, der SSA etwas nachzuweisen. <<
\>> Ja. <<
\>> Jeffries hat damals behauptet, die SSA wolle putschen, um an die Victory zu kommen. <<
\>> *Behauptet?* <<
\>> Wir hatten Beweise für die Schiffe, für den Bau der Victory, doch keinerlei Beweise für einen anstehenden Putsch. Admiral Jeffries hat diese Anschuldigungen seinerzeit erhoben und diverse Entscheidungsträger haben ihm geglaubt. Die Verstöße der SSA waren schwerwiegend, aber nicht annähernd so *schwerwiegend,* wie der Admiral sie erhoben hat. <<
\>> Sie beschuldigen den Oberkommandierenden der Lüge? <<
\>> Nein! Keinesfalls. Ich sage nur, dass er damals, vor zehn Jahren, nicht alles beweisen konnte, was er der SSA vorwarf. <<
\>> Immerhin hatten sie die Victory. <<

>> Ein Forschungsprojekt. Sie konnten glaubwürdig nachweisen, dass die Victory nie als das geplant war, wozu sie später gemacht wurde. <<
>> Sie sollte kein Kriegsschiff werden? <<
>> Sie sollte eine neue Technik erforschen. <<
>> Und Sie glauben das? <<
>> Ich muss glauben, was bewiesen wurde. <<
>> Und was bedeutet das für unser heutiges Problem? Zehn Jahre später? <<
>> Dass ich mir durchaus vorstellen kann, dass die SSA erneut an eigenen Schiffen baut. Ich weigere mich aber zu glauben, dass sie mit dem Dornenthron gemeinsame Sache macht. <<
>> Wie erklären Sie sich die Zerstörung von Langley, wenn nicht durch Verrat? Die Station war praktisch ungeschützt. Eine Handvoll Schiffe hat sie zerstören können. <<
>> Korps, SSA und Imperium sind nicht die einzigen Fraktionen in diesem Konflikt. <<
>> Wer noch? <<
>> Minos Korva. <<
>> Minos Korva? <<
>> Ja. Der Planet rückt mehr und mehr in unseren Fokus. Wir beobachten einen regen Handel von Material und Information zwischen Marokia und Minos Korva. <<
>> Das ... ist ein ... <<, Eightman überlegte, >> ... ist ein interessanter Denkansatz. <<
>> Und er ist um einiges realistischer als eine Kooperation zwischen Thron und SSA. <<
>> Minos Korva hat weitläufige Werftanlagen. <<
>> Die nicht gerade die modernsten sind, jedoch ausreichen, um eine kleine, schlagkräftige Flotte aufzustellen. <<
>> Diese Theorie fasziniert mich. <<
>> Wir haben Aufklärungsmaterial, das diese These stützt, jedoch zu wenig, um von Beweisen sprechen zu können. <<
>> Und selbst wenn ... <<
>> Ist es kein Hochverrat. Es ist nur ein erneuter Verstoß gegen die klaren Auflagen des Senats und der Regierungen. <<
>> Wo operiert diese Flotte? <<

>> Wissen wir nicht. Wir gehen davon aus, dass sie irgendwo im Argules kreuzt. Weshalb, ist unklar. <<
>> Ist es möglich, dass sie sich vor einem dreiviertel Jahr innerhalb der Konföderation befunden hat? <<
>> Sie meinen, bei Teschan? <<
>> Ja. <<
>> Möglich ist es. Beweise gibt es keine. <<
>> Wofür gibt es Beweise? <<
>> Dafür, dass die SSA ihr eigenes Süppchen kocht, doch das tun Geheimdienste immer. <<
>> Sie glauben nicht, dass sie Langley verraten haben? <<
Maddox schüttelte den Kopf und Eightman schnaubte leise. Eine Mischung aus Erleichterung und Frustration.
>> Admiral Jeffries und Isan Gared sind nicht erst seit gestern Feinde. Diese Fehde geht Jahrzehnte zurück und Sie sollten den Admiral mal fragen, wie die Sache begonnen hat. <<
>> Was meinen Sie damit? <<
>> Das ist was Persönliches zwischen den beiden. Da lässt man Fakten gerne mal außen vor. <<
>> Das klingt schon wieder nach einer Anschuldigung gegen den Admiral. <<
>> Wenn das so klang, tut es mir leid <<, Maddox räusperte sich.
>> Wir spielen im selben Team, Captain. Der Admiral ist nicht Ziel unserer Aufklärung. Das ist ganz klar die SSA. <<
>> Aber nicht alles, was der Admiral zu finden hofft, wird auch gefunden. <<
>> Gott sei Dank nicht. <<
>> Warum Gott sei Dank? <<
>> Würde die SSA all das wirklich tun, was der Admiral ihr zutraut ... hätten wir den ärgsten Feind in den eigenen Reihen. <<

ISS Victory.
Alexandra Silver kam, von nächtlichem Hunger getrieben, in die Offiziersmesse. Sie hatte gerade ihren Dienst beendet und war unterwegs in ihr Quartier.
Als sie den Geruch von frisch Gekochtem wahrnahm, beschloss sie, einen kurzen Abstecher zu machen.

Die Messe war fast leer. Nur wenige Offiziere saßen hier und unterhielten sich. Ein paar standen an der Theke und ließen sich ihre Teller füllen.
Alexandra tat es ihnen gleich, nahm einen Teller vom Stapel und ging an der Theke entlang. Aus dem Augenwinkel entdeckte sie Will Anderson, der über ein Bier gebeugt in der Ecke saß.
Seit er an Bord gekommen war, suchte er ihre Nähe. Immer wieder tauchte er wie aus dem Nichts auf, und immer wenn er glaubte, sie würde es nicht bemerken, zog er sie mit seinen Augen aus.
Alexandra mochte ihn. Sie konnte nicht sicher sagen, warum. Er war ein Draufgänger, ein Trinker, ein Spieler. Ein Pilot eben.
Schon immer hieß es, Piloten hätten auf Frauen eine magische Anziehungskraft. In Alexandras Fall mochte das stimmen, wenn es auch dämlich war.
Selbst wenn Wills Rang höher war, stand sie in der Hierarchie direkt neben Tom Hawkins und somit über Will.
>> Darf ich mich zu Ihnen setzen? <<, fragte sie ihn.
>> Sicher <<, sagte Will etwas überrascht, während er mit einem Stück Brot um den Teller fuhr und es dann aß.
>> So spät noch auf? <<, fragte er sie, während er seinen Teller zur Seite stellte und einen Schluck Bier nahm.
>> Mein Dienst ist gerade zu Ende <<, sagte sie und begann zu essen.
>> Wie lange kennen Sie den Captain schon? <<, fragte sie Will beiläufig. >> Zehn ... fünfzehn Jahre? <<
>> So um den Dreh. Eigentlich sind wir schon ein halbes Leben lang befreundet. <<
>> War er immer so? <<
>> Wie? <
Alexandra überlegte.
>> Ich habe seine Akte studiert, ehe er an Bord kam. Ich erwartete mir einen steifen Karrieresoldaten. Einen Paragraphenreiter, der das Protokoll als höchstes Gut erachtet, der das Salutieren liebt, der will, dass seine Offiziere strammstehen, wenn sie ihm Meldung erstatten. Ich erwartete einen Mann, der alle Strategien bis zu den Römern hin kennt und anwenden kann. <<
Will lachte.

>> Das klingt doch sehr nach Tom <<, erklärte er.
Alexandra sah ihn verwundert an. >> Das klingt absolut nicht nach dem Captain. <<
>> Sie kennen ihn noch nicht <<, sagte Will. >>Tom Hawkins ist ein genialer Soldat. Er *kann* die Strategien bis zu den Römern hin anwenden, glauben Sie mir. <<
>> Wirklich? <<
>> Was halten Sie von ihm, Alexandra? <<
>> Das bleibt unter uns <<, sagte sie.
>> Versprochen <<, Will legte eine Hand auf seine Brust.
>> Er ist zu lässig. Zu impulsiv, zu zornig. <<
>> Als ich Tom kennenlernte, kam er gerade von der Akademie. Er hatte sie nur zur Hälfte absolviert, da uns die Offiziere ausgingen und sie deshalb alle Kadetten ab dem zweiten Jahr in den Dienst beorderten. Es waren harte Zeiten und Tom war ihnen anfangs nicht gewachsen. Er war zur Flotte gegangen, begeistert vom Glanz und Gloria der Uniform. Nie hätte er sich vorstellen können, was eine Schlacht ist. Er war ein arroganter kleiner Arsch. Sechs Monate später waren wir die besten Freunde und aus ihm war der verdammt noch mal beste Offizier des Schiffes geworden. Keiner hatte so ein Verständnis für marokianische Strategien wie er. Eines Abends kurz vor einer großen Offensive saßen wir zusammen in meinem Quartier. Durch das Fenster konnte man die Flotte sehen. Wir saßen da, betranken uns und Tom sah hinaus zu den Schiffen und sagte: > Wirklich schade, dass sie morgen um diese Zeit alle tot sein werden. < In der Folge erklärte er mir, was wir vorhatten, wie die Marokianer darauf reagieren würden und dass wir am Ende geschlagen würden, weil unsere Flanken zu offen waren und weil die Marokianer uns mit einer Scherentaktik zerteilen würden. <<
Will nahm einen Schluck Bier.
>> Vierundzwanzig Stunden später war es genau so gekommen. Dieser junge Lieutenant hatte eine ganze Schlacht aus dem Kopf vorausgesagt und ein Dutzend Admiräle waren an diesem Tag samt ihren Schiffen und Männern in den Tod gegangen, weil sie es nicht konnten. Er hat mir damals eine Heidenangst gemacht. <<
>> Wie wurde er so, wie er heute ist? <<, fragte Alexandra neugierig.

>> Der Krieg. Keinen von uns hat er so verändert wie Tom. Die Schlachten haben ihm jede Illusion genommen. Glanz und Gloria fielen auf den stellaren Schlachtfeldern. Übrig blieb nur Tom. <<
>> Glauben Sie, dass er die Sache mit Christine überwinden wird? <<
>> Christine ist erst die zweite Frau in Toms Leben, die er wahrhaftig liebt. Ob Sie's glauben oder nicht, aber er hat das Gefühl früher nicht gekannt. Jetzt glaubte er endlich die Richtige gefunden zu haben und schon war sie wieder weg. Er hasste die Marokianer schon immer. Was jetzt in ihm vorgeht, wage ich nicht zu ahnen. Er wartet nur auf eine Gelegenheit, sich auf ewig an ihnen zu rächen. <<
>> Müssen wir uns Sorgen machen? <<
>> Um Tom? Nein, der verkraftet das schon auf seine ganz eigene Weise. Machen Sie sich Sorgen um die Marokianer. Bald wird er zu wahrer Form auflaufen. Dieser Feldzug war bisher nur ein Warmmachen. Sein großer Schlag kommt erst noch. <<
>> Das klingt auch sehr prophetisch. <<
>> Ich kenne ihn besser als jeder andere. Glauben Sie mir. <<
>> Wahre Liebe? <<, sagte sie sehnsüchtig. >> Dass es Männer gibt, die noch an so etwas glauben. <<
>> Tom wurde in die falsche Zeit geboren. Er gehört zu einer Sorte Mann, die es heute nicht mehr gibt. Er ist ein romantischer Krieger, wie es ihn seit Jahrhunderten nicht mehr gibt. <<
>> Ich hielt ihn eher für einen Realisten. <<
>> Das ist die Maske, die alle sehen, bis sie ihn kennenlernen. <<
Alexandra lehnte sich zurück, ihr Teller war leer gegessen.
>> Sie tun es schon wieder <<, sagte Alexandra anklagend.
>> Was? <<, fragte Will ertappt.
>> Sie ziehen mich aus. <<
>> NEIN. <<
Alexandra belächelte ihn mitleidig.
>> Sorry. <<
>> Ich frage mich, warum Sie nicht längst offensiver an die Sache rangegangen sind. <<
>> An welche Sache? <<
>> An mich. <<
Will schluckte.

>> Ich meine, Sie rennen jetzt hinter mir her, seit Sie an Bord sind. Aber kein einziges Mal, von dem kleinen Ausrutscher in meinem Quartier abgesehen, haben Sie es gewagt, Interesse zu zeigen. <<
>> Tom würde mich vermutlich umbringen, wenn ich mit seinem Ersten Offizier was anfange. Schließlich ist es in gewisser Weise ein Dienstvergehen. <<
>> Das kaum geahndet wird. <<
>> Von Tom schon. <<
>> Haben Sie Angst vor ihm? <<
>> Respekt. So wenig, wie ich mit Christine was angefangen hätte, so wenig kann ich mit Ihnen. <<
>> Ach <<, Alexandra war überrascht.
>> Halten Sie ihn für meinen Daddy? <<
>> Wie gesagt, Sie kennen ihn nicht. <<
Alexandras Bild von Will änderte sich und er gefiel ihr dadurch noch besser. Kannte der Spieler tatsächlich einen Ehrenkodex? Würde er die Finger von einer Frau lassen, nur weil ein Freund es von ihm verlangte, ihn darum bat? Unvorstellbar und doch schien es so.
>> Was ist, wenn ich Ihnen jetzt sage, dass ich in mein Quartier gehe und die Tür nicht versperre? << Alexandra leckte sich einladend über die Lippen. >> Würden Sie dann an den Captain denken oder an mich? <<
Will zog am Kragen seines Overalls und lehnte sich zurück. Es war verdammt heiß in dem Raum.
>> Tun Sie mir das nicht an. <<
>> Warum nicht? <<
>> Der Geist ist willig, doch das Fleisch ist schwach. <<
Alexandra stand auf und ging, ohne zu sagen, ob es eine hypothetische Frage war oder nicht. Spielte sie mit ihm oder meinte sie es ernst? War der Eisberg gerade geschmolzen oder würde er an ihr zerschellen?
Will saß wie angewurzelt da.
Tom kannte Will seit einer Ewigkeit und er hatte ihm klargemacht, dass er es nicht brauchen konnte, wenn er Alexandra erst verführte und dann fallen ließ, so wie er es das eine oder andere Mal schon getan hatte.
So wie er es eigentlich immer tat.

Will verlor schnell das Interesse an einer Frau, war sie erst in seinem Bett.
Tom wollte keinen XO mit Liebeskummer, genauso wenig wie einen CAG, der wie ein Playboy die gesamte weibliche Besatzung vögelte.
Will hatte ein Problem.
Tom hatte ihn auf das Schiff geholt, weil er einen Freund brauchte. Weil er jemanden wollte, mit dem er hier reden konnte. Weil er glaubte, dass es ein langer Kampf würde, und er wollte die besten Piloten auf dem besten Schiff. Deshalb war Will hierher gekommen.
Nun galt es eine Entscheidung zu treffen.
Der Freund oder die Frau?
Will versuchte es mit einem Kompromiss. Die Frau nehmen und dem Freund nichts sagen. Konnte das gutgehen?
Will könnte ja versuchen, ihr treu zu bleiben.
>> Sorry, Tom. <<
Will sprang auf und rannte hinter Alexandra her.
Er holte sie ein, als sie gerade ihr Quartier erreichte.
>> Ich hoffe, das war eine Einladung <<, sagte er.
Alexandras Mundwinkel zogen sich nach oben, als er schwer atmend vor ihr stand. Er musste ziemlich schnell gerannt sein.
>> So schnell bricht aller Freundschaft Bande <<, sagte sie.
>> Er muss es ja nicht erfahren. <<
>> Ich sag's bestimmt nicht. <<
Sie zog ihn herein, verriegelte die Tür und begann ihn auszuziehen.
Die stürmischen Küsse endeten jedoch schnell.
Alexandra wich einen Schritt zurück.
>> Du hast Zwiebeln gegessen <<, sagte sie anklagend.
Will schluckte.
>> Na ja, ich konnte ja nicht ahnen, dass du … <<
>> Da drüben … <<, sagte sie mit ausgestrecktem Arm, >> Zahnbürste und Zahnpaste findest du im Schrank. <<
>> Klar. <<
Will rannte durch das kleine Quartier, Alexandra zog sich derweil aus.

Mares Undor.
Das Schlachtschiff war zurückgekehrt und fand einen verlassenen Planeten vor. Unfähig zu realisieren, was passiert war, begab sich eine kleine Gruppe hinunter in die Minen. Der Großteil der Crew blieb an Bord.
Über Sensorenbilder beobachteten sie, was sich am Strand abspielte.
Die Gruppe ging hinunter in die Stollen; kaum war der letzte im Berg verschwunden, bebte die Erde.
Eine Schockwelle rammte sich durch das Gestein, Felsbrocken fetzten wie Geschosse in den Himmel.
Der Berg brach ein, versank förmlich im Boden, während die Druckwelle weiterhetzte und die tektonischen Platten des ganzen Planeten verschob. Globale Erdbeben waren die Folge.
Der Berg selbst schmolz.
Das wertvolle Erz verglühte im flüssig werdenden Stein. Aus dem Berg wurde ein See glühender, kochender Lava.
Unterirdische Explosionen und Erschütterungen ließen den Strand absacken, Wasser und Lava vermischten sich und Wasserdampf nahm den Sensoren die Sicht.
Chaos brach aus, Offiziere und Soldaten brüllten durcheinander, das Schiff lichtete die Anker und beschleunigte aus dem Orbit.
Kurz darauf erreichte die Druckwelle auch sie und das Schiff platzte unter der Wucht der fast unsichtbaren Welle.

Schwarze Sonnen.

Flaggschiff der imperialen Hauptflotte. Kurs aufs Hexenkreuz.
Noch immer hatte Iman den Verlust von Orgus Rahn nicht verkraftet. Keine Sekunde war seit jenem Tag vergangen, ohne dass er sich verflucht hatte für seine Dummheit. Einfach so überrannt zu werden, ohne auch nur die Gelegenheit zur Gegenwehr zu bekommen, brachte ihn an den Rand einer seelischen Krise.
Schließlich hielt er sich für den besten Soldaten und Strategen des Reiches. Nun diese Niederlage einstecken zu müssen war tödlich für sein Ego.
Die Bilder der zerstörten Festung waren ständig präsent. Schmerzhafte Erinnerungen an seine Rückkehr aus dem Tunnelversteck steckten wie Nadeln in seinem Gehirn.
Der Anblick der Gefallenen hätte ihm beinahe die Tränen in die Augen getrieben. Inmitten seines ausgebrannten Hauptquartiers fand er einige Offiziere aus seinem Stab, die den Säuberungsaktionen des Korps entkommen waren.
Mit hängenden Schultern und dreckbeschmierten Rüstungen standen sie um einen Tisch, auf dem ein sterbender Offizier lag. Ein alter Gefolgsmann Imans. Ein Mann, der mit ihm in unzählige Schlachten gezogen war.
>> Hawkins <<, hatte er schwach über seine Lippen gebracht. >> Er war ... hier. <<
Der alte Freund starb in Imans Armen. Seine letzten Worte waren für Iman Schlag ins Gesicht und Erlösung zugleich.
HAWKINS. Sein Feind, der Mann, der ihm so enorme Schmerzen bereitet hatte, der ihn entstellt hatte, der ihn alleine im All zurückgelassen hatte. Der Mann, dessen Tod er sich wünschte wie nichts anderes.
ER, Imans persönliche Nemesis, war auf diesem Schiff. Er war der Nazzan Morgul, vor dem alle sich fürchteten. Nicht das Schiff, sondern Hawkins selbst war es.
Mit dieser Erkenntnis und der Wut, verloren zu haben, kehrte er auf sein Schiff zurück und verkroch sich für Tage in seiner Kabine, wo er zusammen mit Dragus und Ituka neue Strategien entwickelte.

Marokia, Palast des Imperators.
Kogan sah von seinem köstlichen Mahl auf, als die Wachen ihm meldeten, eine Delegation Fremder wolle ihn sprechen.
Er zögerte lange, ehe sein Nicken der Wache erlaubte, die Tür zu öffnen und die Besucher hereinzulassen.
Links und rechts der Türe stand eine Wache, die Waffe schussbereit. Auf einen Wink des Herrschers würden die Besucher niedergeschossen werden.
Paranoia war das Recht eines so mächtigen Mannes.
Drei Männer in brauner Lederkleidung und langen Mänteln betraten den Thronsaal. Kogan erkannte sie. Vor Dekaden hatte er einmal einen Morog gesehen und den Anblick niemals wieder vergessen.
>> Die Bruderschaft der Aniramal entbietet ihre Grüße <<, sagte der Anführer der Gruppe und verneigte sich.
>> Was führt Euch an meinen Hof? << Kogan ließ die saftige Keule auf dem Teller liegen und leckte sich die Fingerspitzen.
>> Ein Angebot der Menschen und ihrer Verbündeten <<, sagte der Morog.
>> Sie bieten Euch Frieden. <<
>> Zu welchem Preis? <<
>> Zum Preis der Worte. Sie wollen einen Waffenstillstand und sich mit Euch auf neutralem Boden treffen. <<
>> Friedensverhandlungen <<, sagte Kogan mit tiefer, nachdenklicher Stimme.
>> Bedenkt die einmalige Chance, Imperator. So viel Blut ist vergossen worden. <<
>> Ich gebe zu, dass ich die Möglichkeit in Betracht ziehe <<, sagte Kogan, sich am Hals kratzend. >> Ich muss darüber nachdenken, mich mit meinen Vertrauten beraten. <<
>> Solche Dinge können nicht überstürzt entschieden werden. Wir verstehen das. <<
>> Man wird Euch ein Gemach zuweisen. Es soll Euch an nichts fehlen. <<
Die Morog verneigten sich erneut und zogen sich zurück.
Kaum war die Tür verschlossen, sprang Kogan von seinem Sessel auf. >> WO IST ES? <<
>> In den Verliesen <<, antwortete einer der Diener.

Kogan griff nach seinem Mantel, warf ihn sich um die Schultern und eilte durch eine der Seitentüren hinaus.

Der Palast des Imperators war so alt wie das Reich selbst. Vor ewigen Zeiten war er aus dem Fels des Berges herausgeschlagen worden. In Milliarden von Arbeitsstunden.

Durch die Zeitalter hindurch war er immer wieder erweitert und modernisiert worden. Stein wurde ergänzt durch Glas und Stahl.

Doch selbst heute, im Zeitalter digitaler Technik und Nanocomputern, in einer Epoche der Raumfahrt, hatte der Palast nichts von seiner schweren, steinigen Atmosphäre eingebüßt. Er war zu einem Bindeglied zwischen Tradition und Fortschritt geworden. Wo Stahl nahtlos überging in Stein.

Die Verliese lagen weit unter der Erde, in endlos tiefen Schluchten und Spalten, überspannt mit stählernen Brücken. Ein reißender Strom zog hier durch und versorgte die Generatoren des Palastes mit Energie.

Hier unten lagen die Ursprünge seines Herrschaftssitzes, seiner ganzen Spezies.

Kogan hatte Angst vor diesem Ort. Der Anblick des Wassers löste instinktive Panik aus. Nur schwer konnte er sich überwinden, über die Brücken zu gehen und auf SIE zu treffen.

Die dunkle Gestalt war hier unten und lauschte dem Rauschen des Stroms.

>> Ich bin fasziniert von seiner Kraft <<, sagte Ischanti mit ihrer tiefen, undefinierbaren Stimme und antwortete so auf eine noch gar nicht gestellte Frage.

>> *Was wollt Ihr hier unten?* <<, hatte Kogan fragen wollen, doch Ischanti kam ihm zuvor.

>> Warum kommt Ihr zu mir? <<, fragte die schlanke, verhüllte Gestallt.

Dieses Wesen war ein einziges Fragezeichen, doch mittlerweile hatte es sich als Juwel entpuppt. So vieles war erst durch seinen Rat möglich geworden.

Iman nannte Ischanti immer nur das Wesen oder die Gestalt, titulierte sie gerne als ES und erschauderte noch immer in der Nähe dieser sonderbaren Kreatur.

>> Eine Delegation der Aniramal ist zu mir gekommen. Der heili-

gen Bruderschaft der Morog. Sie bringen die Bitte um Verhandlungen mit den Menschen. <<
>> Das weiß ich bereits. <<
Kogan schnaubte.
>> Ich will Euren Rat, Ischanti <<, sagte er und löste eine fauchende Reaktion aus.
>> NICHT in diesem TON. <<
>> Verzeiht. Ich muss wissen, was Ihr seht. <<
Ischanti lachte leise.
>> Glaubt Ihr, dass es so einfach ist? Ihr kommt hierher und verlangt von mir Entscheidungen? Ich dachte, Ihr wärt der Imperator ... *IMPERATOR*. <<
>> Ihr hattet bisher immer recht. Euer Rat war gut. <<
Ischanti machte einige Schritte in die Dunkelheit hinein.
>> Ich wandle durch der Zukunft offne Hallen <<, sagte Ischanti kryptisch.
>> Alles, was sein könnte, was sein wird und was sein sollte, liegt vor mir auf dem Boden. Ich sehe Göttertage auf grünen Auen und Dämonenfeste in dunkle Höhlen. Was soll ich Euch raten? <<
Kogan war sich nicht sicher, was ES damit sagen wollte. Waren es nur Worte, um ihn zu verwirren, oder hatten sie eine Bedeutung? Oft sprach Ischanti in solch komplizierten, womöglich sinnlosen Worten.
>> Soll das heißen, dass Ihr mir nicht helft? <<
>> Das soll heißen, dass ich nicht jede Eurer Entscheidungen absegnen kann. Denn es verändert die Zukunft. Tut Ihr das, was Ihr tut, nicht aus eigenen Stücken, so verändert es, was ich sehe.
Die Zukunft ist noch nicht geschrieben, Kogan. Sie ist das Bild, welches wir malen, mit jeder unserer Entscheidungen und Taten. Zwar weiß ich, wie es am Ende aussehen soll, nur kann ich nicht garantieren, dass es auch so kommt. <<
>> Ich bin geneigt, das Angebot anzunehmen und mich mit den Konföderierten zu treffen. <<
>> Eine Wahl, die Euren Vater freuen würde. <<
Kogan verkrampfte.
>> WAS soll ich tun? << Kogan schrie die Frage in die Klamm hinab.

\>\> Studiert die Taten Eurer Ahnen, Kogan <<, sagte Ischanti schließlich. >> Ich denke, dann werdet Ihr schlüssig. <<
Kogans Blick erhellte sich. Endlich ein Rat.
\>\> Schon zweimal waren Eure Vorfahren an ähnlichen Punkten. Lest die Geschichtsbücher und Ihr werdet es erkennen. <<
\>\> Danke. <<
Kogan wollte sofort hinauf, raus aus den Verliesen, hoch ins Sonnenlicht. Zu den Büchern.
\>\> ABER KOGAN <<, schrie Ischanti ihm nach. >> Bedenket eines. <<
Der Imperator verharrte und sah zurück.
\>\> Der Weg zu grünen Auen führt durch dunkle Schluchten <<, schrie die dunkle Gestalt ihm nach, ehe sie in der Dunkelheit verschwand, begleitet von einem uralten Trauerlied, welches durch die Höhlen schallte. Weiter oben in einer der vielen Hallen trauerten die Soldaten und Hinterbliebenen um die Gefallenen des Krieges.
Kogan hörte den Gesang und fühlte, wie es ihm kalt den Rücken hinunterlief. Er musste zu seinen Büchern.

ISS Victory.
Allein mit sich und seinen Gedanken saß Tom am Bett Christines und sah zu, wie sie schlief.
Die Ärzte hatten sie in künstlichen Tiefschlaf versetzt und an mehrere Maschinen angeschlossen. Begleitet vom rhythmischen Surren und Piepen der Monitore beobachtete er, wie sich ihre Brust langsam hob und senkte.
\>\> Siehst du das? <<, fragte er sie und hob seine Hand flach vor sich. >> Ich zittere. Ich habe noch nie gezittert. <<
Tom ballte die Hand zur Faust und senkte sie. Seit sie auf dem Rückweg waren, saß er jede freie Minute an ihrem Bett.
Die Ärzte bestätigten das Schlimmste. Christine war am Ende, ihr Körper hätte nicht mehr länger durchgehalten. Psychisch und physisch war sie ausgebrannt und eine Genesung würde wohl Jahre dauern.
Tom schwankte in diesen Tagen zwischen Trauer, Glück und Wut. Je näher sie der Pegasus 1 kamen, desto besser fühlte er sich. Es war

gut, nach Hause zurückzukehren und neue Kraft zu sammeln, ehe es zurückging in den Krieg.

Auf dem ganzen Schiff fühlte man, wie sich die Stimmung besserte. Zwar gab es noch immer Probleme mit den Systemen. Das Ghostcom funktionierte noch immer nicht und Semana stellte zusammen mit Ga'Ran das ganze Schiff auf den Kopf, ohne auch nur den Hauch eines Fehlers zu finden.

Der Moral der Crew tat dies aber erstaunlicherweise keinen Abbruch. Mit jeder Stunde, die sie sich weiter von der Front entfernten, wurde die Stimmung besser.

Tom blieb jedoch verschlossen und möglichst für sich allein. Will und Alexandra taten ihr Bestes, um seine Laune zu bessern, versagten aber.

Vermutlich weil Tom gar nicht wollte, dass seine Laune besser wurde. Er fühlte sich gut so, wie es war. Manche Menschen waren nur froh, wenn sie unglücklich waren. Tom entwickelte sich zusehends in diese Richtung.

Alexandra klopfte an den Türrahmen der offen stehenden Türe.
>> Wir sind daheim <<, sagte sie leise.
>> Ich komme. <<

Tom stand von seinem Stuhl auf, beugte sich über Christine und küsste sie auf die Stirn, dann folgte er Alexandra zur Brücke.

Kaum aus der Krankenstation draußen, verschwand das „Weiche" aus seinen Gesichtszügen und seine Miene versteinerte wieder. Nur bei Christine konnte er seine Maske fallen lassen.

Auf der Brücke war alles für den Anflug auf die Pegasus 1 vorbereitet. Die Victory verließ den Hyperraum in dem Moment, als Tom die Brücke betrat.

Auf dem Hauptschirm sah er erst den Planeten und dann die silberne Untertasse in seinem Orbit durch den weißen Schein des Raumfensters.

Auf der Station selbst brach regelrechte Panik aus, als die Victory plötzlich so nahe an der P1 auftauchte.

An jedem Fenster klebten die neugierigen, ungläubigen Gesichter. Jubel und Applaus brandete auf und allen war die Erleichterung ins Gesicht geschrieben.

Hawkins, der verlorene Sohn, kehrte heim.

Die Raumschotten öffneten sich und die Victory dockte an ihrem angestammten Platz im Inneren der Station.
Müde wirkte sie, als der wuchtige und doch schlanke grüne Körper sich mit der Station verband.
Als Jeffries erfuhr, dass sie heimkehrten, sprang er von seinem Sessel auf, ließ seine Admiräle sitzen und rannte hinunter ins Dock. Er wollte es mit eigenen Augen sehen.
Durch ein großes Fenster sah er sie im Dock liegen und vor Freude hämmerte er gegen die Scheibe.
Es war noch nicht alles verloren.
Er und Tom begegneten sich im überfüllten Dockbereich zwischen Schaulustigen und Lagerarbeitern inmitten eines Menschenstrudels.
\>\> Wir glaubten euch verloren <<, sagte Jeffries hörbar erleichtert.
\>\> Ich hoffe, Sie haben ein wenig Platz auf der Station <<, sagte Tom. \>\> Ich bringe jede Menge Passagiere mit. <<

Mendora.
Eine kalte, eisige Welt. Weit weg vom wärmenden Schein der Sonne. Gerade noch geeignet für humanoides Überleben. Eine Welt, wie sie die Marokianer für gewöhnlich mieden, die aufgrund ihrer Lage aber unentbehrlich war. Beide Seiten wussten das und der Aufwand an Soldaten und Material war gewaltig.
Mendora wurde zur vernichtenden Materialschlacht. Ohne Rücksicht auf Verluste wurde Division um Division hierher verlegt. Praktisch alle Waffengattungen waren in den Kampf integriert. Keine andere Welt war ein so brutales Spiegelbild für den Krieg wie diese.
Und Darson war mitten drin.
Der Name Mendora stammte aus einem alten imperialen Dialekt und bedeutete so viel wie „Feld der Tränen", eine, wie Darson fand, sehr passende Bezeichnung.
An diesem Morgen hatte er mit seiner Kompanie eine kleine Stadt eingenommen. Siedler gab es hier schon lange keine mehr. In den ausgebombten Ruinen hatten sich feindliche Truppen eingenistet. Es war das dritte Mal, dass Darson diese Stadt erobern musste. Jedes Mal, wenn er abrückte, kamen die Marokianer zurück, überrannten die Truppen, die dieses Trümmerfeld besetzt hielten, und nisteten sich wieder hier ein.

Darson saß in einem ausgebrannten Haus, kaum mehr als die löchrigen Mauern waren übrig geblieben. Durch das Fenster sah er noch immer die Toten am Boden liegen. Dieses Mal änderten sie ihre Taktik.

Darson hatte einen Teil der Truppen wieder abziehen und Stellung im nahe gelegenen Wald beziehen lassen. Der Großteil der Truppen blieb in der Stadt und vergrub sich im Schutt. Überall hatten sie Minen und Sprengfallen gelegt. Wenn die Marokianer zurückkamen, würden sie ihr blaues Wunder erleben. Rund um die Stadt hatte er die üblichen Verteidigungsstellungen errichten lassen, allerdings nur zum Schein. Sobald die Marokianer auftauchten, sollten diese verlassen werden.

Das Problem war, dass die Marokianer nicht kamen. Nach zwei Tagen wurde sein vorgesetztes Kommando ungeduldig und drängte auf einen Rückzug der Kompanie. Darson erreichte einen weiteren Tag Aufschub. Er war es leid, alle paar Tage hier eindringen zu müssen und jedes Mal aufs Neue Männer und Freunde zu verlieren.

In der Nacht begann dann der Beschuss.

Mit Mörsern, Raketen und schwerer Artillerie wurde die ganze Stadt bombardiert. Darson war gerade auf Rundgang gewesen und war weit entfernt von seiner geschützten Stellung. Den Kopf zwischen die Schultern gezogen und das Schutzvisier des Helmes geschlossen, rannte er die Hauptstraße hinunter zu seiner Stellung.

Die Nacht war hell vom Schein der Explosionen, links und rechts der Straße schlugen die Geschosse ein und ließen Steine in alle Richtungen regnen.

Von Weitem hörte er das Rollen der Panzer und Heulen der Jagdmaschinen. Schwere, blecherne Schritte von marokianischen Rüstungen näherten sich schnell.

Darson sah die ersten Einheiten in die Stadt eindringen, ehe er seine Stellung erreicht hatte. Der Artilleriebeschuss nahm ab, die Panzer übernahmen nun. Die eisernen Festungen rollten durch die Straßen und feuerten mit ihren mächtigen Geschützen wahllos in die Häuser. Die meisten Sprengfallen waren durch den Beschuss bereits explodiert und somit nutzlos. Zwei Panzer fuhren auf eine Mine und wurden außer Gefecht gesetzt. Die Marokianer stoppte das aber nur für Sekunden. Sie bahnten sich ihren Weg um die brennenden Wracks herum, quer durch die Ruinen, die Panzer rissen ganze Gebäude ein auf ihrem Weg durch die Stadt.

In ihrem Schatten folgte die Infanterie.

Feuergefechte entwickelten sich. Eine gnadenlose Straßenschlacht war die Folge. Granaten explodierten. Körper und Gliedmaßen flogen durch die Luft.

Die Panzer zogen eine Schneise durch die ohnehin zerstörte Stadt. Unter ihren Ketten zermahlten sie Steine ebenso wie Knochen.

Darson warf sich hinter eine Mauer und feuerte auf die vorrückenden Truppen. Die bedingungslose mechanische Gewalt überwältigte ihn. Ohne Rücksicht auf Verluste nahmen sie Straße um Straße ein.

Der so genial geplante Hinterhalt Darsons wurde ein Desaster. Die Marokianer holten sich die Stadt zurück.

Nesel, ein inzwischen guter Freund, erreichte Darson. Er war verletzt und rettete sich mit drei anderen aus dem Schussfeld der Feinde.

>>Wir müssen hier raus, Commander<<, sagte er atemlos. Wie zur Bestätigung schlug direkt neben ihnen ein Geschoss ein und schleuderte ihnen scharfkantige Trümmer entgegen. Darson bestand darauf, weiterzukämpfen, und nur schwer konnten sich die praktisch geschlagenen Soldaten dazu durchringen, den Befehl zu befolgen.

Mit Granaten und zwei Raketen, die sie bei sich hatten, stoppten sie die drei vordersten der vorrückenden Panzer und ermöglichten so einen kurzen, aber schweren Gegenschlag. Die Infanterie rückte um die Panzer herum vor und geriet ins Schussfeld der Korpssoldaten. Für zwei Minuten dachte Darson, er könnte es noch einmal zu seinen Gunsten kippen. Dann kam der Luftschlag und legte die ganze Stadt in Flammen.

Durch ihre Rüstungen waren die Marokianer viel besser gegen Feuer geschützt als die Konföderierten in ihren Kampfanzügen.

Darson erkannte das Unvermeidliche und gab den Befehl zum Rückzug.

Um ihr Leben kämpfend rannte die ganze Kompanie durch die Trümmer hinaus aufs offene Feld.

Panzer und Infanterie verfolgten sie.

Aus dem Wald heraus bekamen sie Feuerschutz. Mehrere Panzer gingen in Flammen auf und die Infanterie wagte sich nicht aus den brennenden Ruinen heraus. Selbst hier ging Darsons Plan ins Leere. Er hatte gehofft, dass sie den Flüchtenden aufs Feld hinaus folgten und so ins Feuer der Waldstellung gerieten. Aber die Marokianer waren klüger. Sie blieben in der zurückeroberten Stadt.

Darson erbat einen Luftschlag, nur Minuten nachdem er den schützenden Wald erreicht hatte. Zehn Minuten später erschienen die Black-Angel-Bomber am Himmel. Schwarze „Nurflügler" überflogen die Stadt und ebneten ein, was die Marokianer noch nicht geschafft hatten.

Als am nächsten Morgen die Sonne aufging, wehte das imperiale Banner über der Stadt.

Pegasus 1.
Auf den Schirmen der Station liefen wie jeden Tag um diese Zeit die Hauptnachrichtensendungen der einzelnen interstellaren Netzwerke.
Die Folge war der übliche Auflauf vor den Monitoren.
Es war gerade Schichtwechsel. Entweder machte man Feierabend oder man meldete sich zum Dienst. Zwei Drittel der Station waren zu diesem Zeitpunkt auf den Beinen und man merkte es an der Überfüllung der Korridore und Hallen.

Tom stand auf einer Brücke, die sich über die Promenade spannte. Einem Versammlungsort mit Lokalen, Trainingsräumen und anderen Freizeiteinrichtungen. Hier versammelten sich immer die meisten Leute, um die Sendungen zu sehen. Der große Raum war zum Bersten gefüllt.

Tom sah von der Brücke aus hinunter auf den großen Wandschirm und verfolgte teilnahmslos die auf TV-Format zurechtgestutzten Bilder.

Vom wahren Schrecken des Krieges blieb hier nicht viel. Man sah ein paar brennende Wracks, den einen oder anderen Verletzten, vielleicht mal einen toten Soldaten. Meistens war es nur ein Reporter, der vor einem ausgebombten Haus stand und seinen Text aufsagte. Für Tom, der Einsicht in fast alle Kriegsberichte hatte, waren die Nachrichten nicht mehr als ein Witz. Für die Masse der Soldaten waren sie die einzige Möglichkeit, etwas darüber zu erfahren, wie es jenseits der schützenden Hülle dieser Station um die Konföderation stand.

Tom sah auf die Uhr und entschloss sich zu gehen. Er hatte ein Treffen mit Jeffries und wollte nicht zu spät kommen.
Es war einen Tag her, seit sie die Station erreicht hatten. Das Entladen des Schiffes war noch immer nicht abgeschlossen. Die Verletzten waren mit Mühe und Not auf die drei Krankenreviere der Station verteilt worden.
Tom erreichte das Quartier des Admirals, betätigte den Türmelder und wurde sogleich eingelassen.
Die Unterkunft war deutlich größer als die anderen Offiziersquartiere. Dem Admiral standen vier Räume zur Verfügung, allesamt sehr geräumig und repräsentativ eingerichtet.
Tom sah sich um. Der Raum wirkte leer. Allerdings nicht, weil die Möbel fehlten, von denen waren genügend vorhanden, sondern weil Erinnerungen fehlten. Tom sah weder Bilder noch andere Erinnerungsstücke. Keine Urkunden, keine Orden, kein Foto, nicht einmal Zeitungen lagen herum. Es wirkte wie ein Hotelzimmer, in dem man ein, vielleicht zwei Nächte bleibt und dann weiterzieht. Nicht wie ein Ort, an dem man schon anderthalb Jahre wohnt.
>> Ist Ihr Quartier auch so groß? <<, fragte Jeffries, als er Toms Blick bemerkte. >> Auf der Victory <<, präzisierte er.
Tom nickte. >> Ähnlich groß. <<
>> Ich finde es übertrieben. Ein normales Quartier würde mir völlig reichen <<, sagte Jeffries und ging hinüber zur Bar.
>> Mir ist gerade klar geworden, dass ich noch nie hier drinnen war <<, sagte Tom.
>> Ach nein? <<, fragte Jeffries. >> Ich bin auch nicht oft hier. <<
Tom lachte leise auf, wusste aber nicht sicher, ob es ein Scherz war oder nicht. Als er Jeffries' Augen sah, wurde ihm klar, dass er es ernst meinte. Sie waren trüb und schwarz umrandet. Der Blick eines Mannes, der viel zu wenig Schlaf bekam.
Tom glaubte, er blicke in einen Spiegel.
>> Ihre Berichte sind absolut unglaublich, Tom <<, sagte Jeffries und reichte ihm ein Glas goldenen Whiskeys. >> Sie wollen doch einen? <<
>> Ich bin eigentlich im Dienst <<, sagte Tom halbherzig.

\>\> Dann sehen Sie es als befohlenes Trinken <<, entgegnete Jeffries, stieß mit seinem besten Offizier an und nahm einen kräftigen Schluck.
\>\> Was Sie geleistet haben in den letzten Monaten, ist schlicht unfassbar <<, sagte Jeffries. >> Ich hätte nie gedacht, dass Sie so lange durchhalten. <<
\>\> Nach allem, was ich so höre, hatten Sie uns auch schon abgeschrieben <<, sagte Tom und Jeffries nickte. >> Als das Ghostcom-Trägersignal ausblieb, hielt ich Sie für tot. An dem Tag wäre ich am liebsten gegen die Wand gerannt <<, gestand Jeffries. >> Nie fühlte ich Marokias Griff enger um meine Kehle. <<
\>\> Ich wäre zurückgekehrt, hätte ich nicht eine so einzigartige Möglichkeit gehabt. <<
\>\> Glauben Sie mir, ich verstehe es. Mares Undor ... <<, Jeffries schüttelte den Kopf. >> Es ahnte ja keiner, dass es diesen Ort wirklich gibt. <<
\>\> Ich weiß <<, sagte Tom in einem Tonfall irgendwo zwischen Knurren und Keuchen, während sein Blick in die goldene Oberfläche des Whiskey gerichtet war.
\>\> Eine Frage, Tom ... Wie haben Sie Mares Undor zerstört? In Ihrem Bericht sprechen sie nur von völliger Eliminierung. Was genau bedeutet das? <<
\>\> Ich habe einen Leptonentorpedo in den Berg bringen lassen und ihn gezündet. <<
Jeffries' Herzschlag setzte aus.
Betroffene Stille setzte ein und zog sich unendlich in die Länge. Kraftlos stellte Jeffries sein Glas auf dem Tisch ab und fuhr sich durchs Haar. >> Das haben Sie nicht getan! <<, sagte er. Ob es eine Frage oder eine Bitte war, mehr ein Flehen oder ein Fluchen, konnte Tom unmöglich sagen.
\>\> Doch. <<
\>\> Sind Sie wahnsinnig? Ohne Absprache mit mir oder dem Oberkommando? Sie können doch nicht mit solchen Waffen um sich schmeißen. <<
\>\> Ich habe nicht um mich geschmissen <<, erklärte Tom. >> Sondern nur einen einzigen verwendet, und das nach reiflicher Überlegung. <<

>> Gab es denn keine andere Möglichkeit? <<
>> Natürlich nicht. Der ganze Berg bestand aus Erz. Ein normales Bombardement hätte nur die Minen zerstört, aber niemals den Berg. Der LT war die einzige Möglichkeit. <<
>> Dafür könnte ich Sie vor ein Kriegsgericht stellen. <<
>> Das ist mir klar. <<
>> Ach, das ist Ihnen klar. Wunderbar. Welcher Teufel hat Sie da geritten, Tom? <<
>> Ich werde ganz bestimmt nicht zusehen, wie diese imperialen Reptilien uns alle überrennen, nur weil wir Skrupel haben, die beste Waffe im Arsenal auch einzusetzen. <<
>> Diese Waffe ist zu wenig erprobt, wir wissen praktisch nichts über die Nebenwirkungen. Der Hyperraum wird für Jahrhunderte instabil. Wie wirkt es sich auf umliegende Planeten oder gar Sterne aus? Haben Sie daran gedacht? <<
>> Ja <<, sagte Tom hart. >> Wollen Sie diesen Krieg gewinnen oder nicht? <<
>> Was soll die blöde Frage, Tom? Keiner will einen Krieg verlieren, schon gar nicht diesen. Es wäre unser aller Ende. <<
>> Eben! Warum also warten? Warum nicht sofort zurückschlagen? *Mit allem,* was wir haben. <<
Jeffries seufzte. >> Die Regierungen erlauben es nicht. Sie haben Angst vor dieser Waffe. <<
>> Nun, ich habe auch Angst. Aber vor Marokia und einer Zukunft unter seiner Knechtschaft. Lieber verbrenne ich jeden Planeten zwischen Marokia und der Erde, als dass ich mitansehe, wie unser ganzes Volk in die Sklaverei geht. <<
>> Glauben Sie, dass ich anders denke? Ich werde auch nicht aufgeben, ehe ich meinen letzten Atemzug getan habe. Nur können wir nicht gegen die Regierungen handeln. Der Einsatz dieser Waffe wurde als allerletztes Mittel befunden. Als Ultima Ratio. <<
>> Wie weit sind die Marokianer noch von der Erde entfernt? <<
>> Ihre Flotte liegt nach wie vor am Hexenkreuz <<, antwortete Jeffries. >> Weiter sind sie bisher nicht vorgestoßen. <<
>> Ist das nicht nahe genug, um letzte Konsequenzen zu ziehen? <<, fragte Tom. >> Wie lange wird die Erde wohl standhalten?

Eine Woche? Zwei Wochen? Muss die Erde erst brennen, ehe wir reagieren? <<

>> Wissen Sie, wie viele sich freiwillig gemeldet haben? <<

Tom zuckte mit den Schultern.

>> Fünfundfünfzig Millionen <<, sagte Jeffries und ließ sich die Zahl auf der Zunge zergehen. >> Und das alleine auf Erde und Mars. Plus Chang plus Babylonier plus Madi plus Zerberier kommen wir auf eine Zahl von fünfundsechzig Millionen Freiwilliger, die sich alle zu den Waffen gemeldet haben. All diese Soldaten werden in ein paar Monaten ihre Ausbildung abgeschlossen haben und dann an die Front gehen. Von diesem Moment an haben wir eine zahlenmäßige Überlegenheit gegenüber Marokia. Unsere Streitmacht verdoppelt sich dadurch. <<

>> Die Frage ist, ob wir so lange durchhalten. <<

>> Das müssen wir. In den Werften liegen neue Schiffe bereit. Schiffe wie das Ihre, Tom. Bereit, eine Crew an Bord zu nehmen. Wir brauchen nur die Zeit, diese Crews auszubilden. <<

>> Wie lange wird das dauern? <<

>> Sechs Monate <<, versprach Jeffries.

>> So lange werden wir nicht durchhalten, wenn wir nicht den Kurs ändern. <<

>> Wir müssen. <<

>> Dann verlieren wir die Erde <<, prophezeite er. >> Wenn sie erst am Hexenkreuz sind, hält sie nichts mehr davon ab, nach der Erde zu greifen. <<

>> Wir müssen dagegenhalten. Irgendwie. <<

Tom biss sich auf die Unterlippe vor Anspannung. >> Erwirken Sie bei den Regierungen die Erlaubnis, einen weiteren LT einzusetzen <<, bat Tom. >> Nur einen einzigen Leptonentorpedo und ich gebe Ihnen die sechs Monate, die Sie brauchen. <<

>> Das kriege ich nicht durch. <<

>> Sie haben das Pegasus-Korps durchgeboxt. Sie sind Oberkommandierender der Streitkräfte. Nutzen Sie diese Position. <<

>> Sie haben noch nie mit den Politikern zu tun gehabt. Sie kennen nicht deren Ansichten über Kampf. Das Wort Strategie begreifen die nicht. Bevor nicht Bomben über Brüssel und Washington niedergehen, werden sie nicht erkennen, wie nahe der Feind ist. <<

\>\> Versuchen Sie es! <<
\>\> Ich denke darüber nach <<, versprach Jeffries. Tom dankte ihm und ging. Er wollte Jeffries die Zeit geben, die er brauchte, um über das Gesagte nachzudenken.

Der Planet Chang.
Jeffries' mattgrauer Raider näherte sich im Schein der roten Sonne dem ausgebrannten Wüstenplaneten.
Tagelang hatte er mit sich gerungen und auch mit seinen Admirälen. In nächtelangen Sitzungen hatten er und der von ihm neu aufgestellte Generalstab die Lage durchdacht und hatten auf Toms Drängen hin die Möglichkeit eines Leptonentorpedo-Einsatzes erwogen. Kontroverse und überaus hitzige Diskussionen lagen hinter ihm. Die Meinungen waren gespalten gewesen, bis zu dem Zeitpunkt, als Tom Hawkins vor die Admiräle getreten war und mit dieser ihm eigenen tiefen Stimme für den Einsatz plädierte. Die Worte, die er an den Stab richtete, unterschieden sich nur unwesentlich von denen, die er mit Jeffries gewechselt hatte.
\>\> Lasst nicht zu, dass unsere Kinder in die Sklaverei geboren werden <<, waren die letzten Worte seiner mit flammender Überzeugung vorgebrachten Bitte.
Die Admiräle gaben ihm recht und fast einstimmig wurde beschlossen, dass man die Regierungen um diesen radikalen Schritt bitten würde.
Deshalb zog es Jeffries nun in die Steinwüsten Changs.
Die Hauptstadt lag in einer weiten Ebene, umgeben von ausgedörrtem Stein und Staub. Der Palast des Regenten lag abseits der Stadt auf einem Hügel.
Majestätisch erhob er sich vor dem Hintergrund der grauen Berge.
Jeffries' Shuttle flog an den Spitzen der Hochhäuser vorbei, hinweg über die weiten Wohnkomplexe aus Glas und Stahl hinüber zum Palast.
Die Chang waren eine Monarchie. Die Familie des Regenten hielt die Macht schon seit drei Generationen in ihrer Hand und würde sie auch behalten. Unter ihrer Führung hatten die Chang den Weg vom kleinen Einsiedlervolk hin zur ernstzunehmenden Regionalmacht und schließlich zum Gründungsmitglied der Konföderation einge-

schlagen und waren reicher, sicherer und angesehener in der Galaxis als je zuvor.

Das Volk mochte seinen Führer, wenn es ihn auch nicht liebte, aber das verlangte auch niemand.

Der Raider öffnete seine Fahrwerksluken, die Bremsdüsen wurden gezündet und der Schiffskörper setzte auf der stählernen Landeplattform im Garten des Palastes auf.

Heißer Wind blies Jeffries entgegen, als er den Planeten betrat.

Der rote Sand knirschte unter seinen schwarzen Stiefeln, während er den Weg zur steinernen Treppe hinüberging.

Ehrenwachen an allen Türen und Treppen salutierten, wenn er an ihnen vorbeiging. Es waren keine Soldaten der Konföderation, sondern ein Wach- und Garderegiment, das dem Regenten direkt unterstellt war und nicht Teil der konföderierten Kommandostruktur.

Dementsprechend anders waren auch die Uniformen.

Es waren weite Roben mit goldenen Verzierungen. Anstatt Gewehren trugen die Männer alte, gut gepflegte Breitschwerter aus den Zeiten, als die Chang noch uneins und von Bürgerkriegen geplagt waren. Eine Epoche, längst bedeckt vom Sand der Zeit.

Durch die weiten, reichen Hallen des Palastes führte ein Offizier Jeffries hinauf zum Thronsaal, wo Taras Raman, der Bruder des Regenten, den Admiral empfing.

\>\> Es freut mich, Sie wiederzusehen. Immer wieder ehrt uns der Besuch eines alten Freundes. <<

\>\> Taras. Es freut mich, Sie gesund zu sehen. <<

\>\> Danke, Admiral. Ich erhole mich gut. <<

Noch vor nicht allzu langer Zeit hatte Taras an einer schweren Krankheit gelitten. Die Ärzte hatten ihm nur noch Monate gegeben.

Das war fast ein Jahr her und sein Gesundheitszustand besserte sich zusehends. Seit Kurzem führte er wieder die Amtsgeschäfte, während sein Bruder auf ZZerberia die Angelegenheiten des Volkes vertrat.

\>\> Was führt Sie zu mir? <<

\>\> Ich muss Regent Dakan sprechen <<, sagte Jeffries.

\>\> Er ist auf ZZerberia, so wie alle Regierungschefs der vereinten Völker. <<

\>\> Ich weiß. Ich brauche einen gesicherten Kanal. <<

Taras verstand, nickte und führte Jeffries durch den Thronsaal zu einem dunklen, mit mattem Licht erhellten Raum.
Die Wände waren grau, ebenso der Boden, von der Decke strahlte ein Scheinwerfer düster-grelles Licht in einem matten Kegel zu Boden.
Zur sicheren Kommunikation zwischen den Heimatwelten waren spezielle Frequenzen reserviert und Übertragungsmöglichkeiten entwickelt worden.
Auf den fünf Heimatplaneten gab es je einen solchen Raum. Er war nur den Regierungschefs und deren engsten Mitarbeitern zugänglich.
\>\> Ich lasse die Verbindung herstellen <<, versprach Taras und verließ Jeffries durch die einzige Türe.
Minutenlang wartete Jeffries, dann dunkelte sich der Raum noch mehr ab, das Licht begann zu pulsieren und Regent Dakan erhob sich aus dem Schatten.
\>\> Was führt Euch zu mir, alter Freund? <<, begrüßte Dakan den Admiral.
Die Lichter in der Decke waren Hologrammprojektoren. Mit mehrfacher Lichtgeschwindigkeit wurde ein Trägersignal durch den Subraum geschickt und von einem Datenwandler auf ZZerberia verarbeitet. Dieser wiederum schickte ein Trägersignal zurück nach Chang. Über diese beiden Verbindungen konnte Jeffries und Dakan sich in Echtzeit unterhalten, konnten sich gegenüberstehen, konnten sich sogar berühren, obwohl sie Tausende Lichtjahre voneinander entfernt waren.
\>\> Ich muss Sie um einen Gefallen bitten <<, begann Jeffries.
\>\> Mehr noch. Ich muss Sie um Ihre Unterstützung bitten. <<
\>\> Wobei? <<
\>\> Beim Versuch, die Regierungschefs von einem riskanten und gefährlichen Plan zu überzeugen. <<
Dakan erkannte die Anspannung in Jeffries' Stimme und begriff den Ernst der Lage.
\>\> Sprecht. <<
\>\> Ich und meine Admiräle haben einen Plan ausgearbeitet, um die marokianische Flotte am Hexenkreuz zu besiegen. <<
\>\> Ich höre. <<

\>> Auf konventionelle Art können wir den Ansturm dieser Schiffe auf die Erde nicht aufhalten. Schon bald werden die dort liegenden Schiffe eine Schlagkraft erreicht haben, mit der sie in den Erdsektor einfallen können. Ein Abwehrkampf wäre dann hoffnungslos. Wir müssten unsere Schiffe von fast allen anderen Fronten abziehen, um die Erde zu halten. Deshalb wollen wir die ganze Flotte ausradieren. Mit nur einem einzigen Schlag. Ehe sie nach der Erde greifen. <<
\>> Wie? <<
\>> Mit einem Leptonenschlag! <<
Dakan schluckte und schlug die Handflächen ineinander. >> Bei allem, was mir heilig ist, das ist Wahnsinn. <<
\>> Ich war anfangs selber skeptisch. Doch nachdem wir alles durchgegangen sind, immer und immer wieder, ist es die geschlossene Meinung der Admiralität, dass dies der einzige Weg ist, die Erde zu schützen. Außerdem könnten wir somit Marokia endlich einen schweren Schlag auf unserem Gebiet versetzen. Wir haben in diesem Krieg viel zu wenig Siege errungen. <<
\>> Aber der Einsatz solcher Waffen ... <<, Dakan erschauderte bei der Vorstellung.
\>> Wir wissen so wenig über die Auswirkungen. Die Langzeitschäden ... <<
\>> Das ist uns bewusst, Regent. Wir sind überzeugt, dass es die einzige Möglichkeit ist, die fünf Völker der Konföderation vor der Sklaverei zu bewahren. <<
Dakans Gesicht spiegelte das ganze Spektrum der Emotionen.
\>> Lasst nicht zu, dass unsere Kinder in die Sklaverei geboren werden <<, zitierte er Tom Hawkins' Satz, und das mit Erfolg.
\>> Ich werde mich mit meinem Bruder beraten <<, versprach Dakan.
\>> Tun Sie das, nur tun Sie's schnell. Wir haben nicht mehr viel Zeit. Die Marokianer werden nicht mehr lange warten. Ist ihre Flotte groß genug, kommt ihr Angriff schnell und hart. <<
\>> Mein Bruder wartet draußen. Schicken Sie ihn mir herein. <<
\>> Gerne. <<
Jeffries verließ den Raum, traf auf Taras und setzte sich in die warme Sonne der Terrasse, während die beiden Brüder ihr Vorgehen berieten.

Marokia, Palast des Imperators.
Kogan saß am Kamin und betrachtete den Körper seiner Konkubine im Schein des Feuers. Lange Tage lagen hinter ihm. Tage voller Fragen und Zweifel. Tausende Seiten hatte er gelesen, ehe er fand, was das Wesen Ischanti ihm prophezeit hatte.
Immer und immer wieder hatte er die entsprechenden Passagen gelesen, sie durchdacht und mit seiner heutigen Situation verglichen.
Ischanti hatte Recht. Seine Vorfahren waren in ähnlichen Situationen gewesen und sie hatten klug gehandelt.
Nachdem er zu einem Entschluss gelangt war, hatte er Ischanti aufgesucht.
Ischanti. Der Quell so vieler Geschichten.
Nachts schlich es als dunkle Gestalt durch die Quartiere der Sklaven und holte sich junge Mädchen für die Nacht. Je jünger, desto besser, und nur selten überlebten sie. Jene, die es taten, waren für immer verändert. Keine hatte je ein Wort darüber verloren, was sie in jenen Nächten erlebt hatten.
Jene, die starben, fand man am nächsten Tag irgendwo im Palast liegend. Nackt und allen Blutes beraubt.
Die Angst ging um, seit Ischanti im Palast umherging.
Marokianer mieden es, die Sklaven fürchteten es und die Generäle hassten *Es*.
Wie sollte man Ischanti nennen? Die Gestalt? Das Wesen? Der Antimensch? Satan?
Keiner wusste, was Ischanti wirklich war, zu welchem Volk es sich zählte, welche Beweggründe es hier hielten.
Einzig um seine Vorliebe für menschliches Blut und menschliche Frauen gab es keine Zweifel. Alles andere an Ischanti war vernebelt.
Kogan hatte das Monster Ischanti im Schlachthaus gefunden.
In seinen dunklen Umhang gehüllt war es am ausgeweideten Torso eines Menschen gestanden und hielt einen goldenen Kelch in den Bottich, der das ausgeflossene Blut aufgefangen hatte.
So genüsslich, als wäre es süßer Wein, ließ sich Ischanti das Blut in die Kehle rinnen und fühlte sofort die belebende Wirkung.
\>\> Was haltet Ihr von menschlichem Blut? <<, fragte Ischanti mit rauchiger Stimme den Imperator.
\>\> Nicht viel <<, sagte er leise.

>> Ich bevorzuge das Blut von Weibchen. Männliches Blut ist bitterer. Nicht so süß wie das eines Mädchens. <<
>> Tötet Ihr deshalb all meine Sklavinnen? Wegen ihres Blutes? <<
>> Auch. << Ischanti stellte den Kelch ab und sah sich im Schlachthaus um. An Hunderten Haken hingen geschlachtete Körper. Darunter auch mehrere menschliche.
Der Geruch von Blut vermischte sich mit dem Waschküchengeruch von heißem Wasser. Dünner Dampf stieg durch die Gitterböden.
Schlachter und Metzger, bewaffnet mit schweren Beilen und scharfen Messern, gingen ihrem tödlichen Geschäft nach.
Hier fühlte Ischanti sich wohl.
>> Warum kommt Ihr zu mir, Imperator? <<
>> Ich habe gefunden, was Ihr mir sagtet. Meine Ahnen haben tatsächlich klug gehandelt. <<
>> Ich wusste, dass Ihr es findet. Was werdet Ihr nun tun? <<
>> Dem Beispiel meiner Vorfahren folgen und das Blutvergießen beenden. <<
>> So einfach wird das nicht sein. Solche Dinge brauchen Zeit. <<
>> Heute Abend werde ich den Abgesandten der Morog sprechen und ihm meine Antwort mitteilen. <<
>> Gut. <<
>> Mehr habt Ihr nicht zu sagen? <<
>> Wenn es an der Zeit ist, werde ich mehr sagen. Jetzt noch nicht. <<
Ischanti ging mit wallendem Gewand durch die Dampfschwaden des Schlachthauses, vorbei an Schlachtbänken mit noch lebenden Menschen, die schon bald die Mägen der Marokianer füllen würden.
Ischantis Blick fiel auf ein Mädchen, vielleicht siebzehn Jahre alt, mit dunkelblondem Haar und fast seidener Haut.
Sie lag gefesselt auf einer Schlachtbank, schrie und zappelte in tödlicher Verzweiflung. Ein Marokianer presste sie bäuchlings auf die Bank und hob die Axt, um ihr das Genick zu durchtrennen.
>> Wartet <<, sagte Ischanti gebieterisch und sofort verharrte der Schlachter in der Bewegung.
Ischanti ging in die Hocke und sah in die angstgezeichneten Augen der jungen Frau. >> Weißt du, wer ich bin? <<
Das Mädchen nickte unter Tränen.

>> Hast du Angst? <<
Wieder nickte sie.
>> Lass sie los und gib ihr etwas zum Anziehen. Ich werde sie mitnehmen. <<
Der Schlachter ließ von ihr ab und gab ihr das dünne Kleid zurück, das er ihr Minuten zuvor vom Leib gerissen hatte.
>> Wie ist dein Name? <<, fragte Ischanti und strich ihr über die Wange.
Kogan sah zu, wie die Sklavin das zerrissene Kleid bedeckend vor ihren Körper hielt.
>> Re… Rebecca <<, brachte sie zitternd hervor.
>> Hab keine Angst, Rebecca … Komm! << Ischanti nahm sie an der Hand und führte sie aus dem Schlachthaus.
Kogan fragte sich, ob sie nicht das gnädigere Schicksal hier unten auf der Schlachtbank gefunden hätte.
Während das Feuer im Kamin tanzte und seine Mätresse sich auf dem Fell zu seinen Füßen räkelte, fragte er sich ein letztes Mal, ob der eingeschlagene Weg ihn zum Ziel führen würde. Dann öffnete sich die schwere Holztüre und die Wachen führten einen Morog herein. Es war der Anführer der kleinen, mutigen Gruppe, die sich hierher gewagt hatte, um den Marokianern das Versprechen um Friedensverhandlungen abzuringen.
>> Ich habe mich entschieden <<, sagte Kogan, ohne sich von seinem Sessel zu erheben.
Irritiert blickte der Diplomat auf die nackte Mätresse am Boden, hob dann aber den Blick zum Herrscher.
>> Ich stimme den Friedensverhandlungen zu. Allerdings im Geheimen. Ich will nicht, dass die anderen Völker es erfahren, ehe wir Frieden vereinbart haben. Sollten wir scheitern, hat es diese Gespräche nie gegeben. <<
Der Morog verneigte sich.
>> Wir werden sofort abreisen und diese Nachricht überbringen. Ich versichere Euch absolute Geheimhaltung. <<
>> Sprecht über diese Dinge nur auf gesicherten Kanälen. Keinesfalls über normale Kommunikation. <<
>> Wie Ihr wünscht, Imperator. <<
>> Und nun verschwindet. <<

Der Morog verbeugte sich ein weiteres Mal und eilte aus dem Zimmer, während Kogan sich der marokianischen Schönheit zu seinen Füßen widmete.

ISS Victory.

\>> Alles nicht benötigte Personal ist von Bord. Die Reparaturen sind abgeschlossen, Lager und Arsenale aufgefüllt. Schiff klar zum Start <<, meldete Alexandra an Tom, als sie ihn in seinem Büro aufsuchte.

\>> Wie viele haben wir an Bord? <<

\>> Knapp tausend Mann. Das absolute Minimum <<, erklärte sie.

\>> Gut. Ich werde zu Jeffries gehen und ihm die Bereitschaft melden. Sehen wir, was er entscheidet. <<

Alexandra nickte und ging durch die Tür zur Transportkapsel. Lange Tage lagen hinter ihr. Das Schiff hatte einige Überholungen gebraucht, nachdem sie von ihrem Feldzug, den manch einer schon als Kreuzzug wertete, zurückgekehrt waren.

Nun lag die Victory wie ein Frischgeborenes im Bauch von Pegasus 1 und wartete. Kein Kratzer war mehr in der Hülle, kein Kabel auf dem Schiff, das nicht kontrolliert wurde, kein Energiespeicher, der nicht bis zum Bersten gefüllt war.

Die Victory war wie neu, besser als neu, denn sie hatte lange, teilweise schwere Kämpfe hinter sich und sie hatte bestanden. Sie hatte sich als Kriegerin erwiesen, die nicht nur austeilen, sondern auch einstecken konnte, und das war wichtig.

Alexandra ging hinunter in ihr Quartier. Sie war müde, freute sich auf eine Dusche und einen gemütlichen Dienstschluss.

Als sie ihr Quartier erreichte, fand sie Will, der in Boxershorts und Cowboyhut auf der schmalen Couch saß, irgendwas aus einer Dose löffelte und einen alten Western ansah. Es war eine unglaublich dämliche Angewohnheit von ihm, sich immer so zu verhalten, wie es ihm gerade gefiel.

\>> Na, das ist ja ein einladendes Bild <<, sagte sie zwischen geschockt und amüsiert schwankend.

\>> Hey, Alex. <<

\>> Ich hab dir schon mal gesagt, dass ich es nicht mag, wenn man mich Alex nennt. <<

>> Tschuldige, Alex. <<
Alexandra fand es nicht lustig, da sie diese Abkürzung wirklich nicht mehr hören wollte. Kurzentschlossen nahm sie eine Flasche Bier aus dem Sixpack auf der Couch, öffnete sie, nahm Will den Hut ab und schüttete ihm das Bier über den Kopf.
>> SPINNST DU? <<
>> Ich mag es wirklich nicht. Und dein Anblick ist erbärmlich. <<
>> Ich hab frei. <<
>> Und ich habe guten Geschmack. Das, was du hier darstellst, beleidigt mich. <<
>> Ach ... <<, Will klang enttäuscht und setzte sich seinen Hut wieder auf. >> Ich dachte, wir reiten ein wenig den alten Hengst. <<
Alexandra musste lachen. Irgendwie schaffte er es immer wieder.
>> Sicher nicht. <<
>> Oh, komm schon. <<
>> Ich sagte nein. Ich bin müde. <<
Alexandra ging ins kleine Badezimmer, um zu duschen. Will suchte sich ein Handtuch und wischte sich das Bier ab, das noch immer seinen Rücken hinunterlief.
Durch die offene Tür sah er, wie sie sich auszog und unter die Dusche stieg.
>> Was machst du eigentlich noch hier? Solltest du nicht längst das Schiff verlassen haben? <<, fragte sie ihn, während das heiße Wasser ihre Lebensgeister neu weckte.
>> Hat Tom nichts gesagt? Ich bleibe an Bord. <<
Alexandra verharrte überrascht. >> Alle Piloten sind von Bord gegangen. Samt ihren Maschinen. <<
>> Ich weiß. <<
Will kam ins Badezimmer. >> Du glaubst doch nicht, dass ich dich und Tom alleine auf so einen Trip lasse. <<
>> Du wirst dabei nichts tun können. <<
Will öffnete die Tür der winzigen Duschkabine.
>> Das wird die beste Aktion seit Ewigkeiten. Vielleicht der größte Stunt in diesem elenden Krieg. Das lass ich mir nicht entgehen. <<
>> Es ist ein Himmelfahrtskommando. <<
>> Eben. Ich mag Herausforderungen. <<

Will stieg in die Dusche.
>> Weißt du eigentlich, was das Wort „Nein" bedeutet? <<, fragte sie ihn.
>> Wenn es eine Frau sagt, bedeutet es meistens dasselbe wie Ja. <<
>> Ach, glaubst du? <<
Alexandra konnte der Versuchung nicht widerstehen und biss ihm in den Hals. Erschrocken wich Will zurück, stolperte rücklings über den Rand der Duschwanne und landete unsanft auf seinem Hintern. Fluchend rollte er sich zur Seite. >> AAAAUUUUU. Das hat wehgetan. <<
>> Das sollte es auch <<, lachte Alexandra schadenfroh.
>> Warum muss ich mich immer Frauen verlieben, die einen Schaden haben? <<
>> Du findest, ich habe einen Schaden? <<
>> Du hast mich gebissen <<, Will tastete nach der Stelle. >> Ich blute. <<
>> Du bist nicht mal rot <<, Alexandra schaltete das Wasser ab und stieg aus der Dusche.
>> Ich mach's wieder gut <<, versprach sie und kniete sich neben ihn.
>> JA, BEISS MICH. <<
Leider nahm sie es ernst.

ZZerberia.
In dem von Kritikern als neo-imperialistischen Prunkbau verschrienen Kristallpalast der Konföderation auf dem zweiten Mond von ZZerberia versammelten sich die Regierungschefs der fünf konföderierten Völker zu einer der historischsten Sitzungen aller Zeiten.
Dakan hatte sich dazu entschlossen, Jeffries zu unterstützen, und hatte sich mit seinem menschlichen Kollegen auf eine Strategie verständigt.
Die Regierung der Madi war sehr skeptisch, die Zerberier waren absolut dagegen und die Babylonier waren völlig unentschlossen.
Einzig die Menschen und ihre traditionell engsten Verbündeten, die Chang, standen eisern hinter dem Plan von Jeffries und Hawkins.

Talon Res, Vorsitzende der großen babylonischen Stammesversammlung, saß rechts der beiden Befürworter, Regent Dakan und dem irdischen Präsidenten John Talabani.
Mo'Rodur von den Madi saß ihnen gegenüber, genauso wie Sures von den Zerberiern.
Am runden Tisch gab es noch einen sechsten Platz. Auf ihm saß der einzige Nicht-Regierungschef in der Runde.
Isan Gared. Die Direktorin der Special Security Agency.
Als Beraterin war sie seit Kurzem in dieser exklusiven Runde geduldet.
>> Was ist die Meinung der SSA? <<, fragte Talon Res die Direktorin, nachdem alle ihre Standpunkte klargemacht hatten und keiner den Anschein erweckte, er würde von diesem abgehen.
>> Wir sind der Meinung, dass eine solche Waffe nicht leichtsinnig eingesetzt werden darf. Ich gebe zu bedenken, dass diese Technik durch einen schrecklichen Unfall entdeckt wurde und dass die Tests dieses Systems nicht abgeschlossen sind. Über Langzeitschäden und mögliche Folgen für Hyperraumreisen gibt es keine gesicherten Erkenntnisse, sondern nur Vermutungen. Ich halte es für rücksichtslos und gefährlich <<, erklärte Isan Gared.
>> Höre ich da den Verdruss darüber, dass die Victory nicht mehr im Besitz der SSA ist? <<, fragte Talabani giftig. Er war eine der treibenden Kräfte hinter der sogenannten „Entmachtung". Jener Aktion, in der die Regierungschefs der SSA ihre im Geheimen aufgebaute Flotte entrissen und sie unter das Kommando der Raumflotte stellten. Inklusive dem Prestige und Lieblingsprojekt Gareds, der Victory.
Damals war sie kaum mehr als ein leerer Rumpf gewesen. Antrieb, Sensoren, Computer, alles hatte noch im Labor gelegen und auf seinen Einsatz gewartet.
Jeffries war damals der Einzige gewesen, der das Potenzial dieses Schiffes erkannte, und er setzte durch, dass es weiterentwickelt und fertig gebaut wurde.
Heute dankten ihm alle dafür.
>> Wenn wir uns dazu entscheiden, es zu tun <<, begann Sures von den Zerberiern bedächtig, >> müssen wir uns darüber im Klaren sein, dass wir eine neue Epoche in der interplanetaren Kriegsführung

einleiten <<, die blechern-mechanische Stimme des Translators, der seine Klacks-Laute in verständliche Worte übersetzte, zitterte bei diesen Sätzen.
Talabani, der ihm genau gegenüber saß, fragte sich, was das Gesicht hinter der glatten Schutzmaske wohl darstellte.
Zerberier konnten keinen Sauerstoff atmen und bewegten sich unter ihren Alliierten immer nur mit einem unbequem engen Schutzanzug. Dadurch wirkten die Bewegungen der über zwei Meter großen Kreaturen noch mechanischer. Unterstützt durch die blechernen Stimmen ergab sich ein für Menschen sehr fremdartiges Bild.
Die Maske hatte nur einen schmalen Sehschlitz und war ansonsten komplett glatt. Gesichtszüge oder Regungen konnten weder gesehen noch erahnt werden.
Ein Zustand, den Talibani verabscheute. Er war Pokerspieler, er liebte es, in den Gesichtern seiner Gegenüber zu lesen.
>> Das riskiere ich <<, sagte Dakan auf Sures' Äußerung hin.
>> Ich und auch mein Kollege hier <<, er blickte zu Talabani, >> sind übereingekommen, dass es keinen anderen Weg gibt. Auf der Erde leben derzeit acht Milliarden Menschen. Weitere zwei Milliarden auf Mars und den Mondkolonien. Ich stelle mir nun die Frage, was schlimmer ist. Eine Waffe einzusetzen, über die man verfügt, die man aber nicht getestet hat aus Angst vor ihrer Macht, oder zuzusehen, wie ZEHN MILLIARDEN Menschen, Männer, Frauen und Kinder, von den Marokianern abgeschlachtet werden? << Dakans Worte saßen.
>> Meine Welt liegt direkt im Blickfeld der feindlichen Flotte. Ich will nicht, dass die Erde zur Vorratskammer Marokias wird. Ich will nicht, dass mein Volk das Schicksal einer Herde Rinder erleidet <<, sagte Talabani, vor allem an Talon Res gerichtet, die sehr betroffen wirkte.
Würde die Erde fallen, war Babylon das nächste Ziel.
Selbst die Madi stimmten ein und erkannten, dass es ein Desaster wäre. Viel mehr noch! Ein nie da gewesenes Massaker.
>> Wir wissen um die Gefahr für die Erde und ihre Bevölkerung. Doch wir fürchten, was durch diesen Schlag ausgelöst werden könnte. Wir haben Angst vor den Kriegen der Zukunft, in der auch andere Völker über solche Waffen verfügen <<, erklärte Sures.

\>> Keiner von uns wird einen nächsten Krieg erleben, wenn wir den Einsatz nicht genehmigen. Nur so können wir das Ende aller freien Völker und den endgültigen Sieg Marokias verhindern. Es ist unsere Pflicht an den Generationen, welche nach uns kommen werden. <<
\>> Ich stimme Präsident Talabani und Regent Dakan zu. Die Babylonier stimmen für den Einsatz dieser Waffe <<, erklärte Talon Res und brach somit die Lanze.
\>> Auch wenn wir Bedenken haben … So sei es <<, brachte Mo'Rodur schweren Herzens hervor.
\>> Wir akzeptieren die Mehrheitsentscheidung <<, sagte Sures.
\>> Doch wir warnen euch vor der Zukunft. Alles, was danach passiert, ist eure Schuld. <<
\>> Damit kann ich leben <<, sagte Talabani zufrieden.
Gared sagte während der ganzen Diskussion kein weiteres Wort. Sie war hier als Beobachter, nicht als stimmberechtigtes Mitglied. Sie war nur hier, um zu lauschen und zu lernen und um so mehr zu wissen als ihre politischen Gegner.
\>> Sollten wir nicht erst abwarten, ob die Bemühungen der Morog um Friedensverhandlungen Erfolg haben? <<, fragte Gared schließlich, als alle anderen fertig waren.
Talabani und Dakan sahen sich an.
\>> Wir haben von den Morog kein einziges Wort mehr gehört, seit wir sie beauftragt haben. Es gibt nicht einmal eine Bestätigung, dass ihre Delegation Marokia je erreicht hat <<, sagte Talon Res.
Die anderen stimmten ein. Noch länger zu warten wäre Wahnsinn und würde nur Leben kosten.
Der Einsatzbefehl wurde an die Pegasus 1 übermittelt.

In der Ordensburg der Morog-Bruderschaft.
Pontus Xanus war der Herr und oberste Priester in der Bruderschaft. Seit Jahrzehnten regierte er sie unangefochten. Mit Weisheit, Voraussicht und einer guten Portion Hinterhältigkeit. Etwas, das man brauchte, wenn man ein hohes Amt bekleidete.
Seit der Krieg zwischen den beiden großen Blöcken begonnen hatte, bemühte er sich um Entspannung und um Verhandlungen. Nicht nur, weil das gewissenlose Morden endlich enden sollte, sondern auch, weil er eine Gelegenheit sah, die Bruderschaft ins große Spiel

der mächtigen Imperien zurückzuholen. Dorthin, wo sie einst schon gestanden hatte. In der Zeit vor Marokia, ehe das alte Reich zerbrach und die Dunkelheit im All Einzug hielt.

Die Morog waren Botschafter gewesen, Abgesandte. Reisende zwischen den Sternen und Völkern. Schlichter und Richter zugleich. Eine angesehene, verehrte und einflussreiche Rasse.

Doch Zeiten ändern sich, und als die alte Welt in Flammen aufging, verbrannten auch die Morog im Feuer der neuen Zeit.

Marokia erhob sich aus dem Vakuum, das nach dem Zusammenbruch des alten Reiches entstanden war, und in der blutigen Welt des imperialen Feuerkultes war für die Morog kein Platz mehr gewesen.

Die Bruderschaft verschwand im Nebel der Geschichte für Jahrtausende.

Erst jetzt, da die Macht der Marokianer am Willen der Menschen zu zerbrechen drohte, da die großen Blöcke in einem Waffensturm ineinanderbrachen und die Galaxis zum Schlachtfeld dieser beiden Giganten wurde ... erst jetzt sahen die Morog die Zeit für eine Rückkehr auf das Parkett der interstellaren Diplomatie gekommen.

Pontus Xanus stand am Fenster eines der vielen Räume in seiner Ordensburg, sah hinaus zu den grünen tropischen Gärten und träumte von neu erwachsender Macht.

Ein Traum, der greifbar nahe kam, als die Türen aufgestoßen wurden und ein atemloser Bote hereingestürzt kam.

\>> Diese Nachricht haben wir soeben von unserer Marokia-Delegation erhalten. Sie kam über einen gesicherten Kurzstreckenkanal. <<

Pontus nahm den Datenblock entgegen, las die Worte und presste die Augen fest zu. Er hätte tanzen wollen vor Freude.

\>> Leitet das sofort an unsere ZZerberia-Delegation weiter. <<
\>> Auf einem offenen Kanal? <<
\>> Natürlich nicht. Du hast doch gelesen, was da drinnen steht. <<
Der Bote nickte und eilte davon.

Das Problem mit gesicherten Kanälen war, dass sie verdammt lange brauchten, um ihre Nachrichten zu übertragen. Die Morog hatten nicht den hohen technischen Stand der Konföderation. Ihre interstellare Kommunikation funktionierte nur auf kurzen Strecken in Echtzeit. Auf gesicherten Kanälen konnte es Stunden oder Tage

dauern, bis eine Nachricht am Ziel ankam. Ein Manko, das sie schon lange versuchten zu beheben, doch die Konföderation saß auf ihrem Ghostcom wie auf einem Goldschatz. Nichts davon durfte an Außenstehende gegeben werden.
So würde es unerträglich lange dauern, bis diese Nachricht endlich auf ZZerberia ankam.

ISS Victory.
Im „Morgengrauen" war das Schiff von Pegasus 1 aufgebrochen und hatte Kurs auf das Hexenkreuz gesetzt. Der Flug war weit, aber nicht lang. Die Victory konnte Regionen des Hyperraums durchqueren, die von anderen Schiffen aufgrund der immens starken Stürme gemieden wurden.
Dem Körper der Victory machte das nichts aus. Wie ein im All geborenes Wesen glitt sie durch die Energiestürme, vorbei an flammend leuchtenden Säulen, Wirbeln und weiten Feldern aus völligem Chaos.
Der ewige Sturm des Hyperraums, die letzte Grenze der Raumfahrt, die Barriere zwischen den Dimensionen, der Ort, der niemals überschritten werden kann.
Schiffe, die hier draußen operierten, „segelten am Rande der Welt".
Die Victory ereichte das Hexenkreuz schneller, als es jedes andere Schiff geschafft hätte. Sie überwand die Strecke in Tagen, andere brauchten Wochen.
Und so sah man den Stolz über diese Leistung im Gesicht ihres Captains, als die marokianische Flotte vor ihnen auftauchte.
Bedrohlich lagen die Schlachtschiffe vor dem Hintergrund des kreuzförmigen Nebels. Eine riesige Streitmacht, die immer stärker wurde, je länger sie hier lag. Tag für Tag strömten neue Schiffe hinzu und schon bald würde ihre Schlagkraft hoch genug sein, um die Erde anzugreifen und zu erobern.
Immer wieder griffen Teile dieser Flotte die befestigten Stellungen am Rande des Erdsektors an.
Gefechts- und Trägergruppen der irdischen Raumflotte kreuzten unweit dieser Schiffe und stellten sich jedem in den Weg, der in irdischen Raum eindringen wollte.

\>> Können sie uns sehen? <<, fragte Andrej Jackson angespannt und sah über Semanas Schulter hinweg auf die taktischen Displays.
\>> Nein. Wir sind zu weit weg für sie <<, beruhigte Semana ihn.
\>> So, Freunde. Jetzt heißt es warten und Ruhe bewahren. Keine Kommunikation! Erwidert keinen Ruf, der nicht eindeutig von der Pegasus 1 abgesetzt wurde. Vergesst nicht: Wir sind gar nicht hier. << Tom stand auf der mittleren Ebene der Brücke und richtete seine Worte an alle versammelten Crewmitglieder.
Nun begann die lange Zeit des Wartens.
Das Schiff lag in einem bedrohlichen Schneewittchenschlaf. Alle gingen ihrer Arbeit mit angespannter Lustlosigkeit nach. Der sonst so belebte Schiffskörper war wie ausgestorben. Eine unangenehme Friedhofsstimmung lag in den abgedunkelten und verlassenen Korridoren. Tom zog sich erst in sein Quartier zurück, und als ihm dort die Decke auf den Kopf fiel, begann er einen Rundgang auf dem Schiff.
Einer uralten Tradition folgend inspizierte er am Abend vor der Schlacht sein Schiff. Tom ließ sich viel Zeit, ging in langsamen Schritten durch die leeren Sektionen und ließ seinen Gedanken freien Lauf.
Im Geiste ging er den Ablauf des Angriffes durch. Moment für Moment. So wie er ihn sich vorstellte, wie er ihn sich erhoffte, wie er ihn plante.
Die Victory war in den Hyperraum zurückgesprungen und verbarg sich im Schutze einer Gruppe Energiewirbel vor den Sensoren des Feindes.
Durch ein Fenster sah Tom das Schauspiel der tanzenden Säulen. Wie Fleisch gewordene Flammen wirkten sie.
Die Nacht wurde zum endlosen Warten.
Gegen Mittag des nächsten Tages saß Tom zusammen mit Will und Alexandra im Speiseraum des Captains. Einem Raum gegenüber der Offiziersmesse.
Ein langer Tisch mit Platz für fünfzehn Personen stand hier. Leicht gebogen und aus braunem, glänzend poliertem Hybrid.
An den braungrünen Wänden hingen die Flaggen der Konföderation und des Korps. Meistens aß Tom hier alleine. Heute hatte er ausnahmsweise Gesellschaft.

Will und Alexandra saßen sich gegenüber, Tom saß am Kopfende. Während des ganzen Essens wurde kein Wort geredet. Es war so still, dass man jedes Kratzen des Bestecks auf den Tellern hören konnte, jedes Absetzen des Glases, jedes Kauen, jeden getätigten Atemzug.

Irgendwann brach Tom die Stille. Er legte sein Besteck zur Seite, nahm einen Schluck aus seinem Glas und verschränkte die Finger mit angewinkelten Ellenbogen.

\>\> Was ist hier los? <<, fragte er in die Stille hinein. >> Ich dachte immer, ich sei hier der Schweigsame. <<

\>\> Sir? <<, fragte Alexandra.

\>\> Häää?<< Will nahm einen Schluck aus dem Flachmann in seiner Tasche.

\>\> Was meinst du? <<

\>\> Ich meine, dass wir hier seit dreißig Minuten sitzen, und keiner von euch hat auch nur ein Wort gesagt. <<

\>\> Du doch auch nicht. <<

\>\> Bei mir ist das aber normal. Während du sonst keine zehn Minuten die Klappe halten kannst. Also frage ich mich, was hier los ist. <<

\>\> Ich denke, die Situation schlägt allen an Bord aufs Gemüt <<, sagte Alexandra.

\>\> Ist es das? <<, fragte Tom. >> Oder habt ihr euch gestritten? <<

Will und Alexandra sahen sich erschrocken an und verneinten.

\>\> Warum sollten wir uns streiten? <<

\>\> Wir doch nicht! <<

Tom nickte vielsagend. >> Leute, die miteinander schlafen, streiten sich nun mal von Zeit zu Zeit. <<

\>\> WIR!?! <<, fragte Will und deutete mit dem Zeigefinger zwischen Alexandra und sich selbst hin und her.

\>\> NEEEIIINNN <<, sagte er übertrieben langgezogen, um so die Absurdität der Idee zu unterstreichen.

\>\> Ihr habt doch nicht ernsthaft geglaubt, dass ich das nicht merke? <<

Will und Alexandra schluckten. Irgendwie war ihnen der Appetit vergangen.

\>> Doch <<, gestand Will ein.
\>> Du hältst mich ja für so richtig dämlich, oder? Glaubst du, ich merk so was nicht? <<
\>> Seit wann wissen Sie es? <<
Tom hob und senkte die Schultern. >> Ich weiß nicht genau. So ein Gefühl hatte ich schon, seit wir zum Feldzug hinter den Linien aufgebrochen sind. Seit unserer Rückkehr von Orgus Rahn bin ich mir ziemlich sicher. Ihr habt einfach zu viel Zeit miteinander verbracht. <<
\>> Wissen es die anderen auch? <<, fragte Alexandra, die Stirn in tiefe Falten gelegt und die Hände vors Gesicht geschlagen.
\>> Ich denke, dass Semana und Andrej etwas ahnen, aber es nicht wissen <<, beruhigte sie Tom.
\>> War es wirklich so offensichtlich? <<, fragte Alexandra.
\>> Für mich schon. Aber nicht für alle, nur keine Sorge. Ich kenne Will schon ziemlich lange. Ich merke, wenn sich was verändert. <<
\>> Warum hast du nichts gesagt? <<
\>> Weil ich abwarten wollte. Wenn die Sache zwischen euch gut läuft, dann stört mich das nicht. Der Schiffsbetrieb wurde nicht beeinträchtigt und du scheinst es zum ersten Mal so richtig ehrlich zu meinen. Also, was geht mich das an? Hättest du sie allerdings fallen lassen, mein Freund, hätte ich dich erschlagen. <<
\>> Was nur fair wäre <<, gestand ihm Will zu.
\>> Also. Habt ihr euch gestritten? <<
\>> Nein <<, versicherten Will und Alexandra fast aus einem Munde.
\>> Es ist wirklich diese scheiß Warterei <<, sagte Will.
\>> OK. Das verstehe ich. So geht es uns allen. Ich wollte nur sicher sein. Bei dem, was vor uns liegt, brauchen wir alle unsere Sinne beisammen. Wir dürfen nicht abgelenkt sein und müssen aufeinander vertrauen. <<
Der Türmelder summte und Tom sagte: >> Herein. <<
\>> Sir <<, Andrej Jackson betrat den Raum. >> Wir haben gerade den Einsatzbefehl erhalten. <<
Andrejs Stimme war bar jeder Emotion. Er sprach die Worte wie ein Priester am Grabe eines Unbekannten.

Tom atmete schwer und erhob sich. >> Dann wollen wir mal. Ich sehe euch auf der Brücke. <<

ZZerberia.
Als der Abgesandte der Morog die Nachricht der Ordensburg erhielt, stürmte er sofort durch den Kristallpalast ins Büro Talabanis. Keine Sekunde, kein Atemzug durfte verschwendet werden.
Die Delegation der Morog hatte mitbekommen, dass die Konföderierten einen schweren Angriff planten, wusste aber nicht, worum es sich genau handelte und wann er stattfinden sollte. Umso wichtiger war es, die Nachricht sofort an den Rat der Regierungschefs weiterzuleiten.
>> Friedensverhandlungen <<, keuchte John Talabani, als der Morog ihm den Datenblock vor die Nase hielt.
>> Mary, rufen Sie die Regierungschefs zusammen!!! <<, brüllte er hinaus ins Vorzimmer, schnappte sich sein Jackett und eilte den Korridor hinunter zum Konferenzraum.
>> Ist das verbindlich? <<, fragte er den Morog unterwegs.
>> Wir sind überzeugt davon. Die Marokianer wollen verhandeln <<, bestätigte er. Talabani trat der Schweiß auf die Stirn. Hätte diese Nachricht nicht ein paar Stunden eher hier ankommen können?
Isan Gared erfuhr von der angekommenen Nachricht als Erste, und als die Regierungschefs ankamen, saß sie bereits im Konferenzraum und wartete.
>> Wie ich höre, gibt es eine veränderte Situation <<, sagte sie mit ihrer uralten Stimme.
>> Woher zur Hölle wissen Sie das schon? <<, fragte Talabani, der als Erster den Raum betrat.
>> Ich bin die Direktorin der SSA. Würde ich nicht alles wissen, müssten Sie mich feuern <<, sagte sie selbstsicher.
>> Was ist so wichtig, John? <<, fragte Dakan, ehe er den Raum richtig betreten hatte.
>> Die Morog haben mir das hier überreicht <<, erklärte Talabani und reichte dem Chang den Datenblock.
>> Oh nein <<, keuchte Dakan.

>> Was ist das? <<, fragte Talon Res aufgeregt, als sie begleitet von zwei Assistenten durch die gegenüberliegende Türe kam und sah, wie die beiden Männer einen Datenblock austauschten. In ihren Mienen konnte sie die Bedeutung und Gefahr der enthaltenen Informationen erkennen.
>> Die Marokianer stimmen in die Friedensverhandlungen ein <<, sagte Talabani an alle Anwesenden gerichtet.
Für Sekunden wurde es still im Raum, dann begriffen sie, was das bedeutete.
>> Wir müssen die Victory aufhalten <<, sagte Gared nüchtern.
>> Wenn sie zuschlägt, vernichtet es alle Chancen auf Frieden. <<
>> Oder es stärkt unsere Position <<, hielt Dakan entgegen.
>> Immerhin würde es ihnen zeigen, dass wir nicht wehrlos sind. <<
>> Es könnte aber auch zu maßlosem Zorn führen. Marokianer sind für ihre blutigen Rachetaten bekannt <<, hielt Serus dagegen.
>> Wir sollten das nicht überstürzen. <<
>> Die Victory hat ihren Einsatzbefehl bereits erhalten. Wenn wir nicht sofort reagieren, ist es zu spät. Womöglich ist sie schon jetzt nicht mehr zu stoppen <<, brummte Mo'Rodur von den Madi.
>> Ich sage, wir sollten zuschlagen <<, legte sich Dakan fest.
>> Abbruch <<, erwiderte Serus und wurde unterstützt von Mo'Rodur.
Alle Blicke richteten sich auf Talon Res, die schweren Herzens abwog und schließlich entschied. >> Abbruch ... Es ist klüger. <<
Talabani stimmte in den Chor ein und plädierte für Abbruch.
Wenige Minuten später wurde eine Nachricht an die Pegasus 1 abgesetzt.

Pegasus 1, Oberkommando der konföderierten Streitkräfte.
Als die Nachricht von ZZerberia eintraf, saß Jeffries gerade in einer Sitzung mit mehreren Offizieren der Raumflotte.
Eightman und Reno saßen zu seiner Rechten, entlang des ovalen Glastisches hatten sich Admirale und Generäle versammelt. Sie besprachen anliegende Operationen, doch eigentlich warteten sie nur auf ein Signal von der Victory. Angespannt arbeiteten sie die anstehenden Tagesordnungspunkte einen nach dem anderen ab, bis die

Tür zu Besprechungsraum aufflog und General Ur'gas hektisch einen Datenblock überreichte.
Er war Madi-Offizier und einer der höchstrangigen Soldaten im Stab des Admirals. >> ZZerberia befiehlt Abbruch! <<, sagte er atemlos.
>> ABBRECHEN? << Jeffries konnte es nicht glauben. Schnell riss er Ur'gas den Datenblock aus der Hand und las selbst. >> Friedensverhandlungen <<, kopfschüttelnd überflog er die Zeilen. >> Kampfhandlungen einstellen ... sind die verrückt? Nein, verdammt. Sicher nicht jetzt. <<
Jeffries nahm Ur'gas an die Schulter und zerrte ihn weg von der Tür. >> Wann ist das angekommen? <<, fragte der Oberkommandierende, während sein Stabschef die gläsernen Türhälften verschwörerisch schloss.
>> Vor fünf Minuten <<, antwortete der General.
Jeffries' Gehirn raste. Jetzt abzubrechen bedeutete einen praktisch sicheren Sieg zu verschenken. Es würde alle Planungen über den Haufen werfen. Das Korps brauchte diesen Sieg wie die Luft zum Atmen.
>> Was halten Sie davon? <<
>> Wir verspielen dadurch eine gewaltige Chance <<, sagte er. >> Wenn wir den Angriff abbrechen, werden die Marokianer die Erde einnehmen, ehe die Verhandlungen auch nur begonnen haben. <<
>> Außer sie halten sich an die Abmachung und lassen die Waffen ruhen. <<
>> Die Marokianer? <<, fragte Ur'gas abwertend. >> Die nutzen das, um uns hinzuhalten, und schlagen dann umso härter zu. <<
Jeffries nickte. Schweiß glänzte auf seiner Stirn und schlug bereits durch die Uniform. Es war Irrsinn abzubrechen.
>> Vermutlich ist es eh zu spät <<, sagte Eightman und irgendwie klang es wie ein Vorschlag.
>> Was meinen Sie? <<
>> Die Nachricht. Vermutlich kommt sie ohnehin zu spät an. Immerhin haben Sie den Einsatzbefehl schon vor Stunden bekommen. <<
Jeffries wusste nicht sicher, wessen Idee es war. Ob die von Henry oder seine eigene. Aber sie gefiel ihm. Trotz der Magenschmerzen,

die er bekam bei der Vorstellung, was für Regeln er brechen und welche Grenzen er überschreiten würde.

\>> Sorgen Sie dafür, dass sie zu spät ankommt <<, sagte Jeffries verschwörerisch leise.

\>> Sir? <<

\>> Manipulieren Sie die Logbücher. Sorgen Sie dafür, dass die Victory den Befehl zu spät erhält. <<

\>> Ihnen ist klar, was Sie da befehlen? <<, warf Ur'gas ein. Er war der einzige General, der mitbekam, was gesprochen wurde, die anderen waren zu weit entfernt und die gewechselten Worte waren nicht mehr als ein Flüstern.

\>> Ihnen ist klar, was passiert, wenn ich es nicht tue? <<

Ur'gas nickte. >> Glauben Sie nicht, dass ich damit ein Problem hätte. Ich wollte nur sicher sein. <<

Jeffries wischte sich den Schweiß von der Stirn. >> Das bleibt unter uns <<, sagte er.

\>> Dieses Gespräch hat nie stattgefunden <<, versicherte Ur'gas.

Beiden war klar, dass sie einen direkten Befehl missachteten, dass sie womöglich die Verhandlungen so zum Scheitern brachten, ehe sie begannen.

Doch es war das, was sie als richtig empfanden. Es war das, was vom militärischen Standpunkt aus das einzig Vernünftige war.

Ob es klug war oder richtig, ob es den Krieg beenden oder verschlimmern würde, konnten sie an diesem Tag nicht sagen. Sie wussten auch nicht, wie die Geschichte später über sie richten würde.

Sicher war nur, dass es absolut illegal war und, sollte es jemals herauskommen, ihrer beider Karrieren beenden würde.

Was wäre wohl geschehen, wenn die Victory den Angriff wirklich abgebrochen hätte?

Jeffries ging in sein Büro, öffnete seine Bar und schenkte sich einen doppelten Whiskey ein. In einem Zug leerte er das Glas und genoss, wie es sich die Kehle hinunterbrannte.

Zitternd stellte er das Glas wieder auf den Tisch und füllte nach.

Erst nach und nach wurden ihm die Konsequenzen seiner Tat bewusst. Was passieren würde, wenn das jemals herauskam.

Jeffries redete sich ein, dass es das einzig Vernünftige war. Dass der Angriff ohnehin nicht mehr zu stoppen gewesen wäre.

Vielleicht stimmte es sogar.
Ist eine Operation erst einmal angelaufen, kann sie oft nicht mehr gestoppt werden. Diese Weisheit war so alt wie das Militär selbst. Kriege und Schlachten hatten eine düstere Eigendynamik. Sie folgten niemals den vorgegebenen Mustern jener Männer, die sie planten. Jeffries stand am Fenster seines Büros, das halbleere Glas in der Hand, und sah hinaus zu den Offizieren, die im neuen Nervenzentrum der konföderierten Kriegsführung von Schreibtisch zu Schreibtisch gingen, Büros betraten und verließen, Befehle befolgten und erteilten.
Er stellte sich vor, wie die Victory in diesem Moment den Hyperraum verließ und mit feuernden Geschützen durch die Reihen der Marokianer preschte. Wie bei einem Kavallerieüberfall in der guten alten Zeit.
Er sah die Kommandanten der marokianischen Schiffe, wie sie entsetzt vom Angriff Gegenmaßnahmen einleiteten.
Was es wohl für ein Gefühl war, wenn sich mitten in der eigenen Flotte ein Raumfenster öffnete und sich ein blutdurstiges Monster wie die Victory feuerspeiend in die Schlacht warf? Wie reagierte man darauf?
Jeffries sah, wie sie Dutzende Schiffe traf, ehe diese reagieren konnten. Er sah, wie sie ihren LT abfeuerte und am anderen Ende der Flotte in einem zweiten Raumfenster verschwand.
Er sah, wie Feuer von den getroffenen Schiffen aufstieg, wie die Kommandanten wilde Befehle brüllten, er sah Sensorenoffiziere, die verbissen nach dem Schiff suchten und nicht begriffen, was passiert war.
Er sah einen einzelnen Torpedo, der einem einprogrammierten Kurs folgte. In weitem Bogen umkreiste er die Flotte, ließ der Victory Zeit zu entkommen und dann, als der Countdown abgelaufen war, suchte er sich sein Ziel im Zentrum der Flotte, visierte es an und erfasste es. Vorbei an den angeschlagenen, brennenden Schiffen würde er sein Ziel anfliegen und schließlich treffen.
Tja ... was würde dann passieren?
Ein instabiles Raumfenster öffnete sich an der Stelle, wo der Torpedo aufschlug, die Energiewellen würden den Schiffen entgegenschla-

gen und sie zur Seite werfen. Wie lang würde es wohl dauern, bis das Fenster einstürzte, fünf Sekunden, vielleicht zehn?
Irgendwann jedenfalls würde das helle Licht verschwinden und ein dimensionales Vakuum würde erzeugt, das alles um sich herum auffraß. Wie ein Schwarzes Loch würde es alles um sich herum aufsaugen bis zu dem Punkt, an dem die Dichte und Rotationsgeschwindigkeit eine kritische Masse überschritten, und dann wurde aus der Implosion eine Explosion.
Und die größte Explosion seit dem Urknall würde in einem apokalyptischen Vernichtungsrausch durch den Sektor jagen. Planeten würden schmelzen, Sonnen erlöschen und Nebel würden zu brennen beginnen.

Es kam alles genau so, wie Jeffries es sich vorstellte.

ISS Victory.
Als die Victory zum Hexenkreuz zurückkehrte, war von der marokianischen Flotte nichts mehr übrig.
Eine Stunde war seit dem Angriff vergangen. Eine Stunde, seit sie hier, genau an dieser Stelle, Abertausende Leben vernichtet hatten.
Tom stand auf der Brücke, umgeben von seinen Offizieren. Die Druckwelle der Explosion hatte auch den Hyperraum betroffen.
Eine titanische Feuersbrunst hatte hinter der Victory hergejagt und ihre Hülle verbrannt. Nur mit Mühe war das Schiff dem Sturm entkommen, den es selbst entfesselt hatte.
Reisen durch den Hyperraum waren hier nun unmöglich. Womöglich auf Generationen.
Im Normalraum war das Schiff zum Ort des Verbrechens zurückgekehrt. Zum Ground Zero, wie es im Militärjargon hieß.
Dem Ort, wo die Konföderation die Macht ihrer Waffen zum ersten Mal voll ausschöpfte.
Die Schlacht am Hexenkreuz war eine Schlacht ohne Kampf. Nur wenige Schüsse waren gewechselt worden, von den Marokianern kaum eine Gegenwehr zustandegekommen.
Ein einziger Torpedo hatte mehr Leben verwelken lassen als alle bisher geschlagenen Schlachten zusammen.

Tom Hawkins wurde schlecht bei dem Gedanken. Auch wenn es seine eigene Idee gewesen war, wenn er seiner tiefsten Überzeugung gefolgt war, dass es keinen anderen Weg gab. Die Vorstellung, den Tod so vieler verantworten zu müssen, lastete schwer auf seinen Schultern. Auf den Sensorschirmen gab es nur widersprüchliche, unzusammenhängende Messwerte. Die Datenbanken konnten das Erfasste nicht verarbeiten.
Ganze Planeten hatten sich zu glühendem Staub verwandelt. Von der Vegetation war kaum etwas übrig, aus dem Orbit hatten sie sehen können, wie ganze Wälder niedergerissen waren. Ein ganzer Ozean schien verdampft.
Das Hexenkreuz lag im Herzen von Ground Zero und selbst der mysteriöse Nebel blieb nicht unbeeinflusst.
Aus dem dunklen Violett war ein rotes Inferno geworden. Der Nebel pulsierte und tanzte in einer angsteinflößenden Art und Weise. Er wirkte wie ein Vulkan kurz vor dem Ausbruch. Trümmer von Monden und Schiffen trieben auf ihn zu.
Rund um den Nebel bildete sich ein Ring aus Trümmern, Staub und Leichen. Nicht, dass man noch auseinanderhalten konnte, welcher Partikel wo zuzuordnen war. Doch die Vorstellung genügte, um das Hexenkreuz noch bedrohlicher zu machen.
>> Was haben wir getan? <<, fragte Will seinen alten Freund leise.
Tom konnte ihm nicht antworten. Er war sich selbst nicht sicher.
Der Anblick des Nebels ließ ihm eine Gänsehaut über den Rücken kriechen. Was um alles in der Welt hatten sie hier losgetreten?
Sie hatten Mares Undor mit einer solchen Waffe vernichtet. Doch sie waren nie zu dem Planeten zürückgekehrt, um ihr Werk zu begutachten. Sie hatten es getan und abgehakt. Vielleicht hätte Tom nicht auf diesen Einsatz gedrängt, wenn er nach Mares Undor geflogen wäre, um zu sehen, was er dort angerichtet hatte.
Hätte er den Berg gesehen, den Planeten, das Sonnensystem, das er vernichtet hatte.
Mares Undor war zu Glas geschmolzen. Die Kruste des Planeten war so heiß geworden, dass der Stein sich veränderte. Der flüssige Planetenkern war erhärtet, die Hülle des Planeten zu brüchigem, gläsernem Stein geworden.

Doch Tom Hawkins hatte das nie gesehen. Genauso wenig wie die dunkle Sonne, die er dort erzeugt hatte.
Erst hier am Hexenkreuz wurde es ihm klar.
Jenseits des Nebels hatte ein Sonnensystem gelegen. Der bis vor einer Stunde noch hell leuchtende Stern war zu einem schwarzen Ball verkümmert. Die sonst golden schimmernde Korona war nur noch eine Hülle aus kaltem, grünem Dampf.
>> Captain <<, Andrej Jackson stand mit bleichem Gesicht an der Kommunikationskonsole.
>> Eine Nachricht von Pegasus 1 <<, erklärte er.
>> Ich höre <<, sagte Tom leise.
>> Wir sollen den Angriff abbrechen und zur Station zurückkehren. Die Marokianer haben in Friedensverhandlungen eingestimmt. <<
Wie ein Donnerschlag mitten ins Herz.
Die Betroffenheit und Stille ließen sich kaum in Worte fassen. Es war, als stockte allen die Atmung. In dem Raum hätte man eine Stecknadel fallen hören können.
>> Das kommt ein wenig zu spät <<, sagte Tom verbittert und blickte in die Gesichter seiner Offiziere. >> Kurs auf die P1. Höchstgeschwindigkeit <<, bellte er in fast schon animalischem Tonfall, ehe er die Brücke ohne ein weiteres Wort zu sagen verließ.
Will folgte ihm auf dem Fuß, Alexandra übernahm das Kommando und führte das Schiff heim.

ISS Victory, Quartier des Captains, mehrere Stunden später.
Die Victory hatte Ground Zero verlassen und war in den Hyperraum gewechselt, sobald ein stabiles Raumfenster erzeugt werden konnte.
Der Hyperraum war weit über die Grenzen des Sektors hinaus gestört. Manche der Stürme ebbten schon ab, andere nahmen noch an Intensität zu.
Tom und Will taten das, was sie in letzter Zeit viel zu oft taten. Sie nahmen einen Drink. Gemeinsam saßen sie am Schreibtisch in Toms Quartier mit dem großen Fenster im Rücken und betranken sich.
Die Erfahrung zeigte ihnen, dass sie in solchen Situationen am offensten miteinander reden konnten: wenn die Zunge gelöst war und die Last des Tages ertrank in einem Meer aus Glenfiddich.
>> Auch noch einen? <<, fragte Will und griff nach der Flasche.

\>> Sicher <<, erwiderte Tom, die Beine auf den Schreibtisch gelegt und mit seiner aufgeknöpften Uniform ein erledigtes Bild bietend. Der Tag lastete schwer auf ihm.
\>> Was ist, großer Krieger? <<, fragte Will, als er bemerkte, wie blutleer Tom an die Decke blickte.
\>> Diese schwarze Sonne <<, sagte Tom. >> Sie geht mir einfach nicht mehr aus dem Kopf. <<
\>> Wir hätten nach Mares Undor fliegen sollen, um zu sehen, was wir dort angerichtet haben. Es war ein Fehler, es ein zweites Mal zu tun, ehe wir die Auswirkungen der ersten Detonation untersucht hatten. <<
\>> Ich weiß <<, sagte Tom. >> Ich weiß, ich weiß, ich weiß, ich weiß. <<
Mit jeder Silbe war Toms Stimme flacher und dünner geworden, bis sie am Ende nur noch ein unverständliches Flüstern war.
\>> Bereust du es? <<
\>> Was? <<
\>> Dass du Jeffries den Einsatz vorgeschlagen hast. <<
\>> Nein <<, sagte Tom heiser. Seine Stimme war erfüllt von masochistischer Melancholie.
\>> Ich schon <<, gestand Will. >> Seit ich das Hexenkreuz gesehen habe, bereue ich es zutiefst. Das, was wir da entfesselt haben ... <<
\>> Du interpretierst da zu viel hinein <<, unterbrach ihn Tom.
\>> Ja. Der Anblick des Nebels und vor allem der schwarzen Sonne war erschreckend. Ich geb's ja zu. Glaubst du, mir ist nicht anders geworden, als wir das gesehen haben? Herr Gott, es ist mir heiß und kalt den Rücken runtergelaufen. Mit so was hatte ich nicht gerechnet. Aber wir dürfen uns nicht zu wichtig nehmen. Es war notwendig. <<
\>> Wir haben vielleicht die Büchse der Pandora geöffnet. <<
\>> Blödsinn <<, fauchte Tom. >> Die ist schon längst geöffnet. Das Einzige, was wir getan haben, ist, dass wir die in der Büchse verbliebene Hoffnung ein wenig genährt haben. <<
\>> Der heutige Tag erfüllt mich nicht mit Hoffnung, Tom. Sondern mit Angst. <<
\>> Gut. Ich hoffe, den Marokianern geht es genauso. <<

\>\> Ich mach mir Sorgen um dich, Tom. Du veränderst dich. <<
\>\> Inwiefern? <<
\>\> Es gab Zeiten, da hättest du diese Waffe nicht eingesetzt. <<
\>\> Es gab auch Zeiten, in denen es nicht notwendig war <<, erwiderte Tom.
\>\> Du glaubst, dass wir verlieren, nicht wahr? Du glaubst, dass wir diesen scheiß Krieg verlieren. Darum greifst du so hart durch, darum diese Brutalität … <<
Tom nickte müde. \>\> Weißt du, was ich mir wünsche? Was ich mir mehr wünsche als alles auf der Welt? <<
Will verneinte.
\>\> Seit ich ein kleiner Junge war und mit meinem Großvater am Strand gespielt habe, wünsche ich mir eine Sache … << Tom musste lachen, er ahnte schon, dass Will es nicht verstehen würde. \>\> Ich will *alt* werden <<, gestand er schließlich. \>\> So alt wie mein Großvater. Er war neunundneunzig, als er starb. Bis zu seinem letzten Tag war er gesund und erfüllt von Lebensfreude. Er starb nicht in einem Krankenhaus, nicht an einer schweren Krankheit. Er wachte eines Morgens einfach nicht mehr auf. Es ist der wohl friedlichste Tod, den man sich vorstellen kann. <<
\>\> Das passt zu dir, Tom. Schon als kleines Kind über den Tod nachdenken. Hast du nie gespielt? <<
Tom lachte über die Frage.
\>\> Ich will nicht in einem Bett sterben … ganz bestimmt nicht <<, erklärte Will trocken.
\>\> Ich schon. In all den Jahren habe ich so viel Tod gesehen. Junge Männer, kaum aus der Schule raus und schon enden sie in einem schwarzen Sack. Ich will keine Kriege mehr führen. Ich will ein friedliches, langes Leben. Ich will Christine heiraten und mit ihr alt werden. Ich brauche keinen Nervenkitzel, keine wilde Action. Ich will leben, Will. <<
\>\> Glaubst du, ich nicht? Sicher will ich auch leben. Keiner von uns ist hier rausgekommen, um zu sterben. <<
\>\> Eben <<, Tom griff nach seinem Glas und nahm einen kräftigen Schluck. \>\> Ich will diesen Krieg gewinnen <<, sagte Tom fest entschlossen. \>\> Ich will, dass so viele von uns wie nur möglich diesen Krieg überleben und dann alt werden. Dafür kämpfe ich. <<

\>> Mit allen Mitteln? <<
\>> Fiat iustitia et pereat mundus <<, flüsterte Tom wie eine Beschwörungsformel. Will erkannte die Sprache, doch hatte er niemals auch nur ein einziges Wort Latein verstanden.
\>> Was soll das heißen, Cäsar? <<, fragte er ein wenig spöttisch. Er hasste es, wenn Tom mit diesen alten Zitaten anfing.
\>> Das hat nicht Cäsar gesagt, du Banause. <<
\>> Sondern? <<
\>> Kaiser Ferdinand der Erste. <<
\>> Aha <<, Will wollte gar nicht verheimlichen, dass er absolut keine Ahnung hatte, wer das war. >> Und was heißt es? <<
\>> Es geschehe Recht, auch wenn die Welt daran zugrunde geht. <<
\>> Sorry, aber den Zusammenhang kapier ich nicht. <<
\>> Du hältst mir vor, dass ich diesen Krieg zu brutal führe. Du sagst, du machst dir Sorgen um mich. Ich weiß, worauf du hinausmöchtest. Du träumst von einem sauberen Krieg, du willst am Ende in den Spiegel sehen, dir auf die Schulter klopfen und sagen, gratuliere, altes Haus, waren schlimme Jahre, aber du bist anständig geblieben. So ungefähr stellst du dir das vor, oder? <<
\>> Was ist so schlimm daran? <<
\>> Dass es Männer wie mich braucht, um Männern wie dir diese Illusion zu ermöglichen. KRIEG ist immer SCHMUTZIG. Du wirst in der ganzen verdammten Menschheitsgeschichte keinen einzigen klinisch sauberen Krieg finden. Nicht einen, und es ist eine lange Geschichte, die hinter uns liegt. Das Problem ist, dass wir gerade dabei sind, das letzte Kapitel zu schreiben. Die Marokianer haben beste Chancen, diesen Krieg in weniger als einem halben Jahr zu gewinnen. Das ist eine Tatsache. Wenn wir es schaffen, die nächsten sechs Monate durchzustehen, könnte es sich ändern. Wir haben eine gewaltige Streitmacht in der Rückhand. Millionen Rekruten, neue, schlagkräftige Schiffe. Nur es wird sechs Monate dauern, bis diese Einheiten so weit sind, dass wir sie ins Feld schicken können. Wenn Taten wie diese das Einzige sind, was uns über die Distanz rettet, dann soll es so sein. Ob ich überzogen reagiere oder nicht, soll die Geschichte entscheiden. Denn nur wenn ich Erfolg habe, wird sie weitergehen. Dann schlagen wir nach diesem Krieg ein neues Kapitel

in der langen Geschichte der Menschheit auf. Versage ich aber, so sind wir die letzten wahren Menschen. Die letzte Generation, die noch in Freiheit geboren wurde ... Nicht mit mir, Kumpel. Ich werde jedes noch so dreckige Mittel anwenden, um einen Sieg der Marokianer zu verhindern, dessen kannst du dir sicher sein. Wenn weitere Einsätze des LT unsere Völker vor der Vernichtung bewahren, dann soll es so sein. Und wenn ich ganze Systeme in Flammen setzen muss, um dieses Geschwür Marokia zu vernichten, dann werde ich es tun. <<
>> Du machst mir Angst, Tom <<, sagte Will aus tiefster Überzeugung.
>> Du wirst es auch noch begreifen <<, prophezeite er ihm.
>> Eines Tages wirst du zu mir kommen und sagen: „Tut mir leid, Tom. Du hattest Recht. Auch wenn's mir nicht schmeckt, aber du hattest recht." <<
>> Ich muss gehen <<, sagte Will, leerte sein Glas und ließ Tom alleine mit seinen Rachegedanken.
Steif hob er sich aus seinem Sessel, füllte sein Glas wieder auf und sah hinaus in die rote Hölle des Hyperraums.
>> Ihr nennt mich den Nazzan Morgul <<, sagte er durch sein eigenes Spiegelbild hindurch. >> Ihr ahnt ja nicht, wie recht ihr habt. Ich komme, Marokia. Ich komme. <<

Mendora.
Über Nacht hatte es geschneit. Der Wald und die kleine Lichtung unten am See waren von einem weißen Kleid bedeckt. Das Wasser war mit einer dünnen, brüchigen Eisschicht überzogen und aus dem marokianischen Lager sah man den Schein von Lagerfeuern und roch den Duft gebratenen Fleisches.
Die Marokianer hatten sich aus der so schwer umkämpften Stadt zurückgezogen und hier unten am See ihr Lager aufgeschlagen. Mit dem Schnee waren auch erbärmlich kalte Winde gekommen. Sturmböen jagten über das Land und brachten eisige Kälte mit sich. Der Hitze liebenden Echsenspezies wurde es zu kalt. Unter dem Ansturm der konföderierten Truppen hatten sie sich endgültig aus der Stadt zurückziehen müssen.

Darsons Kompanie hatte zusammen mit drei anderen Kompanien die Verfolgung aufgenommen und über einen Zeitraum von zwei Tagen das Lager eingekreist. Immer noch fielen dünne Flocken aus dem grauen Himmel, der Wind blies durch die Bäume und Darson lag zitternd im Schnee.

Er trug die dicke Wintervariante der Kampfmontur, fror aber dennoch. Seit Tagen war er nicht aus seiner Kleidung gekommen. Er war dreckig, hatte geschwitzt und war nass vom Kriechen durch den schlammigen Schnee.

>> Alle Truppen in Position <<, meldete Nesel, der durch die Bäume gekrochen kam und sich neben Darson kauerte.

>> Raketen <<, sagte Darson, begleitet von einem kurzen Nicken.

Nesel gab über Interkom den Befehl durch und schon Augenblicke später fauchten orange Leuchtspuren durch das Morgengrauen.

Explosionen zogen sich durch das marokianische Lager. Schreie wurden laut, man sah Soldaten, die durcheinanderrannten und sich in Deckung begaben.

>> Feuer frei <<, sagte Darson, nahm sein Gewehr, legte an und suchte sich ein Ziel. Kaum hatte er eines gefunden, drückte er ab und sucht das nächste.

Ein Feuersturm aus Raketen, Granaten und glühenden Projektilen ging auf das Lager nieder. >> Wir rücken vor <<, sagte Darson und kroch langsam über die kleine Böschung. Im Schutze des Feuergefechts rutschte er bäuchlings aus seinem Versteck und ließ sich durch das Gebüsch fallen. Der Rest seiner Kompanie tat es ihm gleich.

Während über ihren Köpfen die tödlichen Ladungen hin und her jagten, krochen sie durch das Gestrüpp näher an das Lager heran.

>> Stopp <<, sagte Darson. Nesel gab den Befehl über Interkom weiter, alle blieben sofort liegen.

Vorsichtig hob Darson seinen Kopf aus den Büschen und sah, wie nahe sie waren.

Vor ihm schlugen Raketen ein und rissen tiefe Krater in den Boden, tote Körper bedeckten die Erde, Unterkünfte standen in Flammen, der Geruch von verbrannter Erde lag in der Luft.

>> Mörser <<, sagte Darson und legte einen Hebel an seinem Gewehr um.

Jedes MEG 16 der Konföderation hatte drei Feuerstufen. Einzelschuss, Schnellfeuer und Mörser.

Mörser bedeutete, dass anstatt der üblichen plasmabefeuerten Projektile große, schwerere Granaten verschossen wurden. Es war eine präzisere Alternative zur normalen Wurfgranate, da man besser zielen konnte.

Die erste Salve schossen sie recht ungezielt ins Camp hinein, dann erhoben sie sich, setzten zwei gezielte Salven ab und warfen sich wieder in die Büsche.

Von allen Seiten her marschierten die Kompanien vor.

>> Easy an Charly-Kompanie, Raketen stopp <<, gab Darson über Interkom durch. >> Darson an Easy. Sturmangriff. <<

Mit dem Gewehr im Anschlag stürmten die Soldaten aus den Büschen und brachen durch die zerschossenen Linien der Marokianer. Innerhalb von Sekunden waren sie im Inneren des Camps und begannen Bunker für Bunker, Raum für Raum und Loch für Loch zu säubern.

Darson stürmte über den Hauptplatz in Richtung einer Baracke. Darin hatten sich ein paar Marokianer verschanzt und feuerten verzweifelt ihre letzten Schüsse ab. Darson stellte die Waffe auf Mörser, feuerte durch die Fenster der Baracke und ließ sie in Flammen aufgehen. Eine Explosion schleuderte Trümmer in den grauen Himmel, Darson warf sich hinter einer Mauer in Deckung und wartete auf die nachrückenden Truppen.

Um ihn herum schlugen Ladungen in den verschneiten Boden. Explosionen von Granaten hallten durch das Camp.

Der Boden zitterte unter den Schritten der vielen Männer.

Von allen Seiten her brachen die Kompanien durch die Stellungen der Marokianer und nahmen das Lager ein.

Darson, Nesel und einige andere der Easy-Kompanie hatten sich hier im Zentrum des Lagers verschanzt und warteten auf Unterstützung.

Dann flaute der Kampf ab. Die Schüsse wurden spärlicher, die Explosionen verstummten und immer mehr Männer wagten sich aus ihrer Deckung.

>> Finde heraus, wie viel wir verloren haben <<, sagte Darson zu Nesel, schulterte sein Gewehr und ging über den Hauptplatz.

Der Anblick der vielen Toten schockierte ihn immer wieder. Verstümmelte, versprengte Körper überall am Boden.
Darson ging die Stufen hinunter zu einem unterirdischen Bunker. Links und rechts des Eingangs hatten sich zwei Soldaten postiert.
Unten im Halbdunkel fand Darson einen marokianischen Offizier. Er war angeschossen und von drei Mann überwältigt worden.
Nun lag er gefesselt am Boden.
>> Ich wette, dass du 'ne scheiß Angst hast <<, sagte Darson heiser. Seine Finger zitterten, seine Beine waren von der Kälte taub geworden.
>> Bringt ihn rauf. <<
Während der Offizier aus dem Bunker geschleppt wurde, sah sich Darson hier unten ein wenig um. Er fand Unterlagen über Truppenstärke und Versorgungslage der Marokianer, Karten mit der exakten Position von Minenfeldern und vieles mehr. Ein fantastischer Fund.
>> Darson an Beyers. <<
>> Hier Beyers. <<
>> Kontaktieren Sie das Divisionskommando. Die sollen ihren S3-Offizier herschicken. Ich hab da einiges, das ihn interessieren könnte. <<
>> Wird erledigt, Sir. <<
>> Danke. Darson, Ende. <<
Schwer atmend und von einem Hustenanfall geplagt blieb Darson noch einige Minuten im Bunker. Müdigkeit umfasste ihn und drohte nicht mehr loszulassen. Er fragte sich, wann er zum letzten Mal in einem warmen Bett geschlafen hatte.
Der Winter machte ihm unglaublich zu schaffen. Für einen Moment träumte er von den warmen Winden seiner Hauptstadt und von Sommertagen am Meer. Darson vermisste das Gefühl der Sonne auf seiner Haut und er verabscheute diese bittere Kälte.
Das Einzige, das ihm ein wenig Genugtuung gab, war die Tatsache, dass Marokianer diese Kälte noch sehr viel schlechter ertrugen als er selbst.
Und seit es Winter war, merkte man einen immensen Verlust an Kampfkraft beim Feind.
Seit es kalt war, hatten sie sogar schon Siege errungen. Kleine zwar, aber immerhin.

Darson ging mit steifgefrorenen Gliedern die Stufen hinauf und über das Schlachtfeld.
Nesel meldete ihm, dass sie zehn Gefallene und doppelt so viele Verwundete hatten. Ein nicht allzu hoher Preis.
>> Commander. <<
Beyers kam über den Platz gerannt, direkt auf Darson zu.
>> Was ist los? <<
>> Das sollten Sie sich ansehen.<<
Darson, Nesel und Beyers gingen in einen der hinteren Bereiche des Lagers, wo sich ebenfalls in einem unterirdischen Bunker das Schlachthaus befand.
>> Das wollte ich nicht sehen, Beyers <<, sagte Darson schockiert, während Nesel sich übergeben musste.
Der Anblick, der sich ihnen bot, war entsetzlich.
Darson fuhr sich mit der flachen Hand durch das vom Dreck verschmierte Gesicht. Am liebsten wäre er hinausgerannt und hätte sich mit Nesel zusammen die Seele aus dem Leib gespuckt.
>> Was sind das? <<, fragte Darson und deutete auf einen Behälter.
>> Hoden, Sir <<, antwortete einer der Soldaten.
Darson ging weiter hinein und sah auf die Kadaver an den Fleischerhaken.
>> Das sind keine Soldaten <<, erkannte er, >> das sind Kinder. <<
Angewidert und den Brechreiz nur mühsam unterdrückend stürmte er aus dem Schlachthaus.
>> Wo ist der Offizier? <<, brüllte er. >> Bringt ihn mir sofort her. <<
Hustend ging er nach draußen und saugte die kalte Winterluft in seine Lungen. Aus dem Augenwinkel sah er, wie sich der grausige Fund herumsprach. Neugierige, angewiderte Blicke richteten sich auf das Schlachthaus, vor dessen Eingang Darson stand und versuchte, seinen Männern ein gutes Vorbild zu sein.
>>Geht's wieder? <<, fragte er Nesel, der sich wieder fing und zu seiner Feldflasche griff, um sich den Geruch des Erbrochenen mit einem Schluck Syrym aus dem Mund zu spülen.

Geschrei wurde laut; unter lautstarken Beschimpfungen und Dutzenden Tritten wurde der imperiale Offizier durch sein brennendes Lager getrieben und vor Darson auf die Knie geworfen.
Wütend packte er den Marokianer am Kragen der Rüstung, schlug ihn gegen die nächstbeste Mauer und prügelte auf ihn ein.
>> Woher kommen die Kinder? <<, fragte er ihn schließlich. Blut rann aus dem Mund des Offiziers.
>> Kamen mit dem Versorgungstransporter <<, keuchte er.
Darson schlug wieder zu.
Noch mal …
… und noch mal …
Dann ließ er von ihm ab.
>> Wir sollten ihn ertränken <<, sagte Nesel zu Darson und sah hinunter zum nahen See.
>> Beyers? Wann wird der Nachrichtendienstoffizier hier sein? <<, fragte Darson.
>> Frühestens in einer Stunde. <<
>> Fesselt ihn und werft ihn ins Wasser. Ist doch egal, wo er auf seine Vernehmung wartet. <<
Für Wesen, die das Wasser mieden, war selbst der Aufenthalt in knietiefem Wasser eine Folter.
An Händen und Beinen gefesselt wurde der Offizier in den See geworfen, wo sich seine Rüstung sofort mit dem eiskalten Wasser füllte.
Voller Angst und Schmerz schrie er auf, zappelte und wand sich in seinen Fesseln. Er flehte um Gnade und bat um Erlösung, doch die Antwort war nur höhnisches Lachen seiner Bewacher.
Der Krieg verrohte die Menschen. Jeden Einzelnen, jeden Tag ein wenig mehr. Die Marokianer wurde behandelt, wie sie ihre Gefangenen behandelten. Menschenunwürdig, erniedrigt, oft misshandelt.
Und niemanden störte es mehr. Der Krieg hatte so perverse Dimensionen angenommen, dass selbst die äußerst Linken, all jene, die sonst predigten, dass alles ohne Gewalt und nur mit Worten gelöst werden konnte, mittlerweile Blut forderten. Zu Kriegsbeginn waren die Marokianer, die in Kriegsgefangenschaft gingen, noch gut behandelt worden. Entsprechend der großen Konvention und den Existenzrechten.

Doch je mehr bekannt wurde über die Lage der Kriegsgefangenen in marokianischer Hand, desto geringer wurde die Hemmschwelle, es den eigenen Gefangenen gleichzutun. Hinzu kamen die schweren Verluste am Boden und die spärlichen Siege im All. Ein Volk, das ahnt, dass seine völlige Vernichtung bevorsteht, sieht plötzlich die ganze Welt in einem völlig neuen Licht. Alte Gesetze gelten nicht mehr. Das Verhalten löst sich von rechtsstaatlichen Grundsätzen und politischer Korrektheit.
Das Rechtsempfinden kehrt zu seinen biblischen Grundsätzen zurück.
AUG UM AUG, ZAHN UM ZAHN.
Dieser Krieg veränderte alles.
\>\> Darson \<\<, Nesels Stimme wirkte dünn und unbestimmt. So als wüsste er nicht, wie er es sagen sollte.
Darson sah zu, wie der Offizier mit vollgelaufener Rüstung tiefer sank. Nur noch sein Kopf sah heraus, Wasser schwappte ihm in Mund und Nase.
\>\> Was ist? \<\<, fragte er seinen Freund und Mitstreiter.
\>\> Befehl von der Division \<\<, erklärte er. \>\> Alle Einheiten sollen ihre Position halten und, falls nötig, sich auf eine gesicherte Stellung zurückziehen. \<\<
\>\> Warum? \<\< Darson griff nach dem Datenblock in Nesels Hand.
\>\> So, wie's aussieht, haben wir einen Waffenstillstand. \<\<
Darson schüttelte ungläubig den Kopf. Seine Emotionen überschlugen sich und ließen ihn zwischen freudigem Jubel und tiefer Besorgnis hin und her pendeln.
\>\> Durchsucht das Lager \<\<, sagte Darson. \>\> Sobald wir hier fertig sind, brennen wir alles nieder und gehen zurück ins Camp. \<\<

Pegasus 1.
Nachdem die Victory zur Station zurückgekehrt war, hatte ein junger Lieutenant namens Rayn Tom davon unterrichtet, dass der Admiral ihn erwartete.
Ausnahmsweise aber nicht im Büro.
Tom fand ihn in einem fast rundum verglasten Tunnel. Einer Gangway, die über der Landebucht verlief und von der aus man tief hinunter zu den gedockten Schiffen blicken konnte.

Im blauen Licht des Raumdocks wartete Jeffries mit verschränkten Armen in der Mitte der langen Röhre. Sein Blick war betrübt auf die Victory gerichtet, die wie ein schlafender Gigant in der Tiefe ruhte. Raider und Drohnen schwirrten wie Fliegen um ihre Hülle. Es waren Dockarbeiter und Transportflüge.
>> Sie wollten mich sprechen? <<
Jeffries nickte und hob seinen Blick.
>> Ja, Tom. <<
>> Sie haben mir nicht gesagt, dass ich mit so was rechnen muss <<, sagte er.
>> Was meinen Sie? <<
>> Eines unserer Schiffe war am Hexenkreuz. Zwei Stunden nachdem Sie von dort verschwunden sind. << Jeffries fehlten die Worte.
>> Sie sagen, dass der Nebel in Flammen steht. <<
Tom nickte. >> Das ist richtig. <<
>> Was für eine Kraft ist nötig, um ein Phänomen wie diesen Nebel, der seit Millionen von Jahren unverändert in diesem Sektor lag, derart zu verändern? <<
>> Dieselbe Kraft, die wir brauchen, um Marokia in die Knie zu zwingen <<, zwang sich Tom zu sagen.
>> Die Männer sprechen von einer schwarzen Sonne, Tom. <<
Wie ein Blitz schlugen Bilder des sterbenden Sterns in Toms Kopf. Er sah, wie der glühende Ball sich verfärbte und wie die Oberfläche der Sonne verkrustete.
>> Sie wussten, was das für eine Waffe ist, Sir <<, sagte Tom.
>> Ja. Darum meine Bedenken. Aber sie waren der Einzige von uns, der absolut Einzige, der jemals einen LT im Kampf eingesetzt hat. Sie hätten besser als jeder andere wissen müssen, wie die Nachwirkungen sind. <<
>> Das ist richtig <<, gestand Tom und entschuldigte sich.
Jeffries lehnte sich an die gläserne Wand der Röhre.
>> Die Regierungschefs sind schockiert <<, sagte er. >> Sie fürchten, dass die Marokianer die Verhandlungen absagen. <<
>> Das werden sie nicht <<, sagte Tom überzeugt.
>> Glaube ich auch nicht. Wenn sie vorher bereit waren zu reden, werden sie es jetzt erst recht sein <<, stimmte ihm Jeffries zu.
>> Wann beginnen die Verhandlungen? <<

>> Sobald wir auf Casadena angekommen sind. <<
>> Wir? <<
>> Ja. Sie, ich, die Regierungschefs. <<
>> Was will ich dort? <<
>> Sie sind der Captain des Schiffes, das die Regierungschefs nach Casadena bringen wird. <<
>> Das ist doch Blödsinn. Wir dürfen die Victory nicht präsentieren. <<
>> Die SSA hat die Regierungen davon überzeugt, dass die Victory ohnehin kein Geheimnis mehr ist. Sie glaubt, dass der Überraschungseffekt dahin ist. Die Regierungschefs haben deshalb beschlossen, die Victory als Flaggschiff und Machtdemonstration zu präsentieren. <<
>> Wessen bescheuerte Idee war das? <<
>> Isan Gareds. Sie hat einen guten Draht zu den Regierungschefs. <<
>> Damit legen wir die Karten auf den Tisch <<, sagte Tom.
>> Ich weiß. Sie sind sauer wegen den Ereignissen am Hexenkreuz. Ich konnte sie nicht zum Umdenken bewegen. Dieses Mal wollen sie ihren Kopf durchsetzen. *Schließlich regiert nicht das Militär die Konföderation.* <<
>> Das haben sie gesagt? <<
>> JA. Das haben sie gesagt. <<
>> Scheiß Politiker! <<
>> Wem sagen Sie das, Tom? Wem sagen Sie das? <<
>> Keine Chance, da rauszukommen, oder? <<
>> Nein. Diesmal nicht. Die Victory wird nach Casadena fliegen und somit der Weltöffentlichkeit präsentiert werden. <<

Quartier von Christine Scott.
Christine lag auf dem Bauch, eine Hand um Toms Brust geschlungen, den geschorenen Kopf müde auf seine Schulter gelegt.
Nach seinem Gespräch mit Jeffries war Tom sofort hierher gekommen und sie hatten ihr Wiedersehen gefeiert. Allerdings nicht so stürmisch, wie Tom es sich vielleicht gewünscht hätte. Christine war noch immer verstört und gequält durch die Gefangenschaft.

Sie hatten zusammen einen Wein getrunken, einen Film angesehen und sie kuschelte sich in seine starken Arme wie ein schutzsuchendes Kind.
Durch den dünnen Stoff des Nachthemds sah Tom die roten Striemen der marokianischen Peitsche auf Christines Rücken. Ihr einst so wunderschöner Körper war durch die Folter schwer gezeichnet. Immer wieder stöhnte sie leise unter ihren eigenen Bewegungen, das Gewebe war aufgerissen gewesen und ungereinigt verwachsen. Schmutz und Dreck hatten zu eiternden Entzündungen geführt.
Ihr würden viele Narben bleiben. Trotz aller medizinischen Fortschritte konnte nicht alles geheilt werden.
Täglich begab sich Christine in die Krankenstation, um ihre Behandlung fortzusetzen. Man hatte ihr psychiatrische Hilfe zur Seite gestellt, doch diese in Anspruch zu nehmen fiel ihr unsagbar schwer. Sie wollte mit dem Erlebten selbst fertigwerden. Tom unterstützte sie darin, so gut es ging.
Langsam ließ er seine Hand unter ihr Nachthemd gleiten, sofort zuckte sie zusammen. Ungewollt hatte er ihr wehgetan.
>> Was ist? <<
>> Tut mir leid, Tom <<, sagte sie, sich enger an ihn kuschelnd.
>> Es tut einfach noch weh. <<
Tom fuhr sich mit einer Hand durchs Haar und fragte sich, wie er sie fragen sollte. Ob es überhaupt klug war oder ob er besser die Schnauze halten sollte.
>> Was liegt dir auf dem Herzen? <<, fragte Christine.
>> Was meinst du? <<
>> Irgendetwas beschäftigt dich. <<
>> Stimmt. <<
>> Was ist es? <<
>> Ich wollte dich etwas fragen. <<
>> Und was? <<
>> Ob du ... <<, Tom schluckte. >> Ob du nicht die Station verlassen willst <<, sagte er schließlich und sofort hob sie ihren Kopf von seiner Schulter. >> Für eine Weile <<, fügte er hinzu.
>> Warum? <<
>> Weil ich dich in meiner Nähe haben will <<, sagte er.

>> Das kannst du doch. Solange verhandelt wird, wirst du doch hier bleiben, oder? <<
>> Ich fürchte nicht. Sie wollen, dass die Victory den Transport und Schutz der Delegation übernimmt. Ich verlasse die Station schon morgen wieder. <<
>> Oh nein. Ich dachte, wir hätten dieses Mal mehr Zeit füreinander. <<
>> Ich auch, glaub mir, ich auch. <<
>> Seit wann weißt du das? <<
>> Seit ein paar Stunden. Jeffries hat mich vor vollendete Tatsachen gestellt. <<
>> Du willst, dass ich mit auf die Victory komme? <<
>> Ja <<, sagte er so gefühlvoll wie möglich. >> Ich will dich in meiner Nähe haben. <<
>> Ich hatte gehofft, bald wieder den Dienst antreten zu können. <<
>> Das kann noch Wochen dauern und du weißt das. Im Moment erfüllst du weder die physischen noch die psychischen Anforderungen. <<
>> Stimmt <<, Christine drehte sich langsam zur Seite und griff nach einer Tablettenschachtel auf dem Nachttisch. Seit Tagen musste sie Medikamente nehmen, um schlafen zu können. Alpträume verfolgten sie Nacht für Nacht. Mit verschiedenen Arznei-Cocktails versuchte sie diese zu unterdrücken und endlich wieder erholsamen Schlaf zu finden.
>> Deine Behandlung könntest du auf der Victory fortsetzen. Wir haben eine ausgezeichnete Krankenstation. <<
Christine lag auf dem Rücken. Tränen standen in ihren Augen. Immer wieder versuchte sie sich hinzulegen, aber die Wunden schmerzten zu sehr. Als sie es nicht mehr aushielt, drehte sie sich wieder auf den Bauch.
Es war ein Problem, das auch die modernsten Behandlungsmethoden noch nicht vollends im Griff hatten. Wunden konnten zwar sofort verschlossen werden, doch blieben die Schmerzen oft über Tage und Wochen erhalten.
Ein vom Generator geheiltes Gewebe war für den Organismus ein Fremdkörper, der erst integriert werden musste.

Zwar hatte sie am ganzen Körper keine einzige offene Wunde mehr, doch waren überall noch die Rötungen der Geweberegeneration zu sehen. Unter der Haut musste der Körper die Arbeit der Mediziner weiterführen.
Ständiger Konsum von Schmerzmitteln war die logische Folge.
>> Ich bin einverstanden <<, sagte Christine, nachdem sie minutenlang überlegt hatte. Tom hörte den deutlichen Zweifel in ihrer Stimme, ging aber nicht darauf ein.
>> Das freut mich <<, sagte er und gab ihr einen zärtlichen Kuss auf die Stirn.

Friedensgespräche

Pegasus 1.
\>> Das sind unsere neuesten Aufklärungsergebnisse, Sir <<, sagte Maddox und reichte Eightman einen Datenblock. >> Eines unserer Schiffe war im Teschan-Sektor und hat etwas Interessantes entdeckt. <<
\>> Wie interessant? <<
\>> Sehen Sie selbst. <<
Eightman aktivierte den Datenblock und seine Augen weiteten sich.
\>> Ist das ... was ich denke, dass es ist? <<
\>> Ein nicht identifiziertes Schiff, vermutlich irdischer Bauart, das gerade die Atmosphäre von Teschan verlässt. <<
\>> Schiffsklasse? <<
\>> Unbekannt. Erinnert aber an Kreuzer der Samson-Klasse. Ähnliche Schiffe hat die SSA schon vor zehn Jahren entwickelt. <<
\>> Wie lange war er auf Teschan? <<
\>> Wissen wir nicht. Aber wir schicken gerade ein Team hin, das sich auf der Oberfläche umsehen soll. <<
Eightmans Lippen formten ein zufriedenes Lächeln. >> Wann wird es eintreffen? <<
\>> In vierundzwanzig Stunden. <<
\>> Wissen wir, wo dieses Schiff hin ist? <<
\>> Negativ. Es passierte das nächste Raumtor und verschwand im Hyperraum. Unser Aufklärer konnte eine Verfolgung nicht aufnehmen, ohne entdeckt zu werden. <<
\>> Sehr gute Arbeit, Commander. <<
\>> Danke, Sir. <<
\>> Ich werde das dem Admiral schnellstmöglich mitteilen. <<
\>> Sir. <<
Als Maddox gegangen war, zog Eightman eine Zigarette aus der Brusttasche und zündete sie an.
Klipp ... Klapp ... Klipp ... Klapp ... Klipp ... Klapp ...
Das war eine hervorragende Nachricht und er konnte sich lebhaft vorstellen, wie Admiral Jeffries auf diese Nachricht reagieren würde.

Leider war er nicht an Bord der Station, sondern befand sich auf der Victory, mit Kurs auf Samal Rem, wo er sich mit den Schiffen der Regierungschefs traf, um die Delegationen für die Friedensverhandlungen an Bord zu nehmen.
>> Zu schade <<, sagte Eightman, er hätte die frohe Botschaft gerne persönlich weitergegeben.
So musste er warten bis zu ihrem nächsten Gespräch über Ghostcom.
Trotzdem zufrieden fuhr er sich durch das glatt gekämmte Haar und versicherte sich, dass es noch richtig saß.
Seit ihrem Schlag am Hexenkreuz war die Stimmung im Oberkommando um einiges gelöster als in den Wochen zuvor.
Heute Morgen hatten sie die aktuellsten Untersuchungsberichte bekommen, und so groß das Entsetzen der Wissenschaftler auch war, der militärische Erfolg des Angriffs war unmöglich von der Hand zu weisen.
Mehr als ein Viertel der imperialen Flotte war mit einem einzigen Schlag vernichtet worden, einem Schlag, von dem sie sich wohl niemals erholen würde.
Das Bild der schwarzen Sonnen war seit Tagen in jeder einzelnen Nachrichtensendung gezeigt worden, praktisch jedes Nachrichtenmedium der Konföderation beschäftigte sich gegenwärtig mit dieser neuen Waffe und die Pressestellen der Streitkräfte wurden mit Anfragen bombardiert.
Mit Verweis auf den kriegsentscheidenden Inhalt jedwelcher Informationen wurden allerdings alle Anfragen abgeblockt.
Bloß nicht aus der Deckung kommen. Sollen sie sich ruhig fragen, was das genau war.
Die Marokianer taten bestimmt dasselbe.
In den Reihen der Militärs war der Einsatz des Leptonentorpedos nicht unumstritten, aber keiner wagte offen zu protestieren. Jeffries hatte mit diesem Schlag eine neue Ära eingeläutet. Nach den Rückschlägen unter Armstrong und Luschenko hatte er nun ganz klar die neue Linie skizziert.
Von nun an wurde mit allen Mitteln zurückgeschlagen. Das Wort vom *Totalen Krieg* wollte keiner in den Mund nehmen, denn es war seit Jahrhunderten schwer belastet, doch in Eightmans Wortschatz

gab es keine bessere Definition für das, was den Marokianern nun bevorstand.

ISS Victory, im Orbit über Salam Rem. Quartier des XO.
Die schmale Koje war eigentlich nicht dafür ausgelegt, sie zu teilen. Dennoch fühlte es sich gut an, morgens aufzuwachen und zu spüren, dass man nicht alleine war.
Für einen kurzen Moment kuschelte sie sich zu Will, bettete ihren Kopf auf seine Schulter und legte ihre Hand auf seinen Bauch.
Nur für zwei Minuten, dachte sie sich, ließ sie verstreichen und zwang sich dann aufzustehen.
>> Wach auf <<, flüsterte sie ihm ins Ohr, küsste ihn erst auf die Wange und dann auf den Mund.
>> Morgen <<, sagte er zufrieden, grinste wie ein Schuljunge, der gerade irgendetwas angestellt hatte, das niemals rauskommen würde, und schon war seine eine Hand an ihrer Hüfte und die andere ...
>> Lass das <<, sagte Alexandra, stemmte sich vom Bett hoch und ging zum kleinen Badezimmer, das eigentlich nicht mehr war als eine Waschzelle.
>> Du musst jetzt gehen, Will. <<
>> Ich will nicht. <<
>> Hast du schon auf die Uhr gesehen? <<
Es war 05.30 morgens und in etwa fünfzehn Minuten würden die ersten Offiziere der Tagschicht die Korridore dieses Decks bevölkern.
So lange in Alexandras Quartier zu bleiben war ohnehin leichtsinnig, doch gerade diese Gefahr, entdeckt zu werden, dieser Hauch des Verbotenen machte diese Affäre noch um einiges reizvoller.
Will stand auf, zog seine Hose an, nahm Unterhemd und Hundemarke vom Tisch und küsste Alexandra zum Abschied.
Dann schlich er sich in sein Quartier.
>> Morgen, CAG! Schon so früh auf den Beinen? <<
>> Konnte nicht schlafen <<, log Will, der einem seiner Staffelführer genau in die Arme gelaufen war.
Zehn Sekunden! dachte sich Will. Wenn er nur zehn Sekunden früher um die Ecke gekommen wäre ...
>> Kann ich verstehen. Wir sind alle ziemlich nervös. <<
>> Ja. <<

>> Wir sehen uns! <<
Will ging ein paar Meter den Korridor hinunter, versicherte sich, dass niemand in der Nähe war, und sprintete dann zu seinem Quartier.
Alexandra kam derweil aus der Dusche, trocknete ihr Haar und nahm eine frische Uniform aus dem Wandspind.
Eigentlich sollte sie jetzt Sportkleidung anziehen und ihren morgendlichen Lauf über die Decks des Schiffes beginnen, doch heute musste sie dieses liebgewonnene Ritual auslassen.
Die Delegationsschiffe würden heute ankommen. Das erste von ihnen schon in etwas mehr als einer Stunde und da musste der XO auf seinem Posten sein.
Also ließ sie ihren Frühsport ausfallen und begann ihren Dienst.
Den Waffengurt über die Schulter gehängt und die Uniformjacke noch offen, verließ sie ihr Quartier und ging in Richtung Brücke.
Mehrere Offiziere grüßten sie, wünschten einen guten Morgen und sprachen mit ihr ein paar kurze Worte.
Als sie die Treppe erreichte, hatte sie ihre Uniform zugeknöpft und schlang sich den Waffengurt um die Hüften.
Auf der Treppe begegnete sie Semana, die ebenfalls unterwegs zum Dienst war. >> Morgen! <<
Alexandra erwiderte den Gruß. >> Alles bereit für den großen Tag? <<
>> Sind wir. Quartiere sind bezugsfertig, Wachmannschaften auf Position und der Hangar ist zum Bersten voll mit neuen Jägern. <<
Bisher hatte die Victory nur ihre vierundzwanzig Defender-Maschinen an Bord gehabt. Für mehr war das Schiff nicht ausgelegt, Nighthawks benötigten andere Startkatapulte als die Defender und ihr Hangar war nicht für größere Jägerkontingente ausgelegt.
Schließlich war die Victory ein Schlachtschiff, kein Träger.
Angesichts der heiklen Mission hatte man sich allerdings entschlossen, zwei Geschwader Nighthawks an Bord zu nehmen.
Im Falle eines Zwischenfalls mussten sie über die Landebucht starten, was deutlich länger dauerte als ein Alarmstart durch die seitlichen Röhren, aber immerhin verdoppelte sich so die Anzahl der an Bord befindlichen Jäger.
>> XO an Deck! <<, meldete der diensthabende Lieutenant und übergab die Brücke an Alexandra.

>> Irgendwelche Vorkommnisse? <<
>> Negativ, Ma'am! <<
>> Danke, Lieutenant. <<
Ein PO reichte Alexandra einen Datenblock, sie unterzeichnete die morgendliche Kommandoübergabe und entließ die Nachtschicht in den Dienstschluss.
>> AVAX-KONTAKT! Schiff der Atlantia-Klasse. <<
>> Da kommen sie <<, sagte Semana, setzte sich an ihre Station und öffnete einige Fenster auf ihrem Hauptschirm. >> ISS Khartum <<, las sie aus der Kennung. >> Passagiere … Irdischer Außenminister, Leiter des diplomatischen Dienstes der Madi, Leiter des Diplomatischen Dienstes der Konföderation. Mehrere Sekretäre, Berater, Assistenten. Insgesamt fünfunddreißig zu verschiffende Personen. <<
>> Begrüßungsruf senden und Anflugvektor zuteilen. Sehen wir zu, dass wir die Sache schnell über die Bühne kriegen. <<
Alexandra setzte sich in den Kommandosessel und schlug die Beine übereinander.

Orgus Rahn, Provisorisches Kommando der imperialen Hauptflotte.
>> Fünfzehn Schiffe <<, sagte Ituka und verschränkte die Arme vor dem Brustpanzer.
>> Mehr nicht? <<, fragte der Ulaf und sein Offizier wölbte den Nackenkamm. Wortlos blickten sie sich an.
Was auch immer am Hexenkreuz passiert war, es hatte das Reich mehrere hundert Schiffe gekostet. Panzer- und Jagdkreuzer, unzählige Geleitschiffe, Träger und mehr als vierzig Großkampfschiffe der Kogan- und Kurgan-Klassen.
Und das Schlimmste war, dass keiner sagen konnte, wohin die Schiffe verschwunden waren.
Es gab keine Wracks, keine Überlebenden, keine Jäger, Truppentransporter oder Ähnliches, die aus dem Epizentrum der Explosion entkommen waren.
Nicht mal Trümmerteile hatten sie gefunden.
Zwei Tage nach dem „Vorfall" war das erste marokianische Schiff in den Sektor eingeflogen und hatte Sensorenaufzeichnungen gemacht.

Bilder von schwarzen Sonnen und Raumnebeln, die in Flammen standen, waren alles, was der Aufklärer vom Hexenkreuz zurückbrachte.

Hinzu kam einzig die Erkenntnis, dass ein Anflug im Hyperraum unmöglich war.

Was eigentlich egal war, da es in dem Sektor auch keine Raumtore mehr gab, die einen Transit ermöglichten, doch die Tatsache an sich war besorgniserregend.

In den Tagen und Wochen seit jenem Rückschlag hatten sich vereinzelt Schiffe auf Orgus Rahn zurückgemeldet.

Allesamt waren sie kaum mehr flugtauglich, sie hatten Ausläufer der Explosion abbekommen, waren zwar nicht zerstört, aber völlig demoliert worden.

>> Keines dieser Schiffe wird je wieder in ein Gefecht ziehen <<, sagte Iman, als er die Liste las, die Ituka ihm gegeben hatte.

Fünfzehn Schiffe von etwa fünfhundert, und keiner an Bord konnte vernünftige Aussagen machen.

Eine Druckwelle sei es gewesen. Aus dem Nichts sei der Weltraum explodiert und habe den ganzen Sektor verwüstet.

>> Eines unserer Schiffe war bei Gur Sebulba, einem Waldmond am Rand des Sektors <<, erklärte Ituka. >> Auf dem Mond steht kein einziger Baum mehr. <<

>> Was soll das heißen? Sind die auch verschwunden? <<

Ituka verneinte. >> Alle abgeknickt. Jeder einzelne Baum auf einer völlig bewaldeten Welt. <<

>> Was war das? <<

Keiner wusste eine Antwort darauf.

Jeder einzelne Soldat an Bord der fünfzehn Schiffe, die es irgendwie nach Orgus Rahn geschafft hatten, wurde befragt. Doch die Erschöpfung des Überlebenskampfs machte ihre Aussagen völlig wirr.

Diese Männer waren in zerschossenen Wracks gefangen und hatten tagelang gegen entweichende Atmosphäre und zerbrechende Hüllen ankämpfen müssen. Sie hatten nichts mehr zu essen, nichts mehr zu trinken und mussten zusehen, wie ihre Kameraden erstickten, in den Weltraum geblasen wurden oder verbrannten.

Iman konnte sich gut vorstellen, wie sie sich gefühlt hatten, als ihnen klar wurde, dass ihre Schiffe keinen Antrieb mehr hatten, dass die

Hüllen bei der kleinsten Belastung nachgaben und jeder Moment der letzte sein konnte.
Wie die Besatzung eines gesunkenen U-Boots, die genau weiß, dass sie niemals wieder die Wasseroberfläche sehen würde.
Eine Vorstellung, die Iman allerdings noch schrecklicher fand als den einsamen Tod im All.
Lieber im Weltraum ersticken und erfrieren, als im Meer ertrinken.
Gelegentlich träumte er davon, wie er selbst da draußen getrieben war. Gestrandet in einem Meer der Sterne. Schwerstverletzt und dem Schicksal ausgeliefert.
Solche Dinge vergaß man nicht von heute auf morgen.
>> Wir lassen ihnen ein paar Tage <<, sagte Iman schließlich, >> womöglich ergeben die Befragungen dann mehr. <<
Ituka stimmte zu, behielt aber für sich, dass er kaum Hoffnung hatte. Die Leute redeten nicht deshalb nicht, weil sie zu viel Schrecken gesehen hatten, sie redeten nicht, weil sie keine Ahnung hatten, was passiert war.
Diese wenigen Überlebenden hatten am Rand des Sektors gelegen, als es passierte. Keiner von ihnen hatte auch nur Sichtkontakt zum Epizentrum.
Egal, was passiert war, durch Befragungen würden sie es nicht herausfinden.
>> Was, wenn es eine Waffe war? <<, fragte Ituka und sprach aus, worüber keiner reden wollte.
Iman gab ihm keine Antwort. Er saß einfach nur da und legte den Kopf in den Nacken.
Dragus trat durch die offen stehende Tür des Quartiers und Ituka drehte missmutig den Kopf.
>> Melde Abmarschbereitschaft <<, sagte er.
Nachdem Iman erfahren hatte, welches Schiff die konföderierte Delegation nach Casadena brachte, hatte er sofort alle Hebel in Bewegung gesetzt, um an den Gesprächen teilnehmen zu können.
Garkan war von der Idee wenig begeistert gewesen, also ging der Ulaf direkt zum Imperator und Kogan erlaubte ihm die Teilnahme.
>> Ich werde dort ohnehin einen Freund brauchen <<, hatte er gesagt und Iman gebeten, die militärische Leitung und die Bewachung der Gespräche zu übernehmen.

\>\> Wir kommen <<, sagte Iman wenig begeistert. Die Vorstellung, mit diesen Monstern und Mördern am selben Tisch zu sitzen, fand er ekelerregend und überhaupt war es eine Schande, dass der Dornenthron an diesen Gesprächen teilnahm.
Doch so bot sich ihm die Chance, Hawkins Aug in Aug gegenüberzustehen, und *das* wollte er sich keinesfalls entgehen lassen.

Teschan. S3-Aufklärungsoperation.
Es waren gesichtslose Soldaten, die im Heck des Raiders auf ihren Einsatz warteten. Sie trugen weder Namensschilder noch Hundemarken, ihre schwarzen und grauen Kampfanzüge hatten keine Insignien. Weder die des S3, des Korps oder der Konföderation.
Mit geschlossenen Visieren saßen sie auf den Bänken links und rechts der geschlossenen Heckluke und warteten auf ihren Einsatz.
Es war ein schneller, unruhiger Anflug. Das Wetter spielte gegen sie, Windböen von bis zu sechzig Stundenkilometern fegten in dieser Nacht über die Wüste und in höheren Luftschichten toste der Wind mit doppelter Geschwindigkeit.
Mit hoher Geschwindigkeit näherte sich das Schiff der Oberfläche. Wie die Kampfanzüge war es in Schwarz und Grau gehalten. Weder Kennnummer noch irgendwelche Hoheitszeichen verrieten, woher es kam.
Der Raider erreichte die Oberfläche, die Heckluke öffnete sich, und kaum dass die Landestutzen den Boden berührt hatten, stürmten die Männer der SFR 37 hinaus in die stockdunkle Nacht.
Sand blies ihnen entgegen. Aufgewirbelt von den Turbinen des Raiders und dem beißenden Wind, der laut und heulend über die Dünen blies.
\>\> GO GO GO! <<, brüllte der Einsatzleiter über Interkom und die zwanzig Mann seiner Einheit verteilten sich über das Gelände.
Ihre MEG-16-Gewehre im Anschlag, rannten sie in gebückter Haltung und mit kurzen Schritten durch den Sand, erreichten die ausgemachten Positionen und gingen in Deckung.
Einer nach dem anderen meldete: \>\> Position bezogen! <<
Sie befanden sich an jener Stelle, wo bei Kriegsbeginn noch ein Camp der Konföderation gestanden war.

Seit der Evakuierung durfte niemand mehr hier sein, doch der S3 war sich sicher, dass SSA-Personal noch immer in diesen Dünen stationiert war.

Die Männer rückten weiter vor. Durch ihre Visiere sahen sie grün eingefärbte Aufnahmen der Nachtsichtgeräte an ihren Helmen.

Leuchtende Konturen der Umgebung, diverse taktische Daten, alles wurde direkt auf das Visier projiziert.

Dieselben Daten sah zeitgleich auch die Einsatzleitung auf Pegasus 1, wohin die Bilder in Echtzeit übertragen wurden.

Colonel Aznar, Commander Maddox und Henry Eightman standen vor einem großen Schirm und blickten angespannt auf die verschiedenen Aufnahmen.

Das SFR-Team rückte auf die verschütteten Eingänge der unterirdischen Grabungen vor. Am Tag der Evakuierung waren diese Portale unter Sand begraben worden und genau so sollten das SFR-Team sie jetzt auch vorfinden.

>> PORTAL OFFEN! <<, meldete der Erste, der die Stelle erreichte, und Eightman biss sich auf die Unterlippe. >> Diese Mistkerle <<, sagte er leise und verschränkte die Arme.

Aznar und Maddox waren wenig überrascht. Genau mit diesem Ergebnis hatten sie gerechnet.

Das Team rückte ins Innere der unterirdischen Anlagen vor und fand sie verlassen.

>> Sie wussten, dass wir kommen <<, sagte Aznar.

>> Die Frage ist, was sie alles geöffnet haben <<, sagte Maddox in den Raum, ohne den Satz an irgendjemand Bestimmten zu richten.

>> Was meinen Sie? <<, fragte Eightman.

>> Wenn sie nur in den Anlagen waren, ist der Schaden gering. <<

>> Was gibt es dort noch? <<, fragte der Stabschef und sowohl Aznar als auch Maddox sahen ihn schweigend an.

>> Was gibt es da noch? <<, wiederholte er die Frage.

>> Die Quellen <<, sagte Aznar schließlich. >> Allerdings wurden die besonders gut versiegelt. <<

Das Team rückte tiefer ins unterirdische Gewölbe vor und schließlich erreichten sie eine Tür aus massivem Stahl. Sie war ein Fremdkörper in dieser stromlinienförmig gewachsenen organischen Welt.

Als stehe ein Ritter in voller Rüstung auf einem modernen Schlachtfeld.
>> Tür ist verschlossen! <<, meldete das SFR, >> Spuren an Schloss und Scharnieren! Bohrungen! <<
>> Sie wollten sie aufbrechen <<, sagte Maddox.
>> Warum haben sie es nicht getan? <<, fragte Eightman. >> Das ist doch nur eine Stahltür. <<
>> Dahinter befinden sich Sprengladungen, die alles im Umkreis von zwei Kilometern vernichten werden <<, erklärte Aznar, >> und die SSA weiß das genau. Sie haben gebohrt, um den Zündmechanismus zu sehen, um herauszufinden, was hinter der Tür genau auf sie wartet. <<
>> Was ist hinter dieser Tür? <<
>> Die Quellen … <<
Plötzlich waren Schüsse zu hören, das SFR kam in Bewegung, die Bilder wurden hektischer, unübersichtlicher.
Rennende Männer, Gewehrsalven in dunkler Nacht. Befehle wurde gebrüllt und irgendwo ging ein Körper getroffen zu Boden.
Die SFR-Leute erreichten die Oberfläche. Mehrere Gestalten flüchteten durch den Sand und drei von ihnen gingen getroffen zu Boden. Das charakteristische Heulen von Turbinen wurde laut, der Sand auf den Dünen geriet in Bewegung. Blaues Feuer blies den Sand in alle Richtungen und schließlich erhob sich ein graues Schiff aus der Wüste.
An seinen mächtigen Tragflächen hingen Gatlinggeschütze, und kaum vom Sand befreit begannen sie zu rotieren.
Granaten schlugen in die Seiten des Schiffes, doch seine Panzerung schien davon unbeeindruckt. Es schickte alles vernichtende Feuersalven zu Boden, ehe es seine Schwenkturbinen in Flugrichtung drehte und zum Orbit beschleunigte.
>> Haben wir so was schon mal gesehen? <<, fragte Eightman und die S3-Offiziere verneinten.
>> Das ist kein Interstellarschiff <<, sagte Eightman und blickte auf die eingefrorene Aufnahme des Schiffes. >> Es muss ein Mutterschiff in der Nähe haben. <<
>> Das haben wir auch <<, sagte Aznar und griff zu seinem Komlink, >> gebt mir die Apollo! <<

Victory. Eine Woche später.
Einsam lag die Victory im Orbit des planetenweiten Ozeans.
Fast neunzig Prozent der Oberfläche bestanden aus Wasser, nur wenige größere und kleinere Inseln ragten aus dem tiefblauen, an manchen Stellen smaragdgrünen Meer, es gab weder Kontinente noch Landlebewesen.
Die Morog hatten diesen Planeten vorgeschlagen, da er in unbeanspruchtem Raum lag und somit neutrales Gebiet darstellte. Casadena war fast unbewohnt. Nur wenige Lebewesen hatten sich hierher verirrt. Über Jahre hinweg hatte man auf dem Grund des Meeres nach Bodenschätzen gesucht, allerdings ohne Erfolg. Die meisten Glücksritter, die es hierher verschlagen hatte, waren längst wieder abgezogen. Vor einiger Zeit entdeckten ihn die Morog und übernahmen die fast verlassene Welt.
Es gab noch einige Exzentriker und Einsiedler, die alleine oder in kleinen Kommunen auf den Inseln lebten. Jedoch nichts, das als Bevölkerung oder gar Regierung angesehen wurde. Casadena war ein unbeanspruchtes Paradies.
Der Ozean war schimmernd blau, der Himmel grün, tropische Pflanzen bedeckten das wenige Land. Als hätte man die Karibik ins All verlegt.
Tom hatte die ganze Reise über nach Möglichkeiten gesucht, sein Schiff vor den Marokianern zu verbergen, aber keine gefunden.
Teil der Abmachung war, dass beide Seiten mit nur einem einzigen Schiff anreisten und dass beide Schiffe sich die ganze Zeit über in Sichtweite zu befinden hatten.
Nun lag die Victory einem marokianischen Schlachtschiff der Kogan-Klasse gegenüber. Dem einzigen Schiff der imperialen Flotte, welches Tom nicht als leichte Beute empfand. Die Kogan-Klasse war ein Stahlkoloss, fast so groß wie die Victory und doppelt so schwer. Vollgestopft mit Waffen und so schnell wie kein anderes imperiales Schiff. Allerdings fehlte es ihr an Manövrierfähigkeit, was sich im Nahkampf zu einem immensen Nachteil entwickelte.
>> So nahe waren wir noch nie <<, sagte Will zu Tom, als sie gemeinsam auf der Brücke standen und die Bilder des Kogan auf dem Hauptschirm betrachteten.

>> Was glaubst du, was passiert, wenn wir sie jetzt angreifen? <<, fragte Tom seinen alten Freund.
Will sah ihn mit offenem Mund an.
>> Sie sind keine zehn Meilen entfernt. Eine Salve aus den Geschützen dieses Schiffes und der Imperator samt Generalstab verabschiedet sich von der Bühne der galaktischen Geschichte. <<
>> An so was solltest du nicht einmal denken <<, sagte Will.
>> Doch. Und soll ich dir sagen, warum? Weil dort drüben auf der Brücke ein marokianischer Offizier steht und der denkt jetzt über genau das Gleiche nach ... Er fragt sich, ob er uns mit einem Schuss erledigen könnte. <<
>> Du glaubst, dass sie einen Hinterhalt planen? <<, fragte Will.
>> Auf den Scannern ist absolut nichts. Wir sind Lichtjahre von jeder Handelsroute entfernt, es gibt hier draußen keine Stützpunkte und schon gar keine Flotten. Wenn sie einen Angriff planen würden, dann Schiff gegen Schiff. Die Frage ist, ob sie es wagen angesichts unseres Rufes. <<
>> Vielleicht war es doch kein Fehler, die Victory hierher zu schicken <<, sagte Alexandra zu Tom.
>> Vielleicht ist es ein Fehler, überhaupt hier zu sein <<, entgegnete Tom.
>> Vielleicht wäre es besser, dieses Schiff zu nehmen, nach Marokia zu fliegen und dort einen LT in die Atmosphäre zu schießen. <<
>> Hören wir uns an, was sie zu sagen haben <<, entgegnete Will.
>> Das werden wir wohl müssen <<, knurrte Tom und wandte sich an Semana Richards. >> Steuermann. Kurs auf die Atmosphäre! ... Semana! Behalten Sie ihn im Auge, beim kleinsten Anzeichen für einen Angriff Waffen hochfahren und Gefechtsalarm geben. <<
>> Aye, Sir. <<, antwortete sie knapp.
Die Victory drehte ihren mächtigen Schiffskörper und trat in die Atmosphäre ein. Es war verabredet worden, dass beide Schlachtschiffe den Orbit verließen, da sie in der Atmosphäre viel schlechter manövrieren konnten.
Der Kogan folgte der Victory langsam und mit Respektsabstand.
Während die Victory geschmeidig glühend tiefer sank, begann an Bord des Kogan das große Schwitzen.

Ein solch schweres Schiff in die Atmosphäre zu bringen war ein heikles und gefährliches Unterfangen.

Mit Staunen und mancher auch mit Angst betrachteten die Marokianer, wie mühelos und schnell die Victory durch die Atmosphäre sank, während die Hülle des Kogan unter der Belastung ächzte.

Die Victory flog über den Ozean hinweg und nahm eine Position in mehreren tausend Metern Höhe in Sichtweite des Tagungsortes ein.

Durch die Fenster drang strahlendes Sonnenlicht und auf dem Hauptschirm der Brücke sahen sie einen glühenden Ball, der sich langsam dem Horizont näherte.

>> Die kommen verdammt schnell runter <<, sagte Alexandra.

>> Vielleicht erledigen sich die Gespräche von selbst <<, hoffte Tom, während er mit am Rücken verschränkten Händen da stand und abwartete.

Dann endlich sahen sie die graue Hülle des Kogan aus dem Schweif aufsteigen und eine stabile Position über dem Meer einnehmen.

>> Schade <<, sagte Tom leise. >> Meldung an die Regierungschefs und Admiral Jeffries. Wir sind angekommen... Lieutenant Jackson, machen Sie die Raider der Delegation bereit. <<

>> Aye, Sir. <<

Pegasus 1, Lagerraum des S3.

Was macht einen Menschen zu dem, was er ist? Was lässt ihn die Dinge tun, die er tut?

Fragen, die sich Henry Eightman immer wieder stellte, in den letzten sieben Tagen allerdings öfter als sonst.

In den Tagen, die seit ihrer Landeoperation auf Teschan vergangen waren, hatten sie viele neue Erkenntnisse gewonnen.

Sie fanden ein kleines, spärlich ausgerüstetes Camp. Sie fanden Bodenscanner und Geräte, um Sonden in den Sand zu treiben.

Sie fanden Schweißbrenner und genügend Sprengstoff, um eine kleine Stadt zu vernichten.

Was sie allerdings nicht fanden, waren Daten.

Keine Akten, keine Berichte, keine Computer. Nichts war zurückgeblieben, um den SFR-Teams einen Anhaltspunkt zu liefern, worum es bei all dem ging.

>> Kaffee, Sir? <<, fragte ein PO und Henry nahm ihn dankend entgegen. Durch den gläsernen Schirm sah er Aznar unruhig im Lagerraum auf und ab gehen. Er stellte sich dieselben Fragen, wie Henry es tat, fand aber keine passenden Antworten.
Egal, wie oft sie die Situation durchdachten, am Ende landeten sie immer wieder bei Jeffries' Version und die gefiel keinem von ihnen.
Henry wollte den Admiral keinesfalls widerlegen, doch blindlings alles verteidigen, was er behauptete, lag ihm ebenso fern.
Eightman wollte Beweise, und er wollte sie so schnell wie möglich.
Auf der Sternenkarte blinkten zwei eingekreiste Punkte deutlich heller als alle anderen Objekte.
Der hintere war die Apollo, ein Aufklärungskreuzer des S3, der das SFR-Team nach Teschan gebracht hatte.
Der vordere war das Mutterschiff des schwer bewaffneten Landungsschiffs, das sich aus dem Sand erhoben hatte.
Noch in derselben Nacht hatte die Apollo die Verfolgung aufgenommen und folgte dem Schiff bis zum nächsten Raumtor, wo es in den Hyperraum verschwand.
An diesem Punkt hätte sie den Flüchtenden normalerweise verlieren müssen, denn sie war weit hinter ihm.
Doch die SFR-Teams waren hervorragend ausgebildet, und als das Schiff mit seinen Gatlings das Feuer eröffnete, hatten sie schnell reagiert.
Einer von ihnen schoss durch das Granatenrohr seiner MEG 16 einen Peilsender auf das Schiff.
Seit sie Teschan verlassen hatten, haftete dieses kleine Gerät am Bauch des Transporters und sendete zuverlässig ein Subraumsignal, das von der Apollo verfolgt werden konnte.
Quer durch die Konföderation.
Während das SFR-Team auf Teschan festsaß und sich mit Aufklärungsaufgaben beschäftigte, folgte die Apollo dem bisher nicht gesichteten Schiff durch den Hyperraum zu unbekanntem Ziel.
Noch ein paar Stunden und das Schiff würde endgültig konföderierten Raum verlassen. Aufgrund seines bisherigen Kurses wurden im S3-Hauptquartier P1 bereits Wetten angenommen, ob sie Minos Korva direkt anliefen oder noch ein paar Haken schlagen würden.

Henry rechnete mit direktem Kurs auf den Freihafen, sobald sie die Grenze zum Argules überschritten hatten, doch sicher war er sich nicht.

Mehrmals täglich flog das Schiff scharfe Kursänderungen. Ein Verhalten, das ihn an flüchtende Feldhasen erinnerte, die so ihre Verfolger abhängen wollten.

Wussten sie, dass sie verfolgt wurden?

Diese Gedanken verwarf er sofort wieder. Henry war gelernter Flottenoffizier, er wusste, dass solche Kursänderungen zum normalen Prozedere eines Schiffes gehörte, das in Regionen operierte, in denen es nichts verloren hatte.

Trotzdem …

Schwer atmend nahm er einen Schluck seines Kaffees und stellte angewidert fest, dass der PO Zucker hineingegeben hatte.

Warum war die SSA auf Teschan?

Diese Frage stellte er sich immer wieder.

Der Planet war nicht ohne Grund geräumt worden. Er lag nahe der Pegasus-Linie. Selbst bei derzeitigem Frontverlauf könnte eine imperiale Flotte leicht durch die Linien brechen und ihn direkt ansteuern.

Der Aufwand, den man betreiben müsste, um Teschan zu sichern, war gigantisch und so entschied man sich, alle dortigen Operationen einzustellen und alles zu unternehmen, dass keine Aufmerksamkeit auf diesen Teil des Weltraums gelenkt wurde.

Verteidigen konnte man den Planeten nicht, also ließ man ihn links liegen und hoffte, dass kein Marokianer ihn sich genauer ansah.

Und selbst wenn? Was hätten sie gefunden? Auf Teschan gab es nur Sand. Aus genau diesem Grund hatten die dort stationierten Wissenschaftler und Agenten immer in Zelten gehaust und keine richtigen Unterkünfte erhalten.

Die Mission musste innerhalb kürzester Zeit spurlos beendet werden können. Ein Ziel, das voll und ganz erreicht wurde.

Doch die SSA hatte eigene Pläne mit Teschan, und das gab Henry zu denken. Warum waren sie dieses Risiko eingegangen?

Geheimdienste machten geheime Dinge, dafür waren sie da. Doch eine Rückkehr in diese Wüsten war leichtsinnig, und wenn es wirklich stimmte, dass SSA-Schiffe eine imperiale Flotte bei Teschan ge-

schlagen hatten, musste man sich fragen, was genau die Agency dort trieb.
Wenn es stimmte! Bisher war nichts bewiesen worden.
Jeffries' Geschichten über Putsch und Gegenputsch hatten Henry von Anfang an nicht gefallen, es klang einfach zu abstrus. Da war mehr im Busch, viel mehr, und er war entschlossen, es herauszufinden.
Woher kam diese Rivalität zwischen Jeffries und Gared? Der S3 erzählte die Geschichte ein wenig anders als Jeffries selbst. Was Henry nun brauchte, war eine dritte Partei. Jemand, der damals zugegen war und ihm eine weitere Sicht der Dinge offenbaren konnte.
Was war damals geschehen?

Casadena. Erster Tag der Friedensgespräche.
>> Die Hoffnungen von Milliarden ruhen auf unseren Schultern <<, erklärte Pontus Xanus, der geistige Führer der Morog und Leiter der Gespräche.
Alle hatten sich am großen, ringförmigen Tisch versammelt. Die konföderierten Regierungschefs auf der einen, der Imperator und seine Gefolgschaft auf der anderen Seite.
Pontus Xanus und mehrere Berater und Advokaten saßen dazwischen.
>> Wir alle wissen, dass Großes vor uns liegt, wir sollten nichts überstürzen und ich bitte alle Beteiligten um Mäßigung. Wir alle haben dasselbe Ziel. Die Wahrung von Leben und den zukünftigen Frieden ... <<
Die Worte verschwammen zu einem belanglosen und endlosen Redeschwall, während Tom Hawkins da stand, in seiner schwarzen A-Klasse-Uniform, und über die Köpfe der Delegation hinwegsah.
Der Tag hatte mit einem Arbeitsfrühstück begonnen, bei dem die konföderierten Diplomaten erstmals mit den Mittelsmännern der Morog zusammengekommen waren. Es folgten mehrere Stunden, in denen Berater und Beamte in kleinen Gruppen erste Forderungen und Angebote deponierten, ehe ein prächtiges Mittagessen serviert wurde und anschließend die Gespräche begannen.
Normalerweise wurden solche Dinge vorab besprochen. Erst diskutierte man auf Beamtenebene, dann kamen die Außenminister und

erst zum Finale, wenn die Verträge längst in trockenen Tüchern waren, kamen die Regierungschefs und sonnten sich im medialen Licht der hart ausgehandelten Papiere.
So funktionierte das zumindest in der Konföderation.
Marokianer hatten eine etwas andere Vorstellung von Politik, und da der Imperator persönlich angereist war, hatten die konföderierten Regierungschefs ebenfalls Anwesenheitspflicht.
Alles andere hätte der Dornenthron als schwere Beleidigung empfunden und die Gespräche hätten keinen Tag gedauert.
Obwohl seine Anwesenheit nicht von Nöten war, hatte Tom sich an diesem ersten Tag der Beratungen unter die Delegierten gemischt. Zwischen Fahnen und Insignien der Konföderation stand er mit verschränkten Armen und ließ seinen Blick über die Gesichter des Feindes schweifen.
Etwas anderes waren sie nicht für ihn. Nur Feinde.
Die Gespräche liefen bereits eine Stunde, als Tom dann jenes Gesicht erblickte, weshalb er überhaupt hierher gekommen war.
Iman betrat den Raum in brandneuer Rüstung. Braun und rot mit den Insignien des Ulaf auf der Brust und dem Dolch eines Flottenchefs am Gürtel.
Iman sah Tom im selben Augenblick, wie Tom Iman erblickte, und für Sekunden standen sie sich wie Spiegelbilder gegenüber.
Als seien sie die zwei Seiten derselben Medaille.
Keiner der beiden hörte mehr die Worte, die gesprochen wurden. Keiner interessierte sich mehr für die Gespräche. Dass sie ohnehin scheitern würden, war die Überzeugung beider.
Tom wünschte sich, eine Scorpion dabei zu haben. Er hätte sie ziehen können, um Iman samt seinem Herrscher der gerechten Strafe zuzuführen.
Der Raum färbte sich rot. Toms Blut- und Rachedurst spiegelte sich in der versteinerten, zornigen Miene wider.
Und Iman ging es nicht anders.
Auch er war beseelt vom Wunsch, mit gezogener Klinge über den Tisch zu hechten und den blanken Stahl in Toms Leib zu rammen, um sich dann an seinem Todeskampf zu ergötzen. Beide wussten sie, dass sie dem Wunsch nicht nachgeben konnten.

Einer wie der andere waren sie nur Meter vom erklärten Todfeind entfernt und konnten nichts tun. Der Wunsch nach einem Kampf begann sie aufzufressen.

Tom wandte sich zum Gehen, folgte den Stufen einer geschwungenen Treppe nach oben und ging hinaus ins strahlende Sonnenlicht.

Es dauerte nur Minuten, bis auch Iman den halbmondförmigen Balkon erreichte.

Unter ihnen schlugen die Wellen gegen die Klippen, aus dem Augenwinkel sahen sie paradiesisch weiße Strände, die Sonne strahlte aus einem wolkenlosen Himmel.

Ein Tag, so schön wie eine Postkarte.

Und zwei Männer, die nichts anderes wollten, als den Tag mit Blut zu färben.

>> Captain Thomas Hawkins <<, sagte Iman in einer Mischung aus Hass und Respekt.

>> Ich gratuliere dir zu deinem Schiff <<, sagte er, >> Orgus Rahn hat eine Woche lang gebrannt, ehe wir die Feuer in den Fabriken unter Kontrolle hatten. Der Rauch hängt noch immer über dem Stützpunkt. <<

Tom drehte sich um und erwiderte den düsteren Blick des Marokianers.

>> Wie geht es deiner kleinen Freundin? <<, fragte er provozierend.

>> Sag mir, Hawkins, liebst du sie? Ist sie noch dieselbe wie früher? <<

In Toms Kopf explodierten Milliarden von blutigsten Szenarien.

>> Schade <<, sagte Iman. >> Ich würde auch lieber kämpfen als reden. <<

Mit langsamen, sicheren Schritten trat er an Toms Seite. >> Du würdest mich jetzt zu gerne töten, nicht wahr, Hawkins? <<

>> Darauf kannst du wetten <<, sagte Tom grollend heiser.

>> Ich dich auch <<, erklärte Iman fast beiläufig. >> Leider sind wir beide an unsere Regierungen gebunden. Wir können nicht immer so, wie wir wollen. <<

>> Eine Schande, ja. <<

Iman nickte.

>> Ich weiß nicht, ob dir das klar ist, Hawkins. Aber ich respektiere dich. Dich, deinen Mut und dein Schiff. Ihr habt Unglaubliches vollbracht. <<
>> Dein Lob bedeutet mir nichts. <<
>> Wir Marokianer sind der Meinung, dass ein Mann in seinem Leben zwei Dinge braucht, um im Tode Frieden finden zu können. Weißt du, was für zwei Dinge das sind? <<
>> Einen guten Freund … <<, erklärte Tom, >> …und einen wahren Feind. <<
>> Richtig. Du kennst mein Volk gut. <<
>> Man muss wissen, wen man bekämpft. <<
>> Das ist ein guter Standpunkt. Ich weiß auch viel über dein Volk. Es ist wirklich beeindruckend. <<
>> Was wird das hier, Iman? Du kommst zu mir, als seien wir alte Freunde. <<
>> Wir sind keine Freunde! Das ist mir schon klar. Aber wir sind Feinde. Wahrhaftige, ebenbürtige Feinde. Wir können diesen Krieg nicht beide überleben. Einer von uns muss den Weg des Kriegers beschreiten und vergehen in den Flammen des Krieges, ehe die Wellen des Friedens über uns kommen und die Feuer ertränken. <<
>> Das werde nicht ich sein <<, versprach Tom.
>> Dann haben wir ein Problem. Denn ich werde es auch nicht sein. <<
>> Wie lösen wir das? <<
>> Indem wir warten, bis diese sinnlosen Gespräche vorbei sind. Dann treffen wir uns wieder, dort draußen, zwischen den Sternen. Irgendwann auf irgendeinem Schlachtfeld, und dann kreuzen wir ein letztes Mal die Klingen. <<
>> Ich freue mich schon darauf. <<
>> Oh. Ich mich auch. Dein Schiff hat viel Leid über mein Volk gebracht. Sie fürchten es. Ich werde als Held gefeiert werden, wenn ich die ausgebrannte Hülle nach Marokia heimschleppe. <<
Tom begann abfällig zu lachen. >> Niemals, Iman. Nicht in tausend Jahren. <<
>> Sei nicht so arrogant, Hawkins. Jedes Schiff und jeder Mann kann besiegt werden. <<

\>\> Ich nicht <<, behauptete Tom mit fester Überzeugung. >> Ich bin nur in einem gut. *Ich verliere NIE.* <<
\>\> Ich auch nicht <<, erwiderte Iman.
\>\> Außer gegen mich <<, hielt Tom dagegen. >> Oder warst du nicht auf Orgus Rahn, als ich dort war? <<
\>\> Ein feiger Überfall. Keine Schlacht unter Ehrenmännern. <<
\>\> Zugegeben. Genauso wie dein Angriff auf Pegasus 1. <<
Jetzt lachte Iman. Tom hatte recht und ihm gefiel die Parallele.
\>\> Solche Kämpfe sind unser nicht würdig. Wir sollten uns endlich auf freiem Feld begegnen. <<
\>\> Glaub mir, ich sehne mich danach. Viele Rechnungen sind noch offen. <<
\>\> Ja ... <<
Es war das erste Mal, dass sie sich richtig gegenüberstanden, dass sie miteinander redeten, ohne dass die Geräusche einer Schlacht durch die Wände drangen, das erste Mal, dass sie ebenbürtig waren. So wie es echte Gegner sein sollten.
\>\> Du bist ein glücklicher Mann, Hawkins. Diese Scott liebt dich sehr. <<
Toms Muskeln spannten sich, die Hände ballten sich zu zitternden Fäusten.
\>\> Ich bot ihr die Freiheit. Hat sie dir das erzählt? Ich hätte sie gehen lassen, wenn sie mir die Möglichkeit geboten hätte, dich zu kriegen ... Ich begreife bis heute nicht, warum sie dieses Angebot ausgeschlagen hat. Sie litt lieber weiter unter unserer Folter. <<
Tom brauchte alle Fassung, die er besaß, um nicht die Beherrschung zu verlieren.
\>\> Sag ihr, dass ich froh bin, dass sie noch lebt. Sie war sehr tapfer. <<
Tom biss sich auf die Unterlippe, doch sein Gesicht zeigte nicht die geringste Regung. Nichts als in Stein gemeißelter Hass!
MORD. Nichts hätte ihm mehr Befriedigung bereitet als der Mord an Iman. Ihn an der Kehle zu packen und über die Brüstung zu stoßen, hinunter auf die Klippen.
\>\> Wir sehen uns <<, sagte Iman und dann ging er. Sein Tagesziel war erfüllt. Er hatte lange darauf gewartet, Tom Auge in Auge gege-

nübertreten zu können. Nun hatte er es geschafft und er ging als Sieger aus diesem Treffen hervor. Mehr hatte er nie gewollt.

Pegasus 1, Büro des XO.
Als Maddox kam und ihm die Aufklärungsberichte überreichte, traute er seinen Augen nicht.
>> Es ist eine alte marokianische Werft <<, erklärte der Commander. >> Im letzten Krieg wurden dort Feldreparaturen durchgeführt. Im Zuge des Friedensvertrags wurde sie später stillgelegt und vergessen. <<
Die Fotos zeigten einen dunklen Zylinder, von dem sich Gerüste und Arme in alle Richtungen erstreckten.
Hunderte Positionslichter blinkten an den äußersten Punkten der Station, Scheinwerfer schwenkten über die dunkelgraue Hülle.
>> Die Apollo zählt bis zu dreißig Schiffe, die dort vor Anker liegen oder in nahe gelegenen Systemen kreuzen. <<
>> Schiffstyp? <<
>> Bisher unbekannt, es handelt sich allerdings um Jagdkreuzer. <<
Maddox blätterte weiter und reichte dem Stabschef ein weiteres Foto. >> Es sind sehr schlanke, wendige Schiffe. <<
>> Zeppeline <<, sagte Henry und verwendete damit ein Wort, das die Raumflotte zutiefst verabscheute. Mit nichts konnte man einen Flottenoffizier leichter auf die Palme bringen, als wenn man die stolzen irdischen Schlachtschiffe mit den historischen, feueranfälligen Luftschiffen einer längst vergangenen Ära in Verbindung brachte.
Die optische Ähnlichkeit war allerdings nicht zu leugnen. Auch wenn Henry immer fand, dass die Atlantia-Klasse mehr von einem Wal hatte als von einem Zeppelin.
Eine Bezeichnung, die allerdings auch nicht besser ankam.
>> Sie sind irdischer Bauart ... Ja. <<
>> Was heißt das für uns? Die SSA baut ihre Schiffe in alten imperialen Werften? <<
>> Das waren reine Reparaturwerften. Sehen Sie diese Ausläufer hier? << Er deutete mit dem Finger auf mehrere nachträglich angebaute Sektionen. >> Die sind neu! Die Agency hat Millionen investiert, um die alte Station auf Vordermann zu bringen. <<

>> Die Frage ist, ob der Dornenthron darüber informiert ist oder nicht? <<

>> Verlassene Werften wie diese gibt es ein Dutzend entlang der Argules-Grenzen. Ich denke nicht, dass die Marokianer sich dafür interessieren, was aus diesen alten Dingern geworden ist. <<

Eightman ließ seinen Sessel zurückkippen und wippte langsam vor und zurück. >> Das ist der Beweis, den wir brauchten, oder? <<

>> Es ist zumindest der Beweis, dass die SSA Schiffe besitzt, die sie nicht haben darf. <<

>> Dreißig Schiffe? <<

>> Zumindest bei dieser Werft. Wir entsenden gerade einige Aufklärer zu anderen stillgelegten Werften. <<

>> Was, wenn die dasselbe finden? <<

>> Dann wird es spannend. Wir müssen uns mit dem Gedanken anfreunden, dass die SSA nicht auf unserer Seite steht. <<

>> Oder zumindest sehr eigene Pläne und Ziele verfolgt. <<

Maddox nickte.

>> Ich hasse das. <<

>> Ich auch, Sir. Wir alle hatten gehofft, dass dieses Schiff ein Einzelstück ist. Ein kleiner Verstoß gegen ein sehr strikt geschriebenes Gesetz. <<

>> Ich muss den Admiral informieren. <<

>> Warten Sie damit noch zwei Tage <<, bat Maddox,

>> Dann haben wir gesicherte Informationen und können eine echte Lageeinschätzung abgeben. <<

>> Ich kann das nicht zurückhalten. <<

>> Wenn wir das jetzt so weitergeben, machen wir nur die Pferde scheu! <<

Widerwillig gab er dem Commander recht. >> Das ist auch Colonel Aznars Meinung? <<

>> Ja, Sir. <<

>> Na schön ... Wir warten. <<

>> Danke, Captain. <<

Nachdem Maddox gegangen war, zog Henry eine Schachtel Zigaretten aus der Uniform-Tasche und zündete sich sofort eine an. Nachdenklich blies er den Rauch zur Decke.

Klipp, Klapp, Klipp, Klapp, Klipp, Klapp, Klipp, Klapp, Klipp, Klapp ...

Am Strand von Casadena. Dritter Tag der Gespräche.
Will lag der Länge nach im Sand und röstete seinen Bauch in der Sonne, in seiner Hand ruhte eine fast leere Bierdose.
Alexandra hatte sich nach langem Zögern dazu überreden lassen, mit ihm, Will und Christine an den Strand zu gehen. Sie wollte an Bord bleiben, ließ sich dann aber doch überzeugen.
Tom hatte sich in einer Konferenzpause zu ihnen gesellt und saß neben Christine im warmen Sand.
Nach seinem Gespräch mit Iman war er stundenlang an diesem Strand entlanggewandert, um sich zu beruhigen. In diesem aufgewühlt-zornigen Zustand hatte er nicht auf das Schiff zurückwollen.
Als er spät nachts dann endlich wieder auf der vertrauten Brücke stand, erhielt er von Semana eine sehr beruhigende Meldung.
Der Kogan war von ihr den ganzen Tag über gescannt worden und sie war der festen Überzeugung, dass er für die Victory keine Gefahr darstellte, solange sie sich in der Atmosphäre befanden.
\>> Er braucht mindestens dreißig Minuten, um die Atmosphäre zu verlassen, wir nur zehn. Außerdem kann er aufgrund seines Gewichtes hier unten kaum manövrieren. Er ist wie ein Elefant, der durch Klebstoff watet. <<
Der Vergleich gefiel Tom.
Anschließend hatte er sich dazu entschlossen, einen Tag Pause einzulegen. Der Befehl der Regierungschefs war eindeutig. Die Mannschaft sollte Landurlaub bekommen. Casadena war dafür wie geschaffen und es würde die Atmosphäre der Friedensgespräche sehr viel lockerer gestalten.
Für die Sicherheit am Konferenzort war der S3 zuständig. Er hatte eigene Agenten und Sicherungsmannschaften dabei. Für die Besatzung der Victory blieb in diesen Tagen nichts als warten.
Die Idee des Landurlaubs war von Jeffries und Hawkins mit großem Vorbehalt angenommen worden.
Tom entschied, dass maximal zweihundert Personen auf einmal das Schiff verlassen dürften. Alle anderen blieben auf ihren Posten.
Es war ein fairer Kompromiss.

Ein schales Gefühl blieb dennoch. Während er zusah, wie Alexandra immer weiter hinausschwamm, überlegte Tom ständig, was noch alles schiefgehen konnte. Es war ihm, als würden kleine Teufel über seine Schultern hüpfen und ihn ununterbrochen mit bösen Gedanken malträtieren.
\>\> Warum so ernst? <<, fragte ihn Christine, die neben ihm im Sand saß und seine Hand hielt.
\>\> Tut mir leid. Ich schaffe es nicht abzuschalten. <<
\>\> Das sehe ich. <<
\>\> Ich habe gestern mit Iman gesprochen. <<
Tom fühlte, wie alles Blut aus Christines Körper zu weichen schien, ihre Hand wurde eiskalt, ihr Gesicht so bleich wie das Alexandras.
\>\> Er ... ist hier? <<
\>\> Ja. Er ist Teil der Delegation. Er scheint immer wichtiger zu werden. Er klettert langsam ganz nach oben. Scheint so, als sei es ein gutes Jahr für ihn gewesen. <<
\>\> Und worüber habt ihr gesprochen? <<
\>\> Über den Krieg. Über unseren gegenseitigen Hass. Den Wunsch, einander zu töten. Was man halt so redet unter Feinden. <<
\>\> Du sagst das, als sei es das Natürlichste auf der Welt. <<
\>\> In meiner Welt ist es das leider. <<
\>\> Leben wir nicht mehr in derselben Welt? <<
\>\> Doch, leider. Aber ich wünschte mir eine bessere Welt für dich und mich. <<
\>\> Eines Tages vielleicht. <<
\>\> Nach dem Krieg. << Toms Tonfall war hoffnungslos, so, als glaubte er nicht, dass es jemals eine Zeit nach dem Krieg geben würde.
\>\> Ja. Nach dem Krieg. Nachdem du gewonnnen hast. <<
Tom lächelte dünn und sah aufs Meer hinaus, wo Alexandra gerade ihren blassen, elfenbeinfarbenen Körper aus den Fluten erhob und an den Strand kam.
\>\> Sie braucht viel mehr Sonne <<, sagte Tom. \>\> Ich muss dafür sorgen, dass sie mehr Landurlaub bekommt. <<
\>\> Du wechselst das Thema. <<
\>\> Stimmt. <<
\>\> Warum? <<

\>\> Weil es ein zu schöner Tag ist, als dass man vom Krieg reden sollte. Genießen wir lieber die paar freien Stunden. <<
\>\> Einverstanden. <<
Will rülpste lauthals, während er in der Kühltasche nach einem neuen Bier kramte.
\>\> Du bist ein Schwein <<, sagte Alexandra anklagend und warf sich neben ihm in den Sand. \>\> Das gefällt dir doch. <<
\>\> Nicht unbedingt. <<
\>\> Lügnerin. << Will fand eine neue Dose, öffnete sie und genoss den ersten, kühlen Schluck. Dann drehte er sich zu Alexandra.
\>\> Und, ist es jetzt so schlimm? <<, fragte er.
\>\> Nein. Eigentlich nicht <<, gestand sie. \>\> Immerhin kann ich mein Baby von hier aus sehen. <<
Grinsend deutete sie auf die Victory, die weit am Horizont lag.
\>\> Ich dachte, ich sei dein Baby. <<
\>\> Du bist nicht annähernd so beeindruckend wie die Victory. <<
\>\> Ach nein? <<
\>\> Nein. <<
\>\> Wirklich nicht? <<
\>\> Ganz bestimmt nicht. <<
\>\> Warum schläfst du dann mit mir? <<
\>\> Weil ich es mit der Victory nicht kann. <<
\>\> Ach, verdammt, und ich dachte, es sei Liebe. <<
Wills Enttäuschung war gespielt und Alexandra wusste es genau. Ihre Beziehung funktionierte deshalb so gut, weil sie sich gegenseitig nicht allzu ernst nahmen und es genossen, sich gegenseitig anzustacheln.
Es war lange her, dass Alexandra jemanden hatte, bei dem sie sich so wohl fühlte, und bei Will stieg immer mehr die Befürchtung, dass sie *die Richtige* war.
Irgendwie hatte er nie geglaubt, so jemanden zu finden. Um ehrlich zu sein, hatte er immer ein wenig Angst davor gehabt. Kurze und heftige Beziehungen waren sehr viel einfacher als solche, die drohten ernst zu werden.
Nie hatte er verstanden, warum Tom nach so etwas suchte.

Pegasus 1, Büro des Stabschefs.
>> Insgesamt sind es drei Werften <<, erläuterte Maddox die neu gewonnenen Erkenntnisse, während auf dem Wandschirm verrauschte Aufklärungsbilder eingeblendet wurden.
Grüne und graue Bilder, aufgenommen mit maximaler Distanz zum Zielobjekt. Grobe, unscharfe Aufnahmen, die der Zeit, aus der sie stammten, kaum würdig waren.
In einer Epoche der Holoprojektoren wirkten die Aufnahmen der Aufklärungsschiffe anachronistisch und wenig professionell.
Bedachte man hingegen, aus welcher Distanz und bei welcher Geschwindigkeit sie aufgenommen wurden, verstummte jegliche Kritik im Keim.
>> Nach derzeitiger Zählung beläuft sich die SSA-Flotte auf mehr als einhundert Schiffe. <<
Eightman verzichtete darauf, die Zahl laut zu wiederholen, zog stattdessen an seiner Zigarette und blies den Rauch nachdenklich in den Raum.
Einhundert Schiffe, dachte er, *einhundert Jagdkreuzer. Bewaffnet, bemannt, einsatzbereit. Was wir damit alles tun könnten.*
Er stand von seinem Schreibtisch auf und ging zur Sternenkarte auf dem zweiten Wandschirm. In Gedanken arbeitete er sich durch eine Liste von Löchern in der Front, die er mit diesen Schiffen stopfen könnte.
Parallel dazu begann er zu überlegen, wie tief man diese Schiffe wohl ins Imperium hineinschicken könnte. Womöglich als mobiler Kampfverband mit der Victory als Flaggschiff.
So viele Möglichkeiten.
>> Das Beste an der Sache, oder sollte ich sagen, das Besorgniserregendste ... <<, Maddox räusperte sich, >> ... ist die Tatsache, dass diese Schiffe nicht auf Raumtore angewiesen sind. <<
Sie besaßen Nexus-Generatoren.
Die wohl verblüffendste Nachricht, die vom Aufklärungsschiff gekommen war.
Das Schiff, das von der Apollo von Teschan bis in den Argules gejagt wurde, hatte Raumtore benutzt, doch seine Schwesterschiffe, die im Umkreis der Werften den Hyperraum verließen, generierten ihre eigenen Raumtore.

So wie die Victory.

So wie auch die neuen Atlantias, die vom Stapel liefen, und manch älteres, das gerade überholt worden war.

Die Ära der Raumtore ging zu Ende, das wusste jeder im Kommando der Streitkräfte. Doch dass Isan Gared einhundert Schiffe besaß, die allesamt bereits die neue Technologie besaßen, bereitete vielen Sorge.

Ein oder zwei hätte keinen gewundert. Fünf bis zehn hätte wohl sogar Jeffries tolerieren können.

Doch einhundert!

Das war eine Flotte. Eine riesige, einsatzbereite Flotte, von der niemand etwas wusste, deren Bestimmung völlig unbekannt war.

Woher stammten die Mittel, woher die Crews, woher die Konstrukteure? Drei Hauptfragen, die eine Legion von Sekundärfragen nach sich zogen.

Fragen, die vor einem Senatsausschuss zu klären waren.

Fragen, die Eightman und seine Leute zwar beschäftigten, die aber nicht ihr Hauptproblem waren.

>> Wie kriegen wir diese Schiffe unter unser Kommando? <<, fragte Eightman in den Raum und weder Maddox noch Reno noch eines der anderen Stabsmitglieder konnte darauf eine Antwort geben.

Mit verschränkten Armen standen sie da und lauschten den Worten des S3-Offiziers und in ihren Gesichtern standen dieselben Fragen, die Eightman seit Tagen beschäftigten.

In all ihren Gesichtern.

Exakt dieselben Fragen.

Und auch dieselbe Entschlossenheit. Derselbe Wille, dieselbe Wut über einen Geheimdienst, der solche Mittel besitzt und sie nicht den Streitkräften zur Verfügung stellt.

Angesichts der horrenden Verluste seit Kriegsbeginn glich das Verheimlichen solcher Reserven einem Hochverrat.

Manch einer sprach sogar von Kollaboration, doch das nur hinter vorgehaltener Hand.

>> Wir übermitteln diesen Bericht an Jeffries und sehen, was er dazu sagt <<, entschied Eightman. >> Parallel dazu sollten wir einen Plan entwickeln, wie wir Zugriff auf diese Schiffe bekommen. <<

>> Die SSA wird einen Fronteinsatz dieser Einheiten nicht verhindern können. Nicht jetzt, nachdem wir wissen, dass es sie gibt <<, meinte Reno.
>> Die werden diese Schiffe mit Zähnen und Klauen verteidigen <<, sagte Henry. >> Schließlich hat es einen Grund, dass sie diese Schiffe geheim halten … Die Frage ist nur, welchen? <<
Mit seinem Feuerzeug spielend ging er vor den Offizieren auf und ab. >> Ich will ein paar Gedankenspiele auf meinem Schreibtisch haben … in spätestens vierundzwanzig Stunden. Wie kommen wir an diese Schiffe? <<

Victory. Vierter Tag der Gespräche.
Die Gespräche zogen sich in die Länge. Drei Tage praktisch ununterbrochenen Dialogs waren vergangen ohne wirkliche Fortschritte. Beide Seiten hatten ihre Standpunkte klargemacht und keine war bereit, die Kernanliegen des Gegenübers zu akzeptieren.
Das Militär nannte eine solche Situation Stellungskrieg. In der Politik hieß es: „Die Gespräche gehen nur langsam voran!"
Tom war auf der Brücke seines Schiffes und ging wie ein Tiger im Käfig ständig auf und ab. Er war angespannt und wusste nicht, warum. Der Soldat roch immer Verrat und Hinterhalt. Im Angesicht des Feindes wollte Tom nicht warten und sich Sonnentage am Strand genehmigen, sondern kämpfen.
Immer wieder sah er auf den Hauptschirm, wo der stählerne Koloss vor tiefblauem Himmel lag. Diese monströse Krönung marokianischen Wettrüstens. Der Gegenpart zur konföderierten Victory und dabei so unterschiedlich wie die Erbauer.
Wo die Victory eine organische Hülle besaß, hatten die Marokianer rauen Stahl verwendet. Wo die Konföderation modernste Waffensysteme einbaute, hatte die Kogan-Klasse eine massive Ansammlung der schwersten und schlagkräftigsten Waffen des imperialen Arsenals. Alle erprobt und ausgereift, keine technische Entwicklung.
Dieses Schiff war wie das Imperium selbst. Die Marokianer waren am Ende ihrer Entwicklung angelangt. Neue Horizonte gab es nicht mehr, sie hatten die Grenzen ihres Denkens erreicht, neue Wege lehnten sie ab, Veränderungen in der gewohnten, traditionellen Welt wurden mit aller Macht verhindert. Neue Ideen waren verpönt.

Die Menschen und ihre Verbündeten waren anders. Ihr Weg zur Supermacht hatte nicht lange gedauert. Sie waren voller neuer Ideen und Konzepte, voller Tatendrang und gutem Willen. Hinter ihnen lagen nicht Tausende Jahre eines immer gleichen, starren Systems, sondern Jahrhunderte ständigen Wandels.
Die Konföderation war die neue Macht im All, die anstrebte, zum Erben des alten Imperiums zu werden.
Und genau aus diesem Grund wurde dieser Krieg so verbissen geführt.
Für beide Seiten ging es ums Überleben.
Verlor die Konföderation, endete für die besiegten Völker die Zivilisation. Ein Leben in Sklaverei für alle kommenden Generationen würde zu ihrem Schicksal werden.
Verloren die Marokianer, so würde ihr ewiges Reich in sich zusammenbrechen und aus den brutalen Herrschern würden geknechtete und verhasste Außenseiter werden.
Das Imperium würde an die Konföderation übergehen und eine neue Supermacht hätte die absolute Macht inne.
Beide Varianten waren für die Betroffenen inakzeptabel.
Nun war die Möglichkeit gegeben, einen Ausweg zu finden, um das schreckliche Morden zu beenden und die Ströme aus Blut zum Versiegen zu bringen.
Nur warum glaubte Tom nicht an einen Erfolg dieser Bemühungen? Warum war es ihm so absolut unmöglich, an einen nahen Frieden zu glauben?
War er vom Krieg schon so verbittert und gemartert, dass in seinem Denken kein Platz mehr war für Hoffnung?
Wollte er überhaupt einen Frieden mit Marokia? Wäre es nicht nur ein Verschieben des Konfliktes um ein paar weitere Jahre?
Würde der Kampf nicht ohnehin wieder kommen, mit neuen Waffen und neuen Schiffen, vielleicht in fünf Jahren, vielleicht in zehn?
Würde man nicht der nächsten Generation eine Bürde aufladen? Wäre es nicht klüger, es hier und jetzt zu beenden?
Tom wusste genau um den Blutzoll, den es kosten würde, um den Sieg erringen zu können. Es erschreckte ihn selbst in manchen einsamen Nächten, dass er bereit war, ihn zu zahlen.

Dieser Krieg war zu einem Aderlass ganzer Völker geworden. Beide Seiten schickten ihre Jugend in das Massaker zwischen den Sternen in der vollen Überzeugung, es tun zu müssen. Aus der Planeten Venen strömte Blut.
Millionen zogen hinaus und kamen niemals wieder.
Ein gerechter Krieg sollte es sein? Der große, ehrenhafte, letzte Krieg. Der Showdown, nicht zwischen Gut und Böse, sondern zwischen Alt und Neu.
Tom wollte keine Friedensgespräche. Tief in seinem Inneren musste er sich in diesen Tagen eingestehen, dass er zu einem Opfer dieses Krieges geworden war. Seine Menschlichkeit war ihm abhandengekommen. Kein gesunder Mensch wünschte sich einen Krieg, kein normaler Verstand konnte die Chance auf Frieden ablehnen.
Tom tat es dennoch. Aus der tiefen Überzeugung heraus, dass es beendet werden musste. Dass dieser Kalte Krieg, der zu einem heißen geworden war, kein weiteres Kapitel erlaubte. Sieg oder Niederlage sollten hier und jetzt entschieden werden.
Machte dies Tom zu einem schlechten Menschen? War er einer dieser Kriegstreiber, die von der Geschichte so gnadenlos gerichtet wurden? Würde er seinen Platz auf den düsteren Seiten der Geschichtsbücher finden? Neben Männern wie Hitler und Stalin, Attila und Dschingis Khan, Kim Jong Il und Saddam Hussein?
War er zu einem Fanatiker geworden?
Konnte man ein Fanatiker sein, wenn man sich diese Frage selbst stellte? Schloss das Wissen um den eigenen Wahnsinn nicht aus, dass man wirklich wahnsinnig wurde?
Tom gestand sich ein, dass er zu viel Zeit hatte und darum über solche Dinge philosophierte. Während der Schlachten fand er keine Zeit für solche Gedanken und es war ihm recht so. Inneren Frieden fand er nur im äußeren Chaos. Diese Stunden der Ruhe und Stille lasteten schwer auf seinem Gemüt.
Zu viel Zeit für sich selbst ...
Tom stand am Fenster seines Büros und sah hinaus in den strahlenden Himmel. Wie schön diese Welt doch war. Sie passte ganz und gar nicht in diese düstere Zeit.

Pegasus 1, Büro des S3.
Unzufrieden gingen Eightman und Reno durch die Türen des Bürotrakts und machten sich auf den Weg zum CIC.
Der Bericht an Jeffries hatte die Station vor achtundvierzig Stunden verlassen, doch bisher war keine Reaktion des Admirals eingetroffen.
Eigentlich hatte Eightman mit überbordenden Reaktionen gerechnet. Mit Wut auf die SSA und Dank an den S3, mit Befehlen, die Flotte sofort zu übernehmen, mit Staatsanwälten, die SSA-Direktoren verhafteten, und Politikern, die Statements abgaben; insgeheim hatte er sogar erwartet, dass die Victory in den Argules geschickt wurde, um diese Flotte zu übernehmen.
Doch nichts davon war passiert.
Jeffries hatte den Bericht erhalten, ihn gelesen und ohne jegliche Reaktion zur Seite gelegt.
>> Darüber reden wir noch <<, hatte er zu seinem Stabschef über Ghostcom gesagt und Henry Eightman hatte nicht die geringste Ahnung, was das zu bedeuten hatte.
>> *Darüber reden wir noch!* <<, zitierte er den Admiral, während die beiden eine Treppe hinaufgingen.
>> Was soll das heißen? <<
>> Keine Ahnung <<, erklärte der Operationsoffizier.
>> Ich meine, das ist eine Jahrhundertmeldung ... Die Tragweite ... <<, Eightman sparte sich den Atem.
Tagelang hatte er sich selbst immer wieder vor Augen gehalten, was für eine tolle Arbeit er doch gemacht hatte, und als Jeffries dann derart verhalten reagierte, stieg ihm die Wut in den Kopf.
>> Er wird ein paar Tage brauchen, um die Informationen richtig einzuordnen. Vermutlich bespricht er die Sachlage mit dem Präsidenten und den Regierungschefs. <<
>> Vermutlich. <<
>> Ganz bestimmt sogar. <<
>> Er war total regungslos. Als hätte er es längst gewusst. <<
>> Vielleicht wusste er es? <<
>> Und woher? <<
Reno konnte nur mit den Schultern zucken und weitergehen.
Seit er auf die Station gekommen war, empfand er den Admiral als wandelndes Rätsel.

Der Mann passte in keine Schublade, entzog sich jeder Klassifizierung.
Auf der Erde galt er eigentlich als Mann der Politik. Die Art und Weise, wie er das Korps aus der Taufe gehoben hatte, war vielerorts bewundernd wahrgenommen worden.
Die hohe Kunst der Diplomatie hatte er angewendet, wurde ihm von vielen Seiten bescheinigt. Er hatte ein gutes, enges Netzwerk geflochten, seine Freunde saßen auf den richtigen Positionen in Judikative, Legislative und Exekutive. Er war ein Mann, der sich auf dem Brüsseler Parket auskannte, der die Sprache der Politiker sprach und es gewohnt war, mit den Beratern des Präsidenten zu Mittag zu essen und so immer am Puls der Entscheidung zu sein.
Doch hier draußen galt er als alter Frontsoldat. Einer, der mit seinen Männern im Dreck gesessen hatte, der die Schlacht aus der ersten Reihe anführte und von seinen Leuten nichts verlangte, das er nicht selbst zu tun bereit war.
Hier draußen war er alles andere als ein Politiker, hier war er das genaue Gegenteil.
Was also war Michael Jeffries?
Er konnte nicht beide Seiten der Medaille sein. Niemand konnte das. Wem spielte er also etwas vor?
Den Politikern auf Erden oder seinen Soldaten im Raum?
Eightman und Reno erreichten das CIC, wo Tyler gerade ein Gespräch mit seinem neuen CAG beendete und sich wieder dem Hauptschirm widmen wollte, als er die beiden Offiziere sah, die gerade durchs Tor schritten.
>> Worum geht es, XO? <<, fragte Eightman in gestresstem Tonfall und trat an den CIT. Ein PO hatte ihn im Auftrag des Ersten Offiziers zum CIC gebeten.
>> Einer unserer vorgeschobenen Aufklärungsposten hat das hier aufgenommen <<, erklärte Tyler, tippte auf die digitalen Tasten der gläsernen Tischtastatur und schaltete die Aufzeichnung auf den Hauptschirm. >> Das war vor neunzehn Stunden. <<
Auf dem Schirm kroch ein langer Tross aus Schiffen durch den Hyperraum. Große, schwere Kogan-Kreuzer, leichtere Panzerschiffe als Eskorte und ganze Geschwader an Jagdkreuzern, die der Hauptflotte als Flankenschutz dienten.

Etwas abseits zogen mehrere Trägerschiffe durch roten Sturm.
>> Wie viele sind das? <<, fragte Reno.
>> An die vierzig Großkampfschiffe. Plus Geleitschutz. <<
>> Mit welchem Ziel? <<
>> Wissen wir nicht. Prognostizierter Kurs deutet auf Babylon hin. <<
>> Oder ans Hexenkreuz <<, mutmaßte Eightman.
>> Dort haben sie gerade eine Flotte verloren … <<
>> Wir müssen den Admiral darüber informieren. <<
>> Ist bereits geschehen <<, sagte Tyler und wich erschrocken zurück, als Eightmans Reaktion wie eine Sturmflut über ihn kam.
>> WAS HABEN SIE EIGENTLICH FÜR EIN PROBLEM, MANN? <<, brüllte er ihm vor versammelter Mannschaft ins Gesicht. >> DAS IST BEREITS DAS ZWEITE MAL, DASS SIE MICH ÜBERGEHEN! <<
>> Ich hielt diese Information für immens wichtig. <<
>>AN BORD DIESER STATION GIBT ES EINE HIERARCHIE! IST IHNEN DIESES WORT BEKANNT, CAPTAIN? WISSEN SIE, WAS DAS IST? EINE KOMMANDOSTRUKTUR! SIE SIND NICHT IN DER POSITION, SOLCHE INFORMATIONEN WEITERZUGEBEN! SIE BERICHTEN MIR! MIR UND NUR MIR! SIE GEHEN NICHT ZUM ADMIRAL, SIE ÜBERMITTELN IHM KEINE BERICHTE, SCHICKEN IHM KEINE MEMOS! GEHT DAS ENDLICH IN IHREN SCHÄDEL, SIE DÄMLICHES, INKOMPETENTES ARSCHLOCH! <<
>> Jetzt aber ganz langsam, *Captain*! Sie vergessen sich <<, Tyler versuchte ruhig zu bleiben.
>> WENN SIE ZU BLÖDE SIND, DIE STRUKTUREN DIESER STATION ZU KAPIEREN, SUCHEN WIR UNS JEMANDEN, DER DAS KANN. IST DAS KLAR? <<
>> Jetzt hören Sie mal zu, Sie größenwahnsinniges Nervenbündel. Ich bin XO dieser Station, das bedeutet, ich bin de facto der Flaggkommandant des Admirals. Es ist mein gutes Recht, mich direkt an ihn zu wenden. Kümmern Sie sich um Ihre Stabsangelegenheiten und verschonen Sie mich und meine Offiziere mit Ihren Wutausbrü-

chen. Ihr Reich ist unten im Stabsbüro, meines hier oben. Sie wollen, dass ich Ihnen berichte? Fein. Sie kriegen eine Kopie eines jeden Schriftstücks, das ich dem Admiral übermittle, und jetzt runter von meinem CIC oder ich rufe den Sicherheitsdienst und lasse Sie entfernen. <<

>> Damit schaufeln Sie sich Ihr eigenes Grab, Tyler! Ich vernichte Sie. <<

>> Legen Sie sich nicht mit mir an, Eightman. Ich bin nicht scharf auf Ihren Job, falls Sie das fürchten. Ich will nur *meinen Job* machen, ohne mich von Ihnen tyrannisieren zu lassen. <<

>> Ich lasse Sie an die vorderste Front versetzen, Sie kleiner Wichser. In ein paar Wochen wird man Ihre Leiche aus einem Schützengraben bergen. <<

>> Ist Ihnen eigentlich klar, was Sie da reden, Mann? <<, fragte Tyler kopfschüttelnd und bemerkte zufrieden, wie das ganze CIC mit offenen Mündern da stand und kaum wagte zu atmen.

Selbst Reno, der als Eightmans wandelnder Schatten bekannt war, wich mehrere Schritte zurück. Sein markanter Kehlkopf hob und senkte sich, als er trocken schluckte. >> Kriegen Sie sich in den Griff, Captain. Mit diesem Verhalten demontieren Sie sich selbst! << Mit kaltem Zorn in den Augen wandte er sich von Tyler ab und verließ das CIC. Man hörte jeden seiner Schritte laut hallen, so still war es in der Kommandozentrale geworden.

>> Tut mir leid <<, formte Reno mit tonlosen Lippen und folgte dem Stabschef. Tyler blieb einige Augenblicke stehen, atmete tief durch und fragte sich, wie er nun reagieren sollte.

Die Leute um ihn herum standen da wie angewurzelt, wie in der Bewegung eingefroren.

>> Na los, Leute! <<, sagte er mit gespielt lockerem Tonfall, >> wir haben einen Krieg zu gewinnen! << Er lächelte gezwungen und ein paar machten sich wieder an die Arbeit. Andere grinsten breit und signalisierten durch verschiedene Gesten ihre Zustimmung. Die Crew war auf seiner Seite, doch das würde ihm nicht viel helfen. Eightman war nicht gerade der „Schwamm drüber"-Typ. Diesem Ausbruch würden noch einige Nachbeben folgen und Tyler grauste es davor.

Casadena. Zehnter Tag der Gespräche.
Jeffries saß am Tisch des großen Banketts, umgeben von Staatsmännern, gelernten Juristen und großkotzigen Bürokraten.
Nur wenige Soldaten waren hier. Der eine oder andere General fand sich zwischen den Massen von Politikern, doch keiner von ihnen war ein Gesprächspartner nach Jeffries' Wunsch. Es waren allesamt Beamte. Männer, die ihr Offizierspatent an Schreibstuben und Büros verkauft hatten. Männer, die sich mit den Interna der Armeeführung beschäftigten. Offiziere, die mehr Buchhalter waren als Soldaten. Mehr Manager als Krieger.
Jeffries wusste, dass keine Armee ohne solche Männer funktionieren konnte. Es brauchte sie, um diesen riesigen Organismus, den ein Heer darstellte, am Leben zu erhalten.
Dennoch waren es keine Männer, mit denen Jeffries längere Gespräche führte. Aus dem einfachen Grund, dass er nur wenig davon verstand, was sie den Tag über machten. Umgekehrt verhielt es sich genauso.
Was wusste ein Mann, der seit zwanzig Jahren Versorgungsgüter verwaltete, über die Schrecken einer Raumschlacht? Kanonendonner kannten sie nur noch aus Filmen.
Inmitten der Massen sah Jeffries eine verwandte Seele. Die einzige Person im Raum, mit der er sich verbunden fühlte, wenn auch auf eine unheilige Art und Weise.
Isan Gared.
Die große alte Dame der SSA. Die Gründerin dieser perfekten Synthese aus militärischem Nachrichtendienst und zivilem Geheimdienst. Die vielleicht bestinformierte Person im ganzen konföderierten Raum.
Gared war eine Weggefährtin aus Zeiten, die Jeffries oftmals verdrängte.
Er war nicht immer Gefechtsoffizier gewesen. Lange Jahre diente er als Offizier des Nachrichtendienstes und war an mancher Operation beteiligt gewesen, von der niemand je erfuhr, dass sie je stattgefunden hatte.
Erst in der heißen Phase des Marokia-Krieges wechselte er zur kämpfenden Truppe und erwarb sich seinen Ruf als genialer Stratege. Sein Mythos war damals ähnlich groß wie der von Tom Hawkins

heute. Nur dass ihre Art des Kämpfens sich völlig unterschied. Tom war gewalttätiger. Ging öfter mit dem Kopf durch die Wand.
Jeffries war immer davon überzeugt gewesen, dass nichts ging ohne eine perfekte Strategie. Tom war der Überzeugung, dass alles möglich war, wenn man nur wollte. Die Macht des Willens stellte er über alles. >> Der wahre Wille eines Mannes zeigt sich erst in einer aussichtslosen Situation <<, hatte er einmal zu Jeffries gesagt.
Ein Satz, dem er nicht zustimmen würde, der ihn aber beeindruckt hatte und der viel über das Wesen Tom Hawkins' aussagte.
Nach dem Krieg war Jeffries zum Admiral befördert worden und im Planungsstab des Oberkommandos immer rascher aufgestiegen. Vom ersten Friedenstag an plante er den nächsten Krieg.
Nicht, weil er dies wollte, sondern weil er es musste. Für ihn, der die Marokianer so lange studiert hatte, war es immer klar gewesen, dass ein neuer Konflikt früher oder später ausbrechen würde.
Selten hatte Jeffries mehr bedauert, recht zu behalten.
Nach dem festlichen Mahl verstreuten sich die Teilnehmer im angrenzenden großen Saal, wo Getränke serviert wurden und man die Eindrücke des Tages mit seinen Kollegen besprach. Jeffries floh aus diesem erdrückenden Konglomerat aus Bürokratie und Politik hinaus in die angenehm kühle Nacht.
>> Du hast länger durchgehalten als erwartet <<, sagte Gared, die draußen schon auf ihn gewartet hatte.
>> Was meinst du? <<
>> Dieses Essen. Die Gespräche. Ich beobachte schon seit Tagen, wie tapfer du dich hältst. Nur wer dich genau kennt, merkt, wie sehr es dich anwidert, hier zu sein. <<
>> Das liegt an der Atmosphäre, nicht an der Sache. <<
>> Wie soll ich das verstehen? <<
>> Die Verhandlungen an sich sind eine gute Sache. Ich bedaure nur, dass ich dabei sein muss. Inmitten dieser verlogenen Bande. <<
Gareds alte Lippen formten ein Lächeln. >> Ich weiß, wie ermüdend das sein kann. Nur ist es eben der Preis, den wir zahlen müssen für unsere Ämter. <<
>> Tu nicht so, als wäre es dir eine Bürde, Isan. Du liebst dieses Spiel <<

>> Sicher mehr, als du es tust. Doch auch mich ermüdet es manchmal. <<
>> Glaubst du, dass diese Gespräche uns zum Frieden führen? <<, fragte Jeffries.
>> Möglich. Die Chancen stehen besser, als ich anfangs gedacht habe. <<
>> Ach? Ich dachte heute Mittag bereits, sie würden scheitern. <<
>> Weil du nicht zwischen den Zeilen lesen kannst, Michael. Du bist neu im Geschäft. Die Luft wird dünn hier oben, nicht wahr? <<
>> Keine Phrasen, bitte. <<
>> Solche Verhandlungen sind mühsam. Vieles, das gesagt wird, ist Show, nur wenige der Aussagen sind zu diesem Zeitpunkt ernst gemeint. Es ist ein Pokerspiel. Alle wollen so viel wie möglich für die eigene Seite herausholen. <<
>> Die Drohungen der Marokianer sind für mich mehr als nur Show. <<
>> Wie gesagt. Du bist neu hier oben an der Spitze. Beobachte und lerne. Du wirst sehen, dass am Ende alles ganz anders kommt als erwartet. <<
>> Nach diesen Verhandlungen werde ich dich brauchen, Isan. <<
>> Wozu? <<
>> Als bekennender Pessimist gehe ich vorerst davon aus, dass diese Verhandlungen scheitern werden. Was bedeutet, dass ich mich auf die Fortsetzung des Kriegs vorbereiten muss. Was wiederum bedeutet, dass mir die Schiffe ausgehen. Ich habe es bisher für mich behalten, aber wenn diese Gespräche scheitern und der Sturm wieder losbricht, brauche ich deine Flotte. <<
>> Ich besitze keine Flotte. <<
>> Ich weiß sogar, in welchen Werften du die Schiffe bauen lässt <<, fauchte Jeffries. >> Also spiel hier nicht die Dumme. <<
>> Was willst du machen, Michael? <<
>> Dich bitten. Ich bitte dich, deine eigenen Interessen zurückzustellen und zum Wohle deines Volkes zu handeln. <<
>> Warten wir erst einmal ab, wie das hier ausgeht, ehe wir über weitere Schritte sprechen. Leicht möglich, dass dieser Krieg in ein paar Tagen vorbei ist. <<
>> Daran glaube ich keine Sekunde. <<

\>\> Wart's ab ... <<
Gared leerte das Glas, das sie die ganze Zeit über in der Hand gehalten hatte, stellte es auf das Geländer und verschwand mit den steifen, ungelenken Schritten einer alten Frau in der Nacht.
Jeffries blieb zurück mit dem Wissen, dass eine Konfrontation mit ihr immer wahrscheinlicher wurde.

Mendora. Verteidigungsstellung 1-3-9, Alema-Hochebene.
Mit müden Augen und gebückten Körpern saßen die Soldaten auf ihren Feldkisten und spielten Karten. Aus einem alten Radio schepperte leise Musik, das schale Licht stammte aus einer nackten Glühbirne, die an einem Kabel von der Decke hing und immer hin und her baumelte, wenn jemand daran vorbeiging.
Ein paar Männer lagen in ihren Kojen und schrieben Briefe, andere betrachteten abgegriffene Fotos ihrer Lieben zu Hause.
Mit Heizkanonen versuchten sie Wärme in die kalten Blechbaracken zu bringen, doch das Unterfangen scheiterte jedes Mal, wenn jemand die Tür öffnete und ein Schwall bitterkalter Luft durch die Öffnung hereinwehte.
Sie hatten keinen Fernseher, keine Datenverbindung zum zivilen Informationsnetz.
Alles, was diese Soldaten mit der Außenwelt verband, war der Livestream des offiziellen Radiosenders der Streitkräfte, wo tagein tagaus nur über die Friedensverhandlungen berichtet wurde oder über irgendwelche Erfolge, die angeblich irgendwo erzielt wurden.
So wirklich wollte das keiner hören, denn weder glaubten sie an einen Erfolg der Verhandlungen noch an Bodengewinn, der von eigenen Truppen berichtet wurde.
Sie glaubten nicht mal an die Vernichtung der Flotte am Hexenkreuz. Wie sollte so was auch möglich sein?
Eine ganze imperiale Flotte? Einfach so zu Sternenstaub gebombt?
Propaganda! Etwas anderes war ihnen nicht eingefallen, als die Meldung gekommen war. Berichte über neue Superwaffen gehörten zum normalen Motivationsportfolio einer jeden sich im Krieg befindlichen Armee.
Wer konnte so etwas noch ernstnehmen?
Darson jedenfalls nicht.

Mit behandschuhten Fingern schlang er sich einen Schal um Hals und Kopf, verfluchte sich erneut dafür, dass seine Spezies mit kahlem Schädel geschlagen war, und trat dann hinaus in die Kälte.
Warum konnte er kein Madi sein? Ihr dickes Fell schützte sie vor der Kälte und machte sie immun gegen Wind.
Für einen dicken Pelz am Körper hätte er sein ganzes Hab und Gut verscherbelt. Draußen, außerhalb der halb eingegrabenen und mit Tarnnetzen überspannten Baracken, lag hauchdünner Schnee auf gefrorenem Boden und einige einsame Flocken tanzten in der Luft, die so kalt war, dass es einem beim Atmen Schmerzen bereitete.
>> Zu Hause ist jetzt Sommer <<, sagte Nesel, der an einer Sandsackstellung lehnte und über den Lauf eines MEG 60 in die Ebene hinunterspähte.
>> Erinnere mich nicht daran <<, sagte Darson und verschränkte die Arme, wobei er die Handflächen fest in die Achseln klemmte, um sie zu wärmen. Schon nach wenigen Minuten im Freien kribbelten seine Finger, als steckten Nadeln unter den Fingernägeln.
>> Zu Hause würde ich jetzt zum Tümpel hinterm Haus gehen und ein Bad nehmen <<, sagte Nesel sehnsüchtig.
>> Ihr habt einen Tümpel hinterm Haus? <<
>> Ja. Den hat mein Urgroßvater gegraben, als der Klimawandel begann. <<
Früher war Chang eine Welt gewesen wie jede andere. Eine mit Jahreszeiten und regelmäßigem Regen, doch vor etwa hundertfünfzig Jahren hatte das Klima begonnen sich zu wandeln.
Der Regen wurde seltener und der Planet immer staubiger.
Jahreszeiten gab es noch immer, doch sie unterschieden sich nur noch durch die Temperatur.
Regen im Frühling und Schnee im Winter waren nur noch Erinnerungen an vergangene Zeiten.
Frühling und Winter waren ebenso trocken wie der Herbst, dafür brachte der Sommer oft wochenlange Sandstürme und Hitzeperioden, die selbst den Chang den Schweiß auf die Stirn trieben.
Als er begann darüber nachzudenken, wurde Darson noch kälter.
>> Tut sich da unten etwas? <<, fragte er und deutete hinunter auf die Ebene.
Seit einer Woche saßen sie nun schon in diesem Camp und versuch-

ten es ein wenig wohnlich zu machen, doch der nahende Winter machte ihnen einen Strich durch die Rechnung.
Eigentlich sollte die Kampfpause seinen Männern die lang ersehnte Erholung bieten, doch angesichts des Wettersturzes verkrochen sie sich in ihren Kojen, schliefen den halben Tag und tranken literweise heißen Kaffee.
Oder, im Fall der Chang, aufgewärmtes Syrym.
>> Die frieren genauso wie wir <<, sagte Nesel mit Blick auf die imperialen Stellungen auf der anderen Seite des Tieflandes.
Darson zog ein Fernglas aus der Tasche am Waffengurt, aktivierte die Sensorlinse und hielt es sich vor die Augen.
Einsam und verlassen wirkten die wenigen Sandsackstellungen, die er auf dem kleinen Hügelkamm erblickte. Im steiler werdenden Gelände dahinter erhoben sich Zäune, Mauern und die Kuppeln der Bunkeranlagen, die hier seit Monaten in den Boden gebaut wurden.
>> Vor einer Stunde ist ein Transporter gelandet <<, erklärte Nesel.
>> Hat ein paar Panzerfahrzeuge gebracht. <<
>> Sonst nichts? <<
Nesel verneinte stumm und wechselte das Thema. >> Ul'Selem hat einen Wetterbericht bekommen, der neuen Schneefall ankündigt. <<
>> Ich weiß. <<
>> Sie meinen, dass es noch kälter wird. <<
>> Ja. <<
Bei Temperaturen von minus fünfzehn Grad und permanentem Nordwind eine schreckliche Vorstellung. Die empfundene Temperatur lag bei deutlich unter zwanzig Grad minus.
Trotz atmungsaktiver Thermokleidung, die laut Hersteller und laut Kommando der Streitkräfte perfekt für den Winterkampf geeignet war, trugen viele der Soldaten Decken um die Schultern, während sie in ihren Stellungen ausharrten. Ein paar Minotaurus-Kampfmaschinen gingen mit mechanischen Schritten an ihnen vorbei und Darson beneidete die stählernen Soldaten.
Weder Emotion noch Kälte- oder Schmerzempfinden.
Könnten wir doch alle Maschinen sein, dachte er sich und band den Schal fester um den Kopf, nachdem dieser sich gelöst hatte.

Früher hatte man davon geträumt, die Kriege der Zukunft komplett von solchen Maschinen austragen zu lassen. Ohne den Einsatz von echtem Leben.
Eine Vision, die nie Wirklichkeit geworden war, nicht mal ansatzweise, wie man sich heute eingestehen musste.
Leider.

Casadena. Fünfzehnter Tag der Gespräche.
Im weitläufigen Anwesen, welches als Konferenzort diente, fand man alles, das nötig war, um so viele Politiker samt ihrem Tross zu versorgen und bei Laune zu halten.
Sogar eine Strandbar war von den Morog eingerichtet worden.
Während die Politiker konferierten oder in den Bankettsälen dinierten, vertrieben sich die Soldaten mit Landgang die Zeit am Strand, wo sie auch auf Sekretäre und Assistenten trafen, die sich zwischen den endlosen Gespräche eine Pause gönnten.
Will hatte sich hier nur zwanzig Meter vom Ozean entfernt sofort wohlgefühlt. Mit Hawaiihemd und Cowboyhut saß er im Schatten einer Veranda und vertrieb sich die Zeit mit einem Kartenspiel, das er absolut nicht kapierte.
\>> Warum brauche ich drei Pyramiden für einen Stern? <<, fragte er, sich am Kopf kratzend. >> Ich meine, vorher hast du doch gesagt, dass ich zwei Pyramiden brauche. <<
\>> Da ging es aber um einen einfachen Stern. Du willst jetzt einen normalen Stern. Das ist was ganz anderes <<, erklärte der Babylonier ihm gegenüber.
Will hatte nicht lange gebraucht, um jemanden zu finden, mit dem er sich den Tag vertreiben konnte. Die drei Soldaten, zwei Babylonier und ein Chang, waren Unteroffiziere und dienten an Bord der Victory. Will hatte keinen von ihnen je gesehen, jeder der drei wusste aber, wer Will war, und die vier verstanden sich auf Anhieb ziemlich gut.
Es gab wohl niemanden auf Pegasus 1 oder an Bord der Victory, der noch keine Geschichten über Will Andersons legendäre Sauftouren gehört hatte. Die drei hatten sich vorgenommen, ihren freien Tag damit zu verbringen, diese Gesichten auf Herz und Nieren zu prüfen.

Vereinfacht gesagt: Sie wollten wissen, ob Will wirklich so viel trinken konnte, wie behauptet wurde. Im Laufe des Abends würde er einen nach dem anderen unter den Tisch trinken und dann weiterziehen.
Tom war der Einzige, der die Bar nicht in Zivilkleidung, sondern in Uniform betrat. An fast allen Tischen verstummten die Gespräche und die Anwesenden wollten aufspringen, um Haltung anzunehmen.
>> Nur nicht stören lassen <<, rief Tom sofort mit beschwichtigender Handbewegung. >> Ich bin gar nicht hier <<, sagte er mit seiner heiseren Stimme und ging durch die Bar direkt zur Theke.
>> Whiskey <<, sagte er und wartete geduldig, bis der Barkeeper das Getränk servierte.
>> Du gehst wie ein harter Mann, du redest wie ein harter Mann, sogar deinen Drink bestellst du wie ein harter Mann. Hältst du dich für einen harten Mann, Tom Hawkins? <<
Tom schloss die Augen und für Sekunden huschte ein Lächeln über sein Gesicht. Er erkannte die Stimme und auch die Worte waren altvertraut.
>> Bethany Kane <<, sagte er, nahm sein Glas und drehte sich um.
>> Lange her, was, Tom? <<, sagte die schlanke Frau mit dunklem Haar, die in perfekter Korpsuniform vor ihm stand.
Tom hatte die obersten Knöpfe geöffnet, das Hemd schaute unordentlich unter dem Kragen hervor. Schweiß glänzte auf seiner Stirn.
Bethany stand frisch geschniegelt und gebügelt vor ihm, die goldenen Captain-Abzeichen auf den Schultern glänzten in der Sonne, kein Tropfen Schweiß stand auf ihrer Stirn trotz der tropischen Temperaturen.
>> Was um alles in der Welt bringt dich hierher? <<, fragte er sie erfreut, stellte das Glas zur Seite und umarmte sie freundschaftlich.
>> Du, Tom. Ich bin mit der Victory gekommen. Im Stab von Präsident Talabani. <<
>> Warum meldest du dich erst jetzt bei mir? <<
>> Ich wusste nicht, ob es eine gute Idee ist. <<
>> Verdammt, sicher ist es eine gute Idee. Trinkst du immer noch ... ach, blöde Frage. Barkeeper, ein Bier für die Dame. <<
>> Kommt sofort, Boss. <<

Der Barkeeper brachte das Glas und Tom zog sich mit Bethany an einen der unbesetzten Tische im Schatten einer Palme zurück.
>> Warum hast du so lange gewartet? <<
>> Weil viel Zeit vergangen ist. Ich hörte, dass du deine Verlobte an Bord hast ... <<, Bethany zögerte. >> Und auch, was mit ihr passiert ist. Ich wollte da nicht eindringen. <<
Bei der Erwähnung von Christine zuckte ein düsterer Blick über Toms Gesicht. Seine Augen spiegelten den Schrecken des Erlebten wider. Nur ganz kurz und dadurch so intensiv.
Wieso *Verlobte*? schoss es ihm durch den Kopf, ehe er beschloss, nicht näher darauf einzugehen. Scheinbar brodelte die Gerüchteküche fleißig vor sich ihn.
>> Christine geht es gut. Sie hat einiges zu verkraften, aber es geht ihr doch recht gut. <<
>> Das freut mich zu hören <<, sagte Bethany, dann verstummte sie und schüttelte den Kopf. >> Mann, ich sitze hier einer lebenden Legende gegenüber. <<
>> WAS? << Tom lachte. >> Legende? Ich bitte dich. <<
>> Nein, nein. Das ist schon so. Das, was du erreicht hast, verlangt uns allen größten Respekt ab. Du bist der erfolgreichste Kommandant in diesem Krieg. Ob du es dir eingestehst oder nicht. <<
Tom konnte es sich nicht recht vorstellen.
>> Dennoch bin ich keine Legende. Zu wenige wissen, dass es mich und die Victory gibt, als dass sich Legenden über uns verbreiten könnten. <<
>> Das wird sich nun ändern <<, prophezeite sie. >> Bald wird alle Welt von eurem Heldentum erfahren. <<
>> Ich wollte nie ein Held sein. <<
>> Doch, wolltest du. Du wolltest dich nur nie so bezeichnen. <<
Tom grinste. Sie kannte ihn verdammt gut.
Bethany Kane war mit Tom zusammen auf die Akademie gegangen. Sie hatten viel Zeit zusammen verbracht und sich gegenseitig durch die Kurse gehievt. Bethany hatte immer gemeint, dass Tom mehr für sie getan hatte als umgekehrt. Tom wollte das aber nie hören. Bethany Kane war die erste Frau, in die Tom glaubte verliebt zu sein. Sie hatten eine Affäre begonnen und eine gute Zeit durchlebt, ehe der Krieg begann und sie sich trennten. Tom meldete sich sofort zur

Front, während Bethany an der Akademie blieb, ihre Ausbildung beendete und dann aufgrund ihrer dank Tom immens guten Noten sofort zum Nachrichtendienst S3 ging. Während des ganzen Krieges erlebte sie nicht eine einzige Schlacht. Tom hingegen war die ganze Zeit über an vorderster Front und erlebte schwere Zeiten. Nach dem Krieg hatten sie sich nur noch einmal getroffen. Bethany war gefeierter Star ihrer Analyseeinheit und würde bald eine Beförderung und damit eine leitende Position erhalten. Tom war ein junger Lieutenant Commander, der für sein Alter schon viel zu viel vom Krieg gesehen hatte und durch seinen Mut zum Helden geworden war. Ihre Leben passten nicht mehr zueinander. Nach einer letzten gemeinsam Nacht trennten sie sich und trafen sich nie mehr.
Bis heute.
>> Captain Thomas Hawkins. Du hast es so unglaublich weit gebracht <<, sagte sie anerkennend.
>> Deine Schultern zieren dieselben Abzeichen wie die meinen. <<
>> Dennoch ist es ein Unterschied, ob man Captain des Nachrichtendienstes ist oder die Victory kommandiert. <<
>> Das eine funktioniert nicht ohne das andere. <<
>> Egal, was du sagst, Tom. Du hast es wieder einmal geschafft. Keiner aus unserem Jahrgang hat so viel erreicht. <<
>> Die meisten haben nicht lange genug gelebt, um etwas zu erreichen <<, sprach der vom Krieg gezeichnete Soldat aus Tom.
>> Erzähl mir von dir. Was hast du getrieben in all den Jahren? <<
>> Top Secret <<, antwortete Bethany.
>> Doch nicht dein ganzes Leben? Was hast du getan, wenn du nicht im Dienst warst? <<
>> Das klingt jetzt etwas dämlich <<, sagte sie. >> Aber ich habe geschlafen. Die ersten Jahre waren ziemlich anstrengend. Der Nachrichtendienst ist viel aufreibender, als ich es mir erwartet habe. Drei Jahre lang habe ich praktisch nur gearbeitet und geschlafen. Dann endlich wurde es besser. Ich hatte eine Stufe innerhalb des Hierarchie erreicht, in der es besser wurde. Ich verdiente gut, konnte mir meine Arbeit selber einteilen ... <<
Tom saß da, nippte an seinem Glas und hörte zu.
>> Dann habe ich geheiratet. Eine ziemlich dumme Idee, wie ich heute sagen muss. Ich lernte ihn auf einem Urlaub kennen und

schon zwei Monate später waren wir verheiratet. Es hielt fast zwei Jahre. Dann ... Na ja ... Dann hatten wir uns nicht mehr viel zu sagen. Die Scheidung war das Einzige, auf das wir uns noch einigen konnten. Anschließend stürzte ich mich wieder in die Arbeit. Hatte ein, zwei Affären, aber nichts Ernstes mehr <<, Bethany nahm einen Schluck aus ihrem Glas. >> Und was hast du so getrieben? <<
>> Nichts Beeindruckendes. Routinedienst. Viel langweilige Missionen im Grenzgebiet. Wenig Zeit, um sich etwas aufzubauen. Die Gelegenheit bot sich mir erst mit Christine. <<
>> Grenzpatrouillen! <<, stöhnte Bethany. >> Und in jedem Hafen ein Mädchen. Das kennt man doch. Der Traum eines jeden Soldaten der Raumflotte. <<
>> Dazu kennst du mich zu gut. <<
>> Stimmt <<, gab sie zu. >> Du hast schon immer zu wenig gelebt. <<
Tom nickte in ernster Zustimmung. >> Wohl wahr <<, hauchte er.
>> Bereust du es? <<
>> Wie könnte ich? Alles andere wäre nicht Tom Hawkins gewesen. <<
>> Wolltest du niemals aus deiner Haut raus? Einfach mal jemand völlig anderes sein? <<
Tom schüttelte den Kopf. >> Ganz bestimmt nicht. <<
>> Dazu bist du zu stur, oder? <<
>> Schon möglich. <<
>> Weißt du was? ... Ich will spazieren gehen. Komm. <<
Tom leerte sein Glas auf einen Zug und folgte Bethany zum Strand. In Erinnerungen schwelgend und das Thema Krieg vermeidend, spazierten sie durch den weißen Sand.
Während Will Anderson Lokalrunden schmiss und jeden in der Bar unterhielt, saß Tom mit Bethany in fast schon melancholischer Erinnerungsstimmung am Meer und blickte in den Sonnenuntergang.

ISS Victory.
Dunkle Wolken hingen über Christines Träumen, Stimmen flüsterten in ihrem Kopf, das Rauschen eines Flammeninfernos tief unten im Berg nagte an ihrem Verstand.

Sie war wieder in den Stollen von Mares Undor. Gefangen mit Tausenden anderen schuftete sie im Bergwerk als Armee verlorener Seelen.

Einer wie der andere hier unten war ein lebender Toter. Man sah es an ihren erloschenen Augen, an ihrer blassen, von Ruß bedeckten Haut.

Christine lag am Abgrund, unter ihr tobte ein Feuersturm, hinter ihr hämmerten die Grabungsmaschinen. Das Flüstern in ihrem Kopf wurde lauter und intensiver.

„Ihr, die ihr hier eintretet, lasset alle Hoffnung fahren", stand über dem Eingang zu dieser Hölle.

Christine wusste nicht, wie sie hierher zurückgekommen war. Sie erinnerte sich an Tom und an das Meer. Sie erinnerte sich an eine Befreiung, doch wusste sie nicht mehr, wann oder ob es tatsächlich geschehen war.

Hatte ihr Albtraum von Neuem begonnen oder war er nie zu Ende gewesen?

Verstört und planlos taumelte Christine durch die dunklen, staubigen Tunnel. Vorbei an Milliarden von Käfern, Würmern und Ratten.

Wie eine Betrunkene schwankte sie an den Wänden entlang in die ungewisse Zukunft. Der Geruch von Blut lag in der Luft, vermischt mit dem von gebratenem Fleisch.

Menschenfleisch.

Christine torkelte in das Schlachthaus.

Ein riesiger Marokianer stand an einer Schlachtbank und wetzte sein Messer, an den Fleischerhaken links und rechts von ihr hingen ausgeweidete Körper. Manche schienen noch zu leben.

Schreiend rannte sie davon, schlug auf ihrer Flucht immer wieder gegen Menschenhälften und rutschte schließlich auf einer Blutlache aus.

Schritte näherten sich von allen Seiten. Das Hämmern schwerer marokianischer Stiefel auf dem blechernen Gitterboden.

Durch den Wasserdampf sah sie den Metzger kommen. Mit bluttriefendem Hemd und einer frisch geschliffenen Axt näherte er sich Christine.

Schreiend und um sich schlagend versuchte sie sich zu retten, doch unsichtbare Fesseln hielten sie fest. Als griffen Dutzende Arme durch die Bodengitter und hielten sie zurück.
Christine spürte, wie ihr ein Fleischerhaken ins Rückenmark getrieben wurde. Wie Schlachtvieh hängte er sie an die Decke.
Der Schmerz des Eisens in ihrem Rücken raubte ihr die Sinne.
Wie Tausende anderer endete sie am Haken eines Fleischers und anschließend auf den Tellern der Offiziere von Mares Undor.
Christine weinte jämmerlich, während der Metzger vor ihren Augen einen Körper zerteilte, die Fleischstücke sortierte und sich dann ihr widmete.
Als das Beil ihren Kopf zerteilte, wachte sie auf.
Wie von einem Stromschlag getroffen, fuhr sie in ihrem Bett herum, schlug um sich und fiel Kopf voraus über das Fußende des Bettes.
Weinend blieb sie am Boden liegen, schlug wütend mit den Fäusten gegen das Bett und schrie.
Wie das zum Tier reduzierte Elend in ihren Träumen schrie sie aus vollen Kräften, ehe sie die Sinnlosigkeit akzeptierte und ihre Stimme verebbte.
Nacht für Nacht träumte sie von den Stollen und der Folter, von dem Ungeziefer und dem Hunger, von der Angst und der Verzweiflung.
Aber vor allem träumte sie von den geschlachteten Kameraden und den Hektolitern von Blut unter den Gittern des Schlachthauses.
Nur langsam schaffte sie es, sich zu beruhigen. Die Träume waren an Realität nicht zu überbieten. Jeden Abend, ehe sie ins Bett ging, betete sie um einen ruhigen, gesunden Schlaf. Doch immer seltener stellte er sich ein.
Seit Wochen kamen diese Träume in unregelmäßigen Abständen. Seit einigen Tagen kamen sie fast jede Nacht.
Was ein erholsamer Schlummer sein sollte, wurde zur gnadenlosen Tortur des Unterbewusstseins. Die verdrängten Ängste der Gefangenschaft krochen wie Ratten aus ihren Löchern und nagten an ihrem Geist.
Wenn man nicht schlafen konnte, konnte man auch nicht funktionieren.

Christines Welt war wie in Watte eingepackt. Alles schien auf langsam geschaltet, die Stimmen klangen hohl, die Bewegungen der Menschen um einen herum, aber auch die eigenen verloren an Dynamik.

Mit dem elenden Gefühl, aus einem Albtraum erwacht zu sein und wie ein kleines Kind reagiert zu haben, hievte Christine sich hoch und schlurfte ins Badezimmer.

>> Licht <<, keuchte sie, trat ans Waschbecken und hielt ihr Gesicht ins kalte Nass. Neonröhren flackerten auf und verdrängten die Dunkelheit.

Im sterilen Licht des Badezimmers ertrug Christine ihren eigenen Anblick nur schwer. Das kurze Haar begann langsam wieder zu wachsen; zerdrückt und farblos klebte es an ihrem Kopf, das Gesicht war grau und viel zu faltig für ihr Alter.

Als blicke sie in einen Spiegel und eine völlig Fremde blicke zurück. Eine Heroinsüchtige, ein Wrack, jemand, der das ärgste Elend seiner Zeit durchlebt hatte.

Dann wurde ihr klar, dass sie das hatte. Seit Generationen hatte niemand mehr solche Lager durchleben müssen.

Verzweifelt über ihr Schicksal, trat sie unter die Dusche und versuchte die Träume und Erinnerungen abzuwaschen. Sie hoffte, nicht nur den Körper, sondern auch die Seele mit dem dampfend heißen Wasser reinigen zu können.

Es funktionierte nur bedingt.

Zwar konnte sie ihren Anblick im Spiegel nun wieder ertragen, da die Lebensgeister neu erweckt waren und die Haut Farbe bekam.

Doch verdrängte dieser Anblick alleine noch lange nicht die Dämonen im Hinterkopf. Die Monster, die sich so fest in ihrer Seele eingegraben hatten.

Die Marokianer.

Als Tom irgendwann durch die Tür des gemeinsamen Quartiers kam, saß Christine frisch geduscht am kleinen Esstisch, blätterte in einer Zeitung und aß das Frühstück, das ihr die Ordonnanz gebracht hatte.

>> Wo warst du? <<, fragte sie Tom, als dieser sich über den Tisch beugte, um sie zur Begrüßung zu küssen.

\>> Ich habe einen alten Kameraden getroffen <<, erklärte Tom. \>> Von der Akademie. <<
\>> Die ganze Nacht lang? <<
\>> Du weißt doch, wie so was ist. <<
\>> Wie heißt er? <<
\>> Kane <<, sagte Tom. \>> Bethany Kane. <<
\>> Eine Kameradin also <<, Christine betonte die weibliche Endung.
\>> Ja. Eine alte Freundin, um genau zu sein <<, gestand Tom.
Christine sah ihn interessiert an. \>> Ich höre <<, sagte sie, froh um ein wenig Ablenkung.
\>> Ich und Bethany waren zusammen auf der Akademie. Als der Krieg kam, ging ich an die Front, sie nicht. Danach haben wir uns nie wieder gesehen. <<
\>> Du hattest eine Affäre mit ihr <<, Christine roch es sofort, wenn Tom nicht die ganze Wahrheit sagte.
\>> Ja <<, gestand er.
\>> Und was habt ihr die ganze Nacht über getrieben? << Christines weibliche Alarmsirenen schrillten lauthals auf. Die Träume waren vergessen, sie roch Konkurrenz. Alles andere wurde aus ihrem Kopf verdrängt.
\>> Wir haben etwas getrunken, haben geredet, gingen am Strand spazieren. <<
\>> Und das sagst du mir einfach so ins Gesicht? <<
\>> Soll ich dich anlügen? <<
\>> Verdammt, Tom! <<
\>> Was? Das ist lange her. Wir haben uns nur unterhalten. <<
\>> Blödsinn. <<
\>> Sag mal, was wird das hier eigentlich? Willst du mich jetzt ... <<, Tom verstummte, als er ihren Blick bemerkte, die geröteten Augen und den Anschein des Verlorenen, der sie umgab.
\>> Du hast wieder geträumt, oder? <<, sagte er besorgt und nahm sie sofort in den Arm.
Christin gab ihm keine Antwort, sie nickte nur und war froh, dass Tom da war.
\>> Wirklich nur geredet? <<, fragte sie ihn kleinlaut.
\>> Ich schwöre es. <<

Das genügte ihr.
\>> Ich will, dass du sie kennenlernst. Ich treffe mich heute Nachmittag mit ihr und will, dass du mitkommst. <<
\>> Ich bin mir nicht sicher, ob ich das will <<, sagte Christine.
\>> Ich fürchte, ich bin zu labil. <<
\>> Ich will dich natürlich nicht zwingen ... Aber ich denke, es würde dir guttun. Ein Wort von dir, dass es zu viel wird, und wir sind wieder weg. Versprochen. <<
\>> Einverstanden. <<

Am Konferenzort.
Das Feilschen um Frieden ging in seine nächste Runde.
Tom stand abseits des runden Tisches, zwischen den Fahnen und Insignien der einzelnen Völker, die Hände am Rücken verschränkt und mit besorgtem Blick auf die Personen blickend, die hier über Krieg und Frieden entschieden.
Es war ihm unmöglich, die Gespräche des Vortages von denen des heutigen Tages zu unterscheiden. Zu ähnlich waren sich die Sätze beider Seiten.
Niemand wollte von seinem Standpunkt abrücken, keiner konnte sich vorstellen, auf die Bedingungen des anderen einzugehen, ein Dialog wurde somit unmöglich. Was blieb, war das ewige Durchkauen immer gleicher Ansichten und das schnurgerade Zusteuern auf eine massive Betonwand, an der diese Gespräche zerschellen würden.
Tom beobachtete das stetige Kommen und Gehen der Mitarbeiter und Assistenten. Aktentaschen, Datenblöcke, Notizen, dicke Mappen und Tonnen an Papier wurden ununterbrochen hin und her getragen, wurden nach draußen geschickt und wieder hereingebracht. Ständig wurde irgendwem irgendetwas ins Ohr geflüstert, alle paar Minuten verließ wer den Saal, weil ein wichtiges Gespräch auf ihn wartete oder man ihm etwas Vertrauliches mitzuteilen hatte.
Tom verstand dieses ganze Prozedere und Getue nicht. War sein Verstand so einfältig, dass es ihm unmöglich war, die große Politik, deren Zeuge er hier wurde, zu begreifen?
Seiner Meinung nach sollten er und Iman das unter sich lösen. Sie sollten zusammen auf ein Feld gehen, sollten klare Regeln aufstellen und dann ein gutes altmodisches Duell austragen. Rücken an Rüc-

ken, zwölf Schritt Entfernung und der Gewinner kriegt alles. So wie es die Edel- und Ehrenmänner vergangener Jahrhunderte getan hatten.

Tom hasste dieses Gelaber.

Isan Gared betrat den Raum wieder, nachdem sie ihn zehn Minuten zuvor verlassen hatte. Fast hörte er ihre Knochen knirschen und knacken, als sie ihren alten Körper in den Sessel niederließ und ihre Aktentasche auf den Boden stellte.

Tom sah Jeffries, wie er seinen Platz verließ, hinüber zu einem anderen Admiral ging und mit ihm zusammen den Raum verließ.

Tom fragte sich, was sie Wichtiges zu bereden hatten.

Jenseits des Konferenztisches erblickte er Iman. Wie ein Spiegelbild Toms stand er dort auf der marokianischen Seite. In gleicher Pose, mit gleichem stolzem Blick.

Jeffries kehrte alleine an den Konferenztisch zurück, Assistenten reichten Datenblöcke von den Konföderierten an die Marokianer weiter, der Imperator sichtete sie und winkte unzufrieden ab.

Tom überlegte, wie einfach es wäre, ihm jetzt in den Kopf zu schießen.

Zwei Männer, ihre dunklen Anzüge ließen Tom vermuten, dass sie zur SSA gehörten, traten an Gareds Seite, sprachen leise mit ihr und entfernten sich wieder. Gared ihrerseits flüsterte dem irdischen Präsidenten Talabani zu ihrer Rechten etwas ins Ohr, ehe sie sich wieder entfernte. Widerwillig, wie es schien.

Auch an Iman traten Offiziere heran, um ihm Meldung zu erstatten. Tom blickte auf das Gewusel im Raum und fühlte sich an einen Ameisenhaufen erinnert. Wie gerne hätte er mit einer Fackel auf ihn eingeschlagen.

Tom sah auf die Uhr.

Mindestens noch eine Stunde, bis sie sich zum Mittagessen trennen würden. Seine Anwesenheit hier war gänzlich überflüssig und dennoch zog es ihn hierher.

Toms Blick war auf Iman fixiert, als eine heiße Welle ihn und alle anderen im Raum erfasste, ihm den Atem raubte und scheinbar alles in Flammen setzte.

Toms Körper drehte sich in der Luft, prallte zwischen all den Fahnen und Insignien an die Wand und ging zu Boden. Eine Feuersäule jagte an die Decke und sog fast alle Luft in sich auf, blutende, verstümmelte Körper wirbelten durch den Raum.

„Eine Bombe", schoss es Tom durch den Kopf, noch ehe sein Körper den dumpfen Schlag des Aufpralls vernahm und er benommen liegen blieb.

Die Welt war zu einem grellen, schrillenden Pfeifen geworden. Alle Geräusche waren matt und weit weg, als sei sein Kopf in Watte gepackt. Nur dieses schreckliche Pfeifen war klar und deutlich.

Aus dem Augenwinkel sah er Jeffries blutend und rußverschmiert am Boden liegen. Krächzend schrie er nach Iman und stemmte sich vom Boden. Hatte er wirklich nach ihm gerufen?

Tom wusste, dass er es getan hatte, doch er hatte sich selbst nicht hören können.

Um ihn herum lagen Schwerverletzte. Überall zwischen den Trümmern erblickte er verbrannte und abgetrennte Gliedmaßen.

>> IMAN! <<

Tom zog seine Waffe aus dem Beinholster, entsicherte sie und ging zielstrebig auf die marokianische Seite zu, wo ebenso viele Verletzte und Tote kreuz und quer durcheinander lagen wie auf der konföderierten.

Soldaten brachten den Imperator in Sicherheit, während andere versuchten, einen Überblick zu bekommen.

Konföderierte Wachen kamen hereingestürmt und waren geschockt vom Anblick der Zerstörung.

Tom fand Iman zwischen anderen Körpern am Boden liegen.

>> DAS WARST DU! <<

Tom zielte auf ihn und drückte ab.

Der Schuss ging in die Wand, während Tom in letzter Sekunde von zwei Marokianern umgerissen wurde. Die Waffe glitt ihm aus der Hand, krampfhaft wehrte er sich gegen die stärkeren Feinde.

Iman kam blechern hustend wieder auf die Beine. Seine bionischen Implantate machten ihm die Bewegungen schwer, sie mussten beschädigt worden sein.

>> Ist das deine Art, Krieg zu führen, Hawkins? Ich hatte mehr von dir erwartet. <<

Tom erreichte das Messer eines der Männer, die ihn festhielten, und rammte es ihm in die Achselhöhle, wo die Rüstung der Marokianer am schwächsten war.
Wie ein Tier heulend ließ er von Tom ab.
Blitzschnell wand er sich aus dem Griff des zweiten, trat ihm seinen Stiefel ins Gesicht und hechtete nach seiner Waffe.
Über den Trümmerboden rutschend erwischte er sie und feuerte zwei gezielte Schüsse auf die Männer ab.
Einen erwischte er mitten ins Gesicht und seine Gehirnmasse bedeckte den Boden, den anderen traf er in den Rücken.
Bäuchlings in den Trümmern liegend verblutete er.
Iman zog seine Waffe und feuerte auf Tom, dieser erwiderte das Feuer und einen Augenblick später lagen sie beide getroffen am Boden.
Tom schoss, noch liegend, ein zweites Mal und erwischte Iman an der Schulter, als dieser gerade aufstehen wollte. Von der Wucht überrascht, drehte er sich um die eigene Achse und blieb rücklings liegen.
Tom stemmte sich hoch und fühlte das Glühen eines eindringenden Projektils in seinem Bein, noch ehe er richtig stand. Sofort ging er wieder zu Boden und hörte Imans zorniges Fauchen.
Ohne ihn zu sehen, feuerte Tom zurück. Eine ganze Salve ging um Iman herum ins Leere, zwei Ladungen saßen aber.
Sein Brustpanzer zersprang und Iman schleppte sich durch die nächstbeste Tür. Toms Ladungen gingen neben ihm in die Wand, als Iman sich die Treppe hinunterrollte und auf den Stufen liegen blieb.
Tom kroch hinter ihm her, die Uniform rot und schwarz vom eigenen Blut und dem der vielen anderen.
Sein Wille, Iman zu töten, war stärker als der Schmerz seiner Wunden. Keine Verletzung konnte so schwer sein, dass sie ihn von Iman abhielt. Wie ein Tier kämpfte er sich ein Bein nachziehend Schritt für Schritt vor.
Aus der Wunde an seinen Rippen strömte das Blut, er fühlte, wie es an ihm herunterrann, aber es interessierte ihn nicht, es war bedeutungslos. Alles, was er wollte, war der Kampf gegen Iman, die endgültige Entscheidung. Rache für die Folter an ihm, an Christine und für dieses feige Attentat. Er wollte Rache für die Abertausenden Ge-

fallenen und Verstümmelten, für die Witwen und Waisen dieses Krieges. Tom wollte Blut für Blut. Iman sollte zahlen für die Leiden dieses Krieges.
Tom hievte sich durch die Tür, sah Iman, schoss und stürzte schon bäuchlings die Treppe hinunter.
Iman wurde getroffen, irgendwo an seinem Körper fühlte er das glühende Projektil in das Fleisch eindringen und dann den Schmerz des in Stücke zerschlagenen Knochens.
Tom rollte die Stufen hinunter und blieb in Griffweite Imans liegen. Seine Waffe hatte er verloren, wie ein Blinder tastete er nach ihr, als er schon Imans Finger um seinen Hals fühlte.
Sich gegenseitig würgend lagen sie auf den Stufen. Angeschossen, schwach, verwirrt und eigentlich nicht mehr fähig, irgendetwas zu tun. Beide brauchten sie dringend ärztliche Hilfe, dennoch trieb ihr Hass aufeinander sie zu immer mehr Gewalt.
Tom griff nach einem Mauerstück, nahm es in beide Hände und schlug damit auf Imans Kopf ein, dessen Hände sich dadurch nur noch fester um den Hals seines Erzfeindes krampften.
Tom schlug so lange zu, bis sich Imans linke Gesichtshälfte in einen blutenden Klumpen Fleisch verwandelt hatte, dann endlich bekam er wieder Luft. Überrascht rollte er sich zur Seite.
Iman neben ihm röchelte, während seine Hand den Matsch hielt, der gerade noch sein Gesicht gewesen war.
Tom fühlte, wie ihm das Blut ausging. Er ahnte, dass er gleich das Bewusstsein verlieren würde. Hektisch sah er sich nach einer Waffe um, nach irgendetwas, mit dem er Iman den Rest geben konnte, ehe er selbst den Weg alles Weltlichen gehen würde.
Dann kamen die Sanitäter.
Eine Gruppe Korpssoldaten mit Rotkreuzarmbinden umringten ihn, legten Tom auf eine Trage und versorgten ihn.
>> NEIN <<, keuchte er atemlos und erschöpft. >> Ich bin noch nicht fertig. <<
Wie ein Ertrinkender nach einem Rettungsring greift, so versuchte Tom nach Iman zu greifen, er wollte ihm um jeden Preis den Rest geben.
Doch fünf Männer waren stärker als einer.

Tom wurde auf die Trage gedrückt, mit Medikamenten vollgepumpt und davongetragen. Iman blieb schreiend auf den Stufen zurück. Schreiend vor Schmerz, Zorn und Selbsthass über die verpasste Chance.
>> ICH KRIEGE DICH !!! <<, brüllte Tom nach Iman und versuchte noch einmal sich aus dem Griff der Sanitäter zu lösen.
>> ICH BRING DICH UM! DAS SCHWÖRE ICH DIR!!! <<
Dann wirkten die Medikamente und ein grauer Schleier legte sich über die Welt.
Als sie Tom nach oben trugen, sah er Jeffries, der völlig verdreckt und in zerrissener Uniform in den Trümmern saß und versorgt wurde. Er sah Talabani, den sie gerade mit einem Tuch zudeckten, er sah Dakan, der am Boden lag und hektisch versorgt wurde. Seine Wunden waren selbst für einen Laien in Toms Zustand als schrecklich zu erkennen.
Tom sah Männer und Frauen, die er kannte, am Boden liegen, die Körper zerfetzt oder verstümmelt. Tom sah Bethany Kane an einer Wand lehnen, ihre Augen waren von Splittern zerfetzt worden.
General Ur'gas stand, ebenfalls in zerrissener Uniform, zwischen den Trümmern und gab Anweisungen. Von draußen waren erste Schüsse zu hören.
>> Ich muss auf die Victory <<, waren Toms letzte Worte, ehe die Medikamente ihre volle Wirkung entfalteten und er sich seiner Erschöpfung ergab.

Am Strand.
Will saß in der Bar und spielte Karten. Nicht schon wieder, sondern immer noch. Er hatte die letzten drei Tage fast ununterbrochen hier verbracht und war langsam, aber sicher an einem Punkt angekommen, an dem er ins Bett gehen sollte.
Es war ihm unmöglich zu sagen, wie viele Männer er in diesen drei Tagen unter den Tisch getrunken hatte. Allesamt trinkerprobte Soldaten, die einer wie der andere geglaubt hatten, sie könnten ihm das Wasser reichen.
Arme Irre.

Als er die ersten Schüsse hörte, begriff er gar nicht, um was es ging. Erst als die Leute um ihn herum in Panik gerieten und aus der Bar stürmten, begriff er, dass etwas passiert war, und folgte ihnen.
Vom Strand aus sahen sie die Rauchwolken aus dem Konferenzort aufsteigen und das Blitzen eines Feuergefechts zwischen den Häusern.
Instinktiv richtete sich Wills Blick auf die am blauen Himmel ruhende Victory. Ganze Geschwader von Defendern und Nighthawk-Maschinen waren bereits in der Luft oder starteten gerade.
Vom Meer aus sah er eine Welle marokianischer Maschinen auf den Strand zufliegen. Der Kogan weit draußen über dem Meer setzte sich in Bewegung, die Victory ging auf Abstand und gewann an Höhe.
Sie versuchte so schnell wie möglich in einen niederen Orbit zu kommen, um ihre höhere Geschwindigkeit und Manövrierfähigkeit voll ausnützen zu können.
Will rannte mit den anderen in Richtung des Konferenzortes. Die einzige Möglichkeit, vom Planeten wegzukommen, waren die dort gelandeten Raider.
Wills Lungen brannten und schienen immer kleiner zu werden, während er über den heißen Sand rannte.
Die vordersten Ausläufer des Gefechts erreichten sie innerhalb von Minuten. Eine Gruppe von Korpssoldaten hatte sich an der Treppe verschanzt, die den Gebäudekomplex in den felsigen Klippen mit dem Strand verband.
>> Was ist passiert? <<, fragte Will einen der hier hockenden Unteroffiziere.
>> EINE BOMBE <<, war die laute, vom Waffenfeuer übertönte Antwort des Mannes. Vom oberen Ende der Treppe aus wurden sie von den Marokianern beschossen.
>> Geben Sie mir Ihre Scorpion <<, verlangte Will und nahm die Handfeuerwaffe des Soldaten entgegen.
Dann rannte er in einer Mischung aus Heldentum und dem Mut des Betrunkenen an der Treppe vorbei, kletterte die Klippen hoch und näherte sich den Marokianern von hinten. Es waren nur drei.
Will schoss ihnen in den Hinterkopf, einem nach dem anderen, ohne dass sie reagieren konnten. Dann rief er die anderen zu sich und rannte mit ihnen zu den Landeplätzen.

Er verfluchte sich, dass er keine Waffe mitgenommen hatte, genauso wie der Rest der Gruppe. Sie hatten sich einen schönen Tag am Strand gemacht. Hatten getrunken und gegrillt, hatten die wenige friedliche Zeit genossen.
Keiner von ihnen hatte Uniform getragen oder seinen Waffengurt mitgenommen. Nun bereuten sie es, auf die Befehle der Politiker gehört zu haben.
Wir wollen Freundschaft und guten Willen demonstrieren. Verzichten Sie auf Ihre Waffen und genießen Sie die Sonne.
Talabanis Worte hallten verhöhnend in Wills Kopf.
Überall auf ihrem Weg trafen sie auf Wachsoldaten in Kampfmontur, die sich gegen die Marokianer verteidigten. Der Konferenzort, der noch vor einer Stunde ein Paradies gewesen war, hatte sich in ein Schlachtfeld verwandelt. Tote und Verletzte lagen am Boden, man sah erste Einschlagskrater von Granaten und Hunderte Einschüsse in den Mauern.
Will konnte die Raider bereits sehen, als sie erneut ins Feuer mehrerer Marokianer rannten. Hektisch die Arme über den Kopf geschlagen, brachten sie sich in Deckung.
Am Himmel kreisten die Jagdmaschinen beider Seiten wie zwei sich bekämpfende Hornissenschwärme.
Eine Defender ging nur wenige Meter entfernt zu Boden. Wie ein Stein fiel sie, sich um die eigene Achse drehend, vom Himmel und zerschellte am Boden.
Das Cockpit, welches den Piloten schützen sollte, blieb unversehrt, wurde aber ein Raub der Flammen.
Marokianer kamen die Treppen heruntermarschiert. Auf den Dächern konnte Will sehen, wie Korpssoldaten in Stellung gingen. Raketen der Jäger schlugen in den Häusern ein und sprengten riesige Stücke heraus.
Drei-, vielleicht vierhundert Meter trennten Will und die anderen nur leicht Bewaffneten oder völlig schutzlosen Männer und Frauen vor den rettenden Raidern.
Das Problem war, dass der Weg mitten durch das Kreuzfeuer der Marokianer führte.

In der Luft bahnte sich ein marokianischer Truppentransporter, geschützt von zwei Staffeln Rochenjäger, den Weg durch das himmlische Schlachtfeld.
Er hielt direkten Kurs auf den stetig an Höhe gewinnenden Kogan-Schlachtkreuzer. Vermutlich war der Imperator an Bord.
Die Victory war schon so hoch, dass man sie nur noch als einen dunklen Punkt am Himmel erkennen konnte.

ISS Victory, Brücke.
Alexandra hatte Brückendienst und somit das Kommando über das Schiff, als die Alarmsirenen angingen und die Meldungen über das Attentat hereinkamen.
Blitzschnell reagierte sie, gab die nötigen Befehle und eilte sofort zu Semana Richards an die taktische Konsole. Für wenige Augenblicke war sie wie in Trance verfallen, als sei das alles schon mal passiert, doch dann erreichte sie das Heulen der Sirenen und das Hämmern von Stiefeln, die sich schnell der Brücke näherten. Soldaten eilten an ihre Konsolen und das Schiff war binnen weniger Momente klar zum Gefecht.
>> Wir haben Waffenreichweite <<, sprach Semana endlich die Worte, auf die Alexandra gewartet hatte.
>> Feuer frei <<, befahl sie und das Donnern der Geschütze hallte durch das Schiff. Lange Minuten hatte sie warten müssen, bis sie sich in eine gute Angriffsposition gebracht hatten.
Auf dem Hauptschirm sah sie das Einschlagen der Ladungen auf der Hülle des Kogan. Ein Tross Jäger kehrte gerade mit einem Truppentransporter zurück in die Landbucht.
>> Sie erwidern das Feuer. <<
>> Bereitmachen zum Einschlag <<, brüllte Alexandra und schon im selben Moment riss sie das Vibrieren des Decks von den Beinen.
>> Sie beschleunigen <<, erklärte Jackson von der Sensorenkonsole aus. >> Und zwar verdammt schnell. <<
>> Die haben uns geblufft <<, keuchte Alexandra, als sie wieder auf den Beinen war. >> Die sind nur so langsam in die Atmosphäre eingetreten, um uns in Sicherheit zu wiegen. <<
>> Scheint so <<, bestätigte Semana.
>> Machen wir sie kalt <<, forderte Alexandra.

Semana feuerte mit allen Geschützen gleichzeitig, der Kogan kassierte Salve um Salve und bewegte sich dabei immer schneller aus der Atmosphäre.
>> Verfolgt sie <<, befahl Alexandra.
>> Commander <<, unterbrach sie Jackson. >> Wir kriegen gerade die Meldung, dass es viele schwer Verletzte gibt. Sie brauchen unsere Krankenstation. <<
>> Erst die da <<, sie deutete auf den Kogan.
>> Commander <<, sagte Jackson leise, aber bestimmt. >> Dakan und Jeffries sind unter den Verletzten. Talabani soll bereits tot sein. Die Regierungschefs sind alle unter den Opfern. Sie werden sterben, wenn wir ihnen nicht helfen. <<
>> Scheiße <<, Alexandra fauchte das Wort und blickte dabei in Jacksons ernste, dunkle Augen. *Was würde Tom tun?*
Die Entscheidung fiel ihr unglaublich schwer. Den Imperator verfolgen und stellen oder den Opfern des Anschlages helfen?
Alle Blicke richteten sich auf Alexandra. Sie war der XO, sie hatte das Kommando.
Was würde Tom tun?
>> Wir drehen ab <<, sagte sie dann nach endlos scheinenden Sekunden.
>> Aber haltet sie im Waffenfokus. So lange sie in Reichweite sind, brennen wir ihnen alles in den Pelz, das wir haben. <<
Der Kogan hatte schon längst den Orbit erreicht, als noch immer die Torpedos und Geschützladungen in seine Panzerschilde einschlugen und sie immer mehr schwächten.
Auf der Brücke des Kogan saß ein atemloser, zitternder Imperator und blickte auf den Hauptschirm, wo der Planet, von dem er gerade so entkommen war, immer kleiner wurde.
>> Dieser Tag hat viele Opfer gesehen <<, sagte er erschöpft und dachte an all die tapferen imperialen Soldaten, die er auf dem Planeten zurückgelassen hatte, um seine eigene Haut zu retten. So viele Familien würden heute ihre Väter und Söhne verlieren. Trauer legte sich über das Gemüt des Imperators und drohte ihn zu erdrücken.

Am Konferenzort.
Als die Truppen der Victory mit ihren Transportschiffen landeten, endete die Schlacht in weniger als dreißig Minuten mit einem Sieg der Konföderierten.
Die Victory mischte sich in den Luftkampf ein und entschied ihn bereits in den ersten Minuten für sich, die Jäger der Marokianer verloren angesichts der übermächtigen Feuerkraft der Gatling-Geschütze.
Dutzende Marokianer gingen in Gefangenschaft, Raider landeten und brachten die Verwundeten auf die Victory. Allen voran die Regierungschefs und hohen Offiziere, die durch den Anschlag dezimiert worden waren.
Tom war einer von ihnen.
Als er Stunden nach seiner Operation aufwachte, bot sich ihm ein schreckliches Bild. Durch die Sichtscheibe seines Zimmers blickte er in den gläsernen Operationssaal auf der anderen Seite des Korridors, wo Ärzte verzweifelt um einen Patienten kämpften. Er sah Hände, die in den geöffneten Brustkorb griffen und versuchten zu retten, was zu retten war. Er sah verwundete Soldaten auf den Gängen warten, bis die schwereren Fälle versorgt waren. Er sah Jeffries an der gläsernen Wand des Operationssaals stehen und hoffen.
Und dann erst sah er Christine, die zwischen den Patienten umhereilte und die nicht kritischen Fälle versorgte.
Zum ersten Mal, seit sie aus ihrem Martyrium zurückgekehrt war, sah er sie in ihrem Element. Sie tat das, was sie am besten konnte, sie heilte.
Jetzt erst begriff Tom, wie es um ihn selbst stand. Er lag eingepackt in Gel-Verbände und Apparaturen in seinem Bett, überall ragten Schläuche aus ihm heraus.
Es musste ihn schlimm erwischt haben.
Und mit der Erkenntnis um sein eigenes Überleben stellte sich ihm die Frage nach Iman. Hatte er überlebt? Lag er noch dort unten in den Trümmern oder war auch er gerettet worden? Tom lag in seinem Bett, unfähig, sich richtig zu bewegen, und sah an die Decke. Was war nur passiert?
Erst Stunden später bekam er Besuch von Will und Christine.
Will, immer noch in Hawaiihemd und Jeans, sah Tom an und nickte respektvoll. >> Gratuliere, Kumpel. Jetzt hast du mehr Schusswun-

den abgekriegt als ich <<, sagte er, was so viel hieß wie: „Ich bin verdammt froh, dass du noch lebst."
Aber Will mochte keine solchen Sätze und Tom war froh, dass sie ihm erspart blieben.
>> Ich bin sicher, du überholst mich bald wieder <<, war die trockene Erwiderung Toms.
>> Ich hatte verdammte Angst um dich <<, sagte Christine und küsste ihn auf die Stirn.
>> Unkraut vergeht nicht <<, sagte Tom.
>> Bilde dir bloß nichts ein, Tom. Du verdankst es einzig und allein der modernen Medizin, dass du noch lebst. Vor ein paar Jahren wären solche Verletzungen noch tödlich gewesen. Du warst schon verdammt weit auf der anderen Seite. <<
>> Das sagst du doch jedes Mal <<, erwiderte er spitzbübisch.
Tom hatte geträumt während seines inneren Überlebenskampfes. Während die Ärzte alles in ihrer Macht Stehende getan hatten, um ihn zu retten, war er durch eine düstere Welt gewandert. Eine steile, sturmgepeitschte Klippe über einem grünen Ozean.
Irgendwie hatte er sofort gewusst, dass er träumte, war aber unfähig, aus der Projektion des Unterbewusstseins aufzuwachen.
Eine in dunkle Gewänder gehüllte Frau war an der Klippe gestanden und hatte ihm ein rotes Banner mit schwarzem Muster überreicht.
Sie war ungemein attraktiv gewesen. Hatte pechschwarzes Haar und hohe Wangenknochen, über die sich elegante blasse Haut spannte.
>> Unter diesem Zeichen wirst du siegen <<, prophezeite sie ihm und fügte hinzu: >> Oder sterben <<, ehe sie in den aufziehenden Nebeln verschwand.
>> Wer bist du? <<, brüllte er ihr nach.
>> Dein Alptraum <<, erwiderte sie. >> Deiner und der deines ganzen Volkes. <<
Dann war sie verschwunden.
Tom entfaltete das rote Tuch, welches sie ihm gereicht hatte, und erkannte das Drachenbanner des Nazzan Morguls aus der marokianischen Mythologie.
Ohne sicher zu sein, was es bedeutete, erwachte er aus seinem Traum und begriff, dass er überlebt hatte.
Seine Lungen füllten sich mit Luft und er öffnete die Augen.

Jetzt, Stunden später, schwebten die Bilder immer noch durch seinen Kopf.
>> Wie sieht es aus? <<, fragte er seine beiden Besucher.
>> Wir wissen es noch nicht <<, sagte Christine mit der sanften Stimme einer Ärztin, die ihren Patienten nicht aufregen will.
>> Nicht gut <<, gestand Will mit der ihm angeborenen gnadenlosen Wahrheit. Ein anderer hätte vielleicht gelogen oder nichts gesagt, um Tom nicht aufzuregen, nachdem er dem Tod gerade noch so entgangen war. Doch Will war nicht die Sorte Mensch, die sich zurückhielt. Darum waren er und Tom so gute Freunde geworden. Weil sie beide immer sagten, was sie dachten.

An Bord des Kogan.
Dragus stand auf der Krankenstation und blickte auf Iman nieder. Sein Körper lag in einem stählernen Sarg, gefüllt mit einer gelben Flüssigkeit. Schläuche waren an seinen Körper angeschlossen, die mechanischen Implantate hatte man ihm entfernt.
Im gedämpften Licht der Krankenstation wirkte der Arzt, welcher sich um Iman kümmerte, wie Frankenstein, der versuchte, seiner Kreatur Leben einzuhauchen.
>> Wird er durchkommen? <<, fragte Dragus den Arzt, während er zusah, wie die Maschinen mehr und mehr die Körperfunktionen des Admirals übernahmen.
>> Leben wird er <<, versicherte der Arzt. >> Die Frage ist, wie. Er braucht neue Implantate. Vermutlich müssen wir auch eine seiner Schultern ersetzen. Sein Genick ist angebrochen. Wir überlegen, es durch bionische Komponenten zu verstärken. Sein Leben können wir retten, Ja. Nur weiß ich nicht, was wir mit seinem Gesicht machen sollen. <<
Dragus blickte in das Loch, das Imans Gesicht einst dargestellt hatte. Die ganze linke Gesichtshälfte fehlte. Das Auge hatte Hawkins ihm ausgeschlagen und die Knochen derart zertrümmert, dass die Ärzte sie entfernen mussten. Sein Kiefer war entfernt, das zum Teil freiliegende Gehirn mit Stahlplatten geschützt worden.
>> Vielleicht wäre es besser, wenn er gestorben wäre <<, sagte Dragus.

\>> Er wird mit Sicherheit so denken <<, pflichtete der Arzt ihm bei. >> Nur können wir es nicht ändern. Er lebt. <<
\>> Ja. << Dragus verließ die Krankenstation, um dem Imperator Meldung zu machen. Er war sehr an Imans Schicksal interessiert.
Euthanasie war in der marokianischen Gesellschaft streng verboten. Ein Widerspruch in einer Gesellschaft, die das Töten und Morden so exzessiv betrieb und erst vor wenigen Generationen dem Kannibalismus abgeschworen hatte.
Nicht der einzige Widerspruch im Wesen dieser Rasse. Die Marokianer waren voller solcher Ungereimtheiten.
Dragus meldete dem Imperator das Überleben seines Lieblings-Admirals in dessen Privatgemächern, wo er von seinen Leibärzten auf Herz und Nieren untersucht wurde. Er hatte keinen einzigen ernstzunehmenden Kratzer abbekommen.

ISS Victory.
Das Schiff war unter Alexandras Kommando ins All zurückgekehrt und lag jetzt unweit des Planeten Casadena zwischen den Sternen.
Eine Delegation der Morog war unterwegs zu ihnen, vermutlich um ihr Beileid auszudrücken und sich für dieses Desaster zu entschuldigen.
Über Stunden hatte die Victory alle Überlebenden und Toten eingesammelt, ehe sie den Planeten verlassen hatten. Langsam zeichnete sich das ganze Bild der Katastrophe ab. Alexandra erstattete Jeffries Meldung, der hemdsärmlig hinter Toms Schreibtisch saß. Alexandra war zu ihm gekommen, nachdem sie stundenlang mit allen Abteilungsleitern, Offizieren und auch Ärzten gesprochen hatte.
Den Schock und die Erschöpfung sah man ihr ins Gesicht geschrieben.
Alexandra hatte die obersten Knöpfe der Jacke geöffnet, während sie eine Hiobsbotschaft nach der anderen entgegengenommen hatte, sie hatten ihr die Luft zum Atmen geraubt. Ihr Haar war unordentlich nach hinten gebunden, das Gesicht noch blasser als sonst. Normalerweise hätte sie in diesem Aufzug keinem Admiral Bericht erstattet. Doch in dieser Situation war es ihr gleich.
\>> Talabani ist tot <<, sagte sie erschlagen. >> Ebenso Mo'Rodur und Sures. Sie starben, ehe sie in den OP kamen. Dakan liegt im

Koma und die Ärzte glauben nicht, dass er durchkommt. Talon Res liegt noch im OP. Die Chirurgen geben ihr eine fünfzig-fünfzig-Chance. Wir haben vier Generäle aus Ihrem Stab verloren. Hier ist die Liste <<, sie überreichte ihm einen Datenblock mit den Namen der toten Offiziere. >> Hawkins ist über den Berg, er soll bereits zu sich gekommen sein. Die einzig gute Nachricht an diesem Tag. <<
Jeffries legte die Stirn in Falten und schlug die Hände vors Gesicht.
>> Das ist ein Desaster <<, sagte er.
>> Isan Gared lebt. Sie ist auf der Krankenstation und wird untersucht. Aber die Ärzte werden sie noch heute entlassen. <<
Jeffries nickte, ohne die Hände vom Gesicht zu nehmen.
>> Was ist mit dem Vize-Präsidenten? Den stellvertretenden Regierungschefs? <<
>> Sie sind informiert und befinden sich jetzt in einer Krisensitzung. <<
>> Gibt es eine Möglichkeit, sich in die Konferenzschaltung einzulinken? <<, fragte Jeffries mit hängenden Schultern, aber entschlossener Miene.
>> Sie nutzen das virtuelle Konferenzsystem. Zugang nur von den Heimatwelten aus. <<
>> Das weiß ich, Commander. Die Frage ist: Kann die Victory sich in dieses Signal hacken oder nicht? <<
Alexandra hob und senkte die Schultern.
>> Wenn wir die Kommandocodes des Trägersignals kennen würden ... <<
>> Die kann ich Ihnen geben <<, sagte Jeffries entschlossen.
>> Das dauert eine Weile, sich da einzulinken. Wir müssen einiges am System umstellen. <<
>> Fangen Sie an, Commander, sie erhalten die Codes in fünf Minuten. <<
>> Ich bereite alles vor, Admiral. <<

Krisensitzung der stellvertretenden Regierungschefs.
Geschockt und sprachlos waren die Stellvertreter der fünf Staatsoberhäupter in einem virtuellen Konferenzraum zusammengekommen. Keiner von ihnen hatte genauere Informationen, keiner war über die Geschehnisse ausreichend informiert. Alles, was sie wuss-

ten, war, dass eine Tragödie geschehen war und dass die Victory die Leichen und Schwerverletzten zurück nach Hause brachte.

Es wurden die Fragen gestellt, die in solchen Momenten immer gestellt werden. Wer? Warum? Weshalb? Wieso? ... Die Männer drehten sich im Kreis der gegenseitigen Anschuldigungen, bis eine sechste Person in den Konferenzraum geladen wurde.

Admiral Michael Jeffries erschien in einem Gitter aus grünem Licht und materialisierte in der virtuellen Umgebung.

Alle Blicke richteten sich auf ihn, Fragen prasselten auf ihn nieder und alles, was er tun konnte, war, mit müden Augen und schmerzenden Gliedmaßen die Hände zu heben und um Ruhe zu bitten.

In knappen Worten erklärte er, was passiert war. Von den Toten und Verletzten, der Bombe und der Flucht der Marokianer.

\>\> Wir müssen uns auf einen Angriff entlang der gesamten Front einstellen. Die Streitkräfte sind bereits alarmiert, alle Truppenteile bereiten sich auf die Schlacht vor. Von Ihnen, meine Herren, verlange ich dasselbe. \<\<

\>\> Was soll dieser Tonfall, Admiral? \<\<, fragte der Vizepräsident der Erde. \>\> Sie *verlangen* von uns? \<\<

\>\> Wir befinden uns inmitten einer unerwarteten schweren Krise und die demokratischen Institutionen der Konföderation können zum gegenwärtigen Zeitpunkt ihre Aufgaben und Pflichten nicht erfüllen. Der Fortbestand der Konföderation, das Überleben unserer Rassen hängt jetzt am seidenen Faden. Was wir nun brauchen, sind schnelle, klare Entscheidungen. Was wir brauchen, ist ein harter, umstrittener, aber auch lebenswichtiger Schritt. \<\<

Alle Blicke richteten sich auf Jeffries und in den Augen mancher dämmerte bereits die Erkenntnis.

\>\> Ich will, dass Sie das Kriegsrecht verhängen \<\<, sagte er mit harter, bedingungsloser Stimme. \>\> Die Marokianer haben uns in die Ecke gedrängt. Die demokratischen Strukturen stehen unmittelbar vor dem Zusammenbruch und das Letzte, das wir nun brauchen können, sind Streitereien um die Amtsnachfolge. Jeder von Ihnen ist bereit, das Amt des Regierungschefs zu übernehmen. Jeder von Ihnen ist verpflichtet dazu. Nur hat auch jeder von Ihnen die Unterstützung dazu? Ich frage Sie eines: Können Sie innerhalb der nächsten 48 Stunden eine stabile Regierung auf die Beine stellen? Ist jeder

von Ihnen so unumstritten, dass er ohne Bruch innerhalb der eigenen Reihen auf den Chefsessel aufrücken kann? Das Allerletzte, das wir jetzt brauchen können, sind *Erbfolgekriege*. Darum bitte ich Sie, NEIN, ich flehe Sie an: Handeln Sie im Interesse des Volkes und nicht im Interesse des eigenen Egos. Verhängen Sie das Kriegsrecht und erlauben Sie mir, uns alle zu retten. <<
>> Sie verlangen, dass wir Ihnen die ganze Konföderation zu Füßen legen? <<, empörte sich der Babylonier Zaran Len, Talon Res' Stellvertreter.
>> Ich verlange Rechtssicherheit von Ihnen <<, erwiderte Jeffries.
>> Ich bin überzeugter Demokrat. Ich bin der felsenfesten Überzeugung, dass parlamentarische Regierungssysteme der Grundstock von Freiheit und Wohlstand sind. Ich bin so sehr überzeugt vom System des Parlamentarismus, dass ich Ihnen garantieren kann, dass es nun versagen wird. In Parlamenten wird geredet, beraten und sondiert. Es wird verhandelt und nach Kompromissen gesucht, bis man einen gemeinsamen Text erarbeitet hat und diesen dann der Öffentlichkeit präsentieren kann. DOCH DAFÜR HABEN WIR JETZT KEINE ZEIT! Was wir brauchen, sind schnelle, kompromisslose Entscheidungen, und die kann nur das Militär treffen. Ich muss mich keinen Wahlen stellen, ich muss mich nicht vor den Gremien einer Partei verantworten. Mein Richter wird die Geschichte sein. Geben Sie mir die Macht, uns alle zu retten. <<
Protest brandete auf und eine hitzige Diskussion entbrannte.
>> Ich beabsichtige, das Kriegsrecht zu verhängen. Mit oder ohne Ihre Unterstützung <<, sagte Jeffries, um den tumultartigen Redeschwall der Politiker zu unterbrechen.
>> Das wäre ein Staatsstreich <<, donnerte der Vizepräsident der Erde.
>> Das ist die einzige Möglichkeit, die Konföderation vor dem Kollaps zu bewahren. Wir brauchen keinen Senat und keine Parteien. Das sind Institutionen für Friedenszeiten. Was wir jetzt brauchen, ist eine starke Hand, die diesen Krieg führt und gewinnt. Danach können Sie Ihre Demokratie zurückhaben. <<
>> Sie ernennen sich hier zum Diktator. <<
>> *Einen Vorsprung im Leben hat ... wer handelt, wo andere noch reden* <<, zitierte Jeffries den ehemaligen US-Präsidenten John F. Kennedy,

der diese Worte mehr als vier Jahrhunderte zuvor gesagt hatte.
>> Ich bin hier, um die Demokratie zu verteidigen, nicht um sie zu praktizieren. Noch heute verhänge ich das Kriegsrecht. Wenn Sie sich gegen mich stellen wollen, nur zu. Nur denke ich, dass keiner von Ihnen in der Lage ist, einen Machtkampf mit dem Militär zu überstehen. Nicht jetzt. Arbeiten Sie mit mir, nicht gegen mich ... << Jeffries sah jedem der Männer fest in die Augen. >> Unser Ziel ist dasselbe. Nur die Methoden unterscheiden sich gänzlich. <<
Eine schwermütige, von Zorn und Trauer über den Anschlag erschwerte Debatte begann, an deren Ende es eine Einigung gab, die keinem wirklich schmeckte.

ISS Victory.
Das Schiff war auf dem Heimweg ins konföderierte Kernland. Durch den Hyperraum reisend, ließen sie die Randgebiete hinter sich und befanden sich schon bald wieder im relativen Schutz der Frontlinien.
Was hinter ihnen lag, war die wohl dunkelste Stunde der Konföderation. Das ganze Bündnis war erschüttert. Die Milliarden Bürger aller fünf Völker trauerten um die Gefallenen und Toten jenes Tages. Der Verrat der Marokianer steigerte den Zorn und noch mehr Männer und Frauen strömten zu den Rekrutierungsstellen.
Alle hatten sie auf Frieden gehofft und nun brüllten sie nach Rache für diesen Verrat an ihrer Hoffnung.
Alexandra hatte seit dem Anschlag nicht mehr geschlafen. Ihre Augen waren von dunklen Ringen unterlaufen, ihre sonst so geschmeidige, militärische Körperhaltung war steif und unbeweglich geworden.
>> Wir sind wieder innerhalb der Linien <<, meldet Semana Richards, als die ersten Gefechtsgruppen der Konföderation auf den Sensoren auftauchten. Pegasus 1 war noch zwei Tage entfernt, die Victory und der Rest der Flotte warteten auf den Ansturm der Marokianer, er konnte nicht lange auf sich warten lassen. Die Spannung stieg in den stummen Mienen der Soldaten.

Die schreckliche Ruhe vor dem Sturm zog sich ins Unermessliche. Zu viel Zeit, um Angst zu haben vor dem, was kommen würde. Zu viel Zeit, um sich Abscheuliches auszumalen.
>> Commander <<, Jackson rief Alexandra von der Kommunikationsstation aus. >> Das sollten Sie sehen. <<
Alexandra drehte sich im Stuhl des Captains in seine Richtung.
>> Worum geht es? <<, fragte sie.
Jackson drehte die Lautstärke nach oben.
>> ... wurde soeben das Kriegsrecht verhängt. Die Ernennung von Admiral Jeffries zum militärischen und auch politischen Oberhaupt der Konföderation wird von allen Seiten bestätigt. Alle Schlüsselpositionen innerhalb der Konföderationsführung werden mit Männern aus dem Generalstab besetzt werden. Die Zivilisten, welche die Ämter bisher bekleideten, werden so lange in beratende Funktion zurückgestuft, wie das Kriegsrecht in Kraft ist ... << Atemlos folgte die Brückencrew den Nachrichten. Keiner bemerkte, wie Jeffries durch das Seitentor trat und verharrte. Eigentlich hatte er es selbst den Männern und Frauen unter seinem Kommando bekanntgeben wollen. Nun waren die Medien aber schneller gewesen.
Alexandra erhob sich aus dem Kommandosessel, als sie Jeffries bemerkte.
>> Ist das wahr? <<, fragte sie.
Jeffries nickte. >> Es war nötig, um eine endgültige Niederlage zu vermeiden <<, erklärte er den radikalen und rechtlich bedenklichen Schritt.
Allen war klar, was die Verhängung des Kriegsrechts bedeutete. Die demokratischen Institutionen waren gänzlich außer Kraft. Alle Macht lag nun beim Militär.
In der Charta der Konföderation war dieser Schritt als Ultima Ratio vorgesehen. Als letztes Mittel, um den Zusammenbruch des Bündnisses zu verhindern. Die Tatasche, dass es nun verhängt wurde, war wie die Ankündigung des bevorstehenden Todes.

ISS Victory, Quartier von Tom Hawkins.
Tom hatte gegen den Rat der Ärzte die Krankenstation verlassen und sich in sein Quartier zurückgezogen, wo er über Sternenkarten und Statusberichten brütete. Auf dem Esstisch hatte er Dutzende

Datenblöcke und altmodische Papierkarten ausgebreitet, auf dem Bürotisch häuften sich Frontberichte, Memos des Nachrichtendienstes und strategische Studien der Planungsabteilung.
Tom war völlig in diese Materie versunken. Um ihn herum gab es nichts anderes mehr als die Planung der nächsten Schlacht. Wie ein Künstler, der sich auf sein größtes Werk vorbereitet, hinkte Tom zwischen den Tischen hin und her, studierte Berichte und las Passagen aus Dutzenden kriegshistorischen Büchern.
Sein Körper empörte sich über jede Bewegung. Muskeln und Knochen waren am oberen Limit ihrer Leistungsfähigkeit angekommen und wollten nichts als Ruhe. Doch Tom war zu sich selbst so gnadenlos wie zu seinen Feinden. Ruhe konnte es jetzt keine geben. Nicht im Angesicht des nächsten Ansturms.
Als Jeffries das Quartier betrat, sah Tom kaum von seinen Studien auf.
>> Gratuliere <<, sagte er abwesend, während er sich durch die Stapel wühlte auf der Suche nach einem bestimmten Dokument.
>> Wozu? <<, fragte Jeffries.
>> Zur Machtübernahme <<, präzisierte Tom und fand die gesuchte Akte.
>> Sie sollten noch nicht auf den Beinen sein <<, sagte Jeffries besorgt.
>> Ausruhen kann ich mich, wenn ich tot bin <<, sagte Tom.
>> Sie brauchen mich jetzt. <<
>> Was zur Hölle wird das hier? <<, fragte Jeffries und sah sich in dem unübersichtlichen Wirrwarr aus Akten und Karten um.
>> Das hier wird ein perfekter Sieg <<, versprach Tom.
Jeffries sah ihn zweifelnd an und zuckte mit den Schultern.
>> Ich beabsichtige, die Marokianer durch unsere Linien brechen zu lassen <<, erklärte Tom. >> Und zwar hier <<, er ging zu einer der Karten und deutete auf einen Planeten. >> Bei Kor Duum. <<
Jeffries blickte auf die Karte. >> Da haben wir neun Gefechtsgruppen zusammengezogen, um genau das zu verhindern. Kor Duum liegt auf direktem Weg zur Erde. <<
>> Eben. Wir werden die Linien ausdünnen und die Gefechtsgruppen verlegen, um ein Durchbrechen an allen umliegenden Schauplätzen zu verhindern. Jede Flotte, die bei Kor Duum durchbricht, wird

Kurs auf die Erde nehmen. Die Verlockung wird einfach zu groß sein. Kein Kommandant könnte der Versuchung widerstehen, eine solche Chance zu nutzen. << Jeffries stimmte Tom zu. >> Auf direktem Weg zwischen Kor Duum und der Erde liegt das Hexenkreuz. Will eine Flotte zur Erde, wird sie diese Region passieren müssen oder einen gewaltigen Umweg machen. Am Hexenkreuz können sie den Hyperraum nicht nutzen, müssen also konventionellen Antrieb verwenden. Außerdem werden ihre Sensoren völlig gestört sein, keine Kommunikation. Der perfekte Ort für eine Falle. Sobald ihre Schiffe an den schwarzen Sonnen vorbei sind, schlagen wir zu. <<

>> Noch einen Leptonentorpedo können wir nicht einsetzen, Tom. Der Schaden ist zu schlimm. <<

>> Hatte ich auch nicht vor. Ich will sie mit einer Flotte angreifen und vernichten. Ganz altmodisch. <<

>> Nur woher nehmen Sie die Schiffe? Unsere Reserven sind aufgebraucht. Die neuen Schiffe noch nicht einsatzbereit <<, gab Jeffries zu bedenken.

>> Vor zwei Tagen erhielten Sie einen Bericht des S3 über Stärke und Lage der SSA-Flotte. Ich denke, diese Kapazitäten würden mir reichen, um den Sieg zu erringen. <<

>> Woher zur Hölle wissen Sie, was ich für Berichte bekomme? <<

>> Jede Nachricht, die dieses Schiff empfängt, geht über meinen Schreibtisch. <<

>> Dafür könnte ich Sie unter Arrest stellen <<, sagte Jeffries mehr erstaunt als empört über die Offenheit Toms.

>> Könnten Sie mit Sicherheit. Nur werden Sie es nicht tun. Wir beide brauchen einander, wenn wir diesen Krieg gewinnen wollen. <<

Tom imponierte Jeffries immer mehr. Je länger er das Kommando über dieses Schiff innehatte, desto sicherer wurde er. Sein Vertrauen in die eigene Person war schon fast arrogant. Nur war diese Arroganz mehr als berechtigt.

>> Wir sollten unsere neu gewonnene Macht nutzen, ehe die SSA darauf reagieren kann <<, schlug Tom vor. >> Wir haben Kriegsrecht. Was bedeutet, dass die SSA jetzt dem Militär unterstellt ist, was wiederum bedeutet, dass wir Zugriff auf ihre Flotte haben, ohne

dem Senat erst beweisen zu müssen, dass es diese Schiffe überhaupt gibt. <<
>> Gared wird das zu verhindern wissen. Sie hat diese Flotte aufgestellt, ohne dass irgendwer es bemerkt hat. So einfach lässt sie sich die Schiffe nicht nehmen. <<
>> Wir haben es bemerkt. Wir müssen ihr einfach ein Angebot machen, das sie nicht ablehnen kann. <<

ISS Victory, Quartier von Isan Gared.
Gared war gerade erst aus der Krankenstation entlassen worden und hatte sich in ihr Quartier zurückgezogen. Die Erlebnisse des vergangenen Tages hatten sie schwer mitgenommen, und als sie die Nachricht von Jeffries' Machtergreifung erhielt, wäre sie am liebsten mit dem Kopf durch eine Wand gerannt. Leider hatte ihr alter Körper das nicht mehr mitgemacht und so blieb sie stumm sitzen und musste akzeptieren, dass ihr alter Gegenspieler und Weggefährte ihr zuvorgekommen war.
Als der Türmelder aufsummte, war ihr klar, wer sie besuchen wollte.
>> Herein <<, sagte sie mit ihrer alten, vom Leben gegerbten Stimme.
>> Ich hätte nicht gedacht, dass du so schnell reagieren würdest, Michael <<, sagte sie, als Jeffries das Quartier betreten hatte und die Tür wieder verschlossen war.
>> Ich musste schneller sein als du. Nicht auszudenken, was passiert wäre, hättest du vor mir mit den Stellvertretern gesprochen. <<
>> Mit Sicherheit wärst du jetzt nicht Alleinherrscher. <<
>> Ganz bestimmt nicht. Vermutlich wärst du es und ich könnte mir einen neuen Job suchen. <<
>> Vermutlich. <<
>> Sind wir also alle froh, dass ich dir zuvorgekommen bin und wir keine Diktatur erleben müssen. <<
>> Glaubst du, eine Militärregierung sei keine Diktatur? <<
>> Wir haben Krieg. Meine Männer ziehen sich aus allen Positionen zurück, sobald wir gewonnen haben und Marokia in Flammen steht. <<
>> Etwas, das wohl nie passieren wird, und das wissen wir beide. Einen Waffenstillstand kannst du vielleicht erkämpfen, aber niemals

einen Sieg. Marokia einzunehmen ist unmöglich. Der ganze Planet ist eine Festung. <<
>> Wir werden sehen, Isan. Wir werden sehen <<, Jeffries setzte sich in einen der bequemen Sessel und rieb sich das unrasierte Kinn. >> Durch die Verhängung des Kriegsrechts ist die SSA dem Generalstab unterstellt und nicht mehr den Regierungschefs. Was bedeutet, dass du ab sofort weisungsgebunden bist. <<
Isan lachte Jeffries milde aus. >> Davon träumst du. <<
>> Ich verlange, dass deine Flottenverbände unter Korps-Kommando gestellt werden, und zwar unverzüglich. <<
>> Welche Flotten? <<
Jeffries warf ihr einen Datenblock mit exakten Daten über Stärke und Lage der Schiffe zu.
>> Unterschätz mich nicht immer <<, sagte er.
>> Nein. Die Offiziere an Bord dieser Schiffe sind loyal. Sie werden sich nicht vom Militär befehligen lassen. <<
>> Loyal zu dir oder zur Konföderation? <<
>> ZU MIR natürlich. <<
>> Vor deinem Quartier stehen zwei Wachen <<, erklärte Jeffries. >> Das Hauptquartier in Moskau und die ZZerberia-Außenstelle werden in diesen Minuten von Einheiten der Armee besetzt. In etwa einer halben Stunde ist dein gesamter Geheimdienst ausgeschaltet und die Schiffe gehören mir. Irgendein Direktor wird sich schon finden, der die entsprechenden Befehle unterzeichnet, und du wirst dich nach diesem Krieg vor einem Untersuchungsausschuss verantworten müssen. <<
>> Welch perfekter Plan, Michael. Jetzt ist mir auch klar, warum die Ärzte so lange gebraucht haben, um mich aus der Krankenstation zu entlassen <<, sagte sie in vermeintlicher Erkenntnis der Sachlage.
>> Du hast diese Bombe gezündet <<, sagte sie. >> Es waren gar nicht die Marokianer, sondern du. Alle die Toten, das Scheitern der Friedensgespräche, nur um dir einen Vorwand zu liefern, um das Kriegsrecht zu verhängen. Du wolltest die absolute Macht und meine Vernichtung. Durch diesen Anschlag kriegst du beides auf einmal. <<
>> So ein Blödsinn. Du weißt genau, dass ich das nie tun würde. <<

>> Nein, weiß ich nicht. Du stehst hier vor mir, praktisch unverletzt. Wie kann es sein, dass du in dem Raum warst, so nahe an der Bombe, und dir nichts passiert ist? <<, fragte Gared

>> Wie kann es sein, dass du den Raum verlässt, ehe die Bombe explodiert? <<

>> Ich bin nicht über Nacht zum Commander in Chief geworden. Du schon. <<

>> Nur weil du in der Krankenstation festgesessen bist. Sonst stündest du jetzt an meiner Stelle <<, entgegnete Jeffries.

>> Das ist Hochverrat, Michael. <<

>> *Ich war es nicht* <<, Jeffries betonte jede einzelne Silbe wie ein Gebet.

>> Beweis es. <<

>> Sicher nicht dir. Du und deine Direktoren stehen unter Arrest. So lange, bis geklärt ist, woher diese Schiffe kommen. Was während des Krieges sicher nicht passieren wird. Danach sehen wir weiter. <<

>> Du mieses Schwein <<, Gared wurde sehr persönlich. >> Dafür bezahlst du mir. Ich habe zu viel Schweiß und Blut in die SSA investiert und ich lasse sie mir nicht von dir kaputt machen. <<

>> Wir sprechen uns nach dem Krieg <<, versprach Jeffries und ging.

Stellungskrieg

Mendora. Verteidigungsstellung 1-3-9, Alema-Hochebene.
Mörserbeschuss und Artilleriefeuer begannen fast zeitgleich mit dem Eintreffen der Nachricht über das Attentat und die Verhängung des Kriegsrechts.

Darson und seine Männer verkrochen sich in ihren Bunkern, erwiderten das Feuer mit den Langstrecken-Waffen, Raketenwerfern und der eigenen Artillerie und warteten auf den mit Sicherheit kommenden Frontalangriff.

Bomber und Jagdmaschinen wurden angefordert und bedeckten die marokianischen Stellungen mit einem Bombenteppich.

Kaum waren die eigenen Maschinen zurückgekehrt, waren marokianische Jäger über den konföderierten Stellungen und rächten sich.

Feuerstürme fegten durch den verschneiten Wald und schmolzen nicht nur das Eis, sondern auch den Stahl der Waffen und den Beton der Bunker.

Ein stundenlanges Gefecht auf mehrere Kilometer Entfernung entbrannte, ehe die marokianischen Truppen zwischen den in Flammen stehenden Bäumen auftauchten.

In einem einzigartigen Gewaltakt brachen die Marokianer in die konföderierten Stellungen ein. Panzer, Jagdmaschinen, reguläre Infanterie und Spezialeinheiten stürmten in das Lager am bewaldeten Berghang und schlachteten alles und jeden ab.

Darson kämpfte in einer der vordersten Verteidigungsreihen, um ihn herum war der Wald verschwunden und zu einer schlammigen, vom Feuer schwarz gefärbten Schlammlandschaft geworden.

Dem Ansturm der dunklen Masse marokianischer Soldaten hatten sie nicht viel entgegenzusetzen außer dem Mut der Verzweiflung.

Mit Gatlinggeschützen, die weiter oben am Berg standen, feuerten sie in die anrückenden Massen und zerfetzten die Rüstungen und Körper der Marokianer. Hunderte fielen, ehe sie die ersten Gräben und Bunkerreihen erreichten.

Mit Panzern wurden die konföderierten Bunker zerschossen, die Gatling-Stellungen wurden aus der Luft mit Raketen zerstört.

Dann begann der Kampf Mann gegen Mann.

Eine Bodenschlacht gegen die Marokianer war mehr ein Rausch als ein von Strategie geprägtes Aufeinandertreffen. Die Brutalität und Art des Kampfes war fast mittelalterlich. Scheinbar keine Strategie, sondern nur Masse und rohe Gewalt.
Zerfetzte Leiber bedeckten den Boden, Darsons Kompanie erlitt schwere Verluste, der Versuch eines Rückzugs wurde durch das massive Feuer verhindert.
Minenfelder explodierten und legten viele der feindlichen Panzer lahm, den Vormarsch konnten sie aber nicht stoppen.
Über das Interkom hörte Darson die panischen Befehle aus dem Kommandoposten und das von allen Seiten auf ihn einstürzende Gebrüll der einzelnen Kompaniechefs. Alle Einheiten hatten schwere Verluste, der Ansturm der Marokianer schien trotz des erbitterten Widerstandes der Konföderierten unaufhaltsam. Darson lag in der Schießscharte eines Bunkers und schoss im Dauerfeuermodus ein Magazin nach dem anderen in die Mauer aus rußigen Rüstungen.
Granaten schlugen ein und brachten den Beton zum Bersten, Trümmer brachen aus der Decke und die Marokianer kamen näher und näher.
\>\> Rückzug <<, brüllte Darson.
Durch einen Tunnel flüchtete er mit seinen Männern in die nächste Verteidigungslinie. Als Letzter, der den Bunker verließ, war es seine Aufgabe, die Sprengladung zu aktivieren, die Minuten später den Bunker und Dutzende Marokianer in den Tod reißen würde.
Betonstücke, manche so schwer wie Autos, andere so klein und scharf wie Schrapnelle, fetzten durch die Reihen der Marokianer.
Kaum im nächsten Bunker angekommen, warf er sich in die erstbeste Schießscharte und feuerte weiter.
Der Boden am Fuße des Berges war bedeckt mit den Gefallenen des Feindes. Doch unbeeindruckt von den Verlusten rückten sie weiter vor. Panzer zermahlten die Leichen unter ihren schweren Ketten, Geschütze wurden herangeschafft und der ganze Berg verwandelte sich in ein Inferno.
Darsons Munitionsvorrat neigte sich dem Ende. Die Marokianer überwanden die vordere Bunkerlinie und näherten sich seiner Position.

Von der Bergspitze aus wurden Raketen abgefeuert. Ganze Lawinen aus Dreck und Trümmern gingen ab, marokianische Kompanien lösten sich auf wie Tau am Morgen, doch der Vormarsch ging weiter.
Bomber wurden angefordert und das ganze Gebiet rund um den bewaldeten Berg verschwand im Rauch der Sprengkörper. Riesige Explosionspilze erhoben sich über die Wälder und Druckwellen rollten über die Truppen hinweg.
Konföderierte Jagdmaschinen flogen Tiefflugangriffe und feuerten mit ihren Geschützen in die Soldaten des Feindes.
Der Gegenschlag kam schnell und schon nach Minuten entbrannte über dem Schlachtfeld am Boden ein erbitterter Luftkampf.
Die Bombenangriffe beider Seiten gingen unvermindert weiter.
>> Ich habe keine Munition mehr <<, brüllte Nesel, als er das letzte Magazin aus dem Gewehr fallen ließ.
>> Ich auch nicht <<, erwiderte Darson, gab seine letzten gezielten Kopfschüsse ab und warf das Gewehr zur Seite.
Raketen schlugen in ihren Bunker ein und rissen sie von den Beinen. Dichter Staub machte das Atmen fast unmöglich.
Eine Jagdmaschine der Marokianer donnerte im Tiefflug auf ihre Bunker zu, dicht gefolgt von einer Nighthawk.
>> Wir müssen hier raus. <<
Darson und Nesel rannten durch den Verbindungstunnel, Sekunden später zerschellte eine der Maschinen am Beton des Bunkers und um sie herum zerbrachen die Mauern.
Die Erschütterungen ließen sie mehr taumeln als rennen, Stahlverstrebungen brachen, Trümmer regneten auf sie nieder, der Rauch war so dicht, dass sie nichts mehr sehen konnten. Um ihr Leben rennend stürmten sie durch die Dunkelheit, das Feuer der Maschinengewehre und das Grollen der Granaten dauernd im Ohr.
Am Ende des Tunnels erwartete sie die Hölle des Nahkampfes. Die Marokianer waren schneller gewesen und erreichten bereits den nächsten Verteidigungsring.
Darson und Nesel kämpften sich durch das Chaos der Schlacht. Überall lagen Waffen und Leichen. Darson stürzte sich auf das Gewehr eines Gefallenen, prüfte das Magazin und eröffnete das Feuer auf die Marokianer, welche die Mauer bereits überwunden hatten, die den oberen Teil der Basis umgab.

Von allen Seiten des Berges kamen Überlebende hier herauf geflüchtet. Die Tunnel waren entweder eingestürzt oder von den Marokianern überrannt worden. Das Heer des Feindes überwand die letzten Hindernisse und brach in den Kern der Basis ein.

Die letzte Bastion der Konföderierten an der Spitze des Berges. Verzweifelt kämpften die Soldaten hier oben gegen einen scheinbar überlegenen Feind.

Darson warf sich in einen der vielen Krater, sein Kamerad und Freund Nesel immer an seiner Seite. Gemeinsam kämpften sie gegen die anstürmenden Massen.

Der Boden färbte sich rot vom Blut der Toten. Die Explosionen nahmen ab. Um ihre eigenen Truppen nicht zu treffen, stellten die Marokianer den Granaten- und Artilleriebeschuss ein. Die Panzer blieben in den Trümmerfeldern vor der Mauer hängen.

Nun war es ein Kampf der Infanterie.

Am Himmel verteilten sich die Kämpfe immer weiter. Wer dort die Oberhand hatte, war unmöglich zu sagen. Feuerbälle und Trümmerregen, wohin man sah. Der nächste Schwall konföderierter Bomben ging auf den Berg nieder und traf die Panzer mit voller Wucht.

Darson und Nesel zogen sich weiter zurück in einen der zerschossenen Kommandostände. Dutzende Tote lagen hier in den Trümmern. Eine Rakete hatte ihre Leiber zerrissen und die Wände mit Blut bedeckt.

Darson und Nesel warfen sich zwischen die Toten, sie waren die letzte Deckung, die sie fanden. Mit den letzten während des Rückzugs aufgesammelten Magazinen feuerten sie aus den Trümmern heraus auf die alles überrennenden Marokianer.

Mann um Mann fiel beim Überwinden der vermeintlichen Ruine und stürzte in das Loch. Die Leichen stapelten sich um Darson und Nesel.

Als sie keine Munition mehr hatten, kämpften sie mit aufgesetztem Bajonett weiter.

Irgendwo war eine Gatling wieder in Betrieb genommen worden. Sie hörten deutlich das Aufheulen der rotierenden Geschützläufe.

Explosionen erschütterten den Boden und Darson kämpfte weiter.

Knietief in marokianischen Leichen stehend und seine letzten Kraftreserven aufbietend, schlug er mit dem Kolben seines Gewehrs auf einen Marokianer ein, der Blut hustend am Boden lag, nachdem er Darsons Bajonett in den Hals bekommen hatte.

Nesel ergriff das Gewehr eines Marokianers, kroch über die Trümmer und feuerte hinaus. Zu seinem Erstaunen sah er kaum einen stehenden Feind.

Überall lagen Marokianer in den Trümmern, verschanzten sich und versuchten Deckung zu finden.

Der ganze Berg war übersät mit den Versprengten beider Seiten, die sich über die Leichen und Trümmer hinweg bekämpften.

Der Ansturm war vorbei, die Masse der Marokianer gefallen, ebenso die meisten Konföderierten.

Von Darsons Position aus war nicht zu sagen, ob es vorbei war oder ob nur die nächste Welle vorbereitet wurde.

Am Himmel kreisten nur noch vereinzelte Maschinen Durch die Bäume sah er Dutzende Wracks, die während des planlosen Mordens abgestürzt waren.

Weiter unten krochen einige Marokianer über den gefrorenen Boden und suchten Deckung. Darson nutzte die Atempause, um sich ein marokianisches Gewehr zu nehmen, in aller Ruhe zu zielen und die drei Männer zu erschießen.

>> Ist es vorbei? <<, fragte Nesel atemlos, während er durch die Trümmer kroch und in jede Richtung einen Blick warf. Rundherum war es still geworden. Nur noch vereinzelte Schüsse und Explosionen. Das qualvolle Schreien der Verwundeten wurde laut, während es langsam begann zu schneien.

ISS Victory, Rückflug nach Pegasus 1.

Tom saß am Bett von Bethany Kane und betrachtete die schlafende alte Freundin. Sie gehörte zu den zahlreichen Opfern des Attentats. Als die Bombe hochging, war sie nur zehn Meter entfernt gewesen. Ihr hübsches Gesicht war verbrannt, die Augen von Splittern zerfetzt. Bethany lag in künstlichem Tiefschlaf, so wie die meisten Opfer der Bombe.

Christine hatte ihm erlaubt, ein paar Minuten zu ihr zu gehen, doch nun kam sie durch die Tür, stellte sich auf die andere Seite des Bettes und sah mit dem ruhigen Blick eines Arztes auf Tom. >> Sie braucht Ruhe. <<

>> Sie schläft doch ohnehin <<, sagte er. >> Was stört es also, wenn ich hier bin? <<
>> Vielleicht stört es mich? <<
>> Für so kleinlich halte ich dich nicht. <<
Christine lächelte mild.
Tom blickte von seiner alten Flamme hoch zu der Frau, die er liebte. Seit dem Anschlag war Christine merklich aufgeblüht. Sie hatte während des ganzen Fluges zurück zur Station gearbeitet. War von Patient zu Patient gegangen, hatte leichte Verletzungen behandelt und schwere Operationen durchgeführt. Sie hatte womöglich ein Dutzend Leben gerettet und es war lange her, dass Tom sie so zufrieden und ausgelastet erlebt hatte. Das Loch, in das sie nach ihrer Befreiung und der langen Rehabilitationsphase gefallen war, schien überwunden. Ihre Augen hatten wieder die Spur des alten Scheines zurück. In Tom keimte die Hoffnung, dass sie den erlebten Schrecken zu verarbeiten begann.
Müde fuhr sie sich durch das kurze, blonde Haar. Er wusste, wie sehr sie ihre langen Haare vermisste, fand aber, dass ihr der neue Haarschnitt ausgesprochen gut stand.
>> Wird sie wieder sehen können? <<, fragte er und blickte auf Bethanys verbundene Augen.
>> Die Augäpfel sind völlig zerstört. Wir mussten sie entfernen <<, erklärte Christine und in Tom verkrampften sich die Gedärme.
>> Allerdings haben wir große Fortschritte bei der Verwendung von Implantaten gemacht. <<
>> Bei Armen und Beinen. Aber doch nicht bei Augen <<, entgegnete Tom.
>> Bei Armen, Beinen, praktisch allen Organen, künstlichem Blut. Augen gehören zum Kompliziertesten und Heikelsten, was es im Bereich der organischen Züchtungen gibt, aber es funktioniert. Allerdings ist die Warteliste endlos. Vermutlich erhält sie bionische Augen. <<
>> Du weißt, was ich von diesen Implantaten halte. <<
>> Sicher. Die Frage ist, was Bethany davon hält. Und schließlich ist das entscheidend. <<
>> Was ist mit ihrem Gesicht? <<

>> Das können wir wiederherstellen. Es wird einige Zeit dauern, aber da mache ich mir keine Sorgen. Ein paar kleine Narben werden vielleicht bleiben. <<
>> Ich weiß, das muss dir komisch vorkommen ... <<
>> Nein, wieso? Immerhin hast du sie mal geliebt <<, sagte Christine voller Verständnis.
>> Du bist nicht eifersüchtig? <<
>> Nach meiner Befreiung bist du fast jede Nacht an meinem Bett gestanden, hast dich um mich gesorgt. Du konntest den Anblick kaum ertragen und dennoch bist du immer wieder gekommen und an den Tagen hast du dir absolut nichts anmerken lassen. Bei Bethany bist du jetzt zum ersten Mal ... <<
>> Du hast gemerkt, dass ich da war? <<, fragte er erstaunt.
>> Ja, natürlich. Und ich fühlte auch deinen Zorn <<, erklärte sie ihm, kam ums Bett herum und setzte sich zu ihm. >> Ich fühlte, wie, immer wenn du mich angesehen hast, wenn du die Narben auf meinem Rücken gesehen hast, in dir der Zorn aufstieg. Dein Blick wurde dann ganz glasig ... <<
>> Das tut mir leid. <<
>> Das muss es nicht. Ich weiß selbst, was ich für einen Anblick bot, als du mich da rausgeholt hast. Und ich weiß auch, dass viele dieser Narben ewig bleiben werden. Und glaub mir, auch ich will Rache. <<
>> Die kriegst du. Ich weiß noch nicht, wann, aber eines Tages serviere ich dir Iman und du kannst ihm alles zurückzahlen. <<
>> Ich freue mich auf diesen Tag <<, sagte sie und legte ihre Stirn auf Toms Schulter.
>> Du weißt, dass wir nur einen Tag auf der Station bleiben werden, ehe wir wieder aufbrechen? <<
>> Zum Hexenkreuz. Ja. Will hat es mir erzählt. <<
>> Kommst du mit? <<
>> Meine Arbeit wartet auf der Station auf mich ... das sind meine Leute, meine Patienten. Außerdem sind schon so viele von hier weggegangen. Darson kämpft auf Mendora, du und Will zieht mit der Victory in den Krieg. Außer Harry und mir ist keiner vom ursprünglichen Stab mehr hier ... <<

>> Harry wird auch mit mir gehen <<, sagte Tom leise. >> Wir haben zu wenig Ingenieure, und als ich ihn fragte, war er Feuer und Flamme. <<
>> Dann seid ihr alle da draußen <<, sagte Christine betrübt.
>> Willst du trotzdem hier bleiben? <<
>> Du hast einen sehr guten Chefarzt für die Victory und, wie gesagt: Mein Platz ist auf der Station. Wo ich meine Arbeit mache und ... <<, sie machte eine kurze Pause, >> ... hoffe, dass ihr alle gesund zurückkommt. <<
Tom nickte müde, küsste Christine und bat sie, sich um Bethany zu kümmern, ehe er aufstand und mit den schweren Schritten eines unter Schmerzen leidenden Mannes die Krankenstation verließ.
>> Pass auf dich auf, Tom <<, rief Christine hinter ihm her.
>> Mach dir keine Sorgen, ich komm schon zurück <<, versprach er und zog wieder in den Krieg.

Mendora.
>> Ich glaube, es ist wirklich vorbei <<, sagte Nesel vorsichtig, nachdem sie seit mehr als zwei Stunden hier in ihrem Verschlag hockten und nach draußen schielten, wo Verwundete sich zurück in die Stellungen schleppten und die Marokianer hämmernd und hackend ihre Stellungen festigten.
>> Sie graben sich ein <<, sagte Darson, während er mit dem Visier seines Gewehrs einen Marokianer beobachtete, der ein paar Leichen zu einer Deckung gebenden Mauer aufstapelte. Langsam zog er seinen Abzugsfinger zurück, bis er den Druckpunkt spürte. Noch ein kleines Zucken der Muskeln in seinem Finger und der tödliche Schuss würde sich lösen.
Darson wartete, bis die nächste Leiche auf die Mauer gelegt wurde und der Helm des Marokianers für den Bruchteil einer Sekunde aus der Deckung kam.
Ein Fauchen zischte über das Schlachtfeld und zersplitterte den Helm des Soldaten. Leider konnte Darson nicht sagen, ob er ihn getötet hatte oder nicht. Sicher war nur, dass er ihn erwischt hatte. Die Frage war, wie schwer?
>> Hältst du das für eine gute Idee? <<
>> Was meinst du? <<, fragte Darson.

\>> Hier so sinnlos herumzuballern. <<
\>> Wenn einer von den Mistkerlen seinen Kopf aus der Deckung hebt, ist er dran. <<
\>> Wie lange sollen wir noch hier rumsitzen? <<, fragte Nesel.
\>> Bis wir einen Befehl kriegen, der uns etwas anderes befiehlt. <<
\>> Wir sollten vielleicht versuchen zum Kommandostand durchzukommen. <<
Darson rollte über die mittlerweile schneebedeckten Leichen der Marokianer und Korpssoldaten zur hinteren Seite des zerbombten Kommandobunkers.
\>> Sieht nicht so aus, als würde dort oben noch jemand leben <<, meinte er, nachdem er die zerschossenen Mauern sah, aus denen immer noch Rauch aufstieg.
\>> Da unten leben noch ein paar <<, Nesel deutete auf eine Gatlingstellung, in der er mehrere Soldaten sah, die sich dort verschanzt hatten. >> Warum nicht dort oben? <<
\>> Na schön. Ich versuche nach oben zu kommen <<, sagte Darson, während es immer stärker schneite. >> Gib mir Feuerschutz. <<
Seine Waffe mit Munition der Gefallenen geladen, rannte er aus der Deckung des zerstörten Bunkers und hetzte durch den knöcheltiefen Schnee.
Hinter ihm hörte er einige Gewehrsalven, vermutlich von Nesel. Niemand erwiderte sie. Die Marokianer mussten ähnlich schlecht dran sein wie die eigenen Männer.
Darson erreichte den Bunker schnell und fast ohne Gegenwehr. Zwei Ladungen waren knapp vor seinen Beinen in den Schnee geschlagen, hatten ihn aber verfehlt.
Ohne zu wissen, was dahinter war, hechtete Darson über eine eingebrochene Mauer und rollte über Schnee und Leichen gegen einen verbogenen Stahlträger.
Von allen Seiten zielten Waffen auf ihn, er hörte das klackende Geräusch der Sicherungshebel.
\>> Ganz ruhig <<, sagte Darson mit beschwichtigender Handbewegung.
\>> Hätte nicht gedacht, Sie noch mal wiederzusehen, Captain <<, sagte einer der hier verschanzten Soldaten zu Darson.

>> Bill. Freut mich, dass Sie noch leben <<, sagte Darson erstaunt zu einem der wenigen Männer, die er als Freund bezeichnete.
>> Mich auch. Das schwör ich Ihnen. <<
Darson und Bill Malloy kroch gemeinsam durch die Trümmer und suchten einen Ort, von dem aus sie die Lage überblicken konnten.
>> So, wie ich es sehe, haben wir ein Patt. Die Marokianer haben es nicht geschafft, den Berg zu nehmen, und wir haben es nicht geschafft, ihn zu halten. Von unseren Jungs ist nicht mehr viel übrig. Wenn ich da runtersehe, sind da überall Männer, die sich irgendwo in den Ruinen verstecken und versuchen durchzuhalten. Unser Feind macht dasselbe. Ihre Panzer sind den Luftangriffen zum Opfer gefallen und ihre Infanterie hat sich beim Sturm völlig aufgerieben. Die Frage ist, wer von uns eher Verstärkung bekommt <<, erklärte Bill
>> Vermutlich DIE. Es ist ohnehin ein Wunder, dass wir nicht alle längst tot sind, angesichts ihrer zahlenmäßigen Überlegenheit. <<
>> Ein wahres Wort. Ich war da unten, als es losging. Ehrlich gesagt hatte ich mit dem Leben bereits abgeschlossen, als diese massive schwarze Mauer auf mich zukam. <<
>> Wie viele Leichen liegen wohl da unten? <<, fragte ihn Darson und sah auf den zerbombten, ausgebrannten Berghang hinunter, dessen Boden bedeckt war mit Toten und sterbenden Leibern.
>> Wir hatten fast zehntausend Mann hier am Berg. Die bestimmt das Dreifache. Jetzt sind bis auf ein paar hundert alle tot. <<
Weit draußen am Himmel sah Darson erste Transportschiffe und Jagdmaschinen, die sich dem Berg näherten. >> Marokianer? <<, fragte er und deutete auf die dunklen Schneewolken, aus denen die Schiffe gen Boden sanken.

Imperiales Lazarettschiff, Selarka, nahe der Front.
Iman war schockiert von seinem eigenen Anblick. Sein Körper war zu einem bionischen Ersatzteillager geworden. Stahlgelenke und Knochen aus Urilium ersetzten seine Glieder. Schläuche schlangen sich um seine Arme und gruben sich an den Rippen und der Brust unter die Haut. Sein Gesicht war vernarbt und mit Nägeln und Schrauben zusammengeschustert worden.
Trotz der immensen Schmerzen hatte er seinen Dienst wieder aufgenommen. Kaum fähig, sich ohne Schmerzmittel zu bewegen, hinkte

er auf einen Stock aus Elfenbein gestützt durch die Gänge des Schiffes.
Er kam gerade aus einer Besprechung. Seine Offiziere hatten ihm gemeldet, dass die Kämpfe wieder begonnen hatten. Überall waren die Kampfhandlungen wieder aufgenommen worden. Entlang der interstellaren Fronten bekriegten sich die Flotten und die planetaren Heere zogen wieder in blutige Bodenschlachten.
Auf Mendora, so war ihm gemeldet worden, attackierten massive marokianische Einheiten einen Berg, der von Einheiten des Korps und der siebenten Infanterie-Division gehalten wurde. Ein mutiges und ruhmreiches Unterfangen, wie man ihm versicherte.
Das Pegasus-Korps war zum schlimmsten Gegner in diesem Krieg geworden. Die „zweite Armee" der Konföderation, ausgegliedert aus den Strukturen von Flotte und Infanterie, besaß eine immense Kampfkraft und zeichnete sich durch übermenschlichen Mut aus. Eigenschaften, die Iman und viele seiner Ulafs schätzten und auch fürchteten.
Die siebente Infanterie galt als absolute Elite der regulären Bodentruppen. Keine andere Einheit hatte im letzten Krieg so hart gegen die Marokianer gekämpft wie diese.
Somit war diese Schlacht auf Mendora der zurzeit härteste Kriegsschauplatz. Die Flotten waren noch zu weit auseinander, um sich größere Kämpfe liefern zu können, doch schon in wenigen Tagen würde sich das ändern.
Begleitet von Dragus und Ituka, ging er über breite Treppen hinunter zum Hangardeck, wo ein Transportschiff bereits auf ihn wartete.
Die kläglichen Reste seiner Hauptflotte würden sich schon in weniger als zwei Tagen mit Einheiten treffen, die frisch aus dem Kernland an die Front geschafft wurden.
Das Flottenkommando hatte die Zeit der schweigenden Waffen gut genutzt und neue Verbände verstärkten nun die abgekämpften Truppen.
Imans Flaggschiff lag längsseits zur Selarka, es war ein kurzer und dennoch anstrengender Flug.
Kaum saß Iman auf der Bank im Passagierraum des Transporters, schlossen sich seine Augen.

Zumindest das eine, das er noch besaß. Das andere hatte Hawkins ihm aus dem Schädel geprügelt und irgendwann würde er vermutlich einen mechanischen Ersatz bekommen.
Oder auch nicht.
Der Transporter verließ das Lazarettschiff und brachte seine Passagiere hinüber zum Kogan-Kreuzer, dessen Hülle die Narben zahlreicher Schlachten trug.
Eine kleine Standarte von Kommandooffizieren und seine persönliche Leibgarde erwarteten ihn bereits im Hangar, salutierten und bekundeten ihre Freude über seine Rückkehr.
>> Genug der Worte <<, sagte er mit angeschlagener Stimme. Er wollte schlafen, einfach nur schlafen. Womöglich noch einen Wein trinken, um Schmerzen und Selbstmitleid zu ertränken, und dann das wenige, das von seinem Körper noch übrig war, in warmen Sand betten.
Doch es war ihm nicht vergönnt.
>> Ihr werdet bereits erwartet, Ulaf <<, sagte einer seiner Offiziere und Iman hustete unter Schmerzen.
>> Von wem? <<, fragte er.
>> Eine Gruppe schwarz verhüllter Gestalten ist an Bord gekommen, sie reisen unter der Flagge von GarUlaf Garkan. <<
Iman verharrte in der Bewegung.
>> Die sind hier? Auf meinem Schiff? <<
>> Ja. <<
>> Wo? <<
>> Offiziersdeck! Achternquartiere. <<
>> Danke. <<
Iman machte sich auf den Weg, ging durch die grauen, schmucklosen Korridore seines Schiffes und erreichte dann eine Tür aus massivem Eisen.
Mit der Faust trommelte er hallend gegen das Schott und stieß die Tür dann auf. Schweren Schrittes schlurfte er durch die Tür und warf sie hinter sich zu.
Auf dem Bett am anderen Ende des Raumes saß ein nacktes Mädchen, kaum vierzehn Jahre alt, und bedeckte schamhaft ihre Brüste.
Ischanti stand am Fenster, hielt einen goldenen Kelch gefüllt mit rotem Blut in der Hand und sah hinaus zu den Sternen.

Es war das erste Mal, dass Iman Ischanti ohne den dunklen Kapuzenmantel sah, den *ES* sonst immer trug.
Noch nie hatte er in das Gesicht dieses Wesens geblickt. Die Neugier fraß ihn auf. Er fragte sich, was dran war an den Gerüchten.
\>\> Kogan hat auf Euren Rat gehört <<, sagte Iman vorwurfsvoll und trat näher.
\>\> Das Attentat war ein Desaster. <<
Ischanti nahm einen Schluck aus dem Kelch, das Gesicht im Schatten verborgen.
\>\> Ein Desaster würde ich das nicht nennen <<, sprach es mit der rauen, undefinierbaren Stimme. \>\> Die Regierungen der Konföderation sind ausgeschaltet. Der Blutzoll unter ihren Führern war hoch. <<
\>\> Die Politiker mögen tot sein. Doch was bringt uns das? Die Konföderation ist jetzt stärker als zuvor. Das Militär hat nun die Macht übernommen und somit die Menschen. <<
\>\> Es gibt nicht nur Menschen in Jeffries' Stab. <<
\>\> Aber in allen wichtigen Positionen. Es wird nicht lange dauern, bis sie sich von diesem Schock erholen. Was wir getan haben, stärkt unseren erbittertsten Feind. <<
\>\> Ich denke, Ihr irrt Euch. <<
\>\> Jeffries und Hawkins haben nun freie Hand. Kein politisches Gewissen hält sie jetzt noch zurück. Das Korps lenkt nun die Geschicke der Konföderation, alle Entscheidungen werden von Pegasus 1 aus getroffen. <<
\>\> Na und? << Ischanti drehte sich und zum ersten Mal erblickte er die düsteren Augen und die blasse Haut. Erstaunt musterte er das Gesicht, das ihm so lange verborgen war.
\>\> Was glaubt Ihr, was sich jetzt ändert? Die Kampfkraft der Konföderation ist fast gebrochen. Dieser Krieg tobt nun seit fast zwei Jahren. Noch ein paar Monate und sie sind gebrochen und zerschlagen. Dann können meine Verbündeten eingreifen und es wird niemals wieder Krieg geben zwischen Menschen und Marokianern. <<
\>\> Eure Verbündeten sollten mit dieser Bombe die gesamte Führung der Konföderation auslöschen. <<
\>\> Das haben sie ja auch getan. <<

>> NEIN. Verdammt noch mal, das haben sie nicht. *Jeffries lebt.* Und Hawkins auch. Unsere beiden schlimmsten Feinde leben und haben jetzt die Macht im Staat. Dieses Attentat war ein schlechter Rat. <<
>> Kein einziges Mal habe ich Euch bis jetzt enttäuscht <<, fauchte Ischanti ihm zu.
>> Habe ich Euch nicht Langley geliefert? Kamen die Kommunikationscodes der 7. Gefechtsgruppe nicht auch von mir? <<
>> Doch. Doch, das habt Ihr getan. Doch Ihr habt uns auch die Victory versprochen und die seid Ihr uns noch schuldig. <<
>> Die Victory ist ein härterer Brocken, als ich angenommen hatte <<, sagte Ischanti in bitterem Tonfall. >> Doch haben wir bereits einen Fuß in der Tür. Ein Agent meiner Verbündeten ist auf dem Schiff und schon bald wird auch dieses Versprechen eingelöst sein. <<
>> Das hoffe ich für Euch. Wenn ich es auch nicht glauben kann. <<
>> Droht Ihr mir? <<
>> Nein. Ich warne Euch. Oder besser gesagt, ich prophezeie Euch: An der Victory werdet Ihr scheitern. Egal, wie mächtig Eure Verbündeten sein mögen, egal, wie tief sie in die Strukturen der Konföderation eindringen können. Die Victory ist unantastbar. <<
>> Nichts ist unantastbar. <<
>> Tom Hawkins schon. Er und sein Schiff entziehen sich Eurer Macht. <<
>> Eure Besessenheit für Hawkins ermüdet mich. Er ist nichts weiter als ein Mensch. <<
>> Ein Mensch hätte mir das nicht antun können <<, sagte Iman und deutete auf seine Implantate. >> Er ist der Nazzan Morgul in Menschengestalt. <<
Ischanti lachte abfällig über den Ulaf. >> Ich dachte, Ihr haltet nichts von diesen Geschichten. <<
>> Ich war blind, doch nun bin ich sehend <<, sagte er. >> Auf Casadena kämpfte ich mit ihm Mann gegen Mann, mit meinen eigenen Händen. Die Verletzungen, die ich ihm zufügte, waren absolut tödlich. Kein normaler Mensch könnte das überleben. Dennoch melden Eure eigenen Quellen, dass er lebt und an Bord seines Schiffes nach Pegasus 1 fliegt. <<

>> Vermutlich sagt er gerade dasselbe über Euch <<, mutmaßte Ischanti.
>> Seht Euch doch an. Welcher Mann hätte überlebt, was er Euch angetan hat? Eure Verletzungen waren so schlimm, dass nichts und niemand mit Eurem Überleben rechnen konnte. Dennoch steht Ihr hier. Seid Ihr deshalb der wiedergeborene Nazzan Morgul? Wohl kaum. <<
>> Die Legende sagt, der Nazzan Morgul würde kommen und unsere Welt verbrennen als Strafe für unsere Taten. Für das Unrecht, das wir geschehen ließen. Ich schwöre Euch, Ischanti. Wenn es in der konföderierten Flotte einen Mann gibt, der fähig ist, meine Heimat zu vernichten, dann ist es Hawkins ... Und ich fürchte den Tag, an dem sein Atem uns erreicht. <<
>> Ihr rechnet doch nicht mit einer Niederlage, oder? <<
>> Gegen deren reguläres Militär bestimmt nicht. Doch das Korps ist gefährlich. Es lernt schnell von uns. Die Verluste werden schwerer, die Schlachten härter. Dieser Krieg wird uns noch viele Opfer kosten. <<
Iman wandte sich zum Gehen und hinkte aus dem Raum.
>> Ich nehme jetzt dieses Schiff und fliege an die Front. Es wird Zeit, dass ich und Hawkins uns im All begegnen <<, sagte er, während er die Tür hinter sich zuzog und in den Korridoren seines Schiffes verschwand.
Ischantis Blick richtete sich derweil nach dem nackten Mädchen. Es hatte jedes Wort gehört. Mit bedrohlichen Schritten kam ES aus dem Dunkel und kümmerte sich um das Problem.

Mendora.
Die flachen, dunklen Maschinen der Marokianer näherten sich dem Berg. Schon von Weitem war ihnen klar geworden, welch apokalyptische Schlacht hier getobt haben musste. Gestern war der Berg noch bewaldet gewesen, nun waren die Bäume im Bombenhagel zerschlagen und verbrannt worden, der nackte Berg, bedeckt mit Trümmern und Leichen, lag wie ein Mahnmal vor ihnen.
Die Maschinen suchten sich einen Landeplatz innerhalb der gebrochenen Verteidigungsringe und setzten ihre Truppen ab.

Mit Ferngläsern beobachteten Darson und Bill Malloy, wie die Truppen sofort ausschwärmten und einige Stellungen besetzten.
>> Jetzt sind wir im Arsch <<, sagte Bill, ohne sich Illusionen zu machen. Nicht einmal das Interkom funktionierte, um die wenigen Überlebenden zu informieren und anzuweisen. Sie konnten nur da liegen und zusehen, wie die Marokianer Kompanie um Kompanie absetzten. Dreißig oder vierzig Transporter mussten das sein, die einer nach dem anderen landeten und ganze Kompanien durch die großen Heckluken entluden.
>> Haben wir einen Notruf abgegeben? <<, fragte Darson Bill.
>> Ehe die Kommunikation ausgefallen ist, haben wir das Divisionskommando der Siebten informiert. Nur die können ihre Truppen auch nicht einfach so aus dem Boden stampfen. <<
>> Schon klar <<, sagte Darson resignierend.
Marokianische Jäger flogen den Berg im Tiefflug ab und verschafften sich einen Überblick über die Lage.
>> Wenn wir jetzt einen Luftangriff bekommen könnten, wären sie erledigt <<, sagte Darson und stellte sich vor, wie Bomber und Jagdmaschinen die Landungsoperation zum Blutbad machten.
Dies war der heikelste Teil des Ganzen. Wenn die Transporter die Truppen absetzten, waren sie am verwundbarsten. Ein Tieffluganngriff, ein paar gute Bomben und das Ganze wurde zum Massaker.
Leider war keine einzige Maschine am Himmel zu sehen.
>> Was machen die da unten? <<, fragte sich Bill. >> Warum marschieren die nicht sofort los? <<
>> Vielleicht glauben sie, wir hätten den Berg gehalten? <<
>> Blödsinn, die Maschinen haben doch alles abgeflogen. Die müssten doch sehen, dass wir am Ende sind. <<
>> Und was ist, wenn wir's nicht sind? <<
>> Was meinst du? <<
>> Was wenn viel mehr von uns überlebt haben, als wir glaubten? <<
>> Sieh dir das doch an <<, sagte Bill und deutete auf den Hang.
>> Da unten lebt keiner mehr. <<
>> Was, wenn wir mehr Versprengte haben als die Marokianer? <<
>> Kann ich mir nicht vorstellen. <<
>> Wir bräuchten ein Interkom. <<

\>> Haben wir nicht. Der Sender war da drüben im Bunker, der ist völlig hinüber. <<
\>> Verdammt <<, Darson trat gegen eine Mauer, die daraufhin sofort einbrach und die Trümmer den Berg hinunterrollten.
\>> Pass auf <<, Bill zog Darson in Deckung, als die Steine nach allen Seiten fielen.
\>> Die erste Phalanx rückt vor <<, sagte Darson, der aus dem Augenwinkel eine Bewegung ausmachte.
Vorsichtig bewegten sich die Marokianer von einer Stellung zur nächsten und nutzten dabei die Tunnel und Gräben, die dort unten wie ein Netzwerk alle Bunker und Befestigungen verbanden.
\>> Wie viel Munition haben wir hier oben? <<
\>> Fast nichts mehr. <<
\>> Das, was wir noch haben, sollten wir nutzen. Von hier oben haben wir eine gute Heckenschützen-Position. Wir sollten uns aufteilen und es den Bastarden so schwer wie möglich machen. <<
Bill nickte und stimmte Darson zu. \>> Du hast recht. <<
Gemeinsam krochen sie durch die Trümmer zurück zu den anderen, teilten die Munition gerecht auf und verteilten sich dann über den ganzen Berg. Vom Kommandoposten an der Bergspitze aus rannten sie in alle Richtungen davon. Versteckten sich zwischen umgefallenen Bäumen und ausgebombten Bunkern in Mörserkratern und unter Leichen.
Darson rannte zurück zu Nesel, brachte ihm ein wenig Munition, erklärte ihm den Plan und rannte sofort weiter zur Gatlingstellung weiter unten, wo sich noch mehr Soldaten eingefunden hatten.
\>> Wie viel Munition habt ihr noch? << Die erste und wichtigste Frage, die Darson ihnen stellte, ehe er sie über den Plan informierte.
Während die Marokianer immer näher kamen und ihren Vormarsch verstärkten, als ihnen klar wurde, dass auf dem ganzen Berg kaum mehr jemand lebte, bereiteten sich die Heckenschützen auf ihren letzten Kampf vor.
Darson kniete hinter den Resten einer eingestürzten Mauer und schielte über den Rand hinaus. Die vorderste Einheit der Marokianer hatte sich in einem Tunnelausgang festgesetzt, wo sie auf eigene Überlebende gestoßen waren und diese notversorgten.

Darson hatte auf seinem Weg hier herunter einige Granaten gefunden und zögerte nicht, eine davon einzusetzen.
Mit den Zähnen riss er den Sicherungsstift heraus und schleuderte sie in den Tunneleingang. Erst hörte er das Aufschlagen auf dem Beton, dann das aufgeregte Brüllen von Warnungen, das Rennen metallener Stiefel und dann die Explosion, die den Tunneleingang verwüstete und die Körper der Marokianer wie Puppen durch die Luft warf.
Darson ging auf Nummer sicher und warf eine zweite Granate hinüber, ehe er mit dem Gewehr im Anschlag zum Eingang rannte und sich dort umsah.
Aufgeplatzte Körper lagen hier im Schnee. Manch einer zuckte noch in seinen letzten Atemzügen. Darson sah sich um und erkannte eine größere Einheit, die sich ihm durch die Bäume näherte.
Er gab einige gezielte Schüsse ab und hoffte, dass die anderen bald eingreifen würden.
Von allen Seiten kamen vereinzelte Gewehrsalven auf die Deckung suchende Einheit. Darson nutzte die Gelegenheit, um sich zurückzuziehen.
Er rannte von Deckung zu Deckung und entfernte sich immer weiter von den Marokianern. Weiter oben, an der Gatlingstellung angekommen, warf er sich zu Boden und lugte über die Sandsäcke hinunter zum Feind.
Die Marokianer erkannten, dass die Konföderierten gebrochen waren, und marschierten massiv vor. So wie man es von ihnen gewohnt war.
Mann um Mann fiel ihnen zum Opfer, Darson sah, wie sie einen Heckenschützen nach dem anderen erwischten.
Er gab noch einige Salven ab, ehe er weiter nach oben rannte zu Nesel. >> Sieht nicht gut aus <<, meinte dieser, als Darson über die Mauer gesprungen kam.
>> Noch ein paar Minuten und die sind hier oben <<, meinte er.
>> Ich werde nach oben gehen <<, sagte Darson, ohne zu wissen, was es ihm brachte, das Unvermeidliche noch hinauszuzögern.
>> Viel Glück <<, sagte Nesel.
>> Kommst du nicht mit? <<
>> Ich werde nicht davonlaufen <<, meinte er.

\>> Kein falsches Heldentum bitte. Komm jetzt. <<
\>> Was bringt das noch? <<
Darson konnte es ihm nicht beantworten angesichts der nur noch wenigen hundert Meter entfernten Marokianer.
\>> Jede Sekunde, die wir denen entkommen, bringt etwas, und jetzt komm <<, Darson packte Nesel am Kragen und schleppte ihn mit sich.
Weiter oben lagen nur noch ein paar Verwundete, die sich kaum mehr wehren konnten. Weiter unten feuerten die Marokianer auf alles, was sich bewegte.
Verwundete, die Hilfe suchend ihre Hand hoben, wurden ebenso niedergemacht wie Männer, die noch kämpfen konnten.
Von Zweiteren gab es kaum noch welche.
Darson sah einen Marokianer, der auf einer Mauer stand und von dort aus ein paar Verwundete erschoss. Sofort nahm er sein Gewehr, legte an und schoss dem Soldaten in den Kopf.
Von der Wucht mitgenommen stürzte er von der Mauer und blieb irgendwo auf dem Hang liegen.
Darson, Nesel und vielleicht zwanzig andere, die noch hier oben in den einzelnen Stellungen und Kratern lagen, feuerten hinunter auf die anmarschierenden Truppen, die ihrerseits ein gnadenloses Sperrfeuer auf die Bergspitze richteten.
Noch zweihundert Meter und es würde vorbei sein.
Darson feuerte seine letzte Munition ab, ehe er das Gewehr in eine Ecke schleuderte und sich hilflos gegen eine Wand lehnte. So hatte er sich das Ende weiß Gott nicht vorgestellt. So nicht.

ISS Victory. Im Orbit um NC5.
Noch lag sie unmittelbar vor der Station vor Anker, doch schon in wenigen Stunden würde das mächtigste Schiff seiner Zeit an jenen Ort zurückkehren, an den es gehörte, in das Element, in dem es geboren wurde. Den Hyperraum.
Noch wurden Truppen und Material verladen, Verwundete überstellt und die Bestände und Arsenale aufgefüllt, doch schon bald würden sie ihren langen Weg ans Hexenkreuz beginnen.
Dem Ort, den Tom Hawkins zum Schauplatz des Jüngsten Gerichts auserwählt hatte.

Tom stand am Fenster seines Büros und sah hinaus zur Station, die im matten Schein der Sonne einsam im All lag.
Ihr Raumdock war zum Bersten gefüllt mit Schiffen, die von der Front kamen und dringend repariert werden mussten.
Ströme von Transportern erhoben sich aus ihren Raumschotten. Nighthawk-Geschwader zogen über das dunkle Firmament des Weltraums.
Elend fühlte er sich in diesen Stunden, einsam und angeschlagen. Seine Wunden waren nicht ausreichend behandelt worden und er wusste das. Doch sein dummer Stolz verwehrte es ihm, auf die Krankenstation zu gehen, um sich untersuchen zu lassen.
Ein Kommandant durfte keine Schwächen zeigen, er musste jederzeit als der Herr der Lage wahrgenommen werden. Ganz besonders am Vorabend einer so wichtigen Schlacht. Was wäre es für ein Signal, wenn er vom Krankenbett aus die Befehle geben würde, die so viele Leben kosten sollten? War es nicht das bessere Signal, wenn er trotz der offensichtlichen Verletzungen seinen Posten hielt? Würden seine Männer dies honorieren und anerkennen? Würden sie seinem Beispiel folgen wollen? Tom hoffte es.
Eine alte Regel des Militärs war es, dass der Rang respektiert wurde und nicht der Mann. Was bedeutete, dass, egal, welche Gefühle man jemandem entgegenbrachte, diese im Angesicht seines Dienstranges unbedeutend waren.
Tom mochte dieses Prinzip nicht. „Ehrt den Mann, nicht den Rang", war einer seiner Wahlsprüche. Niemals wollte er, dass jemand vor ihm salutierte, der es nur des Rangs wegen tat. Müde griff er nach dem Glas auf dem Sims des Fensters und nahm einen Schluck. Brennend rann der Whiskey seine Speiseröhre hinunter und wärmte ihn von innen.
Der Türmelder summte und sofort ließ Tom die Tür entriegeln.
\>\> Herein. <<
\>\> Sie wollten mich sprechen? << Alexandra wirkte frisch und ausgeschlafen. Verwunderlich angesichts der hinter ihnen liegenden langen Tage.
\>\> Ja <<, sagte Tom und deutete auf die Sitzecke. \>\> Will wird auch gleich hier sein. <<

Alexandra setzte sich auf einen der Sessel und schlug die Beine übereinander. Tom stellte zwei Gläser auf den Tisch und füllte sie.
>> Wissen Sie ... <<, begann er, >> ... es gibt da eine alte Tradition zwischen mir und Will. <<
Die Tür öffnete sich und Will kam herein. In der Hand hielt er einen schwarzen Stock mit silbernem Knauf.
>> Am Abend vor der Schlacht sind wir immer zusammengesessen und haben uns betrunken. Zusammen mit unseren Freunden und Kameraden. Es war eine Art Ritual. Keiner von uns wusste, ob er den nächsten Tag überstehen würde, und so haben wir alle zusammen noch ein paar unbeschwerte Stunden verbracht. Ich denke, es ist an der Zeit, diese alte Tradition wieder aufleben zu lassen. Angesichts der schweren Stunden, die vor uns liegen. <<
Will setzte sich neben Alexandra und gemeinsam erhoben sie das Glas.
>> Ihr beide seid die einzigen Freunde, die ich noch habe. Alle anderen sind gefallen oder verschollen. Ich wünsche uns allen einen guten Tag. Auf dass wir morgen Abend wieder hier vereint sein werden. <<
>> Auf uns und die Unsrigen <<, sagte Will und Toms Gesichtszüge lockerten sich für einen Augenblick. Es war ihr alter Trinkspruch aus der gemeinsamen Zeit an Bord der Atlantia.
>> Nur noch verdammt wenige übrig <<, ergänzte er ihn, so wie sie es immer getan hatten.
Alle drei prosteten sich zu und leerten das Glas.
>> Der ist für dich <<, sagte Will und überreichte Tom den Stock.
>> Wofür ist der? <<, fragte Tom und drehte das Geschenk zwischen den Fingern.
>> Du kannst kaum gerade stehen. Da ich dich kenne, weiß ich, dass du das ignorieren wirst. Eigentlich solltest du auf der Krankenstation liegen und dich behandeln lassen, und wenn das stimmt, was Doc mir erzählt hat, dann solltest du, wenn du schon so blöd bist und herumläufst, Krücken verwenden. <<
Tom lächelte dünn. Will kannte ihn zu gut, viel zu gut.
>> Nimm wenigstens den Stock, um das Gleichgewicht zu halten. Das wird man dir nicht als Schwäche auslegen. <<

>> Danke <<, sagte Tom ehrlich gerührt. >> Ich brauche ihn zwar nicht, aber wenn es dich freut ... <<
Will hob beschwichtigend die Hand.
>> Schon gut, großer Krieger ... Schon gut. <<
Die beiden mussten nicht viel reden, um sich zu verstehen. Tom freute sich über das Geschenk und Will wusste das. Eingestehen würde Tom es nicht, dazu war er zu stolz.

Mendora.
Es war still geworden. Darson hatte schon geglaubt, sein Hörvermögen hätte ihn im Stich gelassen, so still war es geworden hier oben am Berg.
Die Marokianer nahmen nun auch die Bergspitze ein und genossen sichtlich den Anblick des elenden Haufens, der sich hier oben noch verschanzt hatte.
Lachend schlugen sie auf die Verwundeten ein und verschleppten den einen oder anderen. Vermutlich hatten sie Hunger.
Darson saß an eine Mauer gelehnt da, die Beine angezogen und die Finger müde verschränkt, so als sähe er sich ein Footballmatch im Park an.
Sein Kopf war leer, völlig leer. Der Kampf war verloren, jeder, der hier oben noch lebte, würde sein Leben aushauchen, auf die eine oder andere Weise. Es konnte sich nur noch um Minuten handeln.
Ein zwei Meter großer Marokianer stand mit seinem Gewehr im Anschlag direkt vor Darson und sah ihn an. Vom Schrecken der Schlacht erschlagen, blickte Darson stumm zurück. Er war nicht mehr fähig, Angst zu empfinden.
>> Los, erschieß mich <<, sagte er müde und hoffte wirklich, dass der Marokianer es tun würde. Es wäre die Erlösung gewesen von diesem Krieg und den Qualen des Überlebens. Darson wollte nicht gegrillt werden, wollte nicht von diesen Monstern geschlachtet und verspeist werden.
>> Los, erschieß mich <<, sagte er energischer, ohne sich zu bewegen.
Der Marokianer stand einfach nur da und sah Darson an.

>> Ihr habt tapfer gekämpft <<, sagte er zu ihm und wollte abdrücken, als eine Salve rauchender Projektile seinen Brustkorb durchsiebte und ihn nach hinten kippen ließ.
Ein Geschwader Nighthawks donnerte im Tiefflug über den Hang und feuerte in die Massen der Marokianer.
Truppentransporter landeten oben an der Bergspitze und setzten frische Truppen ab, Bomber belegten das Rückzugsgebiet der Marokianer mit einem Feuerteppich.
Darson blieb in den Trümmern sitzen, während um ihn herum die Schlacht neu entbrannte.
Die Marokianer wurden niedergemacht wie Grashalme im Wind.
Während immer mehr Truppen in grünen und schwarzen Kampfanzügen landeten und die Marokianer zurücktrieben, rannen Tränen über Darsons Wangen.
Nesel und all die anderen waren verschwunden, er konnte sie nicht mehr sehen, keinen von ihnen. Nur noch ein Schwall Soldaten, die von der Bergspitze aus die Marokianer zurücktrieben.
Das ganze Morden, der Wahnsinn der Schlacht begann von Neuem.
Die Marokianer wurden in die unteren Ringe zurückgetrieben, wo sie sich verschanzten und dem Angriff des Korps standhielten. War der Überraschungseffekt erst verpufft, fingen sie sich und wehrten das Korps ab. Auch Bombenteppich und Tieffluggriffe konnten daran nichts ändern, die Marokianer waren an diesem Berg und sie würden sich nicht mehr vertreiben lassen. Niemals wieder.
Sowohl Marokianer wie auch Konföderierte verschanzten sich nun in den Überresten der Basis und bekämpften sich von Ruine zu Ruine. Das alte Bild wiederholte sich, versprengte Gruppen überall auf dem Hang. Nur mit dem Unterschied, dass es dieses Mal wieder eine Kommunikation gab.
Darson fing sich wieder, kroch aus dem Loch, nahm einem der gefallenen Soldaten Waffen und Munition ab und schloss sich dem Kampf wieder an.
Er konnte nicht einfach da sitzen und zusehen, wie die anderen kämpften. Er hatte so lange hier oben standgehalten und jeder vernünftige Mensch hätte sich wohl beim nächsten Sanitäter gemeldet, die Verletzungen dazu hätte Darson bestimmt gehabt, auch wenn er es vor Adrenalin und Schock gar nicht bemerkte.

Er kämpfte einfach weiter, so wie die anderen auch, die noch lebten und nun aus ihren Löchern gekrochen kamen. Sie folgten dem Sturm der Truppen bergab und zerschellten an den marokianischen Linien.
Neue Truppentransporter der Marokianer kamen und setzten frische Einheiten und Versorgungsgüter ab.
Ein neuer Luftkampf entbrannte und oben am Berg landeten die CaryAll-Transporter des Korps mit noch mehr Einheiten.

Am Hexenkreuz. Fünf Tage später.
Alles, was Tom vorausgesehen hatte, war geschehen. Der Ansturm der Marokianer war gewaltig und entlang des ganzen Frontverlaufs hatten ihre Flotten einen neuen Vorstoß unternommen.
Bei Kor Duum war die Verteidigung wie geplant eingebrochen und die Schiffe der Marokianer zerrissen die Linien der Konföderation.
Das war drei Stunden her. Mittlerweile gab es bestätigte Meldungen, dass die Marokianer ihren Vormarsch fortsetzten und Kurs auf die Erde hielten.
Tom war auf die Brücke der Victory gekommen, um sich die aktuellsten Berichte geben zu lassen, und was er hörte, löste Befriedigung in ihm aus. Er fühlte, wie die große Schlacht näher kam.
\>\> SSA-Verbände sind in Stellung gegangen und warten auf unsere Befehle <<, meldete Alexandra Tom, als dieser sich auf dem Kommandosessel niederließ.
\>\> Haben sich die Crews mittlerweile beruhigt? <<
\>\> Weder die Crews noch die Kommandanten. Sie kochen vor Wut über die Verhaftung Isan Gareds und sind nach wie vor unkooperativ. <<
Zwar gab es einen Befehl des SSA-Direktoriums, der die Schiffe dem Korps unterstellte, doch wurde dieser von den meisten Kommandanten nicht anerkannt. Die SSA verstand sich als Staat im Staat und Isan Gared war die unangefochtene Herrscherin. Da sie auf Pegasus 1 unter Arrest stand, wären die meisten dieser Männer und Frauen lieber aufgebrochen, um sie aus den Fängen des Korps zu befreien, anstatt hier unter der Flagge des Korps in einem Nebel zu sitzen und zu warten.

Aus diesem Grund waren Einheiten von Korps und Raumflotte auf diese Schiffe versetzt worden, um die Crew im Auge zu behalten und im Notfall einzugreifen.
>> Wir ziehen in die Schlacht mit einem Heer, das uns hasst <<, sagte Alexandra nachdenklich. >> Wie sollen wir so gewinnen? <<
>> Es gibt auch Schiffe der Raumflotte in diesem „Heer". Nicht nur SSA. <<
>> Die stellen aber den Großteil der Flotte. Nicht auszudenken, wenn sie uns in den Rücken fallen. <<
>> Sie mögen uns hassen <<, sagte er heiser, >> aber sie würden nicht mit Marokia paktieren. Ein gespanntes Verhältnis zum Rechtsstaat ist eine Sache. Konspiration mit dem Feind eine ganz andere. <<
>> Ich bin nicht die Einzige, die dieser Flotte misstraut. Allein die Tatsache, dass sie existiert ... <<
>> Ist ein Segen für uns <<, beendete Tom den Satz. >> Ohne diese Schiffe hätte ich keine Truppen für diese Schlacht. <<
>> Diese Schiffe wurden hinter unserem Rücken gebaut. <<
>> Sie klingen schon wie Will. <<
>> Will hat recht, wenn er der Agency misstraut. <<
>> Ich weiß <<, sagte Tom. >> Ich weiß es schon lange, doch ich kann es nicht ändern. Egal, wie SSA und Korps zueinander stehen. In dieser Schlacht kämpfen wir Seite an Seite. <<
>> Ich bete darum. <<

An Bord von Imans Schiff.
>> Die tun WWAAASSS? << Iman schleuderte das Erstbeste, das ihm in die Hände kam, gegen die Wand und brüllte auf Ituka ein, der das Pech hatte, ihm die Nachricht zu überbringen.
>> Sie marschieren auf die Erde zu. <<
Iman schlug mit der Faust auf den Tisch und sah schwitzend auf die Sternenkarte an der Wand. >> Welchen Weg nehmen sie? <<
>> Über Maran Sun <<, sagte Ituka und deutete auf eine bestimmte Stelle der Karte.
>> Das Hexenkreuz <<, sagte Iman erstickt. >> Dort haben sie uns schon mal erwischt. <<

>> Ihre Verluste bei Kor Duum waren immens. Sie werden die Flotte unmöglich abfangen können. <<
>> Die müssen nichts abfangen, du Idiot. Die sind doch längst dort. Das ist eine Falle. <<
Ituka sah Iman erstaunt an. >> Keine Sensoren, keine Kommunikation, das Hexenkreuz ist wie ein schmales Tal, wie der einzige Weg durch einen nebligen Sumpf. Es ist der perfekte Hinterhalt. Hawkins ist längst dort und wartet auf sie. <<
>> Wir müssen die Flotte warnen <<, sagte Ituka.
>> JA. Ja, das ist eine phantastische Idee <<, keuchte Iman voller Sarkasmus.
>> Was stehst du hier noch rum? LOS!!!!!!!! <<

ISS Victory.
>> Die Marokianer passieren die schwarzen Sonnen <<, sagte Alexandra zu Tom. >> Flotte meldet Bereitschaft. <<
Tom nickte zufrieden und wandte sich an Will, der in Fliegermontur auf die Brücke gekommen war, um sich zu verabschieden und allen Glück zu wünschen.
>> Ihr wisst, was ihr zu tun habt <<, sagte Tom zu Will in vollstem Vertrauen.
>> Viel Glück ... euch allen <<, raunte Will mit steinerner Miene. Er wusste, dass Schweres vor ihm lag.
>> Wir sehen uns in der Hölle <<, sagte Tom.
>> Ich warte dort auf dich <<, erwiderte Will, reichte seinem Freund die Hand und ging zum Startdeck, wo die Piloten bereits in ihren Maschinen saßen und warteten.
Der lange Tross aus marokianischen Schiffen erreichte das Hexenkreuz. Im flammenden Schein des Nebels bahnten sich die dunklen Panzerkreuzer ihren Weg zur Erde. Dutzende schwerer, mit dicken Schutzplatten und schweren Stahlträgern versehener Schiffe bildeten die Spitze des Zugs.
Der Anblick einer marokianischen Flotte war immer etwas Angsteinflößendes. Nicht nur, weil man um die Grausamkeit dieser Spezies wusste, sondern auch weil die Schiffe einen brutalen Charakter hatten.

Nichts war hier stromlinienförmig, wie man es von konföderierten Schiffen kannte, die alle wirkten, als wären sie aus einem Stück herausgearbeitet, ähnlich einer Marmorskulptur. Keine Ecken, keine Kanten, weiche Linien.
Marokianer bauten ihre Schiffe viel zweckmäßiger, viel ursprünglicher. Stahlverstrebungen zogen sich über die Hülle, Geschütztürme ragten aus dem Rücken des Schiffes, überall waren Nieten und Schrauben, Schweißnähte und Schrammen vergangener Schlachten. Die Schiffe waren breit und lang, hatten etwas Eleganzloses ... Bulliges.
Ihr Anblick verkündete den Tod.
Die beiden Defender-Geschwader der Victory hatten die Startbucht verlassen und flankierten ein Bombergeschwader, das gerade von einem Trägerschiff der Raumflotte aufgestiegen war, durch den Nebel. Der Anblick der schwarzen Sonnen jagte Will einen Schauer über den Rücken. Die Erinnerung an jenen Tag, als sie diese Abnormalität erschaffen hatten, würde ihn wohl niemals wieder loslassen. Was hatten sie angerichtet an jenem Tag? Bis heute konnte keiner die Auswirkungen mit Sicherheit voraussagen.
Die erste Schlacht am Hexenkreuz war als düsterer Sieg in die Geschichte eingegangen. Ein Sieg, der grandioserweise keinen einzigen eigenen Soldaten das Leben gekostet hatte, aber dafür ein ganzes Sonnensystem aus dem Gleichgewicht brachte.
Ein Sieg, der golden glühende Sonnen zu dunklen, schwarzes Magma speienden Monstern hatte werden lassen, ein Sieg, der einen der einzigartigsten Nebel im bekannten Raum zu einer energiefressenden flammenden Hölle hatte werden lassen.
Ein Sieg, dessen Auswirkungen auf die stellare Umwelt, auf das Gleichgewicht der Sterne, unkalkulierbar waren und sind.
Will stoppte seine Defender am Rand des Nebels und wartete auf den Befehl zum Angriff. Um ihn herum bezogen die anderen Jäger Position. Schützend umschlossen sie die Black-Angel-Bomber, welche den ersten Schlag führen sollten.
Tom war überzeugt, dass diese Falle perfekt war, er hatte nächtelang an seinem Schlachtplan gefeilt und wusste, dass er gewinnen würde. Eine Überzeugung, geboren aus einer unumstößlichen Tatsache.
Tom Hawkins hatte noch nie verloren.

>> Victory an die Flotte <<, hallte die Stimme von Andrej Jackson aus dem Interkom.
>> Egal, zu welchen Göttern ihr auch betet. Sie mögen mit euch sein <<, folgte Toms raue Stimme, gefolgt vom Wort der Worte, vom Befehl, der die Hölle entfesseln konnte.
>> Attacke. <<
Will und die anderen Defender beschleunigten und stürzten, einem Schwarm diabolischer Raubvögel gleich, auf das hintere Ende der feindlichen Flotte nieder.
Die Bomber öffneten ihre Schächte und lösten die Verankerungen. Ein Regen aus Splitterbomben und Raketen ging auf die Schiffe nieder.
Defender jagten im Tiefflug an den Hüllen entlang und versuchten die Hunderten Geschütztürme zu zerstören.
Es hatte begonnen.

Pegasus 1.
Jeffries war gerade aus einer Sitzung des Planungsstabes gekommen und ließ sich die aktuellsten Berichte von der Front geben, als Ur'gas durch die Tür des Kommandoraumes kam.
Am runden Tisch mit den vielen Monitoren saßen Dutzende Soldaten und tippten pausenlos in ihre Tastaturen. Von jedem Frontabschnitt, jedem Verband, jedem Schiff liefen die Meldungen hier zusammen, wurden aufgenommen, sortiert und weitergeleitet. Nur die wichtigen erreichten Jeffries, alles andere wurde im Netz seines Stabes herausgefiltert.
Müde blickte er über die Schulter eines Soldaten und las die Zeilen auf dem Monitor. Berichte über das gnadenlose Gefecht auf Mendora. Früher oder später würde diese Nachricht auf seinem Schreibtisch landen. Kein anderer Planet wurde im Moment so stark umkämpft. Keine andere Schlacht fraß so viele Reserven.
>> Admiral <<, Ur'gas Stimme war angespannt. >> Victory meldet Feindkontakt. <<
Jeffries nahm die Meldung stumm zur Kenntnis. Seine Hoffnungen und Ängste kreisten ohnehin schon den ganzen Tag über ums Hexenkreuz. Die immense Bedeutung dieser Schlacht war nur schwer zu begreifen.

Ein Sieg Hawkins' würde die Marokianer schwer erschüttern und der Konföderation womöglich die nötige Zeit verschaffen, um die neuen Schiffe fertigzustellen.
Doch eine Niederlage am Hexenkreuz ... Jeffries wollte über die Konsequenzen gar nicht nachdenken. Es wäre das Ende. Verliert die Victory jene Schlacht, beginnt der Niedergang der Konföderation. Die Erde könnte nicht mehr gehalten werden, marokianische Truppen würden endgültig ins Herz des freien Weltraums einbrechen und das Morden unter der Zivilbevölkerung könnte beginnen.
Die Victory war das letzte Bollwerk zwischen der Erde und den marokianischen Truppen. Am Hexenkreuz würde sich die Zukunft der Menschheit und aller freien Völker entscheiden. Ob Sieg oder Niederlage. Diese Schlacht war richtungweisend für die Zukunft.

ISS Victory.
>> Volltreffer <<, sagte Semana Richards, als die erste Salve der Victory den Kogan an der Spitze des Schiffes erwischt hatte.
Von allen Seiten rückten Kriegsschiffe aus dem Nebel heraus ins Angesicht des Feindes und eröffneten ihren Kampf.
Feuersalven donnerten auf die Panzerkreuzer nieder und zerschlugen ihre Hüllen, Jagdmaschinen starteten und eröffneten den Nahkampf.
>> Bringt uns mitten rein <<, befahl Tom selbstbewusst.
>> Semana, machen Sie sich bereit für Breitseitenfeuer auf mein Kommando. Steuermann, volle Kraft voraus. <<
Unbeeindruckt von den Feuerstößen brach die Victory in die Flotte ein.
>> Feuer. <<
Geschützfeuer und Torpedoeinschläge aus nächster Nähe zerfetzten Hüllen und Mannschaften der Marokianer. Die Victory brach durch die Flotte wie ein Schwert durch eine Rüstung. Wild feuernd durchstieß sie den ganzen Pulk von Schiffen, der sich blitzartig auflöste und versuchte ihrem Feuer zu entkommen.
Tom hatte eine Kesselschlacht befohlen. Die Marokianer waren völlig eingeschlossen und wurden im Kreuzfeuer aufgerieben. Der Vorstoß der Victory diente einzig dem Zweck der Verwirrung und Aufteilung. Tom musste verhindern, dass sie eine „Wagenburg" bauten, dass sie einen Kreis schlossen und sich gegenseitig schützten. Durch

den verlustreichen Vorstoß ins Zentrum ihrer Flotte war ihm genau das gelungen.

Die Victory nahm schwere Schäden angesichts des zahlenmäßig überlegenen Feindes.

>> Feuer auf den Decks dreizehn und fünfzehn, Hüllenbruch an Steuerbord, Evakuierung von Deck zwanzig hat begonnen <<, meldete Alexandra monoton und ruhig wie ein Computer.

Die Schlacht dauerte erst wenige Minuten und die Victory hatte schon jetzt die schlimmsten Schäden ihrer bisherigen Dienstzeit erlitten.

Im All.

Will und seine Geschwader konzentrierten sich auf eines der beiden Trägerschiffe im hinteren Teil der Flotte.

Die Bomber hatten ihre tödliche Fracht entladen und kehrten zu den eigenen Trägern heim, um nachzuladen und die nächste Welle vorzubereiten.

Die Defender blieben in der Schlacht und nutzten ihre Schnelligkeit für Tiefflugangriffe entlang der Trägerhülle.

Will flog im Slalom um die Geschütztürme des Schiffes, gefolgt von drei weiteren Defendern. Ihr Ziel lag am Heck des Schiffes und war der vermutlich einzige schwache Punkt dieses Giganten aus Stahl.

Die Brücke.

Ein Turm erhob sich am Heck des Schiffes, direkt zwischen den Antriebsgondeln, wie ein riesiger, ausgestreckter Finger. Will hatte dieses Manöver oft geübt, er wusste, dass im letzten Krieg mancher Träger so zerstört wurde, doch er hatte es selbst noch nie versucht und er kannte auch keinen, der es geschafft hatte. Dafür umso mehr, die durch dieses Manöver ihr Leben verloren hatten.

Die vier Jäger hielten mit Höchstgeschwindigkeit genau auf diesen einen Turm zu. Je näher sie kamen, desto klarer wurden die Details, Will sah die Scheiben und Markierungen, die Positionslichter und dann sogar die Brückencrew.

Will sah das Entsetzen in ihren Gesichtern, als sie die Jäger bemerkten, die genau auf sie zuhielten. Er sah, wie sie davonrannten und in Deckung gingen, als die Defender ihre Raketen zündeten und in allerletzter Sekunde hochzogen. Nur einen Augenblick später und sie wären am Turm zerschellt.

Ein Cluster aus acht Raketen traf die Panzerscheiben und ließ sie zersplittern, ein Feuerball erhob sich aus der Spitze des Turms und ein Schwall aus Trümmern und Soldaten wurde ins All geblasen.

Die Hülle selbst hielt der Wucht der Explosionen stand, die Scheiben aber barsten und das Feuer nahm alles mit sich.

Rauch stieg aus der ausgebrannten Brücke auf, als das Schiff langsam außer Kontrolle geriet und im Nebel versank wie einst die Bismarck in den kalten Tiefen des Nordatlantiks.

ISS Victory.
Die Brücke bebte unter den Einschlägen der Raketen und Torpedos. Von allen Decks erhielten sie Berichte über Tote und Verletzte, über Feuer und Hüllenbrüche, über Schmerz und Leid einer Schlacht im All.

Der Kessel war geschlossen, die Marokianer wurden zerrieben im Kreuzfeuer der konföderierten Flotte.

Die SSA-Schiffe, die so lange ein Unsicherheitsfaktor waren, kämpften tapfer und befolgten jeden Befehl innerhalb von Sekunden. Tom saß auf seinem Kommandosessel, las die einkommenden Berichte auf den Monitoren vor sich und war zufrieden.

Den Kogan, den sie von Anfang an nicht aus den Augen gelassen hatten, trieben sie wie ein Raubtier vor sich her und direkt in die Arme eines Bombergeschwaders. Im Hagel der Splitterbomben wurde die Hülle aufgerissen wie ein Brustkorb im MEG-Feuer.

Feuerstürme tobten unter der Hülle, das nackte Skelett des Schiffes glühte vor ihren Augen. Rettungskapseln wurden gestartet, während das Schiff sich langsam zersetzte.

Salve um Salve hämmerte in den Schiffskörper, dann brachen die letzten Träger, das Schiff zerbrach, der Reaktor kollabierte und eine Explosion nahm alles mit sich.

>> Bringt uns aus der Feuerlinie <<, knurrte Tom, sein Rücken schmerzte und die Glieder brannten.

Die Victory erhob sich aus dem Kessel und flog einen weiten Bogen um die Flotte herum.

>> Zeigt mir den Kessel. <<

Das Bild des Schirms wechselte und zeigte die eingeschlossenen Marokianer, die sich verbissen wehrten.

SSA-Schiffe lagen brennend im All und wurden evakuiert, Dutzende Jäger kehrten angeschlagen heim zu ihren Trägerschiffen und blieben dort, weil die Schäden zu schwer waren, als dass man sie hätte reparieren können.

Ein zweiter Kogan erhob sich aus dem Kessel und stürmte auf die Reihen der Konföderation zu. Seine Geschütze glühten aufgrund des Dauerfeuers, doch er hatte Erfolg.

Mit aller Gewalt durchbrach er den Kesselring und vernichtete sogar noch zwei SSA-Kreuzer, ehe die Victory ihn erreichte.

\>\> Zielt auf den Antrieb und feuert \<\<, brüllte Tom über den Lärm der Schlacht hinweg und Semanas Finger flogen über die Konsole.

Der Geruch von Rauch breitete sich auf der Brücke aus, die Sicherheitstüren schlossen sich, es musste irgendwo brennen.

\>\> Feuer auf Deck zwei \<\<, meldete Alexandra.

Tom schluckte. Das war das Deck, auf dem die Brücke lag.

Während der Kogan versuchte, weitere SSA-Schiffe anzugreifen, hängte sich die Victory an sein Heck und nutzte ihr ganzes Arsenal, um ihn zu vernichten.

Die Hitze auf der Brücke stieg ins Unermessliche, mit rußgeschwärzten Gesichtern und bis auf die Knochen durchgeschwitzten Uniformen saßen die Soldaten an ihren Stationen und fochten ihren bisher schwersten Kampf.

Die Überlegenheit vergangener Kämpfe war dahin, die Marokianer wussten nun um die Macht dieses Schiffes und hatten gelernt, sich darauf einzustellen. Die Victory nahm schwere Schäden.

Im All.

Will genoss noch für Sekunden den Anblick des sterbenden Trägers, ehe er die Maschine in einem weiten Bogen kreisen ließ und sich ein neues Ziel suchte.

Die drei Defender, welche mit ihm den Angriff auf den Träger geflogen hatten, folgten ihm. Atemlos jagten sie zwischen Trümmern und Wracks, kämpfenden und sterbenden Schiffen hindurch. Überall lagen brennende Schiffskörper, die evakuiert wurden, Schiffe explodierten oder zerbrachen, kollidierten und versagten unter dem Druck der Schlacht.

Will sah, wie die Victory hoch oben über der Schlacht einen Kogan verfolgte. Der Anblick dieser beiden gigantischen, so unterschiedlichen Schiffe war beeindruckend. Der lange, schlanke Körper der Victory im Kontrast zur bulligen, kantigen Hülle des Marokianers.

Von hier unten hätte man die Victory für ein lebendiges Wesen halten können. Ein Wesen, dessen natürlicher Lebensraum das All war. So geschmeidig, so elegant, so organisch. Doch vor allem ... so tödlich.

Die Victory zerstörte den Kogan in einem Feuerschwall ihrer Geschütze. So gnadenlos wie ein überlegener Boxer seinen Gegner mit einem vernichtenden Haken auf die Bretter schickte.

Will sah Feuer aus den Wunden der Victory aufsteigen. Überall hatte sie Schnitte und Risse, ein rotes Glühen durchzog die dunklen „Adern" der grünen Hülle.

Will hätte diesen Anblick stundenlang betrachten können, doch die Schlacht ging weiter und er musste an ihr teilnehmen.

Um ihn herum explodierte die ganze Welt. Eine Defender nach der anderen wurde von hellen Blitzen zerrissen wie ein Blatt Papier von einem Jettriebwerk.

Will riss die Maschine herum und suchte den Angreifer, die Scanner zeigten nichts an, im Gegenteil, sie spielten völlig verrückt. Um ihn herum sah er flirrende, durchsichtige Körper, eine ganze Welle, die ihn mit sich riss.

ISS Victory.

\>> Verlustmeldung <<, verlangte Tom von Alexandra, als der Kogan vor ihnen endgültig ein Raub der Flammen wurde.

\>> Wir haben dreizehn SSA-Kreuzer verloren, zwei Schlachtschiffe der Raumflotte und fast all unsere Defender. Die Black-Angel-Bomber haben keinen Geleitschutz mehr und müssen auf den Trägerschiffen bleiben. <<

\>> Und wie sehen die da aus? <<, fragte Tom.

\>> Drei Kogan, siebzehn Panzerkreuzer und ein Träger sind vernichtet. Es sind aber trotzdem noch deutlich mehr als wir. <<

Tom schlug mit der Faust auf die Lehnen seines Sessels. >> Verdammt. <<
>> Halten wir einen zweiten Vorstoß ins Zentrum der Schlacht aus? <<, fragte Tom Alexandra.
>> Würde ich nicht empfehlen. Wir könnten unter Friendly Fire geraten <<, antwortete sie.
>> Semana. Bereiten Sie einen zweiten Rundumschlag vor. Ich will so viel Schaden wie möglich hinterlassen. <<
>> Wir haben noch etwa zweihundert Haftminen, die könnten wir einsetzen <<, schlug sie vor.
>> Gut. Raus damit, sobald wir nahe genug dran sind. Sie feuern nach eigenem Ermessen. << Semana nickte und machte sich bereit.
>> Steuermann. Sie haben's gehört. Ich will da mitten rein. <<

Im All.
Wie das Flimmern von heißem Asphalt im Sommer wirkte das Feld, welches diese Dinger umgab. Will wusste nicht, was es war, das ihn hier mitschleppte, er konnte nur unscharfe Konturen erkennen, wusste aber, dass es gefährlich war. Innerhalb von Minuten waren mehr als die Hälfte seiner Jäger von ihnen zerstört worden.
Will hing fest in einem unsichtbaren Netz und wurde mitgeschleift. Die Zielscanner konnten nichts erfassen und so feuerte er aufs Geratewohl ins Nichts.
Die Salven der Hochgeschwindigkeits-Plasmageschütze hämmerten in das Feld und trafen etwas. Will sah Trümmer, die ausbrachen und plötzlich sichtbar wurden, als sie weit genug vom Feld entfernt waren.
Blitze schlugen nach seinem Jäger und zerstörten die Systeme, alle Monitore und Displays um ihn herum explodierten unter dem Druck, der Antrieb versagte, die Maschine ächzte unter dem Druck.
Will sah keine andere Chance, als sich hinauszukatapultieren.

ISS Victory.
Der Hauptschirm explodierte und zerbarst zu tausend scharfkantigen Scherben. Die Schutztüren glühten und drohten nachzugeben, Monitore flackerten, das Licht war schon lange ausgefallen und durch rotes Notlicht ersetzt worden. Alexandra lag auf ihrer Konsole und

klammerte sich fest, um angesichts der Erschütterungen nicht durch die ganze Brücke zu fliegen.

Um das Schiff herum entfachte sich ein Tornado aus brennenden Trümmern. Die Victory war im Zentrum der Kesselschlacht, feuerte aus allen Rohren und kassierte immense Treffer. Jedes andere Schiff hätte angesichts dieses massiven Beschusses längst aufgegeben. Doch die Victory war mehr als ein normales Schiff. Sie war etwas Besonderes, etwas Einzigartiges, sie war gebaut für solche Manöver. Und dennoch brannte sie auf mehr als der Hälfte ihrer Decks.

>> Wir nehmen zu schweren Schaden, wir müssen hier raus <<, brüllte Alexandra, doch Tom ignorierte sie, er wollte mehr, viel mehr.

>> Draufhalten <<, schrie er in fast fanatischem Tonfall. >> SEMANA, ICH WILL IHN BRENNEN SEHEN!!!! <<

Die Victory hielt zielgenau auf den letzten verbliebenen Kogan zu. Ihre Waffen feuerten bis zum Versagen auf die graue Hülle des Giganten.

>> NICHT ABDREHEN!!!! <<

Wir gehen drauf. Wir werden alle verdammt noch mal draufgehen, ging es Alexandra durch den Kopf, als sie auf den zerborstenen Hauptschirm blickte, dessen halbes Projektionsfeld eingebrochen war, auf der anderen Hälfte aber immer noch ein zersplittertes Bild anzeige.

Der Kogan wurde immer größer, bis die Sterne verschwanden und außer der grauen Hülle nichts mehr zu sehen war.

>> ALLE WAFFEN MITSCHIFFS AUSRICHTEN!!!! <<, brüllte Tom.

>> FEUER, FEUER, FEUER. <<

Die Victory rammte die zerschossene Hülle des Schlachtschiffes und zerteilte es in der Mitte.

Auf der Brücke riss ein Explosionssturm alle von den Beinen, Sessel lösten sich aus ihrer Verankerung, Trümmer schleuderten durch die Gegend, Männer und Frauen wurden nach hinten gerissen.

Tom krachte mit voller Wucht in die taktische Station, Alexandra schlug mit dem Rücken gegen die Decke, Semana landete im Heckschirm über dem Eingang zu Toms Büro, Andrej Jackson brach sich die Hälfte seiner Knochen, als sich sein Bein im Geländer der hinteren Sektion verfing und die Wucht ihn gegen die KOM warf.

Risse zogen sich über die Decke wie durch eine brechende Eisschicht. Es krachte und hakte an allen Ecken und Enden, die Monitore versagten.
Blind und taub schoss die Victory auf ihrem eingeschlagenen Kurs geradeaus durch die Feuerbälle der explodierenden Schiffe.
Den Kogan hatte sie in zwei Hälften geteilt und unfähig auszuweichen schrammte sie drei weitere Panzerkreuzer, ehe sie endlich aus dem Kessel ausbrach.

Im All.
Will lag in seiner Rettungskapsel und sah das Irrsinnsmanöver der Victory. Als ihr Körper mit dem Kogan kollidierte und beide Schiffe in einem Feuerball verschwanden, befürchtete er das Schlimmste.
Gebannt blickte er auf die Wellen aus Feuer, die sich von der Explosion aus verbreiteten, und auf die Millionen von Trümmern, die in alle Richtungen davonschmetterten.
>> Alexandra ... Tom ... <<, ein erschrockenes Husten, mehr nicht. Gefolgt von endlosen Sekunden, in denen er mit ansah, wie die Victory in dem Flammensturm versank.
In diesem Augenblick glaubte er alles verloren.
Bis die zerfledderte, zerrissene, zerkratzte, bis auf das Skelett aufgerissene Victory sich glühend und brennend aus den Flammen erhob und unbeirrbar vorpreschte, die Waffen immer noch feuernd und einen Schweif aus Feuer hinter sich herziehend wie ein göttlicher Streitwagen.
Noch ein Schiff wurde gerammt und noch eins und noch eins, dann endlich ließ sie den Kessel hinter sich und der Feuerschweif verlor sich im All. Die Victory aber hielt Kurs. Ohne Anzeichen für eine Kurskorrektur flog sie auf die schwarzen Sonnen zu.

ISS Victory.
Tom lag am Boden und blickte in die rot flackernde Dunkelheit.
>> Haben wir ihn erwischt? <<, fragte er atemlos, unfähig aufzustehen. Alexandra wusste nicht, wo sie war. Lag sie am Boden oder noch an der Decke? Um sie herum war alles dunkel.
Dann schlug sie gegen die Bodenplatten des Decks und ihre Orientierung kehrte zurück.

Semana lag am Boden, die Splitter des zerborstenen Feldes überall im Leib steckend. Jackson hing regungslos in der Kommunikationsstation. Seine Gliedmaßen waren unnatürlich verdreht, die Uniform durchtränkt mit Blut.

Benommen kroch Tom über den Boden und zog sich an seinem Sessel hoch. Alexandra stürzte an ihre Konsole und versuchte Systemzugriff zu bekommen.

>> Steuermann ... Steuermann ... <<, stieß Tom hervor. Im Dunkel der zerstörten Brücke sah er nicht, dass sein Steuermann tot an der Konsole saß. Ein Trümmerteil hatte seinen Kopf vom Körper getrennt.

Der Navigator im zweiten Sitz der Doppelstation hatte eben dieses Teil in der Brust stecken und hauchte seine letzten, verzweifelten Atemzüge aus.

Die Brücke war zu einem Trümmerfeld geworden. Verzweiflung machte sich breit, nichts funktionierte mehr, wer nicht verletzt war ... war tot.

Tom erkannte durch das flackernde Licht hindurch die toten Männer an der Steuerkonsole und ließ sich vorn über die Treppe hinunterfallen, seine Beine hatten nicht Kraft, ihn zu tragen. Er wusste nicht, wie schwer seine Verletzungen waren, er wusste nicht, ob die alten wieder aufgebrochen waren oder ob er sich schwere neue zugezogen hatte.

Er wusste nur, dass er die Victory stoppen musste, ehe sie in den schwarzen Sonnen verglühte.

Mit letzter Kraft zog er den Körper des Steuermanns aus dem Sessel und kämpfte sich selbst unter schwersten Schmerzen an die Station.

Der Steuerknüppel bebte, die Geschwindigkeitsregler klemmten.

Alexandra kam die Treppe herunter, riss den toten Navigator zur Seite und warf sich in dessen Sessel. Gemeinsam drückten sie den verklemmten Geschwindigkeitsregler nach vorne in der Hoffnung, er würde noch reagieren.

Auf den letzten noch funktionierenden Teilen des zerborstenen Hauptschirmes sahen sie die schwarzen Sonnen näher kommen.

Es kostete sie beide alle Kraft, die sie noch hatten. Auf den flackernden digitalen Anzeigen erkannten sie ein Absinken der Schubanzeige, das Beben des Schiffes nahm ab, sie wurden tatsächlich langsamer.

Semana hatte sich an ihre Station zurückgekämpft und versuchte die Konsolen wieder in Betrieb zu nehmen.
>> Wir brauchen ein Reparaturteam auf der Brücke! <<, brüllte Tom erschöpft und warf den Kopf in den Nacken.
>> Sie hätten uns fast umgebracht <<, keuchte Alexandra leise genug, dass nur Tom es hören konnte.
>> Uns nur fast ... <<, sagte er atemlos, >> ... die Marokianer aber ganz. Und nur das zählt. <<

Im All.
Um Will herum verteilte sich die Schlacht immer weiter. Die Marokianer versuchten aus dem Kessel auszubrechen und hatten Erfolg. Die SSA-Schiffe konnten die Linien nicht halten, das Schlachtfeld zog sich auseinander.
Mit Hilfe der Steuerdüsen brachte Will sich auf einen Kurs, der seine Rettungskapsel der Victory folgen ließ. Er wusste genau, dass es Tage dauern konnte, bis er sie einholte, doch irgendwo musste er hin und hier mitten auf dem Schlachtfeld war er ohnehin verloren.
Will sah, wie das Schiff vor den schwarzen Sonnen zum Stehen kam. Selbst aus so großer Entfernung war klar, dass die Victory am Ende war. Das Schiff musste geborgen werden, aus eigener Kraft würde sie nirgends mehr hinkommen.

Imans Schiff.
>> Ulaf <<, sagte Dragus vorsichtig, als er sich Iman näherte. Seit Stunden hatte er in seinem Quartier getobt und die Sternenkarten studiert, jede Meldung, die aus dem Schlachtgebiet kam, hatte seinen Zorn nur noch gesteigert.
Mit Höchstgeschwindigkeit eilte Iman mit einer Kreuzerflotte zum Hexenkreuz, um das Schlimmste womöglich noch zu verhindern.
>> Was ist, Dragus? <<, knurrte er auf alles vorbereitet.
>> Das haben wir gerade bekommen <<, sagte Dragus und reichte Iman einen Datenblock. >> Die Victory soll zerstört sein <<, erklärte er den Inhalt des Dokumentes.
>> Unmöglich <<, knurrte Iman, las die Worte und konnte sie nicht glauben.

>> Es wurde bestätigt. Die Victory liegt brennend und regungslos auf dem Schlachtfeld. <<
>> Eine Falle. So wie diese ganze Schlacht <<, mutmaßte Iman.
>> Schwer zu glauben. Sie waren kurz vor einem Sieg. Warum sollte Hawkins jetzt noch bluffen? <<
>> Weil er weiß, dass ich komme <<, sagte Iman. >> Weil er spürt, wie ich ihm näher komme, er fühlt meinen Atem in seinem Nacken. <<
>> Sollen wir abdrehen? <<, fragte Dragus.
>> Jetzt? Im Augenblick des Triumphes? Niemals. Wie lange noch bis zum Hexenkreuz? <<
>> Wir erreichen Maran Sun in etwa anderthalb Stunden. <<

ISS Victory.
Das Licht war wiederhergestellt, wenn auch nicht so hell wie gewohnt. Das Feuer, welches die Brücke eingeschlossen hatte, war durch Öffnen der Außenluken gelöscht worden, Techniker waren zu Dutzenden auf die Brücke gestürmt, um die Kontrollfunktionen wiederherzustellen.
Sanitäter und Ärzte eilten mit Bahren und Koffern von Patient zu Patient, Tote und schwer Verletzte wurden geborgen und auf die Krankenstation gebracht.
Tom saß im Kommandosessel, ein Arzt hatte ihn notdürftig versorgt, ehe Tom ihn verjagt hatte. Der Mann hatte sich nicht davon abbringen lassen, den Captain auf die Krankenstation zu schicken.
>> Eher verrecke ich hier, als dass ich meinen Posten verlasse <<, hatte Tom ihm gedroht.
>> Wie sieht es aus? <<, fragte er jetzt Alexandra, die einen Bericht nach dem anderen hereinbekam.
>> Totalausfall <<, erklärte sie ihm. >> Wir müssen alle Systeme neu hochfahren, ehe wir verlässliche Daten bekommen. Der Reaktor hält und ist funktionsbereit. Eigentlich das einzig Positive. Die Techniker machen sich daran, die Waffen wieder in Gang zu kriegen. Kommunikation dürfte in etwa zwanzig Minuten wieder funktionieren. Alles andere ... <<, Alexandra zögerte, >> ... steht in den Sternen. <<

Tom nickte. >>Was passiert da draußen mit meiner Flotte?<<, fragte er sie heiser.
>>Die SSA ist eingebrochen, die Marokianer treiben sie vor sich her.<<
>>Ich brauche Kommunikation und optische Sensoren. Sofort. <<
>>Ich kümmere mich darum<<, versprach sie und trat an ihre Konsole.
>>Silver an Harry Anderson. <<
>>Hier Anderson. <<
Harry lag unter einem Wulst aus Röhren und Kabeln, sein Gesicht war schwarz verschmiert und Schweiß perlte von seiner Stirn.
>>Wir brauchen sofort Kommunikation und optische Sensoren. <<
>>Kommunikation kriegt ihr, aber mit maximal einem Schiff, die Optik ist im Arsch. Wir müssen die Phalanxen neu ausrichten, das dauert Stunden. <<
>>Der Captain verlangt es, Harry. <<
>>Keine Chance, Commander. Und wenn Zeus persönlich vom Olymp heruntersteigt. Es geht nicht. <<
>>Tun Sie Ihr Bestes. Silver, Ende. <<
Alexandra wandte sich an Tom, doch er winkte ab. >>Ich hab's gehört<<, knurrte er.
>>Geben Sie mir eines der Trägerschiffe. Ich bin im Besprechungsraum. <<
Tom griff nach dem Stock, den Will ihm geschenkt hatte, und ging durch die rechte Brückentüre nach draußen.
Links des Ausganges führte eine Treppe nach oben in den Konferenzraum. Einen großen, hufeisenförmigen Raum, dessen gesamte Außenseite verglast war. Im Zentrum stand ein langer Tisch, die Wände waren mit demselben edlen Holz verkleidet wie auch Toms Büro oder die Offiziersmesse.
Von hier oben hatte Tom einen guten Überblick über das Geschehen.
>>Verbindung mit Trägerschiff Saratoga steht<<, kam Alexandras Stimme aus dem Lautsprecher.
>>Wenden Sie das Schiff. Ich muss das Schlachtfeld sehen. <<
>>Wird erledigt. <<

Eine Minute später fühlte Tom, wie die Victory sich schwerfällig in Bewegung setzte. Der mächtige Körper bog sich zur Seite und die schwarzen Sonnen verschwanden aus dem Blickfeld.
Tom stand am Fenster des Konferenzraumes und blickte hinaus zu den Nebelschwaden des nahen Hexenkreuzes.
Tausende Explosionen und Blitze zuckten vor dem imposanten Kreuznebel hin und her. Tom sah, wie die Schiffe sich immer weiter verteilten, die Schlachtordnung löste sich auf.
>> Hawkins an Saratoga. Was geht da draußen vor? <<
In knappen, sich überschlagenden Worten schilderte eine Stimme am anderen Ende der Verbindung die aktuelle Lage. Mit jedem Wort verfinsterte sich Toms Miene noch mehr, die Falten seines Gesichts wurden zu steinernen Tälern, die Augen zu blitzenden Leuchtfeuern des Zorns.
>> Befehlen Sie den Schiffen einen Rückzug <<, sagte Tom. >> Ich will, dass sich alle vom Hexenkreuz wegbewegen und hier an den schwarzen Sonnen neu formieren. <<
>> SIR? << Entsetzen lag in der Stimme des Mannes. >> Warum? <<
>> Wenn Sie noch ein einziges Mal einen meiner Befehle hinterfragen, lass ich Sie hier zurück. In einem Raumanzug, alleine, mitten auf dem Schlachtfeld, und dann kriegen Sie die Gelegenheit, über das Warum nachzudenken. Für eine verdammt lange Zeit. <<
>> Befehl ist ausgeführt <<, keuchte der Mann nach Sekunden der Sendepause und praktisch zeitgleich sah Tom die Schiffe abdrehen und auf die schwarzen Sonnen zukommen.
>> Hawkins an Silver. Ich brauche die Waffen in ein paar Minuten. <<
>> Sie verlangen Unmögliches <<, antwortete Alexandra mit zitternder Stimme. Unten auf der Brücke musste gerade die Hölle los sein.
Völlig alleine stand der XO der Victory inmitten der Trümmer und dirigierte die Maßnahmen zur Wiederherstellung der Gefechtsbereitschaft.
Kabelstränge wurden quer über die Trümmer geworfen, um die Computer neu zu vernetzen, explodierte Konsolen wurden durch

tragbare Computer ersetzt, der zerborstene Hauptschirm wurde abgeklemmt und durch einen holographischen Schirm ersetzt.
>> Harry, was ist mit den Waffen? <<, brüllte sie angespannt ins Komlink.
>> Was soll ich denn machen ... zar ... <<, die Verbindung wurde durch eine Explosion irgendwo im Schiff überlagert.
>> HARRY!!! <<, brüllte Alexandra entsetzt. Es waren schon so viele vom technischen Personal gestorben, sie konnte nicht noch mehr Ausfälle hinnehmen. >> HARRY!!! <<
Sekundenlange Funkstille, nur das Knistern von Feuer und Bersten von Metall war zu hören. Keuchende Hilferufe, weit entfernt. Schritte hallten über das Deck, Feuerlöscher zischten, die Schreie der Verbrennenden wurden lauter.
>> HAARRRRRYY!!!!! Herrgott, melde dich! <<
>> Bin noch da <<, die hustende Stimme von Wills kleinem Bruder war wie eine Erlösung.
>> Was ist da unten passiert? <<
>> Die Energiezufuhr der Torpedostarter ist hochgegangen. <<
>> NEIN <<, gequält warf Alexandra den Kopf in den Nacken. Was konnte noch alles kaputt gehen?
>> Harry. In ein paar Minuten wird die gesamte marokianische Flotte hier sein. Hawkins braucht dann die Waffen. <<
>> Ich kann nicht, Commander. Ich kann einfach nicht ... Hier unten ist alles kaputt. <<
Verzweifelt sah Alexandra sich in den Trümmern der Brücke um. All die Männer und Frauen, die verbissen um das Überleben von Schiff und Crew kämpften. Alle waren sie voller Dreck, Blut und Schweiß. Alle kämpften sie mit den Widrigkeiten der Technik.
Was war das für eine Zeit, in der das Löten von Kabeln und Programmieren von Überbrückungsprotokollen über Sieg und Niederlage in einer Schlacht entschied? Alexandra wünschte sich, eine Waffe nehmen zu können und den Marokianern Auge in Auge gegenüberzutreten. In einem Zweikampf gab es immer eine Möglichkeit zu siegen. Doch so ... gefangen in einem sterbenden Schiff, eingepfercht mit Tausenden anderen, zum Tode verdammt, wenn sie nicht ein Wunder bewirken konnten.

\>\> Zwei Minuten, Alexandra. In zwei Minuten brauche ich die Waffen <<, sagte Hawkins fordernd über Interkom.
Was sollte sie ihm antworten? ... Geht nicht, gibt's nicht. Ein Nein konnte Tom Hawkins unmöglich akzeptieren.
\>\> Harry arbeitet daran. <<
Tom nahm den Satz zur Kenntnis und konzentrierte sich wieder auf die Ausrichtung seiner Flotte.
Wie eine Mauer hatte er sie vor der Victory Aufstellung beziehen lassen. Die Marokianer sollten glauben, es sei zum Schutz des fast zerstörten Hybridschiffes.
Die Flotte des Feindes war so abgekämpft und zerschossen wie die eigene. Feuer loderte auf den Decks, Löcher klafften in den Hüllen, Dutzende Schiffe waren auf der Strecke geblieben und mussten evakuiert werden.
\>\> Hawkins an Saratoga. Auf meinen Befehl eine volle Breitseite gegen den Feind. <<
Tom zählte die Sekunden, er schloss die Augen, konzentrierte sich und wartete. Das Böse kam näher.
\>\> FEUER <<, sagte er fast genüsslich und ein Schwall tödlicher Geschosse ergoss sich auf die Marokianer.
\>\> AUSSCHWÄRMEN!!! <<, brüllte er.
\>\> Alexandra, volle Kraft voraus und alle WAFFEN FEUER. <<
Alexandras Blick richtete sich auf den Steuermann. \>\> LOS <<, schrie sie, ohne zu wissen, ob das Schiff überhaupt reagieren würde.
\>\> SEMANA? <<
\>\> Die Anzeigen sind da, aber sie reagieren nicht. <<
Die Victory tauchte unter den Marokianern durch, der Rest der Flotte verteilte sich in alle Richtungen.
Die Marokianer erwiderten das Feuer und trafen mit fast jedem Schuss ins Schwarze. Während die konföderierte Flotte auf Toms Befehl ans Hexenkreuz zurückflog, sammelten sich die Marokianer an den schwarzen Zwillingssonnen und hielten mit ihren schweren Waffen auf die flüchtenden Schiffe.
Die Victory fiel sofort zurück, ihr Antrieb war zu schwach, als dass sie die Geschwindigkeit der Flotte hätte mitgehen können.
\>\> WAFFEN SIND ONLINE! <<, kam Harry Stimme aus dem Interkom.

Alexandra sah zu Semana.
Semana sah auf ihre Konsole.
Die Anzeigen sprangen auf Grün.
\>\> Waffen sind online <<, bestätigte Semana.
\>\> Silver an Hawkins. Wir haben die Waffen zurück. <<
\>\> Feuert unsere Torpedos in die Sonne <<, sagte Tom eiskalt.
Alexandra winkte Semana mit einer eindeutigen Handbewegung: >> Tun Sie's. <<
Die Hecktorpedowerfer glühten auf und ein Cluster Torpedos wurde ausgespuckt. Zielgenau zischten sie durch die Flotte und verglühten in der Korona der Sonne.
Die Explosionen schlugen gegen die schwarz glühende Oberfläche, die Sonnen-Eruptionen wurden angeheizt, ein Sturm aus schwarzem Feuer fegte ins All und entzündete die aus den Schiffskörpern entweichenden Gase.
Eine gewaltige Explosion donnerte durch die marokianische Flotte, Schiffe verglühten oder wurden zu stählernen Fackeln. Trümmer trudelten ins All, Kreuzer explodierten wie Knallkörper zu Silvester.
Wie die Finger einer dämonischen Hand griffen Feuerströme nach den konföderierten Schiffen, die genau wie die Marokianer Dutzende Gase verloren.
Wie an einer Zündschnur folgte das Feuer der konföderierten Flotte. Um die Victory herum entfaltete sich ein Teppich aus dunklen Flammen.

Im All.
Will sah das Ausdehnen der solaren Flammen ins All, eine Explosion aus schwarzem Licht, gefolgt von orangem Funkenregen und glühenden Trümmern.
\>\> Mein Gott. <<

Imans Schiff.
\>\> Wir haben Kontakt mit unserer Flotte verloren <<, sagte Ituka zu Dragus.
Imans erster Offizier blickte von seiner Konsole auf. >> Warum? <<

\>> Keine Ahnung. Die Signale waren von einer Sekunde auf die andere weg. <<
\>> Wie weit sind wir noch entfernt? <<
\>> Weniger als eine Stunde. <<
\>> Haben wir Sensorenbilder? <<
\>> Schlechte. <<
\>> Auf den Schirm. << Dragus trat ins Zentrum der Brücke und sah die blinkenden Punkte auf der projizierten Sternenkarte. >> Das sind nicht mehr viele <<, sagte er.
\>> Aber es sind alles Konföderierte. <<
Zum schlechtestmöglichen Zeitpunkt betrat Iman die Brücke. Sofort erkannte er die Mimik seiner Offiziere.
\>> WAS IST PASSIERT? <<
Dragus deutete auf den Schirm und erläuterte die Lage.
\>> Wir sollten abdrehen <<, sagte Ituka.
\>> Nein. Auf keinen Fall. <<
\>> Vor zehn Minuten dachten wir noch, die Schlacht wäre gewonnen, und jetzt sind all unsere Schiffe zerstört. Es ist Wahnsinn, weiterzufliegen <<, warnte Ituka.
\>> Du kannst gerne aussteigen <<, erwiderte Iman und machte klar, dass der Befehl galt.

Pegasus 1.
Christine saß in ihrem Büro auf der Krankenstation, schrieb Krankenberichte und Dienstpläne, sortierte Akten, die sich während der letzten Tage angesammelt hatten, und versuchte krampfhaft, nicht an Tom zu denken.
Und je mehr sie ihn aus ihren Gedanken zu verdrängen suchte, desto schlimmer wurden die Bilder, die sie sich ausmalte. Jeder auf der Station hatte von der Schlacht gehört, die am Hexenkreuz tobte. Jede neue Nachricht, die durchkam, verbreitete sich wie ein Lauffeuer auf der Station. Seit Stunden hingen alle wie gebannt an den Monitoren und Komlinks. Das Leben an Bord der P1 war zum Erliegen gekommen. Die Soldaten verrichteten ihren Dienst wie Maschinen. Ihr Gedanken waren bei den Männern und Frauen am Hexenkreuz, die kämpften und starben.

Christine legte ihre Arbeit zur Seite und ging spazieren. Es war ruhig auf der Station, keine kritischen Fälle, keine Operationen, es war seit Tagen kein Verwundetentransport mehr hereingekommen. Im Bereich der Pegasus-Linie waren die Kämpfe abgeflaut, um woanders um so heftiger zu lodern.

Christine verharrte am Fenster eines der Krankenzimmer und blickte hinein. Bethany Kane lag auf ihrem Bett, die Arme neben dem Körper ausgestreckt, fast so, als läge sie auf ihrem Totenbett.

Doch das tat sie nicht. Christine hatte noch vor wenigen Stunden mit ihr gesprochen. Sie hatten sich über die Möglichkeit von Augenimplantaten unterhalten. Ihre eigenen würde sie nie mehr benutzen können.

Tom hatte Christine ein altes Foto gezeigt, das ihn und Bethany am Strand von Paragon zeigte. Jenem gigantischen Anwesen der Hawkins-Familie auf den Südkalifornischen Inseln.

Sie war bildhübsch gewesen.

Nun lag sie hier im Krankenbett mit von Granatsplittern zerrissenen Augäpfeln und tiefen Brandwunden am ganzen Körper.

Bei allem medizinischen Fortschritt blieb das Transplantieren von Augen immer noch eine der kompliziertesten Angelegenheiten. Fast jedes Organ konnte heutzutage mit mehr als neunzigprozentiger Erfolgschance ausgetauscht werden. Die Menschen hatten gelernt, Knochen zu züchten, ebenso wie einen praktisch perfekten Ersatz für Spenderblut entwickelt. Doch auch den Göttern in Weiß waren Grenzen gesetzt. Das Einsetzen neuer Augen war eine heikle Prozedur und die Erfolgschancen waren wacklig. Sicher, sie würde wieder sehen können. Nur es würde nicht dasselbe sein wie zuvor. Nur die wenigsten hatten das Glück einer hundertprozentigen Heilung.

Und dann blieben noch die Narben, welche das einst makellose Gesicht verunstalteten.

Christine blickte in dieses von Verbänden verdeckte Antlitz und ihr wurde klar, dass sie selbst unglaubliches Glück hatte. Trotz der traumatisierenden Erlebnisse ihrer Gefangenschaft, trotz der Folter und Erniedrigung, der Angst, Krankheit und Leid, trotz der Narben, die sie davongetragen hatte, und der Alpträume, die sie quälten. Trotz alledem hatte sie Glück gehabt.

Die Narben heilten, wenn sie auch nie ganz verschwinden würden, sie hatte noch alle Körperteile, war in keinster Weise behindert aus der Gefangenschaft gekommen, konnte ihren Beruf wieder ausüben und hatte Tom, der ihr viel Halt gab. Und die Hoffnung, irgendwann wieder eine Nacht lang schlafen zu können, hielt sie sich immer noch am Leben.

Wenn man bedachte, was hinter ihr lag, welche Hölle sie durchlitten hatte, so konnte sie doch froh sein über den Zustand ihres jetzigen Lebens.

Bethany Kane würde sehr viel sichtbarere Erinnerungen behalten als Christine. Voller Mitleid für die Frau ging sie weiter, vorbei an anderen Fenstern mit weiteren Krankenbetten und weiteren Schicksalen. Hinter jeder dieser Scheiben verbarg sich ein anderes Leben, eine andere Geschichte, aber immer dasselbe Drama.

Das Drama des Kriegs nämlich, welches eine ganze Generation erfasst hatte und nicht mehr losließ. Wenn sie durch diese Gänge schlich, fühlte sich Christine wie ein hilfloser Zeuge eines gewaltigen Verbrechens. Wie viele würden als Krüppel aus diesem Krieg zurückkehren? Wie viele würden das Erlebte niemals verarbeiten können? Wie viele würden irgendwo dort draußen bleiben und ihren Familien nicht einmal einen zu betrauernden Körper hinterlassen? Wie viel Elend würde dieser Krieg noch mit sich bringen?

ISS Victory.
Die Victory überlebte. Trotz aller Schäden und trotz ihrer Nähe zum schwarzen Feuer überstand sie die Explosionen.

Die anderen Schiffe der Flotte flüchteten mit letzter Kraft aus der Flammenhölle.

Nicht alle schafften es. Tom sah, wie um ihn herum Schiffe vom Feuer eingeholt und vernichtet wurden.

Sein einziger Trost in diesen Minuten war die Tatsache, dass mehr Marokianer gestorben waren als eigene Leute.

Deutlich mehr Marokianer.

Ein Blick zurück zeigte ihm eine zerstörte feindliche Flotte. Kein einziges Schiff hatte die Sonneneruption überlebt. Hunderte brennender Wracks lagen im All, Rettungskapseln und Shuttles starteten aus den Trümmern. Panisch verließen die Überlebenden ihre Schiffe.

Die dunklen Feuer verzehrten die Gase und verloren sich im All, als sie keine Nahrung mehr fanden.
Die Victory hielt Kurs aufs Hexenkreuz, während die Flotte stoppte und sich sammelte.
Fassungslos saßen Alexandra und alle anderen Mitglieder der Brückencrew auf den Trümmern ihrer Stationen und blickten auf den Holoschirm.
Keiner außer Tom hatte mehr geglaubt, dem Untergang entgehen zu können.
Es war totenstill geworden im Kommandozentrum der Victory. So still, dass sie jeden einzelnen Schritt hören konnten, als Tom die stählerne Treppe herunterkam. Wie Donnerschläge hallten sie durch das Schiff.
Alle Blicke richteten sich auf die Tür, als Tom, auf seinen Stock gestützt, die Brücke betrat. Einer nach dem anderen erhob sich, nahm Haltung an und begann zu applaudieren. Eine Fanfare aus lautem Klatschen und noch lauteren Jubelschreien ergoss sich über Tom, der erschöpft und gegen seine Schmerzen ankämpfend in der Tür stand.
>> Was soll das denn? <<, fragte er mit deutlich milderem Tonfall als noch vor wenigen Minuten.
>> Das war nicht ich <<, sagte er beschämt durch die Reaktion der Crew.
>> Das wart ihr <<, sagte er und der Applaus wurde noch lauter.
Tom kam einige Schritte näher an Alexandra. >> Wie sieht es aus? <<
>> Ein marokianischer Verband nähert sich uns verdammt schnell <<, erklärte sie mit Blick auf ihre Konsole.
>> Wie schnell? <<
>> Zu schnell. Wenn wir jetzt abdrehen, holen sie uns in weniger als zwei Stunden ein. <<
>> Bringen Sie uns in den Nebel. Geben Sie Befehl an die Flotte, dass alle Rettungskapseln geborgen werden müssen. <<
>> Nur die eigenen oder auch … <<
Toms Blick war eindeutig und Alexandra verstummte. >> Sir <<, sagte sie und wandte sich sofort an ihre Konsole.

\>\> Victory an Saratoga. Bergen Sie unsere Rettungskapseln. Anschließend folgen Sie uns in den Nebel. <<
\>\> Ich bin in meinem Büro. Sie haben die Brücke <<, sagte Tom und ging die Stufen hinauf zur Tür im hinteren Bereich der Brücke. Zu seinem Erstaunen öffnete sie sich nicht. Die Türautomatik war ausgefallen.
\>\> Nun, man kann nicht alles haben <<, sagte er und verließ die Brücke durch die Seitentüre. Er brauchte jetzt seine Ruhe, egal, ob im Büro oder in seinem Quartier.

Imans Schiff.
Als Iman das Hexenkreuz erreichte, war von den Flotten nichts mehr zu sehen. Trümmerfelder erstreckten sich über den ganzen Sektor, an den schwarzen Sonnen entdeckte er einen Verband ausgebrannter Schiffe. Hunderte Rettungskapseln trieben zwischen den zerstörten Schiffen.
\>\> Was um Kogans Namen ist denn hier passiert? <<, flüsterte Dragus beim Anblick des von Nebelschwaden durchzogenen Schlachtfeldes.
Absolut nichts war von den beiden Flotten übrig geblieben.
Iman stand regungslos vor dem Hauptschirm, die Hände am Rücken verschränkt, und blickte hinaus ins All.
Alle warteten auf den Befehl zum Umkehren. Es hatte keinen Sinn hier zu bleiben. Doch Iman verharrte und rekonstruierte die Schlacht in seinem Kopf. Was war hier passiert? Wie hatte Hawkins das geschafft? Wo war das Wrack der Victory?
Alle geborgenen Soldaten bestätigten dieselbe Geschichte. Die Victory sei praktisch zerstört worden, als sie einen Kogan gerammt und in der Mitte zerteilt hatte.
Ein Irrsinnsmanöver.
Was danach passiert war, verlor sich im Dunkel der Legenden. Keiner konnte so genau sagen, wie es passiert war oder was sie da erwischt hatte. Offiziere lebten kaum noch welche und die Mannschaften hatten im Inneren der Schiffskörper nichts mitbekommen. Nur dass um sie herum plötzlich alles zusammenbrach.
Wohin würde ich mich retten? fragte sich Iman, während er zum Hexenkreuz hinausblickte. *Wie viele von euch haben es dort hinein geschafft? Ver-*

steckst du dich vor mir und lockst mich in eine Falle so wie alle die anderen auch? Was würde ich tun?
Iman grübelte endlos über den immer gleichen Fragen, ohne zu einer definitiven Antwort zu kommen.
>> Bereitet eine Durchsuchung des Nebels vor <<, sagte er schließlich. >> Die Konföderierten sind irgendwo dort drinnen. Angeschlagen und verängstigt. Wir haben einen Verband frischer Kriegsschiffe. Wenn wir sie finden, können wir sie zerstören. <<
>> Im Inneren des Nebels haben wir keine Sensoren <<, warnte Ituka. >> Wir müssten auf Sicht navigieren. <<
>> JA <<, antwortete Iman. >> Startet die Jäger. Sie sollen vor der Flotte herfliegen und Ausschau halten. Zwei Schiffe bleiben zurück, um die Überlebenden zu bergen. <<
Dragus nickte und gab die Befehle weiter.
Wenig später folgten die Marokianer Hawkins' Flotte in den Nebel.

Mendora.
Sechs Tage dauerte die Schlacht nun. Sechs Tage pausenlosen Gefechts. Schätzungen zufolge bekämpften sich fast eine halbe Million Mann hier am Berg, irgendwo in der Wildnis. Ein Berg, der nicht einmal einen Namen hatte, ein Berg, der nie hätte zum Schlachtfeld werden sollen.
Marokianer und Konföderierte waren entschlossen zu gewinnen und karrten in nicht enden wollenden Strömen von Transportflügen Kompanie um Kompanie an den Berg, nur um sie im nächsten Ansturm gegen die Stellungen des Feindes zu verheizen.
Von den Bunkern und Gräben der Basis war praktisch nichts mehr übrig. Der ganze Berg war zu einem einzigen Massengrab geworden, in dessen rauchiger, verschneiter Hölle gekämpft wurde bis zum Erbrechen.
Schützengräben von zwei Metern Tiefe waren mit Leichen aufgefüllt, so dass man eben darüberlaufen konnte. In den umgestürzten, zerbrochenen Bäumen hingen abgestürzte Schiffe und Jäger, Piloten und Rettungskapseln, Männer und Frauen, die aus den offenen Luken der Schiffe stürzten, als diese versuchten, dem Beschuss zu entkommen.
Überall wurde gekämpft.

Es gab keine Frontlinien mehr, keine geordneten Vormärsche. Wo auch immer eine Einheit einfiel, zerstob sie sofort zu einer Masse Versprengter.
Darson lag zwischen einigen Bäumen und versuchte sich zu erholen. Er und die Männer der Einheit, der er sich angeschlossen hatte, waren aus dem letzten Angriff schwer angeschlagen zurückgekehrt und wurden nun medizinisch versorgt. Die Kompanie hatte fast sechzig Prozent ihrer Stärke verloren, bei nur einem einzigen Angriff. Darson hatte, wie schon die letzten Tage über, in vorderster Reihe gekämpft und war fast unbeschädigt aus dem Kampf herausgekommen. Er hatte Tausende Schnitte im Gesicht und am ganzen Körper, er hatte ein paar gebrochene Rippen und einige Einschüsse in seiner Schutzweste. Dank der Medikamente bemerkte er von all dem nicht viel.
Er sah nur den Schnee, der nun schon rot vom Himmel zu kommen schien, was aber am seltsam düsteren Licht lag und nicht an der Menge von geflossenem Blut.
Darson hatte schon zweimal geglaubt, die Marokianer seien besiegt, doch beide Male waren neue Truppen hinzugekommen und hatten die aufgeriebenen Linien verstärkt. Die Schlacht drohte zu unendlichem Grauen zu werden.
Immer wieder wurden Bomberangriffe geflogen, die Hunderte in den Tod rissen. Zwanzig Minuten später waren diese Männer durch neue ersetzt und es ging weiter.
Dieser Berg entwickelte sich zur ultimativen Materialschlacht. Der Wert von Leben wurde gleichgesetzt mit dem von Waffen und Maschinen. Die Generäle beider Seiten waren entschlossen, eine Entscheidung zu finden, und hier hatten sie das perfekte Schlachtfeld gefunden. Es würde weitergehen, bis nur eine Seite übrig blieb.

An Bord der Saratoga.
Will hatte durch das Fenster seiner Rettungskapsel die ganze Schlacht verfolgen können. Die tödliche und zugleich majestätische Explosion aus schwarzem Licht und Feuer hatte alles verschlungen, was von den Flotten übrig geblieben war.
Als die Flammen verschwanden und die Wracks in den Wolken aus Tod und Leid zum Vorschein kamen, glaubte er für Sekunden, der

letzte Überlebende zu sein. Dutzende eigener Schiffe waren im Feuertaifun zerstört worden. Die Victory verschwand zwischen den Strömen dunkler Flammen und die wenigen Schiffe, die sich aus dem Griff der Zerstörung retten konnten, wirkten mehr wie Leichenbarken als wie die stolzen Schlachtschiffe, die sie eigentlich waren.
Es waren lange Minuten gewesen, die Will in seinem abgesprengten Cockpit gesessen war und hinausblickte zu den Überresten der Schiffe. Nie hatte er sich so alleine gefühlt wie in diesem Augenblick, verloren im Meer der Sterne.
Doch der Schein trog.
Ein SAR-Raider der Saratoga, der zusammen mit Dutzenden anderen das Schlachtfeld absuchte, um Überlebende zu bergen, fand ihn und brachte ihn zurück zum Trägerschiff.
Das Flugdeck der „Sara" glich einem Schrottplatz. Unzählige Rettungskapseln waren hier angehäuft worden, aus denen man zu oft nur noch die Toten bergen konnte.
Doch aus ebenso vielen befreite man Überlebende, die sich in letzter Sekunde von ihren Schiffen retten konnten.
Verloren stand Will auf dem Flugdeck, beobachtete die Ärzte und Soldaten, die eine Kapsel nach der anderen öffneten, sah die Verletzten, die auf Tragen hinausgebracht wurden, und die Toten, die in schwarzen Säcken verschwanden.
Er sah Männer blutüberströmt am Boden liegen und Ärzte, die an Ort und Stelle um deren Leben kämpften. Er sah Soldaten verzweifelt und weinend auf ihren Jägern sitzen. Die Wucht der Schlacht hatte sie alle übernommen. Jedem an Bord dieses Schiffes war zu diesem Zeitpunkt hundeübel.
Was hinter ihnen lag, war die verheerendste Raumschlacht des bisherigen Krieges. Keinem war das zu diesem Moment klar, die meisten wussten nicht einmal, ob man gewonnen oder verloren hatte. Der Zustand der Schiffe und Mannschaften ließ eher auf eine verlorene als auf eine gewonnene Schlacht schließen.
Die Realität jedoch war anders.
Zu diesem Zeitpunkt galt die Schlacht als gewonnen.
Will ging mit all den anderen Unverletzten in einer langen Kolonne zu den Lagerräumen, in denen Notquartiere eingerichtet wurden. Stunden und Stunden vergingen, ohne dass Will irgendetwas in Er-

fahrung bringen konnte. Weder wurde ihm gesagt, was mit der Victory geschehen war, noch konnte er herausbekommen, wohin man flog.
Das Chaos an Bord war kaum beschreibbar.
Wills Gedanken kreisten in diesen Stunden einzig um Alexandra. Die Frage, ob sie noch lebte oder zu den Opfern zählte, nagte an seinem Verstand.
Irgendwo im Hintergrund glaubte er ein Gespräch mitgehört zu haben, das besagte, Tom würde noch leben. Die Victory sei gerettet worden.
Will konnte es nicht glauben angesichts der Zerstörungen, die er selbst an dem Schiff gesehen hatte.
Andererseits ... Tom hatte schon oft das Unmögliche möglich gemacht. Warum nicht auch hier?
Als es Abend wurde, legte sich die Aufregung, Ruhe kehrte ein und der Strom an Verletzten und Geborgenen verteilte sich und wurde dünner, bis man ihn nicht mehr wahrnahm. Endlich Gelegenheit, mehr zu erfahren.
Will verließ das Notquartier und machte sich auf den Weg zur Brücke. Er kannte die Saratoga gut; ehe er auf die P1 versetzt wurde, diente er fast anderthalb Jahre auf ihr.
Ob Cheppel noch hier war? Ob er noch lebte?
Will ging die Treppen hoch zum Kommandodeck und folgte dem Korridor zur Brücke. Der Geruch von Schweißgeräten und Gas lag in der Luft. Reparaturcrews werkten an den Systemen hinter den zerborstenen Wandverkleidungen.
Cheppel, der Erste Offizier der Saratoga, stand mit einem Arm in der Schlinge auf dem Kommandostand der Brücke und gab Befehle. Er wirkte wie ein alter Feldherr, der von einem Hügel aus seine Truppen in die Schlacht führte.
Will näherte sich ihm von hinten, Cheppel war so in seine Arbeit vertieft, dass er seinen alten Kameraden nicht bemerkte.
>> Und ich brauche endlich wieder die ... <<, Cheppel verstummte, als er im Augenwinkel den „Geist" Will Andersons erblickte.
>> Träum ich oder wach ich? <<, sagte er mit freudiger Überraschung in der Stimme.

\>\> Wenn so deine Träume aussehen ... <<, Will sah sich um,
\>\> würde ich in Zukunft wach bleiben. <<
Cheppel lachte und kam die Stufen vom Kommandostand herunter.
\>\> Schön, dich wiederzusehen <<, sagte der Chang und schlug Will auf die Schulter.
\>\> Hast du zwei Minuten für mich? <<
\>\> Klar. <<
Cheppel und Will gingen ein paar Schritte den Korridor hinunter.
\>\> Was ist mit der Victory? <<, fragte Will
\>\> Sie ist in den Nebel geflogen, so wie der Rest der Flotte. <<
\>\> Sie ist also nicht zerstört? <<
\>\> Nein. Hawkins muss einen Pakt mit dem Teufel geschlossen haben. Anders kann ich mir das nicht erklären. <<
Wills Mundwinkel zogen sich nach oben. \>\> Hawkins lebt? <<
\>\> Sicher. Er kommandierte die Schlacht aus einem völlig zerstörten Schiff heraus. Diese ganze Sache ... <<, Cheppel zögerte. \>\> Der Mann ist völlig verrückt, wenn du mich fragst. Eigentlich hätten wir alle draufgehen müssen. <<
Ja, ja ... so war Tom nun mal, dachte Will grinsend.
\>\> Wo ist die Victory? <<, fragte er verschwörerisch. \>\> Glaubst du, mit einem Jäger könnte man sie erreichen? <<
Cheppel nickte, öffnete durch Tastendruck eine Tür, an der sie gerade vorbeikamen, und lotste Will hinein.
\>\> Da ist sie <<, sagte er und deute auf das Fenster am anderen Ende des Raumes.
Der verbrannte, zerrissene, bis auf das Skelett eingefallene Körper der Victory lag nur wenige tausend Meter entfernt längsseits der Saratoga.
Unfähig zu atmen trat Will näher an das Fenster und sah die Wunden in der Hülle des Schiffes.
\>\> Unglaublich ... nicht wahr? <<
Will schüttelte den Kopf. Die ganze Hülle wirkte wie ein von der Sonne verbrannter Acker. Zerfurcht und alt.
\>\> Aber weißt du, was noch viel unglaublicher ist? << Cheppel deutete auf die Hecksektion, wo der Antrieb hell wie eh und je leuchtete.
\>\> Siehst du das? <<

Will erkannte es nicht sofort, erst auf den zweiten Blick wurde ihm klar, was der Chang meinte.
Die Hülle regenerierte sich. Das braune, verbrannte Etwas der Schiffshaut zerbröselte und verteilte sich im All und eine neue grüne Hybridhülle wuchs über das Skelett des Schiffes.
\>\> Das gibt's nicht. <<
\>\> Wenn wir nur mehr solche Schiffe hätten. Der Krieg könnte in wenigen Monaten gewonnen sein <<, sagte Cheppel.
\>\> Der Tag wird kommen <<, zitierte Will einen von Toms liebsten Sätzen und bat dann seinen Freund um einen Gefallen. \>\> Ich brauche ein Schiff <<, sagte er. \>\> Einen Jäger, ein Shuttle, ganz egal, was. Ich muss da rüber. <<
\>\> Warum? <<
\>\> Kennst du den ersten Offizier der Victory? <<
\>\> Commander Silver? Flüchtig. <<
\>\> Weißt du, ob sie noch lebt? <<
\>\> Keine Ahnung. <<
\>\> Eben. Darum muss ich da rüber. <<
\>\> DU und Silver? <<
Will nickte.
\>\> Gratuliere dir. Sie ist 'ne verdammt hübsche Frau. Etwas blass vielleicht ... <<, Cheppel verstummte, als er in Wills bittere Augen sah. Rasch nickte er und versprach, seinem alten Kameraden zu helfen. \>\> Ich lasse einen Jäger für dich klarmachen. <<
\>\> Danke, Mann. Ich bin dir was schuldig. <<
\>\> Ich komme darauf zurück. <<
Will verabschiedete sich von dem Chang und rannte hinunter zum Flugdeck. Er musste zurück auf die Victory. Zurück zu Alexandra.
Zehn Minuten später verließ er das Flugdeck der Sara und überbrückte die wenigen tausend Meter zwischen den beiden Schiffen.
Die Landebucht der Victory war bereits von neuem Hybrid umgeben, während im Inneren noch die Schäden beseitigt wurden.

Imans Schiff.
Die Flotte war tief in den Hexenkreuz-Nebel eingedrungen, ohne auch nur die Spur eines konföderierten Schiffes zu finden.

Die meisten Offiziere hielten es für sinnlos, hier noch länger herumzukreuzen, Iman aber war überzeugt, dass Tom Hawkins irgendwo hier drinnen war und sich versteckte. Und keine Macht im Universum hätte ihn dazu bewegen können, jetzt in marokianisches Territorium zurückzufliegen.

Ituka saß an einer der Sensorenkonsolen und sondierte den Bereich vor dem Schiff. Jägergeschwader waren ausgeschickt worden und durchstreiften in einem weiten Radius den Raum um das Schiff.

Der Verband hatte sich so weit verteilt, dass man noch Sichtkontakt zueinander hatte. So tief im Inneren des Nebels funktionierten die Sensoren nur wenige hundert Meter weit. Verlor man den Sichtkontakt, verlor man die Flotte und dann verschwand man vielleicht für immer hier draußen.

Ituka wusste das, und umso sinnloser empfand er die Aufgabe, die ihm zugedacht wurde. Er saß da und starrte auf einen leeren Bildschirm. Von Zeit zu Zeit flackerte etwas auf und verschwand wieder. Störungen. Sonst nichts.

Er und auch Dragus waren überzeugt, hier draußen die Zeit der ganzen Flotte zu verschwenden. Der Einzige, der von der Sinnhaftigkeit der ganzen Operation überzeugt war, war Iman selbst. Und das genügte nun mal, um weiterzumachen.

ISS Victory.
Alexandra kam in Toms Quartier, um ihm die aktuellsten Berichte zu bringen. Sie fand ihn vor sich hin dösend am Schreibtisch.
Die Uniformjacke hing an der Rückenlehne des Sessels, die Beine waren auf den Tisch gelegt und das langärmlige grüne Unterhemd war durchsickert mit getrocknetem Blut.
Auf dem Tisch stand ein fast leeres Glas mit goldenem Inhalt.
Tom öffnete die schweren Augenlider und sah Alexandra an.
\>> Was gibt's? <<
\>> Die aktuellsten Berichte, Captain. <<
\>> Wie sehen wir aus? <<
\>> Ein Pyrrhussieg <<, erklärte sie.
\>> So schlimm? <<
\>> Wir haben fast fünfzigtausend Gefallene <<, sagte sie mit Grabesstimme.

>> Mehr als achtzig Prozent der Flotte wurden zerstört. Die Schiffe, die wir noch haben, sind am Ende. Inklusive uns selbst. <<
>> Fünfzigtausend <<, wiederholte Tom heiser und die Zahl drohte ihn zu ersticken. War das noch ein Sieg?
>> Als wir das letzte Mal hier waren ... <<, begann er, >> ... haben wir keinen Einzigen verloren. Nicht einen Toten. Warum durften wir das nicht wiederholen? Egal, was für Spätfolgen ein Leptonentorpedo hat ... Sie sind mir lieber als fünfzigtausend Tote. Wie viele Mütter haben heute ihre Söhne und Töchter verloren? Wäre es nicht das Risiko weiterer schwarzer Sonnen wert ... wenn wir diese Opfer hätten vermeiden können? <<
>> Doch <<, gab Alexandra kleinlaut zu.
>> Haben Sie etwas von Will gehört? <<, fragte er sie und Alexandra verneinte.
>> Die wenigsten Defender haben die Schlacht überstanden. Nur neun sind zurückgekehrt. <<
>> Die Saratoga soll einige unserer Piloten aufgenommen haben. Er könnte dabei sein. <<
>> Möglich <<, sagte Alexandra tonlos. Die Ungewissheit ging ihr an die Nieren.
Dann heulte der Alarm auf.

ISS Victory, Hangardeck.
Will war gerade aus dem Cockpit seiner Nighthawk geklettert und setzte seinen ersten Stiefel auf das Deck des Schiffes, als die Alarmsirenen aufheulten und um ihn herum alles zu rennen begann. Kurz entschlossen warf er seinen Helm ins Cockpit, zog seine Pilotenjacke aus und rannte zur Brücke.

ISS Victory, Brücke.
Alexandra hatte das Kommandozentrum lange vor Tom erreicht, der wegen seiner Verletzungen recht große Mühe hatte, den weiten Weg von den Quartieren zur Brücke hinter sich zu bringen.
Über Interkom hatte sie ihn über die neuesten Entwicklungen aufgeklärt.
>> Zwei marokianische Kreuzer, Dorgon-Klasse, sie nähern sich von Steuerbord, haben uns aber noch nicht entdeckt. <<

\>\> Woher wollen Sie das wissen? <<
\>\> Könnten Sie uns sehen, würden sie längst schießen, sie sind mehr als nahe genug <<, erklärte Semana auf Alexandras Frage hin.
Als Tom die Brücke erreichte, waren es nur noch fünftausend Meter Entfernung.
\>\> Ausweichmanöver <<, befahl Tom.
Der Steuermann drehte das Schiff in einen Abwärtswinkel und gab Schub auf den Antrieb. Die Victory versank in den grauen Nebelschwaden und die Marokianer zogen an ihr vorbei.
\>\> Wir müssen die Flotte warnen <<, sagte Tom.
\>\> Die Frage ist, wie. Wir haben hier drinnen keine Kommunikation. <<
\>\> Schickt Jäger zu allen anderen Schiffen. Sie sollen die Flotte warnen und mit ihnen den Nebel verlassen <<, befahl Tom.
\>\> Da draußen sind sie ein gefundenes Fressen <<, warnte Alexandra.
\>\> Keine Sorge. Diese Schiffe suchen nur uns. <<
Alexandra trat näher an Tom heran. \>\> Woher wollen Sie das wissen? <<, fragte sie ihn fordernd.
\>\> Das ist der marokianische Verband, den Sie schon vor Stunden auf den Scannern hatten <<, erklärte er und Alexandra stimmte ihm stumm zu.
\>\> Glauben Sie, irgendein Kommandant wäre so verrückt, uns hier herein zu folgen ohne einen triftigen Grund? <<
Alexandra begriff nicht, auf was Tom hinauswollte.
\>\> Das ist Iman <<, erklärte er ihr. \>\> Er ist der Einzige, der so besessen von mir ist, dass er uns in diese Hölle folgt. <<
\>\> Das können Sie unmöglich wissen. <<
\>\> Ich kann es riechen, Alexandra. Das da draußen ist Iman und er will nur UNS. Sobald unsere Jäger gestartet sind, um die Flotte zu warnen, werden wir uns einem dieser Schiffe zeigen und dann tiefer in den Nebel flüchten. Ich schwöre Ihnen, die folgen uns und lassen die Flotte ziehen. <<
\>\> Das ist riskant. Die Victory ist am Ende, sie muss in ein Dock. <<
\>\> Wir müssen die Flotte retten. Alles andere ist sekundär. <<

Will war gerade rechtzeitig auf die Brücke gekommen, um mitzubekommen, was Tom vorhatte. Am liebsten wäre er sofort Alexandra in die Arme gesprungen und hätte sie von der Brücke heruntergezerrt, um mit ihr alleine sein zu können.
Doch die Realität verbot so etwas und die Worte Toms, gepaart mit seinem und Alexandras Blick, holten ihn schnell ins echte Leben zurück. Dieser Tag hatte noch nicht die letzten Toten gesehen. Die Schlacht war noch nicht zu Ende, das Schlimmste womöglich noch gar nicht geschehen.
>> WILL <<, Alexandra stockte der Atem.
>> Keine Zeit für Begrüßungen <<, sagte er. >> Ich komme wohl ungelegen. <<
>> Ganz und gar nicht <<, erwiderte Tom und dann zu Alexandra: >> Schicken Sie die Jäger aus. <<
Alexandra nickte und ging an ihre Konsole zurück.
>> Weißt du, dass dich auf der Saratoga alle für irre halten? <<, fragte Will Tom leise genug, dass kein anderer es hören konnte.
Tom sah Will mit verwundertem Blick an. >> Ist das so? <<, fragte er erstaunt.
>> Ja<<, versicherte Will.
>> Gut <<, antwortete Tom mit gelassenem Tonfall und konzentrierte sich wieder ganz und gar auf seine Arbeit.

ISS Victory, Maschinenraum.
Harry Anderson und Ga'Ran, der Chefingenieur der Victory, beugten sich gemeinsam über einen völlig zerstörten Teil des Torpedosystems. Die Frontwaffen hatten die größten Schäden genommen und angesichts der Zerstörung um sie herum war es schwer zu entscheiden, wo man anfangen sollte.
Die beiden hatten sich für das Nachladesystem entschieden. So hatte man wenigstens die Möglichkeit zu feuern, auch wenn die Zielsensoren noch Stunden brauchten, um neu kalibriert zu werden.
Hinter ihnen hatten Soldaten damit begonnen, die Trümmer zu beseitigen und den Technikern und Ingenieuren nach bestem Wissen und Gewissen zur Hand zu gehen. Wie ein Ameisenvolk, das seinen Hügel reparierte, wuselte die Crew der Victory durch das Schiff und reparierte die Zerstörungen. Manche absolut perfekt, andere mehr

als notdürftig. Man konnte zwar vieles im All reparieren, doch es gab Schäden, für die man ein Raumdock brauchte, und von denen gab es an Bord mehr als genug.
>> Es heißt, dass Hawkins die Marokianer in einen Kampf verwickeln will <<, sagte Ga'Ran leise, während er mit Schraubenschlüsseln und Laserschweißer an einem verschmorten Etwas herumbastelte, das kein Normalsterblicher mehr hätte identifizieren können. Für die Ingenieure des Schiffes war es jedoch ein eindeutiger Teil des Puzzles.
>> Hab ich auch gehört <<, erwiderte Harry. >> Die Frage ist nur, mit was. Dieses Schiff braucht Wochen, um wieder gefechtsklar zu sein. <<
>> Wochen in einem Raumdock <<, präzisierte Ga'Ran und Harry stimmte ihm zu.
>> Es heißt, wir würden die Ersatzzielscheibe für die Flotte machen. Als Ablenkung, um ihre Flucht zu decken. <<
>> Wäre wenigstens ein guter Grund, um Selbstmord zu begehen <<, meinte Harry.
>> Es gibt keinen guten Grund, um Selbstmord zu begehen <<, erwiderte Ga'Ran.
>> Sie wissen, wie ich das meine. <<
>> Ich glaube schon ... Geben Sie mir mal den Neunzehner? ... Danke. <<

ISS Victory, Brücke.
>> Die Flotte setzt sich in Bewegung <<, sagte Alexandra zu Tom, nachdem sie aus dem Besprechungsraum ein Deck höher zurückgekehrt war. Seit der letzte Jäger das Schiff verlassen hatte, war sie dort oben am Fenster gestanden und hatte gewartet, bis die Schiffe sich endlich in Bewegung setzten.
>> Dann sollten wir den Tanz beginnen <<, sagte Tom ernst.
>> Steuermann. Bringen Sie uns auf Gefechtsdistanz zu einem der Marokianer. Semana, bereiten Sie eine Breitseite vor. Ich will ihn voll erwischen. <<
Die Victory wendete in einem weiten Bogen und steuerte auf die vermutete Position der Kreuzer zu.

>> Damit das allen klar ist! <<, begann Tom, >> wir wollen die Kreuzer tiefer in den Nebel hineinlocken. Das hier soll kein ernstzunehmender Angriff werden. Ich will sie erwischen, um sie wütend zu machen, und dann verschwinden wir irgendwo im Hexenkreuz. Mit etwas Glück folgen sie uns und die Flotte kann fliehen. <<
Die Victory erhob sich aus den grauen Nebelschwaden und näherte sich einem der Kreuzer.
>> Treffen Sie ihn von hier, Semana? <<
>> Sicher. Nur richten wir mehr Schaden an, wenn wir näher sind. <<
>> Feuern nach eigenem Ermessen. Sobald die Torpedos draußen sind, nach unten wegziehen und so schnell wir können weg. <<
Die Sekunden verstrichen und der Kreuzer wurde immer größer. *Ein Wunder, dass sie uns noch nicht sehen,* dachte Tom.

Marokia.
Ischantis Zorn hatte keine Grenzen gekannt, als die Nachricht vom verpatzten Attentat Marokia erreicht hatte. Nach außen hin war eine Mauer des Schweigens aufrechterhalten worden, doch nach innen tobte die Wut über das Versagen.
Ischanti war nicht alleine nach Marokia gekommen, ein Tross aus seltsamen Halbtoten war dem rätselhaften Wesen gefolgt. Eine kleine Gemeinde, die Ischanti fast göttlich verehrte und sich selbst Inschalas nannte.
Die Inschalas waren es, die Ischantis Wünsche den Verbündeten in der Konföderation übermittelten, die jene Pläne weitergaben, die während der langen marokianischen Nächte im Schein der Flammen entwickelt wurden.
Doch nun war es ihnen nicht mehr möglich, die Verbündeten zu erreichen. Niemand antwortete auf ihre Rufe, niemand kam zu den verabredeten Treffpunkten. Die Inschalas zitterten davor, es Ischanti zu sagen, doch sie mussten es tun.
Je länger sie zögerten, desto größer der Zorn.
Und so hatte einer der Inschalas es gewagt, ins dunkle Quartier zu gehen und die Nachricht zu überbringen.
Seine Schreie hörte man noch lange durch den Palast hallen.

Nun saß Ischanti wieder am Feuer, brütete über Möglichkeiten einer Kontaktaufnahme und fragte sich, ob es ein Fehler gewesen war, sich mit Gared zu verbünden. War diese alte, machtbesessene Frau ein zu eigenwilliger Partner gewesen? Würde ihrer beider Verbindung nun auffliegen und somit alle Hoffnungen auf eine zweite Front zunichte machen? Würde Ischantis Rache an der Menschheit dieses Mal im Keim erstickt?

Ischantis Zorn auf die Menschen war alt und blutig und jedes Mittel war recht, um diesem ärgsten aller Völker neues Leid anzutun.

Die Marokianer hatten sich als perfekte Alliierte entpuppt und in Isan Gared war eine Frau gefunden worden, die genug Kälte und Dunkelheit in ihrem Herzen trug, um Milliarden in den Tod zu schicken, nur um dann ein neues, von ihr geschaffenes und gelenktes System zu etablieren, einen von Marokia akzeptierten und unterstützten Staat, der nicht mehr Opposition zum alten Imperium betrieb, sondern es ergänzte.

Nur was war geschehen?

Hatten die neuen Machthaber der Konföderation diese unheilige Allianz durchschaut und Gared bereits gerichtet?

Der Plan war so einfach gewesen. Die Bombe sollte alle Regierungschefs inklusive Jeffries töten und Gared sollte danach die Macht übernehmen, einen neuen Frieden aushandeln und würde dann von Marokia unterstützt werden. Die Menschheit versank in Diktatur und Sklaverei und alle waren zufrieden.

Doch Jeffries überlebte und handelte so schnell und zielstrebig, dass man ihm jeden gebührenden Respekt zollen musste.

Nun gehörte die Konföderation ihm und der Krieg würde dadurch zum noch größeren Elend. Einerseits befriedigend, da es noch mehr Opfer kosten würde. Andererseits bestand nun auch die Möglichkeit, dass sie einen Sieg errangen, da der Einfluss der SSA verpufft war und ihre Sabotage und Spionage nicht mehr stattfand.

Die SSA hätte zum Kommandoinstrument in der Konföderation werden sollen, hätte alle Geschicke dieses Bundes lenken sollen.

Das Elend war, dass nun das Korps genau diese Funktion erfüllte. All das, was Marokia der SSA zugedacht hatte, war nun in Händen des Korps.

Und dieses Dilemma war nur schwer zu kompensieren. Anstatt eines starken alliierten Apparates an der Spitze der Konföderation hatte sich nun der einzig ernstzunehmende, Marokia aufs Blut bekämpfende militärische Gegner an diese Stelle gesetzt.

Das Korps entwickelte sich zum Alptraum und die Berichte über die Schlacht bei Maran Sun nährten die Angst vor der Wiederkehr des Nazzan Morguls.

Wenn es stimmte, dass erneut eine ganze Flotte am Hexenkreuz verloren ging, so wäre dies das erste Anzeichen für ein sich wendendes Kriegsglück und ein Greifen der Korpsstrategien.

Ischanti ertrank im eigenen Zorn ...

Mendora.

Trotz Bombendonner und dem Heulen von Gewehren war Darson in einen tiefen Schlaf gefallen. Nach tagelangen Kämpfen hatte er sich mit einer Gruppe Versprengter und Verwundeter zum Berggipfel zurückgezogen und in den Trümmern verkrochen. Versorgungsschiffe waren gelandet und hatten Verpflegung und Ausrüstung gebracht, der Anmarsch neuer Truppen setzte sich unvermindert fort.

Darson wusste nicht, wann das letzte Mal ein Tropfen Syrym seine Feldflasche verlassen hatte. Er wusste nicht einmal, welchen Tag sie hatten. Der Irrsinn um ihn herum hatte alles gelöscht.

Das sinnlose Konzept von Angriff und Gegenangriff hatte sich zu einem zermürbenden Stellungskrieg entwickelt. Berge von Leichen türmten sich auf den Hängen des einst bewaldeten Berges. Wo vor Tagen noch grüne, saftige Bäume gestanden hatten, lag nun ein Trümmerfeld ausgebrannter Wracks.

Darson hatte sich in diesen Tagen wer weiß wie oft übergeben. Als ein Soldat ihm eine Flasche mit Syrym bringen wollte, hatte er ihn verjagt. Angesichts des lebendigen Horrors, dessen Teil er geworden war, schien es ihm geradezu pervers, überhaupt an Nahrung zu denken. Andere hatten damit weniger Probleme und waren froh darüber, nach Tagen des Hungers endlich wieder etwas Warmes in den Magen zu bekommen.

Darson war es unmöglich, Nahrung aufzunehmen.

Machte ihn das zu einem Schwächling? Vielleicht.

Natürlich nicht!

Darsons Gemüt und Verstand war aus dem Gleichgewicht geraten, so wie die ganze Welt. Er pendelte zwischen Mitleid für den Feind und die Eigenen sowie atemlosem Hass.

Das Gefühl, nichts mehr zu wissen, war befreiend und beängstigend zugleich. Irgendwann während der Kämpfe hatte er sich übermächtig gefühlt. Absolut unverwundbar und völlig losgelöst von weltlichen Problemen.

Er hatte seinen eigenen Tod akzeptiert und war lauthals schreiend in den Kampf gestürzt. Das Problem war, dass er überlebte. Er hatte diesen Moment absoluter Klarheit überwunden, und als um ihn herum alle Feinde tot waren und seine Männer sich zurückzogen, stand er da. Er hatte sich gehasst in diesem Moment. Der ganze Rausch brach zusammen und ein erschreckend klarer Moment tat sich vor ihm auf.

Für Minuten war das Elend wieder übermächtig und drohte ihn zu erschlagen. Dann rannte er den Hügel hinauf, hinter den Männern seiner Kompanie her, und fragte sich, welcher Wahnsinn ihn befallen hatte.

Seitdem pendelte er.

Darson träumte von einer Heimkehr zu den Felsenwüsten Changs. Von einem Ritt über die Ardos-Ebene, von einem Bad im Tümpel hinter dem Haus seiner Großeltern. Von einem Spaziergang über die Flaniermeile der Hauptstadt, von einem Besuch auf der Rennbahn und einem hemmungslosen Abend mit alten Freunden.

Doch dann öffnete er die Augen, blickte durch das dichte Schneetreiben zu den Rauchsäulen und Feuerbällen, zu den Tiefffliegern und Kratern, zu den Strömen aus Blut, die den Berg hinunterrannen, und fragte sich, warum er sich das alles noch antat. Wäre es nicht einfacher, selbst ein Ende zu machen? Sich eine Kugel in den Kopf zu jagen und eine Nummer in der Liste der Gefallenen zu werden?

Er würde Chang niemals wiedersehen, so wenig wie all die anderen Verdammten auf diesem Berg. Warum also sich noch länger quälen mit Bildern und Erinnerungen von zu Hause? Er war ein Opfer dieser Schlacht, nur seine Zeit war noch nicht gekommen.

Eine Gewehrsalve schlug vor ihm in die Reste einer Mauer und brach faustgroße Brocken heraus. Wieder etwas, das ihn in neue

emotionale Tiefen stürzen ließ. Die Hoffnungslosigkeit wandelte sich zu Angst vor dem Tod.
Aber ehe er diesem neuen Schmerz nachgehen konnte, sah er Nesel, der sein Gewehr entsichernd an ihm vorbeiging.
>> Es geht wieder los <<, sagte er zu Darson und streckte ihm die Hand entgegen, während Böen roten Schnees den Hang heraufwehten und den Geruch von brennendem Treibstoff mitbrachten. Nebel zog auf und tauchte das abendliche Schlachtfeld in noch düstereres Licht. Über bebende Erde marschierten sie hinunter zu den Linien und warfen sich erneut ins Gefecht. Ein weiterer hoffnungsloser Angriff.
Stellungskrieg. Die abartigste Ausgeburt des Krieges.

Am Hexenkreuz.
Das im Sekundenrhythmus pochende Ping der Abstandssensoren legte sich wie ein Mantra über die Brücke des Schiffes.
Nur mit dem Unterschied, dass Mantras für gewöhnlich eine beruhigende, entspannende Wirkung hatten, während dieses Mantra genau das Gegenteil bewirkte.
Es erzeugte Spannung, Kummer, Sorgen, Angst und vieles mehr, das man für konzentriertes Arbeiten überhaupt nicht gebrauchen konnte.
Wenn Marokianer schwitzen könnten, stünde ihnen allen der Schweiß auf der Stirn.
Mit wachen, unruhigen Augen blickten sie in die Monitore mit ihren breiten Rahmen und rotierenden Anzeigen. Sie drehten an Schaltern und zogen an Hebeln, schossen Salve um Salve in die grauen Nebelschwaden und hofften auf einen Glückstreffer.
Dabei immer die Sorge im Hinterkopf, dass die Victory hier drinnen besser sehen könnte als sie selbst und sich unbemerkt von hinten anschlich.
Iman ging unruhig über die Brücke seines Schiffes, sah seinen Leuten immer wieder über die Schulter und von Zeit zu Zeit musste er sich an einer Strebe oder einem Rohr festhalten, denn seine Glieder schmerzten, als gehörten sie einem alten Mann.
Keiner wagte es, ihn darauf anzusprechen, keiner bat ihn, sich zu setzen. Er musste Stärke demonstrieren, musste aufrecht stehen.

So lange, bis Hawkins tot zu seinen Füßen lag und sein Schiff ausgebrannt war. So lange musste er durchhalten.
Danach konnte er sich eine Pause gönnen.
Immer wieder entdeckten die Sensoren zerstückelte Signale, die auf ein Schiff hindeuteten, doch sobald Torpedosalven in die entsprechende Richtung jagten, verschwanden die rhythmischen Spitzen vom Scanner und entpuppten sich als Täuschung.
Weit draußen hatten ihre optischen Sensoren mehrmals dunkle Schatten aufgezeichnet, lange, schwarze Silhouetten, die durch den Nebel krochen und die man durchaus für die Umrisse der Victory hätte halten können.
Doch sie war es nicht gewesen und so gingen die Torpedos ins Leere.
>> Ergadur meldet Sichtkontakt! <<, fuhr der Soldat am Kommunikationspult plötzlich herum und Iman fletschte die Zähne.
>> Meldung bestätigt! Feindkontakt auf 173 – 733 – 921! <<, triumphierte ein Zweiter und Iman befahl sofort Kursänderung.
Weit draußen sahen sie das Aufflammen von Geschützfeuer und Explosionen, die scheinbar aus dem Nichts kamen.
Die Victory war durch die Nebelschwaden gekommen und hatte ihre Waffen abgefeuert. Ein Sturm aus Feuer und Stahl zerdrückte die Hüllenpanzerung eines leichten Kreuzers und zog einem Geisterschiff gleich an dem brennenden Wrack vorbei.
Noch ehe die Flammen der Explosionen sich im All verloren hatten, war die Victory bereits verschwunden und mehrere Kreuzer folgten ihr in die Tiefen des Nebels.
>> Folgt ihnen <<, brüllte Iman und knurrte wie ein tollwütiger Hund, als er sah, wie die Victory wieder von den Schirmen verschwand.

Pegasus 1.
Ich wünschte, ich könnte schlafen.
Zum dritten Mal in einer Stunde war Christine nun aus dem Schlaf hochgefahren. Jedes Mal, wenn sie die Augen schloss, war ihr, als krabbelte marokianisches Getier unter ihrer Bettdecke. Sie fühlte die winzigen Beine der Tausendfüßler ihren Schenkel hochkriechen und strampelte jedes Mal verzweifelt die Bettdecke von sich.

Mit dem Schlaf kamen die Träume und somit die Erinnerungen an Mares Undor. Christine hatte wütend die Bettdecke vom Bett geschleudert und saß nun mit angezogenen Beinen und gedämmter Beleuchtung im Bett. Sie zitterte und sehnte sich nach einem sicheren Ort, um sich zu verkriechen.
Nur langsam wurde ihr in diesen Nächten klar, wo sie sich befand. Solange sie in Toms Nähe gewesen war, hatten die Träume sie nur am Schlafen gehindert.
Doch jetzt, ganz alleine in diesem dunklen Zimmer, umgeben von den nächtlichen Geräuschen einer Raumstation, dem Hämmern irgendwelcher Maschinen jenseits des Bodens, dem Summen von Energieleitungen, dem Zischen von Türen und dem Knistern von Computerbildschirmen …
An Schlaf war nicht mehr zu denken.
Christine kroch aus ihrem Bett und ging ins Badezimmer. Das helle Neonlicht schmerzte in ihren Augen und im Angesicht der weißen Wände hatte sie Angst, schneeblind zu werden. Mit einem blinden Griff ins Regal neben der Tür holte sie dasselbe blaue Päckchen hervor wie in den Nächten zuvor.
Abgekämpft und in einem Zustand echter Verzweiflung setzte sie sich auf den Rand der Badewanne und sah auf das Etikett.
Seit Tom die Station verlassen hatte, war sie jede Nacht hier gesessen und hatte auf das Etikett gesehen. Sie wusste, was für ein Risiko sie einging, wenn sie diese Tabletten erst einmal versucht hatte. Als Ärztin kannte sie alle Pros und Contras zur Genüge.
Die kleine, runde Dose aus blauem, halbdurchsichtigem Plastik versprach erholsamen Schlaf. Mit nur einer dieser Tabletten würde sie für mindestens acht Stunden in einen tiefen, traumfreien Schlaf fallen.
Traumfrei. Zauberwort und Knackpunkt der ganzen Sache.
Schlafmittel gab es Dutzende und sie wirkten auch. Nur war sie dann die ganze Nacht über Opfer ihrer Träume, und wenn sie morgens schweißgebadet aufwachte, in einem Bett so nass wie der Atlantik, dann kamen immer sofort die Erinnerungen an die Träume.
Viele Menschen bedauerten es, sich niemals an die Träume der Nacht erinnern zu können. Christine litt darunter, dass sie sich oft an jede grausame Einzelheit erinnern konnte. Morvorin würde dieses

Problem beheben. Es unterdrückte jede Form von Traum und erlaubte es dem Patienten dennoch tief zu schlafen.
Ursprünglich für Traumapatienten entwickelt, wurde es von den Ärzten nur äußerst ungern verschrieben. Morvorin barg eine bedrohlich hohe Suchtgefahr. Ein Mittel wie dieses konnte sich kein Arzt selbst verschreiben. Er musste einen Kollegen darum bitten. In Christines Fall hätte es wohl keiner verantworten können. Man hätte ihr davon abgeraten, hätte gesagt, es gäbe weniger radikale Wege ... Doch die hatte Christine alle längst beschritten und alle führten in eine Sackgasse.
Nimmst du so ein Mittel, wirst du zur Gefahr für deine Patienten, sagte sie sich immer wieder und so wie die Nächte zuvor stellte sie das Medikament zurück in das Regal. Tränen rannen über ihre Wangen, dünne Rinnsale ihrer gepeinigten Seele.
>> Ich verfluche euch, ihr Bastarde ... <<, keuchte sie, die Stirn an die weiße Wand gelegt und mit der flachen Hand dagegenhämmernd.
>> Ich verfluche euch ... <<, ihre schwache Stimme verlor sich in der Verzweiflung einer weiteren schlaflosen Nacht.
Christine hatte gelernt, damit zu leben, dass immer und überall unsichtbare Augen über ihre Schulter blickten.
Seit ihrer Befeiung war ihr, als würde sie beobachtet, als wäre irgendetwas aus den Tiefen von Mares Undor mit ihr mitgekommen, hierher auf die Pegasus 1. Den ganzen Tag über war sie in ständiger Versuchung, sich umzublicken.
Doch damit konnte sie leben, diesen Trieb konnte sie unterdrücken. Aber die Angst vor den Nächten, ihr war sie nicht gewachsen, zu keinem Moment des Tages. Der Gedanke an einen dunklen Raum war ihr zum Allerärgsten geworden.
Und zu all den seelischen Problemen, zu all den unverarbeiteten Erlebnissen kam nun auch noch die Sorge um Tom, dessen Victory am Hexenkreuz verschollen war.

Mendora.
War es vorbei?
Darson konnte nicht sagen, wann es das letzte Mal so still gewesen war. Eine Explosion direkt neben ihm hatte für eine halbe Ewigkeit alles schwarz werden lassen. Sein Körper war von Dreck und Kör-

pern bedeckt worden und erst hatte er geglaubt, er sei tot. Doch er lebte, irgendwie war ihm klar geworden, dass er lebte, und so hatte er seine Arme ausgestreckt und sich selbst ausgegraben.

Links und rechts von ihm waren Soldaten den Hügel hinuntergestürmt. Raketen waren am Himmel über ihn hinweggezogen, eine gewaltige Explosion hatte sich ereignet, und als Darson endlich wieder auf seinen Beinen stand, war es still geworden.

Er sah, wie Männer mit am Hinterkopf verschränkten Händen am Boden knieten und Soldaten des Korps die Marokianer erschossen, die sich ergeben wollten.

Was war passiert?

Am Himmel sah er einen Atmosphärenkreuzer, einen Luftkampfträger der Konföderation. Es gab nicht viele solcher Schiffe. Sie gehörten zu einer kaum genutzten Nische der interplanetaren Kriegsführung.

Darson griff irgendein Gewehr vom Boden und hängte es sich um.

War es vorbei?

Darson bekam das Gefühl, sich schon wieder übergeben zu müssen, doch er wusste nicht, warum.

Nesel kam zu ihm heraufgerannt, er strahlte übers ganze Gesicht.

>> DARSON! <<, rief er voller Freude.

>> Was? << Die Stimme des Changs war dumpf und hohl.

>> Sie haben aufgegeben <<, sagte Nesel und Darson ahnte, dass er sich in einem Traum befand.

Wie ein Kind, das im Kaufhaus seine Mutter sucht, drehte er sich im Kreis und blickte zu den Hängen des Berges. Nirgendwo wurde mehr gekämpft.

>> Das ist toll <<, sagte er und ging an Nesel vorbei.

>> Darson? ... Darson? << Nesel rannte hinter ihm her und hielt ihn fest.

>> Hast du mich verstanden? Es ist vorbei. <<

>> Ja, ja ... das ist schon klar ... Es freut mich <<, Darson ging auf einen Marokianer zu, der am Boden lag. An seiner Seite klaffte eine Schusswunde, aber noch lebte er.

>> Hast du es auch schon gehört? Die Schlacht ist vorbei <<, sagte Darson und trat ihm den Stiefel ins Gesicht. >> ES IST

VORBEI!!!! <<, brüllte er, während er das Gesicht des Mannes in blutigen Matsch verwandelte.
>> VOORRBBEEII!!!!!!!! <<
Nesel riss Darson zur Seite, zog ihm den Vollgesichtshelm vom Kopf und ohrfeigte ihn.
>> Was ist denn los mit dir? <<
>> Ich muss zurück <<, sagte Darson. >> Keine Zeit für solche Spiele. <<
>> Wo bist du? <<, fragte Nesel ihn.
>> Auf Mendora. Ich träume gerade, aber die Schlacht geht weiter und ich muss kämpfen. <<
>> NEIN, nein, nein, nein ... Du träumst nicht. Du bist wach. Es ist wirklich vorbei. <<
>> Das kann nicht sein. <<
>> Warum denn nicht? <<
>> Weil ich noch lebe <<, war die einfache und verzweifelte Antwort. >> Und du lebst auch noch. Wie kann es also vorbei sein? Die machen keine Gefangenen ... <<
>> WIR haben gewonnen ... <<
Darson sah sich zum wiederholten Mal um.
>> Wir leben doch noch ... oder? ... Sind wir tot, Nesel? Ist das die Hölle, von der die Menschen immer sprechen? Wo ihre Bösen die Ewigkeit verbringen müssen? <<
>> SANITÄTER <<, brüllte Nesel über das Schlachtfeld hinweg. Eigentlich hätte er einen Psychiater gebraucht, aber den gab es hier draußen nicht.
>> Sieh mal ... der lebt auch noch <<, sagte Darson und deutete auf einen Marokianer, der mit erhobenen Händen aus einem Loch gekrochen kam.
Keine zwei Sekunden später durchsiebten ihn die glühenden Projektile einer MEG 16 aus drei verschiedenen Richtungen. Heute machten auch die Konföderierten nicht mehr Gefangene als unbedingt nötig.
>> Jetzt ist er tot <<, sagte Darson im Tonfall eines Kleinkindes, das sich einen Cartoon ansieht.
>> Was ist nur los mit dir? <<, fragte Nesel kopfschüttelnd und rief nochmals nach einem Sanitäter.

\>\> Was mit mir los ist? <<, wiederholte Darson die Frage. >> Was ist mit allen anderen los? Was machen wir hier? <<
Nesel begriff nicht.
\>\> Bis wir hierher kamen, hatte ich noch nie von Mendora gehört ... niemals ... kein einziges verdammtes Wort. <<
Darson ließ seine MEG 16 fallen und setzte sich mitten auf den Hang in den frisch gefallenen Schnee.
\>\> Warum sterben so viele im Kampf um einen Berg ohne Namen auf einem Planeten, den keiner kennt? << Seine Stimme zitterte bei dieser Frage.
\>\> Keine Ahnung <<, gab Nesel zu. Dieselbe Frage hatte er sich wer weiß wie oft selbst gestellt.
Todmüde ließ er sich in den Schnee fallen und legte seinen Arm um Darson.
\>\> Warten wir einfach hier, bis jemand kommt <<, schlug er ihm vor und Darson war einverstanden. Noch immer wartete er darauf, dass ihn jemand weckte, um wieder in die Schlacht zu ziehen. Die Vorstellung eines Sieges war ihm völlig suspekt.
Sieg? Doch nicht in dieser Schlacht, nicht nach all diesen Opfern und all diesen Anstrengungen. Nicht aus einer so verfahrenen Situation heraus. Verlieren ... Ja. Sterben ... Sicher. Beides hätte er sich vorstellen können, aber niemals einen Sieg.
\>\> Müssten wir uns denn nicht freuen? <<, fragte Darson Nesel.
\>\> Ich dachte immer, über einen Sieg müsste man sich freuen. <<
\>\> Nicht immer <<, sagte Nesel, zog seinen Helm vom Kopf, den er seit mehr als drei Tagen aufhatte, lehnte sich zurück und schloss die Augen.
\>\> Die zwei da freuen sich <<, sagte Darson lachend, als er zwei Männer erblickte, die in voller Kampfmontur begonnen hatten zu tanzen, während links und rechts von ihnen gefangene Marokianer exekutiert wurden.

ISS Victory.
Schweiß perlte über Toms Gesicht, seine Finger gruben sich in die Armlehnen des Kommandosessels.
Das Donnern von explodierenden Torpedos kroch durch die Hülle.

Iman hatte nicht lange gebraucht, um eine vielversprechende Strategie für diese Jagd auszubrüten. Wie Zerstörer, die ein U-Boot mit Wasserbomben verfolgen, feuerten seine Schiffe Torpedos in den Nebel und zündeten sie per Knopfdruck. Die entstehenden Erschütterungen sollten die Victory beschädigen, zerstören oder wenigstens vor der Flotte herjagen, bis irgendwer endlich einen sauberen Treffer landen konnte.

>> Sie kommen immer näher <<, sagte Semana, während eine weitere, viel zu nahe Explosion um den Schiffskörper schallte.

>> Wir sollten das Feuer erwidern <<, meinte Alexandra, doch Tom lehnte ab. >> Das verrät nur unsere Position. <<

Wie lange brauchte die Flotte, um einen sicheren Abstand zwischen das Hexenkreuz und sich selbst zu bringen?

Immer tiefer flüchtete die Victory in den Nebel. Von außen wirkte das Hexenkreuz, als stünde es in Flammen. Rote und orange Schwaden waren Ursprung für all die mystischen Geschichten rund um dieses Phänomen.

Im Inneren jedoch war der Nebel grau und farblos, und je tiefer man hineinflog, desto düsterer wurde er.

Eine Explosion erschütterte das Schiff, für Sekunden fiel das Licht des schwer angeschlagenen Riesen aus.

>> Das war ein Streifschuss <<, keuchte Semana, deren Verletzungen an ihrer Kraft zehrten. >> Wir müssen hier weg <<, kreischte irgendwer im Hintergrund, ein Soldat, dessen Nerven nicht mehr mitspielten.

>> Semana <<, begann Tom und drehte den Kommandosessel um hundertachtzig Grad, um zu ihrer Station blicken zu können. >> Bereiten Sie einige Torpedos vor. Ich will sie abwerfen und dann über Fernzündung zerstören. Alexandra. Lassen Sie so viele Trümmer wie möglich in die Landebucht bringen. Bereitet das Ablassen von Antriebsplasma vor und ... <<, Tom zögerte. Die barbarischen Worte brannten auf seiner Seele, >> ...wir sollten auch ein paar Leichen zu den Trümmern legen. <<

Imans Schiff.

>> Nach wie vor keine bestätigten Treffer <<, meldete Dragus angespannt. Von einem Aufklärungsschiff hatte er die Meldung erhal-

ten, dass Gefechtsgruppen der Konföderation zum Hexenkreuz unterwegs waren. Die Zeit schien ihnen zwischen den Fingern zu verrinnen wie Sand durch ein Sieb.
>> Erhöht die Feuerrate <<, befahl Iman.
>> Dadurch leeren wir unsere Depots <<, warnte Ituka.
>> Ich weiß <<, Iman stand auf der Brücke, all seine Muskeln zum Zerreißen gespannt. Biologische wie bionische. Er wusste, wie nahe er war, und konnte nicht abdrehen, ehe es vollbracht war.
>> Feuerrate wird erhöht <<, meldete Ituka und verdoppelte die Feuerrate der Geschütze und Torpedowerfer.
Wieder zischten die Torpedos durch den Nebel und explodierten in einem roten Schein.
Nichts.
Imans Finger gruben sich in seine eigenen Oberarme. Er musste doch dort draußen sein … er musste, musste, musste … musste einfach dort draußen sein.
Eine weitere Salve zog durch die Nebel und verschwand. Durch die grauen Schwaden sahen sie den roten Schein der Explosionen.
>> Kein Treffer <<, meldete Dragus.
>> Noch mal. <<
Tonloses Aufglimmen weiterer Explosionen erhellte den Hauptschirm. Als Dragus den Mund öffnen wollte, winkte Iman ab. >> Ja, ja, ich weiß. Noch eine Salve <<, knurrte er und Dragus nickte, ehe er sich wieder auf den Bildschirm konzentrierte.
Die Torpedos verloren sich im Nebel, ein heller Schimmer wurde sichtbar, gefolgt von mehreren, helleren Explosionen. Wie Wetterleuchten jenseits der Wolken.
>> Was ist das? <<, fragte Iman angespannt.
>> Möglicherweise ein Treffer <<, keuchte Dragus, während seine Finger über die Tasten der Konsole flogen.
>> Alle Schiffe zielen auf die Explosion und feuern <<, befahl Iman, und noch ehe der durch den Nebel verstümmelte schriftliche Befehl alle erreicht hatte, begriffen die Kommandanten der Schiffe und feuerten auf die Stelle. Eine gewaltige Explosion war die Folge, die einem goldenen Feuersturm gleich durch die Nebel fegte.
>> War's das, Hawkins? <<, fragte Iman und trat so nahe an den Bildschirm, dass er ihn fast berührte.

>> Da sind Trümmer <<, meldete Dragus.
>> Aber zu wenige <<, entgegnete Iman.
>> Da sind noch mehr. <<
Das Flaggschiff kam näher und die Nebel lichteten sich. Trümmerteile kamen zum Vorschein, ein Shuttle trieb regungslos durch das All, ebenso mehrere Rettungskapseln.
>> An Bord der Kapseln sind Lebenszeichen <<, sagte Dragus.
>> Schießt sie ab <<, brüllte Iman in einer Kurzschlussreaktion. Niemand durfte entkommen. Je näher sie kamen, desto größer wurde das Trümmerfeld.
>> Wenn wir sie nicht zerstört haben, dann aber so schwer erwischt, dass sie nie mehr zurückkommen <<, sagte Ituka fest überzeugt.
>> Ich wünschte, ich könnte dir recht geben <<, sagte Iman, gefangen in einem schweren Dilemma. Sollte er bleiben und ein Schiff jagen, das mit an Sicherheit grenzender Wahrscheinlichkeit zerstört war, oder sollte er abdrehen und Tom die Chance lassen, wiederzukehren?
Egal, was er tat, es war das Falsche. Er wusste es mit überirdischer Gewissheit, egal, was er tat, er würde sich in Zukunft dafür hassen.
>> Du sagtest vorhin etwas von konföderierten Gefechtsgruppen? <<
>> Einer unserer Aufklärer außerhalb des Nebels meldet konföderierte Verbände, die sich uns von der Erde her nähern. <<
>> Wie stark? <<
>> Sicher stärker als wir, da ein Großteil unseres Arsenals in diesem Nebel verglüht ist. << Iman nickte.
>> Wir drehen ab. Kurs auf imperiales Territorium <<, sagte er widerwillig und wandte sich wieder an den Hauptschirm. >> Solltest du noch leben, so danke deinen Freunden, Hawkins. << Iman würde nicht vom Tod seines ärgsten Gegners überzeugt sein, bis er seine Leiche in Händen hielt. Bis zu diesem Tag galt Tom Hawkins als lebendiges, grausames Übel.

Pegasus 1.
>> Irgendwelche Nachrichten? <<, fragte Jeffries Ur'gas, als dieser in das Büro des Admirals kam.

\>> Unsere Flotte hat das Hexenkreuz verlassen und hält Kurs auf diese Station. Wir haben zwei Gefechtsgruppen aus dem Verteidigungsgürtel der Erde abgezogen und in Richtung des Nebels entsandt. <<
\>> Wie schlimm ist es? <<
\>> Die Schiffe haben einiges abbekommen. Ein Großteil der Flotte ist verloren gegangen ... Und die Victory ist noch im Nebel ... um die Marokianer abzulenken. <<
Jeffries' Herz setzte für Sekunden aus.
\>> Gott verdammt. TOM! << Jeffries fluchte stumm in sich hinein.
\>> Er deckt dadurch den Rückzug der Flotte. <<
\>> Das ist Selbstmord. <<
\>> Deshalb schickte ich die zwei Gefechtsgruppen. <<
\>> Das war gute Arbeit, General <<, sagte Jeffries. >> Gute Arbeit. <<
\>> Sir ... Die heimkehrenden Schiffe melden einen Sieg <<, erklärte er. >> So schlimm sie uns auch zugesetzt haben. Die Marokianer sind bis auf den letzten Mann vernichtet worden. Die Truppen, welche die Victory verfolgen, sind Ersatztruppen, die erst nach dem Ende der Kampfhandlungen dort eingetroffen sind. <<
\>> Bis auf den letzten Mann? <<
\>> Ja. Hawkins hat uns einen Sieg beschert <<, versicherte Ur'gas.
\>> Hoffen wir, dass er uns nicht die Victory gekostet hat <<, flüsterte Jeffries mit steinernem Gesicht.

ISS Victory.
Alexandra kniete am Boden des kleinen Badezimmers in ihrem Quartier und übergab sich nach allen Regeln der Kunst. Ihr ganzer Mageninhalt entleerte sich in die Kloschüssel, so lange, bis sie nur noch Magensäure nach oben würgte.
Will war gerade hinzugekommen, als sie sich benommen den Mund abwischte, die Spülung betätigte und lasch nach hinten kippte.
Schwer atmend lehnte sie sich an die Wand und sah Will in die Augen.
\>> Was ist los? <<, fragte er sie. Die vergangenen Tage saßen ihnen beiden in den Knochen. So wie allen anderen auf diesem Schiff.

\>> Weißt du, was wir getan haben? <<, fragte sie ihn mit einer Verletzlichkeit in der Stimme, die er bei Alexandra noch nie vernommen hatte. Die sonst so kühle und unerschütterliche Alexandra war in ihrer Seele schwer getroffen.
Will nickte, setzte sich zu ihr und nahm sie in den Arm.
\>> Wir haben sie einfach zurückgelassen <<, sagte sie den Tränen nahe und drückte sich eng an ihn. So stark sie sonst auch war, heute brauchte sie jemanden, um sich auszuheulen.
\>> Sie hätten noch eine Chance gehabt. Hätten leben können ... <<, ihre Stimme versank in Tränen.
Tom hatte irgendwann den Entschluss gefasst, dass Leichen die Marokianer nicht überzeugen würden. So befahl er den wohl grausamsten Befehl seiner Karriere.
Alexandra wurde auf die Krankenstation geschickt, um hoffnungslose Fälle auszuwählen. Männer und Frauen, welche die Nacht ohnehin nicht überleben würden und somit einen letzten heroischen Auftrag erhielten, ohne es zu wissen.
Alexandra bezweifelte, dass einer von ihnen gewollt hätte, dass sie so enden. Es hätte wohl jeder Einzelne von ihnen lieber als Feigling gelebt, als hier draußen geopfert zu werden.
Mit fünfzehn Patienten, dreien im Koma, fünfen unter medikamentöser Ruhigstellung und sieben weiteren, die wohl mitbekamen, was passierte, ging sie dann zur Landbucht und ließ sie in Rettungskapseln bringen.
Als dann die nächste Salve am Schiff vorbeischoss und detonierte, öffneten sie die Raumschotten und die zusammengetragenen Trümmer samt den Rettungskapseln und einem Shuttle voller Leichen wurden ins All hinausgeblasen.
Tom ließ Torpedos abfeuern und zerstörte sie auf Knopfdruck. Sie entzündeten das abgelassene Antriebsplasma und erzeugten so die Illusion einer gewaltigen Explosion, während die Victory weit unten im Nebel Zuflucht fand.
Die fünfzehn Soldaten trieben mit den Trümmern und Leichen hoch zur marokianischen Flotte und sorgten für die so wichtigen Lebenszeichen.
Kein Scanner vermochte es, zwischen Vitalwerten von gesunden Soldaten und im Sterben liegenden Patienten zu unterscheiden. Die

Marokianer würden nur Biowerte entdecken, die auf Leben schließen ließen, und wenn Tom recht behielt, reichte das, um die Victory als zerstört zu werten.
Tom behielt recht.
So wie immer.
Doch Alexandra hatte an dieser Rettung schwer zu knabbern. Sie fühlte sich wie ein SS-Vollstrecker, der Unschuldige in die Gaskammern schickte.
>> Das war Mord <<, gestand sie unter leisen, dünnen Tränen.
Will biss sich auf die Unterlippe, so fest, dass Blut austrat. Er wusste genau, wie recht sie hatte. Kein anderes Wort konnte man dafür finden.
Mein Gott, Tom, was hast du getan.

ISS Victory, Quartier des Kommandanten.
Tom saß in seinem abgedunkelten Quartier, sah hinaus zu den Nebeln und trank einen Whiskey nach dem anderen. Es war keine fünf Stunden her, dass er sein Schiff gerettet hatte. Auf seinem Weg von der Brücke zu diesen Räumen hatte er in Dutzende müde Gesichter geblickt, abgekämpft und voller ängstlichem Leid.
Seine Crew dankte ihm für die Rettung. Noch wussten sie nicht, welch barbarischen Preis sie gekostet hatte. Tom hielt sich all die Leben vor Augen, die er mit dem Opfer dieser Männer und Frauen erkauft hatte, und sagte sich: *Nur so konnte ich sie retten.*
Doch erschien ihm diese Ausrede zu billig.
Es hieß immer, dass es an der Spitze sehr einsam wäre. Je höher der Rang, desto schwerer das Kreuz, das man zu tragen hat. Selten war Tom die Wahrheit dieses Satzes so klar gewesen. Sein Kreuz war in diesen Stunden um einiges schwerer geworden.
Männer in einer Schlacht zu verlieren war eine Sache, jemanden auf ein Himmelfahrtskommando zu schicken eine andere.
Verwundete, die sich nicht wehren konnten, zu opfern war weder mit dem einen noch dem anderen zu vergleichen. Es war Toms Rang nicht würdig und das wusste er.
Warum er es dennoch getan hatte?
Weil sonst das ganze Schiff samt der ganzen Crew den Marokianern in die Hände gefallen wäre, und das durfte nicht passieren. Die Ret-

tung seines Schiffes erkaufte Tom mit seinem Seelenheil, und so hoch und schwer der Preis auch war, er, Tom, hatte ihn im vollen Bewusstsein gezahlt.

>> Auf dich, alter Junge. Den miesesten Schlächter von allen <<, Tom prostete seinem Spiegelbild in der Fensterscheibe zu und leerte das Glas in einem Zug.

Müde und mit steifen Bewegungen hob er sich aus dem Sessel, stellte das Glas auf den Tisch und ging hinüber zum kleinen Badezimmer.

Er brauchte eine Dusche. Nicht nur, um sich Schmutz und Schweiß der Schlacht abzuschrubben, sondern auch, um sich das Elend aus dem Geist zu waschen.

Jede Bewegung tat ihm weh. Das Ausziehen von Jacke und Hemd ebenso wie das Öffnen der Schnürsenkel.

Jedes Abwinkeln des Ellenbogens, jedes nach vorne Bücken, jedes Drehen der Schulter war eine Qual. So angeschlagen hatte er sich seit ewiger Zeit nicht gefühlt und er wusste, dass es noch einige Zeit so bleiben würde.

Er trat in die Duschkabine und heißes Wasser prasselte auf ihn herab. Mit geschlossenen Augen hob er den Kopf in den Strahl und genoss für einen Moment die Stille

Als er kurz nach dem Abzug der Marokianer die Brücke verlassen hatte, war er durch ausgebrannte Decks gegangen, wo die Toten noch am Boden lagen.

An einer Stelle hatte eine Explosion ein Loch in die Decke gerissen und die Sektion darüber verwüstet.

Durch den gezackten, einer Bisswunde gleichenden Riss in der Decke war ein verstümmelter Körper gehangen. Sein Bein hatte sich irgendwie im Zwischendeck verfangen und nun hing er in unnatürlich verkrümmter Haltung von der Decke herab.

Seine weit aufgerissenen Augen hatten längst den Schimmer des Lebens verloren, doch der Schrecken des Todes spiegelte sich in ihnen wie die Morgensonne in kaltem Wasser.

Tom hatte verharrt und in diese toten, starren Augen geblickt.

Das ist mein Werk, war es ihm durch den Kopf gegangen, ehe er es schaffte weiterzugehen.

Dieses Bild aus dem Kopf zu bekommen brauchte mehr als ein paar Gläser Whiskey und eine heiße Dusche.

Als er nach langen Minuten klatschnass aus der Kabine trat und nach einem Handtuch griff, war ihm kein bisschen besser.
In seinem Quartier waren die Bücher aus den Regalen gefallen, Stühle lagen auf der Seite, Bilder am Boden und andere Dinge in Scherben zersprungen überall verteilt.
Er hatte nicht die Kraft, all das aufzuräumen. Schließlich war dieser Anblick nichts anderes als Sinnbild für den Zustand seines Schiffes.
Und auch für jenen des Kommandanten.
Tom ging ans Fenster hinter dem Schreibtisch. Die Nebelschwaden lichteten sich, Trümmer der Schlacht trieben am Schiff vorbei, weit draußen konnte man die ersten Sterne erblicken, doch in unmittelbarer Nähe zum Schiff gab es nichts anderes als trostlose Dunkelheit.
Tom blickte auf die Narben, die seinen Körper bedeckten.
Eine alte Verbrennung am linken Bein, noch aus dem ersten Krieg, zwei Stichwunden, eine am Bauch, die andere an der Schulter.
Verheilte Schusswunden an Arm, Bein und der anderen Schulter.
>> *Du müsstest längst tot sein* <<, hörte er Christines Stimme einem fernen Echo gleich und wusste, dass sie recht hatte. Er mutete seinem Körper zu viel zu, ebenso wie seinem Schiff.
Fast andächtig legte er seine Handfläche auf das Hybrid und fühlte, wie es weit drinnen pulsierte. Wie ein Kribbeln, als sei die ganze Hülle in Bewegung.
Und so war es ja auch.
Die Hüllenschäden schlossen sich langsam, aber beharrlich. Die Victory leckte ihre Wunden und rüstete sich für die nächste Schlacht.
>> Tut mir leid, mein Mädchen ... <<, sagte er zum Schiff mit leiser Stimme, >> ... ich weiß, was ich dir zumute ... Aber es musste sein. <<
Tom trat einen Schritt zurück und fragte sich, ob es verrückt war, mit seinem Schiff zu sprechen, und kam zum Schluss, dass es verrücktere Dinge gab.
Solange ich nicht erwarte, dass sie mir antwortet ... dachte er sich, schüttelte den Kopf und zog eine neue Uniform aus dem Spind.
Als er die letzten Knöpfe der Jacke schloss und über die Insignien der Streitkräfte strich, wurde ihm klar, dass er nicht mehr im Dienste jenes Banners stand, das seinen Ärmel zierte.

Wir haben die Demokratie abgeschafft, um sie zu retten, dachte er sich. Wie hätte wohl eine gewählte Regierung auf seinen Schlachtplan reagiert?
Die immensen Verluste des zurückliegenden Tages waren einkalkuliert gewesen. Er hatte gewusst, dass weit mehr als die Hälfte seiner Schiffe zerstört würde und dass von jenen, die zurückkehrten, kaum eines noch einsatzfähig sein würde. Er hatte es berechnet und akzeptiert.
Welche demokratisch legitimierte Regierung hätte einem solchen Plan zugestimmt?
Mit Sicherheit keine!
So war es wohl ein Segen, dass jetzt das Militär die Herrschaft hatte. Zumindest für die Zeit des Krieges.
So wenig Tom mit Tagespolitik anfangen konnte, so sehr flammte sein Herz für die Demokratie.
Er war der felsenfesten Überzeugung, dass die Macht vom Volk ausgehen musste, und es blutete ihm das Herz bei der Vorstellung, dass er nun faktisch im Dienste einer Diktatur kämpfte.
Doch er wusste zur gleichen Zeit, dass nur dieser letzte Schritt den völligen Zusammenbruch hatte verhindern können.
Zwei Herzen pochten in seiner Brust und beide bluteten an diesem Tag.
Mit sich und seinen Gedanken alleine, griff Tom erneut zur Flasche und füllte sich sein Glas.
Wenn Feinde vor den Toren standen, schafften die Römer die Demokratie ab und übertrugen den Schutz des Staates einem einzelnen Mann.
Tom wusste das. Er hatte es in der Schule gelernt und in der Akademie und er wusste, dass es ein bewährtes, wenn auch unzeitgemäßes Rezept war.
Wir werden die Macht zurückgeben, sagte er sich. *Wenn wir den Krieg gewinnen, geben wir die Macht ans Volk zurück und lassen uns beschimpfen für unsere Taten.*
Tom Hawkins trat eine einzelne Träne ins rechte Auge, als er zu den Sternen sah, und für einen Moment glaubte er die Last des Kommandos nicht länger tragen zu können.
Melancholisch, fast depressiv fühlte er sich in dieser Nacht und Schlaf fand er auch keinen.

Stattdessen schleppte er seinen geschundenen Körper durch das Schiff, einem modernen Ahab gleich, getrieben von seinen inneren Dämonen und seinen Ängsten, seinen Zweifeln, seinen Zielen, seiner Wut, seiner Bestimmung.

Fortsetzung folgt ...